Netzinfarkt Red Edition

Netzinfarkt
Red Edition

Wenn Terrorismus intelligent wird, versinkt die Welt im Chaos

ein Thriller von

Sönke Brandschwert

Sigrid Böhme Verlag

Netzinfarkt Red Edition

Copyright © 2020 by Sigrid Böhme Verlag
Herstellung: BoD – Books on Demand, Norderstedt

Lektorat: Claudia Basdorf

ISBN: 9783942725095

Vorwort zur Red Edition

Es sind nun über zehn Jahre vergangen, seitdem ich „Netzinfarkt" geschrieben habe. Als ich es jetzt gelesen habe, fiel mir auf, dass das Thema heute sogar noch viel aktueller ist als damals! Die Technik entwickelt sich in so großen Sprüngen weiter, dass die Menschen heute noch viel abhängiger von ihr sind als zum Zeitpunkt der Entstehung dieses Thrillers. Obwohl der eine oder andere beschriebene Sachverhalt inzwischen schon veraltet sein mag, würde ich die meisten Dinge heute genauso beschreiben wie damals.

Warum nun die neue Ausgabe?
Nachdem die erste Auflage von Netzinfarkt damals schnell vergirffen war, wurde eine neue Auflage geplant. Leider war es für den Verlag ein schlechter zeitpunkt, da die finanziellen Mittel sehr begrenzt gewesen waren. Um die Druckkosten möglichst niedrig zu halten, gab es umfangreiche Kürzungen. Außerdem wurde eine platzsparende Schrift gewählt, um die Seitenzahl gering zu halten.
Da die Druckkosten heute bei bestimmten Verfahren für Bücher mit größerem Format genauso hoch sind wie bei Büchern mit kleinerem Taschenbuchformat, habe ich auf eine Neuauflange gedrängt. Die Red Edition enthält zuvor gekürzte Kapitel, sodass beispielsweise das Ende viel runder ist als bei der Blue Edition. Außerdem wurde der Roman erneut vom Lektorat überarbeitet. Zudem konnte mit dem großen Buchformat eine Schriftart gewählt, die ermüdungsfreier zu lesen ist als bei der Blue Edition.

„Netzinfarkt" war mein Erstlingswerk.
Schon ganz am Anfang meiner Autorenkarriere habe ich auf Spannung gesetzt. So werden auch die Leser und Leserinnen Freude an dem Roman haben, die in technischen Dingen nicht so bewandert sind.
Damals habe ich bewusst keine realen Namen benutzt oder existierende Firmen genannt. So heißt das gebräuchlichste Betriebssystem im Roman eben nicht Windows, sondern Frames. Hersteller von Software und Hardware heißen nicht Microsoft, SAP oder Cisco, sondern beispielsweise CatSpeed oder Shortsoft. Die Leser/innen werden damit sicher genauso viel anfangen können.
Für meine fachlichen Kollegen aus der IT-Branche sei gesagt, dass ich manche Dinge für die bessere Lesbarkeit sehr vereinfacht dargestellt habe. Man möge mir daher die eine oder andere Ungenauigkeit verzeihen.

Nun wünsche ich spannende Unterhaltung!

Irgendwo in Afrika...

Peter Sternberg konnte sich nicht daran erinnern, jemals so sehr geschwitzt zu haben. Die Luftfeuchtigkeit war ungewohnt hoch, was am nahe gelegenen Delta liegen musste. Sein grauer Anzug und das schicke, weiße Hemd taten ihr Übriges, um ihm den Schweiß aus allen Poren zu treiben. Hätte er gewusst, dass sein Gesprächspartner ihn in lockeren, khakifarbenen Hosen und T-Shirt empfangen würde, wäre er nicht so zugeknöpft erschienen. Aber es sollte ja ein Vorstellungsgespräch für eine gut dotierte Position sein, also hatte Peter sich in Schale geworfen.

Ein Schweißtropfen rann in sein rechtes Auge und es fing an zu brennen. Bei dem Versuch, es mit dem Handrücken trocken zu wischen, rieb er nur noch mehr Schweiß hinein. Innerlich fluchend versuchte er, sich seinen Unmut nicht anmerken zu lassen.

Er spürte, dass sein Hemd schon völlig durchnässt war. Der Anzugjacke ging es vermutlich ein wenig besser. Dennoch mussten die Schweißflecken auch dort deutlich zu sehen sein.

Unsicherheit überfiel ihn - und das nicht zum ersten Mal an diesem Tag. Zu Hause war alles anders. Dort kannte er sich aus; kannte die Gepflogenheiten und wusste stets, was von ihm erwartet wurde. Meistens hatte er seine Freunde im Rücken, die ihm zusätzlich Sicherheit gewährten. In seiner gewohnten Umgebung war es leicht, den selbstsicheren Mann zu geben. Doch hier kam er sich unbeholfen und fehl am Platz vor. Es schien ihm, als würden all seine positiven Eigenschaften, egal ob innere oder äußere, nicht zählen. In Deutschland punktete er meistens schon mit dem ersten Eindruck, noch bevor das erste Wort gesprochen war. Seine schwarzen Haare, die dunkelbraunen, fast schwarzen Augen und seine glatten Gesichtszüge verliehen ihm ein freundliches und weltmännisches Aussehen. Zusammen mit seiner Wortgewandtheit konnte er in jedem Gespräch überzeugen.

Dieser Termin aber verlief völlig anders als alle, die er bisher erlebt hatte. Im überdimensionalen Spiegel hinter seinem Gesprächspartner sah er, dass seine Haare klebten, das Gesicht klatschnass war und seine Augen nach der anstrengenden, zermürbenden Anfahrt müde aus ihren Augenhöhlen schauten. Fast empfand er es als Frechheit, dass er das Gespräch direkt nach seiner Ankunft führen musste, obwohl er zuvor weit über zehn Stunden auf einer welligen Sandpiste durchgeschüttelt worden war. Der Flug davor hatte ebenfalls zehn Stunden gedauert und war nicht sehr erholsam gewesen. Und jetzt saß er diesem Fremden gegenüber, der wie alles aussah, nur nicht wie ein Geschäftsmann. Dennoch war er rhetorisch so versiert, dass er Peter mit seinen Fragen in die Ecke drängen konnte und ihn bereits nach kurzer Zeit mehrfach zu Antworten verleitet hatte, die ihm umgehend peinlich waren. Je länger das Gespräch ging, umso unsicherer fühlte er sich. Selbst seinen Blick konnte er nicht kontinuierlich auf den Fremden gerichtet lassen.

Wieder schaute er in den großen Spiegel. Er sah genauso aus, wie er sich fühlte: wie ein müder, schwacher Junge, der eigentlich eine führende Hand bräuchte. Eine Hand, die ihn hier herausführte.

Was um alles in der Welt hatte er hier verloren? Er saß einem Mann gegenüber, der ihm von einem großartigen Unternehmen erzählte. Ein Mann, der ärmer schien als er selbst, sprach von Reichtum und grenzenloser Freiheit, von Selbständigkeit und Unabhängigkeit. Wieso sollte er sich auf ein derartiges, leeres Geschwätz einlassen?

Doch es gab eine weitere Überraschung: Genauso, wie am letzten Montag die Flugtickets plötzlich in seinem Briefkasten gelegen hatten, lag jetzt ein dicker Stapel Geldscheine vor ihm. Es waren 500-Euro-Scheine. Peter schätzte, dass es mindestens zwanzig waren, vermutlich wesentlich mehr.

„Das ist Ihr Geld, wenn Sie zusagen.“ Das Lächeln im Gesicht des Fremden wurde noch breiter und sanfter. Selbst bei seinen bohrenden und teilweise gemeinen Fragen hatte er gelächelt. Von seinem Äußeren her hätte er Inder sein können. Er war farbig, aber wesentlich heller als die Afrikaner. Der Kopf war kahl geschoren, das schlanke Gesicht wurde von einem Vollbart eingerahmt. Peter Sternberg hielt ihn für kaum älter als dreißig Jahre.

„Aus diesem Geld werden Sie viele Millionen machen, Peter. Und ich werde Ihnen sagen, wie!“ Das Englisch des Fremden hörte sich perfekt britisch an. Es passte nicht so recht in dieses Land.

Bei dem Anblick des Geldes fühlte Peter Sternberg neue Kraft in sich aufkommen. Das Geld war real. Wenn der Fremde kein reelles Ziel mit diesem Treffen verfolgte, wieso hätte er es dann überhaupt in die Wege geleitet? Wahrscheinlich entstammte er einer reichen Familie, die in Afrika viele Unternehmen besaß. Und nun wollte er womöglich in Europa Fuß fassen und brauchte dafür Mitarbeiter, die ihm dabei helfen sollten. Um das zu erreichen, war er offenbar gewillt, gut zu bezahlen.

Peter Sternberg wusste nicht recht, wie er reagieren sollte. Er wollte nicht einfach zusagen, obwohl seine Entscheidung für eine Mitarbeit eigentlich schon längst gefallen war. Doch er wollte es nicht so deutlich zeigen. Ihm fiel nichts Besseres ein, als zu fragen: „Wer garantiert Ihnen, dass ich nicht einfach das Geld nehme, nach Hause fliege und Sie nie wieder etwas von mir hören?“

„Sagen Sie erst Ja oder Nein. Dann erkläre ich Ihnen meine Sicherheiten. Sie werden überzeugt sein.“

Diese übertriebene Freundlichkeit vermittelte Peter Sternberg Unbehagen. Es schien alles so unecht und völlig überzogen. Aber was wusste Peter schon davon, wie solche Unterhaltungen hier geführt wurden. Er kannte weder die hiesige Mentalität noch die seines Gastgebers im Besonderen.

Dennoch kam ihm irgendetwas seltsam vor. Sein Examen hatte er zwar mit ‚Sehr gut‘ abgeschlossen, aber er war sich im Klaren darüber, dass es noch weit Bessere gab. Er konnte kaum glauben, dass sein Wissen tatsächlich so viel wert war, dass jemand keine Mühen scheute, um ihn als Mitarbeiter zu bekommen.

Egal, was sollte es. Selbst wenn es sich einfach um einen reichen Verrückten handelte: Geld stank nicht. Und Erfahrungen im internationalen Business machten sich im Lebenslauf immer gut. Eine zu freundliche Zusammenarbeit war immer noch besser als eine unfreundliche.

„Ich bin selbstverständlich glücklich, für einen Mann wie Sie arbeiten zu können. Meine Antwort ist: Ja!"

Ein kurzes Funkeln in den Augen des Fremden zeigte eine winzige Gefühlsregung, die erste überhaupt. Ansonsten sprach der Mann scheinbar gleichgültig weiter. „Dann stecken Sie das Geld ein. Es sind 25.000 Euro. Wenn Sie wieder zu Hause sind, eröffnen Sie ein Aktiendepot. Sie überweisen 10.000 Euro von Ihrem Privatkonto auf dieses Depot. Heben Sie den Kontoauszug zu dieser Überweisung gut auf! Sobald das Geld auf dem Aktienkonto ist, ordern Sie für die gesamte Summe Aktien der amerikanischen Firma ‚CPfA'. Von dem Geld, das Sie von hier mitnehmen, leben Sie zunächst. Lassen Sie es sich für ein paar Monate gut gehen. Im Laufe der Zeit kommen dann weitere Anweisungen."

Das alles war doch ein Traum, oder? Bei diesem Gedanken nahm Peter Sternberg das Geldbündel und steckte es in die Innentasche seines Jacketts. Er fühlte, dass auch schon die Vorderseite der Jacke schweißnass war.

„Darf ich jetzt noch einmal nach Ihrer Sicherheit fragen? Sie haben mich doch sehr neugierig gemacht. Was ist, wenn ich nun mit dem Geld durchbrenne?" Er machte eine kurze Pause, bevor er fortfuhr: „Ich habe das natürlich nicht vor. Aber wie können Sie sich dessen so sicher sein?"

Der Fremde sah ihn einige Sekunden mit einem durchdringenden Blick an. Dann stand der Gastgeber auf. Während er zu einer kleinen Anrichte ging, sagte er: „Ich möchte Ihnen etwas zeigen. Kommen Sie her!" Dabei nahm er ein hübsch verziertes Holzkästchen von dem Möbelstück.

„Ich weiß, dass Sie in Ihrem Land ein guter Sportschütze sind. Damit haben wir ein gemeinsames Hobby."

Er öffnete den Deckel der kleinen Kiste und hielt sie seinem Gast hin. Peter Sternberg war mittlerweile zu ihm herangetreten und sah neugierig hinein. Erstaunt erkannte er eine chromglänzende Waffe.

„Nehmen Sie sie!", forderte der Fremde ihn auf. Interessiert griff Sternberg nach der Pistole, wog sie in der Hand, richtete sie spielerisch auf ein imaginäres Ziel an der Wand und nickte dann bewundernd. Obwohl er sich sehr gut auskannte, konnte er nicht sagen, um was für eine Marke es sich handelte.

Mit einem wissenden Lächeln erklärte der Gastgeber: „Es ist eine Spezialanfertigung. Sie ist perfekt ausgewogen und passt hervorragend in meine Hand. Ich nehme oft an Wettbewerben teil. Seit vier Jahren habe ich keinen mehr verloren. Und seit vier Jahren habe ich diese Waffe."

Beinahe ehrfürchtig legte Sternberg die Waffe zurück, wusste aber nicht genau, was der Fremde ihm damit nun sagen wollte. Die Erklärung ließ nicht lange auf sich warten.

„Ich gewinne, weil ich die Gabe habe, mir immer das richtige Material auszusuchen. Das ist im Sport so, in meinem Privatleben ist das so und geschäftlich ist das ebenfalls so."

Mit diesen Worten stellte der Mann das Kästchen auf den Tisch, ohne den Deckel zu verschließen. Dann setzte er sich wieder. Sternberg tat es ihm gleich. Ein unangenehmes Schweigen machte sich breit. Irgendwie hatte Peter Sternberg das Gefühl, dass sich etwas verändert hatte. Er konnte nicht sagen, was es war, aber plötzlich schien die Stimmung umgeschlagen zu sein. Es war fast körperlich zu spüren. Und jetzt konnte Sternberg es auch im Gesicht des Fremden sehen, denn mit einem Mal wurde es ernst.

Nachdem das breite Lächeln verschwunden war, schien das Gesicht noch schmaler zu sein. Der Blick hatte sich verändert. Nicht wirklich unfreundlich, aber durchdringend, irgendwie kalt. Einen Moment sahen sich die Männer direkt in die Augen, bis Sternberg dem Blick nicht mehr standhielt und zu Boden sah. Dann wandte sich der Fremde zur Tür und rief laut: „Nakomi, bring mir unseren ersten Gast her!"

Erneut erfasste der kalte Blick Peter Sternberg, der nun wieder aufsah. Ein unangenehmes Gefühl breitete sich in Sternbergs Magen aus. Der Fremde war merkwürdig. Doch im nächsten Moment kam das freundliche Lächeln zurück. Die Augen strahlten abermals Wärme aus und Sternbergs Magen beruhigte sich ein wenig. Die Hitze Botswanas und der Schlafmangel beeinflussten offenbar sein Wahrnehmungsvermögen. Das Gehirn spielte ihm einen Streich. In Wirklichkeit war alles in Ordnung. Der Fremde war ein gütiger Mann, der sein Geld in Europa investieren wollte.

„Sehen Sie, wir hatten gestern einen anderen Gast", fuhr der Fremde fort. „Er kommt aus Frankreich und sollte dort eine ähnliche Stelle einnehmen wie Sie in Deutschland. Wir führten eine Unterhaltung, die der unseren in etwa gleichkam. Mit dem einen Unterschied: Er hat sich gegen eine Zusammenarbeit entschieden. Das ist sehr bedauerlich, ist er doch hierhergekommen, um mich und mein Haus zu sehen und mein Angebot zu erhalten. Es gleicht Ihrem Vorschlag, einfach mit dem Geld durchzubrennen. Sie müssen verstehen, dass Geld mir eigentlich gleichgültig ist. Ich habe ausreichend davon und setze es so ein, wie es mir am meisten hilft. Man bekommt fast alles, wenn man nur gut genug bezahlt." Immer noch das freundliche Lächeln. „Aber ein paar wenige Dinge sind etwas schwieriger zu bekommen. Dinge wie Verschwiegenheit und Loyalität. Doch auch diese Dinge sind für meine Ziele überaus wichtig." Das Wort ‚wichtig' betonte der Fremde übertrieben stark. Dabei verschwand für einen kurzen Moment das Lächeln, kam aber sofort wieder. „Ich denke, Sie werden verstehen, was ich meine."

Sternbergs Magen meldete sich wieder mit dem unangenehmen Gefühl. „Ja, natürlich verstehe ich das." Sternberg verstand in Wirklichkeit gar nichts. Aber es war ihm egal. Der Fremde hatte ihm 25.000 Euro Vorschuss gegeben und dafür sollte der Mann die Antworten bekommen, die er erwartete. Jetzt konnte es ja nicht mehr lange dauern, bis er auf dem Weg nach Hause war. Bis dahin würde er es schon noch aushalten, obwohl die Schwüle ihm fast die Luft zum Atmen nahm. Sein Mund war trotz der hohen Luftfeuchtigkeit entsetzlich trocken.

Plötzlich kam es Sternberg so vor, als würde der Fremde nicht aus Freundlichkeit lächeln, sondern aus Schadenfreude über die Pein seines Besuchers. Er hatte seinem Gast nicht einmal etwas zum Trinken angeboten. Auch die Klimaanlage, die in der Ecke hinter ihm hing, war ausgeschaltet.

Sternberg schloss kurz die Augen, um die Gedanken zu verscheuchen. Rede dir keinen Unsinn ein, dachte er, nimm dich zusammen! Er öffnete die Augen wieder und brachte tatsächlich ein Lächeln zustande, das den Fremden scheinbar zu einem noch breiteren Grinsen anspornte.

Dann tauchte Nakomi Djom in der Tür auf. Der farbige Bedienstete hatte Peter Sternberg vom Flughafen in Windhoek abgeholt und ihn den weiten Weg hierhergefahren. Er war nicht alleine, sondern schob einen schmalen, weißen Mann vor sich her, der offenbar in einer noch schlechteren Verfassung war als Sternberg. Die Kleidung der beiden Gäste ähnelte sich. Auch der andere Gast war im Anzug erschienen, wahrscheinlich unter ähnlichen Umständen wie er selbst, vermutete Sternberg. Die Hände hielt der Mann hinter dem Rücken. Seine Augen waren müde und leer. Die kurzen, schwarzen Haare waren gewellt und das Gesicht erinnerte Sternberg an den jungen Jean-Paul Belmondo. Peter Sternberg begrüßte ihn mit einem englischen „Hello". Der Franzose antwortete nicht.

Mr. Djom hielt ein kleines, silberfarbenes Tablett in der Hand. Erst als er damit zu seinem Chef ging und es ihm reichte, sah Sternberg den darauf liegenden Handschuh aus dunkelbraunem Wildleder. Der Herr des Hauses nahm das kleine Kleidungsstück mit einem Lächeln und bedankte sich bei Mr. Djom. Mit langsamen Bewegungen zog sich der schmalgesichtige Mann den Handschuh an. Dann beugte er sich ebenso langsam vor und griff in die Kiste. Während der ganzen Zeit blieb das Lächeln wie eingefroren auf seinem Gesicht. Obwohl es eigentlich ganz offensichtlich war, verfolgte Sternberg mit Spannung, ob der Mann tatsächlich die Waffe aus dem Kästchen nehmen würde. Als die Hand des Gastgebers wieder erschien, war sie nicht leer.

Langsam drehte sich die Mündung des Laufes in die Richtung des Franzosen, der mit weit aufgerissenen Augen dastand. Das Entsetzen, das in seinem Gesicht stand, würde Sternberg sein Leben lang nicht vergessen.

Ein kurzes „Merde!" war das Letzte, was der Franzose herausbrachte, bevor der ohrenbetäubende Schuss fiel. Augenblicklich hatte sich die Situation verändert. Von einer etwaigen Freundlichkeit war im Raum nichts mehr zu spüren. Sternbergs Herz setzte kurz aus, bevor es plötzlich mit heftigen Schlägen losraste. Jeden Schlag spürte er bis in den Kopf. Die Adern in seiner Schläfe, so erschien es Sternberg, wollten jeden Moment unter dem ungeheuren Druck platzen. Ich werde sterben, dachte er.

Noch immer schaute er in die weit aufgerissenen Augen des Franzosen, auf dessen Brust sich ein roter Fleck ausbreitete. Als ihn die Kugel getroffen hatte, war ein kurzes Zucken durch den Mann gegangen und die Augen hatten sich noch mehr geweitet.

Jetzt stand er einfach nur reglos da. Sternberg kam es unendlich lange vor. Als er schon nicht mehr damit rechnete, fiel der Körper einfach in sich zusammen, als wären die Beine plötzlich aus Papier.

Sternberg drehte sich bestürzt zu seinem Gastgeber. Auf dessen Gesicht war noch immer das leichte Lächeln, unverändert, wie die höhnische Fratze aus einem Gruselfilm.

„Sie sehen, Sternberg, es war eine sehr weise Entscheidung, mein Angebot anzunehmen. Wer nicht für mich ist, ist gegen mich. Und wer gegen mich ist und zu viel von mir weiß, muss sein

Wissen für sich behalten. Ich sorge dafür, dass das gewährleistet ist. Und deshalb, Herr Sternberg", und diese Worte unterstrich der Fremde mit langsamem Kopfnicken, „und deshalb kann ich sicher sein, dass Sie nicht mit dem Geld durchbrennen werden. Nakomi ist nicht mein einziger Bediensteter. Ich habe viele davon. Hier und überall in der Welt. Sie werden für mich arbeiten, Sternberg. Für mich arbeiten oder sterben. Aber Sie wollen nicht sterben, das wissen wir beide. Also arbeiten Sie für mich. Ich versichere Ihnen, dass es Ihnen dabei sehr gut gehen wird. Es wird Ihnen an nichts fehlen. Ein reicher Mann werden Sie sein und man wird Sie um Ihre Erfolge beneiden. Sie werden so viel Geld für Ihr Unternehmen zur Verfügung haben, wie Sie brauchen, um es ganz nach oben zu bringen. Das Einzige, was ich dafür erwarte, ist hin und wieder ein Gefallen. Es wird sich um kleine Gefälligkeiten handeln, die Sie vor keinerlei größere Probleme stellen werden.

Auch werden Sie nicht mit dem Gesetz in Konflikt kommen, es sei denn, Sie verlassen jetzt mein Haus und gehen zur hiesigen Polizei. In diesem Fall werden Sie als Mörder verurteilt. Nakomi und ich haben mit angesehen, wie Sie aus Habgier diesen Franzosen umgebracht haben. Ihre Fingerabdrücke sind auf der Waffe und Sie haben sehr viel Geld in bar bei sich. Auf einigen Scheinen sind die Fingerabdrücke des Franzosen zu finden. Natürlich ist das so, denn es war ja sein Geld. Sie haben es ihm weggenommen, nachdem Sie ihn erschossen haben. Uns haben Sie gesagt, wenn wir uns in den nächsten Stunden rühren, würden Sie auch uns erschießen. Wir hatten selbstverständlich Angst und sind deshalb noch nicht zur Polizei gegangen."

Der Mann machte eine kurze Pause, wobei er sein Lächeln nicht verlor. „Natürlich können Sie auch erst in ein paar Tagen zur Polizei gehen. Bis dahin wird sich allerdings kein Anzeichen eines Toten mehr finden lassen. Man wird Ihnen letztendlich kein Wort glauben. Ein paar Tage später würden Sie selbst einen tragischen Unfall erleiden."

Eine weitere Pause von mindestens einer Minute folgte. Für Sternberg zog sich diese Minute hin bis zur Unendlichkeit. Er war zu keinem vernünftigen Gedanken fähig. Nur überleben, bis ich hier raus bin, hämmerte es immer wieder in seinem Bewusstsein. Neben diesem Gedanken war sein panisch rasendes Herz das Einzige, was er wahrnahm.

Nach einer gefühlten Ewigkeit nickte der Mann wieder bedächtig, noch immer den Revolver in der Hand. „Nein, Sie werden nicht zur Polizei gehen. Sie haben sich richtig entschieden, Sternberg. Sie haben sich entschieden für Reichtum, Erfolg, Zufriedenheit und Glück." Dann sah er Peter Sternberg eindringlich an. „Kann ich auf Sie zählen, Peter?"

Obwohl er vermutete, keinen Ton hervorbringen zu können, war Peter Sternbergs Stimme klar und fest, als er antwortete: „Ja, Sie können auf mich zählen."

„Gut. Dann gehen Sie jetzt. Nakomi wird Sie nach Namibia zum Flughafen fahren. Verfahren Sie, wie wir es besprochen haben. Dann warten Sie auf weitere Anweisungen. Sie können auf beliebige Art und Weise an Sie herangetragen werden. Alle diese Anweisungen werden eines gemeinsam haben, damit Sie sie als die meinigen erkennen: Sie alle werden den Namen Nakomi enthalten. Tun sie das nicht, so kommen sie nicht von mir."

Ohne eine Antwort von Sternberg abzuwarten, drehte sich der Mann zu Nakomi Djom, nickte ihm zu und sagte: „Fahr Peter Sternberg bitte zurück zum Flughafen. Ich werde mich hier um alles kümmern."

Nakomi sah zu Sternberg. „Kommen Sie. Wir müssen uns beeilen!" Damit drehte er sich um und ging voraus. Sternberg stand auf, bemerkte eine entsetzliche Schwäche in den Beinen und wankte Mr. Djom hinterher.

6 Jahre später, 6. September, 8:45 Uhr

Sven Steinhammer kam ungewöhnlich früh zur Arbeit. Am Vorabend hatte er noch sehr viel zu tun gehabt, sodass er nicht mehr dazu gekommen war, ein Testnetzwerk für Thomas aufzubauen. Das wollte er an diesem Morgen erledigen. Am liebsten wäre er im Bett geblieben, denn Janette hatte heute frei. Aber er hatte Thomas versprochen, dass er sich um alles kümmern würde, also tat er es auch. Janette traf sich um zehn Uhr mit einer Freundin, mit der sie dann durch die Stadt bummeln würde. Dabei wäre er sowieso überflüssig gewesen.

Jetzt war es fast neun Uhr und das kleine Testnetzwerk lief. Da Sven nicht wusste, worum es sich bei Thomas' Tests genau handelte, baute er ein Netz auf, wie er es aus der Wirklichkeit kannte. Er simulierte zwei Bürohäuser, die mit einer gemieteten Leitung verbunden waren. Auf beiden Seiten stand ein sogenannter Router, der den Kontakt mit der Gegenstelle im anderen Gebäude herstellen konnte. In Wirklichkeit standen die Geräte in seinem Büro direkt nebeneinander, aber das wussten sie ja nicht. Für sie gab es keinen Unterschied, ob sie nun mehrere hundert Kilometer voneinander entfernt waren oder nur wenige Zentimeter. Hauptsache die Leitung dazwischen übertrug ihre Signale.

An beide Geräte, also in jedem der fiktiven Bürohäuser, hatte er als Netzwerkverteiler jeweils zwei Switche angeschlossen. An diese konnte man bis zu zwanzig Computer anschließen. Die meisten Netzwerke bestanden aus solchen oder ähnlichen Geräten. Svens Firma benutzte ausschließlich Geräte der Firma CatSpeed. Sie waren teuer, aber derzeit das Beste, was der Markt zu bieten hatte. CatSpeed war beinahe ebenso Standard im Netzwerkbereich, wie es Frames im Bereich der Betriebssysteme war. Ein großer Teil des Internets war mit CatSpeed-Geräten aufgebaut.

Die Tür öffnete sich, als Sven gerade dabei war, die Funktionen in seinem kleinen Netz zu testen. Gina Bodoni, die einzige weibliche Person in seiner Abteilung, betrat das Büro. Sven hatte sich zunächst schwer damit getan, sie einzustellen. Er hatte befürchtet, dass sie die Männer in der Abteilung durcheinanderbringen könnte. Sie war eine ziemlich hübsche Frau mit einem schlanken, wohlproportionierten Körper. Ihre schulterlangen, schwarzen Haare umrahmten ein freundliches Gesicht, aus dem zwei fröhliche, grüne Augen blickten. Mit ihren 1,73 Metern war sie fast so groß wie Sven.

Während des Vorstellungsgespräches hatte Gina ihn von ihrem umfangreichen Wissen und ihrer Kompetenz im Netzwerkbereich überzeugen können und er hatte sich eine so gute Arbeitskraft nicht entgehen lassen wollen. Bisher musste er seine Entscheidung nicht bereuen. Nach zwölf Monaten Zugehörigkeit bei DeHSIP, dem „Deutschen High Speed Internet Provider", war sie seine beste Kraft. Manchmal empfand Sven sie als ein klein wenig zickig, dies tat ihren beruflichen Leistungen aber keinen Abbruch.

„Morgen! Ich hab gehört, du baust ein kleines Spielzeug für Thomas auf?"

Sven blickte auf, als sie hereinkam. Gina sah müde aus und er wunderte sich, dass sie so früh da war. Am Vortag hatte sie gesagt, dass sie später kommen würde.

„Hey, wolltest du nicht ausschlafen?"

Sie schloss die Tür hinter sich, wobei sie unverhohlen gähnte, ohne sich die Hand vor den Mund zu halten. „Ja, das wollte ich. Aber kann ich meinen Chef bei so einer wichtigen Arbeit alleine lassen?" Sie lachte kurz. „Nein, nein. Ich bin einfach neugierig. Ich hab gestern noch Thomas angerufen, weil er mir was mitbringen sollte. Er hat mir von den seltsamen Phänomenen bei der NSI AG erzählt."

Sven zog die Augenbrauen hoch. „Aha? Ich weiß davon bisher gar nichts. Thomas hat nur aufgezählt, was er brauchen würde."

„Ich weiß. Er hatte keine Zeit. Seine Kids waren doch gestern nicht da und das wollte er ausnutzen und mit Tanja essen gehen. Ich habe ihn auf dem Handy im Auto erwischt, als er gerade auf dem Heimweg war."

Sie setzte sich neben ihn und schaute auf den Bildschirm. Er konnte ihr dezentes Parfüm wahrnehmen. Vielleicht war es auch der Geruch ihres Duschgels. In jedem Fall roch es sehr frisch.

„Thomas hat sich gestern das neue Datensicherungsprogramm von der NSI vorführen lassen", erklärte sie. „Zunächst schien alles gut zu laufen. Sie haben im Labor eine Menge Daten gesichert und wieder zurückgespielt. Lief alles gut. Dann hat Thomas verlangt, dass man alle Geräte des Testlabors auf ein Datum setzt, das vier Monate in der Zukunft liegt. Nur damit alles realistisch ist. Wer braucht schon Daten von einer Sicherung am gleichen Tag? Du kennst ja Thomas, immer perfektionistisch bis ins Detail."

„Ja, und?"

„Nach der Umstellung lief anscheinend gar nichts mehr. Nicht nur das Sicherungsprogramm hatte Probleme, sondern auch die Server."

„Dann würde ich sagen, dass die NSI AG ein paar Mitarbeiter hat, die ihren Job nicht verstehen", meinte Sven.

„Vermutlich. Aber Thomas will das hier wohl nachstellen, um sicherzugehen, dass es kein Problem ist, das uns auch irgendwann treffen könnte."

Das kam Sven übertrieben vor, aber er sagte nichts. Schon zu lange arbeitete er mit Thomas zusammen und schätzte ihn und sein Knowhow sehr. Für seinen Kollegen würde er einiges tun, auch wenn er es als unsinnig betrachtete. Umgekehrt wäre es, so vermutete er zumindest, genauso.

„Also? Was kann ich tun?", fragte Gina.

„Kaffee kochen", war seine prompte Antwort.

„Vergiss es! Ich werde hier nicht fürs Kaffeekochen bezahlt." Ihr patziger Tonfall verriet, dass sie seine Aufforderung nicht als Scherz aufgefasst hatte. „Aber du könntest mir einen besorgen. Vielleicht schaffe ich es dann, wach zu bleiben."

Sven sah sie etwas genervt an und verzog den Mundwinkel. Er mochte es nicht, wenn jemand so ernst auf einen Scherz reagierte. Aber vielleicht verstand man seine Scherze einfach nicht immer. Er atmete einmal tief durch und stand auf. „Ich muss sowieso rüber zu den Desktop-Jungs. Die sind schon eine Weile da, also gibt es da wahrscheinlich auch Kaffee. Ich bring dir einen mit. Vielleicht kannst du solange nach dem einen Switch schauen. Irgendwie bringt der lauter Fehlermeldungen, obwohl er noch gar nichts zu tun hat."

Beim Verlassen des Raumes hörte er noch ihr müdes „Okay".

Sven wandte sich nach links und ging den Flur hinunter in Richtung Küche. Die weißen Wände wurden hier und da durch blassblaue Türen unterbrochen. Die meisten davon standen offen, nur wenige waren geschlossen. Kurz vor der Zwischentür zu den Aufzügen befand sich die Küche. Sowohl das Geräusch von durchlaufendem Wasser als auch der wahrnehmbare Geruch signalisierten ihm, dass jemand frischen Kaffee kochte. Das war gut. So brauchte er keinen bei den Desktop-Leuten zu klauen. Er öffnete gerade die gläserne Zwischentür, als die leise Glocke von den Fahrstühlen ertönte. Sven sah, wie die in der Mitte geteilte Edelstahltür sich öffnete und ein lächelnder Thomas erschien.

„Morgen, Sven. Na, alles bereit?"

„Noch nicht ganz. Aber wir sind dran. Ich bin gerade auf dem Weg, um ein paar Rechner zu besorgen."

Thomas zog ein pessimistisches Gesicht. „Na, dann viel Glück."

Sie verabredeten sich zu einer Lagebesprechung in Svens Büro in fünf Minuten.

Sven hielt Thomas die Glastür zu den Büroräumen auf. „Bringst du Gina bitte einen Kaffee mit? Sie sitzt bei mir."

Ohne eine Antwort abzuwarten, wandte er sich um und setzte seinen Weg fort. Zwei Türen weiter war das Büro von Stefan Kuhlbert. Er war der Abteilungsleiter im Bereich „IT Desktop". Hier war die Zentrale für alles, was mit den Computern der Mitarbeiter zusammenhing. Die Desktop-Jungs installierten sie, spielten benötigte Software auf, führten Programmerneuerungen durch und nahmen letztendlich auch die vielen Anfragen und Fehlermeldungen entgegen, die von den Benutzern kamen.

Stefan verwaltete die Frames-Server, legte neue Benutzer an und war mehr oder weniger dafür verantwortlich, dass es eine gewisse Datensicherheit gab.

Sven hatte eine zwiespältige Meinung von ihm. Auf der einen Seite hielt er Stefan für egoistisch und intrigant. Auf der anderen Seite schätzte er ihn als Fachkraft. Sven kannte niemanden, der auf dem Gebiet von Frames besser war als Stefan. Auch scheute Stefan keine Arbeit. Wenn etwas getan werden musste, dann tat er es, und was er tat, tat er richtig. Das Unternehmen konnte auf ihn zählen.

„Hi Stefan", begrüßte er ihn. „Wie läuft's denn so?"

Stefan saß, wie fast immer, an seinem Rechner, arbeitete fleißig und hatte eine Zigarette im Mund. Er war der Einzige, der sich nicht an das Rauchverbot in den Büros hielt. Durch die Brille mit dem dünnen Goldrahmen sah er Sven an. Der bemerkte die kurzen Bartstoppeln in dem rundlichen Gesicht.

Der Mann, dessen fülliger Körper in einer braunen Cordhose und einem rot-weiß karierten Holzfällerhemd steckte, nahm einen tiefen Zug aus seiner Zigarette. „Ach ja, es geht so. Was willst du denn? Wenn du hier auftauchst, dann doch nicht ohne Grund."

Stefans direkte Art gehörte zu den Eigenschaften, die Sven schätzte. Ebenso direkt antwortete er: „Fünf Rechner. Heute. Jetzt."

Die beiden Männer sahen sich ein paar Sekunden lang direkt in die Augen. Sven überlegte, ob er zu lachen anfangen sollte. In Stefans Augen erkannte er, dass es diesem ebenso erging. Beide hielten ihr Lachen zurück.

„Zwei Stunden. Wo?"

„Mein Büro."

Noch immer sahen die beiden sich in die Augen. Dann drehte Sven sich zur Tür, während er noch ein „Danke" von sich gab.

Als er in sein Zimmer kam, saß Gina noch immer in seinem Stuhl, jetzt aber mit einer Tasse Kaffee in der Hand. Schräg vor ihr saß Thomas auf dem Tisch. Sowohl die verfügbaren Wandflächen als auch die Fensterfront waren mit Tischen verbaut, sodass sich ein großes U aus Arbeitsflächen ergab.

„In zwei Stunden haben wir die Computer", sagte Sven zu Thomas. Und dann, zu Gina gewandt: „Und, geht's dir jetzt besser?"

Gina nahm schlürfend einen Schluck von ihrem schwarzen Kaffee, bevor sie antwortete. „Geht so. Aber wir haben ein Problem mit dem Switch. Ich glaube, es ist ein Hardwaredefekt. Vielleicht haben wir Glück und es ist nur ein Fehler in der Software, was ich aber nicht annehme. In jedem Fall lade ich mir gerade die neueste Version des Programms herunter und versuche es damit noch einmal. Versprich dir aber nicht zu viel davon."

Das hatte Sven noch gefehlt. Hier hatte er seine derzeit letzten Reservegeräte aufgebaut. Wenn eines davon den Geist aufgab, dann hatten sie ein Problem.

„Na, wollen wir hoffen, dass es nur die Software ist", meinte Sven und wandte sich wieder an Thomas. „Apropos Software – ich rotiere hier schon den ganzen Morgen, um ein Testnetzwerk aufzubauen, habe aber noch nicht verstanden, was du überhaupt vorhast. Gina hat mir nur erzählt, dass es bei der NSI AG ein Problem mit den Systemen gab."

„Ein sehr massives Problem sogar", betonte Thomas. „Es begann nach der Umstellung des Datums auf einen Tag im Dezember. Wir wissen alle nicht, was wir davon halten sollen, aber ich finde, es könnte nicht schaden, intensivere Untersuchungen anzustellen. Ist Gregor eigentlich schon da? Er war gestern mit mir bei der NSI."

Sven überlegte. „Gregor? Nein, aber der kommt doch immer ein bisschen später. Praktikanten sind auch nicht mehr das, was sie mal waren …"

„Er hat sich gestern bei dem Termin recht wacker geschlagen! Sein Outfit war allerdings für einen Besuch bei einem Geschäftspartner sehr abenteuerlich. Aber er hat ziemlich viel auf dem Kasten. Wir sollten ihn beim Testen einbeziehen."

„Können wir machen", stimmte Sven zu. „Was ist mit Kaffee?"

Thomas griff mit der linken Hand hinter sich, während er grinsend sagte: „Ich habe da etwas Besseres. Schau mal."

Seine Hand kam mit einer Dose Kakao hervor. Dann drehte er sich zur anderen Seite, streckte diesmal die rechte Hand nach hinten und eine Milchpackung kam zum Vorschein. „Magst du einen heißen Kakao?"

Sven hielt das für eine gute Idee, aber bevor er antworten konnte, meldete sich Gina zu Wort. „Warum hast du mich nicht gefragt, bevor du mir den Kaffee gebracht hast? Ich hätte vielleicht auch lieber einen Kakao getrunken. Aber so weit denkt ihr ja nicht."

Die beiden Kollegen sahen einander an, schüttelten den Kopf und verzogen sich in die Küche. Sie würden sich bei Ginas Kakao besonders viel Mühe geben, um sie wieder milde zu stimmen.

In Ermangelung einer anderen Möglichkeit benutzten die beiden Männer kurzerhand den Wasserkocher, um die Milch zu erhitzen. Das Ergebnis war eine von angesetzter Milch bräunlich verfärbte Heizspirale, die sie irgendwie wieder sauber kriegen mussten.

Während Sven mit einem Löffel an der Oberfläche der Spirale kratzte, suchte Thomas nach weiteren Hilfsmitteln. In einem Schrank fand er Spiritus, den er sogleich als geeignetes Reinigungsmittel einstufte. Er ging zur Spüle und nahm Sven den Wasserkocher ab.

„Gib mal her. Das haben wir gleich." Schon schüttete er reichlich Spiritus in den Kocher.

Sven staunte nicht schlecht. „Den Geschmack bekommst du nie wieder raus, Thomas."

Aber Thomas ließ sich nicht stören. Jetzt nahm er den Löffel und schabte fleißig in der Spirituslake. „Den Belag bekommst du sonst auch nicht ab. Aber jetzt geht's. Schau mal. Sieht schon fast wie neu aus!"

Thomas spülte das Gefäß noch einmal aus und reichte es stolz Sven zur Ansicht. Der sah hinein und konnte keinen Belag mehr entdecken. Dann roch er kurz daran. Die Folge war ein Hustenanfall. Es roch nicht nur, nein, es *stank* nach Spiritus. Thomas bekam einen Lachanfall. Auch Sven konnte nicht mehr ernst bleiben.

Als er Gina vor der Küchentür stehen sah, bemühte er sich um Fassung, was ihm jedoch nicht gelang. Seine Kollegin schüttelte ungläubig den Kopf. „Wer hat euch eigentlich eingestellt?" Daraufhin verschwand sie in der Damentoilette gegenüber.

„Wir kochen ihn noch mal aus."

Nachdem das Wasser kochte, schüttete Sven es in das Spülbecken, wobei es wahnsinnig dampfte. Wieder mussten beide lachen.

„Das darf kein Mensch sehen, was wir hier machen", meinte Thomas, während er zum Fenster ging und es öffnete. Sven machte die Riechprobe. Es war kein Spiritusgeruch mehr festzustellen. „Der ist wieder okay. Lass uns den Kakao trinken gehen."

Schnell holten sie aus einem der Hängeschränke ein kleines Tablett, stellten die drei Tassen mit Milch darauf, legten vier Löffel dazu und verließen die Küche. Zurück blieb eine hohe Luftfeuchtigkeit.

Wieder im Büro angekommen, schloss Sven die Tür hinter sich. Gina saß inzwischen wieder auf ihrem Platz und bediente geschäftig die Tastatur. Sven erkannte ein kurzes Lächeln, als sie die beiden Kollegen ansah. Dann wurde sie wieder ernst und angespannt. „Meine Milch bitte ohne Haut!"

Ein Blick auf die Milch und Sven wusste, was sie meinte. Auf der Oberfläche jeder Milchtasse hatte sich eine dicke Schicht Haut gebildet, die er entfernte, bevor er den Kakao hinzugab. Eine Tasse stellte er vor Gina auf den Tisch. „Und, wie sieht's aus?", fragte er.

Gina schüttelte mit dem Kopf. „Schlecht. Die Kiste ist kaputt. Mit der kannst du nichts mehr anfangen." Sie nahm einen Schluck Kakao. „Warum habt ihr euch eigentlich so viel Mühe für eine Tasse kalten Kakao gemacht?"

Sven dachte einen Moment nach. Der Kakao war inzwischen nur noch warm, weil sie mit ihrer Reinigungsaktion so viel Zeit vertrödelt hatten. Aber jetzt mussten sie sich wieder mit ihrer Arbeit beschäftigen. „Wir haben doch noch einen Switch im Safe, oder?"

Er dachte an den Schranksafe, in dem alle teureren Teile gelagert wurden.

Wieder schüttelte Gina den Kopf. „Nein. Den hab ich letzte Woche in München eingebaut. Dort hatte es einen Defekt gegeben. Die haben zwar einen Backup-Switch, aber wenn der auch noch ausgefallen wäre, hätten vierzig Mitarbeiter nicht mehr arbeiten können."

Mit einem leichten Nicken bestätigte Sven, dass er sich an die Aktion erinnern konnte. CatSpeed, der Hersteller der Geräte, kam kaum noch mit der Produktion von Hardware hinterher und hatte Lieferschwierigkeiten. „Ich hab noch einen zu Hause. Den könnte ich holen", schlug er vor.

Die prompte Antwort kam von Thomas. „Na, was machst du dann noch hier? Während du ihn holst, kann ich Gina schon mal erklären, wie das Phänomen im Detail aussieht und was ich alles vorhabe."

„Ja, ja, schon gut", antwortete Sven gespielt beleidigt. „Ich verschwinde schon, wenn ihr mich loswerden wollt."

„Endlich merkst du es", gab Gina zurück.

Sven erwiderte ihr breites Grinsen, froh darüber, dass ihre Laune sich offenbar besserte. Dann nahm er seine Jeansjacke von der Lehne des Stuhls und verschwand aus dem Raum. „Ich bin in einer Stunde wieder da!", rief er zurück.

Die Fahrt dauerte länger als erwartet. Schwer schleppte sich der Verkehr durch Frankfurts Innenstadt. So zügig wie möglich bahnte Sven sich mit teilweise rasanten Spurwechseln seinen Weg.

Am Morgen war es noch wolkenfrei und klar gewesen. Jetzt konnte Sven sehen, dass vom Taunus her dunkle Wolken aufzogen, die Frankfurt bereits erreicht hatten. Von der wärmenden Sonne war nichts mehr zu sehen. Die Wolken hingen so tief, dass es Sven vorkam, als würden sie gleich die Spitzen der Hochhäuser berühren, die an der Mainzer Landstraße einen Großteil der Frankfurter Skyline schufen.

Als Sven nach rechts in den Grüneburgweg einbog, fielen die ersten dicken Regentropfen. Schnell nahm der Regen zu und wurde so stark, dass Sven die schnellste Stufe des Scheibenwischers einstellen musste. Zum Glück war es nicht mehr weit. In der Fichardstraße suchte er sich einen Parkplatz. Im Gegensatz zu abends war das um diese Uhrzeit kein Problem.

Als er angehalten hatte, sah Sven zu, wie der Regen auf das dunkle Blau der Motorhaube prasselte. Warten, bis es weniger regnen würde? Oder einfach Augen zu und durch? Immerhin wollte er in einer Stunde wieder im Büro sein. Oben konnte er sich kurz abtrocknen, notfalls auch etwas Frisches anziehen. Für den Rückweg würde er sich einen Schirm mitnehmen.

Mit schnellen Bewegungen schälte Sven sich aus dem Auto und rannte los. Obwohl er sich beeilt hatte, kam er nach ein paar Schritten völlig durchnässt bei seinem Hauseingang an. Als er die Stufen hinauf zum dritten Stock nahm, quietschten die nassen Gummisohlen seiner Schuhe.

Aus der Nachbarwohnung hörte er laute Musik. Vielleicht kam es auch von einem Stockwerk höher. Als die Musik beim Öffnen der Tür jedoch plötzlich lauter wurde, erkannte Sven, dass sie in Wirklichkeit aus seiner eigenen Wohnung kam. Das erstaunte ihn. Zum einen dachte er, dass Janette gar nicht zu Hause sein würde. Zum anderen machte sie üblicherweise die Musik nicht so laut.

Während er eintrat und die Tür hinter sich schloss, versuchte er, das Lied zu erkennen. Es gelang ihm nicht. Es war ein sehr ruhiges, fast melancholisches Lied. Sven vermutete, dass es auf einer der Kuschelrock-CDs war.

Um den Boden zu schonen, zog er die Schuhe aus. Mit einem Blick durch die erste Tür auf der rechten Seite des Flurs erkannte er, dass Janette nicht im Wohnzimmer war. Auch die Musik kam nicht von hier. Ein wenig verwundert zog Sven die Stirn in Falten. Langsam ging er den Flur entlang, am Bad vorbei und erreichte dann auf der rechten Seite die Schlafzimmertür. Eindeutig kam die Musik von dort.

Sven fragte sich, ob Janette vielleicht einen Streit mit Katrin gehabt hatte. Katrin war schon sehr lange ihre beste Freundin und ein Streit mit ihr würde sie sicher ziemlich herunterziehen.

Irgendwie war es merkwürdig: die verschlossene Schlafzimmertür, die laute, etwas traurige Musik. Vielleicht lag Janette auf dem Bett und weinte? Oder war sie einfach nur eingeschlafen? Einen Moment lang überlegte Sven, wie er die Tür öffnen sollte, ohne sie zu erschrecken. Sie würde ihn um diese Zeit nicht erwarten. Er beschloss, leise zu sein, falls sie schlief.

Langsam drückte er die Klinke herunter und öffnete sachte die Tür. Während er dabei nicht das leiseste Geräusch verursachte, wurde die Musik noch lauter. Zunächst sah er nur den sich bewegenden Schatten, der ihm verriet, dass Janette nicht schlief. Eine halbe Sekunde später fühlte Sven, wie sein Herz für einen Schlag aussetzte. Er hätte mit allem gerechnet, aber nicht mit dem, was er sah. Und wenn er damit gerechnet hätte, dann nicht in dieser Form. Er schluckte schwer. Sein Hals fühlte sich plötzlich an wie zugeschnürt.

Ganz offensichtlich hatte es keinen Streit mit Katrin gegeben. Janette hatte auch sonst keinen Grund dazu, traurig zu sein. Zwar lag sie auf dem Bett, aber sie war nicht die erste Person, die Sven wahrnahm. Sein Blick blieb zunächst an Katrin hängen. Obwohl er sie nur von hinten sah, erkannte er sofort die lockige, blonde Mähne. Katrin kniete auf dem Bett und bewegte ihr Becken im Takt der Musik. Sie war vollkommen nackt.

Auch Janette erblickte er. Sie lag mit dem Rücken auf dem Bett. Ebenso wie Katrin war sie unbekleidet. Ihr Gesicht befand sich direkt unter dem sich wiegenden Körper ihrer Freundin. Ihre Hände hielten Katrins Oberschenkel fest.

Svens Kopf war leer. Kein Gedanke war mehr da. Er hätte nicht sagen können, wie lange er regungslos dastand, bevor sich Katrin zu ihm umdrehte. Ihre Augen weiteten sich, als sie Sven sah. Im gleichen Moment öffnete sich sein Mund, als ob er etwas sagen wollte, aber er brachte kein Wort heraus. Sekunden verstrichen. Die beiden sahen sich direkt in die Augen.

Sven war wie versteinert. Noch bevor Janette verstand, was passiert war, fand Sven seine Sprache wieder. Er schluckte noch einmal schwer, bevor er „Entschuldigung" stammelte, sich umdrehte und die Tür hinter sich schloss.

Dann ging er wie in Trance ins Wohnzimmer, öffnete die unterste Schublade des großen Schranks und entnahm das Gerät, welches etwa die Größe eines Satellitenreceivers hatte. Im Flur zog er seine Schuhe an und verließ die Wohnung.

Auch beim Herabsteigen der Treppe war sein Kopf noch leer. Die Bewegungen erfolgten automatisch. Im Moment hatte er nur ein einziges Ziel. Er wollte dieses Gerät zur Arbeit bringen, denn Thomas benötigte es dringend. Bevor er hinaus auf die Straße trat, versteckte er es unter seiner Jacke, damit es nicht nass wurde.

Es regnete jetzt noch stärker. Dieses Mal beeilte er sich nicht, die Strecke zwischen Haus und Auto rasch zurückzulegen. Es war ihm egal, ob er nass wurde. Nachlässig warf er den Switch auf den Rücksitz, nahm hinter dem Lenkrad Platz und steckte den Zündschlüssel ins Schloss. Doch er startete den Wagen nicht, sondern legte nur die Hände auf das Steuer.

Lange Zeit beobachtete er die Regentropfen dabei, wie sie auf die Motorhaube schlugen. Ihm ging durch den Kopf, dass sein Wagen ein hübsches, dunkles Blau hatte. Mit dem Regenwasser darauf sah der Lack aus, als sei er frisch gewachst worden.

Plötzlich rollten ihm Tränen über die Wangen. Schnell holte er aus dem Handschuhfach ein Päckchen Taschentücher, öffnete es umständlich und putzte sich die Nase. Mit einem zweiten Taschentuch wischte er sich die Tränen aus dem Gesicht. Dann warf er sowohl die benutzten Taschentücher als auch das angebrochene Päckchen auf den Beifahrersitz. Entschlossen startete er den Wagen und ließ den Motor aggressiv aufheulen.

Beim Fahren merkte er kaum, wohin er fuhr. Unbewusst nahm er die richtigen Wege. Seine Augen verfolgten zwar den Verkehr, aber sein Gehirn verarbeitete nur einen Teil davon.

Seine Gedanken beschäftigten sich mit ganz anderen Dingen. Janette betrog ihn mit ihrer besten Freundin. Gut. Aber was änderte das für ihn? War Katrin nun eine Konkurrenz für ihn? Wohl kaum. Die beiden Frauen hatten sich bereits viele Jahre gekannt, bevor Sven mit Janette zusammenkam. Wenn es ihnen um eine feste Beziehung gegangen wäre, dann hätte Janette sich gar nicht erst mit ihm eingelassen.

Nein, Janette wollte mit ihm zusammen sein und zusammenbleiben, davon war Sven überzeugt. Es ging ihr bei Katrin vermutlich rein um die sexuelle Seite. Okay. Einen weiblichen Körper konnte er ihr nicht bieten. So gesehen gab es für Janette keine andere Möglichkeit, ihre Bedürfnisse zu befriedigen, als sich eine andere Person dafür zu suchen. Das musste gar nichts mit ihm zu tun haben. Er hatte immer den Eindruck gehabt, dass sie mit ihm glücklich war. Nur gab es da einfach etwas, das sie niemals von ihm bekommen konnte. Und das holte sie sich von Katrin.

Sven dachte darüber nach und fragte sich, was eigentlich so schlimm daran war. Zunächst hat sie mich hintergangen, stellte er fest. Sie hätte mit mir darüber reden sollen. Wenn ich es von Anfang an gewusst hätte, dann wäre es kein so großes Problem gewesen. Vor allem keine Überraschung. Etwas durch Zufall zu entdecken, heißt immer, sich hintergangen zu fühlen.

Man sagt, dass sich ein Partner verändert, wenn er fremdgeht. Aber Sven hatte keine besonderen Veränderungen bei Janette festgestellt, seitdem sie zusammen waren. Daher schlussfolgerte er, dass es das Verhältnis mit Katrin schon vor der gemeinsamen Zeit gegeben haben musste.

Plötzlich bremste er scharf. Fast hätte er das kleine Kind am Zebrastreifen nicht gesehen. Sein Herz schlug ihm bis zum Hals und das Adrenalin schoss ihm ins Blut.

Er versuchte, die unschönen Gedanken zu verdrängen. Was war schon geschehen? Seine Freundin liebte ihn und wollte bestimmt bei ihm bleiben. Sie hatte lediglich eine ganz besondere sexuelle Neigung, die sie in einer erotischen Beziehung zu ihrer besten Freundin befriedigte. Alles war in Ordnung.

Nach einem tiefen Durchatmen schaffte Sven es endlich, sich wieder zu sammeln. Seine Aufmerksamkeit wandte sich dem Straßenverkehr zu und jetzt fuhr er auch wieder schneller. Er fühlte sich ein wenig besser. Obwohl da noch etwas nagte, ganz tief in seinem Unterbewusstsein. Ihm war klar, dass sich etwas verändert hatte. Was genau, darüber war er sich noch nicht im Klaren.

Ihm fiel plötzlich ein, wie oft Janette alleine unterwegs oder aber mit Katrin zusammen war. Wie oft sie abends wegging. Es gab keine Sekunde, in der er ihr misstraut hatte. Vielleicht war er zu leichtgläubig und zu vertrauensselig gewesen? Aber was wäre das für eine Beziehung, wenn man sich nicht blind vertrauen konnte?

Seine Gedanken drifteten wieder weg vom Straßenverkehr. Er fragte sich, ob er ihr überhaupt irgendwann wieder vertrauen würde. Sie hatte ihn bewusst angelogen. Dass sie zum Einkaufsbummel gehen würde, hatte sie ihm erzählt. Wahrscheinlich hatte sie da schon gewusst, dass sie und ihre Freundin etwas ganz anderes tun wollten. Im letzten Moment erfasste Sven, dass die Autos vor ihm gar nicht mehr fuhren, sondern an einer roten Ampel standen. Die Reifen quietschten, bevor er zum Stehen kam. Keine Handbreit trennte ihn mehr vom Vordermann. Ohne ABS wäre es zu einem Unfall gekommen.

Verdammt, du musst dich zusammenreißen, dachte Sven. Das letzte Stück schaffst du auch noch.

Als er sein Auto abstellte, konnte er sich an viele Abschnitte der Fahrt gar nicht mehr erinnern. Jedem anderen Menschen hätte er gesagt, dass es unverantwortlich wäre, in solch einem Zustand Auto zu fahren.

Beim Überqueren der Straße steckte er den Switch wieder unter die Jacke. Es regnete noch immer. Die dicken Wolken, die jetzt über der ganzen Stadt hingen, ließen nicht darauf hoffen, dass es bald aufhören würde. Dass es so düster war, verstärkte Svens deprimierte Stimmung noch. Wenn er nicht gewusst hätte, dass Thomas auf ihn wartete, wäre er nicht mehr ins Büro gekommen.

Gerade als er das Bürohaus betreten hatte, piepte sein Handy. Während er mit der rechten Hand den Switch hielt, kramte seine linke das Telefon hervor. Im Display erkannte er die Nummer von zu Hause. Es war also Janette. Er meldete sich mit einem knappen „Hi".

Ihre Stimme klang ängstlich. „Bist du okay?"

„Ja." Eine kurze Pause, in der keiner etwas sagte. „Habt ihr Spaß gehabt?" Noch bevor er zu Ende gesprochen hatte, bereute er es. Seine Stimme hatte vorwurfsvoll geklungen.

„Ja, haben wir." Sie hingegen klang verletzt. Das ärgerte Sven. Was hatte sie für einen Grund, verletzt zu sein? Fast hätte er gefragt, ob es besser gewesen sei als mit ihm, konnte es sich aber gerade noch verkneifen. Er nahm sich vor, nicht kindisch zu sein.

Zwei Sekunden lang sammelte er sich, atmete tief durch und sagte dann mit einer Stimme, die so ehrlich wie nur irgend möglich klingen sollte: „Das ist gut. Es tut mir leid, dass ich euch erschreckt habe. Ich musste etwas für die Arbeit holen und habe die Musik im Schlafzimmer gehört. Ich konnte ja nicht wissen, dass ..."

„Es war nicht deine Schuld." Pause. „Sven, ich ... ich weiß nicht, was ich dir sagen soll ..."

„Nichts, Janette. Gar nichts."

„Du kommst doch heute Abend heim?"

Beinahe wäre ihm ein „Wenn ich nicht störe" herausgerutscht. Aber er konnte den Impuls unterdrücken. Stattdessen sagte er: „Natürlich. Wo sollte ich denn sonst hingehen?"

„Ich weiß nicht. Zu Thomas vielleicht."

„Nein. Ich komme nach Hause. Wenn du auch da bist?"

„Ich warte auf dich." Ihre Stimme war fast ein Flüstern.

„Es kann sein, dass ich etwas später komme. Thomas hat da ein Problem, bei dem ich ihm helfen muss."

„Rufst du an, bevor du kommst? Ich möchte dir gerne etwas Besonderes kochen."

„Kann ich machen." Um die Situation etwas aufzulockern, fügte er hinzu: „Was gibt's denn Leckeres?" Es klang unbefangener, als er sich tatsächlich fühlte. Das entspannte die Atmosphäre etwas.

„Lass dich überraschen." Pause. „Sven?"

„Ja?"

„Ich hab dich lieb."

„Gut." Pause. „Ich denke, ich kann damit leben, wenn du auch eine andere Frau gerne hast. Es würde anders sein, wenn es ein Mann wäre." Er war sich längst nicht sicher, ob das wirklich so war.

„Wir reden heute Abend drüber." Sie zog sich wieder etwas zurück.

„Okay. Ich küss dich."

„Ich küss dich."

Dann legten sie auf und Sven ging hinauf in sein Büro.

„Du bist ein bisschen blass. Ist alles in Ordnung bei dir?", erkundigte sich Gina, als sie Sven mit dem Switch in der Hand erblickte.

„Äh, ja. Danke der Nachfrage!", stammelte Sven, noch immer in Gedanken woanders. Sven war erstaunt darüber, wie schnell Gina erfasst hatte, dass er nicht auf der Höhe war. Aber jetzt wurde es Zeit, sich auf andere Dinge zu konzentrieren. Die Sache mit Janette musste er jetzt beiseitelegen. Schließlich bekam er nicht wenig Geld von seiner Firma und dafür wurde auch einiges erwartet.

„Das, was du über die Sache bei der NSI erzählt hast, hört sich sehr nach einem Virus an", versuchte er, an Thomas gerichtet, das Thema zu wechseln.

Gregor, der junge Praktikant, war inzwischen auch da. Ebenso die von Stefan versprochenen Computer. Die PCs waren unspektakulär nackt, im Gegensatz zu Gregor, der heute ein schwarzes T-Shirt in XXL-Größe trug. Es hing schlabbernd an der schmalen Gestalt herab. Das Motiv war ein riesiges, grünes Hanfblatt, welches mit einem roten Kreuz durchgestrichen war. Sven überlegte, was Gregor damit zum Ausdruck bringen wollte. Über seinen Stil konnte man zwar streiten, aber der Praktikant brachte mit seinen schrillen Outfits definitiv etwas Leben in die Bude.

„So einfach ist das leider nicht", kam von Thomas die Antwort. „Wir wollten gestern noch einen letzten Versuch mit einem Computer starten, bei dem das Datum zunächst nicht umgestellt werden sollte. Die Jungs in der Technik hatten noch einen originalverpackten Rechner – da konnte also kein Virus drauf sein."

„Und was passierte damit?"

„Wir haben das Betriebssystem aufgespielt und es funktionierte einwandfrei. Auch eine Datenbank und das Backup-System von der NSI konnten wir problemlos installieren. Ebenso war das Erstellen einer Sicherheitskopie erfolgreich. Dann haben wir das Datum umgestellt. Zunächst sah alles gut aus. Wir konnten sogar Daten von der Sicherungskopie zurückholen. Aber bei der Überprüfung haben wir festgestellt, dass die Daten unbrauchbar waren. Herr Lenzenhagen von der NSI hat mich dann ziemlich schnell so höflich wie möglich verabschiedet."

„Es war ihm sicher peinlich, dass sein Programm solche Fehler produziert."

Sven sah Thomas an, der ihn für einen Moment anscheinend gar nicht wahrnahm, sondern nachdenklich auf einen imaginären Punkt in der Ferne blickte. Nach einer Weile antwortete er: „Das Problem ist nur, dass ich nicht von einem Fehler in Lenzenhagens Software ausgehe."

6. September, 18:55 Uhr

Sebastian Fink sah aus dem kleinen Fenster. Sie mussten bald da sein. Die bisher wolkenfreie und klare Luft wurde immer diesiger. Es war das dritte Mal, dass er dieses traurige Schauspiel beobachten konnte. Immer war es die immense Dunstglocke, welche die große Stadt ankündigte. Sebastian Fink vermutete, dass es sich um eine der zehn größten und schlimmsten Smoggebiete der Welt handelte. Der immer dichter werdende graue Schleier verriet stets die baldige Ankunft. Jetzt, in der Dämmerung, war es nicht so deutlich zu erkennen, doch wer früher schon einmal nach Kairo geflogen war, konnte die Dunstwolke zumindest erahnen.

Noch einmal dachte Fink über den Grund seines Besuchs nach. Er war mit einem Mann namens Anan Erachnaton verabredet. Erachnaton war offenbar bereit, ihm wichtige Informationen zu geben. Seine Ermittlungen gingen bisher ziemlich schleppend voran. Doch von seinem amerikanischen Kollegen George Lloyds hatte er eine Menge erfahren können. Umgekehrt war es ebenso gewesen. Beide lernten voneinander. Die Einzelteile, die jeder von ihnen gesammelt hatte, passten zusammen wie ein Puzzle. Gemeinsam hatten sie versucht, immer tiefer in das verschlungene Netz einzudringen. George Lloyds war, ebenso wie er selbst, ein hochrangiger Polizeibeamter mit Schwerpunkt Wirtschaftskriminalität. Während Fink einer entsprechenden Einheit beim BKA angehörte, war Lloyds für die CIA tätig. Da Lloyds ein sehr guter Bekannter von Finks Vorgesetztem war, hatte der Kontakt ohne den sonst üblichen Papierkram zustande kommen können.

Bald merkten Lloyds und Fink, dass sie tatsächlich an Fällen arbeiteten, die miteinander in Verbindung zu stehen schienen. Nach intensiveren Gesprächen wurde ihnen klar, dass die Spur ihrer Fälle sogar in die gleiche Richtung lief. Immer mehr Kleinigkeiten deuteten darauf hin, dass sich hinter vielen einzelnen Fällen am Ende eine richtig große Sache verbarg. Um dieser Sache gezielt nachzugehen, wurde eine internationale Task-Force gebildet, die den Namen ‚International Stock Money Maker Task Force' bekam, von Eingeweihten meistens nur die ‚Money Makers' genannt. Neben George Lloyds und Sebastian Fink gehörten mittlerweile Beamte aus sieben verschiedenen Ländern zu der Gruppe.

Während des Landeanflugs dachte Sebastian Fink über den Fall nach. Was wussten sie bisher? Offenbar gab es überall auf der Welt Leute, die auf die gleiche Weise zu großem Reichtum gekommen waren. Natürlich gab es immer Menschen, die tatsächlich viel Glück hatten. Aber diese speziellen Personen, die für die ‚Money Makers' interessant waren, hatten eines gemeinsam: Alle hatten mit einer verhältnismäßig geringen Summe innerhalb von weniger als zwei Jahren ein kleines Vermögen gemacht, indem sie mit Aktien eines bestimmten amerikanischen Unternehmens spekuliert hatten. Die Bilanzen dieses Unternehmens erschienen sehr fragwürdig. Hauptsächlich stellte die Firma Verpackungen her, die ausschließlich nach Afrika verkauft wurden. Mal schien das Geschäft so gut zu laufen, dass der Kurs des an der Börse gehandelten Papiers auf über 100 US Dollar stieg, ein anderes Mal lief es so miserabel, dass der Kurs wieder unter die Ein-Dollar-Marke fiel. Dies ging alles so schleichend, dass es zunächst niemandem aufgefallen war. Es war auch kein unregelmäßiges Auf und Ab. Es sah vielmehr nach einem System aus. Zunächst stiegen die Kurse über ein Jahr kontinuierlich, dann fielen sie ein Jahr lang, bis sie wieder am Ausgangspunkt waren. Anschließend wiederholte sich das Spiel. Kurz bevor die Werte fielen, verkauften die meisten Anleger, die bei dem niedrigsten Wert gekauft hatten. Als ob sie genau gewusst hätten, dass nun der Höchststand erreicht war. Die nächsten neuen Anleger, die im Folgejahr das große Geld damit machten, kauften just wieder beim niedrigsten Stand.

Man konnte bisher niemandem irgendwelche Absprachen oder Ähnliches nachweisen. Aber nach allem, was bekannt war, schloss man einen Zufall aus. Diejenigen, die zum Höchstkurs der Aktien kauften und so den Reichtum der anderen finanzierten, kamen ausnahmslos aus exotischen Ländern, die außerhalb des Zugriffsbereiches der NATO-Länder lagen. Sie hatten Aktienkonten bei diversen großen Brokern in Amerika eröffnet und überwiesen das Geld aus dem Ausland. Die Eröffnung der Konten erfolgte per Telefon, E-Mail oder Fax. Diese Leute hatten die USA nie betreten. Es waren genau 50 dieser Personen mit den dazugehörigen Konten bekannt, wobei ‚bekannt' nur bedeutete, dass man den jeweiligen Namen hatte, auf den das Depot eröffnet worden war.

Theoretisch war es möglich, die Konten von der Regierung sperren zu lassen. Aber offiziell hatten sich die Leute ja nichts zuschulden kommen lassen. Im Gegenteil: Anstatt Geld aus den USA herauszuschaffen, überwiesen sie Geld nach Amerika, spekulierten damit und verloren es. Dass andere dadurch zu viel Geld kamen, war kein Verbrechen. Genau genommen hatte man an der ganzen Sache noch nicht die geringste Kleinigkeit gefunden, die illegal war. Dennoch waren sich alle Mitarbeiter der ‚Money Makers' einig, dass da etwas nicht stimmte. Wenn man nur endlich einen Anhaltspunkt finden würde.

George Lloyds hatte bereits über das Finanzministerium eine unauffällige Buchprüfung bei der CPfA Inc., der ‚Cheap Packaging for Africa Incorporated', veranlasst. Es war als Routinekontrolle getarnt gewesen, denn man wollte nicht, dass die Hintermänner Verdacht schöpften und daraufhin alle Spuren verwischten. Leider blieb die Prüfung ergebnislos. Alle Bücher waren so sauber geführt, dass sich jedes amerikanische Unternehmen ein Beispiel daran hätte nehmen können. Alle Einnahmen waren ordnungsgemäß versteuert, alle Abgaben bezahlt und alle Gesetze eingehalten worden. Da die meisten Geschäfte aber mit außeramerikanischen Unternehmen abgewickelt wurden, konnte nicht kontrolliert werden, wie die Gegenbuchungen bei den Geschäftspartnern aussahen. Wie man es auch drehte und wendete: Obwohl alle wussten, dass hier etwas nicht mit rechten Dingen zuging, war einfach nichts Greifbares zu finden.

Eine Turbulenz riss Sebastian Fink aus seinen Gedanken. Das Flugzeug sackte kurz ab, fing sich jedoch sofort wieder. Es war ein Gefühl wie bei der Abfahrt in einer Achterbahn. Fink packte seinen Laptop weg, nachdem man über die Bordlautsprecher darum gebeten hatte, alle elektrischen Geräte abzuschalten.

Wer ihn so dasitzen sah, wäre niemals darauf gekommen, dass er ein Kriminalbeamter mit einer Spezialausbildung war. Er sah eher aus wie ein Geschäftsmann. Schon seine geringe

Größe von nur einem Meter vierundsechzig ließ viele Menschen überhaupt nicht auf die Idee kommen, dass er Polizist sein könnte. Für die meisten musste ein Polizist groß sein, besonders ein Angehöriger der Kripo. Doch gerade die Kripo hatte ganz andere Maßstäbe. Eine sehr große Portion an Intelligenz war gefragt. Es war nicht einfach, durch die Aufnahmetests zu kommen. Selbstverständlich durfte auch die Sportlichkeit nicht fehlen. Aber wenn man alle anderen Voraussetzungen erfüllte, dann machte eine geringe Körpergröße gar nichts aus. So klein wie er war, so schmal schien er auch zu sein. Eine sehr schlanke, fast zierliche Gestalt. Dass jeder einzelne Muskel durch hartes Training gestählt war, konnte man durch seinen grauen Anzug nicht erkennen.

Ebenso konnte man nicht erahnen, mit welch unglaublicher Schnelligkeit er sich bewegen konnte. Schon im Kindesalter hatte er seinen Körper trainiert, als seine Eltern ihn in eine Judoschule gesteckt hatten. Mit sieben fing er mit Taekwondo an und als Zehnjähriger suchte er sich eine Schule für Kickboxen. Da er mit diesem Sport angefangen hatte, noch bevor sich die kindlichen Sehnen und Muskeln zusammengezogen hatten, erhielt er sich eine unglaubliche Dehnung und Gelenkigkeit. Er war mit dem Sport aufgewachsen und jede Bewegung war ihm in Fleisch und Blut übergegangen.

Er tastete nach den Taschentüchern in seiner rechten Jackettasche. Sie waren da. Ein sehr wichtiges Utensil für ihn. Wegen der extrem schlechten Luft bekam er häufig Nasenbluten, wenn er sich in Kairo befand. Aber der Besuch würde sich lohnen.

Anan Erachnaton, der Mann, den er treffen würde, hatte lange Zeit für eines der Unternehmen gearbeitet, die von der CPfA beliefert wurden. Der Kontakt war von einem Informanten hergestellt worden. Im Laufe der Jahre hatte Sebastian Fink ein großes Netzwerk an V-Leuten aufgebaut. Es gab immer kleine Gefallen, die man jemandem tun konnte. Dafür erhielt man dann hier und da eine Information.

Erachnaton war bereit, Fink zu treffen, aber natürlich nur in seinem eigenen Land. Er verlangte dafür 200 britische Pfund. Das war viel Geld, aber Felix Herdt, Finks Vorgesetzter, hatte ein eigenes Budget. Einen Teil davon stellte er Fink zur freien Verfügung, wofür Fink sehr dankbar war. Es gab ihm eine große Freiheit und erleichterte sein selbständiges Arbeiten. Außerdem motivierte es natürlich. Dafür lieferte Fink stets die besten Ergebnisse. Auch in diesem Fall wollte er den größten Teil der internationalen Ermittlungen bewältigen.

Das Flugzeug setzte auf. Zum Glück hatte Fink nur Handgepäck, so brauchte er nicht auf die Koffer aus dem Gepäckraum zu warten. Da er nur eine Nacht in Kairo bleiben würde, benötigte er lediglich ein frisches Hemd und frische Unterwäsche. Am nächsten Morgen um 5:45 Uhr würde er den Lufthansa-Flug nehmen und gegen 9:00 Uhr wieder in Frankfurt sein.

Schon in der Halle wurde er von mehreren Taxifahrern angesprochen, die jedem neu angekommenen Touristen einen ziemlich teuren Service andrehen wollten. Fink kannte das schon und ging daher schnell und ohne Antwort an ihnen vorbei. Draußen sah er sich nach einem Taxi um, in dem ein Fahrer wartete. Der Zufall wollte es, dass er einen entdeckte, mit dem er früher schon einmal gefahren war. Er ging zu dem alten, verrosteten Peugeot, der aussah, als würde er jeden Moment auseinanderfallen. Fink erinnerte sich, dass der Fahrer so gut wie kein Englisch sprechen konnte und ihm somit auch nicht die Ohren vollquasseln würde. Er öffnete die Beifahrertür, wobei ihm ein Schwall abgestandener Rauch aus dem Fahrzeug entgegenströmte. Aber besser Rauch als nerviges Gequatsche. Der alte, unrasierte Fahrer lächelte, sodass etliche Zahnlücken und schwarze Zähne zum Vorschein kamen. Fink setzte sich ins Taxi und nahm seine Tasche, in der auch sein Laptop war, auf den Schoß.

„Hotel Longchamps", sagte er langsam und deutlich. Das Hotel hatte er selbst gebucht. Natürlich wäre auch ein besseres Hotel infrage gekommen, aber Fink mochte keinen unnötigen Luxus. Außerdem kannte er das Hotel von früheren Besuchen. Während er die Tür zuzog, was verhältnismäßig viel Kraft erforderte, nannte er den Preis in Ägyptischen Pfund, den er zu zahlen bereit war. Es war wichtig, den Preis vorher festzusetzen, sonst wurde man unweigerlich über den Tisch gezogen. Der Fahrer nickte stumm und ließ das Auto an. Die Geräusche, die dabei auftraten, machten keinen vertrauenerweckenden Eindruck, aber der Wagen sprang schnell an.

Er hat seit meinem letzten Besuch nichts an dem Wagen machen lassen, dachte Fink amüsiert. Still beobachtete er die Bewegungen, die ihn schon bei seiner ersten Begegnung mit dem Taxifahrer fasziniert hatten. Unaufmerksame Fahrgäste mochten es gar nicht bemerken, dass dem alten Mann das linke Bein fehlte. Fink vermutete, dass es ein Raucherbein gewesen war und abgenommen werden musste. Es hätte sich aber ebenso um einen Unfall oder sogar einen Geburtsfehler handeln können. Natürlich war das Fahrzeug nicht für einen Menschen mit einer Behinderung umgebaut. Für so etwas fehlte hier den meisten Leuten das Geld. Hier behalf man sich eben anders. Ohne dabei ein Zeichen von Anstrengung zu zeigen, bediente der Ägypter die Kupplung mit seiner Krücke. Der linke Arm ersetzte so das fehlende Bein. Für die meisten Mitteleuropäer wäre das sicher ein Ding der Unmöglichkeit, aber hier herrschte eine andere Mentalität.

Fink musste unweigerlich an Tiere denken. Er hatte einmal einen Hund gesehen, der nur drei Beine hatte. Es sah etwas anders aus, wenn er lief, aber ansonsten benahm er sich wie jeder andere Hund auch. Und andere Hunde benahmen sich ihm gegenüber genauso, wie sie sich jedem anderen Hund gegenüber benommen hätten. Genauso grob und unvorsichtig. Der Hund lebte ein ganz normales Leben. Er tollte und spielte und man gewann den Eindruck, dass es ein fröhlicher Hund war. Genauso kam Fink der Taxifahrer vor. Das war ein Stück Ägypten, das er liebte.

Wie erwartet, gab es während der Fahrt kein Gespräch. Aus dem Radio dudelten die fremdartigen Klänge recht leise, was Fink verwunderte. Die Einheimischen ließen ihre Musik normalerweise sehr laut ertönen. Aber Fink war dankbar dafür, denn die Musik war ein Stück Ägypten, das ihm nicht gefiel.

Auf der Sharia Ramses näherten sie sich dem Stadtkern. Am Hauptbahnhof ging es vorbei an dem Denkmal von Ramses II. Ein gutes Stück weiter bogen sie nach rechts in die Shari 26. July ein, wo der Verkehr stärker war als in den Randgebieten am Flughafen. Das hätte man auch mit geschlossenen Augen feststellen können, denn das obligatorische Hupen war jetzt allgegenwärtig.

Sie erreichten den Nil und befuhren die Brücke, die den gleichen Namen wie die Straße trug: 26. Juli - der Tag, an dem Nasser 1956 die Verstaatlichung des Suezkanals erklärt hatte. Von hier aus konnte Fink den bereits beleuchteten Kairo Tower sehen, der mitten auf der größten Nilinsel Gezira gebaut wurde.

Sie waren beinahe am Ziel. Auf der Insel ging es noch um zwei Ecken, dann waren sie in der Shari Ismail Mohammed, in welcher sich das Hotel befand. Fink bezahlte, legte noch ein paar Pfund als Trinkgeld obendrauf und verließ das Taxi. Der Fahrer bedankte sich lächelnd mit einem „Shukran" und fuhr sofort weiter. Auch dafür war Fink dankbar. Die meisten Fahrer, die am Flughafen auf Neuankömmlinge warteten, begleiteten die Fahrgäste bis zur Rezeption. Nicht wirklich aus Freundlichkeit, wie sie vorgaben, sondern um dort vorzugeben, sie hätten den Gast überredet, gerade in diesem Hotel abzusteigen. Dafür gab es dann eine kleine Provision. Häufig wurde das Zimmer dadurch auch teurer, denn der Hotelier wollte natürlich keinesfalls weniger verdienen und schlug die Provision einfach auf den Zimmerpreis.

Fink ging durch den schwach erleuchteten Gang zum antiquierten Aufzug. Die Rezeption befand sich im ersten Stock.

Der Polizist zog die schmiedeeiserne Gittertür zur Seite und betrat den engen Raum. Von innen schloss er die Tür, die dabei fürchterlich quietschte. Bei ihrem Einrasten erlosch das Licht. Fink kannte das und erschrak daher nicht. Als er auf den Knopf für das erste Stockwerk drückte, ging das Licht wieder an. Mit einem Ruck setzte sich der Aufzug in Bewegung.

Der Mann an der Rezeption, dessen Alter man nicht schätzen konnte, tat so, als sei er wach und hoch motiviert. „Good evening. Mr. Fink?"

Die Begrüßung erstaunte den Beamten. Er war es in Ägypten nicht gewohnt, dass ihn jemand mit Namen begrüßte. Und alles, was ungewöhnlich war, veranlasste Fink zu erhöhter Vorsicht. Er war zwar schon einmal in diesem Hotel gewesen, aber keineswegs so oft oder so lange, dass man ihn als Stammgast bezeichnen konnte. Und es war kaum so, dass hier nur Gäste hereinkamen, die eine Reservierung hatten. Warum sollte man dann ausgerechnet ihn erwarten? Er konnte es sich nicht erklären und nahm sich daher vor, auf der Hut zu sein. Ohne sich etwas anmerken zu lassen, bestätigte er, dass er Herr Fink sei. Daraufhin erfuhr er, warum der Mann ihn gefragt hatte: Es gab eine Nachricht für ihn. Der Portier übergab Fink ein zusammengefaltetes Blatt Papier. Auf die Frage, ob die Nachricht persönlich oder telefonisch abgegeben worden war, antwortete der Portier, dass er das nicht wüsste. Die Nachricht sei schon da gewesen, als seine Schicht begonnen hatte. Dann gab er Fink den Schlüssel mit der Nummer drei.

Nachdem er seine Sachen in dem Zimmer abgelegt hatte, faltete Fink den Zettel auseinander. Als Erstes sah er ein mit Klebestreifen eingeklebtes Ticket. Wofür es war, konnte er auf den ersten Blick nicht erkennen, denn der Text war ausschließlich in arabischen Schriftzeichen gehalten. Dafür war auf dem Zettel eine Notiz in normalen Buchstaben. Fink überflog die wenigen, fast unleserlichen Worte: Nutze das Ticket, wenn du mich treffen willst. Anan.

Na toll, dachte Fink. Er hatte eigentlich erwartet, dass alles stressfrei und einfach über die Bühne gehen würde. Ein Treffen in einem Restaurant oder dergleichen. Ein nettes Gespräch bei einem noch netteren Essen. Vielleicht ein Treffen in einem Hotelzimmer. Das Ticket aber bedeutete, dass er sich vielleicht einen Film ansehen musste, wenn es sich dabei um die Eintrittskarte für ein Kino handelte. Oder es bedeutete eine Schifffahrt auf dem Nil. Am meisten ärgerte Fink sich darüber, dass er nichts beeinflussen konnte, sondern fremdbestimmt wurde. Er ließ sich nicht gerne Abläufe diktieren. Dabei lief man zu schnell Gefahr, in eine Falle zu laufen. Und solange er nicht einmal wusste, was auf ihn zukam, konnte er auch keine Vorkehrungen treffen. Also musste er schleunigst herausbekommen, wofür das Ticket gedacht war.

Kurz entschlossen ging er zurück zur Rezeption und zeigte es dem Portier. Der nahm das kleine Kärtchen in die Hand, las kurz und erklärte, dass es sich um eine Zugfahrkarte handelte. Es war ein Ticket für die Fahrt von Kairo nach Luxor. Der Portier deutete auf ein paar separat stehende Schriftzeichen und sagte, dass diese die Abfahrtzeit, das Datum und das Gleis angaben. Fink bedankte sich. Die Zahlen hatte er bei seinem letzten Ägyptenaufenthalt gelernt, sodass er die Angaben selbst entschlüsseln konnte. Die Abfahrtzeit war 22:04 Uhr, das Datum war der sechste September. Fink sah auf die Uhr. Es war jetzt kurz nach halb neun. Er hatte also nur noch etwas über eine Stunde Zeit, um zum Bahnhof zu kommen. Sein Ärger verstärkte sich. Es war zu wenig Zeit, um noch irgendetwas in Erfahrung zu bringen oder irgendwelche Vorkehrungen treffen zu können. Vielleicht sollte er einfach nicht fahren. Doch dann würde es kein Gespräch mit Anan geben. Und das Gespräch war wichtig. Sehr wichtig sogar. Was sollte er also tun? Er würde zwei Nachrichten hinterlassen, die darüber informieren würden, wo er war und was er tat. Eine würde sein Vorgesetzter bekommen, eine sein Kollege in den USA. Damit war er zwar nicht abgesichert, aber wenn etwas passieren sollte, so würde man seine Spur verfolgen können.

Im Badezimmer wusch er sich sein Gesicht und benutzte die Toilette. Dann ging er wieder zur Rezeption und ließ sich ein Taxi rufen. Nachdem er das Zimmer bezahlt hatte, fuhr er mit dem abenteuerlichen Aufzug nach unten, wo er auf den Wagen wartete. Dieses Mal hatte er einen Fahrer, der gutes Englisch sprach und lange über den Preis verhandeln wollte. Erst, als Fink dazu ansetzte, das Auto wieder zu verlassen, gab der Fahrer klein bei. Als Dank dafür ersparte sich Fink am Bahnhof das Trinkgeld.

Jetzt war es Viertel nach neun. Fink suchte das Gleis 4. Dort stand bereits ein Zug, aber Fink fand keinen Anhaltspunkt dafür, dass es sich dabei um den Zug nach Luxor handelte. Er suchte sich eine öffentliche Toilette. Dort schloss er sich ein und holte seinen Laptop aus der Tasche. Nachdem er ihn auf die falsche Seite gedreht hatte, öffnete er den kleinen Deckel, hinter dem sich der Akku befand. Mit einem schnellen Handgriff entfernte er die Batterie, auf deren Rückseite sich drei abnehmbare, metallische Gegenstände befanden. Jedes dieser drei Teile sah sehr unscheinbar aus und konnte sich durchaus zu Recht als Bauteil in einem Computer befinden. Setzte man sie jedoch zusammen, so entstand ein Messer. Die Konstruktion war so raffiniert, dass niemand die Einzelteile als etwas anderes als Halterungen in einem Gerät eingestuft hätte. Deshalb konnte man damit bedenkenlos durch jede Flughafenkontrolle kommen.

Mit dem wieder zusammengesetzten und in der Tasche verstauten Laptop verließ er das Toilettengebäude. Erst jetzt nahm er den üblen Geruch wahr. Vorher hatte er sich zu sehr auf das konzentriert, was er tun wollte. Das Messer befand sich jetzt in der Innentasche seines Jacketts.

Nun steuerte er ein öffentliches Telefon an. Von hier aus führte er zwei Gespräche. Beide Male mit einem Anrufbeantworter. Da man nie wusste, ob ein Gespräch abgehört wurde, hinterließ Fink seine Nachrichten in verschlüsselten Worten:

„Hallo, hier ist Sebastian. Schade, dass du nicht da bist. Ich bin in Kairo und treffe mich mit einem Freund, der bei der EFFP arbeitet. Er hat mir versprochen, dass ich heute schon mein Geburtstagsgeschenk bekomme. Wir treffen uns im Zehn-Uhr-Zug nach Luxor. Ich melde mich morgen noch mal. Wenn nicht, bin ich sicher krank geworden. Dem Essen hier ist ja nicht zu trauen."

Obwohl er das mit dem Essen so meinte, wie er es gesagt hatte, wollte er nicht mit leerem Magen in den Zug steigen. Also holte er sich an einem kleinen Stand noch drei Bällchen Falafel, die er mit großem Appetit verschlang. Es war zwar nicht genau zu definieren, was sie alles enthielten, aber geschmacklich waren sie ausgezeichnet.

Als er das Gleis 4 erreichte, stand noch immer der gleiche Zug wie vorher dort. Es war drei Minuten vor zehn, also musste es sich um den Zug nach Luxor handeln. Fink ersparte es sich, jemanden danach zu fragen. Jeder Ägypter, der die Antwort nicht kannte, hätte ihm versichert, dass es der richtige Zug sei. Nicht aus Bosheit. Aber man wollte die Frage eines Fremden nicht unbeantwortet lassen. Es wäre unhöflich gewesen. Dass man dabei vielleicht eine falsche Information weitergab, war dabei nicht relevant.

Beim Einsteigen wurde Fink von einem Mann, der wahrscheinlich eine Art Schaffner war, etwas Unverständliches gefragt. Fink hielt ihm einfach das Ticket hin, worauf der Ägypter ihn zu einem Platz führte. Er setzte sich auf den Fensterplatz, stellte seine Tasche an die Wand neben seinen Füßen und lehnte sich scheinbar entspannt zurück. In Wirklichkeit aber war er aufs höchste angespannt. Ohne den Kopf zu bewegen, musterte er unauffällig jeden neu eintretenden Gast. Er war der einzige Ausländer im Abteil. Der Platz neben ihm war noch leer, als der Zug anrollte. Die beiden gegenüberliegenden Plätze wurden von zwei Ägyptern besetzt, die, wie die meisten Mitreisenden, in traditionelle Kleidung gehüllt waren. Derjenige, der Fink direkt gegenübersaß, musste über 120 Kilo wiegen. Der Mann daneben hatte nur deshalb ausreichend Platz auf seinem Sitz, weil er das genaue Gegenteil war und anscheinend Hunger litt. Keiner von beiden sah Fink an.

Noch bevor der Zug seine endgültige Reisegeschwindigkeit erreicht hatte, war der Dicke eingeschlafen. Kurz darauf flackerten die unter der Decke angebrachten Bildschirme auf und die Videovorführung begann. Es wurde ein ägyptischer Film gezeigt, der augenscheinlich von einer Frau handelte, die im Gefängnis saß. Die Lautstärke der Fernseher war nervtötend. Fink fragte sich, wie jemand bei diesem Lärm schlafen konnte.

Seine Erwartung, dass sich Anan bald zu ihm setzen würde, wurde enttäuscht. Nach über einer Stunde war noch immer niemand aufgetaucht. Wahrscheinlich wird Anan in Luxor auf mich warten, dachte Fink.

Nach zwei Stunden Zugfahrt jedoch setzte sich endlich ein Mann neben ihn. Er trug einen langen, weißen Kaftan, ein ebenfalls weißes Tuch um den Kopf und an den Füßen Sandaletten. Er war mindestens zwanzig Zentimeter größer als Fink, aber ebenso schmal. Ein sauber gestutzter Schnauzer zierte sein Gesicht. Ohne Fink anzusehen sagte er: „Ich bin Anan." Er sprach Englisch.

„Ich warte schon eine Weile auf Sie", erwiderte Fink, ebenfalls ohne seinen Gesprächspartner anzusehen.

„Ja." Die Stimme von Anan war unpersönlich und kalt. „Sie wollen Informationen, also warten Sie auf mich. Ich habe das, was Sie brauchen. Doch eine Hand wäscht die andere. Bevor ich Ihnen gebe, was Sie haben wollen, erzählen Sie mir, was Sie bereits wissen."

Finks Enttäuschung war groß. Er wusste, dass man es ihm nicht anmerkte, dazu hatte er sich zu gut unter Kontrolle. Aber er war sich plötzlich sicher, dass er einzig und alleine hier war, um Informationen zu liefern, nicht um welche zu bekommen. Zunächst musste er das Spiel aber mitspielen, denn er konnte sich immer noch irren. Natürlich lag es nicht in seiner Absicht, Informationen preiszugeben. Für solche Fälle war er stets vorbereitet und hatte eine plausible Geschichte parat. Er erzählte etwas von einer internationalen Untersuchung von Geschäften zwischen europäischen und amerikanischen Unternehmen, die Handel mit Ägypten trieben. Hierbei würde es hauptsächlich darum gehen, festzustellen, ob eventuell Waffen oder Güter, mit denen man Waffen bauen konnte, über Ägypten an den Irak geliefert wurden. Es gab eine Liste von Firmen, die man wahllos auserwählt hatte, um stichpunktartige Untersuchungen anzustellen. Fink nannte 20 verschiedene Firmen aus Europa und Amerika und deren entsprechende Handelspartner in Ägypten. An siebter Stelle führte er die CPfA Incorporated auf und als deren Geschäftspartner in Ägypten die ‚Egypt Fast Food Products', kurz EFFP. Dann erklärte er, man glaube nicht, dass sich mit Verpackungen so viel Gewinn erwirtschaften ließe, wie die CPfA Incorporated derzeit machte. Bei seinen Ausführungen wartete er mit einer großen Menge Fakten auf, die aber allesamt kaum zu gebrauchen waren.

Anan ließ sich nicht anmerken, ob er zufrieden war oder nicht. Die ganze Zeit über saß er vollkommen regungslos da. Als Fink geendet hatte, drehte sich Anan zum ersten Mal zu ihm. Dabei setzte er ein freundliches Lächeln auf. „Ich danke Ihnen für Ihre Offenheit, Herr Fink. Sie haben es sich verdient, dass auch ich mein Wissen mit Ihnen teile. Erlauben Sie mir, dass ich Sie dabei zu einer Tasse Tee einlade. Mein Mund wird immer so trocken, wenn ich viel rede. Ich bin sicher, Ihnen ergeht es nicht anders." Wie auf Bestellung tauchte just in diesem Augenblick ein Zugkellner mit seinem Teewagen auf und bot den Gästen Getränke an. Anan wartete keine Antwort von Fink ab, sondern bestellte in seiner Sprache zwei schwarze Tees. Zu Finks Erstaunen wurde der Tee nicht in Plastik- oder Pappbechern serviert, sondern in gläsernen Teetassen. Anan ließ sich zwei Löffel Zucker in den Tee geben, während Fink gänzlich auf Zucker verzichtete. Dann tranken sie, genüsslich und schweigend, bis der Kellner im nächsten Abteil verschwunden war. Die Tassen waren bereits halb geleert, als Anan zu erzählen anfing. „Wissen Sie, Herr Fink, die Dinge sind nicht immer so, wie sie scheinen. Weder die CPfA noch die ‚Egypt Fast Food Products' haben auch nur das Geringste mit Waffenlieferungen zu tun. Auf der anderen Seite haben Ihre Spezialisten natürlich recht: Mit Verpackungen werden keine so enormen Gewinne erzielt. Ich war bei EFFP Geschäftsführer und kann Ihnen berichten, dass dort keinerlei Nahrungsmittel produziert werden. Alles, was von EFFP an den Groß- und Einzelhandel verkauft wird, ist von anderen Herstellern eingekauft. Es wird nur durchgeschoben und das meistens ohne Gewinn. Die von CPfA gelieferten Verpackungen werden verbrannt oder verschenkt." Er machte eine Pause.

Fink fragte mit neugieriger und gespielt naiver Miene: „Aber was ist dann der Sinn und Zweck des Unternehmens? Wenn es keine Waffen sind?"

Anan nahm einen Schluck Tee. „Der Zweck ist es, dem amerikanischen Unternehmen Geld zuzuspielen. Das ist nicht nur sein Hauptzweck, sondern sogar sein einziger." Der Ägypter schob seinen linken Ärmel etwas nach oben. Eine teuer aussehende Uhr kam zum Vorschein. Dann sprach er weiter. „Und der Grund, warum ich Ihnen dies alles erzähle, ist auch nur ein einziger."

Er will dem Unternehmen irgendetwas heimzahlen, dachte Fink. Aber er spielte den Interessierten. „Und welcher wäre das?"

Wieder sah Anan ihn nicht an, während er sprach. Seine Stimme blieb sanft und ruhig, als würde er einem Kind eine Geschichte vorlesen. „Weil Sie mit dieser Information nichts mehr anfangen können. Wenn der Zug in Luxor einfährt, wird Ihr Herz nicht mehr schlagen, Ihr Gehirn nicht mehr denken und Ihre Zunge nicht mehr sprechen. In dem Tee war ein schnell wirkendes Gift und nach meiner Uhr dürfte es nicht mehr lange dauern, bis seine Wirkung eintritt. Aber keine Angst, wir sind nicht so barbarisch, wie Sie vielleicht denken. Es wird nicht schmerzen. Sie werden sich etwas schwindelig fühlen, dann wird Ihnen schwarz vor Augen. Sie verlieren das Bewusstsein und wachen einfach nicht mehr auf."

Der Schreck durchfuhr Fink wie ein Stromschlag. Er hatte recht gehabt. Man wollte von ihm nur erfahren, wie weit die Ermittlungen bereits vorangeschritten waren. Und nun sollte er beiseitegeschafft werden. Es kostete ihn etwa zehn Sekunden, bis er seinen Schrecken so weit überwunden hatte, dass er wieder handlungsfähig war. Es kam ihm nicht einmal in den Sinn zu überlegen, ob der Fremde möglicherweise nur einen schlechten Scherz gemacht hatte. Er reagierte instinktiv, beugte sich vor und steckte seine rechte Hand in den Mund. Zeige- und Mittelfinger verschwanden tief in seiner Kehle. Schon spürte er den aufkommenden Brechreiz. Mit dem Gedanken an möglichst eklige Dinge versuchte er, den Reiz noch zu verstärken. Da gab es diese Frau, die bei einer Messerstecherei getötet wurde. Fink wusste nicht genau, was passiert war, aber die Frau hatte einen riesigen Schnitt quer über dem Bauch. Die Bauchdecke war so weit offen, dass die Eingeweide sichtbar waren. Sie pulsierten im Rhythmus des Herzens. Das Schlimmste war, dass die Frau noch eine Zeit lang voll bei Bewusstsein gewesen war. Sie hatte Fink darum gebeten, ihre Wunde zuzuhalten. Doch die

Wunde war einfach viel zu groß gewesen. Bei jedem Atemzug der Frau drückten sich die Eingeweide etwas weiter aus dem Körper heraus.

Der erste Schwall kam und entleerte sich auf den Boden und auf die Schuhe des gegenübersitzenden Mannes. Einige Spritzer trafen auch die Kleidung. Fink hasste es, sich zu übergeben, und hätte sich im Normalfall heftig dagegen gewehrt. Aber nun empfand er so etwas wie Erleichterung darüber, dass der säuerliche Mageninhalt seinen Geschmack im Mund verbreitete. Erneut steckte der Vergiftete die Finger tief in den Hals, damit der Brechreiz nicht nachließ. In seinen Würgelauten fast verschwindend, nahm Fink die Stimme von Anan wahr. „Sie brauchen sich nicht zu bemühen, Herr Fink, es ist zu spät. Ihr Körper hat das Gift bereits aufgenommen. Sie quälen sich nur." Der zweite Schwall kam und Fink achtete nicht mehr darauf, in welche Richtung es ging. Dieses Mal traf es den fremden Mann gegenüber voll auf der Brust.

Das Letzte, was Fink sah, war das entsetzte und erboste Gesicht des dicken Mannes. Laut begann er, auf Arabisch zu keifen, wobei er fast aufgesprungen wäre. Doch das eigene Körpergewicht hinderte ihn an einer solchen Aktion. Dann drehte sich in Finks Kopf alles und langsam wurde es dunkel. Weder sein Messer noch seine Vorsicht, weder seine Ausbildung bei der Polizei noch seine Kampfsporterfahrung hatten ihn retten können.

Ein letzter Instinkt ließ ihn die Finger aus dem Hals nehmen, damit er in der Bewusstlosigkeit nicht an Erbrochenem erstickte. Kurz flackerte der Gedanke in ihm auf, dass er ja vielleicht genug von dem Gift ausgespuckt hatte. Immerhin erfreute er sich einer ausgezeichneten Gesundheit und sein Körper wurde sicher mit wesentlich mehr fertig als der eines Durchschnittsmenschen. Aber er wachte nicht mehr auf. Der Übergang vom Koma zum Tod kam traum- und schmerzlos.

6. September, 23:00 Uhr

Gemeinsam hatten sie das Testnetzwerk fertig aufgebaut und bereits angefangen, auf alle Rechner die neueste Version von Frames aufzuspielen. Doch schon bei dem ersten Gerät zeigten sich ähnliche Symptome wie bei der NSI. Das Gerät war unbrauchbar geworden und startete überhaupt nicht mehr. Sie hatten lange Zeit damit verbracht zu analysieren, was geschehen sein konnte.

Sven hatte zunächst alle Router und Switche auf den 20. Dezember gestellt. Als Nächstes hatten sie einen der Computer an einen Switch angeschlossen und versucht, das gängige Betriebssystem Frames zu installieren. Zuerst hatte alles gut ausgesehen. Aber nach der Hälfte der Installation schaltete sich der PC plötzlich ab. Die anderen Computer hatten sie dann für die Installation von Frames nicht an das Netzwerk angeschlossen. Hier funktionierte alles. Zum Test hatten sie einen der Rechner auf den 20. Dezember gestellt, ohne ihn jedoch an das Netzwerk anzuschließen. Er arbeitete etwa fünf Minuten lang einwandfrei. Also spielten sie eine Datenbank auf und überprüften die Funktionen. Schnell fanden sie heraus, dass sich einige der dort eingetragenen Zahlen wie von Geisterhand verändert hatten.

Die Geräte, die sie weder auf ein Datum in der Zukunft gesetzt noch in das Netzwerk integriert hatten, funktionierten hingegen tadellos.

Sie standen vor einem Rätsel. Keiner von ihnen hatte jemals etwas Ähnliches gesehen. Was immer es war, es schien nach dem Zufallsprinzip verschiedene Auswirkungen zu haben. Thomas hatte versucht, Erich Lenzenhagen von der NSI anzurufen, konnte ihn aber nicht erreichen.

Nach langen Diskussionen hatten die drei Kollegen festgestellt, dass es mehr als nur eine Ursache geben musste. Eine davon lag offensichtlich tatsächlich im Datum. Eine andere war aber auch in den Netzwerkkomponenten zu suchen, das heißt bei den Routern und Switchen. Sie müssten viel tiefgreifendere Untersuchungen anstellen, um erkennen zu können, was da genau passierte. Doch das war sehr aufwändig und kostete viel Zeit. Deshalb einigte man sich darauf, es auf den nächsten Tag zu verschieben.

Sven hatte zwischendurch mehrmals bei Janette angerufen, um ihr mitzuteilen, dass es noch etwas dauern würde. Er hatte deswegen sehr zwiespältige Gefühle. Einerseits war er froh, dass er so um die Konfrontation mit ihr noch eine Weile herumkam. Andererseits aber sehnte er sich danach, sie zu sehen, zu fühlen, dass sie ihn noch immer lieb hatte, von ihr in den Arm genommen zu werden, ihre Wärme zu spüren. Bald würde es so weit sein.

Jetzt befand Sven sich auf dem Weg nach Hause. Im Radio fingen gerade die 23-Uhr-Nachrichten an. Die Straßen waren um diese Zeit fast leer, sodass er kaum mehr als zehn Minuten brauchen würde. Der leicht beschleunigte Herzschlag machte ihn darauf aufmerksam, dass er nervös war. Was, wenn Janette nun der Meinung war, dass sie ebenso gut Schluss machen konnten? Wenn ihr eigentlich gar nichts mehr an der Beziehung lag? Sven wies sich in Gedanken zurecht. Das war völliger Unsinn. Er musste sich zusammennehmen.

Eine Nachricht aus dem Radio drang in sein Bewusstsein. Man hatte in Rom am Flughafen einen Mann festgenommen, der offenbar eine große Menge Sprengstoff des Typs C4 bei sich trug. Auch ein Zeitzünder war wohl im Gepäck. Der Flug sollte nach New York gehen. Die bedrohlichen Materialien befanden sich in einem relativ großen Rucksack, den der Mann als Handgepäck an Bord bringen wollte. Die Röntgengeräte hatten aber auf den explosiven Inhalt reagiert. Bei Recherchen der Polizei hatte sich bisher lediglich ergeben, dass der Mann hoch verschuldet war und eine Frau mit fünf Kindern hinterlassen hätte. Angeblich hatte der italienische Staatsbürger etwas davon gestammelt, dass alle Sorgen seiner Familie ein Ende gehabt hätten, wenn er mit der Bombe an Bord des Flugzeuges gekommen wäre. Ob er eine entsprechende Lebensversicherung besaß oder ihm jemand Geld für den Anschlag bezahlt hatte, war bisher unklar. Im Radio wurde allerdings die Möglichkeit geäußert, dass der Italiener eventuell von einer terroristischen Vereinigung angeheuert worden war.

Sven schüttelte nachdenklich den Kopf. Heutzutage wusste doch jedes Kind, dass ein so bekannter Sprengstoff wie C4 auf allen Flughäfen der Welt entdeckt werden würde, wenn er einfach im Handgepäck verstaut war. Wie naiv musste man sein, um so einen sinnlosen Versuch zu starten?

Sven fand es ohnehin erstaunlich, dass die Terroristen noch immer auf solche Attentate setzten. Wenn er selbst ein Terrorist gewesen wäre, hätte er mit seinem Wissen über die digitale Welt längst keine Waffen mehr für seinen Kampf benutzt. Er hätte einen digitalen Krieg geführt und die kapitalistische Welt von einem Tag auf den anderen ins Chaos gestürzt.

Als er in seine Straße einbog, verlor er diesen Gedanken. Wieder begann sein Herz etwas schneller zu schlagen. Wenn er jetzt einen Schnaps angeboten bekommen hätte, wäre er dankbar dafür gewesen.

Es war einer der seltenen Tage, an dem Sven einen Parkplatz fast direkt vor der Haustür bekam. Beinahe wäre es ihm lieber gewesen, noch ein paarmal um den Block fahren zu müssen. Aber jetzt musste er aussteigen und hinaufgehen - und Janette in die Augen sehen. Er merkte, wie seine Bewegungen langsamer zu sein schienen als sonst. Als ob jede Minute Aufschub die Brisanz der Situation verändern könnte, zögerte Sven das bevorstehende Zusammentreffen mit seiner Freundin hinaus.

Als er die Treppen hinaufstieg, erwog er sogar kurz den Gedanken, wieder umzukehren, um erst später wiederzukommen. Was sollte er ihr denn sagen? War es richtig, sie spüren zu lassen, wie verletzt er war? Oder sollte man ihr mit Verständnis begegnen? Oder doch lieber einfach alles auf sich zukommen lassen und spontan reagieren? Nein. Wenn er das tat, dann würde er etwas Falsches sagen, das wusste Sven genau. Er würde es mit einer Mischung aus zwei Dingen versuchen. Zum einen mit Verständnis. Zum anderen würde er deutlich zeigen, dass er verletzt war.

Kaum hatte er sich für diese Strategie entschieden, erreichte er schon die Wohnungstür. Gerade jetzt, da er gerne noch ein paar Sekunden mehr Zeit für sich alleine gehabt hätte, wählte er beim ersten Versuch den richtigen Schlüssel. Als die Tür aufschwang, kam ihm ein angenehmer Essensgeruch entgegen. Wahrscheinlich ist alles verkocht, dachte Sven. Janette musste lange auf ihn gewartet haben. Ein Gedanke manifestierte sich in seinem Kopf. Es war nicht das erste Mal, dass er so spät von der Arbeit nach Hause kam. Konnte es sein, dass sie sich vernachlässigt gefühlt hatte? Oder unterstellte sie ihm gar, dass er eine Beziehung mit einer anderen Frau hatte? Einer Frau, mit der er sich traf, wenn er behauptete, länger arbeiten zu müssen? Aber das war doch Unsinn! Sie konnte ihn jederzeit bei der Arbeit anrufen, auch mitten in der Nacht, wenn es doch mal lange dauern sollte. Und für die vielen Überstunden nahm er sich stets freie Tage als Ausgleich, die er dann meistens mit ihr verbrachte.

Er schloss die Tür hinter sich, zog Jacke und Schuhe aus und ging dann zur Küche. Zunächst sah er den Tisch. Er war für zwei Personen gedeckt. Auf den beiden flachen Tellern standen Suppenteller, daneben jeweils ein kleines Schälchen, ein Wasser- und ein Weinglas. Die Mitte des Tisches schmückten zwei weiße Kerzen in modernen Kerzenständern.

Am Herd sah er Janette stehen, den Rücken zu ihm gewandt. Sie konnte zwar unmöglich gehört haben, wie er in die Küche kam, denn die Dunstabzugshaube machte einen ohrenbetäubenden Lärm, dennoch drehte sie sich sofort zu Sven um. Das kurze, weinrote T-Shirt gab einen Teil ihres wohlgebräunten Bauches und den Nabel frei. Außerdem trug sie eine verwaschene Jeans, bei der die Hosenbeine unten weiter wurden. Sie war barfuß. Durch die Fußbodenheizung konnte man selbst im Winter ohne Schuhe und ohne Socken in der Wohnung herumlaufen.

Sven nahm sie so intensiv war, wie lange nicht mehr. Ihre dunkelbraunen, leicht welligen Haare umspielten das Gesicht. Janette lächelte und sah einfach umwerfend aus. Es kam ihm nicht wie ein gezwungenes Lächeln vor. Nein, es war ein offenes und ehrliches Lächeln, soweit er es beurteilen konnte.

„In fünf Minuten ist das Essen fertig", unterbrach Janette seine Gedanken. Er versuchte, irgendetwas in ihren Augen zu lesen, aber er fand nichts Ungewöhnliches. Noch immer klopfte sein Herz stärker als sonst. Verdammt, warum war er nur so aufgeregt?

Dann sah er Verlangen in ihren Augen. „Komm und küss mich", forderte sie ihn auf. Ihre Stimme war jetzt leiser, aber noch immer fest. Er kam ihrem Wunsch nach. Langsam ging er zu ihr hinüber und nahm sie fest in seine Arme. Dann küssten sie sich so heftig, wie lange nicht mehr. Nach einer kleinen Ewigkeit löste sie sich vorsichtig aus seinen Armen. „Ich muss hier noch ein wenig arbeiten. Setz dich schon hin, ich bin gleich fertig."

Er setzte sich. Seine Hände legte er auf den Tisch. Als er merkte, wie sehr sie zitterten, nahm er sie herunter und legte sie stattdessen auf seine Oberschenkel. Wieso war er so nervös? Er hatte doch nichts getan. Wenn jemand nervös sein musste, dann sie. Aber sie war es nicht. Im Gegenteil, sie war so ruhig wie selten.

Sven konnte sie dabei beobachten, wie sie etwas aus einem Topf in eine Sauciere füllte. Geschickt wich sie dabei mit ihrem Gesicht dem aufsteigenden Wasserdampf aus. Nachdem sie den Topf wieder auf den Herd gestellt hatte, beugte sie sich ein wenig hinunter, um die Kochplatten auszustellen.

Dabei schob sich ihr T-Shirt ein winziges Stück hinauf und gab etwas mehr von ihrem Rücken frei. Ohne dass er es wollte, drängte sich ihm das Bild vom Nachmittag auf. Der Rücken von

Katrin war ebenso sonnengebräunt wie Janettes gewesen. Sven musste sich stark beherrschen, um sie nicht auf Katrin anzusprechen. Es brannte ihm unter den Nägeln, aber er wollte sie den Anfang machen lassen. Noch einige Handgriffe am Herd, dann servierte sie das Essen. Zunächst die Tomatencremesuppe, dann die Schüssel mit den Nudeln. Als letztes die Pfanne mit dem Hackfleisch, welches sie mit Zwiebeln, Knoblauch und Tomaten gebraten hatte. Sie musste wissen, wie sehr ihm dieses einfache Gericht schmeckte. Mit einem Feuerzeug zündete sie die Kerzen an. Dann ging sie zur Tür und schaltete das Licht aus. Augenblicklich hatte sich die Atmosphäre verändert. Die Küche hatte nun etwas sehr Gemütliches. Janettes Körper erschien im Kerzenlicht noch anmutiger. Bevor sie sich setzte, gab sie Sven noch einen sanften Kuss.

„Es ist angerichtet", leitete sie das Essen ein. Einen Augenblick zögerte sie und fügte dann hinzu: „Fast zumindest!"

Mit schnellen Bewegungen stand sie wieder auf, verschwand kurz aus dem Zimmer und kam mit einer Flasche Rotwein zurück. Offenbar hatte sie den Wein schon geöffnet, bevor Sven nach Hause gekommen war. Einen Moment später waren die Weingläser gefüllt. Aus dem Kühlschrank holte sie noch eine Flasche Wasser und schenkte beiden ein. Dann nahm sie ihr Weinglas und machte damit eine prostende Geste. Sven ergriff ebenfalls sein Glas und stieß stumm mit ihr an. Dabei sah er ihr tief in die Augen. Er meinte, ein lauerndes Funkeln darin sehen zu können.

Während des Essens waren sie beide still.

Es schmeckte hervorragend und langsam wurde Sven ruhiger. Als Janette das Wort ergriff, fing Svens Herz allerdings sofort wieder an, schneller zu schlagen.

„Sven." Sie blickte ihm unverwandt in die Augen. „Ich möchte, dass du weißt, dass sich meine Gefühle für dich nicht verändert haben. Das mit Katrin hat nichts mit dir zu tun. Es ist etwas, das ich nicht unterdrücken kann; und das ich nicht unterdrücken möchte und nicht unterdrücken werde." Ihre Stimme war sanft, aber fest. Kein Zittern lag darin, keine Unsicherheit. „Es kommt nur darauf an, ob du damit klarkommst." Das war eine indirekte Frage.

Sven schluckte schwer. So, wie sie es sagte, klang alles so einfach. Aber gerade ihre Ruhe und Selbstsicherheit machten ihn unsicher. Die Situation hätte leicht dazu führen können, dass sie ihn verlor. Aber sie schien sich nicht im Mindesten Sorgen darum zu machen. War es ihr egal? Oder war sie sich so sicher, dass er sie nicht verlassen würde?

Als er antwortete, versuchte Sven ruhig und sicher zu sprechen, aber es gelang ihm nicht. Irgendetwas in seinem Hals hinderte ihn daran. Nach einem Räuspern war es besser, aber nicht perfekt. „Janette", begann er, „du weißt, wie lieb ich dich habe. Mir ist auch klar, dass du das, was du von Katrin bekommst, nicht von mir kriegen kannst. Ich denke, dass ich damit leben kann. Was eine Weile brauchen wird, ist eher die Tatsache, darüber hinwegzukommen, dass du mir nicht früher davon erzählt hast. Ich habe gesehen, wie leicht es dir fällt, Dinge hinter meinem Rücken zu machen. Das tut verdammt weh."

Obwohl er sich bemühte, konnte er es nicht vermeiden, dass sich seine Augen mit Tränen füllten. Er schaffte es gerade so, dass ihm keine über die Wange lief. Doch es kostete viel Kraft.

Ihre linke Hand ergriff seine rechte auf dem Tisch. In ihren Augen war Wärme. Einen Moment lang suchte sie anscheinend nach den passenden Worten. Dann antwortete sie mit leiser und nicht mehr ganz so sicherer Stimme: „Ich weiß, Sven. Ich weiß. Du kannst dir sicher denken, dass das nicht erst seit gestern so geht. Katrin und ich ... das war schon so, als du mich kennengelernt hast. Ich hatte solche Angst, dass du dich von mir abwenden würdest, wenn du es erfährst. Unsere Beziehung sollte sich erst festigen. Dann wollte ich es dir erzählen. Aber je länger es dauerte, umso lieber hatte ich dich und umso schwerer fiel es mir, mit dir darüber zu reden. Natürlich war das nicht in Ordnung und ich schäme mich dafür. Doch ich kann es nicht mehr rückgängig machen. Das Einzige, was ich tun kann, ist, dich zu bitten, mir zu verzeihen."

Eine lange Pause trat ein. Sie sahen sich nur gegenseitig in die Augen. Jeder schien die Gedanken des anderen lesen zu wollen.

Sven sprach als Erster wieder. „Keine Geheimnisse mehr?"

„Keine Geheimnisse mehr", bestätigte sie.

„Und gibt es noch etwas, das du mir erzählen willst?", wollte er wissen. „Wenn es noch etwas gibt, dann ist jetzt der richtige Zeitpunkt, es zu sagen", fügte er hinzu.

Doch sie schüttelte bedächtig den Kopf. „Nein. Es gibt nichts mehr zu erzählen, Sven." Sie lachte und er war der Meinung, dass es ein wenig nervös klang. Dann fragte sie: „Was hätte da denn jetzt noch kommen sollen?"

Die Frage war berechtigt. Eigentlich gab es wohl nichts mehr, was dem noch eins hätte draufsetzen können. Auf einmal hatte Sven das Gefühl, dass alles nur ein kurzer Albtraum gewesen war. Es war alles gar nicht so schlimm, wie er zunächst dachte. Und es gab kein wirkliches Problem. Es gab nur ein neues Wissen. Ein neues Wissen um ein früheres Geheimnis. Aber nichts, was an seiner Beziehung zu Janette etwas geändert hätte.

Nachdem das Essen beendet war, machten sie sich nicht die Mühe, die Küche aufzuräumen, sondern gingen zu Bett. Obwohl Sven sich wie erschlagen fühlte und mehr als müde war, liebten sie sich über eine Stunde lang. Die Welt war für diesen Abend wieder in Ordnung.

7. September, 7:40 Uhr

Abdul war froh, einen der 53 Sitzplätze in der ersten Klasse gebucht zu haben. Es war auch nicht irgendein Sitzplatz der ersten Klasse, sondern ein Platz direkt im Triebwagen. Nur eine Glasscheibe trennte ihn von der Fahrerkabine. So hatte man die Möglichkeit, die ganze Fahrt aus der Sicht des Lokführers zu erleben. Die Schienen flogen nur so unter dem Zug hinweg. Die starken Motoren des ICE Typ 3 beschleunigten ihn auf eine Geschwindigkeit von über 300 Kilometern in der Stunde. Natürlich wurde diese enorme Geschwindigkeit nicht über die gesamte Fahrzeit beibehalten, aber immerhin schmolz die Fahrtdauer für die Strecke Frankfurt-Köln auf etwas über eine Stunde.

Im Moment war die Geschwindigkeit noch nicht sehr hoch. Man befand sich kurz hinter dem Flughafen Frankfurt und der Zug beschleunigte noch.

Abdul war schon am Hauptbahnhof eingestiegen, das hatte er sich nicht nehmen lassen. Zu lange schon hatte er auf diesen Tag gewartet. Endlich war es so weit. Er genoss die Aussicht aus dem Fahrerfenster. Es gefiel ihm. Die Erbauer dieser gewaltigen Maschine hatten auch an die Passagiere gedacht.

Aber das war es nicht, weshalb er sich über sein Ticket der ersten Klasse so freute. Es hatte eher praktische Gründe. Das, was er tun wollte, war nur hier vorne wirklich Erfolg versprechend.

Diese dummen Menschen. Sie kontrollierten peinlichst genau jedes Flugzeug, das Frankfurt verließ. Das war offenbar wichtig, weil ja so viele Menschen darin saßen. Aber damit hörte die Mühe, die sie sich gaben, auch schon auf. Abdul hatte sich erkundigt. In einem Mehrsystem-ICE hatten 404 Menschen Platz, in einem Einsystem-Zug sogar 415.

Es sollte Aufsehen erregen, hatte man ihm gesagt. Und genau das würde es tun. Aufsehen erregen. Für Abdul war es der Schlüssel zum Paradies. Allah würde ihn willkommen heißen in seinem Reich. Das hatte niemand mehr verdient als er.

Fünf Jahre hatte er in diesem entsetzlichen Land zugebracht. Dass die Menschen kein Verständnis für seine Religion hatten, war eine Sache. Aber sie hatten noch nicht einmal Verständnis für ihre eigene Religion. Sie lebten alle nur für materiellen Reichtum. Um das zu erlangen, war ihnen beinahe jedes Mittel recht. Sie logen und betrogen, verrieten ihre besten Freunde, ließen ihre Familien im Stich, nur um an noch mehr Geld zu kommen. Das beste Mittel war der harte Ellenbogen, wenn man etwas erreichen wollte.

Nicht ein einziges Mal hatte Abdul einen Deutschen gesehen, der sich auf der Straße zum Gebet niedergelassen hätte. Die Gotteshäuser ihrer Religion waren leer.

Dann regten sich immer alle darüber auf, wenn eine Frau vergewaltigt wurde. Dabei waren sie doch alle selbst schuld! Nicht genug damit, dass die Frauen ihr Haar offen trugen und ihr Gesicht unverhüllt zu erkennen gaben. Häufig, gerade im Sommer, war bei ihnen mehr Haut als Stoff zu sehen! Bei der jüngeren Generation hatte Abdul auch schon Teile des Gesäßes entdeckt, weil die Hosen so geschnitten waren, dass sie einfach nicht genug verdeckten. Er selbst hatte schon die Brut des Verlangens in sich gespürt und sich nur schwer beherrschen können. Und da jammerten die Menschen, dass so oft etwas passierte!

Falls Abdul jemals Zweifel gehabt haben sollte: Seitdem er in Deutschland lebte, gab es nicht den geringsten mehr! Der Koran hatte recht, mit jeder einzelnen Silbe. Und diese Ungläubigen würden es zu spüren bekommen.

Es würde ihnen niemals gelingen, ihre Sicherheitsvorkehrungen so weit auszudehnen, dass die richtende Hand Allahs keinen Zugriff mehr auf sie hatte. Es war alles so einfach.

Frankfurt war ein Schlaraffenland für Leute, die Waffen suchten. So brauchte Abdul sich auch keine Gedanken darüber zu machen, ob ihn am Ende doch noch jemand daran hindern konnte, seine Mission zu erfüllen. Die neun Millimeter Pistole in seiner Tasche würde schnell jedes Problem aus dem Weg räumen. Den Verbindungsmann zu dem Sprengstofflieferanten hatte er bereits in seiner Heimat in Erfahrung bringen können. Seine Heimat! Nie würde er sie mehr wiedersehen. Aber die Erinnerung war stark genug. Er konnte sich an jede Einzelheit erinnern. Und niemand würde ihn vergessen. Seine Familie würde stolz auf ihn sein, seine Freunde würden ihn einen Helden nennen. Die ganze Welt würde seinen Namen kennen. Und unter der Obhut Allahs würde er auf sie niederblicken und die Wirkung seiner Tat bewundern.

Für einen kurzen Moment überkamen ihn Zweifel. Nicht darüber, ob sein Tun richtig war, denn das stand außer Frage. Aber vielleicht wäre es doch besser gewesen, den Sprengstoff an der Brücke zu deponieren. Wenn sie einstürzte, dann war ein Entgleisen des Zuges unausweichlich. Der Sprengstoffexperte hatte ihm jedoch gesagt, dass die Sprengung einer großen Brücke genaue Kenntnisse über die Statik des Objektes erforderte. Wenn die Ladung an einer falschen Stelle angebracht war, würde sie ihre Wirkung verfehlen. Abdul war alles andere als ein Fachmann auf diesem Gebiet.

Deshalb hatte er letztendlich doch das Innere des Zuges für seine Tat gewählt. Ganz vorne, auf der linken Zugseite stehend. Die mächtige Druckwelle würde den Zug anheben und nach rechts aus den Schienen katapultieren. Wenn Abdul den Auslöser direkt in der Mitte der Brücke drückte, würde der Triebwagen den gesamten Zug in die Tiefe reißen.

Ohne die geringste Nervosität drehte sich der Mann um und betrachtete die anderen Fahrgäste. Bald würde keiner von ihnen mehr leben. Da war die junge Mutter mit ihrem ständig nörgelnden Kind. Der Geschäftsmann, der fortwährend auf der Tastatur seines Laptops herumklapperte. Das ältere Ehepaar, welches, offenbar in Urlaubsstimmung, hin und wieder laut auflachte. Viele Menschen, die für Abdul ohne Gesicht und Persönlichkeit waren. Sünder, die nicht die leiseste Ahnung von dem hatten, was sie in Kürze erwartete. Niemand, der Abdul besondere Beachtung schenkte. Warum auch? Er war ein Fahrgast wie jeder andere auch. Und ein Attentat auf einen großen Zug würde niemand erwarten. Vor abstürzenden Flugzeugen hatte man Angst. Hier im Zug fühlte sich jeder sicher. Auch der große Unfall bei Eschede hatte langfristig nichts daran geändert.

Das kleine Kind kam plötzlich auf Abdul zugerannt. Es handelte sich um ein Mädchen von vielleicht drei oder vier Jahren. Es lachte Abdul fröhlich an, blieb direkt vor ihm stehen, zeigte auf Abduls Gesicht und sagte: „Bart!" Dabei lachte das Kind giggelnd. Mit seinen zotteligen, roten Haaren und den vielen Sommersprossen im Gesicht sah es so unschuldig aus. Die Augen blickten ihn offen und direkt an. Abdul lächelte zurück. Ich werde dich davor bewahren, dass du ebenso verdorben wirst wie deine Mutter, dachte Abdul. Er streichelte dem Kind über das Haar. Dann drehte sich das Mädchen um und lief laut lachend zur Mutter zurück. Die sah zu Abdul herüber und lächelte ebenfalls. Sie war schön. Wohlbeleibt, wie es sich für eine gute Mutter gehörte. Die Bluse war so weit aufgeknöpft, dass der Ansatz ihrer Brüste zu sehen war. Angewidert schaute Abdul zur Seite.

Eine Weile lauschte er nur den leisen Fahrgeräuschen der Bahn. Fast war es, als würde man fliegen, so ruhig glitt der Hochgeschwindigkeitszug über die extra für ihn entwickelten, neuartigen Gleise. Die Übergänge der einzelnen Schienenteile waren nicht zu merken und die Kurven waren so weitläufig gebaut, dass man sie kaum spürte.

Bei dem Blick aus dem Fenster sah Abdul, dass es nicht mehr weit war. Mit einem schnappenden Geräusch ließ er die Verschlüsse seines Pilotenkoffers aufspringen. Dann öffnete er die Tasche und sah hinein. Der Plastiksprengstoff füllte fast den gesamten Innenraum aus. Man hatte ihm gesagt, dass es mehr als ausreichen würde. In der rechten Ecke befand sich der Schalter. Wenn er ihn umlegte, würde es geschehen. Die beste Tat seines Lebens stand kurz bevor. Ein unsagbares Glücksgefühl machte sich in ihm breit. Er durfte ein Auserwählter sein! Nur wenigen wurde dieses Glück zuteil! Seine Kinder würden mit Ehre überschüttet werden.

Und all diese Leute in dem Zug hatten keine Ahnung. Ihr Leben lang hatten sie gesündigt und wussten nicht, dass sie nun gerichtet würden. Allah war groß. Manchmal war er sehr geduldig, aber irgendwann vollzog er sein Werk an jenen, die es verdienten. Und heute war Abdul Allahs ausführende Hand. Abduls Glücksgefühl wuchs mit jeder Sekunde. Gleichzeitig stieg die Spannung in ihm. Er durfte den richtigen Zeitpunkt nicht verpassen. Würde er zu spät abdrücken, dann konnte es passieren, dass die nachfolgenden Wagen nur umkippten. Es bestünde die Möglichkeit, dass es Überlebende gab. Dasselbe konnte geschehen, wenn er zu früh auf den Zünder drückte. Höchste Konzentration war jetzt gefragt. Wie würde er vor Allah dastehen, wenn sein Vorhaben misslang? Aber er würde nicht versagen, da war er sich sicher.

Zum zwanzigsten Mal fuhr er diese Strecke nun, kannte sie in- und auswendig, wusste den Namen jedes vorbeihuschenden Ortes im Voraus. Genauso vertraut war ihm der Tunnel, in den der Zug soeben einfuhr. Und niemand war da, der ihn aufhalten konnte. Wie hätte auch jemand ahnen können, was er in seiner Tasche trug?

Jetzt endlich, kurz nach Verlassen des Tunnels, tauchte sie vor ihm auf: die Brücke, die sein Grab werden würde. Rechts daneben befand sich die Autobahnbrücke der A3. Mit etwas Glück würde die Explosion auch Auswirkungen auf sie haben. Abdul hatte ein verzücktes Lächeln im Gesicht, während er der sich nun schnell herannahenden Brücke entgegensah. Stolz erfüllte ihn. Er hatte an alles gedacht. Sogar daran, nicht einen Zug in den Abendstunden zu nehmen, weil der ICE da aus Lärmschutzgründen mit verminderter Geschwindigkeit über die Brücke fuhr. Das hatte seinen guten Grund, denn direkt neben der Brücke erstreckte sich

Niedernhausen. Es gab Anwohner, die weniger als hundert Meter von der Brücke entfernt wohnten. Zwar stand noch die breite Autobahnbrücke dazwischen, die auch über eine durchsichtige Schallschutzmauer verfügte, aber bei einer Geschwindigkeit von über 200 Stundenkilometern reichte das nicht aus.

Sie fuhren gerade auf die Brücke ein, als etwas an seiner Kleidung herumzupfte. Erschrocken drehte Abdul sich um und blickte direkt in die Augen des kleinen Mädchens.

„Bart", sagte sie, wobei sie ihn anstrahlte.

Abdul lächelte zurück. „Bart", antwortete er und drückte den Knopf.

Der Sprengstoff war viel stärker, als Abdul es für möglich gehalten hatte, aber das bekam er nicht mehr mit. Gemeinsam mit dem kleinen Mädchen wurde er im Bruchteil einer Sekunde annähernd pulverisiert. Die Druckwelle war in ganz Niedernhausen zu spüren und wie Abdul es erhofft hatte, stürzte der gesamte Zug in die Tiefe. Durch Teile, die auf die Autobahn geschleudert wurden, gab es dort eine Massenkarambolage. Zwei Autos wurden sogar durch die Schallschutzmauer hindurch von der Brücke geschleudert.

7. September, 8:15 Uhr

Sven wachte auf, ohne dass der Wecker gepiepst hatte. Am Vorabend hatten weder Janette noch er daran gedacht, ihn zu stellen. Sie lag neben ihm, nackt, auf dem Bauch, ein Bein angewinkelt. Den rechten Arm hatte sie unter ihrem Kopf, den linken weit von sich gestreckt. Ihre Decke lag neben dem Bett auf dem Boden. Sven sah sie an. Er bewunderte ihren hübschen Körper, der sich rhythmisch zu ihren Atembewegungen hob und senkte. Sein Blick wanderte über ihren Rücken hinab zu ihrem Po und dann weiter zu ihren Beinen. Das Verlangen der letzten Nacht erwachte wieder in ihm.

Ein Blick auf die Uhr ließ ihn den Gedanken verwerfen. Er musste ins Büro. Mit einem Ruck setzte er sich auf. Dabei bemerkte er einen leichten Kopfschmerz. Gähnend schritt er um das Bett herum, hob die Decke auf und legte sie vorsichtig über Janettes nackten Körper. Dabei bewegte er die Decke sehr langsam, um damit keinen kühlen Wind zu erzeugen. Janette rührte sich nicht. Sven beugte sich hinunter und gab ihr einen Kuss auf die Schläfe. Er dachte an den vergangenen Abend. Alles schien sich geklärt zu haben. Dennoch spürte Sven, dass sich etwas verändert hatte. Er vermochte nicht zu sagen, was es war. Aber irgendwie war nichts mehr wie vorher. Eine leichte, unbestimmbare Melancholie ergriff ihn. Nachdem er eine gute Minute Janettes Gesicht angesehen hatte, ging er ins Bad. Dort nahm er ein Aspirin. Als er nach dem Duschen wieder ins Schlafzimmer kam, um sich anzuziehen, schlief Janette noch immer. Sie konnte ausschlafen, weil die Arbeitssituation in der Bank es ihr endlich erlaubte, einige ihrer zahlreichen Überstunden abzubauen.

Da Sven wusste, dass es an diesem Tag keinen Kontakt mit Kunden oder Lieferanten geben würde, entschied er sich für Jeans und ein gelbes T-Shirt. Der Blick durchs Fenster nach draußen ließ einen warmen Septembertag erwarten. Die dunklen Wolken vom Vortag waren verschwunden.

Noch einmal ging er zum Bett hinüber, um Janette einen sanften Kuss auf die Schläfe zu geben. Dann verließ er die Wohnung.

Das unbestimmte, traurige Gefühl hatte sich in ihm festgesetzt. Es war, als fehlte irgendetwas in seinem Leben. Er fühlte sich auf unbestimmte Art und Weise leer.

Auf der Fahrt zum Büro dachte er darüber nach, versuchte zu verstehen, was in ihm vorging, hörte tief in sich hinein. Es war diese Traurigkeit, die ihn bedrückte. Nur war das nicht das Einzige. Es gab noch etwas anderes, das aber so tief in ihm verborgen war, dass er es nicht greifen konnte. War es Misstrauen? Würde er Janette jemals wieder vertrauen können? Ihre Erklärungen waren einleuchtend. Wie hätte er es angestellt, wenn er bei ihrem ersten Zusammentreffen eine Beziehung zu einem anderen Mann gehabt hätte? Aber das war so abwegig, dass er es sich einfach nicht vorstellen konnte. So mochte er ihre Argumente zwar vom Verstand her nachvollziehen, nicht aber aus emotionaler Sicht. Hätte er sich überhaupt für eine Frau interessiert, wenn er eine Beziehung zu wem auch immer gehabt hätte, die man wohl als fest bezeichnen konnte? Er wusste es nicht. Wahrscheinlich brauchte es einfach eine gewisse Zeit, bis er sich an die neue Situation gewöhnt hatte. Er würde Geduld haben.

Sven erreichte die Firma nach relativ kurzer Zeit. Es gab, für einen Donnerstag sehr untypisch, kaum Verkehr. Thomas und Gina waren bereits da. Auch Gregor Woog, der Praktikant, war schon eingetroffen.

„Guten Morgen", wurde Sven von Thomas begrüßt. „Wir sind auch gerade erst gekommen. Hast du das mit dem ICE gehört?"

„Mit welchem ICE? Ich bin mit dem Auto gekommen."

„Jeder Sender im Radio bringt es. Vor ..."

„Ich hab MP3s gehört", unterbrach ihn Sven. „Was ist denn passiert? Du bist ja ganz aufgeregt."

„Vor knapp einer Stunde ist ein Sprengsatz in dem ICE Frankfurt-Köln explodiert. Genau auf einer Brücke bei Niedernhausen! Der Zug ist über vierzig Meter in die Tiefe gestürzt."

Eine Weile sagte niemand etwas. Sven brauchte Zeit, um zu realisieren, dass Thomas ihm keine Märchen erzählte, sondern von der grausamen Realität sprach.

„Meine Güte", flüsterte er dann. „Jetzt kommt es also nach Deutschland." Nach kurzem Nachdenken fügte er hinzu: „Ich bin froh, dass wir nicht im Messeturm arbeiten." Die Bilder der beiden Passagierflugzeuge, die in das World Trade Center geflogen waren, verblassten auch nach all den Jahren nicht. Sven seufzte. „Und wir machen uns Gedanken, weil ein paar Computer nicht richtig funktionieren."

„Hast du darüber nachgedacht, wie wir weiter vorgehen?", griff Thomas dankbar das Thema auf.

„Nein, nicht wirklich. Aber wir werden wohl sehr in die Tiefe gehen müssen. Gina und ich sollten uns um die Router und Switche kümmern und sehen, was wir herausfinden können. Einen der PCs sollten wir zu Stefan Kuhlbert bringen. Ich weiß, dass du ihn nicht magst, aber sein Wissen in Sachen Computer ist einfach unschlagbar. Und du ..." Sven machte eine Pause, um seine Gedanken zu sammeln. Er hatte am Vortag kurz einen Geistesblitz gehabt, aber es dauerte einen Moment, bis er wieder darauf kam, was es war. Dann begann er seinen Satz noch einmal: „Ich bin fest davon überzeugt, dass es mit dem Datum zusammenhängt. Wir wissen aber nicht sicher, ob wir zufällig genau das Datum getroffen haben, das die Sache auslöst. Es könnte auch irgendwo zwischen heute und dem 20. Dezember liegen. Du könntest dir einen neuen Rechner nehmen und Tag für Tag jedes Datum durchtesten."

Thomas nickte bei seiner Antwort: „Ja, das ist eine gute Idee. Wie werdet ihr vorgehen?"

Bevor Sven antworten konnte, ergriff Gregor das Wort: „Ich könnte doch das Datum immer einen Tag weiterstellen, bis es passiert. Das ist ja nicht schwer." Alle sahen ihn an.

„Ja, sicher", bestätigte Thomas. „Wenn du das möchtest, gerne. Es wäre uns eine große Hilfe. Allerdings musst du nach jeder Datumsänderung eine Weile damit arbeiten, damit du wirklich siehst, ob alles in Ordnung ist. Wir wissen nicht, wie lange es dauern kann, bis es irgendwelche Auswirkungen gibt. Wir haben unterschiedliche Zeitspannen erlebt. Am besten, du fährst das Gerät nach jeder Datumsumstellung runter, startest es neu, deinstallierst eines der Standardprogramme und installierst es wieder. Wenn es dann noch sauber läuft, sollte alles okay sein. Das kriegst du geregelt, oder?"

„Ja, klar. Kein Problem. Das kann aber ziemlich lange dauern."

Jetzt war es Gina, die ihm die Antwort gab. „Und genau deshalb ist es uns eine umso größere Hilfe, wenn du das machst. Thomas kann sich dann mit Dingen befassen, die komplizierter sind. Du würdest uns echt einen riesigen Gefallen damit tun." Dann wandte sie sich an Sven. „Rufst du Stefan an? Ich bau solange unseren Sniffer auf."

Sven nickte nur. Ohne ein Wort zu sagen, ging er zum Telefon. Aus dem Augenwinkel sah er, wie auch Gina sich abwenden wollte, aber von Gregor aufgehalten wurde. Während er darauf wartete, dass Stefan den Anruf entgegennahm, hörte Sven dem Gespräch von Gina und Gregor zu.

„Was ist denn ein Sniffer? Ich meine, was genau macht er? Ich weiß, dass man damit wohl Netzwerke abhören kann, aber wie geht das? Es wird ja keine Sprache wie beim Telefonieren übertragen."

Gina atmete tief ein und war offenbar genervt. Gregor schien es zu merken und versuchte, sie zu beschwichtigen: „Nur ganz grob. Bitte."

Sein entschuldigender Tonfall und das Bitten waren erfolgreich. „Also, gut. Ein Sniffer ist im Prinzip nur ein Programm. Wir nehmen einen einfachen Laptop dafür. Der Computer muss mit einem Netzwerkanschluss ausgestattet sein. Bestenfalls laufen auf diesem Computer keinerlei andere Programme, die mit dem Netzwerkanschluss arbeiten. Der Sniffer nimmt nun alle Daten, die über das Netzwerk ankommen, und zeigt sie in geeigneter Form auf dem Bildschirm an. Dazu musst du wissen, dass an einem Netzwerkanschluss nicht nur die Daten ankommen, die für deinen PC bestimmt sind. Das Kabel weiß ja nicht, welche Daten es durchlassen darf. Das Kabel ist dumm. Erst dein Computer, oder besser gesagt das Programm, das für die Kommunikation über den Netzwerkanschluss verantwortlich ist, entscheidet, welche Daten wirklich für ihn bestimmt sind. Alle anderen Daten, beispielsweise die für Svens Computer, werden einfach nicht beachtet. Sie wandern also mehr oder weniger in den Mülleimer. Ein Snifferprogramm nimmt jedoch alle Daten an, ob sie für den eigenen PC bestimmt sind oder nicht. Hier könnte man beispielsweise das Passwort mitlesen, mit dem sich Sven in sein E-Mail-Postfach bei GMX einloggt, wenn es nicht verschlüsselt ist. Aber man sieht eben auch alle Daten, die sich andere Geräte wie zum Beispiel die Router und Switche zuschicken. Wenn man lange genug in diesem Bereich arbeitet, dann weiß man, was da üblicherweise alles über die Leitung geht. Ich hoffe, auf ein paar Anomalien zu stoßen. So weit verstanden?"

Gregor nickte, hatte aber schon die erste Nachfrage parat: „Das heißt, jeder, der sich so ein Programm besorgt, kann seine Kollegen ausspionieren?"

„In der Tat war das früher ein Problem. Heute haben wir zwischen den Arbeitsplatzcomputern intelligente Switche, die dafür sorgen, dass den PC nur Daten erreichen, die für ihn bestimmt sind. Wir hier von der Netzwerkabteilung haben allerdings besondere Möglichkeiten. Wir konfigurieren ja die Switche und können sie so einstellen, dass wir die Daten eines jeden Computers mitlesen können. Theoretisch kann sich also ein Krimineller, der in einer solchen Abteilung arbeitet, sicher eine Menge Daten zusammensammeln, die verwertbar sind."

Endlich antwortete Stefan. Schnell hatte Sven alles mit ihm geklärt und gesellte sich wieder zu den anderen. Thomas sah ihn fragend an. „Und, was hat Stefan gesagt?"

„Er kommt gleich her. Ich habe ihm alles erzählt und Stefan scheint sehr interessiert zu sein. Offenbar hat er da ein paar Tools, mit denen er den Rechner untersuchen kann."

Nach kurzem Nachdenken fragte Gregor, mehr an Thomas als an Gina gerichtet: „Warum untersuchen wir das Problem eigentlich hier? Ist das nicht die Aufgabe der NSI? Bei denen ist doch das Problem zuerst aufgetreten."

Thomas' Antwort kam ohne Zögern: „Gregor, ich glaube nicht, dass das Problem etwas mit dem Programm der NSI zu tun hat. Dass wir dort darauf gestoßen sind, war wahrscheinlich purer Zufall. Wir konnten hier einen ähnlichen Fall nachstellen, ohne eine Software von NSI benutzt zu haben." Thomas' Gesicht wurde sehr ernst. „Was ich wissen will, ist, ob nicht am 20. Dezember oder sogar noch vorher unser gesamtes Firmennetz einfach stehen bleibt."

Stefan kam. Und er kam nicht alleine. Zwei seiner Leute waren bei ihm und jeder schob ein kleines Transportwägelchen vor sich her. Beladen waren sie mit verschiedenen Computern. Das Staunen bei den Anwesenden war groß, als Stefan erklärte, dass sie ja sicher noch ein paar Geräte für ihre Tests bräuchten, da ja offenbar jeder Rechner nach der Datumsumstellung unbrauchbar würde. Für dieses sehr weitsichtige Entgegenkommen war man äußerst dankbar und ausnahmsweise gab es mal keine spitzen Bemerkungen zwischen Stefan und Thomas.

Sven bemerkte Stefans Grinsen, als dieser offenbar Thomas' überraschten Blick sah. In entspanntem Tonfall sagte Stefan: „Da staunst du, was? Ja, ja, ich bin gar nicht so übel, wie jeder denkt. Ich hab nur meine Prinzipien, nach denen ich handle."

Thomas antwortete nicht.

Schnell waren sie sich über die Arbeitsteilung einig. Stefan erklärte, dass er bei Bedarf noch weitere Rechner besorgen könnte und verschwand mit einem der funktionsuntüchtig gewordenen Geräte.

Alle trafen sich um 14:00 Uhr zu einem gemeinsamen Essen. Hierbei gab jeder seine bisherigen Ergebnisse preis, die allerdings mehr als dürftig ausfielen. Die Einzigen, die einen winzigen Anhaltspunkt gefunden hatten, waren Sven und Gina. Offenbar sendeten alle Geräte aus ihrem kleinen Testnetzwerk alle drei Minuten eine bestimmte Zeichenfolge, die sie nicht zuordnen konnten.

Stefan fragte, ob sie mit ihrem Sniffer auch schon einen der Computer untersucht hätten. Sven verneinte das.

Gegen Ende des Essens gingen sie noch einmal gemeinsam die anstehenden Arbeiten durch. Gregor sollte sich weiter mit der Ermittlung des Auslösedatums beschäftigen, Stefan würde sich wieder über den PC hermachen. Da man für Vergleichszwecke zusätzliche Netzwerkgeräte untersuchen musste, schlug Gina vor, dass sie sich mit einem Sniffer in das Wirknetz, also das richtige Netzwerk des Bürogebäudes, einschalten sollten. Hier konnten sie sehen, ob die dortigen Maschinen auch alle drei Minuten die unbekannte Zeichenfolge sendeten. Thomas, der sich am Vormittag ebenfalls den PCs gewidmet hatte, sollte im Internet recherchieren, ob er zu der gefundenen Zeichenfolge Informationen auftreiben konnte. Wenn es etwas war, das einen nutzbringenden Sinn hatte, dann müsste er es finden. Svens Aufgabe war es, die Netzwerkgeräte im Testlabor weiter zu untersuchen.

Die Arbeiten waren zeitraubend und alle Beteiligten waren froh, dass es im Betrieb an diesem Tag nicht zu anderen Problemen kam. So hatten sie hinsichtlich ihrer alltäglichen Arbeit nur Dinge zu tun, die sie sich selbst einteilen konnten.

Um 19:00 Uhr traf sich die kleine Gruppe erneut, dieses Mal im Büro von Sven. Missmutig saßen sie einander gegenüber. Nur Gregor tippte noch in einer Ecke auf der Tastatur herum.

Stefan war es ins Gesicht geschrieben, dass er mit seinem Latein am Ende war. „Also, ich finde einfach nichts. Ich habe alle Register überprüft, es mit ein paar Änderungen im Setup versucht, am Ende sogar Frames mehrfach auf verschiedene Weisen neu aufgespielt, aber es ändert sich einfach nichts. Das Gerät ist nach wie vor unbrauchbar. Manchmal läuft es zwar, aber dann arbeiten die Programme fehlerhaft."

Sven nickte müde. „Wir sind auch nicht weitergekommen."

„Das würde ich so nicht sagen", widersprach ihm Gina. „Wir haben festgestellt, dass die Zeichenfolgen, die wir bei den Geräten im Testlab entdeckt haben, von den Geräten im Normalfall nicht gesendet werden. Übrigens scheinen die betroffenen PCs keine ungewöhnlichen Dinge ins Netz zu senden."

„Ich hab es!" Gregors Stimme überschlug sich fast. Alle drehten sich zu ihm um. Auch er wandte sich jetzt der Gruppe zu. „Ich habe es", wiederholte er noch einmal. „Es ist der neunte November! Am achten geht noch alles, aber ab dem neunten spinnt das Gerät. Ich hab das Datum noch einmal zurückgestellt, aber sobald ich den neunten November eingestellt habe, tut sich nichts mehr."

Es wurde still im Büro. Sven sah betroffen von einem zum anderen. Sie waren einen Schritt weiter. Jetzt wusste man, dass noch gut zwei Monate blieben, um dem Problem auf die Spur zu kommen. Eine Lösung jedoch lag in weiter Ferne.

Stefan fand als Erster seine Sprache wieder. „Was ist am neunten November so besonders?", begann er laut nachzudenken. Dann gingen seine Überlegungen unvermittelt in eine andere Richtung. „Ihr müsst checken, ob sich das bei den Netzwerkgeräten genauso verhält und sie auch in irgendeiner Weise zeitgesteuert sind." Nach einer kurzen Pause fügte er hinzu: „Lasst uns hoffen, dass dem nicht so ist!"

Gina sah Sven fragend an, als sie ihre Bedenken äußerte. „Wir haben kein Gerät mehr übrig. Alles, was wir noch hatten, ist bereits für das Testnetzwerk draufgegangen. Sogar die Büchse, die du von zu Hause geholt hast, können wir nicht mehr verwenden."

Sven blickte einen Moment mit versteinerter Miene ins Leere. Dann sagte er mit fester Stimme: „Wir nehmen die Zweitgeräte, die wir hier im Produktivnetz haben. Insgesamt haben wir zwei Router und vier Switche, die gedoppelt sind. Wir nehmen uns einen Router und zwei Switche. Im schlimmsten Fall müssen wir bei einem Ausfall eben ein Gerät umbauen."

„Frank ist heute nicht da. So etwas können wir nicht tun, ohne es mit ihm abgesprochen zu haben", brachte Gina als Einwand hervor.

Franklin ‚Frank' Bowdy, der Geschäftsführer von DeHSIP, hätte in der Tat informiert werden müssen, wenn eine Aktion gestartet wurde, die sicherheitsrelevant für das Netzwerk war. Allerdings war er für ein paar Tage im Urlaub.

„Ich übernehme die Verantwortung", sagte Sven entschlossen. „Ich werde das ungute Gefühl nicht los, dass diese Sache uns wesentlich mehr Ärger bereiten kann als ein kleiner Netzwerkausfall hier in Frankfurt."

„Na, wenigstens noch jemand, der Prioritäten zu setzen weiß", kommentierte Stefan Svens Entscheidung. Anscheinend hatte er auch Thomas' missbilligenden Blick gesehen, denn er fügte hinzu: „Jetzt sammle dich mal wieder, Thomas. Mir ist schon klar, dass du manche Entscheidungen von mir nicht verstehen kannst. Würde mir an deiner Stelle genauso gehen. Aber bis zu einem gewissen Grad ist sich jeder selbst der Nächste. Ich will vorankommen und weiß, was ich dafür tun muss. So wird das Spiel eben gespielt. Aber wenn es darauf ankommt, dann kann man auf mich zählen."

An die Allgemeinheit gerichtet sagte er: „Ich weiß nicht, wie es euch geht, aber wenn jemand mit mir hier bleibt, würde ich gerne weiterarbeiten, bis wir etwas mehr wissen."

Dem stimmten alle zu. Selbst der Praktikant wollte keinen Feierabend machen. Er schien von der ganzen Sache so gefesselt zu sein, dass er sogar eine Verabredung mit einer Freundin absagte. Als Nächstes wollte er mit einem zweiten Computer ausprobieren, ob dieser ebenfalls genau auf den neunten November reagierte. Dieses Mal wollte sich Stefan dazusetzen, um die Abläufe mitzubekommen.

Gina machte sich mit ein paar Werkzeugen auf, um in den Netzwerkräumen die besprochenen Geräte auszubauen. Sie nahm ihren Laptop mit, um vor Ort feststellen zu können, ob der Ausbau irgendwelche Auswirkungen auf das hiesige Netzwerk hatte.

Sven und Thomas wollten besprechen, wie das weitere Vorgehen sein würde. Hierfür wollten sie sich noch etwas zu trinken holen und entschieden sich für heißen Kakao.

Da es in der Küche keine Töpfe gab, ging erneut die Überlegung los, wie man die Milch am besten erwärmen konnte. Den Wasserkocher, so waren sie sich einig, würden sie nicht wieder verwenden. Die zündende Idee hatte Sven. Im Schrank gab es Plastikdosen in diversen Größen. Man konnte doch die größte davon nehmen, darin die Milch in der Mikrowelle erhitzen und dann in die Thermoskanne umfüllen. Gesagt, getan. Während Thomas sich um die Milch kümmerte, spülte Sven die Kanne mit heißem Wasser aus.

Nach kurzer Zeit hatten sie tatsächlich heiße Milch in dem Plastikbehälter. Doch wie sollte man sie jetzt umfüllen? Sven sah, wie Thomas mit dem Milchbehälter über der Kanne hantierte, es aber nicht hinbekam. Mit einem Grinsen im Gesicht meinte er: „Ich würde es mit Schwung probieren."

Offenbar konzentrierte Thomas sich auf sein eigenes Tun und konnte Svens Grinsen nicht sehen. Somit nahm er den Vorschlag anscheinend ernst. „Na, wenn du meinst", gab er kurz von sich und schon schwappte die Milch in einem großen Schwall in Richtung Kanne. Der Schwall war so stark, dass nicht alles die Öffnung traf. Ein Teil spritzte auch in Thomas'

Richtung, der mit einem schnellen Satz nach hinten sprang. Sven konnte ein lautes, herzhaftes Lachen nicht unterdrücken und als er die Spritzer auf Thomas' Hose sah, lachte er noch lauter. Dass Thomas es zunächst nicht so witzig fand, bekam Sven nicht mehr mit, denn sein Handy klingelte. Er meldete sich knapp mit seinem Nachnamen. Zu seiner Überraschung war es Kevin, Katrins Freund. „Hi Sven, ich hoffe, ich störe nicht", kam seine Stimme fröhlich durchs Telefon.

„Nein, wenn es nicht lange dauert. Was verschafft mir die Ehre, Kevin?" Die beiden kannten sich durch verschiedene Treffen der Frauen. Sie waren sich nicht unbedingt unsympathisch, hatten aber sonst keinen Kontakt.

Kevin plapperte munter drauf los: „Es dauert nicht lange, mein Lieber. Ich wollte da nur etwas klarstellen, das ist alles."

Sven wurde schlagartig klar, dass es um Janette gehen musste. „Was gibt es?", fragte er kurz.

Kevins Stimme war so fröhlich, dass sie Sven fast höhnisch vorkam. „Damit das klar ist, Sven. Nur, weil Janette mit mir schläft, hast du noch lange nicht das Recht, mit Katrin ins Bett zu gehen. Katrin gehört mir. Ich teile sie nur mit Janette, weil sie Janette ebenfalls mit mir teilt. Also, komm bitte nicht auf dumme Gedanken, ja?"

Sven rutschte das Telefon aus der Hand. Mit einem Poltern fiel es zu Boden. Dabei sprang der Akku heraus und blieb einige Zentimeter vom Handy entfernt liegen. Tränen stiegen ihm in die Augen. Seine Hand, die eben noch das Telefon gehalten hatte, zitterte. Sven spürte einen bisher nicht gekannten Schmerz. Es war, als würde ihm der Boden unter seinen Füßen weggezogen. Er holte mehrfach tief Luft und da sich seine Nase langsam verschloss, atmete er durch den Mund. Ohne es zu wollen, rollten die ersten Tränen über seine Wangen.

Wie aus weiter Ferne hörte er Thomas' Stimme. „Sven, was ist los?"

Obwohl er es hörte, kam die Frage nicht bei ihm an. Das Klopfen seines Herzens erschien ihm viel lauter. Thomas hob das Handy auf und steckte den Akku wieder hinein. Aber auch das nahm Sven nicht wahr. Die Worte von Kevin hallten in seinem Gehirn. Und nicht nur die Worte, sondern auch ihre Bedeutung.

Eine Hand erfasste seine Schulter. Es war Thomas' Hand. Wieder drangen Worte von weit her an Svens Ohr. „He, bist du okay?" Und dann, nach kurzer Pause: „Komm, lass uns in ein leeres Büro gehen, da kannst du dich hinsetzen."

Aber Sven konnte sich nicht rühren. Mit einem Mal wurde ihm die ganze Tragweite klar. Er würde nicht länger mit Janette zusammen sein. Seine Beziehung hatte hier und jetzt ihr Ende erreicht. Sven hörte ein Schluchzen und es dauerte einen Moment, bis ihm bewusst wurde, dass es sein eigenes war. Dann spürte er, wie sich zwei Arme um ihn legten und sein Kopf an Thomas' Schulter gedrückt wurde. Sven konnte sich nicht länger zurückhalten und begann hemmungslos an zu weinen. Sein ganzer Körper zitterte dabei. Thomas sagte kein Wort. Er hielt Sven geduldig in den Armen, bis der Heulkrampf nach vielen Minuten nachließ. Mit den Tränen war ein Teil des Schmerzes gegangen, der nun Platz für eine große Leere machte. Sven richtete sich auf und wischte mit seinem T-Shirt die Tränen aus dem Gesicht. Noch immer nahm er seine Umwelt nicht richtig wahr. Auch als die Tür aufging, registrierte er es nur beiläufig.

Gregors Stimme drang ins Zimmer: „Sven, Gina sucht dich."

Er hörte Thomas die Antwort geben: „Ist gut."

Einen Moment später fügte Thomas hinzu: „Verschwinde. Wir kommen gleich."

Die Tür wurde geschlossen. Die beiden Männer sahen sich an.

„Geht es wieder?", fragte Thomas fürsorglich.

Sven nickte und atmete tief durch. Er befreite sich aus Thomas' Armen, ging langsam zur Spüle, riss ein Küchentuch von der Rolle und putzte sich die Nase. Als er sich wieder umdrehte, stand Thomas direkt vor ihm.

„Was ist denn los?" Thomas war sichtlich besorgt.

Sven antwortete sehr leise: „Janette. Es ist wohl aus."

Nur mit Mühe konnte er es unterdrücken, dass er wieder zu weinen anfing. In Thomas' Augen sah Sven, wie sich sein eigener Schmerz darin widerspiegelte.

„Willst du für heute Schluss machen? Ich kümmere mich hier um alles", bot Thomas an.

Aber Sven schüttelte den Kopf. „Nein, ich muss mich beschäftigen. Ich will abgelenkt sein. Was ich jetzt am wenigsten möchte, ist nach Hause fahren."

„In Ordnung. Dann lass uns rübergehen und unseren Kakao trinken. Vielleicht gehst du dir vorher dein Gesicht waschen. Ich erledige hier den Rest."

Mit einem Nicken stimmte Sven zu. Er nahm sein Handy, verließ die Küche und ging zur Toilette hinüber. Am Waschbecken sah er in den Spiegel. Seine Augen waren gerötet, der Blick leer, die Mundwinkel nach unten gezogen. Beinahe hätte er wieder angefangen zu weinen, schaffte es aber gerade noch, sich zusammenzureißen. Schnell nahm er den Blick vom Spiegel und drehte das kalte Wasser auf. Einige Male ließ er das kühle Nass in die zur Schale geformten Hände laufen, um es dann schwungvoll in sein Gesicht zu werfen.

Nachdem er sich abgetrocknet hatte, schaltete er das Handy wieder an. Kaum hatte Sven die PIN eingegeben, klingelte es auch schon. Im Display sah er, dass es seine Mailbox war. Er nahm das Gespräch an. Die automatische Stimme sagte, dass zwei Anrufe gespeichert waren. Der erste wurde wiedergegeben. Zunächst kam gar nichts, doch dann hörte Sven Janettes Stimme.

„Hallo Sven." Ihre Stimme war sehr leise. Eine Pause folgte. „Katrin hat mich gerade angerufen." Erneut eine Pause, die von einem leisen Schluchzen unterbrochen wurde. Janette weinte ganz offensichtlich. Auch wenn sie sich bemühte, es zu verbergen, hörte Sven es ganz deutlich. „Ich weiß, dass du mir nie wieder glauben wirst und ich verstehe das." Stille. Nach einer schier endlosen Zeit ging es weiter: „Es tut mir leid, Sven. Es tut mir so leid."

Das erneute Schluchzen wurde von dem Klicken unterbrochen, das die Verbindung trennte. Dann wurde die zweite Nachricht wiedergegeben. Sofern man überhaupt von einer Nachricht sprechen konnte, denn außer einem Rauschen, das etwa zehn Sekunden dauerte, war nichts zu hören. Sven war sich sicher, dass auch dieser Anruf von Janette gewesen sein musste. Ihre Worte hatten bestätigt, dass sich alles genauso verhielt, wie Kevin es am Telefon gesagt hatte.

Wenn Sven bis jetzt vielleicht noch gehofft hatte, dass alles gelogen war, so konnte er sich nun nicht mehr vor der Wahrheit verschließen. Er schaltete das Handy wieder ab - aus Angst, dass Janette wieder anrufen könnte. Jetzt wollte er nicht mit ihr sprechen. Dazu war er noch nicht bereit.

Nun war es ihm sehr recht, dass es dieses Problem im Netzwerk gab. Dadurch, dass es ein außergewöhnliches Problem war, konnte man sich sehr gut davon fesseln lassen und wenigstens zeitweise alles andere um sich herum vergessen.

Als er zu den anderen ins Büro kam, wurde es auf einmal still. Ihm war klar, dass Thomas sie vorbereitet hatte. Die plötzliche Stille machte Sven betroffen. Er wollte diese Situation so schnell wie möglich geändert haben. Deshalb suchte er nach einem Vorwand für ein Gespräch. „Was wollte Gina denn von mir?", fragte er. Natürlich war ihm bewusst, dass man seiner Stimme deutlich anhören konnte, dass er geweint hatte. Trotzdem tat er so, als sei nichts gewesen. Thomas sah ihn an. „Es gab irgendein Problem mit einem der Switche. Sie hat es mir nicht genau erklärt, aber gesagt, dass sie die Entscheidung einfach selber trifft."

Sven nickte. „Das soll sie. Ich vertraue ihr uneingeschränkt."

Noch bevor er die Worte zu Ende gesprochen hatte, keimte der Gedanke in ihm auf, dass es niemanden mehr geben sollte, dem er uneingeschränkt vertraute. Aber dieses Mal war es ihm egal. Wenn Gina einen Fehler machte, dann konnte der wieder behoben werden. Aber generell würde es ein wirkliches Vertrauen zu einer anderen Person, insbesondere zu einer Frau, nicht so schnell wieder geben.

Mit aller Gewalt drängte er den Gedanken beiseite. „Was gibt es sonst Neues?" Diese Worte richtete er an Gregor und Stefan, wobei er sich auf einen der freien Stühle setzte. Während Thomas ihm eine Tasse mit heißem Kakao reichte, antwortete Stefan.

„Es ist ganz definitiv der neunte November. Wir haben es mit zwei anderen Rechnern getestet. Bis zum achten November ist alles in Ordnung. Ab dem neunten fangen die Geräte an zu spinnen."

Sven nickte. Jetzt war er wieder bei der Sache. Und er brannte darauf, die nächsten Tests bei den Netzwerkgeräten zu machen. Es war richtig spannend, umso mehr, da er sich jetzt noch stärker hineinsteigern würde. Es war ihm egal, wann er aus dem Büro herauskam. Im Gegenteil, je länger es dauerte, umso lieber war es ihm.

„Ich rufe mal Gina an und frage, wie weit sie ist. Sie soll zwischendurch mal herkommen und auch einen Kakao trinken. Ich kann sie ja mal ablösen." Da er sein Handy nicht wieder einschalten wollte, bediente er sich des Festnetztelefons auf seinem Schreibtisch. Er hatte jedes Zeitgefühl verloren, daher hatte er keine Vorstellung, wie weit Gina schon sein konnte. Sie meldete sich nach dem dritten Freizeichen.

„Ich habe es gleich", ersparte sie sich jegliche Begrüßung.

Sven musste unweigerlich schmunzeln. „Mach dir keinen Stress. Wir haben heißen Kakao. Komm her und trink erst mal was. Ich kann dich solange ablösen."

„Bin gleich da", war ihre knappe Antwort. Ohne ein weiteres Wort von Sven abzuwarten, unterbrach sie die Verbindung. Nach zehn Minuten stand sie mit drei Geräten auf dem Arm im

Zimmer. Der Schweiß stand ihr auf der Stirn, denn die Apparate waren alles andere als leicht. Sofort waren Thomas und Sven bei Gina, um ihr die Geräte abzunehmen. Dann fiel sie erschöpft in einen Stuhl, ließ sich eine Tasse geben und schlürfte genießerisch ihren Kakao.

Alle überlegten eine Weile, was hinter der ganzen Sache stecken konnte und was gerade am neunten November so besonders war. Aber niemand hatte eine vernünftige Idee.

Sven wurde als Erster wieder aktiv. Er schloss einen der Switche an, die Gina mitgebracht hatte. In den Switch steckte er ein Kabel, dessen anderes Ende mit seinem Sniffer verbunden war. Dann stellte er über die Tastatur seines Laptops das Datum des Switches auf den achten November. Nun beobachtete er den Bildschirm. Dabei musste er mindestens drei Minuten warten, um festzustellen, ob die gesuchte Zeichenfolge auftrat, die sie bei den Geräten im Testnetzwerk beobachtet hatten. Aber es kamen nur Daten, die er üblicherweise erwarten würde. Darunter waren beispielsweise digitale Anfragen, ob es in der Nachbarschaft Switche des gleichen Herstellers gab. Die Geräte sprachen ihre eigene Sprache, aber Sven kannte die meisten Codes und konnte nichts Ungewöhnliches feststellen. Also stellte er das Datum auf den neunten November. Die anderen standen um ihn herum. Mit Spannung wurde das Ergebnis erwartet.

Gregor fragte nach, auf welche Zeichenfolge sie denn warteten, und Gina erklärte es ihm. Sven zeigte dabei auf dem Bildschirm, an welcher Stelle der gesuchte Code auftauchen müsste. Eine Minute starrten alle wie gebannt auf den Schirm, ohne dass etwas passierte. Keiner sagte etwas. Dann, nach fast zwei Minuten, erschien es: exakt die Zeichenfolge, die auch die Maschinen im Testlab sendeten.

„Verdammt", flüsterte Thomas. „Wir haben hier ein programm- und geräteunabhängiges Problem!"

Stille. Jeder versuchte, sich bewusst zu machen, was das bedeutete. Es dauerte fast zwei Minuten, bis wieder jemand sprach.

Mit überraschend fester Stimme sagte Sven: „Ich schlage vor, wir bestellen uns jetzt eine Pizza und diskutieren dann die Sache. Uns allen ist wohl klar, dass wir es hier nicht mit irgendeinem Bug zu tun haben, nicht mit einem kleinen Fehler in irgendeinem unbedeutenden Programmteil."

Wenn er auch noch nicht in vollem Umfang begriff, auf was sie gestoßen waren, so hatte er wenigstens eine dunkle Ahnung davon. Wahrscheinlich war es die zweite Begebenheit an diesem Abend, die sein Leben entscheidend verändern würde. Doch statt sich davon noch mehr erschlagen zu lassen, spürte er eine Kraft in sich wachsen. So war es schon oft in seinem Leben gewesen. Je größer die Herausforderungen waren, desto aggressiver und zielstrebiger ging er sie an.

Er war von einer Frau an der Nase herumgeführt worden. Na und? Was sollte es. Das nächste Mal würde er vorsichtiger sein. Ein halbes Leben hatte er noch vor sich und es gab noch viele andere Frauen auf dieser Welt. Es waren nicht wenige dabei, die er für begehrenswert hielt. Natürlich würde es dauern, bis er über Janette hinweggekommen war. Aber es würde vorbeigehen. Um schneller vergessen zu können, hatte sich gerade ein Problem offenbart, dessen Umfang so groß zu sein schien, dass er sich bis zum Hals hineinstürzen konnte.

Als sie die Pizza aßen, war es bereits neun Uhr abends. Thomas fasste zusammen, was sie bisher wussten: „Wir haben ein Phänomen, welches genau am neunten November auftritt. Es existiert sowohl auf PCs als auch auf Netzwerkgeräten. Dies alleine ist erstaunlich genug. Sowohl die Hardware ist eine komplett unterschiedliche als auch die Software, welche auf den Geräten läuft. Es gibt keinen uns bekannten Grund, warum es auf so verschiedenen Geräten zu einem ähnlichen Vorfall mit gleichem Auslöser kommen sollte. Auf den Computern bewirkt das Phänomen unterschiedliche Dinge, ohne dass ein System erkennbar ist. Bei manchen ist es der Totalausfall des Gerätes, bei anderen sieht es zunächst so aus, als würde alles funktionieren, aber dann werden verschiedene Daten nach einem uns unbekannten Muster verfälscht. Auch das Zurückstellen des Datums bringt keine Besserung. Auf den Netzwerkgeräten ist die bisher festgestellte Wirkung eine andere. Es werden plötzlich Zeichenfolgen in das Netzwerk gesendet, die keinen uns bekannten Sinn ergeben. Ob es bei den Netzwerkgeräten noch andere Auswirkungen gibt, wissen wir nicht."

Zunächst machte Thomas den Eindruck, als sei er fertig mit seinen Ausführungen. Dann sprach er weiter: „Da wir Computer verschiedener Hersteller haben, müssen wir davon ausgehen, dass das Problem herstellerunabhängig existiert."

Stefan fügte nach einer Weile hinzu: „Wir brauchen uns keine Illusionen darüber zu machen, dass es sich hier um etwas handelt, das nur bei uns auftritt. Die Vorführung, die Thomas bei der NSI bekommen hat, zeigt eindeutig das Gegenteil. Ich weiß nicht, ob ich vielleicht ein bisschen paranoid bin, aber im schlimmsten Fall werden am neunten November weltweit keine Computer mehr funktionieren."

Es klang, als hätte er einem Kind die Schulaufgaben erklärt. Keine Gefühlsregung spiegelte sich in seiner Stimme wider. Doch Sven wusste, dass es nur Fassade war. Er hatte die stille Befürchtung ausgesprochen, die vermutlich alle Anwesenden hatten. Selbst Gregor schien plötzlich die immense Tragweite zu erfassen. Obwohl es nicht kalt war, konnte Sven eine Gänsehaut auf seinen Armen sehen.

Gregor war es auch, der die entscheidende Bemerkung machte: „Aber daran können wir doch nicht zu fünft hier in unserem stillen Kämmerchen arbeiten! Wenn das stimmt, was Stefan sagt, dann müssen wir das öffentlich machen!"

Ja, sie mussten jemanden unterrichten.

„Aber wen?", sprach Thomas die im Raum stehende Frage aus. Einen Moment lang sahen alle betreten zu Boden.

„Wir müssten mit Frank reden", meinte Gina. „Aber der kommt erst Anfang übernächster Woche wieder."

Dann meldete sich Thomas wieder zu Wort: „Ich hab einen Freund, der bei der Kripo arbeitet, im Bereich Wirtschaftskriminalität. Den könnte ich mal anrufen. Nur weiß ich nicht, ob es nicht noch zu früh dafür ist. Was meint ihr?"

Gina sah ihn an. „Thomas, wir sind keine Anfänger, die keine Ahnung von dem haben, was sie tun..."

Sie wurde von einem Einwurf Gregors unterbrochen: „Ich schon!"

Aber Gina schien die Unterbrechung nicht einmal zur Kenntnis genommen zu haben, als sie fortfuhr: „Es ist auch nicht so, dass wir da irgendeine unbestätigte Ahnung haben. Wir haben Fakten, die sich belegen lassen. Zwar wissen wir noch nichts über die genauen Auswirkungen und wir haben auch noch keinerlei Informationen hinsichtlich des Umfangs dieses Problems, aber wir können immerhin beurteilen, dass es am neunten November ein großes Chaos geben könnte! Nein, es ist nicht zu früh! Ruf deinen Freund an, am besten sofort!"

Zögernd nahm Thomas sein Handy und wählte. „Wahrscheinlich wird er schon längst Feierabend haben. Zu Hause möchte ich ihn deswegen nicht anrufen. Wir versuchen es..." Er unterbrach sich selbst. Anscheinend meldete sich jemand am anderen Ende. Das Gespräch dauerte nicht lange. Sven hörte, wie Thomas sich zunächst nach dem Befinden des anderen erkundigte, um dann sein Anliegen vorzutragen. Danach verging eine Weile, bis er wieder sprach. Er versuchte offenbar deutlich zu machen, dass ihm die Sache wichtig war. Erneut lauschte er eine Weile, bevor er das Gespräch mit „Okay, ich ruf dich am Montag noch mal an" beendete.

Mit gekräuselter Stirn legte er auf. Nicht nur Svens fragender Blick ruhte auf ihm. „Es war ein denkbar schlechter Zeitpunkt. Einer seiner Männer ist wohl gerade tot in Ägypten aufgefunden worden. Außerdem ist alles ziemlich in Aufruhr wegen des Bombenattentats auf den ICE." Thomas schüttelte den Kopf. „Wo soll das nur alles hinführen? Ich hab erst gestern Abend in den Nachrichten gehört, dass jemand irgendwo versucht hat, Sprengstoff an Bord eines Passagierflugzeuges zu bringen."

„Ob es Zufall ist, dass all diese Dinge plötzlich vermehrt auftreten? Ich meine, gerade jetzt, wo wir hier so ein merkwürdiges Phänomen feststellen?"

Alle starrten Stefan an. Die unvermittelte Ruhe erzeugte eine zusätzliche Spannung. Sven wusste nichts darauf zu erwidern. Die anderen offenbar auch nicht.

Irgendwann brach Thomas das Schweigen: „Kann es sein, dass du etwas paranoid bist?"

Mit einem besorgten Blick zu Stefan rechnete Sven mit einem kleinen Wutausbruch, zumindest aber mit einer aggressiven Bemerkung. Nichts davon trat ein. Stefan sah Thomas direkt in die Augen, als er mit ruhiger und nicht allzu lauter Stimme sagte: „Wer weiß, vielleicht bin ich das. Ich kann dir nicht sagen, was hier passiert. Aber ich weiß, dass das, was wir bisher entdeckt haben, eventuell nur die Spitze eines großen Eisbergs ist. Und dass der neunte November das umgekehrte Datum des elften September ist. Statt dem elften Neunten ist es der neunte Elfte."

Sven war plötzlich unheimlich zumute. Eine Gänsehaut breitete sich auf seinem Rücken aus. Was Stefan da sagte, war unbestreitbar richtig. Es musste nichts zu sagen haben, aber es konnte mehr als nur ein Zufall sein. Wie ein dunkler Schatten legte sich eine beklemmende, drückende Stimmung auf Svens Gemüt. Er fröstelte plötzlich. „Du meinst das ernst, oder?", fragte er.

Stefan nickte nur. Gina antwortete an seiner Stelle: „Eigentlich gibt es doch gar keine andere Möglichkeit, als dass da etwas bewusst initiiert wird. Die Geräte haben so wenig miteinander zu tun wie ein Flugzeug mit einem Flugzeugträger. Wenn an einem Flugzeugträger plötzlich ein Defekt am Motor auftritt, dann ist es garantiert kein Zufall, wenn an dem Flugzeug, welches sich auf dem Schiff befindet, plötzlich auch ein Motorschaden vorliegt. In diesem Fall würde jeder sofort von Sabotage ausgehen, oder? Bei uns ist es dasselbe. Ein Fehler an einem Netzwerkgerät kann eigentlich keineswegs auch den Ausfall eines Computers bedingen."

Wieder herrschte betretene Stille. Natürlich konnte Sven ihren Gedankengang nachvollziehen. Er wollte es nicht, aber er tat es. Die zweite Gänsehautwelle kroch Sven über den Rücken. Spielte denn die ganze Welt auf einmal verrückt? Erst Janette und Katrin, dann die Computer, Kevins Anruf, der explodierte Zug - und jetzt das!

„Okay", sagte Sven entschlossen. „Wir sind uns einig, dass man die Sache nicht auf sich beruhen lassen darf. Dabei wissen wir weder, was dahinter steckt, noch, wie hoch das tatsächliche Ausmaß ist. Wir werden die Antworten nicht erfahren, wenn wir hier weiter herumsitzen. Theoretisch könnte es ein allgemeines Datumsproblem sein. Ihr könnt euch sicher noch an das Jahr-2000-Problem erinnern. Wer sagt uns, dass wir es nicht mit etwas Ähnlichem zu tun haben?"

„Ich habe von keinem Fall gehört, bei dem das Jahr-2000-Problem tatsächlich dazu geführt hätte, dass ein Switch unsinnige Daten ins Netz schickte", unterbrach Gina ihn.

„Das stimmt wohl", gab er zu. „Aber dennoch könnte es etwas Ähnliches sein, was wir einfach nicht kennen. Egal, was es ist, wir müssen weiter daran arbeiten. Wenn Thomas am Montag seinen Freund bei der Kripo anruft, dann sollten wir etwas mehr in der Hand haben. Ich schlage folgendes Vorgehen vor: Zunächst simulieren wir die gefundene Zeichenfolge. Unsere Sniffer können das. Lasst uns schauen, was passiert, wenn wir einfach nur die Zeichen an einen sauberen PC schicken. Dann testen wir, was mit einem sauberen Router passiert, wenn er diese Zeichenfolge empfängt. Gregor, wenn du dich mit Textverarbeitung auskennst und tippen kannst, dann protokolliere bitte peinlich genau, was wir tun und welche Ergebnisse wir erhalten."

„Klar, kein Problem. Obwohl ich zugeben muss, dass mir das alles etwas Angst macht." Trotz eines kurzen Zögerns merkte Sven, dass der junge Mann noch etwas sagen wollte, und sah ihn fragend an. Dadurch offenbar ermutigt, fragte Gregor: „Ich weiß nicht, ob ich da zu naiv bin. Aber was ist, wenn man das Datum der Geräte einfach um ein paar Jahre zurückstellt? Dann würde das Datum nicht erreicht werden und die Gefahr wäre doch zunächst gebannt, oder?"

„Ein simpler, aber dennoch sehr guter Vorschlag." Sven nickte anerkennend. „Das werden wir versuchen. Wenn du magst, kannst du es selbst testen."

„Gerne."

„Dann bitte ich dich, einen Computer zunächst auf eine Zeit einzustellen, die etwa eine Stunde vor dem neunten November liegt. Danach stellst du das Datum um einige Jahre zurück, installierst eine kleine Datenbank und gibst ein paar Testdaten ein. Danach warten wir zwei Stunden und sehen, was passiert."

„Wenn du Hilfe bei der Installation der Datenbank brauchst, sag Bescheid", bot Stefan an.

„Gut", fuhr Sven an die Allgemeinheit gerichtet fort. „Dann sollten wir uns langsam darum kümmern, wie sich das Ganze noch auf die Router auswirkt. Außer dass sie plötzlich bestimmte Zeichenfolgen ins Netz senden, haben wir noch nichts festgestellt. Wenn die PCs zu spinnen anfangen, dann kann es durchaus sein, dass die Router ebenfalls Fehlfunktionen aufweisen. Wir sollten uns nicht darauf verlassen, dass es mit dem Senden dieser merkwürdigen Daten getan ist. Während wir das untersuchen, können wir parallel probieren, ob die Computer sich vielleicht mit anderen Betriebssystemen hochfahren lassen. Wir haben bisher nur das neueste Frames ausprobiert. Niemand garantiert uns, dass das Problem in der Hardware der Computer zu suchen ist. Theoretisch existiert die Möglichkeit, dass nur Frames darauf reagiert."

Wohlwollend bemerkte er, dass sich Gregor bereits Stift und Papier besorgt hatte und fleißig mitschrieb. „Wie wir dann weitermachen", fuhr er fort, „hängt ganz von den Ergebnissen dieser Tests ab."

Niemand widersprach ihm.

Gina fügte noch eine Idee hinzu: „Ich rufe bei CatSpeed an und mache ein Fehlerticket auf. Die müssten doch am besten wissen, was mit ihren Geräten nicht stimmt."

Als Gregor sie fragend ansah, erläuterte Gina, was sie meinte: „Wir haben einen besonderen Vertrag mit CatSpeed. Das ist die Herstellerfirma unserer Netzwerkkomponenten. Dieser Service kostet uns jeden Monat einige Tausend Euro. Dafür hat ihr Support für uns da zu sein, wenn bei uns ein Problem auftritt und wir ihn brauchen. Beim Öffnen eines Tickets müssen wir den auftretenden Fehler so genau wie möglich beschreiben, damit der bearbeitende Techniker ausreichend Informationen hat, um möglichst schnell eine Lösung zu finden."

Der Praktikant machte ein erfreutes Gesicht. „Dann haben wir ja vielleicht in einer Stunde die Lösung des Problems!"

Gina schien nicht überzeugt zu sein. „Wir werden sehen", sagte sie knapp, stand auf und ging zu einem Computer.

„Dann lasst uns an die Arbeit gehen", schlug Thomas vor, „und uns in zwei Stunden wieder treffen."

Kurz vor Mitternacht saßen sie erneut zusammen. Am meisten sah man Gregor den Stress an. Er war es am wenigsten gewohnt, so viele Stunden hintereinander zu arbeiten. Aber auch die anderen waren alles andere als fit.

Gina ergriff als erste das Wort. „Es ist unglaublich. CatSpeed hat mir per E-Mail eine Antwort geschickt. Sie sind der Meinung, dass es das Problem nicht gäbe, wenn wir die Geräte auf das aktuelle Datum eingestellt ließen. Daher sei es ganz eindeutig ein Benutzerfehler! Ist das denn zu fassen?" Sie war sichtlich aufgebracht. „Aber ich habe den Namen des Technikers", erzählte sie weiter. „Morgen werde ich mich über ihn beschweren. Ich denke, dass man uns dann besser helfen wird." Nach einer kurzen Pause drehte sie sich zu Stefan. „Was gibt es bei dir Neues?"

„Ich habe die letzten drei Vorversionen von Frames ausprobiert. Immer mit dem gleichen Ergebnis: Sie funktionieren auf den betroffenen Geräten nicht sauber. Als Nächstes werde ich es mit Betriebssystemen von anderen Herstellern versuchen. Mit solchen, die mit Frames nichts zu tun haben."

Gina nickte, als hätte sie die Antwort bereits vorher gewusst. „Tja, wir haben auch eine erschreckende Entdeckung gemacht. Mit dem Sniffer haben wir die Zeichenfolge nachgebildet. Wir nennen sie jetzt übrigens Alpha-Zeichenfolge. Nur, damit wir einen Namen haben. Nachdem wir die Alpha-Zeichenfolge an einen neuen, ungebrauchten Computer gesendet haben, weist auch er die gleichen Anzeichen auf wie die anderen Testcomputer. Er ist unbrauchbar geworden. Und nicht nur das. Wir haben die Zeichenfolge an den bisher unbenutzten Router geschickt. Seitdem sendet auch dieses Gerät die Alpha-Zeichenfolge. Mir ist das alles unbegreiflich. Ich hoffe, dass CatSpeed uns morgen eine Lösung oder wenigstens eine Erklärung präsentieren kann."

Gregor meldete sich mit müder Stimme zu Wort: „Ich hab alles aufgeschrieben. Außerdem hab ich den Versuch mit dem Zurückstellen des Datums gemacht. Genau nach Svens Anweisungen hab ich das Datum erst auf den achten November gestellt, auf 23:00 Uhr. Dann hab ich es auf den ersten Mai umgestellt und die Jahreszahl um fünf Jahre zurückdatiert. Stefan hat eine Datenbank aufgespielt und ein paar Daten eingegeben. Vor einer halben Stunde hab ich mir die Daten wieder angesehen. Etwa zehn Prozent sind verfremdet. Es sieht genauso aus, als wäre der neunte November eingetreten." Gregor wirkte ebenso fassungslos wie müde.

Sven fand als erster die Sprache wieder. „Offenbar hat dieses *Was-immer-es-ist* einen eigenen Zähler. Ich habe mir Gedanken gemacht, wie ich so etwas programmiert hätte. Vermutlich nimmt es sich immer das späteste Datum, das dem System jemals bekannt war, und zählt von dort aus weiter, bis rechnerisch der neunte November erreicht ist. Das bedeutet, dass es nicht aufzuhalten ist. Egal, um wie viele Jahre wir das Datum zurückstellen, das Phänomen wird trotzdem wissen, wann seine Zeit gekommen ist."

Bedrücktes Schweigen. Niemand widersprach ihm.

Nach einer Weile brachte Gregor gähnend hervor: „Ich würde, ehrlich gesagt, jetzt gern Feierabend machen. Ich schlaf gleich ein!"

Auch Thomas gähnte herzhaft. „Klar. Ich glaube, wir sollten alle Feierabend machen. Morgen früh sind wir ausgeruhter und konzentrierter. Ich fahr dich heim, Gregor. Wenn du willst, kannst du morgen später kommen. Schlaf dich erst mal aus."

Niemand widersprach. Nur Sven meinte: „Ich bleibe noch etwas. Ich will noch eine Kleinigkeit testen."

Bald war er alleine im Büro. In Wirklichkeit hatte er gar nicht vorgehabt weiterzuarbeiten. Er wollte nur die Rückkehr nach Hause so lange wie möglich hinauszögern. Wie sollte er Janette begegnen? Jetzt, da er alleine war, kamen ihm Kevins Worte wieder in den Sinn. Es war alles so unglaublich! Dennoch wusste er, dass Kevin die Wahrheit gesagt hatte. In Gedanken malte er sich verschiedene Gesprächssituationen mit seiner Freundin aus. Einmal machte er ihr aggressiv böse Vorwürfe, ein anderes Mal ließ er seine Tränen laufen und hoffte, dass ihr Mitleid die Dinge besser machen würde. Natürlich war das nicht der Fall.

Bis kurz nach vier Uhr morgens saß er in seinem Büro und spielte immer neue Zwiegespräche mit ihr durch. Ihm war klar, dass kein einziges davon realistisch war. Auch war ihm bewusst, dass er seiner Freundin niemals wieder vertrauen würde, egal, wie diese Situation ausginge. Es gab jetzt einen Riss in der Beziehung, der nicht wieder gekittet werden konnte. Ein Riss, der zum Einsturz führen würde. Plötzlich stand sein Entschluss fest. Da ein Ende mit Schrecken in jedem Fall besser war als ein Schrecken ohne Ende, würde er noch in dieser Nacht seine Beziehung mit Janette beenden. Trotz der tiefen Traurigkeit empfand er eine gewisse Erleichterung. So waren die Dinge endgültig geklärt. Vielleicht war es besser so. Er hätte sich ständig überlegen müssen, ob das, was Janette ihm erzählte, der Wahrheit entsprach oder nicht. Je länger Sven über seine Entscheidung nachdachte, umso mehr hielt er sie für richtig.

Um Viertel nach vier fuhr er los.

Als er die Treppenstufen zu seiner Wohnung hinauflief, spürte er, wie sein ganzer Körper zitterte. Ihm war eiskalt. Es fiel ihm schwer, mit dem Schlüssel das Schlüsselloch zu treffen.

Nachdem er endlich die Wohnung betreten und die Tür hinter sich geschlossen hatte, bemerkte er, dass sich das Zittern noch verstärkt hatte. Zunächst machte er das Licht im Flur an. Kein Laut drang an seine Ohren. Janette schlief vermutlich tief und fest. Sein Weg durch die stille Wohnung führte Sven ins Wohnzimmer. Das Erste, was ihm auffiel, als er den Lichtschalter betätigt hatte, war der große, handgeschriebene Zettel auf dem Tisch. Mit dem Papier in seinen zitternden Händen ließ er sich auf die Couch fallen. Er erkannte Janettes Handschrift sofort.

Lieber Sven,

Katrin hat mich angerufen und mir von Kevins Gespräch mit dir erzählt. Ich kenne dich gut genug, um zu wissen, wie du dich entscheiden wirst - ich hätte mich an deiner Stelle genauso entschieden.

Es tut mir so unendlich leid. Aber ich kann geschehene Dinge nicht mehr rückgängig machen.

Ich werde es uns beiden so leicht wie möglich machen. Alle meine persönlichen Dinge habe ich bereits mitgenommen. Das meiste in der Wohnung hast du bezahlt und ich möchte davon nichts haben.

Da es nichts mehr zu regeln gibt, wirst du mich nicht mehr sehen müssen. Und ich könnte dir auch nicht mehr in die Augen sehen.

Ich werde einfach aus deinem Leben verschwinden.

Mir bleibt nur zu hoffen, dass du mir irgendwann verzeihen wirst. Ich habe dich wirklich geliebt, Sven. Die ganze Zeit. Auch, wenn du es nicht glaubst. Es ist die Wahrheit.

Ich habe mich einfach nicht unter Kontrolle und hasse mich dafür. Die Beziehung zu dir ist nicht das Erste in meinem Leben, was ich mir damit kaputtmache.

Doch das Leben wird weitergehen. Wir werden beide sehr viele Tränen vergießen. In ein paar Monaten aber werden wir darüber hinweg sein.

Bitte behalte auch ein paar gute Eigenschaften von mir in Erinnerung. Ich werde mich immer gerne an dich zurückerinnern, an die vielen tollen Dinge, die wir gemeinsam gemacht haben, an die vielen schönen Stunden, die wir zusammen verbracht haben.

Sven, ich werde dich nie vergessen.
Deine in tiefe Traurigkeit versunkene
Janette

Zu den verschmierten Stellen, die offenbar von Janettes Tränen herrührten, gesellten sich neue. Unzählige Tränen waren bereits auf den Brief getropft, bevor Sven ihn zu Ende gelesen hatte. Jetzt ließ er das Papier einfach zu Boden fallen, vergrub das Gesicht in seinen Händen und weinte laut und hemmungslos, wie er seit seiner Kindheit nicht mehr geweint hatte. Einige Male atmete er tief durch und versuchte, sich zu sammeln. Aber jedes Mal schaffte er es nur für ein paar Sekunden, danach brach ein umso stärkerer Tränenfluss aus ihm heraus. Gegen sechs Uhr stand er endlich auf. Aus der kleinen Hausbar holte er eine Flasche Glenfiddich Single Malt Whisky. Sie war noch ungeöffnet. Ohne sich die Mühe zu machen, Eiswürfel aus der Küche zu holen, goss er sich ein halbes Wasserglas voll. Die ersten beiden Schlucke brannten in seinem Hals. Dann hatte er sich daran gewöhnt und leerte das Glas in wenigen Zügen. Erneut füllte er sich Whisky nach. Dieses Mal beließ er es nicht bei einem halbvollen Glas, sondern füllte es bis zur 0,2-Liter-Marke. Da Sven selten starken Alkohol trank, merkte er die Wirkung bereits, bevor er das zweite Glas ausgetrunken hatte. Erst, als es geleert war, zog er seine Kleidung aus und legte sich dann nackt ins Bett.

8. September, 13:20 Uhr

Svens Kopf schmerzte entsetzlich, als er erwachte. Sein Gesicht war in das Kissen vergraben, das Janette sonst benutzt hatte. Deutlich nahm er ihren Geruch wahr. Die Erinnerung an den Vortag kam langsam und verdrängte das sich drehende Gewirr in seinem Kopf.

Seine Freundin war weg. Sie war seinem Rausschmiss zuvorgekommen. Eigentlich hatte sie ihm damit einen großen Gefallen getan, denn so blieb die direkte Konfrontation aus. Trotzdem tat es weh, dass sie nicht mehr da war - und nie mehr da sein würde. Bald würde ihr Geruch aus dem Kissen verschwunden sein, der Geruch, der oft ausgereicht hatte, sein Begehren nach ihr zu schüren, und der häufig der Auslöser für eine lange, wundervolle Nacht gewesen war.

Sven wunderte sich, dass ihm nicht schon wieder die Tränen in die Augen stiegen. Wahrscheinlich war sein körperlicher Zustand durch den starken Alkohol einfach so miserabel, dass er den schlechten Zustand seiner Psyche übertraf. Er musste unbedingt ein Aspirin nehmen. Nachdem er sich langsam auf den Rücken gedreht hatte, sah er auf seine Armbanduhr. Es war zwanzig nach eins. Die Kollegen würden schon lange auf ihn warten. Wahrscheinlich hatten sie bereits versucht, ihn anzurufen. Nur hatte er das Telefon einfach nicht gehört.

Ganz langsam setzte er sich auf und ließ seine Beine aus dem Bett rutschen. Dann stellte er sich ebenso langsam hin. Der Schwindel wurde so stark, dass er beinahe umgekippt wäre. Nur mit großer Mühe konnte er sich aufrecht halten. Ohne sich damit aufzuhalten, etwas anzuziehen, lief er in die Küche, wobei er sich immer wieder an der Wand abstützen musste. Dort holte er aus dem Schrank das Päckchen mit den Tabletten, dem er zwei Aspirin entnahm. Mit einem Glas Leitungswasser schluckte er sie hinunter. Dann ging er ins Wohnzimmer und sah nach dem Anrufbeantworter. Das Lämpchen zeigte keine Anrufe. Also hatten seine Kollegen noch nicht den Versuch unternommen, ihn zu erreichen.

Sein nächstes Ziel war das Badezimmer. Nach einer ausgiebigen Dusche fühlte er sich besser. Die Tabletten wirkten auch bereits. Der Blick in den Spiegel zeigte ihm einen Menschen mit stark geröteten Augen und einem blassen Gesicht. Am liebsten wäre er wieder ins Bett gegangen. Aber er musste zusehen, dass er zur Arbeit kam. Zu seiner blauen Jeans zog er sich ein weißes T-Shirt an. Das blaue Hemd nahm er mit für den Fall, dass ihm kühl wurde. Im Moment war ihm jedenfalls heiß. Da er seinen Restalkohol auf über 0,8 Promille einschätzte, bestellte er sich ein Taxi. In diesem Zustand würde er nicht Auto fahren.

Als er die Tür zu seinem Büro öffnete, war es bereits nach halb drei. Die gleichen Personen, mit denen er am Vortag zusammengearbeitet hatte, waren anwesend: Thomas, Stefan, Gregor und Gina. Sie wandten ihre Köpfe zur Tür und sahen ihn an. Sein Zustand war ihm peinlich und er spürte, wie ihm die Röte ins Gesicht stieg.

„Sorry, es ging nicht früher", sagte er mit rauer Stimme, ohne den Grund dafür zu konkretisieren.

„Kein Problem", erwiderte Gina, ohne sich anmerken zu lassen, ob sie sich über Svens Anblick wunderte. „Wir haben etwas weitergearbeitet. Komm, setz dich zu uns. Wir geben dir einen Überblick über das, was heute gelaufen ist." Sie stand auf und rückte einen Stuhl für Sven zurecht. Noch immer von einem leichten Schwindelgefühl geplagt, schloss er die Tür hinter sich und nahm dankbar den Stuhl an.

Thomas ergriff das Wort: „Zunächst gibt es von meinem Gespräch mit Erich Lenzenhagen etwas zu berichten, den ich heute Morgen erreicht habe. Sein Chef hat ihm untersagt, der Sache weiter nachzugehen. Er solle sich um aktuelle Probleme kümmern und nicht um Dinge, die in ferner Zukunft einmal auftreten könnten."

„Ferner Zukunft?", unterbrach ihn Sven schockiert. „Es sind gerade mal zwei Monate!"

Thomas lachte bitter. „Es ist wohl eine Definitionssache, was fern oder nahe ist. Ich kann es auch nicht nachvollziehen, aber in jedem Fall können wir mit Lenzenhagen nicht rechnen. Er war sehr reserviert am Telefon, also nehme ich an, dass er großen Ärger wegen der Sache gehabt hat. Wahrscheinlich ist sein Chef ein Betriebswirt, der nicht die geringste Ahnung von Technik hat und der gar nicht einzuschätzen weiß, was das für sein Unternehmen bedeuten kann."

Sven nickte. „Was habt ihr noch herausgefunden?"

„Ich habe mit CatSpeed telefoniert", sagte Gina. „Dort habe ich mir eine erneute Abfuhr geholt. Offenbar ist dort jeder der Meinung, dass es kein Problem gäbe, wenn wir unsere Geräte auf dem aktuellen Datum laufen ließen. Es ist unglaublich. Man läuft gegen eine Mauer von Ignoranz."

Sven sah sie aus seinen müden Augen an. „Dann haben wir von dort also auch keine Hilfe zu erwarten. Merkwürdig. CatSpeed hat normalerweise den besten Service, den ich kenne."

„Du hast recht. Deswegen habe ich auch versucht, mit führenden Leuten von CatSpeed zu sprechen", erklärte Gina. „Aber ich habe keinen gefunden, der sich imstande sieht, mir zu helfen."

Nun meldete sich Stefan zu Wort: „Ich habe dafür einen Erfolg zu verbuchen. Nach etlichen Fehlschlägen habe ich tatsächlich ein Betriebssystem gefunden, das anscheinend problemlos auf den betroffenen Rechnern läuft. Dabei handelt es sich um Iphraim Linux oder kurz I-Linux. Es ist eine Linuxversion, die in Israel entwickelt wurde. Derzeit ist I-Linux nur in Englisch verfügbar, aber es läuft stabil. Das ist hochinteressant, denn das bedeutet, dass die Ursachen für das Problem in der Software und nicht in der Hardware liegen. Wäre die Hardware für die aufgetretenen Phänomene verantwortlich, würde es keine Software geben, die nach der Datumsumstellung noch lauffähig ist."

„Also doch ein Virus, der I-Linux nicht befallen kann?", fragte Gregor.

„Nein", gab Stefan zurück. „Ich glaube, so einfach können wir es uns nicht machen. Die Geschehnisse sind mit keinem uns bekannten Schema von Viren vergleichbar. Unser Problem scheint viel tiefer zu sitzen. In der Tat habe ich derzeit nicht die leiseste Ahnung, worum es sich handeln könnte."

Stille trat ein. Jeder überdachte das Gehörte. Dann wandte sich Sven an Gina. „Hast du noch etwas herausbekommen? Irgendetwas, das die Router und Switche noch tun, außer die merkwürdige Zeichenfolge zu senden?"

Sven sah in ihr betroffenes Gesicht. „Nein. Ich habe keine Möglichkeit, irgendwelche Tests zu machen. In dem Moment, in dem ich einen PC an eines der Geräte anschließe, funktioniert der PC nicht mehr richtig. Wenn Stefan jetzt ein Betriebssystem gefunden hat, das nicht betroffen ist, können wir damit vielleicht mehr anfangen. Wir könnten uns ein auf I-Linux basierendes Netzwerk aufbauen und dann tatsächlich vorkommende Nutzdaten über die Router schicken. Datenbankabfragen, Textdokumente, E-Mails, was auch immer."

„Das halte ich für eine gute Idee", gab Stefan ihr recht. „Wir können auch unterschiedliche Software testen. Alle gängigen, auf Linux laufenden Programme sollten auch unter I-Linux funktionsfähig sein. So können wir nicht nur die Netzwerkgeräte besser testen, sondern auch sehen, wie beispielsweise Datenbanksysteme auf das Datum reagieren."

Thomas sah Stefan an und Sven erkannte seinen besorgten Blick. „Du meinst, es sind nicht nur die Betriebssysteme?"

Nach einem tiefen Atemzug sagte Stefan mit einem Kopfschütteln: „Ich hab keine Ahnung. Aber ich rechne mit dem Schlimmsten." Stefans Gesicht sah ebenso pessimistisch aus, wie seine Worte klangen. Die Stimmung sank noch tiefer, als sie ohnehin schon war.

„Hast du etwas herausbekommen?", fragte Gina an Thomas gerichtet.

„Nein. Ich hab den ganzen Tag im Internet nach Dingen gesucht, die mit unserer Sache in Verbindung stehen könnten. Das Ergebnis ist gleich null. Ich glaube, das Internet können wir als Hilfe vergessen."

„Nicht ganz", widersprach Stefan. „Wir könnten ein paar Anfragen in die öffentlichen Linux-Foren stellen. Dann sind wir wenigstens nicht mehr die Einzigen, die daran arbeiten."

„Das ist doch mal eine klasse Idee!", ereiferte sich Sven. „Warum sind wir nicht schon früher darauf gekommen? Da draußen gibt es Tausende von Linux-Freaks, die ständig am Hacken sind und sich mit allen nur erdenklichen Problemen auseinandersetzen." Er war Feuer und Flamme für Stefans Idee. Den anderen ging es ebenso. Nur Gregor konnte damit nicht so viel anfangen und fragte nach den Hintergründen dieser Foren.

„Zunächst musst du etwas über Linux wissen", erklärte Sven. „Bei diesem Betriebssystem handelt es sich um Open Source. Das bedeutet, dass jeder, den es interessiert, sich den Quellcode sämtlicher zum Betriebssystem gehörenden Programme ansehen kann, also den genauen Programmcode. Jeder, der möchte, kann es auch weiterentwickeln und seine Ergebnisse dann der Allgemeinheit zur Verfügung stellen. So ist Linux letzten Endes zu dem geworden, was es heute ist. Keine Firma steht hinter der Entwicklung, sondern die Leute, die es benutzen. In jeder Ecke der Welt gibt es jemanden, der eine tolle Idee für eine geniale Weiterentwicklung hat. Meist, weil er selbst vor einem Problem stand, das mit der bisherigen Version nicht zu lösen war. Fähige Personen setzen sich hin und programmieren das, was sie brauchen. Viele solcher Programme kann man später kostenlos im Internet herunterladen. Außerdem haben etliche Linux-Freaks Internetforen aufgebaut, in denen man sich Hilfe holen kann. Die meisten Probleme, die auftauchen, sind anderen Anwendern meist schon bekannt. Und da man das Rad ja nicht immer wieder aufs Neue erfinden muss, stellt man einfach eine entsprechende Anfrage ins Forum. In den meisten Fällen gibt es irgendwo auf der Welt jemanden, der eine Antwort parat hat oder auf ein funktionierendes Programm verweisen kann."

Gregor machte große Augen. „Das ist beeindruckend. Warum benutzen dann noch so viele Leute Frames?"

„Weil der Mensch erstens ein Gewohnheitstier ist, und zweitens, weil Frames einfach jeder kennt und jeder damit umgehen kann." Es war Gina, die Gregors Frage beantwortet hatte. „Dazu bietet der Hersteller von Frames einen kostenpflichtigen Service. Hier kann man als Firma dann *verlangen*, dass es eine Lösung gibt. Bei Linux kann man nur darauf hoffen. Für ein Unternehmen, bei dem die Programme in jedem Fall laufen müssen, ist das einfach nicht ausreichend."

Sie einigten sich darauf, dass Thomas weitere Anfragen in verschiedenen Foren stellen würde. Die anderen wollten auf einigen Computern I-Linux installieren. Dann würden sie zunächst sehen, ob damit ein funktionierendes Netzwerk aufgebaut werden konnte, auch wenn die Router und Switche mit dem fatalen Datum liefen.

Sie setzten sich erst um 19:00 Uhr wieder zusammen. Das Ergebnis ihrer Arbeit war sehr positiv. Es gab nun ein Testnetzwerk mit zehn Computern. Alle Rechner hatten als Betriebssystem I-Linux installiert und liefen einwandfrei, obwohl einige Geräte dabei waren, die zuvor unter Frames nicht mehr oder nur noch fehlerhaft funktionierten. Zudem konnten sie über das Netz Daten austauschen. Damit waren sie einen großen Schritt weitergekommen. Für diese Woche sollte es damit genug sein. Da sowohl Thomas als auch Gina private Pläne für das Wochenende hatten, einigte man sich darauf, erst am Montag weiterzuarbeiten. Sven war sehr dankbar dafür, dass es an diesem Freitag nicht so spät wurde. Er war noch immer von den Auswirkungen des Alkohols vom letzten Abend mitgenommen.

Bevor die kleine Gruppe auseinanderging, druckte Gregor noch seine Aufzeichnungen aus und übergab jedem ein Exemplar. Nachdem er es überflogen hatte, schlug Sven anerkennend auf Gregors Schulter. „Gut gemacht", lobte er. „Es ist sehr detailliert."

Das Wochenende verbrachte Sven ausschließlich mit Trübsalblasen. Die meiste Zeit über blieb er im Bett liegen oder sah sich alte Bilder von Janette an. Am Samstag weinte er, bis keine Tränen mehr kamen. Sein Alkoholkonsum war in diesen zwei Tagen so hoch, wie in den letzten beiden Jahren nicht.

Am Sonntag überlegte er sich ernsthaft, ob er mehr aus Trauer darüber weinte, dass er Janette verloren hatte, oder mehr aus Wut darüber, dass sie ihn so verletzt hatte. Es war keine leichte Frage. Ganz sicher hatte er Janette geliebt. Aber war die Beziehung in letzter Zeit nicht einfach nur Gewohnheit gewesen? Nein, das war sie nicht. Für ihn jedenfalls nicht. Aber für Janette? Was hatte sie in ihm eigentlich gesehen? War es sein gutes Gehalt, das sie bei ihm bleiben ließ? Aber sie verdiente selbst nicht schlecht. Sie musste ihn schon in irgendeiner Weise gern gehabt haben.

Wahrscheinlich kam sie mit sich selbst nicht zurecht. Sie hatte einen festen Partner, den sie liebte, und fühlte sich trotzdem zu anderen Menschen hingezogen. Aber Sven hatte nie bemerkt, dass sie irgendwie unsicher oder unruhig war. Im Gegenteil: Janette war stets die Ruhe in Person gewesen. Immer selbstsicher. Nichts hatte jemals darauf hingedeutet, dass sie irgendwelche inneren Konflikte ausgetragen hatte.

Vermutlich war alles ganz anders, als Sven dachte. Janette hatte zu den Dingen einfach eine andere Meinung und Einstellung als er. Für sie war das, was sie tat, völlig in Ordnung. Möglicherweise hatte sie die ganze Zeit über nicht einmal ein schlechtes Gewissen gehabt.

Egal, er würde es nie erfahren. Auf alle Fälle war Janette ein ganz anderer Mensch, als Sven immer gedacht hatte. Erstaunlich, wie sehr man sich in einer Person täuschen konnte.

Am Sonntagmittag, nachdem er sich das erste Mal übergeben hatte, nahm er sich vor, seinen Kummer nicht weiter im Alkohol zu ertränken. Niemand war es wert, sich wegen ihm kaputtzumachen. Den Rest des Tages trank er nur noch Milch. Gegen sechs Uhr abends war er so müde, dass er einschlief und nicht vor Montagmorgen aufwachte.

11. September, 7:30 Uhr

Bereits sehr früh hatte sich die kleine Gruppe wieder in Svens Büro versammelt. Gina musste wohl schon eine Weile da gewesen sein, denn sie hatte für eine große Kanne Kaffee gesorgt. Jetzt saßen sie in der kleinen Runde beisammen und wollten besprechen, wie es weitergehen sollte. Bevor sie jedoch anfangen konnten, klingelte Thomas' Handy.

„Limbold", meldete er sich und Sven erkannte am Tonfall, dass Thomas genervt war. Verständlich. Wenn um diese Zeit jemand anrief, so war zu erwarten, dass es ein Problem im Unternehmen gab, um das er sich umgehend kümmern musste.

Das Gespräch war sehr kurz und Thomas beendete es mit: „Kein Problem. Bis gleich." Dann drückte er das Gespräch weg. Dabei zog er die Augenbrauen hoch und erklärte den anderen: „Das war Felix Herdt, mein Kumpel bei der Kripo. Ihr erinnert euch? Ich hatte am Donnerstag versucht, ihn anzurufen. Er möchte, dass ihr mithören könnt, wenn er sich mit mir unterhält. Deshalb soll ich ihn vom Festnetz aus anrufen."

Während die anderen einander fragend anblickten, ging Thomas zu Svens Telefon, wählte Felix Herdts Nummer und stellte den Lautsprecher an.

„Herdt", erklang es aus dem Lautsprecher.

„Wir können dich jetzt alle hören. Anwesend sind Sven Steinhammer und Gina Bodoni, beides Netzwerkspezialisten, Stefan Kuhlbert, Spezialist für PCs und Betriebssysteme, insbesondere für Frames, und Gregor Woog, ein Praktikant, der bei uns war, als das Phänomen zum ersten Mal auftauchte. Deine Person habe ich bereits hinreichend vorgestellt."

Alle Anwesenden gaben ein „Hallo" von sich.

„Okay", kam es aus dem Lautsprecher. „Wenn ich es richtig verstanden habe, geht es um ein Computerproblem, das genau am neunten November eintritt. Laut eurem jetzigen Wissen betrifft es offenbar alle Frames-PCs. Ist das so weit korrekt?"

„Das ist es. Allerdings geht es auch um die Netzwerkgeräte."

„Ihr wisst noch nicht, was dahinterstecken könnte, wenn ich es richtig verstanden habe? Ob es ein zufälliger Fehler ist beispielsweise oder ob dieser eventuell mutwillig provoziert wird? Richtig?"

„Richtig." Sven war erstaunt, wie viel Felix sich aus dem kurzen Gespräch am Donnerstag gemerkt hatte. Noch mehr wunderte es ihn, dass der Kriminologe es für wichtig genug hielt, um zurückzurufen. Doch bei Felix' weiteren Ausführungen wuchs sein Erstaunen noch weiter.

„Also. Das Bundeskriminalamt interessiert sich dafür. Man möchte, dass ihr mit uns zusammen daran arbeitet. Vom BKA werden drei unserer Leute dafür abgestellt. Ich hätte gerne mehr gehabt, aber ihr habt sicher von dem Sprengstoffanschlag in dem ICE gehört. Ein Großteil der Polizei konzentriert sich darauf, vor allem aber auf den Versuch, weitere Anschläge zu verhindern. Drei Leute müssen also reichen. Meint ihr, euer Chef wird zustimmen, dass das in euren Räumlichkeiten weiter untersucht wird? Es hätte den Vorteil, dass ihr im Büro wahrscheinlich alles habt, was ihr an Hilfsmitteln benötigt."

Sven hatte sich in den letzten Tagen immer wieder gefragt, ob sie sich da nicht etwas einbildeten. Jedes Mal war er jedoch zur Überzeugung gekommen, dass die Fakten leider für sich sprachen. Und doch war immer eine kleine Unsicherheit dabei gewesen. Und jetzt fragte das BKA – das Bundeskriminalamt! – an, ob eine Zusammenarbeit denkbar sei!

Gregor sprach mit einem Wort Svens Gedanken aus: „Wow!"

Thomas atmete vor dem Sprechen tief durch. „Ich denke, wir sind uns einig, dass wir das gerne tun würden. Allerdings muss ich natürlich erst mit unserem Geschäftsführer reden." Er hielt kurz inne. „Ich möchte ihm beim ersten Gespräch aber noch nichts von dir erzählen, Felix. Sonst könnte er sich übergangen fühlen. Ich hätte eigentlich erst mit ihm sprechen müssen, doch er ist leider im Urlaub."

„Ich verstehe. Sieh zu, dass du ihn irgendwo erreichen kannst. Er hat sicher ein Handy. Es ist wirklich sehr wichtig."

Thomas versprach es. Dann bat Felix noch um eine schriftliche Zusammenfassung dessen, was sie bereits ermittelt hatten. Hierfür gab er eine Faxnummer an, denn er war dagegen, diese Daten per E-Mail zu versenden.

Als das Gespräch beendet war, verlieh Thomas seinem Erstaunen Ausdruck: „Ich kann mir nicht vorstellen, dass das nur eine Reaktion auf meinen Anruf von Donnerstag war. Da steckt mehr dahinter."

„Vielleicht haben sie einfach deine Angaben überprüft und nachgestellt", wandte Gina ein. „Dabei müssen sie unweigerlich zu dem Schluss gekommen sein, dass du recht hast."

„Nein, Gina. Am Donnerstag war Felix gar nicht richtig bei der Sache. Er hatte ganz andere Probleme. Ich halte es für unwahrscheinlich, dass er dem Gespräch so viel Dringlichkeit beigemessen hat, dass er sofort seine Spezialisten darauf angesetzt hat."

„Wie auch immer. Ich bin froh, dass man erkannt hat, wie wichtig es ist, dieser Sache nachzugehen."

In diesem Moment öffnete sich die Tür. Sven sah, wie sich alle Köpfe gleichzeitig drehten. Überrascht stellte er fest, dass in der Tür Franklin Bowdy stand. Der Geschäftsführer trug wie üblich einen blauen Anzug und ein weißes Hemd. Die fast zwei Meter messende Gestalt machte einen imposanten Eindruck. Braungebrannt und mit frisch geschnittenen Haaren strahlte er viel Weltmännisches aus. Nur die Brille mit den dicken, schwarzen Rändern wollte nicht so recht dazu passen.

„Guten Morgen, die Herren", rief er einen Gruß ins Zimmer. Aus den Augenwinkeln schielte Sven zu Gina. Die schien die kleine Diskriminierung aber zu überhören.

„Hey, Franky", sprach sie ihn an, „ich denke, du brätst noch irgendwo in der Sonne. Wolltest du nicht erst in einer Woche wiederkommen?"

Bowdy schloss die Tür hinter sich. „Eigentlich schon, aber es hat sich anders ergeben."

Sven wollte seinen Vorgesetzten möglichst schnell von den Vorfällen in Kenntnis setzen, aber Thomas kam ihm zuvor. Der Kollege stand auf und trat auf Frank zu. „Das tut mir leid für dich. Aber gut, dass du kommst. Wir müssen etwas sehr Wichtiges mit dir besprechen."

Die beiden Männer gaben sich die Hände.

„Offensichtlich, Thomas. Du sprichst sicher von dieser Sache mit den Computerausfällen, oder?"

Thomas stand wie angewurzelt da, seine Hand noch immer in der von Franklin Bowdy. Die anderen waren aufgestanden, um den Geschäftsführer ebenfalls zu begrüßen. Aber jetzt verharrten sie alle in ihren Bewegungen. Es war Gina, die mit hochgezogenen Augenbrauen ihre Gedanken laut aussprach: „Woher weißt du das denn?"

„Ich muss als Geschäftsführer immer gut informiert sein. Und ich sehe zu, dass ich es auch immer bin! Aber am besten ist es natürlich, Informationen aus erster Hand zu haben. Also erzählt mal." Die Hände jetzt in die Hüfte gestemmt, blickte er fragend von einem zum anderen.

Sven gab ihm einen Überblick über das, was sie herausgefunden hatten. Er erwähnte nicht das Gespräch mit Felix Herdt. Dafür erläuterte er kurz, wie sie sich das weitere Vorgehen vorgestellt hatten. Dann war es eine Weile still.

Franklin Bowdy zog die Stirn in Falten und dachte augenscheinlich einen Moment nach. Dann richtete er sein Wort an die Allgemeinheit: „Also, ich halte viel von eurem Einsatz und ich bin froh, dass ich derart motivierte und gute Mitarbeiter habe. Jeder Einzelne von euch weiß, dass ich ihn und seine Arbeit schätze. Doch ich wundere mich, wie sich meine guten Leute wegen einer Art Hirngespinst von ihrer täglichen Arbeit abhalten lassen." Er machte eine Pause. Dann wandte er sich an Stefan: „In Berlin gibt es einen Server, der nicht mehr erreichbar ist. Die Leute dort können nicht richtig arbeiten. Teure Leute, die das Unternehmen jede Minute Geld kosten."

Stefan antwortete ihm sichtlich erstaunt: „Aber warum weiß ich davon nichts?" Gleichzeitig verteidigte er sich: „Das kann doch eigentlich gar nicht sein. Jeder weiß, wie ich erreichbar bin."

Bowdy sah Stefan fest in die Augen, presste für eine Sekunde die Lippen zusammen und erwiderte dann ungerührt: „Wenn du erreichbar wärst, schon. Aber das bist du nicht. Dein Handy scheint abgeschaltet zu sein und an deinem Platz bist du ebenfalls nicht."

Stefan holte sein Handy hervor. „Es ist die ganze Zeit eingeschaltet", sagte er. Seiner Stimme war eindeutig anzuhören, dass er ziemlich sauer war. „Wer hat behauptet, ich sei per Handy nicht..." Er unterbrach sich selbst. Seine Augen fixierten die Anzeige auf dem Handy. „Was ist das denn? Nur Notrufe möglich?"

„Tja", fuhr Bowdy fort, „offenbar bist du doch nicht zu erreichen. Auch, wenn es nicht deine Schuld ist, bitte ich dich doch, dich umgehend in dein Büro zu begeben und die Dinge in Berlin in Ordnung zu bringen." Damit drehte sich Bowdy zu Sven. Der atmete tief durch, voller Erwartung seiner eigenen Rüge. Und die kam prompt: „Du, Sven, solltest es wenigstens merken, wenn eine ganze Lokation nicht mehr erreichbar ist. Stuttgart steht - und das seit fast einer Stunde."

Während Stefan den Raum verließ, kramte Sven schnell sein Handy hervor. Die Anzeige war in Ordnung. „Ich war die ganze Zeit über erreichbar", sagte er triumphierend.

„Das mag sein", entgegnete Franklin Bowdy, „aber in Stuttgart ist heute eine Aushilfsassistentin. Die hat sich wohl an die falschen Leute gewandt. Unabhängig davon war ich es bisher gewohnt, dass meine Netzwerktruppe eventuelle Fehler noch vor dem Benutzer bemerkt!"

Jetzt schien Bowdy tatsächlich sauer zu sein. Er hatte sicher nicht ganz unrecht, wie Sven sich im Stillen eingestehen musste. Aber die von ihm und Gina eingerichteten Überwachungssysteme hätten eigentlich bei einem Ausfall eine SMS an die Handys der beiden senden müssen. Jeden Morgen überprüfte Gina diese Systeme. Aber er wollte sie nicht im Beisein von Franklin Bowdy darauf ansprechen. Er schluckte seinen Unmut hinunter, machte gute Miene zum bösen Spiel und antwortete mit neutraler Stimme: „Wir werden uns umgehend darum kümmern. Natürlich hast du recht. Ich werde dich informieren, sobald ich weiß, warum unsere Systeme versagt haben. Momentan habe ich keine Erklärung dafür."

„Ich weiß, Sven. Ich stelle auch deine Kompetenz nicht infrage. Ich möchte nur, dass niemand seine Aufgaben aus den Augen verliert wegen etwas, das noch nicht aktuell ist."

Nun mischte Gina sich ein: „Wir sollen uns also nicht darum kümmern, wenn wir vermuten, dass alle unsere Systeme Anfang November nicht mehr laufen werden?"

„Natürlich sollt ihr euch darum kümmern." Bowdys Stimme wurde noch eine Spur schärfer. „Aber ihr sollt deswegen eure eigentliche Arbeit nicht so weit vernachlässigen, dass schon jetzt nichts mehr läuft!" Bei den letzten Worten wurde er laut.

„Wir kümmern uns darum", versuchte Sven zu beschwichtigen.

„Das will ich hoffen. Ich erwarte eure Rückmeldung bis um ein Uhr." Damit drehte sich Bowdy zu Thomas. „Und von dir erwarte ich Berichte über die anderen Backup-Programme, die du dir sicher angesehen hast, nachdem du feststellen musstest, dass das Programm der NSI fehlerhaft arbeitet."

Ohne eine Antwort abzuwarten, verließ der Geschäftsführer mit festen, schnellen Schritten das Zimmer.

„Puh. Was ist denn in den gefahren?" Sven hatte seinen Chef noch nie so erlebt. Aus der Sicht des Unternehmens war es natürlich zumindest teilweise richtig, was er gesagt hatte. Es war unverzeihlich gewesen, das Tagesgeschäft derart zu vernachlässigen. Und doch war die Reaktion des Chefs ungewohnt impulsiv gewesen.

Thomas fand als Erster die Sprache wieder. „Okay. Ich werde dann mal ein paar alte Angebote hervorholen. Wir sollten uns zum Mittagessen treffen und sehen, wie es weitergeht." Er machte ein nachdenkliches Gesicht. „Ich denke, wir sollten unser Gespräch mit Felix Herdt zunächst für uns behalten. Es würde nur noch mehr Ärger geben, wenn Franky davon erfährt. Ich rufe Herdt nachher noch einmal an und informiere ihn." Eindeutig deprimiert ging er, um seiner Pflicht nachzukommen.

Sven sah Gina an. „Hast du heute Morgen nach den Systemen geschaut?" Obwohl er es nicht wollte, lag ein Vorwurf in seiner Stimme.

Sie sah ihm in die Augen, aber ihre Stimme war leise, als sie antwortete. „Nein, hab ich nicht."

Sven konnte sehen, dass sie sehr betroffen war. Wahrscheinlich ärgerte sie sich selbst mehr über ihren Fehler als alle anderen.

Sven nickte und brachte sogar ein bitteres Lächeln zustande, aber Gina sah trotzdem nicht sehr glücklich aus.

Er versuchte, sie aufzumuntern. „Vergiss es, Gina. Komm, wir bringen das jetzt in Ordnung." Mit wenigen Schritten war er bei seinem Computer. Zunächst versuchte er, das Gerät in Stuttgart zu erreichen. Wie erwartet, schlug dieser Versuch fehl. Also gab er ein paar Kommandos ein, die ihm zeigten, bis zu welchem Punkt die Datenübertragung funktionierte. Dabei konnte er feststellen, dass offenbar die Notsysteme eingesprungen waren, denn die letzte Station, die angezeigt wurde, war München. Die normale Verbindung ging direkt von Frankfurt nach Stuttgart. Nur die Backup-Verbindung, also die Verbindung, die im Fehlerfall benutzt wurde, lief über den Umweg München.

Leider waren auch die Zweitsysteme von Stuttgart nicht zu erreichen.

„Ob das wirklich ein Zufall ist, wage ich zu bezweifeln", sagte Gina.

Sven wurde bewusst, dass sie ganz dicht hinter ihm stand. Er nahm ihren Geruch wahr. Ob es ein Parfüm oder einfach der Geruch ihres Duschgels war, vermochte er noch immer nicht zu sagen. Aber es war einfach der typische Geruch von Gina. Plötzlich wunderte er sich, dass es überhaupt einen Geruch gab, den er mit ihr verband. Sie war für ihn eine Mitarbeiterin. Eine sehr gute wohl, aber eben nicht mehr. In diesem Moment aber schien plötzlich alles anders zu sein. Gina war eine Frau. Eine Frau, die ihren eigenen Geruch hatte. Zudem eine schöne Frau. Schön und begehrenswert. Sven ohrfeigte sich in Gedanken. Die Sache mit Janette hatte ihn offensichtlich die Realität vergessen lassen. Selbstbeherrschung war eine seiner Stärken, also schob er diese Gedanken ganz weit weg.

„Was meinst du?" Er hatte ihre Worte gar nicht realisiert.

„Ich meine, dass gleichzeitig ein Server in Berlin ausfällt, Stefans Telefon nicht mehr richtig funktioniert, die Leitung nach Stuttgart weg ist und kurz danach die Backup-Route ausfällt. Zufällig ist Franky da, um all diese Dinge persönlich zu bemerken. Weißt du, was Jean le Carré in ‚Der Spion, der aus der Kälte kam' geschrieben hat? Das Erste, was man Agenten beibringt, ist das Motto: Wundere dich! Es gibt zwar Zufälle, aber die sind eher selten."

Sven kam nicht umhin, sich zu wundern - und zwar über Gina. „Hey, wir sind doch keine Agenten. Und wir sollten auch nicht anfangen, unter Verfolgungswahn zu leiden. Du hast sicher recht. Es ist schon alles sehr merkwürdig. Aber du weißt ebenso gut wie ich, dass die schlechten Dinge des Lebens niemals alleine kommen. Es kommt immer alles auf einmal. Sag mir, wenn es anders ist."

Wieder nahm er ihren Geruch wahr. Sie war sogar noch etwas näher gekommen, um die Zeichen auf seinem Bildschirm besser lesen zu können.

Um sich selbst von seinen Gedanken abzulenken, sprach er weiter. „Wir werden sehen, ob es stimmt, was du sagst. Jetzt sollten wir uns aber erst mal um Stuttgart kümmern. Schauen wir, ob wir über die Wählverbindung Zugriff bekommen."

Alle Router der DeHSIP waren von Gina und Sven mit einer Telefonkarte ausgestattet worden. Diese ermöglichte es, sich per Einwahlverbindung von annähernd jedem Punkt der Welt aus in die Geräte einzuloggen. Da die Verbindung dabei über das normale Telefonnetz aufgebaut wurde, war diese Möglichkeit auch noch verfügbar, wenn alle Standleitungen zu einem Gebäude ausgefallen waren. Doch dieses Mal hatte Sven keinen Erfolg. Zwar wählte sein Computer die Gegenstelle an, diese antwortete aber nicht. Mit einem Kopfschütteln schlug Sven vor: „Wir starten die Router neu. Eine andere Chance haben wir wohl nicht mehr."

Es gab noch eine weitere Wählverbindung nach Stuttgart. Bei Bedarf wurde auch sie über das normale Telefonnetz aufgebaut. Diese Verbindung stellte den Zugang zu einem ganz speziellen Gerät her. Es hatte nicht sehr viele Funktionen. Eigentlich nur eine einzige: Es war in der Lage, die Stromzufuhr zu den Routern zu trennen und wiederherzustellen. So konnte man das Ein- und Ausschalten der Geräte aus der Ferne vornehmen, ohne sie anfassen zu müssen. Das war ein enormer Vorteil, insbesondere wenn man keine Fachkräfte vor Ort hatte. Sven gab über seine Tastatur die entsprechenden Befehle ein, um die Verbindung zu dem *Remote Power Switch* in Stuttgart herzustellen. Etwa zehn Sekunden später konnte er sich mit einer Benutzerkennung und einem Passwort einloggen. Wenigstens diese Verbindung funktionierte. Während Sven die beiden Stuttgarter Router ausschalten ließ und nach einer Wartezeit von fünfzehn Sekunden wieder startete, setzte sich Gina an den Nachbarcomputer. Sven wusste, dass sie beobachten würde, ob die Router wieder erreichbar waren. Doch auch nach längerem Warten tat sich nichts.

„Einer von uns muss wohl hinfahren", meinte Gina.

„Wenn wir ein Ersatzgerät brauchen, dann haben wir ein Problem. Die noch vorhandenen haben wir bei unserer Testaktion unbrauchbar gemacht. Wir sollten checken, ob der Hersteller oder ein anderer Händler notfalls eines liefern kann."

Gina nickte. „Ich kümmere mich darum. Versuche du, die Geräte noch einmal neu zu starten. Vielleicht haben wir ja Glück." Sie verließ das Zimmer. Als sie nach einer Viertelstunde zurückkam, hatte sich an der Situation nichts geändert. Sie selbst machte auch keinen sehr zufriedenen Eindruck. „CatSpeed hat Lieferschwierigkeiten. Es ist zurzeit nirgends kurzfristig ein Router zu bekommen."

„Verdammt." Es war normalerweise nicht Svens Eigenschaft, sich derartig zu äußern. Aber es schien einfach alles schiefzugehen. Wie immer kam wirklich alles auf einmal. „Dann müssen wir irgendwo einen Backup-Router ausbauen und nach Stuttgart bringen. Ich werde Franky anrufen und ihm Bescheid sagen."

Seine Laune war auf den Tiefpunkt gesunken. Franky hob bereits nach dem ersten Klingeln ab.

„Und? Läuft alles wieder?", lautete seine direkte Nachfrage. Sven stellte das Gespräch laut, damit Gina mithören konnte. Dann erklärte er seinem Chef das Problem. Er erläuterte, wie sie das Problem in den Griff zu bekommen gedachten.

„Kommt nicht in Frage, Sven. Es wird nirgendwo etwas ausgebaut. Morgen fällt dort vielleicht der Hauptrouter aus und die nächste Lokation ist tot. Wir müssen Ersatzgeräte besorgen. Ich verstehe nicht, warum wir keine mehr hier in Frankfurt haben."

„Franky, wir haben überall rumtelefoniert. Du bekommst im Moment nichts. Der nächste zugesagte Termin wäre in zwei Wochen. So lange können wir nicht warten."

„Lass mich mal machen. Ihr fahrt heute noch nach Stuttgart. Sieh zu, was am schnellsten geht. Zug, Auto, und wenn es sein muss, dann fliegt meinetwegen."

„Ich denke, es reicht, wenn einer von uns fährt", warf Sven ein.

Aber Franklin Bowdy schien bereits alles entschieden zu haben. „Nein, nein, ich will bei so einem großen Ausfall zwei kompetente Leute vor Ort haben. Wenn hier etwas ist, dann gibt es ja noch ein paar Männer aus deinem Team, die mit Kleinigkeiten leicht fertig werden. Und wartet nicht mehr. Fahrt kurz nach Hause und holt euch ein paar Sachen, falls ihr über Nacht bleiben müsst. Dann fahrt direkt los. Sowie ich weiß, wie wir an die Ersatzgeräte herankommen, ruf ich dich auf deinem Handy an."

Ein Klicken in der Leitung gab Sven zu verstehen, dass das Gespräch beendet war.

Sie sahen sich verdutzt an. So einen Eifer an Eigeninitiative waren sie von Franklin Bowdy nicht gewohnt. Auch, dass sie beide nach Stuttgart fahren sollten, fand Sven sonderbar. Im Normalfall wäre es eher umgekehrt gewesen. Je weniger Personen auf Reisen waren, umso kostengünstiger war es. Das Unternehmen galt zwar nicht als arm, aber es wurde trotzdem sehr auf die Ausgaben geachtet. Vielleicht ging es der Firma genau deshalb besser als vielen anderen Unternehmen.

„Weißt du, was mit ihm los ist?", fragte Sven.

Gina hob die Schultern. „Ich hab keine Ahnung. Ich kann mir auch nicht vorstellen, dass er bessere Verbindungen zu Lieferanten hat als wir."

Jetzt zuckte Sven mit den Schultern. „Vielleicht hat er im Urlaub Ärger gehabt und dreht jetzt ein bisschen durch. Ohne Grund beendet man seine Ferien nicht eine Woche früher."

„Vielleicht hat seine Frau ihn verlassen", bemerkte Gina trocken.

„Jetzt mal den Teufel nicht an die Wand", versuchte Sven sie zu beschwichtigen, wobei ihre Bemerkung ihn an seine eigene Situation erinnerte und ihm einen Stich versetzte. Er ließ sich nichts anmerken. „Eigentlich ist er doch in Ordnung. Jeder von uns hat mal einen schlechten Tag."

Gedankenverloren sah er einen Moment ins Nichts. Dann schaute er wieder Gina an. „Ich würde sagen, wir fahren mit dem Auto. Das geht sicher am schnellsten."

„Klar", akzeptierte Gina. „Alles andere macht keinen Sinn. Du fährst, okay?"

„Sicher, ich will doch am Leben bleiben", grinste Sven. „Soll ich dich später zu Hause abholen oder willst du dein Auto hier stehen lassen? Dann fahre ich dich kurz heim."

„Glaubst du wirklich, dass wir in Stuttgart übernachten müssen? Kann ich mir ehrlich gesagt nicht vorstellen. Ich lass mein Auto hier."

„Gut. Dann gehen wir."

Sie schalteten ihre Computer aus und machten sich auf den Weg.

Als Erstes fuhren sie zu Sven. Gina fragte, ob sie unten im Auto warten sollte. Sven verneinte das. Er wollte lieber nicht alleine sein in der Wohnung, die ihm so verlassen vorkam, obwohl man kaum eine Veränderung sah. Lediglich die Garderobe war auffallend leer. Gina aber konnte das nicht bemerken, denn sie war zum ersten Mal hier. Sven bot ihr etwas zu trinken an und sie entschied sich für ein Mineralwasser. Während sie im Wohnzimmer wartete, suchte er sich ein paar Dinge zusammen. Als er mit dem Einpacken seiner Kleidung fertig war, ging er in die Küche, um noch ein paar Getränke mitzunehmen.

Gerade nahm er sich eine Cola aus dem Kühlschrank, als Gina seinen Namen rief. Nachdem er noch weitere Flaschen und ein paar Snacks in die Tasche gepackt hatte, kam er mit fragendem Blick ins Wohnzimmer. Gina deutete auf den Anrufbeantworter. „Es hatte nicht geklingelt. Der Automat ist einfach angesprungen."

Sven erinnerte sich. Weil er Angst davor gehabt hatte, mit Janette sprechen zu müssen, hatte er das Telefon leise gestellt.

„Hat jemand draufgesprochen?", wollte er wissen.

Sie sah mit besorgtem Blick in seine Augen. „Es war Janette."

Sven versuchte, in ihrem Gesicht zu lesen, was sie dachte. Aber außer Besorgnis konnte er nichts erkennen. „Es tut mir leid, Sven", fügte sie hinzu.

Sven schluckte. Dann konnte er ihrem Blick nicht länger standhalten und sah betroffen zu Boden. „Ist schon gut. Was wollte sie?"

„Sie hat wohl noch eine Kiste mit Briefen hier. Morgen Nachmittag will sie sie abholen, so gegen zwei Uhr. Sie wollte nur Bescheid sagen, damit sie dich nicht überraschend stört."

Das erstaunte ihn. „Damit sie mich nicht überraschend stört?" Seine Betonung lag auf ‚mich'.

Für einen Moment waren sie beide still. Dann drehte Sven sich mit den Worten „Komm, wir gehen" um. Er hielt es nicht für nötig, den Anrufbeantworter abzuhören. Ihm war es auch egal, ob vielleicht noch andere Nachrichten darauf waren. Sie verließen die Wohnung und Sven verschloss die Tür.

Als sie das Haus verließen, kam gerade eine Nachbarin herein. Die etwa sechzigjährige Frau sah Sven vorwurfsvoll an, als sie auf ihn einredete: „Was haben Sie nur der kleinen Janette angetan, dass sie Sie verlassen hat? Sie ist so ein liebes Mädchen!"

Sven konnte sich nur schwer beherrschen. Am liebsten hätte er die Frau an der Jacke gepackt und fest durchgeschüttelt. Das konnte er sich gerade noch verkneifen.

„Wenn Sie Janette so toll finden, dann fragen Sie sie doch, ob sie bei Ihnen einzieht. Sie steht nämlich auf Frauen!" Damit drehte er sich um und ging schnellen Schrittes weiter.

Plötzlich spürte er einen Arm, der sich um seine Schultern legte. Für einen kurzen Moment hatte er vergessen, dass Gina bei ihm war. Ihre Stimme war so ruhig und sanft, wie er es von ihr gar nicht kannte. „Vergiss die Alte. Sie ist keinen Gedanke wert. Wahrscheinlich hat ihr Mann sie vor dreißig Jahren verlassen, weil sie so eine Schreckschraube ist." Nach einem kurzen Moment fügte sie hinzu: „Früher oder später wird der Teufel sie holen!"

Da musste Sven unweigerlich lachen. Gina war echt ein super Kumpel. Noch immer lachend antwortete er: „Danke, Gina. Schön, dass du da bist. Alleinsein ist im Moment das Schlimmste."

„Kann ich mir vorstellen. Es wird vorbeigehen, das weißt du. Leider hilft dir dieses Wissen rein gar nichts, bis es so weit ist."

Sven spürte, wie er ruhiger wurde. Die Worte von Gina allein konnten ihm im Grunde nicht helfen. Aber ihre Anwesenheit tat es.

Während der Fahrt zu ihrer Wohnung waren sie schweigsam. Im Gegensatz zu ihm bat sie ihn nicht, mit hinaufzukommen. Sie meinte, es sei fürchterlich unaufgeräumt. Er glaubte das zwar nicht, sagte aber nichts. Vielleicht war ihr Freund zu Hause.

Nach nur fünf Minuten war sie wieder da, in der Hand eine große, schwarze Tasche aus Leder. Sie warf sie in den Kofferraum und stieg ins Auto. Nachdem sie sich neben ihm angeschnallt hatte, fuhr er los. Auf der A5 ging es nach Süden. Unterwegs versuchten sie, Thomas anzurufen, aber merkwürdigerweise ging er in seinem Büro nicht ans Telefon. Unter der Handynummer war nur der Anrufbeantworter erreichbar.

Die Unterhaltungen beschränkten sich auf Banalitäten. Gina war taktvoll genug, um nicht nach dem Grund der Trennung zu fragen.

Sie waren bereits über eine Stunde unterwegs und hatten auch schon zwei große Staus hinter sich gelassen, als sie plötzlich scheinbar grundlos anfing zu lachen. Auf seinen kurzen, fragenden Blick hin erklärte sie: „Ich musste gerade daran denken, was du zu der Alten im Hauseingang gesagt hast! Sie war ziemlich sprachlos. Ich muss sagen, du bist ganz schön schlagfertig."

Svens Antwort kam trocken und ohne Verbitterung: „Das war nicht schlagfertig, sondern eine Tatsache."

„Hat sie dich deswegen verlassen? Wegen einer Frau?" Aus den Augenwinkeln sah Sven, dass sie ihren Kopf mit einer ruckartigen Bewegung zu ihm drehte. „Du musst nicht antworten, wenn du nicht magst", sagte sie eilig.

Er atmete einmal tief durch. „Ist schon okay. Frag nur, wenn du etwas wissen willst. Nein, sie hat mich nicht wegen einer Frau verlassen. Sie wollte, dass ich die andere Frau neben mir akzeptiere." Ohne darüber nachzudenken, ob es gut war, sich Gina anzuvertrauen, sprach er weiter. Sie war zwar eine Kollegin und, viel schlimmer noch, er war ihr Vorgesetzter, aber es tat einfach gut zu reden.

„Das hätte ich vielleicht sogar getan, wenn da nicht plötzlich auch noch der andere Mann gewesen wäre. Und ich weiß nicht, ob es der Einzige war." Auch jetzt sprach er sehr ruhig, als würde er nur irgendeine Belanglosigkeit erzählen. Lange wartete er auf eine Antwort der Frau neben ihm. Doch es kam keine. Gina blickte auf ihre Hände herab und blieb stumm.

Wegen des dritten Staus dauerte es noch länger, bis sie endlich ihr Außenbüro in Stuttgart erreicht hatten. Es lag in der Willy-Brandt-Straße, nahe dem Hauptbahnhof. Bevor sie sich einen Kaffee oder ein Wasser genehmigten, gingen sie in den Technikraum, in dem das Netzwerkequipment installiert war. Die entsprechende Tür lag direkt neben der Eingangstür zu den Büros. So konnten sie den Raum betreten, ohne am Empfang vorbeigehen zu müssen. Für beide Türen hatten sie mit der gleichen Karte, die sie auch in Frankfurt benutzten, Zugangsberechtigung.

In dem fensterlosen Netzwerkraum wurden sie vom lauten Rauschen der Klimaanlage eingehüllt. Die sorgte dafür, dass die Geräte nicht überhitzten. Sven blieb vor der Glastür eines abschließbaren Stahlschranks stehen. Er musste die Tür nicht öffnen, um zu wissen, dass beide Router tot waren. Kein einziges Lämpchen brannte an ihnen. Sie sahen aus, als hätte jemand einfach auf den Ausschalter gedrückt. Doch nach dem Öffnen des Schranks musste er feststellen, dass es nicht am Schalter lag. Man konnte ihn betätigen, wie man wollte, es geschah nichts. Also prüfte er zunächst die elektrischen Sicherungen, die im Falle einer Überspannung durchbrannten, um das Gerät zu schützen. Aber auch diese waren nicht die Ursache. Nun blieb ihnen nichts anderes übrig, als die Router auszubauen. Aber zuerst, so einigte er sich mit Gina, wollten sie etwas essen gehen. Vorher sagten sie der Aushilfsassistentin Bescheid, dass sie schon da waren. Falls Franklin Bowdy anrief, konnte sie ihm ausrichten, dass er sie auf dem Handy erreichen konnte.

Zum Essen gingen sie zu einem Döner-Kebab-Imbiss zwei Häuserblocks weiter. Man konnte hier zwar nur im Stehen essen, aber gesessen hatten sie lange genug. Beide bestellten sich einen Döner-Teller mit Pommes. Die ersten Minuten schwiegen sie. Dann schaute Gina von ihrer Cola auf und sagte: „Irgendwie finde ich das alles sehr merkwürdig. Dass Franky plötzlich wiederkommt. Dass er weiß, woran wir gearbeitet haben. Die beiden Router, die gleichzeitig aus unersichlichen Gründen kaputtgehen."

Sie sah ihm fest in die Augen und Sven meinte, so etwas wie echte Sorge darin lesen zu können. Er wusste nur nicht, ob er diese Sorge auf seine persönliche Situation beziehen sollte oder auf die eben von ihr geäußerten Bedenken.

Er zuckte mit den Schultern: „Manchmal kommen eben sehr viele Zufälle zusammen."

In diesem Moment klingelte sein Handy. Als er sich meldete, hörte er die triumphierende Stimme von Franklin Bowdy: „Ich habe zwei Geräte aufgetrieben. Allerdings besorgt der Händler sie aus einer anderen Stadt. Deshalb sind sie erst morgen da. Ihr könnt sie um 7:30 Uhr abholen. Hast du was zu schreiben?"

Sven musste mit seiner Verblüffung kämpfen, bevor er ein „Moment mal eben" herausbrachte. Er sah Gina an und fragte: „Hast du was zu schreiben dabei?"

Sie nickte und kramte in ihrer Tasche. Kurz darauf brachte sie einen gelben Kugelschreiber und einen leeren, zerknitterten Zettel zum Vorschein. „Okay", sagte Sven ins Telefon. „Leg los!"

„Ihr müsst direkt in das Lager von Pre-Systems fahren, dort werden die Geräte angeliefert." Er nannte die Straße. „Nach der Hausnummer 24 gibt es eine Einfahrt zu einem Hinterhof, da sollt ihr reinfahren. Weil da normalerweise keine Kunden hinkommen, ist es nicht besonders gut ausgeschildert. Im Hof gibt es nur zwei Türen zu einer großen Lagerhalle. Nehmt die rechte davon. Wenn sie verschlossen ist, müsst ihr einen Moment warten. Aber im Normalfall soll ab Viertel nach sieben jemand da sein. Noch Fragen?"

Sven hatte mitgeschrieben. Und Fragen hatte er in der Tat noch. „Ja, zwei Dinge. Erstens: Was ist, wenn wir die Router ohne Ersatzgeräte wieder zum Laufen bringen? Und zweitens: Wie sieht es mit der Bezahlung der Ersatzgeräte aus? Geht das auf Rechnung oder erwarten die, dass wir vor Ort bezahlen?"

Die Antwort kam prompt: „Erstens: Wenn ihr es geschafft hättet, die Geräte wieder zum Laufen zu bringen, dann würden sie jetzt schon wieder funktionieren, denn ihr wart ja schon in der Lokation. Und zweitens: Es geht auf Rechnung. Ihr braucht die Maschinen nur abzuholen. War's das?"

„Nicht ganz. Wie kommt es, dass du bessere Händler für solches Equipment kennst als wir? Nur, um meine Neugier zu befriedigen."

Aus dem kleinen Lautsprecher des Telefons kam ein lautes, überlegenes Lachen. „Sven, ich bin zwar nicht mehr so nahe an der Technik wie du, aber dafür wesentlich länger im Geschäft. Im Laufe der Zeit bauen sich viele Kontakte auf. Einige davon hat man sein Leben lang."

„Verstehe."

„Ich hoffe", ertönte es aus dem Lautsprecher, „ihr habt aus der Sache gelernt. Sucht euch jetzt ein Hotel, wenn ihr noch keins habt, und macht euch einen schönen Tag." Ohne eine Antwort abzuwarten, legte Franklin Bowdy auf.

Sven erklärte Gina, was Franky gesagt hatte.

Sie sah ihn ernst an. „Hm. Natürlich hat er eine Menge Verbindungen. Er hat eine großartige Laufbahn hinter sich. Aber hier in Deutschland?" Bei den letzten Worten zog sie zweifelnd die Augenbrauen nach oben. „Er hat seine Kariere in den USA aufgebaut", fügte sie hinzu. Und dann: „Von Europa kennt er hauptsächlich England."

Ihre Dönerteller waren fertig. Die Portionen waren riesig. Beim Essen stellte Sven fest, dass es nicht nur viel, sondern auch sehr gut war.

Sven nahm sich eine Gabel mit Fleisch, an dem eine Menge Knoblauchsoße hing, und sprach mit vollem Mund. „Ja, aber die großen Unternehmen sind meistens nicht auf ein Land beschränkt. Vielleicht ist er sogar über seine Kontakte in England an Pre-Systems gekommen. Zum Beispiel könnte es sich bei dem Standort in Stuttgart nur um die kleine Außenstelle eines britischen Unternehmens handeln."

Sie nickte kauend. „Das kann natürlich sein." Ihre durch den vollen Mund etwas undeutliche Stimme klang trotzdem nicht besonders überzeugt. Dann wechselte sie das Thema. „In welches Hotel gehen wir?"

„Das ist mir ziemlich egal. Hauptsache, es gibt eine Sauna." Er grinste. „Ich war schon ewig nicht mehr in der Sauna. Dafür nutze ich immer die Geschäftsreisen. In den meisten Hotels, die eine Sauna haben, ist sie im Übernachtungspreis inklusive."

„Soso, da gehen also die Firmengelder hin", scherzte Gina. „Aber eigentlich keine schlechte Idee. Ich war auch schon lange nicht mehr saunieren. Ob ich das allerdings mit meinem Vorgesetzten tun sollte, wage ich zu bezweifeln." Sie lachte.

„Kein Problem, ich gehe auch alleine." Er sah sie schmunzelnd an. „Aber du kannst natürlich auch mitkommen, ich werde dich nicht beißen. Du bist schließlich meine Mitarbeiterin und damit tabu für mich."

Gina zog die Augenbrauen hoch und grinste über das ganze Gesicht. „Ach! Ist das so?"

„Natürlich ist das so. Ansonsten könntest du mich wegen Missbrauchs einer Führungsposition belangen." Er machte eine kurze Pause und fügte dann ernst hinzu: „Und ich könnte mir nicht mehr in die Augen sehen, weil ich meine Position ausgenutzt habe."

Gina lachte laut. „Bist du wirklich so ein Moralapostel?", fragte sie dann, noch immer grinsend.

Sven zog die Stirn in Falten. „Was hat das mit Moralapostel zu tun? Ich weiß nur, was richtig und was falsch ist. Was sich gehört und was nicht."

„Nein, Sven. Du weißt, was du für richtig und für falsch hältst. Du weißt, was sich deiner Meinung nach gehört oder auch nicht. Was macht dich denn so sicher, dass deine Meinung die richtige ist? Oder bist du einer dieser allwissenden, rechthaberischen Spezies?" Bei ihrer Antwort hatte sie plötzlich überhaupt kein Lachen mehr im Gesicht.

Sven war irritiert. Er versuchte, in ihrem Gesicht zu lesen, dass sie das im Spaß gesagt hatte. Aber er fand nichts. „Nein, Gina... ich meine, natürlich weiß ich nicht, ob meine Meinung wirklich richtig ist. Ich meine..." Einen Moment lang wusste er nichts zu sagen. Ihr Blick haftete die ganze Zeit direkt auf seinen Augen. „Meinst du das ernst, Gina?", brachte er dann hervor.

„Ja, Sven. Ich meine das ernst. Natürlich ehrt dich das, was du eben von dir gegeben hast. Ich hoffe auch nicht, dass du mich jetzt falsch verstehst. Natürlich haben wir beide nichts miteinander im Sinn. Aber mich ärgert deine Begründung dazu! Stell dir vor, du hast eine Angestellte, die du magst und die dich ebenso mag. Ihr empfindet eine tiefe Zuneigung füreinander. Und wegen deiner tollen Moral werdet ihr beide niemals mehr füreinander sein als Kollegen. Wem wäre denn damit geholfen? Dem Unternehmen? Ganz sicher nicht. Dem Mädchen? Wohl auch nicht. Sie würde dich jeden Tag sehen, sich nach dir verzehren und dabei genau wissen, dass du unerreichbar für sie bist. Und dir? Dir würde es wahrscheinlich ebenso gehen. Ihr wärt beide unausgeglichen und das würde sich wiederum auf eure Arbeitsleistung auswirken. Tolle Moral! Es gibt drei Verlierer und keinen Gewinner!"

Sven war erschrocken darüber, wie sehr Gina sich in das Thema hineingesteigert hatte. Offenbar war sie wirklich aufgebracht. Als er nach ein paar Sekunden nichts geantwortet hatte, wandte sie sich wieder ihrem Essen zu und verspeiste die letzten Bissen, ohne aufzuschauen.

Er dachte über ihre Worte nach, während auch er sein Essen zu Ende aß. Als sie beide fertig waren, sprach er sie wieder an: „Gina, natürlich hast du recht. Ich habe mich sicher falsch ausgedrückt. Ich hab das ganz anders gemeint."

Sie drehte sich zu ihm und sah wieder in seine Augen. Es war nichts Feindseliges in ihrem Blick. Ihre plötzliche Wut schien sich ebenso schnell wieder verflüchtigt zu haben, wie sie gekommen war. „Und wie hast du es gemeint?" Ihre Stimme klang ungewohnt sanft, sodass Sven den Eindruck gewann, dass sie wegen ihrer Aggressivität etwas wiedergutmachen wollte.

„Ich meinte, dass ich dich niemals von mir aus anmachen würde. Oder eine andere Mitarbeiterin von mir, wenn ich eine hätte. Woher sollte ich denn wissen, ob sie mich mag oder nicht?"

„Woher wusstest du bei Janette, dass sie dich mochte, als du sie angebaggert hast?", gab sie zurück. Dann merkte sie wohl, dass sie in ein Fettnäpfchen getreten war und senkte den Blick. „Tut mir leid", entschuldigte sie sich.

„Ist schon okay, Gina. Ich habe verstanden, was du meinst. Natürlich weiß man das vorher nie wirklich. Aber wenn man als Privatperson jemanden anmacht und es geht daneben, dann ist das eine Sache. Wenn man das im Büro tut und es geht daneben, dann kann sich das zu einem riesengroßen Problem ausweiten. Und wenn diese Person dann noch in der Hierarchie eine Stufe unter einem steht, dann ist das Problem noch größer."

„Da hast du wohl recht. Tut mir leid. Ich bin einfach etwas in Streitstimmung. " Sie brachte ein schwaches Lächeln hervor, das er erwiderte.

„Vergiss es. Es war ein Missverständnis. Wir sollten bezahlen und uns ein nettes Hotel suchen. Und dann wollen wir doch mal sehen, was man in Stuttgart so anstellen kann!" Er zwinkerte mit dem rechten Auge und sie lachte wieder.

Sven schlug das Intercontinental vor. Er war hier früher schon einige Male abgestiegen. Als sie dort eintrafen, war es bereits halb vier. Ihre Zimmer lagen nebeneinander im ersten Obergeschoss. Um sich etwas frisch machen zu können, gaben sie sich eine Stunde Zeit. Um halb fünf wollten sie sich wieder treffen und besprechen, was sie noch unternehmen wollten. Sven entschied sich dafür, zunächst zu duschen. Nach der langen Autofahrt hatte er das Gefühl, dass seine Kleider an seinem Körper klebten. Es tat gut, das Wasser auf der Haut zu spüren. Fast eine halbe Stunde lang stand er unter der Dusche.

Als er aus dem Badezimmer kam, stellte er den Fernseher an. Nackt stand er vor dem Gerät und zappte die Programme durch. Bei MTV blieb er hängen. Es lief ein Video, das er nicht kannte, doch die Musik gefiel ihm. Während er ab und zu einen Blick auf die tanzenden Mädchen warf, zog er sich an. Ein weißes Hemd, eine schwarze Jeans. Er trat vor den hohen Spiegel, der sich im Eingangsbereich befand, und war zufrieden mit seiner Wahl. Schwarz und weiß kleidete ihn immer gut.

Dann legte er sich auf das Bett. Zunächst schaute er noch auf das Fernsehgerät, das jetzt das Video einer neuen Boygroup zeigte, aber schon nach kurzer Zeit fielen ihm die Augen zu. Der Schlaf war ohne Vorankündigung über ihn hergefallen.

Durch das Klopfen an der Tür wurde er aus einem wirren Traum gerissen. Er hörte seinen Namen, gerufen von Ginas Stimme. Es war einer dieser Momente, in denen sich der Traum mit der Wirklichkeit vermischte .

„Moment", rief er noch leicht abwesend mit schlaftrunkener Stimme. Ein Blick auf die Uhr zeigte ihm, dass es bereits fünf Uhr war. Mit einem Ruck setzte er sich auf. Dann erhob er sich mit einem leisen Seufzer und ging zur Tür. Dabei bemerkte er, wie seine Kleidung an ihm klebte. Er würde noch einmal duschen müssen. Wie erwartet stand Gina vor der Tür. Nicht erwartet dagegen hatte Sven ihr elegantes Aussehen. Sie trug eine weiße Hose und eine ebenfalls weiße Bluse, deren Ärmelenden mit Rüschen besetzt waren. Ihre offensichtlich frischgewaschenen Haare hatten einen seidigen Glanz. Das Gesicht schien mehr Farbe zu haben als sonst. Ein frischer Geruch wehte Sven entgegen, während ihre grünen Augen fröhlich funkelten.

„Wow", entfuhr es Sven. „Du siehst toll aus!"

„Du siehst eher aus, als hättest du eine Nacht in diesen Klamotten verbracht", entgegnete sie lachend. Eine Sekunde lang starrte er sie einfach nur fasziniert an. Dann trat er einen Schritt zurück und sagte: „Ich bin eingenickt und habe einen fürchterlichen Traum gehabt. Komm rein und gib mir zehn Minuten. Ich sollte schnell noch mal duschen."

Sie trat an ihm vorbei und setzte sich auf den Rand des Bettes. „Na, dann beeil dich mal." Dabei sah sie auf den Fernseher, der immer noch lief. Ein uraltes Lied von Santana wurde gespielt. Sven ärgerte sich darüber, kein weiteres Hemd mitgenommen zu haben. Anscheinend hatte Gina seine Gedanken gelesen, denn sie sagte: „Wenn du mir das Hemd hierlässt, bügle ich noch mal drüber."

Er sah sie überrascht an. „Das würdest du wirklich tun?" Ohne eine Antwort abzuwarten, fing er an, sein Hemd aufzuknöpfen.

„Klar, gib her!" Sie erschien Sven so fröhlich, wie er sie noch selten erlebt hatte.

Nachdem er ihr sein Hemd zugeworfen hatte, verschwand er im Badezimmer. Dort zog er sich aus, während er darüber nachdachte, ob es im Zimmer überhaupt ein Bügeleisen gab. Er konnte sich nicht daran erinnern. Als er frisch geduscht und sichtlich erholt aus dem Bad kam, hing sein Hemd in tadellosem Zustand auf einem Bügel in der Garderobe. Er zog es über sein T-Shirt, während Gina offenbar das Interesse an dem Fernsehgerät verlor und ihn beobachtete.

„Danke", sagte er mit einem Lächeln. „Du bist ja eine perfekte Hausfrau! Hätte ich gar nicht gedacht."

Sie lachte laut. „Da gibt es sicher noch einiges, was du nicht gedacht hättest. Und? Hast du dir überlegt, was wir jetzt machen?"

„Ich dachte, wir gehen erst mal in die Sauna." Er grinste schelmisch.

„Aber so verschwitzt wie du eben warst, musst du ja schon ohne mich da gewesen sein", entgegnete sie. „Und zu viel davon ist auch nicht gesund. Also müssen wir etwas anderes unternehmen." Nun war es an ihr, ein schelmisches Lächeln aufzusetzen.

„Eins zu null für dich. Nein, ehrlich gesagt hab ich noch nicht darüber nachgedacht. Hast du eine Idee?"

„Dann lass uns einfach um die Häuser ziehen. Irgendwo wird es eine Gelegenheit geben, einen leckeren Wein zu trinken."

Er war einverstanden und so zogen sie los. An der Rezeption ließen sie sich beraten und bekamen verschiedene Empfehlungen. Sie wollten sich unterwegs entscheiden. Nach wenigen Minuten waren sie in einem Bistro angekommen, das einen guten Eindruck machte.

Sie genehmigten sich eine Flasche trockenen Rotwein und eine Flasche Mineralwasser. Dazu bestellten sie Käsewürfel und Oliven.

Plötzlich machte Svens Handy mit einem Piepsen auf sich aufmerksam.

„Oh nein", ärgerte er sich, denn er hasste es, in öffentlichen Lokalitäten angerufen zu werden. Aber sein Job zwang ihn dazu, auch dort erreichbar zu sein. Ein Blick auf das Display sagte ihm, dass es Thomas war, der anrief. Er drücke die entsprechende Taste, um das Gespräch entgegenzunehmen. „Hallo Thomas", begrüßte er seinen Kollegen und Freund. „Wir haben schon versucht, dich zu erreichen."

„Hallo Sven." Thomas' Stimme klang bedrückt. „Ich bin kurz nach euch aus der Firma verschwunden. Tanja hatte einen Unfall. Sie konnte mich vom Handy aus noch anrufen, liegt aber jetzt im Krankenhaus."

Sven erschrak. „Um Himmels willen, was ist denn passiert? Ist es schlimm?"

„Jemand hat ihr die Vorfahrt genommen und ist ihr in die Seite gefahren. Dabei ist sie auf die Gegenfahrbahn gedrückt worden und ein entgegenkommendes Auto ist frontal draufgefahren. Tanja wurde ohnmächtig und hat neben einem Schleudertrauma noch ein paar äußere Verletzungen. Aber im Großen und Ganzen sah es zunächst schlimmer aus, als es tatsächlich ist. Sie muss trotzdem zwei Tage zur Beobachtung im Krankenhaus bleiben, für den Fall, dass sie doch noch innere Verletzungen hat. Deswegen rufe ich auch an. Ich muss solange zu Hause bei den Kindern bleiben. Nur, dass ihr Bescheid wisst."

„Klar, mach dir keinen Stress. Ein paar Tage geht es auch ohne dich."

„Das sieht Franky wohl anders. Ich hätte heute eigentlich zu einer Präsentation nach Düsseldorf fahren sollen. Keine Ahnung, wie er da so plötzlich draufkam. Er war ziemlich sauer, als ich gehen musste."

„Was denn für eine Präsentation?", fragte Sven.

„Es ging wohl um ein neues Backup-Produkt, von dem ich noch nie etwas gehört habe. Anscheinend kennt er jemanden von dem Laden. Aber natürlich hatte er Verständnis, als ich ihm erklärte, was passiert war."

„Okay, danke für den Anruf. Wir bleiben heute Nacht in Stuttgart, morgen werden wir zwei Ersatzgeräte bekommen und einbauen. Ich melde mich bei dir, wenn wir wieder in Frankfurt sind. Bitte wünsche Tanja eine gute Besserung von uns." Damit beendeten sie das Gespräch.

Gina sah Sven fragend an. Er wiederholte die Geschichte. Außerdem erzählte Sven von der Präsentation, die Thomas so kurzfristig hätte besuchen sollen. Gina sah Sven mit ernstem Gesicht an und sagte: „Sven, im Telefonbuch von Stuttgart gibt es keine Pre-Systems."

Er brauchte einen Moment, um die Bedeutung dieser Worte zu erfassen. Dann fragte er verwundert: „Was willst du damit sagen?"

„Ich will gar nichts damit sagen. Es ist nur eine Feststellung. Aber ich muss zugeben, dass es mir nicht gefällt."

Sven zog die Augenbrauen zusammen. „Wahrscheinlich haben sie den Hauptsitz irgendwo anders. Vielleicht etwas außerhalb von Stuttgart. Das Lager hat möglicherweise keinen Eintrag im Telefonbuch. Oder sie sind erst hierher gezogen. Eventuell ist die Außenstelle vor Kurzem erst eröffnet worden."

„Mag sein, Sven." Mehr sagte sie nicht dazu. Sven wollte sie fragen, ob sie unter Verfolgungswahn litt, verkniff es sich aber.

Die nachfolgenden Minuten verliefen in gedrückter Stimmung. Beide sprachen nicht viel und wenn, dann nur über belanglose Dinge. Aber je mehr sie vom Wein tranken, umso lockerer und fröhlicher wurden sie wieder. Ein ernsthaftes Gespräch kam nicht zustande. Trotzdem saßen sie am Ende über drei Stunden in dem Bistro.

Im Hotel angekommen – es war bereits halb zehn – standen sie in der Mitte zwischen ihren beiden Zimmertüren, sahen sich an und lächelten. Sven fiel erneut auf, wie zauberhaft sie aussah. Er konnte nicht sagen, warum, aber er wollte sich einfach noch nicht von ihr trennen. „Wollen wir noch ins Kino gehen?", fragte er deshalb.

„Eigentlich keine schlechte Idee. Aber ich hab, ehrlich gesagt, keine Lust mehr, noch mal rauszugehen. Warum schauen wir nicht ein bisschen fern? Das ist zwar arg dekadent, aber was soll's?"

Da es Sven nicht auf das Kino, sondern nur auf ihre Gesellschaft ankam, war das natürlich in Ordnung für ihn. Sie entschieden sich für Ginas Zimmer, welches dem von Sven glich.

„Mach's dir bequem", rief sie ihm zu, während sie ins Badezimmer ging. Er warf einen Blick in die Minibar, fand jedoch nichts Ansprechendes. Deshalb rief er die Rezeption an und fragte, ob es möglich wäre, eine Flasche Rotwein auf das Zimmer zu bekommen. Die freundliche Dame versprach, sich umgehend darum zu kümmern.

Als Gina das Bad verließ, lag Sven auf der linken Seite des Bettes und hatte den Kopf durch ein zusammengedrücktes Kissen erhöht. Im Fernsehen lief gerade Werbung.

„Bequem?", fragte sie. Er drehte sich zu ihr. Sie hatte jetzt ein weißes T-Shirt und eine dunkelblaue Jogginghose an. Ihre Füße waren nackt.

Sven nickte kurz. „Und gleich bekommen wir noch eine Flasche Rotwein. Dann ist es perfekt. Nur Popcorn hab ich keins mehr bekommen!"

„Prima", erwiderte sie mit einem Lächeln. „Was läuft denn?"

In diesem Moment klopfte es an der Tür. Als Gina den Wein in Empfang nahm, rief Sven ihr zu, dass sie ihn auf seine Zimmernummer schreiben lassen sollte. Sie kam mit einer bereits geöffneten Flasche und zwei Gläsern in der Hand zurück. Dann befüllte sie die beiden Gläser und reichte Sven eines davon. Mit einem leisen Seufzer legte sie sich auf die andere Seite des Bettes. Lächelnd drehte sie sich zu ihm und schlug sanft ihr Glas an seines. Sven lächelte zurück und bemühte sich, nicht auf ihre Brüste zu schauen, die sich unter dem T-Shirt deutlich abzeichneten. Es gelang ihm, nur in ihre fröhlichen Augen zu sehen.

Während sie den Wein tranken, zappten sie durch die Programme, fanden aber nichts, was ihnen wirklich gefiel. Am Ende blieben sie bei einer Talkshow hängen, deren Inhalt Sven am nächsten Tag schon vergessen haben würde. Der Wein schmeckte gut und machte müde. Ohne es zu wollen, fiel Sven bald in einen tiefen Schlaf.

12. September

Beim Erwachen wusste Sven zunächst nicht, wo er war. Der Geruch in seiner Nase verriet ihm, dass er nicht zu Hause sein konnte. Es war der Geruch einer Frau, jedoch nicht der ihm so bekannte Duft von Janette. Gina. Plötzlich fiel es ihm ein. Er war in Stuttgart. In einem Hotel. In Ginas Zimmer. Er musste beim Fernsehen eingeschlafen sein. Halb auf der rechten Seite, halb auf dem Bauch liegend, öffnete er die Augen und erschrak, denn er sah seine linke Hand auf Ginas rechter Brust liegen. Zwar hatte sie ihr weißes T-Shirt an, aber seine Hand umschloss doch sehr direkt ihre weibliche Rundung, als wolle er sie festhalten. Mit einer schnellen Bewegung zog er die Hand zurück und legte sie auf die Seite. Er hoffte, dass Gina noch nicht wach war und wandte den Blick ihrem Gesicht zu. Abermals erschrak er, denn ihre Augen waren geöffnet und sahen ihn an. Ihre Lippen umspielte ein leichtes Schmunzeln, das sich zu einem breiten Grinsen ausweitete, als er sich zu ihr gedreht hatte.

„So erschrocken?", fragte sie.

Sven schluckte. Er wusste nicht so recht, was er sagen sollte. Schließlich brachte er ein schwaches „Entschuldige bitte" hervor.

„Du entschuldigst dich? Tut es dir leid?" Das Grinsen hatte einem sanften Lächeln Platz gemacht.

Auch Sven musste jetzt unweigerlich lächeln. „Nein, nicht wirklich. Trotzdem möchte ich mich entschuldigen." Plötzlich fiel ihm ein, dass er gar nicht mehr wusste, wann und wie er eingeschlafen war. Sie hatten beide eine Menge Wein getrunken. Da war doch hoffentlich nichts passiert, woran er sich mehr nicht erinnern konnte?

Ängstlich blickte er an seinem Körper hinab. Beruhigt stellte er fest, dass noch alle seine Kleider am gleichen Platz waren wie am Vorabend. Dann spürte er, wie ihre Hand über seinen Kopf strich. Wieder sah sie ihn an. In ihrem Gesicht stand noch das sanfte Lächeln.

„Kein Problem, Sven", sagte sie mit leiser Stimme. „Ich werde es überleben. Es haben mich schon Schlimmere als du angefasst." Nach einer Pause ergänzte sie: „Oder haben es zumindest versucht."

Es war ihm klar, dass die Berührung und die lieben Worte nur freundschaftlich gemeint waren. Dennoch fühlte er eine gewisse Schuld Janette gegenüber. Er lag hier mit einer anderen Frau im Bett, die ihn streichelte und die er angefasst hatte. Und das Schlimmste überhaupt war, dass es ihm gefallen hatte. In Ginas Arm liegend fühlte er sich wohl. Wenn sie ihn anlächelte, machte sich eine große Geborgenheit und Wärme in ihm breit. Aber Janette war doch erst so kurz weg. Wie konnte er da zu solchen Gefühlen bereit sein?

„Wir müssen aufstehen", unterbrach sie seine Gedanken. „Es ist schon halb sieben. Ich hab keine Ahnung, wie lange wir zu diesem ominösen Lagerhaus brauchen."

„Warum hast du mich nicht früher geweckt? Du warst doch schon wach, oder?"

„Ich wollte es mal genießen, nicht alleine aufzuwachen. Du hast so süß geschlafen. Und wenn ich nicht hin und wieder jemanden hätte, der mich versehentlich im Schlaf begrapscht, dann hätte ich gar kein Privatleben mehr." Jetzt lachte sie laut.

Sven errötete etwas. Es war ihm peinlich, wie offen sie damit umging und darüber sprach. Mit einem Ruck setzte er sich auf. Zunächst wollte er sagen, dass es ihm leid täte, sie versehentlich angefasst zu haben. Aber er spürte instinktiv, dass es das Falsche gewesen wäre. Stattdessen sagte er: „Na, dann solltest du mich öfter einladen." Damit stand er auf und ging zum Badezimmer.

„Ich werde es mir überlegen", rief sie ihm hinterher.

Um kurz vor sieben waren sie fertig. Sven lief noch schnell in sein Zimmer, um seine Sachen zu holen, dann gingen sie in die Tiefgarage des Hotels, ohne gefrühstückt zu haben. Gina warf ihre große Tasche in den Kofferraum und holte vor dem Zuschlagen der Heckklappe eine kleine Handtasche heraus, die sie mit nach vorne nahm. Im Auto gab Sven die von Bowdy angegebene Adresse in das Navigationssystem ein.

Während der Fahrt erkundigte sich Sven: „Wie bist du eigentlich darauf gekommen, im Telefonbuch nach der Firma zu suchen?" Er hatte sich gestern schon gewundert, aber dann doch vergessen, danach zu fragen.

„Ach, mir war einfach langweilig", antwortete sie ausweichend.

Sie mussten schon sehr nahe an ihrem Ziel sein, als Svens Handy klingelte. Da er vergessen hatte, es in die Freisprecheinrichtung zu stecken, reichte er den Apparat an Gina. Sie meldete sich und hörte dann eine Weile zu. Ohne zu fragen, öffnete sie das Handschuhfach und kramte darin herum, bis sie einen Kugelschreiber und eine alte Tankquittung fand. Nach einem knappen „Ja" hörte sie weiter zu und schrieb etwas auf den kleinen Zettel.

„Es war Frank", erklärte sie, nachdem das Telefonat beendet war. „Sie haben den Ort geändert. Angeblich sind die Geräte an die falsche Adresse geliefert worden. Es soll in Stuttgart zwei Lager geben, die dem Lieferanten bekannt sind, und der hat sie verwechselt. Ich hab die neue Adresse."

„Na toll", meinte Sven. „Gibst du bitte die neue Adresse ins Navi ein?"

Gina betätigte die Tasten an dem Gerät. Nachdem die Route neu berechnet worden war, sagte die synthetische Stimme: „Wenn möglich, bitte wenden."

Jetzt war es Sven, der nachdenklich wurde. „Es gibt also zu der Geschäftsstelle des Hardwarehändlers schon zwei Lager in Stuttgart, aber keinen Telefonbucheintrag."

Gina blieb stumm.

Dreißig Minuten später fuhren sie in die Einfahrt. Um sie herum lag ein weiträumiges Industriegebiet. Viele Hallen schienen verwaist. Auf einigen Grundstücken waren die Bauten abgerissen. Auf anderen wiederum standen neue Rohbauten.

Sven und Gina mussten an einer langen Halle entlangfahren, die große Rolltore hatte. Alle waren geschlossen. Am Ende sollten sie nach rechts hinter die Halle fahren. Es war kein Mensch zu sehen. Gegenüber der Hallenrückwand wucherten gigantische Brombeersträucher. Somit war das Gelände von außen nicht einsehbar. Direkt an der Hallenwand waren Parkplätze auf den Asphalt gemalt, aber dort stand kein Auto. Sie hielten direkt vor einer roten Tür. Der Beschreibung nach, die Gina von Frank erhalten hatte, mussten sie dort hinein. Gina sah sehr angespannt aus und musterte die rote Tür. Dann richtete sie ihren Blick auf

Sven und sagte: „Warte hier. Ich geh hinein. Wenn dir irgendetwas komisch vorkommt, haust du ab. Dann ver..."

Sven unterbrach sie erstaunt: „Hey, was redest du denn da? Wir sind hier nicht in einem James-Bond-Film!"

Gina sah ihn eindringlich an, während sie antwortete: „Sven, bitte. Du kannst mich für albern halten oder für eine dumme Zicke. Solange du einfach nur das tust, worum ich dich bitte!"

Es schien ihr sehr ernst zu sein. Das verwirrte ihn nur noch mehr. Aber er wollte sich nicht mit ihr streiten, also hob er abwehrend die Hände. „Okay, okay. Wie du willst. Aber würdest du mir bitte erklären, was du da drinnen erwartest? Dein filmreifes Gehabe kommt doch nicht von ungefähr."

„Später, Sven. Ich habe wirklich meine Gründe. Aber jetzt ist nicht der richtige Zeitpunkt, um es dir zu erklären."

Sven konnte ihre Anspannung fast körperlich spüren. „Du machst mir Angst, weißt du das?" sagte er leise zu ihr.

„Ich weiß. Warte hier, und wenn dir irgendetwas komisch vorkommt, fährst du sofort weg, ohne auf mich zu warten. Dann rufst du bei der Polizei an." Sie beugte sich vor und gab ihm einen Kuss auf die Wange. „Pass auf dich auf, Sven."

Mit diesen Worten öffnete sie die Wagentür und stieg aus. Sven verfolgte sie mit den Augen und beobachtete, wie sie an die Tür klopfte. Es dauerte nicht lange und es wurde geöffnet. Im Inneren der Halle schien es ziemlich dunkel zu sein, sodass Sven nichts erkennen konnte. Gina verschwand und die Tür schloss sich hinter ihr.

Dafür öffnete sich die Fahrertür so abrupt, dass Sven heftig erschrak. Er hatte sich so auf Gina und die Tür konzentriert, dass er die Gestalt neben sich gar nicht gesehen hatte. Als er sich mit einem Ruck umdrehte, sah er sich einem sehr großen, kräftigen Mann gegenüber. Svens Einschätzung nach war er Osteuropäer. Die langen, schwarzen Haare waren ungepflegt und fettig, ein Fünftagebart unterstrich den Gesamteindruck. Den Blick aus den fast schwarzen Augen empfand Sven als kalt. Bekleidet war der Fremde mit einem weißen T-Shirt. Darüber trug er ein ehemals langärmliges Hemd, an dem die Ärmel abgerissen waren. Das Hemd war nicht zugeknöpft und die beiden Seiten baumelten locker über die speckige Jeans. In der rechten Hand hielt der Mann eine Pistole, deren Lauf direkt auf Sven gerichtet war. Svens Herz schien für einen Moment auszusetzen. Es war das erste Mal in seinem Leben, dass er mit einer Waffe bedroht wurde.

Der Fremde ließ ihm keine Zeit zum Nachdenken. „Los, aussteigen", sagte er mit einer tiefen Stimme und in einwandfreiem Deutsch. Sein Gesicht zeigte dabei nicht die geringste Gefühlsregung.

Svens Herz fing wieder an zu schlagen, jetzt umso heftiger, als ob es die ausgesetzte Zeit wieder wettmachen wollte. Ohne zu überlegen, stieg er tatsächlich aus. Dabei zitterten seine Beine so sehr, dass er befürchtete, sie würden sein Gewicht nicht mehr tragen und einfach unter ihm wegknicken. Er wollte irgendetwas sagen, etwa, dass es sich um ein Missverständnis handeln musste oder dass er kein Geld bei sich trug, doch seine Stimme versagte ihren Dienst. Kaum stand er neben dem Auto, wurde er von dem Mann, der ihn um mehr als einen Kopf überragte, umgedreht und in Richtung der roten Tür gedrückt.

Es ging alles so schnell, dass Sven auf dem Weg zur Tür stolperte und beinahe hinfiel. Mit einiger Anstrengung konnte er sich gerade noch abfangen. Vor der Tür blieb er stehen.

„Aufmachen", tönte hinter ihm die offenbar befehlsgewohnte Stimme. Sven befolgte die Anweisung. Sein Gehirn war zu keinem vernünftigen Gedanken fähig. Die Angst ließ sein Herz bis zum Hals schlagen. Er merkte, wie seine feucht gewordene Hand zitterte, als er nach dem Türgriff fasste. Beim Aufdrücken der Tür kam ihm ein unangenehmer Geruch entgegen. Genau identifizieren konnte er nicht, wonach es roch, aber er assoziierte es mit dem Begriff ‚alt'. Kaum war die Tür auf, wurde er weiter nach vorne gestoßen. Dämmerlicht fing ihn ein. Da sich seine Augen noch nicht daran gewöhnt hatten, sah er zunächst alles nur schemenhaft. Dennoch erkannte er, dass die Halle sehr groß und fast leer war. In der hintersten Ecke standen einige meterhohe Kisten herum. Direkt links von Sven befanden sich ein paar Klappstühle aus Plastik. Auf einem davon saß Gina. Neben ihr standen zwei Männer. Beide waren mit Pistolen bewaffnet, die sie aber auf niemanden gerichtet hatten. Ginas Arme waren fest an den Körper gepresst. Eine durchsichtige Folie hüllte ihren Oberkörper ein und fixierte die Gliedmaßen. Da die Folie auch um die Rückenlehne ging, konnte Gina sich nicht bewegen. Mit einem bitteren Lächeln sah sie Sven an.

„Steht mir gut, nicht?", gab sie in erstaunlich ruhigem Ton von sich. Ihre Stimme war kräftig und sie erschien in keiner Weise eingeschüchtert. Das verlieh Sven eine gewisse Kraft. Er entschloss sich, in das Spiel von Sarkasmus einzusteigen.

„Na ja", antwortete er, „für richtige Fesseln hat es wohl nicht mehr gereicht. Aber ich habe leider nicht viel Bargeld bei mir, sonst hätte ich unseren Gastgebern mal ein paar Handschellen spendiert."

„Die Folie ist ihnen sowieso lieber. Im Gegensatz zu Handschellen oder einem Strick hinterlässt sie keine Spuren. Sie trägt so großflächig auf, dass man später nicht feststellen kann, dass eine Person gefesselt war."

Einer der Männer, der neben ihr stand, sah sie erstaunt, ja fast erschrocken an. Der Mann war noch größer als jener, der Sven aus dem Auto geholt hatte. Seine Haare waren ebenfalls schwarz, aber sehr kurz. Er hatte einen Schnauzer, dessen Enden nach unten gebogen waren und bis zum Kinn reichten.

„Woher wissen Sie das?", herrschte er Gina an. Auch sein Deutsch war einwandfrei.

Ginas Kopf fuhr herum. Sven kam es so vor, als fühlte sie sich bei etwas Verbotenem ertappt.

„Noch nie was von SM gehört, Mann?", maulte Gina zurück, ebenso aggressiv wie der Fremde.

Der sah sie irritiert an, bevor er weiter nachhakte: „Was meinst du damit?"

Ein hässliches und lautes Lachen drang aus Ginas Mund. „Hast wohl noch nie 'ne Domina gehabt, was? Wenn ich mit einem Mann machen möchte, was ich will, dann fessle ich ihn auf die gleiche Art!" Kampflustig funkelten ihre Augen den Mann an.

Spätestens jetzt war Sven endgültig sprachlos. Irgendwie schien jede Frau so ihre Geheimnisse zu haben. Die eine stand auf das gleiche Geschlecht, die andere mochte offenbar Sado-Maso-Spiele ...

„Dann schauen wir gleich mal, was du so drauf hast!", murmelte der Mann mit dem nach unten gebogenen Bart und zog Ginas Kopf an den Haaren nach oben. Mit der anderen Hand hantierte er umständlich an seinem Hosenknopf.

Sein Kumpane schrie ihn an: „Lass das – das kannst du später machen, du Hurensohn!" Damit schien das Thema zunächst erledigt zu sein.

Sven wurde von dem dritten Mann gepackt. Es war der Einzige, der nicht größer war als Sven. Dafür mindestens doppelt so breit. Auch sein Aussehen fiel aus der Reihe. Im Gegensatz zu den beiden anderen war er blond. Seine Haare fielen ihm lockig auf die Schultern und sahen gepflegt aus. Ein energisches Kinn betonte sein markantes, glattrasiertes Gesicht. Mit festem Griff drückte er Sven in einen der Plastikstühle.

„Leg die Arme an den Körper und halte still", befahl er. Vom Fußboden hob er eine dicke Rolle Klarsichtfolie auf. Dann fing er an, Sven auf die gleiche Weise einzuwickeln wie Gina. Die anderen schauten nur zu. Als er fertig war, bauten sich die drei Männer vor ihnen auf. Der Blonde, der in der Mitte stand, ergriff das Wort: „Was wisst ihr über die Computerfehler?"

Sven traute seinen Ohren nicht. Bisher war er davon ausgegangen, dass es sich um eine Art Raubüberfall handelte. Doch die Frage machte ihm klar, dass er völlig danebengelegen hatte. Es ging um ihre Tests mit den Computern und den Netzwerkgeräten. Stefans Satz über die Datumsähnlichkeit mit dem elften September fiel ihm wieder ein und bekam eine völlig neue Dimension. Plötzlich hatte Sven wieder schreckliche Angst. Im schlimmsten Fall sahen sie sich Terroristen gegenüber! Das alles war kein Spaß mehr. Und wenn man es realistisch betrachtete, dann bestand die Möglichkeit, dass man sie töten würde!

„Meine Güte", brachte er stockend hervor. „Was wollen Sie mit uns machen?" Der Schweiß brach ihm erneut aus, dieses Mal noch stärker als zuvor.

Der Schlag kam so schnell, dass er ihn absolut unvorbereitet traf. Die große Hand des Blonden explodierte förmlich in seinem Gesicht und schleuderte seinen Kopf nach hinten. Am linken Mundwinkel sprangen seine Lippen auf. Blut quoll heraus und außer seiner Wange schmerzte auch sein Genick. Benommen ließ er sein Kinn auf die Brust sinken. Wie aus weiter Ferne hörte er die Stimme des Blonden: „Fragen stellen wir hier und sonst niemand."

Sven wollte aufsehen, um dieses Mal vorbereitet zu sein, wenn noch ein Schlag kommen sollte. Aber ihm war schwarz vor Augen. Ein paar bunte Punkte tanzten in der Dunkelheit. Er hörte ein zischendes Geräusch wie beim Öffnen einer Colaflasche.

Kurz danach fühlte er eine eiskalte Flüssigkeit über den Kopf laufen. Das brachte seinen Kreislauf wieder in Schwung und nach kurzer Zeit nahm er seine Umwelt wieder wahr. Der Blonde hielt eine Flasche Mineralwasser in der Hand.

Sven stellte sich die unwichtige Frage, wo der Mann wohl plötzlich die Flasche her hatte. Wahrscheinlich gab es in der Halle wesentlich mehr, als er registriert hatte. Durch den Schrecken hatte er sich wohl nicht aufmerksam umgeschaut.

„Also, noch mal: Was wisst ihr über die Computerfehler?", wiederholte der Blonde.

Bevor Sven etwas sagen konnte, meldete Gina sich zu Wort: „Das können wir so genau gar nicht sagen. Verschiedene Kollegen von uns haben ein paar Dinge getestet. Aber es gibt eine Aufzeichnung über alle Einzelheiten. Es ist immer alles protokolliert worden."

Der Blonde stellte sich jetzt vor Gina. „Und wie kommen wir an das Protokoll heran?", fragte er.

„Es liegt auf einem Server in der Firma. Natürlich ist es verschlüsselt und geschützt. Aber wenn Sie mir einen PC mit Internetzugang zur Verfügung stellen, kann ich es Ihnen besorgen. Ich habe mir da ein paar digitale Hintertüren eingebaut."

Sven glaubte, sich verhört zu haben. Gina musste über das Dokument von Gregor sprechen. Ihm war allerdings neu, dass es verschlüsselt war. Und dass Gina es einfach so preisgeben wollte, verstand er ebenfalls nicht. Er hatte keinen Zweifel daran, dass man sie umbringen würde, sobald man erfahren hatte, was man wollte. Auch die Sache mit der digitalen Hintertür erstaunte ihn. Er wusste selbstverständlich, dass so etwas möglich war. Sowohl Gina als auch er hatten das nötige Wissen dafür. Aber er konnte sich beim besten Willen nicht vorstellen, dass Gina das ohne sein Wissen eingerichtet hatte.

„Wir besorgen es uns selbst", gab der Blonde von sich. „Sie sagen uns, wie es geht und wir holen es uns. Was müssen wir tun?"

Ginas Eifer schien nicht mehr zu bremsen zu sein. „Sie benötigen einen Internetzugang. Dann stellen sie eine Verbindung zu einem Gateway mit der IP-Adresse 149.23.5.27 her. Von hier aus gehen Sie dann zum Gateway von der DeHSIP. Das hat die IP-Adresse 189.5.5.254. Dabei müssen Sie darauf achten, dass Sie die Netzmaske mit hexadezimal EF00EF00 maskieren. Als Antwort erhalten Sie einen Schlüssel, der Ihnen das IP-Routing präsentiert. Dieses muss dann auf dem ersten Gateway implementiert werden, und wenn..."

Der Blonde hob abwehrend die Hände und unterbrach sie: „Schon gut, schon gut! Sie werden es für uns machen! Sagen Sie mir, was Sie brauchen."

Sven fing langsam an zu begreifen. Alles, was Gina gesagt hatte, klang viel zu kompliziert, als dass es ein Laie verstehen oder gar umsetzen konnte. Sie müssten Ginas Hilfe in Anspruch nehmen und dafür würde man sie von ihren ungewöhnlichen Fesseln befreien. Mit dem entsprechenden Wissen hatte Sven sofort erkannt, dass alles, was Gina da von sich gegeben hatte, ausgesprochener Blödsinn war. Jede Einzelheit war schlichtweg an den Haaren herbeigezogen und entbehrte jeglicher Grundlage! Sie hatte gepokert. Hätte nur einer der Männer Grundkenntnisse über IP-Netzwerke besessen, hätte nun Gina Prügel bezogen. Aber offenbar hatte sie ihr Spiel gewonnen. Doch was konnte sie ausrichten? Auch ohne Fesseln würde sie keine Chance gegen drei bewaffnete Männer haben. Selbst einer von ihnen wäre leicht mit ihr fertig geworden, selbst ohne Waffe.

Wenigstens hatten sie erst mal Zeit gewonnen.

„Ich brauche einen Computer mit Internetzugang. Und ich brauche meinen Kollegen, weil er mir über ein paar Sicherheitsmechanismen helfen muss, die er eingerichtet hat. Außerdem benötige ich meine Handtasche aus dem Auto, weil ich in meinem Notizbuch einige Codes aufgeschrieben habe, die ich benutzen muss."

Ein Nicken des Blonden bedeutete dem Langhaarigen, die Tasche aus Svens Wagen zu holen. „Wie lange wird es dauern?", fragte er dann.

„Nicht länger als eine halbe Stunde", gab Gina zurück. Sven verfolgte das Gespräch sehr aufmerksam. Die Schmerzen waren jetzt erträglich geworden. Er konnte auch wieder klar denken. Gina war einsame Spitze. Es gab keine von Sven eingerichteten Sicherheiten, die Gina nicht auch kannte. Und wahrscheinlich befand sich in ihrer Tasche auch kein Notizbuch mit irgendwelchen Codes. Wer weiß, vielleicht hatte sie eine kleine Dose mit Pfefferspray darin. Hoffentlich kontrollierte niemand den Inhalt der Tasche.

„Gut", sagte der Blonde, „Sie werden bekommen, was Sie brauchen. Er", dabei deutete er mit seiner Pistole auf Sven, „bleibt gefesselt. Sie sind gut genug, um seinen Anweisungen folgen zu können."

Das versetzte Sven einen kleinen Dämpfer. Zu zweit hätten sie eventuell eine winzig kleine Chance gehabt. Alleine würde es für Gina aussichtslos sein. Aber trotzdem: Sie hatten Zeit gewonnen. Vielleicht ergab sich ja eine andere Möglichkeit. Leider war Sven jedoch zu sehr Realist und erkannte somit selbst, dass dies die Gedanken eines Verzweifelten waren.

Der Große kam mit Ginas Handtasche herein und übergab sie dem Blonden. Der kniete sich hin, legte die Pistole neben sich und öffnete die Tasche. Jetzt ist es aus, dachte Sven. Mit einer schnellen Bewegung drehte der Mann die Tasche um und ließ den Inhalt auf den Boden fallen. Alle blickten auf den kleinen Haufen aus verschiedenen Dingen. Außer Gina suchten sie anscheinend mit den Augen nach etwas, das wie eine Reizgassprühdose aussah. Svens Anspannung war unermesslich, als er seine Augen über die Gegenstände gleiten ließ. Da waren zwei Lippenstifte, ein Schlüsselbund, ein kleines Notizbüchlein, vier Tampons, zwei Kugelschreiber, ein Päckchen Big Red Kaugummis, ein Handy und eine Brieftasche. Sven atmete erleichtert auf. Zufrieden packte der Blonde alles zurück in die Tasche. Dem Handy entnahm er vorher den Akku und warf ihn achtlos auf den Boden. Dann verschloss er die Tasche wieder. Mit einer linkisch wirkenden Bewegung hängte er sie sich über die Schulter und nahm seine Pistole wieder in die Hand. Während er aufstand, sagte er zu seinen Kumpanen: „Los, wir fangen mit ihm an. Befreit ihn von dem Stuhl und fesselt ihn dann wieder!"

Ohne sehen zu können, was genau geschah, hörte er hinter sich ein metallisches Geräusch, das er mit dem Aufspringen eines Klappmessers in Verbindung brachte. Kurz danach spürte er, wie der Druck der Folie nachließ. Dann wurde er von dem Mann, der hinter ihm stand, nach oben gezerrt.

„Wehe, du bewegst dich!", ertönte die dazugehörige Stimme. Schon wurde er wieder eingewickelt. Wie zuvor hatte er die Arme fest an den Körper gepresst.

Als man mit Sven fertig war, kam Gina an die Reihe. Nachdem man die Prozedur an ihr wiederholt hatte, wurden sie zur Tür geschoben.

Die Stimme des Blonden ertönte: „Du nimmst ihren BMW und bereitest ihn vor. Und du holst den Lieferwagen." Da alle drei Männer hinter Sven standen, wusste er nicht, welche Aufgabe welchem der Männer zukam. In jedem Fall verließen jedoch beide die Halle. Als Sven ihnen folgen wollte, hielt ihn eine Hand an der Schulter fest. „Wir warten noch!", sagte der Blonde.

Nach einer Weile, die Sven schier endlos erschien, ertönte draußen das Dröhnen eines Dieselmotors. Kurz darauf wurde die Tür geöffnet und der Langhaarige erschien. Um den Stoß in den Rücken zu vermeiden, lief Sven ohne Aufforderung los. Er spürte keinen Einwand.

Sein BMW war verschwunden. Dafür sah er einen großen, weißen VW LT Transporter vor der Tür. Es war die extra lange und extra hohe Ausführung mit einem fensterlosen Laderaum. Die beiden Flügeltüren standen offen, sodass Sven das Gerümpel erkennen konnte, welches den größten Teil der Ladefläche einnahm. An der Wand zum Führerhaus war eine Art Klappsitz angebracht. Der Blonde trug dem Langhaarigen auf, hinten mitzufahren. Nachdem der Große eingestiegen war, bahnte er sich einen Weg durch den schmalen Gang zwischen dem Gerümpel. Am Ende setzte er sich auf den Klappsitz. Dann streckte er den Arm nach etwas aus, das Sven nicht erkennen konnte. Da eine sehr schwache Deckenbeleuchtung anging, musste es sich um einen Schalter gehandelt haben.

Sven war der Nächste. Mit nicht gerade zaghaftem Druck wurde er in den Wagen geschoben. Das Hineinsteigen fiel ihm schwer, da er seine Arme nicht zum Ausbalancieren benutzen konnten. Hinter ihm stieg der Blonde in den Lieferwagen und schubste ihn grob zu Boden. In dem engen Gang kam Sven unbequem, halb auf der Seite, halb auf dem Rücken, zum Liegen. Dann war Gina an der Reihe. Sven konnte zusehen, wie auch sie unsanft nach vorne geworfen wurde. Über Svens Füße stolpernd, fiel sie direkt auf ihn. Bei dem Aufprall entwich sämtliche Luft aus seiner Lunge und einen Moment lang hatte er das Gefühl, dass eine seiner Rippen gebrochen sei. Aber der Schmerz ließ rasch nach. Auch Gina machte ein schmerzverzerrtes Gesicht, brachte dann aber ein bitteres Lächeln zustande. „Tut mir leid, mein Schatz", presste sie hervor. „Aber es war die einzige Möglichkeit, dir endlich wieder nahe zu sein."

Ihre Körper lagen bäuchlings aneinander, Ginas Wange an seiner. Die Türen schlossen sich und es wurde fast dunkel. Das kleine Lämpchen an der Decke war weniger als eine Notbeleuchtung. Es reichte immerhin aus, dass der Langhaarige sehen würde, wenn einer der beiden Gefangenen sich befreit hätte. Daran war aber in keinem Fall zu denken. Die Folie war so oft um sie herum gewickelt worden, dass sie von der Stabilität her mit jedem festen Strick mithalten konnte.

Der Wagen setzte sich in Bewegung. Sven bemerkte Ginas Geruch, der ihn an den Morgen erinnerte. Als er in ihren Armen aufgewacht war, hatte es genauso gerochen. Jetzt war der Geruch noch intensiver. Außerdem spürte er ihren Atem auf seinem Hals. Wenn die Situation eine andere gewesen wäre, hätte ihn beides erregt. Tatsächlich versetzte es ihn in Erstaunen, dass er überhaupt für einen Moment darüber nachdachte. Schnell gewann aber der Schmerz, der aus dieser unbequemen Position resultierte, wieder die Oberhand. Er wollte irgendetwas zu Gina sagen, aber ihm fiel nichts ein. Es gab nichts, womit er sie hätte beruhigen können. Außerdem schien sie wesentlich gefasster zu sein als er.

Der Lieferwagen fuhr mit mäßiger Geschwindigkeit. Wahrscheinlich wollten die Männer um keinen Preis Aufmerksamkeit erregen. Dennoch neigte sich das Fahrzeug in jeder Kurve, wobei die beiden Gefesselten heftig aneinandergepresst wurden. Zuerst hatte Sven versucht, sich die Kombination aus Rechts- und Linkskurven zu merken, um später bei Bedarf die gefahrene Strecke rekonstruieren zu können. Aber schnell gab er es auf. Die Menge der Kurven machte es ihm unmöglich, sich die Reihenfolge zu merken. Auch die unterschiedlich starken Ausprägungen der Kurven konnte er nicht so recht auseinanderhalten.

Bald hatte Sven jegliches Zeitgefühl verloren. Vielleicht waren sie schon eine Stunde gefahren, vielleicht aber auch erst zehn Minuten.

Es war ein unangenehmes Gefühl, in dieser Dunkelheit zu liegen, gefesselt, ohne zu wissen, wohin es ging. Ebenso wenig wussten sie, was sie erwarten würde. Das einzig Angenehme in diesem Moment war der Geruch und die Nähe von Gina.

Nach einer kleinen Ewigkeit spürte man, dass der Wagen steil bergab fuhr. Nicht weit, nur ein paar Meter. Dann hielt er mitten auf der Schräge an. Kurze Zeit später fuhr er weiter, machte ein paar langsame Kurven und blieb dann endgültig stehen. Der Motor verstummte. Sven hörte, wie eine Fahrzeugtür zugeschlagen wurde. Deutlich hallte das Geräusch wider.

„Wir sind in einer Tiefgarage", flüsterte Gina.

Sven fand es bewundernswert, wie analytisch sie die Sache anging. Er hatte sich gar keine Gedanken darüber gemacht. Aber sie konnte durchaus recht haben. Sie waren ein kleines Stück bergab gefahren. Dann mussten sie vermutlich warten, bis sich das Tor geöffnet hatte.

Die Flügeltüren wurden geöffnet und trübes Birnenlicht drang ins Innere.

„Los, raus mit ihnen", hallte die Stimme des Blonden. Der Langhaarige zerrte Gina hoch und schubste sie zu seinem Partner hinüber. Der hob sie mit einer Leichtigkeit aus dem Fahrzeug, die Sven zeigte, wie ungeheuer stark der Mann sein musste.

Als Nächstes wurde Sven in die Höhe gehoben, ebenfalls in Richtung Ausgang geschubst, aber nicht aus dem Wagen gehoben. Bei ihm waren sie weniger zimperlich. Ein weiterer Stoß katapultierte ihn hinaus. Zum Glück hatte er damit gerechnet und schaffte es, auf den Beinen aufzukommen.

Gina hatte recht gehabt. Sie befanden sich in einer großen Tiefgarage, in der leicht hundert Autos Platz hatten. Allerdings stand außer dem Lieferwagen keines darin.

Mit den Pistolenläufen dirigierten die Männer ihre Gefangenen zu einer grauen Stahltür, die sich ganz in der Nähe befand. Sven erreichte sie als Erster und nach Aufforderung des Blonden öffnete er sie, indem er sich dagegen lehnte. Da sie nicht ins Schloss gefallen war, schwang sie durch sein Gewicht auf.

Dahinter lag ein winziger, kahler Raum, dessen unverputzte Steinwände weiß gestrichen waren. Ein paar Rohre verliefen an der Decke quer durch den Raum. Auf der rechten Seite befand sich eine weitere Tür. Außer der nackten, unmodernen Glühbirne gab es für Sven nichts mehr zu entdecken. Offenbar war der Raum lediglich als Brandschutzschleuse gedacht. Ohne ein weiteres Kommando abzuwarten, ging Sven zur nächsten Tür. Dort griff eine Hand an ihm vorbei und öffnete sie. Im nächsten, ebenso kleinen Raum gab es an der gegenüberliegenden Wand eine geschlossene Fahrstuhltür und daneben die entsprechenden Knöpfe. Links von Sven befand sich der offene Zugang zu einer grauen Betontreppe.

„Die Treppe rauf", kam die knappe Anweisung. Wieder ging Sven voran. Nach acht Stufen ging es mit einer Linksdrehung in die entgegengesetzte Richtung weiter hinauf. Nach weiteren acht Stufen überlegte Sven, dass sie sich im Erdgeschoss befinden mussten. Aber es gab keine Tür. Das Einzige, was zu sehen war, waren die in kurzen Abständen aufgehängten Neonröhren. Sie liefen noch zwei Stockwerke höher, ohne dass es irgendwelche Ausgänge gegeben hätte. Sven nahm an, dass es sich bei dem Gebäude um eine große Halle handelte, in der es eben keine Zwischenetagen gab.

In Höhe des vierten Stockwerks tauchte eine Tür auf. Wie die in der Tiefgarage, war auch diese aus grauem Stahl. Da die Treppe hier endete, musste Sven warten, bis die Tür für ihn geöffnet wurde. Nun kamen sie in einen langen Gang. Hier gab es ebenfalls die kalten Leuchtstoffröhren. An der gegenüberliegenden Wand waren in verschiedenen Abständen zahlreiche Türen eingelassen. Auf der anderen Seite deuteten Nischen darauf hin, dass es wohl mal Fenster gegeben hatte. Doch statt der Glasscheiben waren rohe Sperrholzbretter zu sehen. Sven fielen einige schwach leuchtende Wegweiser zu einem Fluchtweg auf. Offenbar gab es einen davon im rechten und einen weiteren im linken Bereich des Ganges.

„Nach links, bis zur letzten Tür!"

Sven lief los. Er versuchte, auf seinem Weg den gekennzeichneten Fluchtweg auszumachen. Dieser musste sich aber hinter einer der vielen Türen verstecken, denn ein Schild wies direkt auf einen verschlossenen Eingang.

Die Halle schien riesig zu sein, wenn es denn wirklich eine war. Der Gang maß mindestens fünfzig Meter.

Als Sven vor der Tür zum Stehen kam, ertönte sofort die kalte, tiefe Stimme: „Aufmachen!"

Erneut griff eine Hand an ihm vorbei und öffnete die Tür. In dem Raum dahinter war es stockfinster. Trotzdem wagte Sven einen Schritt hinein. Kurz darauf spürte er, wie ihn jemand unsanft anstieß, und er vermutete, dass es die nach vorne geschubste Gina war. Dann ging das Licht an. Auch hier verbreiteten nackte Leuchtstoffröhren ihr kaltes Licht. Ebenso wie im Gang erkannte Sven Nischen in einer Wand, die mit Sperrholzplatten verblendet waren.

Die Möbel ließen Sven in dem Zimmer eindeutig ein Büro erkennen. An der rechten Wand befand sich ein großer Aktenschrank, dessen Türen teilweise offen standen. Alte Ordner lagen offenbar schon seit Jahren unbenutzt darin, denn die dicke Staubschicht war selbst aus ein paar Metern Entfernung nicht zu übersehen. In der Mitte standen zwei Schreibtische. Auf beiden standen jeweils ein Computermonitor sowie die dazugehörige Tastatur. Für jeden Arbeitsplatz gab es einen schäbigen, grau bezogenen Bürostuhl. Mehr Sitzgelegenheiten waren nicht vorhanden.

In Anbetracht der Größe der Bildschirme ging Sven davon aus, dass die Geräte neuerer Generation waren. Von dem Langhaarigen wurde der Stuhl auf der linken Seite hervorgezogen. Auf diesen wurde Sven unsanft gesetzt. Abermals zauberte der Mann von irgendwoher eine Rolle Klarsichtfolie hervor und wickelte sie um Sven und die Stuhllehne.

Noch bewegungsunfähiger als vorher konnte er das Geschehen um sich herum nur noch beobachten.

Der Blonde holte aus seiner Hosentasche ein Klappmesser, ließ die Klinge herausspringen und durchschnitt die Folie an Ginas Rücken. Dabei stand die ganze Zeit der Langhaarige vor Gina und hielt die Pistole auf sie gerichtet. Nachdem die junge Frau befreit war, musste sie auf dem zweiten Stuhl Platz nehmen. Der Monitor sowie ein PC, der anscheinend unter dem Tisch stand, wurden eingeschaltet. Die beiden Männer standen in Ginas Rücken. Niemand sagte ein Wort, bis der Computer gestartet war.

„Los", sagte der Blonde, „es ist alles da. Sie haben von hier aus Internetzugang."

„Meine Tasche", sagte Gina. Ihre Stimme klang noch immer fest und bestimmt.

Die Tasche wurde neben ihr auf dem Schreibtisch abgelegt.

„Jetzt haben Sie alles. Fangen Sie an."

Svens Nerven waren zum Zerreißen gespannt. Was würde Gina nun tun? Sie hatte nicht die geringste Möglichkeit, etwas Nutzbringendes für sie zu erreichen. Es konnte auch nicht lange dauern, bis die Männer merkten, dass sie geblufft hatte. Wie würden Sie reagieren?

Gina klickte einige Male mit der Maus und tippte auf der Tastatur herum. Dann nahm sie ihr Täschchen, hielt es direkt vor ihren Bauch und öffnete es. Sven beobachtete sie genau. Da er ihr gegenüber saß und am Monitor vorbeischauen konnte, sah er, was die fremden Männer nicht sahen. Gina holte ihr kleines Notizbuch heraus und öffnete es. Dann schien sie etwas herauszuholen, was sie in ihren Schoß legte. Anschließend brachte sie noch ein kleines Stück Papier zum Vorschein, welches sie vor sich auf dem Tisch platzierte. Es musste auch für die beiden Männer, die hinter ihr standen, sichtbar sein. Nachdem Gina das Buch wieder in die Tasche gepackt hatte, legte sie diese wieder auf den Tisch neben den kleinen Zettel. Mit einem Quietschen der Bürostuhlräder zog sie sich näher an den Tisch heran.

„Kann ich ein Glas Wasser bekommen? Ich muss mich konzentrieren und ich bin durstig."

Der Blonde nickte dem Langhaarigen zu, der daraufhin das Zimmer verließ.

Gina wandte sich zu Sven und machte große Augen. Sie versuchte offenbar, ihm etwas mitzuteilen. Dabei hielt sie den Kopf absolut still, sodass der Mann hinter ihr nichts merken konnte. Nebenbei tippte sie weiter auf der Tastatur. Es musste von hinten den Eindruck machen, als sei sie konzentriert mit ihrer Arbeit beschäftigt. Aber was wollte sie von ihm? Er sollte irgendetwas tun. Aber was? Gab es überhaupt etwas, das er hätte tun können? Er war absolut bewegungsunfähig! Außer Sprechen konnte er nichts tun. Doch was erwartete sie? Was hätte er sagen sollen?

Dann kam der Geistesblitz. Natürlich! Sprechen! Er sollte den Mann einfach irgendwie ablenken! Nur wie? Svens Herz fing an, schneller zu schlagen. Plötzlich war er ganz aufgeregt. Aufgeregt und hilflos. Genau. Das war es. Hilflosigkeit. Damit wollte er es versuchen. Er fing an, heftig, laut und schwer zu atmen. Dabei riss er ängstlich die Augen auf. „Ich... ich bekomme keine Luft mehr", keuchte er. „Sie haben die Fesseln zu eng gemacht!"

Tatsächlich brach ihm der Schweiß aus. Nicht, weil ihm das Atmen schwerfiel, sondern aus Angst davor, wie der Mann reagieren würde. Aber er spielte das Spiel weiter. Die Aufmerksamkeit des Blonden hatte er schon. Nun atmete Sven noch schneller.

„Stell dich nicht so an!", herrschte der Blonde ihn an. Doch Sven tat so, als hätte er gar nichts gehört, verdrehte die Augen nervös und atmete noch heftiger. Endlich verließ der Kidnapper seinen Platz hinter Gina und kam um den Tisch herum. Sven rechnete damit, in den nächsten Sekunden heftig geschlagen zu werden. Doch es kam anders.

Es ging alles sehr schnell. Aus dem Augenwinkel sah Sven, wie Gina sich mit einem Ruck aufstellte. Dabei kippte ihr Stuhl nach hinten um. Noch bevor der Blonde sich zu ihr umgedreht hatte, zog sie ihre Arme nach oben. Sven traute seinen Augen kaum, als er eine winzige Pistole in ihrer Hand sah.

„Waffe runter", sagte sie energisch. „Du hast eine Sekunde!"

Der Mann war schon halb in der Drehbewegung, als er realisierte, was los war. Er hielt inne. Für den Bruchteil einer Sekunde schien er zu überlegen. Dann drehte er sich wieder. Nicht zu Gina, sondern zurück zu Sven. Was er vorhatte, lag auf der Hand. Wenn er gleichzeitig auf Sven schießen konnte, würde Gina es nicht wagen abzudrücken. Doch er hatte sich verrechnet. Noch bevor sein Lauf endgültig auf Sven zielte, knallte es auch schon zweimal laut aus Ginas Pistole. Wie aus dem Nichts erschienen die beiden Einschusslöcher in der Schläfe des Mannes, während er wie von einer unsichtbaren Faust nach hinten geschleudert wurde. Dabei knallte er gegen die Wand neben der Tür. Dann klappte er in sich zusammen und blieb regungslos liegen.

Svens Augen klebten an dem Mann. Wohl begriff er, was gerade geschehen war, aber er verstand die Hintergründe nicht. Warum hatte Gina plötzlich eine Pistole, die offenbar in ihrem Notizbuch gesteckt hatte? Das kleine Buch musste eine Attrappe sein, die innen hohl war. Wieso war sie in der Lage, so kaltblütig und zielgenau zu schießen?

Gina war mittlerweile mit einem Satz zur Tür gesprungen. Mit ihrer Pistole voran sah sie den Gang hinunter. „Kannst du mit dem Stuhl herrollen?", fragte sie, ohne Sven anzusehen. „Wenn ich hier weggehe, dann haben wir den anderen Kerl vielleicht plötzlich im Rücken."

„Ich versuche es." Seine Beine waren zum Glück nicht an den Stuhl gefesselt und so gelang es ihm, sich langsam in Richtung Tür zu ziehen. Dabei musste er an dem Toten vorbei, dessen rechter Arm im Weg lag. Sven versuchte, den Arm mit dem Fuß wegzudrücken. Es war ihm unangenehm, einen Toten berühren zu müssen, aber die Notwendigkeit zwang ihn dazu, sich zu überwinden. Die Aktion stellte sich schwieriger dar, als Sven angenommen hatte. Es bereitete ihm große Mühe. Immer wieder rutschte der Arm zurück in seine Ausgangsposition. Nach einigen Anläufen gelang es ihm endlich. Gina stand während der ganzen Zeit in der Tür. Angespannt sah sie den Gang hinunter, die Pistole in die Richtung ihres Blickes gerichtet. Sven rollte so dicht wie möglich an sie heran.

„Okay, ich bin direkt hinter dir", sagte er mit gedämpfter Stimme.

„Kannst du dich so positionieren, dass du zwar im Raum bist, aber den Kopf weit genug rausstrecken kannst, um den Gang im Auge zu behalten?" „Keine Ahnung. Ich probier's", gab

Sven zurück, während er ein Stück weiter zur Tür rollte. „Ich kann jetzt in den Flur sehen. Aber ich stehe auch zur Hälfte im Gang. Anders geht es nicht."

„Dann machen wir es so. Eine andere Möglichkeit haben wir nicht. Wenn du jemanden kommen siehst, dann sag sofort Bescheid." Mit diesen Worten drehte sie sich um, ging zum Schreibtisch, holte sich dort einen Kugelschreiber und stellte sich hinter Sven. Mit dem Stift stach sie in die Folie und riss diese dann von unten nach oben auf. Sven spürte, wie seine Arme befreit wurden. Er konnte sich wieder bewegen und stand auf. Gina riss den Stuhl hinter ihm weg und schleuderte ihn ins Büro. „Nimm dir seine Pistole", forderte sie Sven auf.

Ohne lange darüber nachzudenken, nahm er die Waffe des Toten. Er war wie in Trance. Es war alles so unwirklich. Die Kidnapper. Der tote Mann auf dem Boden. Gina als einsame Kämpferin. Er selbst mit einer Pistole in der Hand. Sven hatte keine Ahnung, was hier überhaupt vor sich ging. Doch er spürte, dass jetzt der falsche Zeitpunkt war, um nach Erklärungen zu fragen.

Als er mit der Pistole des Blonden in der Hand aufstand, war Gina schon wieder in der Tür und sicherte den Gang ab. „Er muss die Schüsse gehört haben", sagte sie. „Wir sollten damit rechnen, dass er nicht alleine wiederkommt. Deswegen ist es wichtig, dass wir so schnell wie möglich das Zimmer verlassen."

„Ich habe Hinweise auf Fluchtwege gesehen. Vielleicht sollten wir die nehmen." Svens Stimme zitterte.

„Ja, die habe ich auch bemerkt. Wenn wir jetzt losgehen, müssen wir so leise wie möglich sein. Halte dich im Gang mit dem Rücken immer an der gegenüberliegenden Wand. So kann niemand von hinten kommen. Ich gehe vor und sichere meinen Teil des Ganges. Du bleibst dicht hinter mir und sicherst den hinteren Teil. Hast du schon mal mit einer Pistole geschossen?"

„Nur mit einer Luftpistole. Ich war nicht bei der Bundeswehr."

„Gib das Teil mal her", forderte sie ihn auf, wobei sie die linke Hand nach hinten ausstreckte. Er tat es. Nach einem kurzen Blick reichte sie die Waffe wieder nach hinten.

„Ist okay. Das ist eine Automatik. Du brauchst im Prinzip nur abzudrücken. Entsichert ist sie schon. Es ist ziemlich egal, ob du ihn triffst. Sobald du schießt, wird er sich erst mal in Sicherheit bringen. Dann kann ich ihn übernehmen."

„Du kennst dich gut damit aus, was?" Es war eher eine Feststellung als eine Frage. Dennoch antwortete sie mit einem knappen „Ja".

Dann betrat sie den Gang. Sofort drängte sie sich mit dem Rücken an die gegenüberliegende Wand. Sven folgte ihr. Langsam setzten sie sich in Bewegung.

„Es ist die sechste Tür", flüsterte Sven.

„Gut", kam die kaum hörbare Antwort. „Pass auf. Wer weiß, wo er das Wasser holen wollte. Er kann in jedem Zimmer stecken."

Schritt für Schritt tasteten sie sich vor. Sven versuchte vergeblich, irgendwelche Geräusche im Haus auszumachen. Doch das Einzige, was er hörte, war sein eigener Atem und das Pochen in seinen Adern. Das Herz schlug ihm bis zum Hals. Jeden Moment rechnete er damit, dass sich eine der Türen öffnete. Auch die Pistole in der Hand bereitete ihm Unbehagen. Wie konnte Gina nur so kaltblütig sein? Es ging hier tatsächlich um Leben und Tod und sie verhielt sich wie ein Profi. Natürlich war Sven mehr als froh darüber, dass es so war. Aber er konnte das alles nicht begreifen. Bisher war er immer der Meinung gewesen, dass in einer solchen Situation der Mann den kühlen Kopf behalten musste, um die Frau zu schützen. Wahrscheinlich war das eine antiquierte Denkweise. In jedem Fall verließ Sven sich im Moment mehr auf Gina als auf sich selbst.

Vor jeder Tür, an der sie vorbei mussten, bückte sich Gina, bis ihre Augen etwa auf Schlüssellochhöhe waren. Dann wedelte sie kurz mit ihrer Pistole davor herum, bis sie dann daran vorbeischlich.

Nach endlos erscheinenden Minuten erreichten sie die Tür, hinter der sie den Fluchtweg vermuteten. Sven merkte erst, wie sehr er schwitzte, als ihm ein Schweißtropfen ins Auge rann. Es fing sofort an zu brennen.

„Pass weiter in deine Richtung auf", flüsterte Gina. Dann wechselte sie auf die andere Seite des Ganges. Während sie mit der rechten Hand die Pistole in den Gang zeigen ließ, suchte sie mit der linken nach dem Türgriff. Nach kurzem Tasten fand sie ihn und drückte ihn hinunter. Die Tür öffnete sich nicht. Sie war verschlossen.

„Mist", hörte Sven Gina leise fluchen. „Wir müssen doch unten durch."

„Oder wir versuchen es auf der anderen Seite", widersprach Sven, ebenfalls im Flüsterton. „Am gegenüberliegenden Ende des Ganges muss es noch einen Notausgang geben."

„Ich glaube zwar nicht, dass die Tür dort offen sein wird, wenn man diese hier verschlossen hält, aber lass es uns probieren."

Also gingen sie langsam weiter. Erneut schien es eine Ewigkeit zu dauern.

„Komm etwas näher", forderte sie ihn auf. „Ich muss spüren, dass du noch da bist."

Er rückte auf, bis seine Schulter sachte an ihre stieß. Dicht beisammen liefen sie weiter. Als sie die Tür erreichten, durch die sie gekommen waren, stoppte Gina. Für einen Moment hielt sie inne und horchte. Dann setzten sie ihren Weg fort. Nachdem sie an der Tür vorüber waren, forderte sie Sven auf, mit ihr den Platz zu tauschen.

„Wenn jemand auftaucht, dann eher von der Seite des Ganges, in dem wir vorher waren. Und dann ist es besser, wenn ich auf dieser Seite bin", erklärte sie.

„Na, unter mangelndem Selbstbewusstsein scheinst du nicht zu leiden", gab Sven zurück.

Ohne zu antworten, schob sie sich an ihm vorbei.

„Bei drei drehen wir uns gemeinsam um, sodass wir in die jeweils andere Richtung sehen", gab sie stattdessen Anweisung. „Eins, zwei, drei." Sie taten, wie Gina entschieden hatte. Dann gingen sie weiter, diesmal Sven voran.

„Warum haben wir eigentlich nicht von dem Büro aus eine E-Mail an irgendjemanden geschickt?", fiel Sven ein.

„Wie hätte man uns denn finden sollen?", kam Ginas Einwand zurück. „Wir wissen ja selbst nicht mal, wo wir sind."

„Über die IP-Adresse", sagte Sven. Damit meinte er die Netzwerkadresse, die jeder Computer benötigt, wenn er eine Verbindung ins Internet aufbaut. Diese Netzwerkadresse ist zu einem bestimmten Zeitpunkt weltweit einmalig. Wenn ein PC ausgeschaltet wird oder die Internetverbindung nicht mehr besteht, kann diese Adresse wieder freigegeben und von einem anderen Computer benutzt werden.

„Je nachdem, welchen Provider sie haben, kann es mehrere Stunden dauern, bis der dazugehörige Kunde ermittelt ist. Bis dahin wären wir längst tot."

Damit hatte Gina zweifellos recht.

„Aber wir hätten uns die IP-Adresse aufschreiben sollen. Wenn wir hier rauskommen, hätten wir wenigstens einen Anhaltspunkt."

„Das ist richtig", antwortete Gina. „Aber wenn wir hier rauskommen, dann haben wir auch die Adresse dieses Gebäudes. Und damit lässt sich der Mieter oder der Besitzer wesentlich schneller feststellen."

Wieder musste Sven sich eingestehen, dass Gina recht hatte.

Er wunderte sich, dass der zweite Mann noch nicht aufgetaucht war. Aber vielleicht wollte er sich seinen Gegnern nicht alleine entgegenstellen. Den Schuss musste er gehört haben. Womöglich war er vorsichtshalber nach unten gelaufen, um dort auf die Verstärkung zu warten, die er inzwischen gerufen haben mochte.

Gina wartete, bis sie beide gerade so an der Tür vorbei waren, dann blieb sie stehen. Zu ihrem großen Glück war diese Tür tatsächlich nicht verschlossen. Mit einem hässlichen Quietschen, das in der Stille noch lauter klang, schwang sie nach innen.

„Da drinnen ist es dunkel", informierte Gina leise ihren Kollegen. „Wir können nur hoffen, dass sich hier niemand aufhält. Allerdings halte ich es für unwahrscheinlich. Geh du hinein und such nach einem Lichtschalter. Ich sichere solange den Gang ab. Aber sei vorsichtig! Es könnten irgendwo Stufen sein, die du nicht siehst."

Sie hielt die Tür auf, während sie Platz für Sven machte. Als er an ihr vorbeihuschte, bemerkte er, dass sie in schneller Folge mal in die eine, mal in die andere Richtung sah. Kurz darauf befand er sich im Dunkeln. Der schwache Lichtschein, der vom Gang aus hereinleuchtete, erhellte nur einen sehr kleinen Ausschnitt des Raumes. Hier gab es nichts zu sehen. Das Einzige, was schnell klar wurde, war, dass der Raum kaum breiter als zwei Meter sein durfte. Sven erinnerte sich an den schleusenähnlichen Raum in der Tiefgarage. Mit der linken Hand tastete er an der Wand neben der Tür entlang. Dort vermutete er den Lichtschalter. Augenblicke später fand er ihn, allerdings blieb es dunkel, nachdem er ihn betätigt hatte.

„Mist. Das Licht geht nicht."

„Schau mal, ob du eine weitere Tür findest oder ob irgendwo Stufen nach unten gehen", hörte er Ginas leise, angespannte Stimme.

Sven tastete sich rechts an der Wand entlang. Vorsichtig setzte er einen Fuß vor den anderen, stets bereit, den Höhenunterschied zu einer eventuellen Stufe ausgleichen zu müssen. Nach gut einem Meter gelangte er in eine Ecke des Raumes. Er wandte sich nach links und schlich tastend weiter. Vier Schritte später stieß er auf Widerstand. Schnell erkannte Sven, dass es sich um ein Rohr handeln musste, welches den Raum von unten nach oben durchquerte. Er glitt daran vorbei. Dann ging das Tasten weiter. Immer häufiger spürte er, wie Schweißtropfen über sein Gesicht liefen. Wenn er über die Wand fuhr, spürte er, wie Staub an der feuchten Oberfläche seiner Haut kleben blieb.

„Beeil dich", drang Ginas fernes Flüstern an sein Ohr.

Nach vier weiteren Schritten war auch das Ende dieser Wand erreicht. Wieder musste Sven sich nach links wenden. Dieses Mal dauerte das Vorantasten nicht lange. Nach zwei kleinen Schritten erfühlte er einen Rahmen, dem eine Tür folgte. Schnell fand er auch den Griff dazu. Vorsichtig drückte er ihn herunter und zog sanft daran. Zunächst spürte er noch einen Widerstand. Als er aber fester zog, schwang die Tür mit einem dumpfen Geräusch auf, so als ob sie an einer Stelle geklemmt hatte und durch Svens festen Zug plötzlich freigegeben wurde. Von der anderen Seite der Tür hallte das Geräusch laut wider. Es musste im ganzen Haus zu hören sein. Durch den entstandenen Spalt drang Licht. Zu Svens großem Erstaunen war es kein Kunstlicht, sondern Tageslicht. Ängstlich spähte er durch die Öffnung. Wie vermutet, befanden sie sich in einer sehr großen Halle. Die Dimensionen übertrafen noch seine Vorstellungen.

Sein Blick wanderte durch den riesigen Raum. Er wollte Gina so viele Details wie nur irgend möglich berichten können. Die Wände bestanden im oberen Bereich fast ausschließlich aus Glas oder durchsichtigem Plastik. Nur alle paar Meter gab es Streben, die dem Glas Halt boten. Im unteren Teil sah man keine Fenster. Wegen der hohen Wände war es dort trotz des reichen Glasanteils im oberen Bereich nicht besonders hell. Sven vermutete, dass es auch unten Fenster gegeben hatte, die man aber genauso wie die der Büroräume mit Holz verschlossen hatte.

In weiter Entfernung erkannte er auf der linken Seite zwischen den Pfeilern ein Auto. Dabei konnte es sich durchaus um seinen eigenen Wagen handeln. Er war sich aber nicht sicher. Die Motorhaube zeigte ein wenig schräg zum Halleninneren. Hinter dem Auto sah Sven ein riesiges Rolltor, das aber geschlossen war. Nachdem sein Blick an der Wand entlanggeglitten war, konnte er noch zwei weitere Tore ausmachen. Beide befanden sich rechts von dem ersten. Ein viertes Tor fand er an der linken Seitenwand. Rechts neben jedem Tor befand sich eine kleine, normale Tür. Eine letzte kleine Tür gab es an der rechten Seite, ganz in der Nähe von Svens derzeitiger Position, nur einige Meter unter ihm. Neben dieser gab es kein Rolltor. Alle Türen waren geschlossen.

Er ließ seinen Blick weiterwandern. An der Decke befanden sich verschiedene Kräne. In der Halle mussten einmal schwere Dinge bewegt worden sein. Mehr konnte Sven nicht erkennen. Jetzt besah er sich, was direkt vor ihm lag. Eine metallene Plattform breitete sich zu seinen Füßen aus, von der eine ebenfalls metallene Treppe in die Tiefe führte. Lediglich ein zierliches Geländer aus dünnem Rohr trennte mögliche Benutzer von der Halle. Man konnte also von unten beobachtet werden, wenn man hinunterging. Auch vor eventuellen Pistolenkugeln gab es keinen Schutz.

Für einen Augenblick noch horchte er in die Halle hinein. Dann lehnte er die Tür sachte an. Wegen des lauten Geräuschs beim Öffnen wollte er nicht, dass sie ganz zufiel. Der Weg zurück zu Gina war einfach, denn der einfallende Lichtschein wies ihm den Weg. Sven setzte einfach voraus, dass nichts auf dem Boden lag, worüber er hätte stolpern können.

„Hier kommen wir in eine große Halle", flüsterte er und berichtete von den Gegebenheiten.

„Das gefällt mir nicht", meinte sie leise. „Aber es ist wohl immer noch besser als unten durch die Garage zu gehen." Dann schob sie Sven weiter in den kleinen Raum hinein, folgte ihm und versuchte, möglichst leise die Tür zu schließen. Erneut trat das Quietschen auf. Dann waren sie im Dunkeln.

„Sven, ich werde zuerst alleine hinuntergehen. Wenn mir etwas zustoßen sollte, dann wirst du dich ergeben. Versuch in diesem Fall, Zeit zu gewinnen. Unternimm einen Fluchtversuch nur dann, wenn du in der Nähe der Öffentlichkeit bist. Am besten geeignet sind Fahrten auf viel befahrenen Straßen. Wenn sie dort schießen, haben sie gleich die Polizei im Nacken. Das sind Profis, also wissen sie das."

Sven unterbrach sie: „Für den Fall, dass wir wieder geschnappt werden, hätten wir doch eine Mail schicken sollen. Und die IP-Adresse gleich mit. Selbst, wenn wir es nicht überleben, hätte die Polizei doch später leichteres Spiel, die Täter zu überführen!"

„Mensch, Sven, du solltest Polizist werden! Du hast vollkommen recht. Verdammt, warum hab ich daran nicht gedacht?" Es war ihr anzuhören, dass sie sich über sich selbst ärgerte.

„Man kann nicht an alles denken", versuchte er sie zu beruhigen.

„Wir bekommen aber beigebracht, an alles zu denken", herrschte sie ihn ungehalten an. „Es war mein Fehler. Ich geh zurück und erledige das."

„Bist du verrückt?" Sven glaubte das einfach nicht. Er war froh gewesen, dass sie endlich diese Tür erreicht hatten.

„Sie haben uns auf dem Weg hierher in Ruhe gelassen. Wenn ich Glück habe, geht es schnell. Du bleibst hier. Wenn du hinten Schüsse hörst, können wir davon ausgehen, dass sie hier oben sind. Dann läufst du hinunter und versuchst, durch eine der Türen hinauszukommen."

Schon öffnete sie langsam die Tür, wobei abermals das entsetzliche Quietschen erklang.

„Bleib hier, Gina. So wichtig ist das nicht", wollte Sven sie zurückhalten. Aber sie schien ihn gar nicht zu hören. Als die Tür weit genug offen war, schlüpfte Gina aus ihren Schuhen und schlich in den Gang hinaus. Dann wurde es wieder dunkel. Svens Angst verdoppelte sich. Nicht nur die Angst um sein eigenes Leben. Die Sorge um Gina zeigte ihm, wie sehr er seine Mitarbeiterin doch mochte.

Gina blickte sich auf dem Gang um. Es war still und niemand war zu sehen. Sie stellte sich ganz nahe an die Außenwand des Ganges. Von hier aus versuchte sie zu erspähen, ob irgendwelche Türen offen standen. Die einzige war die Tür von dem Büro, in welchem sie den Mann erschossen hatte. Dann stellte sie sich noch einmal an die Wand mit den Türen, um besser erkennen zu können, ob auch die Tür geschlossen war, hinter der sich die Treppe zur Garage befand.

Sie atmete noch einmal tief durch. Alle ihre Nervenzellen standen unter Höchstspannung. Ihre Aufmerksamkeit war nahezu grenzenlos.

Dann rannte sie los. Ohne die Schuhe verursachten ihre Füße kaum einen Laut. Trotz ihres schnellen Sprints setzte sie sanft immer nur mit dem Ballen auf, niemals mit der Ferse. Nach wenigen Sekunden erreichte sie das offene Büro, vor dem sie abrupt innehielt und sich mit dem Rücken an die Wand neben der Tür stellte. Die Pistole hielt sie mit beiden Händen an die Decke zeigend vor ihr Gesicht. Nach einem tiefen Atemzug drehte sie sich schwungvoll vor die Tür. In der gleichen Bewegung wanderten die Hände nach vorne, sodass die Waffe jetzt direkt in das Zimmer zeigte. Mit schnellen Blicken suchte sie den Raum ab.

Es hatte sich nichts verändert. Die Leiche des Blonden lag noch immer auf dem Boden. Eine andere Person war nicht zu sehen. Erleichtert atmete Gina auf. Dann ging sie zu dem Schreibtisch, an dem sie vorher gearbeitet hatte. Alles war genauso, wie sie es verlassen hatte. Auch die Internetverbindung war noch geöffnet.

Gina kniete sich vor den Schreibtisch. Sie wollte im Zweifelsfall keinen störenden Stuhl hinter sich haben. Während sie die Maus bediente, behielt sie die Pistole in der Hand. Es war ein sehr unbequemes Arbeiten, dennoch kam es für sie nicht in Frage, die Waffe aus der Hand zu legen. Das Tippen erledigte sie ausschließlich mit der linken Hand.

Zunächst rief sie ihren privaten Mailzugang bei GMX auf. Sie gab ihren Benutzernamen sowie das Passwort ein und schon hatte sie ihre E-Mails auf dem Schirm.

Jetzt öffnete sie ein neues Bildschirmfenster, in dem man direkte Kommandos in den Computer eingeben konnte. Hier startete sie den Befehl, der ihr die aktuelle IP-Konfiguration anzeigen konnte. Dann startete sie einen Trace-Route-Befehl, der ihr den digitalen Weg durchs Internet bis zum GMX-Server zeigte. Sie wählte die Ergebnisse mit der Maus aus und kopierte sie in die Zwischenablage.

Als Nächstes öffnete Gina eine neue, leere E-Mail. Als Empfänger trug sie folgende Mailadresse ein: felix.herdt@bka.de. Durch ein Semikolon getrennt gab sie eine weitere ein: thomas.limbold@dehsip.de.

Beide würden die Mail empfangen.

Dann schilderte sie mit knappen Worten, was passiert war. Dazu kopierte sie ihre gesicherten Daten aus der Zwischenablage in die E-Mail. Auch fügte sie das Kennzeichen des Lieferwagens hinzu, welches sie sich gemerkt hatte, sowie das Kennzeichen von Svens BMW. Dann klickte sie auf den Knopf für das Versenden der Nachricht.

Bevor sie das Büro wieder verließ, musste sie noch ein paar Kleinigkeiten erledigen. Zunächst nahm sie sich einen Kugelschreiber und notierte sich die öffentliche IP-Adresse der Internetverbindung auf ihrem Arm. Danach löschte sie verschiedene Einstellungen, die der Internetbrowser automatisch speicherte. Anhand dieser Daten hätte ein Fachmann schnell nachvollziehen können, dass sie von hier aus eine Mail versendet hatte. Zwar war es kaum möglich festzustellen, an wen und mit welchem Inhalt, aber sie wollte alle Spuren beseitigen.

Dann schloss sie alle Anwendungen auf dem PC, beendete das System und schaltete das Gerät aus. Erst jetzt merkte sie, wie laut das Kühlgebläse des Computers gewesen war. Die plötzliche

Stille gab ihr mehr Sicherheit. So konnte sie Geräusche aus dem Gang besser hören. Noch schien alles ruhig zu sein.

Gina stand auf, ging zur Tür und spähte vorsichtig in den Gang hinaus. Nichts Auffälliges war zu entdecken. Dann wandte sie sich dem Toten zu. Wenn sie schon einmal hier war, konnte sie auch nach weiteren Informationen suchen. Dabei bereute sie es schon, dass sie den Computer abgeschaltet hatte. Wenn sie noch etwas bei der Leiche finden sollte, wäre es sinnvoll gewesen, auch diese Information per Mail weiterzuleiten. Doch nachdem sie alle vorhandenen Taschen des Mannes durchsucht hatte, wurde klar, dass sie sich nicht zu ärgern brauchte. Die Suche war ergebnislos. Bis auf einen Schlüsselbund gab es nichts Wichtiges zu finden. Aber immerhin konnten an dem Bund auch die Schlüssel für den Lieferwagen sein. Mit etwas Glück waren sogar die für die Hallentüren dabei. Gina steckte ihn ein und überlegte kurz, warum sie nicht vorher daran gedacht hatte, die Taschen des Toten zu durchsuchen. Offenbar war sie in schlechter Form. Es war nicht ihr erster Fehler an diesem Tag. Zuallererst hatte sie niemandem Bescheid gesagt, als telefonisch die kurzfristige Änderung für den Übergabeort der Router erfolgt war. Das war wahrscheinlich der unverzeihlichste Fehler überhaupt gewesen.

Dann musste Sven sie darauf aufmerksam machen, dass man dem PC selbst ja Informationen entnehmen konnte und dadurch außerdem die Möglichkeit bestand, eine Verbindung zur Außenwelt herzustellen. Zuvor hatte sie es unterlassen, den getöteten Gangster zu durchsuchen.

Nicht zuletzt gab es kein Erkennungszeichen zwischen Sven und ihr. Wie sollte sie ihn darauf aufmerksam machen, dass sie es war, die die Tür öffnete, sobald sie wieder vor dem dunklen Raum angekommen war? Im schlimmsten Fall würde er in Panik verfallen und auf sie schießen, wenn die Tür aufging. Gina wurde so wütend auf sich selbst, dass ihr die Röte ins Gesicht stieg. Sie musste sich zusammennehmen. Sich vom Geschehenen in Rage bringen zu lassen, war keine Lösung. Vielmehr musste sie sich auf das konzentrieren, was vor ihr lag, um keine weiteren Fehler zu machen. Zweimaliges, tiefes Durchatmen half.

Als Gina sich ausreichend beruhigt hatte, lugte sie erneut in den Gang hinaus. Er war leer. Sie schlich in den Gang und vergewisserte sich wieder, dass keine der Türen offen stand. Wie auch auf dem Hinweg spurtete sie fast lautlos zur Tür, hinter der Sven sich befand.

Sven wurde langsam mulmig zumute. Es schien endlos zu dauern, bis Gina wiederkam. Der Schweiß rann ihm vor Angst und Aufregung über das Gesicht. Sein Hals war dafür wie ausgetrocknet. Wenn er nicht bald etwas trank, würde sein Kreislauf verrücktspielen.

Die Gedanken wirbelten in seinem Kopf umher. Wie konnte er nur in eine derartige Situation geraten? Seine ganze Welt stand auf dem Kopf. Innerhalb weniger Tage hatte sich alles verändert. Statt mit Bits und Bytes schlug er sich mit mutmaßlichen Terroristen herum. Seine Freundin hatte offenbar neben ihm noch andere Beziehungen und war nun nicht mehr bei ihm. Dafür wachte er morgens in den Armen seiner Mitarbeiterin auf und fühlte sich plötzlich zu ihr hingezogen. Die entpuppte sich aber nicht als brave Netzwerkspezialistin, sondern als knallharte Frau, die anscheinend kein Problem damit hatte, einen Menschen zu erschießen.

Außerdem war er in akuter Lebensgefahr, solange er sich noch in diesem Gebäude befand. Seine größte Hoffnung lag darin, dass Gina sie beide hier rausholen würde. Bei dem Gedanken schüttelte er den Kopf. Es war so lächerlich. Er war derjenige, der sportlich sehr aktiv war. Ebenso war er es immer gewesen, der in der Firma die wichtigen Entscheidungen zu tragen hatte und gegebenenfalls seinen Kopf dafür hinhalten musste. Doch hier ging es um etwas ganz anderes. Ihm wurde zum ersten Mal wirklich bewusst, was ein Leben wert war. Jede Million, die er jemals im Zuge seiner Tätigkeit für die Firma hätte ausgeben können, hatte nicht annähernd das gleiche Gewicht.

Und noch etwas wurde ihm schmerzhaft bewusst: Das Leben war endlich. Es konnte von einem Tag auf den anderen vorbei sein. Alles, was er bis dahin nicht erlebt hatte, würde er niemals mehr erleben. Hatte er mit seinen vierunddreißig Jahren schon alles gesehen, was er wollte? Sicher nicht.

Wo blieb Gina nur? Was sollte er tun, wenn jemand anderes zur Tür hereinkam? Würde er überhaupt merken, ob es Gina war oder nicht? Welche Möglichkeit hatte er, um sich abzusichern? Seine Angst nahm zu. Das war wirklich ein Problem. Wenn die Tür aufging, konnte er theoretisch eine Sekunde später tot sein. Angestrengt dachte er nach. Er würde nicht einfach schießen können, denn die Wahrscheinlichkeit, dass Gina die Tür als Erste öffnen würde, war sehr hoch. Was würde einer der Verbrecher tun, wenn er hereinkam? Im schlimmsten Fall sofort losschießen. Aber wohin? Meistens schoss man, wenn man nichts sah, wohl etwa in Brusthöhe. Das war es! So konnte er sich einigermaßen schützen.

Er ging vorsichtig zu der Wand, die selbst dann im Dunkeln lag, wenn die Tür einen Spalt breit geöffnet war. Dort legte er sich der Länge nach auf den Boden. Auf dem Rücken liegend konnte er die Tür sehen, wenn er den Kopf hob. Zumindest hätte er sie sehen können, wenn es Licht gegeben hätte. Die Pistole, die er mit beiden Händen umschloss, hielt er auf dem Bauch. So fühlte er sich halbwegs sicher. Wenn ein Fremder hereinkam und zu schießen anfing, konnte er sofort zurückschießen. Die Wahrscheinlichkeit, dass er von den ersten Kugeln getroffen wurde, war einigermaßen gering. Die Angst wollte dennoch nicht von ihm weichen.

Plötzlich hörte er ein leises Klopfen an der Tür. Sofort richtete er seine Waffe in die Richtung. Dann überlegte er, dass es wohl Gina sein musste. Warum sollte einer der Verbrecher vor dem Öffnen an die Tür klopfen? Vielleicht, um vorzutäuschen, Gina zu sein? Das war möglich. Svens Herz fing an zu rasen. Dann hörte er das Quietschen der Tür. Gleichzeitig erschien ein Lichtfleck, der ihm heller vorkam, als er wirklich war. Seine Augen hatten sich zu sehr an die Dunkelheit gewöhnt. Er hielt den Atem an und war bereit zu schießen.

„Ich bin es", erklang Ginas flüsternde Stimme. Sven atmete auf und ließ die Pistole wieder auf seinen Bauch sinken.

Gina schlüpfte in den kleinen Raum und schloss die Tür wieder.

„Es ist alles okay", sprach sie leise weiter. „Anscheinend war niemand nach uns in dem Büro. Vielleicht ist der andere Typ einfach abgehauen, als er die Schüsse gehört hat."

„Ich glaube nicht, dass er alleine ist", wandte Sven ein. „Erinnere dich an den Wagen in der Halle. Wenn es mein BMW ist, dann muss der Kerl, der ihn gefahren hat, auch da sein."

„Kann aber auch sein, dass es nicht deiner ist und er schon seit Langem hier steht", mutmaßte Gina. „Wie dem auch sei. Die Mail ist verschickt."

„An wen hast du die Mail geschickt?", wollte Sven wissen.

„An Thomas und an Felix Herdt."

„Herdt? Ist das nicht der Polizist, den Thomas kennt? Woher hast du seine Mailadresse?", fragte Sven erstaunt.

Es dauerte eine Weile, bis sie endlich antwortete. Ihr Tonfall war dabei fast entschuldigend. „Er ist mein Chef, Sven. Ich arbeite normalerweise für die Kriminalpolizei. Bei der DeHSIP bin ich nur eingeschleust worden, um den guten, alten Frankyboy zu überwachen."

Diese Nachricht musste Sven erst einmal verdauen. Er war wie vor den Kopf gestoßen. Konnte das wahr sein? Gina eine Polizistin? Sein Geschäftsführer ein potenzieller Krimineller? Unglaublich!

Aber Franklin Bowdy war es gewesen, der sie hierher geschickt hatte. Meine Güte, dachte Sven, ob Franky tatsächlich vorhatte, uns umbringen zu lassen? Dann fiel ihm wieder ein, wie Gina von ihrer Suche im Telefonbuch berichtet hatte. Ihre Vorsicht, als sie vor der roten Tür geparkt hatten. Jetzt ergab alles plötzlich einen Sinn. Daher auch ihre Professionalität, als sie den Kidnappern gegenüberstand. Ihre Pistole, die sie offenbar in einer als Notizbuch getarnten Box hatte.

Für einen Moment wurde Sven schwindelig, als er das gesamte Ausmaß der Geschehnisse begriff. Nur langsam fing er sich wieder, als Ginas Stimme ertönte: „Alles klar mit dir?"

„Alles bestens", gab er zurück. „Dann sind wir ja gar keine richtigen Kollegen. Dann kann ich dich ja jetzt hemmungslos anmachen." Kaum, dass er es gesagt hatte, ärgerte er sich über den Spruch. Etwas Dümmeres hätte ihm jetzt nicht einfallen können.

„Mach damit bitte keine Späße, Sven." Ihre Stimme klang verletzt.

Sven schluckte. Einen Moment lang dachte er nach und versuchte zu ergründen, wie er tatsächlich dazu stand. Dann flüsterte er betroffen: „Es war auch kein Spaß, Gina. Ich... ich mag dich wirklich sehr."

„Wo bist du?" Sie stieß mit ihrem Fuß gegen sein Bein.

„Ich hab mich auf den Boden gelegt, falls jemand anderes als du hereinkommt." Mit diesen Worten stand er auf.

„Du bist clever, Sven. Wenn du willst, kannst du bei unserem Verein anfangen."

Sven musste in der Dunkelheit schmunzeln. Gina verlor offenbar nie ihren Humor. Dann spürte er plötzlich, wie ihre Hand seinen Arm erfasste und an ihm zog. Kurz darauf spürte er etwas Kaltes in seinem Genick. Es musste Ginas rechte Hand sein, die noch immer mit der Pistole bewaffnet war. Die Hand, die seinen Arm festgehalten hatte, verschwand und tauchte in seinem Gesicht wieder auf. Sie tastete über seine Wange und erreichte schließlich seinen Mund. Dann war die Hand wieder weg. Das kalte Etwas in seinem Nacken drückte seinen Kopf nach vorne. Mit einer sanften Berührung legten sich Ginas Lippen auf die seinen. Einem zärtlichen, zurückhaltenden Kuss folgte ein stürmischer, begehrender.

Für Sven war es unfassbar, dass Gina in diesem Moment daran dachte, ihn zu küssen. Aber es erregte ihn auch unsagbar und er erwiderte die Küsse. Diese Frau war so außergewöhnlich.

Ebenso plötzlich, wie sie ihn mit dem Kuss überfallen hatte, löste sie sich von ihm. „Komm! Lass uns zusehen, dass wir hier wegkommen." Schon war sie wieder die kalte, überlegene Polizistin.

Sven hatte nun nicht mehr nur seine Angst, mit der er kämpfen musste. Zu ihr gesellten sich andere Gefühle. Die Zuneigung zu Gina, die sich in ein echtes Verlangen zu wandeln begann. Der Schock darüber, dass sie in Wirklichkeit eine Polizistin war. Das schlechte Gewissen Janette gegenüber, weil er sich so schnell einer anderen Frau zuwenden konnte. Oder faszinierte Gina ihn nur, weil er sich ablenken wollte, um nicht an seine Ex denken zu müssen? Fühlte er sich am Ende nur zu Gina hingezogen, weil sie einfach da war? Er war völlig durcheinander.

Gina musste bereits an der Tür zur Halle sein, denn diese wurde langsam geöffnet. Da Sven sie zuvor nur angelehnt hatte, machte sie jetzt kein Geräusch mehr. Das hereinfallende Licht ließ Sven seine Gedanken vergessen.

„Du bleibst hier, während ich hinuntergehe", bestimmte Gina. „Sieh zu, dass du mich im Auge behalten kannst. Wenn alles okay ist, winke ich dich runter."

„Ich lasse dich nicht alleine gehen", widersprach Sven.

„Sei kein Dummkopf", wies Gina ihn zurecht. „Wir machen es so, wie ich es sage." Ohne eine weitere Antwort abzuwarten, drückte sie sich durch die schmale Öffnung nach draußen, noch immer ohne Schuhe an den Füßen.

Sven sah sie ein paar Stufen nach unten schleichen, dann verschwand sie hinter dem nächsten Absatz. Wieder stieg Svens Angst. Auch er ging nun hinaus auf die Plattform, um nach unten sehen zu können. Die Halle schien verlassen zu sein. Kein Laut drang an seine Ohren. Gina war eine Meisterin des Schleichens. Als wäre sie nie da gewesen, hatte die Halle sie verschluckt.

Sven wartete geduldig. Er versuchte, sich vorzustellen, in welcher Höhe Gina gerade sein musste.

Noch bevor er es erwartet hatte, tauchte sie in seinem Blickfeld auf. Mit katzenartigen Bewegungen konnte Sven sie nach rechts laufen sehen. Offenbar wollte sie die nächstgelegene Tür zuerst ausprobieren. Es waren weniger als zehn Meter, die sie schnell überwand. Beim Rennen drehte sie sich immer wieder in alle Richtungen. Was Sven besonders erstaunlich fand, war, dass er noch immer keinen Laut von ihr vernahm, obwohl sie sich so schnell durch die Halle bewegte.

Bei der Tür angekommen, sicherte sie sich noch einmal in alle Richtungen ab. Dann versuchte sie, die Tür zu öffnen. Es ging nicht. Doch anstatt sich einer anderen Tür zuzuwenden, fingerte sie etwas aus ihrer Hosentasche. Dann machte sie sich am Schloss zu schaffen. Sven überlegte, ob sie einen Dietrich bei sich hatte, hielt es aber für unwahrscheinlich, da sie ihn dann sicher schon früher genutzt hätte.

Jetzt hörte er hin und wieder ein leises, metallisches Klicken. Seine Blicke wanderten immer wieder quer durch die Halle. So hatte er wenigstens das Gefühl, ihr Rückendeckung zu geben. Natürlich war er sich im Klaren darüber, dass er ihr von hier aus nicht helfen konnte, selbst wenn er etwas Verdächtiges bemerken würde. Immerhin beruhigte es ihn aber ein wenig, dass er niemanden entdecken konnte.

Endlich schwang die Tür auf. Auch sie quietschte, aber bei Weitem nicht so laut wie die Tür zum Gang.

Gina lugte vorsichtig nach draußen, warf einen Blick nach links und nach rechts, dann winkte sie Sven herunter. Der nickte. Bevor er sich jedoch auf den Weg machte, ging er noch einmal zurück in den kleinen Raum, um Ginas Schuhe zu holen. Dann lief er so leise, wie er konnte, die Stahltreppe hinunter. Ginas Fähigkeiten besaß er jedenfalls nicht. Jeder Schritt kam ihm so laut vor wie ein kleiner Hammerschlag auf dem Metall. Vielleicht hätte auch er seine Schuhe ausziehen sollen. Schon wieder schwitzte er so stark, dass er sich fragte, wo sein Körper die ganze Flüssigkeit hernahm. Auf dem Weg nach unten bemerkte er außerdem, dass sein Kreislauf nicht mehr der stabilste war. Auf dem letzten Drittel der Treppe musste er ein paar Mal tief durchatmen. Dann ging es wieder. Ungestört erreichte er Gina, die in der offenen Tür stand. Nach einem letzten Blick zurück in die Halle traten sie beide hinaus. Gina machte die Tür leise zu, verriegelte sie aber nicht.

Nun standen sie auf einem schmalen, asphaltierten Weg, der etwa drei Schritte breit war. Auf der einen Seite war die Halle, auf der anderen wurde der Weg von einer hohen, dreckigweißen Mauer begrenzt. Sie war mindestens 2,50 Meter hoch.

„Wenn wir um die Halle herumgehen, ist die Gefahr groß, den Kerlen in die Arme zu laufen", sagte Gina. „Wir versuchen es über die Mauer. Danke, dass du an meine Schuhe gedacht hast." Mit diesen Worten nahm sie sie ihm aus der Hand und zog sie an.

„Wie willst du über die Mauer kommen?"

„Du gehst zuerst. Ich mache dir eine Räuberleiter. Wenn du oben bist, dann hängst du dich mit dem Bauch so darüber, dass deine Beine auf der anderen Seite baumeln und deine Hände hier herunterhängen. Ich werde mich an dir raufziehen."

Sven nickte. „Okay. Dann sollten wir keine Zeit verlieren." Er reichte Gina die Pistole. „Behalte die erst hier. Wenn ich oben bin, kannst du sie mir reichen."

Ohne ein Wort nahm sie die Waffe und legte sie auf den Boden. Ihre eigene steckte sie in den Hosenbund. Dann stellte sie sich mit dem Rücken an die Mauer und formte mit ineinander gelegten Händen eine Stufe. „Los!", rief sie ihm zu.

Sven fasste sie an den Schultern und stieg mit dem rechten Fuß in ihre Hände. Dann drückte er sich nach oben.

„Pass auf, Sven", rief Gina nach oben. „Schau erst nach der Oberfläche. Es kann sein, dass sie dort Glasscherben einzementiert haben, die dir die Hände aufschneiden."

Da Sven nicht über die Mauer sehen konnte, fühlte er vorsichtig mit den Fingern vor. Aber es schien nichts Scharfkantiges dort zu sein. Also ergriff er die Mauerkante und zog sich hinauf. Bevor er die Mauer endgültig erklomm, sah er sich um. Auf der anderen Seite lag ein unbestelltes Feld. Es wurde von einem schmalen, nicht asphaltierten Weg von der Mauer getrennt. Direkt hinter dem Feld, das Sven auf etwa zweihundert Meter Breite schätzte, schloss sich ein Wald an. Rechter Hand fing der Wald bereits mit dem Ende der Mauer an. Links kreuzte am Mauerende ein weiterer Feldweg, dahinter lag eine große Wiese. Noch ein ganzes Stück weiter konnte Sven vereinzelt Autos fahren sehen. Sein erster Gedanke war, dass sie über die Wiese mussten, um zu der Straße zu gelangen. Dort würden sie aber meilenweit zu sehen sein. Die bessere Alternative war seiner Meinung nach, zunächst das Feld zu überqueren und dann durch den Wald zu laufen. Aber das sollte Gina entscheiden. Sie hatte sicher gelernt, wie man sich in solchen Situationen verhielt.

Als fast zeitgleich mit dem Knall einer Detonation eine Kugel keinen Meter links von ihm in die Mauer einschlug, fing sein Herz sofort wieder an zu rasen. Die Drehung seines Kopfes nach links war ruckartig, kam ihm aber wie in Zeitlupe vor. Am Ende der Halle stand ein Mann, in dem er den Langhaarigen zu erkennen glaubte. Die mit beiden Händen gehaltene Pistole schien direkt auf Sven zu zielen. In diesem Moment dachte er, dass sein Leben hier und jetzt beendet war. Er war absolut ungeschützt, es gab nichts, wohin er sich schnell genug in Deckung bringen konnte.

Dann ertönte direkt unter ihm eine schnelle Folge von drei Schüssen und der entfernt stehende Mann sprang mit einem Satz hinter die Halle.

„Sven, verschwinde!", war Ginas Rufen zu hören. „Hol Hilfe, so schnell du kannst!"

Er drehte sich um und sah zu ihr hinab. „Ich lass dich hier nicht alleine!"

„Hau ab, verdammt!", schrie sie ihn an. Dann bückte sie sich, hob die zweite Pistole auf und sprang zur Hallentür hinüber. Schnell war die Tür geöffnet. Gina blieb kurz in der Öffnung stehen und wandte sich wieder in die Richtung, in der eben noch der Mann gestanden hatte. Die Tatsache, dass sie einen weiteren Schuss abfeuerte, machte Sven klar, dass der Mann nicht verschwunden war. Behände zog Sven sich endgültig auf die Mauer, ließ sich fast in der gleichen Bewegung auf der anderen Seite wieder hinabgleiten und sprang den letzten Meter auf den Feldweg. Zwei krachende Schüsse waren zu vernehmen. Sie waren lauter als die aus Ginas Pistole. Entweder schoss sie mit der Waffe des Blonden oder der Langhaarige hatte eine Gelegenheit gefunden, auf Gina zu schießen.

Aber Sven hatte keine Zeit zum Überlegen. Mit großen Sätzen rannte er über den Acker. So schnell wie möglich wollte er den Wald erreichen. Dieser würde ihm Schutz bieten. Wenn er ihn erreichte, bevor der Langhaarige die Mauer erklimmen konnte, hätte er es geschafft. Als er in der Mitte des Feldes war, hörte er erneut zwei Schüsse, konnte aber nicht definieren, aus wessen Waffe sie stammten. Da es in seiner näheren Umgebung keine Einschläge gab, vermutete er, dass es Ginas Pistole war.

Der Schwindel kam urplötzlich und traf Sven völlig unvorbereitet. Ihm wurde schwarz vor Augen, als er mitten im Sprung über einen Maulwurfshügel war. Er stolperte und schlug der Länge nach auf den Boden. Sein Gesicht grub sich in die Erde und kleine Steinchen rissen ihm die Haut auf. Die angehende Bewusstlosigkeit verhinderte, dass er die Schmerzen spürte. Sein letztes Fünkchen Geistesgegenwart machte ihm klar, dass er sterben würde, wenn er jetzt das

Bewusstsein verlor. In einer letzten Kraftanstrengung drehte er seinen Körper auf den Rücken. So bekam er wieder Luft und sog sie tief in seine Lungen. Schwer atmend blieb er eine Weile regungslos liegen. Seine Augen waren geschlossen. Ein dumpfes Dröhnen war in seinen Ohren. Nicht ohnmächtig werden, dachte er sich immer wieder, nicht ohnmächtig werden!

Nach vielen tiefen Atemzügen wurde es besser. Das Dröhnen in seinen Ohren verschwand langsam und als er die Augen öffnete, konnte er wieder sehen. Es war ihm unverständlich, wie ihm dieser Zusammenbruch passieren konnte. Er war sehr sportlich und seine Kondition hervorragend. Aber auch eine psychische Belastung konnte offensichtlich zu physischen Problemen führen. Außerdem hatte er in den letzten Tagen sehr viel Alkohol zu sich genommen.

Vorsichtig versuchte er, sich aufzusetzen. Zuerst kam der Schwindel wieder, legte sich aber schnell wieder. Ein Blick zur Mauer zeigte ihm, dass er nicht in akuter Gefahr war. Niemand war zu sehen. Ob während seiner Unpässlichkeit noch einmal geschossen worden war, konnte er nicht sagen. Inständig hoffte er, dass es Gina gut ging.

Gina. Sie brauchte dringend Hilfe. Er musste zusehen, dass er weiterkam. Mit langsamen, kraftlosen Bewegungen rappelte er sich auf. Bei seinem weiteren Weg zum Wald versuchte er, zügig zu gehen, er rannte aber nicht mehr. Unbeschadet erreichte er die ersten Bäume. Ein dichter, dunkler Nadelwald befand sich vor ihm. Dankbar lief er geradewegs hinein. Hätte ihn jemand von der Halle aus beobachtet, so wäre er spätestens jetzt mit dem Wald verschmolzen. Er befand sich in Sicherheit. Doch wie weit musste er laufen, um die nächste Straße in dieser Richtung zu erreichen? Würde er es schaffen, früh genug Hilfe für Gina zu holen?

Der Wald war sehr unwegsam und schwer passierbar, aber der Gedanke an Gina beflügelte ihn. Nicht eine Sekunde durfte er verlieren. Jetzt wieder mit festen, sicheren Schritten bahnte er sich den Weg durch das Unterholz. Ab und zu strich ein tief hängender Ast durch sein Gesicht und hinterließ einen Kratzer. Schmerzen spürte er nicht. Die würden später kommen, doch darüber machte er sich keine Gedanken. Nach rund 200 Metern fing es an, steil bergauf zu gehen. Seine Beine waren vom Radfahren durchtrainiert und hatten damit kein Problem. Aber seine Kehle war ausgetrocknet und brannte. Ein Blick auf die Armbanduhr verriet ihm, dass es bereits Mittag war. Und er hatte noch nichts gegessen. Unglaublich, wie schnell die Zeit verflogen war. Jetzt, da er daran dachte, merkte er auch, wie sein Magen knurrte. Viel wichtiger noch als das Essen war allerdings das Trinken.

Je weiter er lief, umso dichter wurde das Gestrüpp vor ihm. Bald würde er in eine andere Richtung ausweichen müssen. Wenn er nach links ging, würde er irgendwann die Straße erreichen, die er von der Mauer aus gesehen hatte. Doch da würden die Verbrecher ihn am ehesten erwarten und suchen. Also entschied er sich, nach rechts zu laufen. Nach einer Weile ging der Nadelwald in einen Laubwald über, der nicht mehr ganz so dicht war. Am Boden befanden sich kaum noch Stolperfallen und es ging auch nicht mehr bergauf. So kam Sven wesentlich schneller voran. Hin und wieder, wenn der Schwindel kam, hielt er an, um einige Male tief durchzuatmen.

Nach einer Weile verfiel er in einen gleichmäßigen Trott. Jegliches Denken hatte er abgeschaltet. Er setzte einen Schritt vor den anderen wie eine Maschine.

Die Gestalt, die plötzlich von rechts scheinbar aus dem Nichts auftauchte, ließ ihm den Schreck in die Glieder fahren. Laut knackten zerbrechende Äste am Boden. Svens Kehle entfuhr ein entsetzter Aufschrei und mit großen Augen starrte er in die unschuldig dreinblickenden Pupillen eines sicherlich ebenso erschrockenen Rehs. Eine lange Sekunde sahen sich die beiden an, dann hüpfte das Tier weiter.

Svens Herz schlug ihm noch immer bis zum Hals und das Schwindelgefühl kam zurück. Der erneute Adrenalinausstoß setzte seinem Kreislauf weiter zu. Ihm wurde so schlecht, dass er sich übergeben musste. Weil sein Magen aber leer war, brachte er nur weißlich-gelben Gallenschleim hervor. Es brannte in seinem trockenen Hals und der Geschmack war widerlich. Ein Blick auf die Uhr zeigte ihm, dass es bereits halb eins war.

Seine Schritte wurden immer langsamer. Nach einer guten Viertelstunde horchte er auf. Da war etwas. Motoren. Autos! Eine Straße musste in der Nähe sein! Er beschleunigte seine Schritte wieder. Die Geräusche wurden immer lauter und bald konnte er die vorbeifahrenden Fahrzeuge zwischen den Bäumen sehen. Die Aussicht auf ein Ende seines Fußmarsches verlieh ihm neue Kraft. Die letzten Meter bis zur Straße rannte er sogar. Dann verschnaufte er eine Weile erschöpft, aber auch erleichtert.

Der Verkehr war mäßig. Aber es sollte sich wohl jemand finden lassen, der ihn mitnehmen würde. Da Sven nicht wusste, wo er war, konnte er auch nicht beurteilen, in welche Richtung er musste. Letztlich war das aber sowieso egal. Hauptsache, er kam irgendwohin, wo es eine Polizeistation gab. Oder mindestens ein Telefon.

Beim ersten Auto, das vorbeifuhr, stellte Sven sich halb auf die Straße und winkte aufgeregt mit beiden Händen. Das Fahrzeug wechselte auf die andere Straßenseite und raste vorbei. In der Tat hätte Sven auch nicht damit gerechnet, dass gleich das erstbeste Fahrzeug anhalten würde. Als aber nach zwanzig Minuten noch immer kein Wagen angehalten hatte, verließ ihn langsam die Hoffnung. Bei jedem neuen Auto, das er kommen sah, stellte er sich ein Stück weiter auf die Straße und das letzte Auto hätte ihn beinahe umgefahren.

Erst jetzt wurde ihm bewusst, wie er aussehen musste. Seine Lippe war durch den Schlag aufgeplatzt, in seinem Gesicht musste es zahllose Kratzer geben, seine Haare klebten von Schweiß und durch den Sturz war die Kleidung verdreckt.

Vermutlich hielt man ihn für einen Penner. So würde er niemanden finden, der ihn im Auto haben wollte. Seine Zuversicht sank. Fast hatte er die Hoffnung schon aufgegeben, als auf der gegenüberliegenden Fahrspur ein kleiner Renault Clio hielt. Die Scheibe auf der Fahrerseite des blauen Wagens wurde heruntergekurbelt. Ein dürrer Mann, vielleicht vierzig Jahre alt und mit schütterem Haar, sah Sven an. „Wo wollen Sie denn hin? Wenn Sie zwanzig Minuten Zeit haben, kann ich sie mitnehmen. Dann fahre ich wieder zurück. Ich muss nur eben in den nächsten Ort, etwas bei einer Werkstatt abholen."

Für Sven war es ein Geschenk. Er musste nun doch nicht laufen.

„Wenn Sie mich bis in den nächsten Ort mitnehmen, dann ist mir schon viel geholfen. In welche Richtung ist mir eigentlich egal." Schon bereute er diese Worte. Natürlich musste er jetzt noch mehr den Eindruck eines Penners machen, dem es egal war, wo er die nächste Nacht verbringen würde.

Aber dem Mann war das wohl gleich. „Steigen Sie ein", forderte er Sven auf. Der ließ sich das nicht zweimal sagen, lief um den Wagen herum und stieg ein. Kaum hatte er seine Tür geschlossen, fuhren sie los. Jetzt atmete Sven richtig auf. Die Ganoven hatten keine Chance mehr, ihn auf der Straße zu erwischen. Er war in Sicherheit.

„Ich hoffe, es stört Sie nicht, wenn ich rauche", plapperte der Fremde los. „Mein Name ist Christian. Ich war früher Maler und Lackierer. Heute hab ich einen kleinen Autozubehörladen. Wenn mal ein Teil nicht da ist, das ein Kunde dringend braucht, hole ich es fix im nächsten Ort. Die Leute sind zum Glück sehr faul. Sie bezahlen lieber mehr Geld bei mir, als selber ein kurzes Stück zu fahren."

Aus der Brusttasche seines sehr bunten Hemdes holte er ein zerknittertes Päckchen Zigaretten, deren Marke Sven nicht identifizieren konnte. Geschickt schnippte der Fahrer mit einer schnellen Bewegung eine Zigarette halb heraus und steckte sie sich in den Mund. Dann packte er die Schachtel wieder weg. Aus der gleichen Tasche zog er ein blaues Kunststofffeuerzeug. Kurz darauf war der kleine Raum des Fahrzeuges mit dem Qualm der filterlosen Zigarette verräuchert. Dadurch stieg Svens Übelkeit wieder, aber er sagte nichts. Er konnte froh sein, überhaupt mitgenommen zu werden. Außerdem roch er wahrscheinlich auch nicht viel besser.

„Sagen Sie, haben Sie ein Handy bei sich?", erkundigte sich Sven.

„Nee, ich muss nicht immer und überall erreichbar sein."

Sie kamen an eine Überlandkreuzung, an der sie links abbogen. Sven rechnete sich aus, dass sie bald an der Halle vorbeifahren mussten. Das war vielleicht gar nicht schlecht. Da der Fahrer offensichtlich aus dieser Gegend kam, wusste er vielleicht die Anschrift der Halle. Eventuell konnte Sven diese sogar beim Vorbeifahren selbst ergründen. So konnte er der Polizei wichtige Informationen liefern, die viel Zeit sparen würden.

„Wo soll ich Sie denn absetzen? Ich will zu der Ford-Werkstatt an der Hauptstraße", plapperte der Fremde weiter.

„Wissen Sie, ob es eine Polizeiwache in dem Ort gibt?", fragte Sven. In der Ferne konnte er bereits eine hohe Mauer ausmachen. Das musste das Gelände der Halle sein.

„Keine Ahnung. Mit denen hab ich nichts zu tun. Aber es gibt eine Tankstelle. Da kann ich Sie rauslassen und Sie können dort nachfragen. Die werden es wissen."

Tatsächlich war es die Halle, der sie sich näherten. Svens Puls beschleunigte sich. Obwohl er in Sicherheit war, wurde ihm erneut mulmig zumute.

Etwa zweihundert Meter vor der Einfahrt zur Halle piepte plötzlich etwas. Es hörte sich an wie der Klingelton eines Handys. In der Tat kramte der Fahrer aus einer seiner Hosentaschen ein altmodisches Mobiltelefon hervor. Er hat also doch eins, dachte Sven. Vermutlich wollte er einfach nicht, dass jemand auf seine Kosten telefonierte.

Nach einem kurzen Druck auf die grüne Taste hielt sich der Fremde das Gerät ans Ohr. Dabei verlangsamte er die Fahrt.

„Ja, ich bin gleich da", sprach der Mann in das Telefon. „Ich hoffe, ihr seid bereit." Dann drückte er das Gespräch weg und ließ das Handy zu den Zigaretten in die Brusttasche gleiten.

Sven erwartete, dass der Mann jetzt wieder Gas geben würde. Doch das Gegenteil geschah. Er bremste das Auto noch weiter herunter. Sie waren kurz vor der Einfahrt zu der Halle. Etwa in der Mitte der hohen Mauer war ein riesiges Tor eingelassen, dessen Flügel offen standen.

„So, hier ist die Werkstatt", sagte der Mann fröhlich. Schon lenkte er den Wagen nach links, direkt auf die Einfahrt zu. Erst jetzt begriff Sven. Wer hätte ihn in seinem Zustand denn freiwillig im Auto mitgenommen? Niemand! Nur jemand, der genau wusste, wer er war. Der Mann gehörte zu den Gangstern. Sven verschlug es den Atem. Plötzlich war die Panik wieder da. Er war einfach nicht vorsichtig genug gewesen. Freiwillig war er zu dem Verbrecher ins Auto gestiegen. Eine weitere Chance für eine Flucht würde sich ihm nicht bieten. Vermutlich war dies sein Todesurteil.

In dem großen Hof vor der Halle warteten zwei bekannte Gesichter: der Langhaarige und der Mann mit dem nach unten gedrehten Schnurrbart. Langhaar öffnete von außen die Beifahrertür, noch bevor der Wagen richtig zum Stehen gekommen war. Außer zu einem entsetzten Zittern war Sven zu keiner Reaktion imstande. Brutal wurde er aus dem Auto gezerrt.

Gina blieb noch so lange in der Tür stehen, bis Sven hinter der Mauer verschwunden war. Dann zog sie die Tür hinter sich zu und befand sich wieder in der Halle. Sie überlegte kurz, ob sie die Tür verriegeln sollte. Aber das würde Zeit kosten und die Männer konnten ebenso gut durch eine der vorderen Türen hereinkommen. Deshalb ließ sie es bleiben und rannte los. Die lauten Schritte veranlassten sie, die Schuhe wieder auszuziehen und einfach liegen zu lassen. Dann setzte sie ihren Weg fort. Das Einzige, was sie von der Halle zumindest ein bisschen kannte, war das obere Stockwerk mit den Büroräumen. Daher spurtete sie direkt auf die Treppe zu, die sie und Sven zuvor heruntergekommen waren. Mit großen Sätzen stürmte sie hinauf, als auch schon die ersten Geräusche an einer der vorderen Türen darauf hindeuteten, dass bald jemand hereinkommen würde. Es war ein nervöses, unkoordiniertes, metallisches Rasseln, so als ob jemand schnell hintereinander verschiedene Schlüssel ausprobierte.

Gina hatte gerade den vorletzten Absatz erreicht, als die Tür tatsächlich aufschwang. Abrupt blieb Gina stehen. Bisher hatten ihre schnellen, sprungartigen Schritte jedes Mal ein Dröhnen des Stahls nach sich gezogen. Jetzt war es plötzlich still. Sie sah zur geöffneten Tür. Die Gestalt, die zur Hälfte dahinter erschien, war äußerst vorsichtig.

„Frau Bodoni, kommen Sie heraus. Sie haben keine Chance. Wir haben an jeder Außenwand einen Posten aufgestellt. Alle sind mit automatischen Waffen ausgerüstet. Wir haben noch weitere fünf Leute hier, die mit mir die Halle durchkämmen werden. Wenn Sie sich ergeben, wird Ihnen nichts passieren!"

Wer's glaubt, dachte Gina. Sie war sich nicht einmal sicher, ob die genannte Anzahl der Personen der Wahrheit entsprach. Im schlimmsten Fall musste sie aber damit rechnen. Das Wichtigste war jetzt, Zeit zu gewinnen. Sollte Sven durchkommen, würde er mit Hilfe zurückkehren. So lange musste sie durchhalten.

Wenn sie auf den Mann schoss, gab sie ihre Position bekannt. Das wäre dumm. So würde er es nicht wagen, einfach in die Halle zu kommen. Hinter jedem Pfeiler musste er mit Gina rechnen. Es wäre ein Leichtes gewesen, ihn zu erschießen. Also musste der Kerl warten, bis er von anderer Seite gedeckt wurde. Diese Zeit nutzte Gina, um ganz langsam weiter nach oben zu steigen. Das geschah so vorsichtig, dass kein Laut zu hören war. Sie hoffte, dass ihr genügend Zeit bleiben würde, um in den kleinen Raum am Ende der Treppe zu gelangen. Vorsichtig erklomm sie Stufe für Stufe. Jetzt hatte sie nur noch einen Absatz vor sich.

„Gleich kommt Verstärkung von den Seiten und von hinten. Wenn Sie sich nicht ergeben, dann erschießen wir Sie einfach, Frau Bodoni!" Die Worte hallten laut durch die Halle. Eine weitere Möglichkeit für Gina, schneller voranzukommen. Schon stand sie vor der Tür. Eine Überprüfung zeigte ihr, dass sie nur angelehnt war. Sven hatte sie also nicht zufallen lassen, wofür Gina ihm äußerst dankbar war. Trotzdem wartete sie darauf, dass der Mann wieder sprach. Es konnte immer noch sein, dass die Tür quietschen würde, wenn sie geöffnet wurde.

Statt der bisherigen Stimme erklang eine andere. Sie hörte sich an, als käme sie aus einem Lautsprecher. Ein leichtes Rauschen trübte den Klang. „Ich bin jetzt an der Seite, an der sie rein ist." Die Worte drangen nur leise an ihre Ohren, aber Gina verstand sie trotzdem. Sie müssen Funksprechgeräte haben, dachte sie.

„Da scheint sie nicht mehr zu sein. Du kannst hineingehen. Aber sei vorsichtig."

Während der Mann seinem Kumpan Anweisungen gab, zog Gina die Tür auf. Glücklicherweise gab sie kein Geräusch von sich. Mit einer schnellen Bewegung verschwand sie in dem Raum und lehnte die Tür wieder an. Jetzt musste sie auf der anderen Seite wieder hinaus. Das würde sie nicht lautlos schaffen. Gina konnte sich noch gut an das entsetzliche Quietschen erinnern, das die Tür beim Öffnen von sich gegeben hatte. Aber hier zu bleiben, war auch keine Lösung. Da sie nicht daran glaubte, dass sie es bis nach draußen schaffen würde, musste sie sich irgendwo verstecken. Aber wo?

„Frau Bodoni, wir kommen nun schon von zwei Seiten. Machen Sie es doch nicht noch schlimmer für Sie!"

Ein Lächeln huschte über ihr Gesicht. Genau dasselbe hätte die Polizei in einer ähnlichen Situation einem Verbrecher zugerufen. Jetzt erkannte Gina, wie lächerlich es auf der Seite des Flüchtenden klang.

Plötzlich hörte man aus der Halle schnell hintereinander abgefeuerte Schüsse. Bereits als der zweite erklang, hatte Gina reagiert und die Tür aufgestoßen. Bei dem vierten Schuss stand sie schon in dem Gang, der zu den Büros führte. Jetzt fing eine zweite, anders klingende Waffe an, ebenfalls zu feuern. Dabei konnte sie die Tür mit einem lauten Ruck wieder schließen. Unten in der Halle musste das quietschende Geräusch vollends im Krachen der Schüsse untergegangen sein. Kaum war die Tür zu, erlosch auch das Feuern.

„Idiot", drang das Gebrüll eines Mannes so leise an ihr Ohr, dass Gina es gerade noch verstehen konnte. „Das war nur ein Vogel! Drehst du jetzt durch oder was?"

Gina lächelte. Dann dachte sie darüber nach, wie sie sich weiter verhalten sollte. Sie vermutete, dass mindestens ein Mann als Wache in der Tiefgarage wartete. Und sobald sie die Halle unten durchsucht hatten, würden sie nach oben kommen, um in den Büros nachzusehen. Wo sollte sie also hin? Ihr fiel die verschlossene Tür zu dem Fluchtweg am anderen Ende des Ganges ein. Vielleicht passte ja einer der Schlüssel. Wenn sie sich dort einschließen könnte, würden die Männer eine Weile brauchen, um sie zu finden. Mit etwas Glück hatten sie ja auch gar keinen weiteren Schlüssel zu der Tür. Und mit noch sehr viel mehr Glück kamen sie nicht einmal darauf, dass sie sich dort befinden könnte. In jedem Fall war es einen Versuch wert.

Wieder huschte sie lautlos wie eine Katze durch den Flur. Niemand stellte sich ihr entgegen. Vor der abgeschlossenen Tür zum zweiten Fluchtweg blieb sie stehen. Jetzt wurde es etwas brenzlig, denn sie benötigte beide Hände, um die Schlüssel möglichst lautlos durchzuprobieren. Daher war sie gezwungen, die Pistolen in den Hosenbund zu stecken.

Während sie jeweils einen Schlüssel mit der linken Hand in das Schloss steckte, umfasste die rechte die restlichen Schlüssel mit festem Griff. So klimperten sie nicht gegeneinander. Bei dem dritten Schlüssel hatte sie Glück. Er ließ sich leichtgängig in das Schloss schieben. Doch ihre Freude war nur von kurzer Dauer. Er ließ sich nicht drehen. Also probierte sie weiter. Auch den fünften konnte sie gut in das Schloss stecken. Dieses Mal hatte Gina tatsächlich Glück - sie konnte die Tür aufschließen! Dann zog sie den Schlüssel wieder aus dem Schloss und verstaute den Bund in der Hosentasche. Dabei ließ sie den passenden Schlüssel heraushängen. Sobald sie die Hände frei hatte, nahm sie ihre kleine Pistole wieder in die Hand.

Nun kam der gefährliche Teil. Wenn diese Tür ebenso laut war wie die andere, wäre ihr Versteck keinen Pfifferling mehr wert. Mit größter Vorsicht zog sie die Tür auf. Das Glück schien ihr treu zu bleiben. Lautlos schwang das gute Stück auf. Bevor sie in den dahinter liegenden Raum verschwand, blickte sie sich noch einmal in alle Richtungen um, damit sichergestellt war, dass niemand sie beobachtet hatte. Dann zog sie die Tür leise hinter sich zu. Die Dunkelheit, die sie einfing, gab ihr Sicherheit. Schnell steckte sie die Pistole weg, nahm den Schlüssel und schloss ab.

Jetzt musste sie noch herausfinden, ob die Tür zur Treppe hinaus ebenfalls abgeschlossen war. Dafür wollte sie allerdings nicht versuchen, die Tür zu öffnen. Wie es der Zufall wollte, hätte vielleicht genau in dem Augenblick einer der Männer hinaufgesehen und sie hätte sich verraten. Sie würde es mit dem Schlüssel prüfen.

Langsam tastete sie sich an der Wand entlang, um auf die andere Seite zu kommen. Der Raum schien dem ersten aufs Haar zu gleichen. Dadurch fand Gina sich schnell zurecht.

Bei der hinteren Tür angekommen, tastete sie nach dem Schlüsselloch und versuchte, den gleichen Schlüssel hineinzustecken, der auch in der vorderen gepasst hatte. Noch immer war ihr das Glück hold, denn er ließ sich nicht nur hineinstecken, sondern auch im Schloss bewegen. Nach einer halben Umdrehung erreichte sie jedoch einen Anschlag. Auch mit sanfter Gewalt war es nicht möglich, den Schlüssel weiterzudrehen. Die Tür war offenbar abgeschlossen.

Jetzt musste sie sich in Geduld üben und warten. Nachdem sie die Schlüssel wieder eingesteckt hatte, legte sie sich auf den Boden. Dann ließ sie ihre Hände, in denen sich wieder ihre Waffe befand, auf den Bauch sinken. Nun lag sie genauso da wie Sven vor einiger Zeit in dem anderen Raum. Ob er durchgekommen war? Gina hoffte es für sie beide.

Sie horchte in die Dunkelheit. Hin und wieder drangen Stimmen zu ihr, die sie aber nicht verstehen konnte. Die Männer unterhielten sich nicht mehr rufend. Von nun an verging die Zeit sehr langsam.

Es tat Gina gut, sich ausruhen zu können. Sie war durstig, hungrig und müde. Selbstvorwürfe spukten ihr durch den Kopf. Sven hätte da nicht mit hineingezogen werden dürfen. Aber was hätte sie machen sollen? Es hatte keine Gewissheit dafür gegeben, dass es eine Falle war. Sie hatte lediglich eine Vermutung gehabt. Außerdem konnte gerade der Umstand, nicht alleine gewesen zu sein, ihr Leben retten. Sven konnte in ein oder zwei Stunden mit der Polizei da sein. Und selbst wenn nicht, so mussten die Männer doch davon ausgehen, dass es passieren könnte. Vielleicht würden sie einfach irgendwann verschwinden.

Lange Zeit passierte nichts. Dann waren plötzlich zuschlagende Türen und laute Gesprächsfetzen zu hören. Gina konnte mindestens vier verschiedene Stimmen erkennen. Der Mann hatte also doch nicht geblufft. Es waren wesentlich mehr Männer da, als es zunächst den Anschein gehabt hatte. Sie unterhielten sich darüber, wie sie weiter vorgehen würden. Dann hörte Gina die quietschende Tür.

„Bernd, ich glaube, die ist hier raufgekommen. Die Tür ist auf" rief eine Stimme, die Gina vorher noch nicht gehört hatte.

„Sieh nach, ob die Tür zur Halle hin auch auf ist." Gina meinte, die Stimme des Langhaarigen zu erkennen.

Eine Tür quietschte, dann war es einen Moment still. Danach hörte man ein erneutes Quietschen. „Ja, die ist auch auf."

„Schauen wir nach, ob die andere Treppe auch offen ist. Ich dachte, wir hätten sie damals beide abgeschlossen."

Schritte kamen näher. Als die Klinke heruntergedrückt wurde, erschrak Gina, obwohl sie damit gerechnet hatte. „Nee, hier ist abgeschlossen."

„Okay, sucht die Büros ab. Du bleibst hier im Gang. Nicht, dass sie runter in die Garage läuft, während wir alle in den Zimmern sind."

Nun begann ein geschäftiges Treiben. Türen wurden geöffnet und wieder zugeschlagen. Personen liefen durch den Gang. Dinge in Zimmern wurden verschoben oder umgeworfen. Viele Minuten ging das so. Bisher war zum Glück noch niemand auf die Idee gekommen, dass

Gina einen Schlüssel für diesen kleinen Raum haben könnte. Wenn das so blieb, dann hatte sie eine reelle Chance, hier lebend herauszukommen.

Die Männer versammelten sich wieder im Gang.

„Verdammt, wo ist die Schlampe?"

„Wir sollten Dagobert holen. Der findet jeden."

„Mann, warum sind wir nicht früher darauf gekommen? Du hast recht. Geh ihn holen!"

Der erste Gedanke, der sich Gina bei dem Namen Dagobert aufdrängte, war der an die stinkreiche Ente von Walt Disney. Als Nächstes kam ihr der Erpresser in den Sinn, der vor vielen Jahren Deutschland in Atem gehalten hatte. Er wurde letzten Endes gefasst, aber es hatte sehr lange gedauert.

In ihrem Fall musste Dagobert wohl ein Spezialist für Gefangene auf der Flucht sein. Aber wenn er keinen Schlüssel zu diesem Raum hatte, würde ihm das auch nicht helfen.

Gina prägte sich die beiden Namen ein: Bernd und Dagobert. Die Vornamen halfen zwar im Moment nicht viel, aber man wusste nie, welche Information am Ende doch noch wichtig sein konnte.

Eine Weile tat sich nicht viel. Nur das wirre Gemurmel der sich unterhaltenden Männer war zu hören. Gina war gespannt auf Dagobert. Gerne hätte sie sein ratloses Gesicht gesehen, wenn auch er vergeblich nach ihr suchte. Doch ihre Meinung änderte sich rasch. Ihr stockte der Atem, als sie das tiefe Bellen hörte. Dagobert war ein Hund! Damit hatte sie nicht gerechnet. Sie würde keine Chance haben. Der Mann hatte recht: Dagobert würde sie finden.

„Wir brauchen etwas, damit er ihren Geruch aufnehmen kann."

„Unten in der Halle liegen ihre Schuhe. Ich geh sie holen."

Gina hätte sich ohrfeigen können, weil sie die Schuhe unten achtlos hingeworfen hatte. In spätestens fünf Minuten würden die Männer sie haben. Und dann? Würden sie sofort schießen? Dafür müssten sie erst einmal in den Raum kommen. Die ersten beiden würde Gina vielleicht noch erledigen können. Auch den Hund würde sie erschießen müssen – so leid es ihr tat.

Wenige Minuten später hörte sie wieder nervöses Gemurmel, bevor man den Hund loshetzte. Natürlich brauchte Dagobert nicht lange. Bald hörte Gina, wie das Tier heftig an der Ritze unter der Tür schnupperte. Dann bellte der Hund dreimal, tief und laut.

„Sie ist da drin! Sie muss einen Schlüssel haben. Hat irgendjemand einen zweiten?"

Offenbar gab es niemanden. Dann explodierte eine Salve Kugeln aus einer automatischen Waffe an der Tür. Gina fing an zu schwitzen. Sie war sich nicht sicher, wie sie sich am besten verhalten sollte.

„Okay, die Tür ist auf."

„Zwei Leute gehen runter. Nehmt den Hund mit! Sie wird versuchen, hinten rauszugehen. Sobald sie die Tür aufmacht, schießt ihr!"

Teufel auch, dachte Gina. Nun blieb kein Weg mehr zur Flucht übrig.

„Keiner geht da rein", erklang eine ihr bisher fremde Stimme. „Auch sie wird sofort schießen. Wir haben schon einen Toten, ich will keinen zweiten. Los, geht eine Rauchgranate von unten holen."

Gina dachte daran, dass dies wohl ihr letzter Einsatz sein würde. Sie stand alleine einer Gruppe Profis gegenüber. Man würde ihr nicht die geringste Chance lassen.

„Frau Bodoni! Wir haben Sie. Und ich schwöre Ihnen: Ich bringe Sie um, wenn Sie nicht freiwillig herauskommen! Ich ziehe jetzt von außen die Tür auf. Werfen Sie Ihre Pistole raus. Dann legen Sie beide Hände auf den Kopf und kommen heraus. Aber ganz langsam. Wenn Sie draußen sind, dann gehen Sie sofort und ohne weitere Aufforderung zur Wand, bleiben einen Meter davor stehen, heben die Hände und lehnen sich dann mit den Händen an die Wand. Und zwar breitbeinig, die Füße mindestens einen Meter auseinander!"

Gina kannte diese Position gut genug. Wer so dastand, hatte nicht die geringste Möglichkeit, einen Überraschungsangriff zu starten. Aber was sollte sie tun? Wenn sie in diesem Raum blieb, würde man sie ausräuchern. Früher oder später würde sie nach draußen gehen müssen und vermutlich dabei sterben. Also war es besser, das Spiel nach den Regeln der Männer zu spielen. Vielleicht hielt der Mann sich ja an sein Wort und würde sie nicht sofort erschießen. In diesem Fall hatte sie die Chance, dass sich das Blatt wieder wenden würde, sobald Sven mit der Polizei auftauchte. Also steckte sie ihre kleine Pistole in einen ihrer Strümpfe, sah zu, dass sie gut von der Hose verdeckt wurde und warf die Waffe des Blonden dann nach draußen.

„Gut! Jetzt Sie. Und die Hände auf dem Kopf!"

Sie stand auf und legte beide Hände flach auf den Kopf. Mit langsamen Schritten ging sie zur Tür und dann hinaus in den Gang. Ohne sich umzusehen, lief sie zur gegenüberliegenden Wand. Dort stellte sie sich in der geforderten Position hin. Kurz darauf wurde ihr linkes Bein weiter nach links getreten, damit ihre Füße noch weiter auseinanderstanden. Es schmerzte, aber sie gab keinen Laut von sich.

Dann wurde sie durchsucht. Zunächst wurden ihre Arme abgetastet, dann ihre Seiten, ihr Rücken, ihr Po. Als Nächstes wanderten die Hände nach vorne, befühlten ihre Brüste unnötig lange und dann den Bauch. Danach griff der Mann schamlos und fest in ihren Schritt, tastete diesen besonders gewissenhaft ab und ließ seine Hände in der Innenseite ihrer Schenkel nach unten gleiten. Dabei berührte er unweigerlich die kleine Pistole.

Der Mann stand auf, drückte sich von hinten fest an Gina und griff ihr dabei wieder in den Schritt. Er flüsterte ihr mit zorniger Stimme ins Ohr: „Du kleines Miststück." Es war die Stimme des Mannes mit dem nach unten gedrehten Bart. Gina spürte seinen Atem im Nacken und seine Männlichkeit im Rücken. Sie ekelte sich und fühlte sich hilflos. Wenn sich die Männer an ihr vergingen, würde sie sich nicht wehren können. Dennoch wünschte sie es sich fast, denn dadurch würde sie noch mehr Zeit gewinnen. Es würde eine Weile dauern, bis alle ihren Spaß gehabt hatten.

Der Mann ließ von ihr ab, zerrte grob das Hosenbein nach oben und zog die Waffe hervor. „Bernd, schau dir das an!"

„Sieh mal an." Die unbekannte Stimme.

Dann, völlig unvermittelt, knallte etwas seitlich in Ginas Gesicht. Sie wusste nicht, ob es mehr den Mund oder mehr das Kinn traf. In jedem Fall wurde sie zur Seite geschleudert, so stark war der Schlag. Hart schlug sie auf dem Boden auf. Blutgeschmack machte sich in ihrem Mund breit. Da sie auf dem Rücken zum Liegen kam, konnte sie sehen, dass der Mann mit ihrer Pistole zugeschlagen hatte. Der Fremde ähnelte dem Blonden sehr. Nur hatte dieser Mann schon graue Haare und mehr Falten im Gesicht. Aber Gina hatte keinen Zweifel daran, dass sie miteinander verwandt waren.

„Du hältst uns wohl für total bescheuert, was?!", brüllte er los. „Noch so ein dämlicher Versuch und ich lege dich um, ist das klar?!"

„Schon okay, Mann. War doch ‚n Versuch wert, oder?" Ginas Stimme war sicher wie immer.

Der Grauhaarige schüttelte den Kopf. „Warum fängst du eigentlich nicht an, für uns zu arbeiten?", fragte er dann und Gina hielt es fast für Ernst.

„Weil ihr mich nicht bezahlen könnt", gab sie zurück.

„Hey, wir leben alle nicht schlecht. Du hättest locker eine halbe Million im Jahr machen können. Es gibt da nur ein Problem mit dir: Du oder dein Freund, einer von euch hat meinen Bruder erschossen. Und deswegen wird aus dem Deal leider nichts."

Das ist mein endgültiges Todesurteil, dachte Gina.

„Los, schafft sie in ein Büro. Aber nicht in das letzte. Und du", er deutete mit dem Zeigefinger auf den Schnurrbärtigen, „lässt die Finger und alles andere von ihr. Ich nehme sie mir später höchstpersönlich vor! Kapiert, du Hurenbock?"

Vier Arme zogen sie in die Höhe und schleiften sie in eines der Zimmer. Sie wurde vom Bartträger und dem Langhaarigen auf einen Stuhl gesetzt und in gewohnter Weise mit Folie an die Lehne gefesselt.

Fast musste sie lachen, als sie daran dachte, wie sie vorgegeben hatte, auf Sado-Maso zu stehen. Um ein Haar hatte sie mit ihrem Wissen um diese Art der Fesseln ihre wahre Identität verraten, wenn ihr nicht im letzten Moment die frivole Ausrede eingefallen wäre. Natürlich hatte sie in der Polizeischule alle möglichen Formen von Fesseln kennengelernt. Ebenso die jeweiligen Vor- und Nachteile.

Dieses Mal wurden zusätzlich noch ihre Beine an die Stuhlbeine gebunden. Gina wusste nicht, ob sie nun als gefährlicher eingeschätzt wurde oder ob es einen anderen Grund hatte.

Eine Stimme aus einem Funksprechgerät versetzte Gina erneut einen Schock. „Bernd, wir haben den Kerl. Piri-Piri bringt ihn her. Er ist in einer Minute da."

Die Stimme des Grauhaarigen erklang hinter Gina: „Gut. Ich schicke zwei Männer runter, die ihn raufbringen."

Mist! Sie hatten Sven! Jetzt war alles aus. Sie würde sterben. Sven würde sterben.

Gina saß mit dem Gesicht direkt vor einer Wand und bekam somit wenig von dem mit, was um sie herum geschah. Daher horchte sie umso genauer hin. Aber es gab nicht viel zu hören. Die Männer waren still, während sie warteten. Vielleicht waren sie auch nicht mehr da.

Fünf Minuten später wurde Sven in das Zimmer geschleift. Gina konnte es nicht sehen, aber die Geräusche sprachen für sich.

Als Sven von den beiden Männern in das Büro geschafft wurde, sah er als Erstes Gina. Sie saß auf einem Stuhl und war gefesselt. Brutal wurde auch er auf einen Stuhl gesetzt. Wie er es schon kannte, wurde Klarsichtfolie um ihn gewickelt. Auch seine Beine wurden dieses Mal an die Beine des Stuhles gebunden.

„Mist", sagte der grauhaarige Mann, der vor ihm stand und dem Blonden wie aus dem Gesicht geschnitten war. „Jetzt haben wir zwei mit einer Verletzung am Mund. Aber sie sieht schlimmer aus. Wir werden sie auf den Fahrersitz setzen."

Sven verstand nicht, was der Mann damit meinte. Aber Ginas Stimme, die erstaunlich frisch und selbstbewusst klang, klärte ihn auf: „Es soll nach einem Autounfall aussehen, was?"

„Du bist clever. Ist echt schade um dich, Schätzchen. Wenn da unser kleines Problem mit meinem Bruder nicht wäre..." Der Mann unterbrach sich selbst. Dann fuhr er in einem anderen Tonfall fort: „Los, legt sie beide hin."

Sven wurde nach hinten gekippt. Am Ende lag er mitsamt dem Stuhl auf dem Rücken. Er sah, wie Gina in die gleiche Position direkt neben ihn gelegt wurde. Sie wandten die Köpfe zueinander. Gina sah ihn mit einem traurigen Lächeln an.

„Hey, vergiss mich nicht, wenn du im Himmel bist, ja?" Ihre Stimme klang viel zu sanft für diese Situation.

„Ganz sicher nicht", antwortete er. „Sowie ich oben bin, gehe ich auf die Suche nach dir!"

„Du wirst mich nicht finden, denn ich bin zwei Stockwerke unter dir."

Sie wurden von der Stimme des Grauhaarigen unterbrochen. „Schluss mit dem Gesülze! Holt mir den Whisky und alles!"

Der Langhaarige verschwand. Es dauerte lange, bis er wiederkam. Sven vermutete, dass er ganz nach unten gehen musste, um die Dinge zu holen, die der Grauhaarige verlangt hatte. Während der gesamten Wartezeit sprach niemand ein Wort. Der Bruder des toten Blonden steckte sich zwischendurch eine Zigarette an. Als der Langhaarige zurückkam, war die Zigarette bereits aufgeraucht.

Eine große Plastiktüte befand sich in der Hand des Langhaarigen. Er stellte sie auf den Boden und begann, sie auszuräumen. Da sie den Kopf bewegen konnten, hatte Sven die Möglichkeit zuzusehen, was alles zu Tage befördert wurde. Es kamen Dinge zum Vorschein, die so verschieden waren, dass sie einfach nicht zusammenpassen wollten. Zunächst zwei Flaschen Johnnie Walker Red Label. Dann fünf Kerzen in kleinen Kerzenständern. Ein kleiner Trichter. Dazu ein paar Wäscheklammern.

„Großartig", hörte Sven leise die Stimme von Gina neben sich. „Wir werden zusammen gefeiert haben, Sven. Danach sind wir total betrunken ins Auto gestiegen und werden dann einen tödlichen Unfall haben."

Sven drehte seinen Kopf zu ihr. Er konnte ihren Worten nicht ganz folgen. Wahrscheinlich hätte er es können, aber er wollte es nicht wahrhaben. „Wie meinst du das?", flüsterte er.

„Du wirst es gleich verstehen. Und tu dir einen Gefallen und wehre dich nicht, sonst wird es sehr schlimm. Das Wichtigste ist, dass du das Bewusstsein nicht verlierst. Hörst du? Versuche, nicht einzuschlafen!" Die letzten Worte sprach sie leise, aber sehr eindringlich.

Jetzt hatte sich der Mann mit dem nach unten gedrehten Bart zwischen sie gestellt.

„Fang mit dem Kerl an", wurde er von dem Grauhaarigen angewiesen.

Ohne eine Antwort zu geben, kniete der Mann sich neben Sven. Dann stellte er zwei Kerzen jeweils rechts und links neben Svens Kopf auf. Der Abstand zu Svens Gesicht betrug dabei nicht mehr als fünf Zentimeter. Aus der Hosentasche holte der Fremde ein Feuerzeug und entzündete die Dochte.

„So", meinte er an Sven gerichtet. „Wenn du den Kopf drehst, werden deine Haare Feuer fangen und du verbrennst dir dein Gesicht. Wenn du versuchst, die Kerzen mit einer schnellen Bewegung auszuschlagen, wirst du nur eine erwischen. Die andere wird deine Haare entzünden. Ich hab das schon gesehen, glaub mir. Du hast keine Chance. Also hältst du besser still."

Der Mann stand auf, holte zwei Klammern, den Trichter und eine Flasche von dem Whisky.

Sven begann wieder zu schwitzen. Aber sein Herzschlag beschleunigte sich nicht mehr. Er hatte an diesem Tag schon zu viel erlebt. Was sollte jetzt noch Schlimmeres kommen?

Eine der Wäscheklammern wurde auf seine Nase gesteckt, sodass sie vollends verschlossen war. Er musste den Mund öffnen, um Luft zu bekommen. Kaum hatte er das getan, wurde ihm der Trichter in den Mund gesteckt. Jetzt wurde ihm klar, was passieren würde. Man wollte ihn zwingen, den Alkohol zu schlucken. Weder die Klammer noch die Folienfesseln würden nachvollziehbare Spuren hinterlassen. Es würde den Anschein haben, dass er das Getränk aus freien Stücken zu sich genommen hatte. Vermutlich würde man es mit der Trennung von Janette in Verbindung bringen. Die Verletzungen, die er im Gesicht hatte, würde man auf den Unfall zurückführen. Die Sache würde so eindeutig aussehen, dass niemand sich die Mühe machen würde, genauere Untersuchungen anzustellen. Jedenfalls wäre es so gewesen, wenn Gina nicht die Mails losgeschickt hätte.

Heute würde der letzte Tag in seinem Leben sein. Dies bemerkte er mit einer Klarheit, die ihn erschreckte. Aber er hatte keine Angst davor. Der Tod war für ihn noch nie etwas, wovor er sich fürchtete. Es waren vielmehr die Schmerzen und das Leiden, die eventuell dahin führten. Wahrscheinlich würde er aber so unter dem Einfluss des Alkohols stehen, dass er kaum etwas spüren würde.

Der erste Schwall des Whiskys wurde in den Trichter geschüttet. Sven hatte es nicht richtig erwartet und war gerade beim Einatmen. Ein kleiner Schluck geriet in seine Luftröhre. Es brannte und er musste husten. Aber er hatte keine Luft zum Husten. Automatisch versuchte er, durch die Nase einzuatmen, aber es ging nicht. Die nächste Reaktion des Körpers war, durch den Mund einzuatmen. Dabei kam noch mehr brennende Flüssigkeit in seine Luftröhre. Panik überkam ihn. Er würde ersticken. Sein Herz begann nun doch wieder zu rasen. Instinktiv hielt er die Luft an. Er musste schlucken. Das war es. Dann würde der Trichter den Weg zur Atemluft wieder freigeben. Er benötigte drei große Schlucke. Das Brennen in seinem

Magen war nichts im Vergleich zu dem in seinem Hals. Endlich konnte er wieder Luft holen. Es reichte nur für zwei hustende Atemzüge, dann kam der nächste Schub. Dieses Mal war er vorbereitet und schluckte gleich.

„Mach langsam!", kam streng die Stimme des Grauhaarigen. „Er darf nicht zu viel Alkohol in der Lunge haben. Das könnte auffallen."

Die Prozedur kam Sven endlos lange vor. Sehr schnell spürte er die Wirkung des Alkohols und alles wurde weniger schlimm. Dafür war ihm bald schlecht. Wenn er sich jetzt übergeben müsste, so würde er daran ersticken, dachte er.

Als der Trichter aus seinem Mund genommen wurde, konnte er verschwommen sehen, dass die Flasche, die ursprünglich ganz voll gewesen war, jetzt nur noch rund ein Drittel der Menge enthielt. Das musste die reinste Alkoholvergiftung hervorrufen.

Jetzt war Gina dran und Sven drehte den Kopf zu ihr. Dabei wurde ihm noch schlechter. Wie durch einen Schleier hörte er Ginas Stimme: „Geben Sie mir die Flasche so an den Mund. Ich werde freiwillig trinken. Ich mag das Zeug. Obwohl Sie ruhig einen Single Malt hätten nehmen können. Ein bisschen verwöhnt bin ich schon."

Der Bärtige sah zu dem Grauhaarigen.

„Gib ihr die Flasche so. Wenn sie zickt, kannst du ihr immer noch den Trichter in ihren Mund drücken."

So einfach war das also, dachte Sven. Warum habe ich nicht gesagt, dass ich freiwillig trinke?

Er sah zu, wie man Gina den Whisky einflößte. Sie schluckte bereitwillig und schnell, ohne sich zu verschlucken und ohne zu husten. Als sie die Flasche ausgetrunken hatte, nahm der Mann die nächste. Erst, als auch diese zur Hälfte geleert war, ließ man Gina in Ruhe. Sie drehte den Kopf zu Sven.

„Wie geht's dir?", fragte sie. Ihre Stimme klang rau und sie sprach langsam.

„Na ja", antwortete Sven lallend. „Schade, dass es eine so kurze Party war."

Gina lächelte. Wie hübsch sie ist, dachte Sven. Und so stark. Am meisten bedauerte er in diesem Moment, dass er keine Gelegenheit mehr haben würde, sie näher kennenzulernen, sie zu spüren und mit ihr zu schlafen.

Als hätte sie seine Gedanken gelesen, flüsterte sie: „Sven, erstens kommt es anders und zweitens als man denkt!"

Er wurde mit seinem Stuhl in die Höhe gerissen. Dabei wurde ihm noch schwindeliger. Jetzt saß er wieder. Von hinten wurde die Folie durchgeschnitten und er fühlte sich frei. Ein paar große Hände umfassten seine Schultern und zogen ihn hoch. Unsicher stand er auf den Beinen. Wenn die Hände ihn nicht gehalten hätten, wäre er umgekippt. Der Grauhaarige kam näher, eine neue Rolle Folie in der Hand. Wieder wurde Sven am ganzen Körper eingewickelt, diesmal ohne Stuhl.

Danach passierte dasselbe mit Gina. Sven bekam nur noch die Hälfte von dem mit, was um ihn herum geschah. Er realisierte noch, dass der Grauhaarige den Raum verließ und der Bärtige daraufhin Gina auf den Boden legte. Ungeduldig öffnete der Mann seine Hose. Dann kniete er sich neben Ginas Beine und schnitt ihre Folie ungeschickt und hastig bis zum Becken wieder auf.

„Du bekommst jetzt noch was Gutes geboten, bevor du zur Hölle fährst! Und dein Freund darf heute ausnahmsweise dabei zusehen!" Gina schloss schicksalsergeben ihre Augen.

Wie tapfer sie war! Sven fühlte sich hilflos.

Plötzlich war der Grauhaarige wieder da. Sven hatte nicht mitbekommen, dass er das Zimmer betreten hatte. Ohne zu zögern, versetzte er dem Schnurrbärtigen einen heftigen Schlag ins Gesicht. Fluchend stand der Bärtige auf und knöpfte seine Hose wieder zu.

„Du Hurensohn!", schimpfte der Graue. „Komm, wir müssen los!"

Der Langhaarige packte Sven und hob ihn wie einen Sack auf seine Schultern.

Gina wurde von dem Mann mit dem Bart hochgehoben. „Schade", sagte er. „Es wär ein unvergessliches Erlebnis für dich geworden!" Dabei lachte er hämisch.

Dann ging es los. Zunächst in den Gang, dann über die Treppe, die hinunter in die Tiefgarage führte. Dort wurden sie abermals in den Lieferwagen geworfen. Der Grauhaarige gab dem Bärtigen Anweisung, den BMW zu fahren. Offenbar wusste jeder außer Gina und Sven, wo es hingehen sollte. Der Langhaarige setzte sich wieder in den Laderaum zu den beiden Gefesselten. Nachdem die Tür geschlossen wurde, war es restlos dunkel, denn niemand hatte sich die Mühe gemacht, das kleine Lämpchen anzuschalten. Der Wagen fuhr los.

„Bleib wach", lallte Gina leise in Svens Ohr. „Du musst wach bleiben, hörst du!" Aber sie hörte sich selbst sehr müde an.

Sven schaffte es nicht. Schnell tauchte er in eine Traumwelt ein.

Er lag auf dem Boden und um ihn herum war nichts als Wald. An einem Baum war eine Digitalanzeige angebracht, auf der sein Name leuchtete. Langsam drehte er den Kopf und sah sich weiter um. Als seine Augen wieder den ersten Baum erreicht hatten, war die Anzeige verschwunden. Der Wind flüsterte ihm etwas zu. Er solle aufwachen. Immer wieder suchten sich die Worte den Weg in seinen Kopf. Aber was wollte der Wind von ihm? Er war doch wach! Ein Schmerz durchfuhr sein rechtes Ohr.

Sven öffnete die Augen. Es war dunkel.

„Wach auf, verdammt noch mal", hörte er Ginas Stimme.

„Hey, hast du mir ins Ohr gebissen?", fragte er zurück, noch weitaus stärker lallend als Gina.

„Es scheint gewirkt zu haben." Ein kurzes Lachen schloss sich ihrer Antwort an.

Plötzlich gab es einen lauten Knall. Alles, was sich in dem Laderaum befand, wurde hörbar durcheinandergeworfen. Das Heck des Transporters bewegte sich, anscheinend von einer immensen Kraft getrieben, zur Seite. Der Wagen drohte umzukippen. Sven wurde an Gina gepresst und irgendetwas fiel auf seine Beine. Dann kam das Fahrzeug zum Stehen. Unverzüglich folgten viele Schüsse in unterschiedlicher Lautstärke. Das alles dauerte nur Sekunden. Dann kehrte Stille ein. Nach einer Weile wurden die Türen aufgerissen. Augenblicklich schoss der Langhaarige durch die geöffneten Flügeltüren. Sven war sich nicht sicher, meinte aber, kein Geräusch eines fallenden Körpers gehört zu haben. Einen Aufschrei des Schmerzes hatte es auch nicht gegeben. Deshalb hegte Sven die berechtigte Hoffnung, dass niemand getroffen worden war. Etwas flog in die Kabine und schlug gegen die Decke. Sofort schoss der Langhaarige im Reflex. Sven versuchte, seinen Kopf ein wenig anzuheben, um nach draußen zu sehen. Das helle Licht blendete ihn. Er sah lediglich den Himmel. Dann gab es diesen entsetzlich lauten Knall von der Fahrerkabine aus. Ein zweiter folgte. Ohrenbetäubend, als sei ein Gewehr direkt neben Svens Kopf abgefeuert worden, dröhnte es in seinem Schädel. Die Schmerzen hinter seiner Stirn, die durch den Alkohol ebenso wie durch den Stress des Tages verursacht wurden, nahmen noch zu. Etwas fiel auf den Metallboden des Fahrzeuges und als Sven den Blick in die Richtung des Geräusches wandte, sah er, wie der Langhaarige langsam zusammenbrach. Obwohl sein Gehirn von dem Whisky sehr benebelt war, erfasste Sven, dass man den Kidnapper einfach durch die Wand hindurch von der Fahrerkabine aus erschossen hatte.

Menschen tauchten auf, manche davon in Polizeiuniform.

„Wir haben es geschafft, Sven", drang Ginas Flüstern zu ihm durch. „Jetzt kannst du einschlafen." Kaum waren die Worte zu Ende gesprochen, verlor er das Bewusstsein.

13. September

Sein Kopf dröhnte. Er wusste weder, wo er war, noch, wie lange er geschlafen hatte. Verschiedene Stellen seines Körpers schmerzten. Es waren zu viele, um sie alle bestimmen zu können. Am schlimmsten waren aber eindeutig die Kopfschmerzen. Sven öffnete die Augen und starrte an eine weiße Decke. Schräg über sich sah er einen Tropf und vermutete sofort, dass der davon ausgehende Schlauch zu ihm führte. Ein Krankenhaus, schoss es ihm durch den Kopf. Das war gut. Sicherheit. Ruhe. Er entspannte sich, denn er hatte keinen Grund mehr, sich fürchten zu müssen. Es gab nichts, war er jetzt noch tun musste, um Ginas und sein Leben zu retten. Am wichtigsten war ihm jetzt, die Schmerzen loszuwerden.

Irgendwo musste es eine Klingel geben, mit der man eine Schwester rufen konnte. Tatsächlich war Sven in der Lage, vorsichtig den Kopf zu heben, um danach Ausschau zu halten. Über ihm, an einem Gestänge befestigt, baumelte das kleine Gerät mit dem Schalter. Sven holte den rechten Arm unter der Decke hervor und sah sofort die Kanüle in der Armbeuge. Obwohl er wusste, dass es kaum passieren konnte, hatte er Angst, die Nadel aus dem Arm verlieren zu können, wenn er sich zu viel bewegte. Deshalb holte er auch die linke Hand hervor. Mit ihr griff er nach dem Klingelknopf und drückte. Dann legte er sich entspannt zurück und wartete ab.

Keine Minute später öffnete sich die Tür und eine in weiß gekleidete Schwester kam herein. Sie hatte kurze, blonde Haare und wog offenbar das Doppelte ihres Idealgewichts.

„Guten Morgen, der Herr", sagte sie mit einer netten, sanften Stimme. „Wie fühlen wir uns denn heute? Sie haben lange geschlafen, Herr Steinhammer." Als sie das Bett erreichte, sah sie lächelnd zu ihm hinunter.

„Ich würde sagen, den Umständen entsprechend. Ich habe fürchterliche Kopfschmerzen, können Sie mir was dagegen geben?"

„Natürlich." Sie griff zu dem kleinen Tischchen, das sich neben Svens Bett befand, und holte von dort ein Glas Wasser und zwei Tabletten. Offenbar hatte man damit gerechnet, dass er ein Schmerzmittel brauchen würde. „Hier, nehmen Sie die. In fünf Minuten sollte es ihnen deutlich besser gehen."

Sven nahm beides entgegen und schluckte die Pillen hinunter. Mit viel Wasser spülte er nach.

„Wie lange habe ich geschlafen?", wollte er wissen.

„Den ganzen Nachmittag und die ganze Nacht. Und fast den ganzen Vormittag. Es ist elf Uhr. Übrigens ist Ihre Kollegin auch eben wach geworden."

Sven sah auf. „Wie geht es ihr?"

„Es geht ihr gut. Ebenso wie sie hat sie Kopfschmerzen, aber im Großen und Ganzen ist sie in Ordnung."

„Das ist gut. Würden Sie mir bitte noch ein Glas Wasser geben? Ich habe einen ungeheuren Durst."

„Aber natürlich." Sie füllte noch etwas in sein Glas. „Wenn Sie wollen, bringe ich Ihnen auch etwas zu essen. Ich habe extra etwas vom Frühstück zurückgehalten."

Das war eine ausgezeichnete Idee, fand Sven. Er hatte wirklich großen Hunger. Wenn er Glück hatte, würde die Restübelkeit verschwinden, sobald er etwas gegessen hatte.

„Das ist sehr nett von Ihnen. Ja, ich würde gerne etwas essen." Er hielt einen Moment inne und fuhr dann fort: „Sagen Sie, könnten Sie die Kanüle aus meinem Arm entfernen? Ich glaube nicht, dass ich das noch brauche." Dabei deutete er mit den Augen auf den Tropf.

„Ganz wie Sie wünschen. Der Arzt hat gesagt, dass es Ihre Entscheidung wäre. Sie sind nicht ernsthaft krank. Aber Sie hatten gestern wohl nicht viel gegessen, deshalb haben wir Sie damit etwas aufgepäppelt."

Während die Schwester die Nadel aus seinem Arm entfernte und ein Pflaster über die Stelle klebte, überlegte Sven, in welchem Krankenhaus er sich wohl befand. Die Frau sprach reines Hochdeutsch, was eher auf Frankfurt als auf Stuttgart hindeutete. Aber ein eindeutiger Hinweis war das natürlich nicht.

„In welcher Stadt sind wir hier?", fragte er daher neugierig.

„In Stuttgart natürlich." Sie lachte. „So, jetzt können Sie sich frei bewegen. Ich hole Ihnen nun Ihr Essen."

„Danke, Schwester. Meinen Sie, ich kann zu meiner Kollegin?"

„Sicher. Sie liegt im Zimmer direkt nebenan. Wenn Sie hinausgehen, gleich rechts."

„Wenn Sie mir mein Essen ins Nebenzimmer bringen würden?"

„Natürlich, Herr Steinhammer", gab sie in ihrem freundlichen Ton zurück. Sven überlegte, dass für die Schwester wohl alles natürlich sei. Sie verschwand aus dem Zimmer.

Mit vorsichtigen Bewegungen stand Sven auf. Langsam verschwanden die Kopfschmerzen. Erstaunlich fest stand er auf den Beinen. Die totale Schwäche des Vortages war verschwunden. Ein wenig zittrig war er zwar noch, aber nicht wirklich schwach. Er sah an sich hinab und musste mit Entsetzen feststellen, dass er eines dieser Krankenhaushemden anhatte, die auf dem Rücken nur mit einem Schleifchen zusammenhielten. Diese Hemden gaben beim Laufen den Po frei. So wollte er nicht bei Gina aufkreuzen. An der Wand rechts neben der Tür waren drei schmale Spinde. Sven öffnete einen nach dem anderen. Im letzten, dem ganz rechten, fand er die Kleidung, die er am Vortag angehabt hatte. Als er sie herausholte, sah er, dass die Hose völlig verschmutzt war. Es war ihm egal. Er schlüpfte hinein, ohne sich damit aufzuhalten, nach seiner Unterhose zu suchen. Dann kramte er sein T-Shirt hervor, welches er unter dem Hemd getragen hatte. Da es von dem Hemd geschützt gewesen war, sah es einigermaßen erträglich aus. Beim Herausholen bemerkte Sven allerdings, dass es entsetzlich nach Schweiß roch, sodass er es wieder in den Schrank zurückwarf. Für den Oberkörper würde es das Krankenhaushemd tun.

In seiner merkwürdigen Aufmachung betrat er den Gang. Zu seinem Erstaunen stellte er fest, dass an der nächsten Tür zu seiner Linken ein Polizist stand und offenbar Wache hielt. Drei Zimmer weiter auf der rechten Seite befand sich ein weiterer. Mit hochgezogenen Augenbrauen sah Sven den Mann auf der linken Seite an. Der nickte nur grüßend und wandte sich dann ab.

Bis zu Ginas Zimmer waren es nur wenige Schritte. Nach dem Anklopfen öffnete Sven die Tür, ohne auf eine Antwort zu warten. Gina lag im Bett und lächelte, als sie ihn sah.

„Hallo, da ist ja mein James Bond", begrüßte sie ihn.

„Stets zu Diensten", erwiderte er grinsend. Er schloss die Tür und ging zu ihr. Ihre Augen schienen ihn förmlich anzustrahlen. Es ging eine Wärme von ihnen aus, die er niemals zuvor darin bemerkt hatte. Und diese Wärme galt ausschließlich ihm, wie er fühlte. Vorsichtig beugte er sich hinunter und gab ihr einen sanften Kuss auf den Mund. Gina holte ihre Arme unter der Decke hervor, schlang sie um seinen Hals, zog ihn fest zu sich und küsste ihn heftig. Sie gab ihn nicht vor einer halben Minute wieder frei. Danach strahlten ihre Augen noch mehr. Nichts erinnerte an die kalte, berechnende Polizistin, die sich mit Kidnappern und Mördern herumschlug.

„Wie geht es dir Sven? Ich hab mir solche Sorgen gemacht!"

„Hey, was sollte mir denn passieren? Ich hab doch meine Privatpolizistin!" Sven lachte. „Spaß beiseite. Mir geht es gut. Aber was ist mit dir? Dein Mund sieht nicht so gut aus."

Die große, rote Stelle zeugte von einem heftigen Schlag.

„Ach, das wird schon wieder. Solange du dich nicht daran störst und mich trotzdem noch küsst..." Ihr Lächeln hatte jetzt etwas Schelmisches. Es machte sie für Sven noch süßer. Wie, um es ihr zu beweisen, beugte er sich sogleich vor und küsste sie erneut. Danach sagte er: „Ich hab da draußen an anderen Zimmern Polizisten stehen sehen. Weißt du, ob in den Nachbarzimmern vielleicht die verletzten Verbrecher liegen?"

„Nein, die sind alle woanders untergebracht, sofern sie überhaupt überlebt haben. Die Wachen stehen für uns hier." Mit sehr ernster Miene fügte sie hinzu: „Man ist der Meinung, dass wir in Gefahr sind, Sven."

Er zog voller Unverständnis die Augenbrauen zusammen und legte die Stirn in Falten. „Aber sie stehen nicht vor unseren Türen."

„Natürlich nicht. Sie stehen so, dass jeder, der zu uns will, an ihnen vorbei muss. Für den Fall, dass jemand es schafft, sie auszuschalten, würde dieser Jemand uns hinter den Türen vermuten, vor denen die Polizisten stehen. Die Zimmer sind natürlich leer. Es ist eine doppelte Sicherheit."

Sven staunte. Über solche Dinge hatte er sich zuvor nie Gedanken gemacht. „Was gibt es denn Neues? Mit wem hast du bisher sprechen können?"

„Ich habe mit Felix telefoniert. Er hat meine Mail bekommen und umgehend eine Fahndung nach uns, deinem BMW und dem Lieferwagen herausgegeben. Ein mobiles Einsatzkommando hielt sich für den Fall bereit, dass man eines der Fahrzeuge entdecken würde. Eine Streife hat uns ausgemacht. Der BMW fuhr übrigens direkt vor uns. Während das Einsatzkommando unterwegs war, hat man uns mit Zivilstreifen verfolgt. Kurz vor dem Zugriff hatte man alle anderen Autos vor und hinter uns gestoppt. Bei einem Überholmanöver hat ein Motorradfahrer schon feststellen können, dass wir beide nicht im BMW saßen. Wenn, dann hätten wir im Kofferraum des Wagens liegen müssen, was natürlich möglich, aber nicht sehr wahrscheinlich war. Als Gefangenentransporter eignete sich der Lieferwagen wesentlich besser. Der Zugriff selbst war perfekt. Man schoss eine Rauchbombe durch die Heckscheibe in den BMW. Der Lieferwagen wurde von hinten gerammt und dabei herumgedreht. Danach stand er quer. Dann hat man sofort in die Fahrerkabine geschossen, oft genug, dass niemand hätte überleben können. Den Rest haben wir halbwegs mitbekommen."

„Hey, deine Kollegen waren einsame Spitze! Wir sind ihnen einiges schuldig."

„Sie uns wahrscheinlich auch. Der Grauhaarige und der Blonde stehen in einigen Ländern auf der Fahndungsliste ganz oben. Sie sind freischaffende Künstler und arbeiten für unterschiedliche und zahlungskräftige Terrorgruppen. Beide haben mehr als zehn Morde auf dem Gewissen." Plötzlich lachte sie. „Ich glaube, in Spanien ist sogar eine beachtliche Belohnung für ihre Ergreifung ausgesetzt. Vielleicht bekommen wir ja was davon."

Die Tür ging auf und die wohlbeleibte Schwester kam herein. Auf einem Arm trug sie zwei geschlossene Krankenhaustabletts.

„Schwester Henriette", begrüßte Gina sie, „Sie bringen uns was zu essen! Wie nett von Ihnen."

„Natürlich, Schätzchen. Sie sollen uns doch nicht verhungern."

Natürlich, dachte Sven und musste grinsen. „Vielen herzlichen Dank, Schwester", sagte er und versuchte sein Grinsen wie ein nettes Lächeln aussehen zu lassen. Ihrer Reaktion nach schaffte er es, denn sie lächelte zurück.

„Keine Ursache", flötete sie und stellte die Tabletts auf einen kleinen Tisch. Dann verschwand sie aus dem Zimmer.

„Dann mal raus aus den Federn", sagte Sven. „Lass uns was essen."

Nachdem sie die Decke zurückgeschlagen hatte, schwang Gina ihre Beine aus dem Bett und stand auf. Grinsend bemerkte Sven, dass auch sie nur das Krankenhausnachthemdchen trug. Als sie realisierte, dass er sie anstarrte, sah sie ihm in die Augen. „Du erwartest wohl, dass ich jetzt vor dir hergehe, was? Daraus wird nichts, mein Lieber. Los, geh schon rüber zum Tisch und setz dich hin."

„Bin ich so leicht zu durchschauen?" Lachend ging er zum Tisch.

„Deine Blicke sprechen Bände."

Als sie beide am Tisch saßen, öffneten sie die Deckel der Tabletts. Es befanden sich verschiedene Sorten von Brotscheiben und ausreichend Beläge darunter.

Während sie aßen, nahm Sven die Unterhaltung wieder auf. „Und was hat Felix noch alles erzählt? Um was geht es hier eigentlich?"

„Er hatte leider nicht viel Zeit. In Frankfurt muss wohl einiges passiert sein, aber ich weiß selber nicht genau, was. Er meinte, wir würden es morgen erfahren, wenn wir wieder in Frankfurt sind."

„Warum nicht heute? Wir sind doch fit genug, um nach Hause zu fahren."

Gina nickte. „Ich bin ganz deiner Meinung. Aber Felix sagte, wir sollten bis morgen zur Beobachtung hier bleiben, falls wir irgendwelche unentdeckten, inneren Verletzungen hätten."

„Also fahren wir heute?" Sven blickte sie fragend an.

„Natürlich." Gina grinste.

„Was ist mit unseren Handys?"

„Deins ist kaputt. Man hat es in deinem BMW gefunden, aber es geht nicht mehr an. Beide Handys sind wegen der Fingerabdrücke bei der Untersuchung. Aber ich habe ein neues in meiner Schublade. Die Polizei hat mir ein Ersatzgerät zur Verfügung gestellt."

„Ihr arbeitet schnell. Ich habe noch kein Ersatzhandy." Dann wurde er etwas nachdenklicher. „Du wirst bald nicht mehr meine Kollegin sein, oder?"

Sie sah ihm direkt in seine besorgten Augen. „Nicht bei DeHSIP. Ich wäre es sowieso bald nicht mehr gewesen. Es gab über Franky nichts mehr, was ich undercover hätte herausfinden können. Die letzten Ereignisse haben also mein Ausscheiden bei DeHSIP nur minimal beschleunigt." Mit funkelnden Augen setzte sie ein Lächeln auf. „Aber dir ist doch wohl klar, dass du mich privat nicht mehr los wirst, oder?"

Er atmete tief durch. „Mir ist ehrlich gesagt gar nichts klar. Aber ich würde mich sehr darüber freuen."

„Denkst du etwa von mir, dass ich mit jedem einfach so herumknutsche? Wie schätzt du mich denn ein?" Sie klang vorwurfsvoll.

„Nein, Gina, natürlich nicht. Ich bin einfach... unsicher."

Jetzt lächelte sie wieder, reichte die Hand zu ihm hinüber und streichelte seine Wange. „Sven, das letzte Mal habe ich vor zwei Jahren einen Mann geküsst. Ich tu sowas nur, wenn ich den Mann wirklich mag und gerne mit ihm zusammen bin."

„Zwei Jahre. Wow, das ist eine lange Zeit."

„Ja, eigentlich viel zu lange. Ich bin nicht gerne alleine. Und ich habe auch viele Bedürfnisse, die ich gerne stillen würde. Aber irgendwie lief mir nie der richtige Typ über den Weg. Und ich hatte so viel zu tun, dass ich kaum Zeit hatte, mir Gedanken über mein Privatleben zu machen. Undercover zu arbeiten, ist sehr stressig und ich bin froh, dass es bald vorbei ist. Tagsüber musst du in deiner neuen Rolle einen guten Job machen. Nach Feierabend fängst du an, Berichte zu schreiben und Dinge zu recherchieren. Hin und wieder musst du dich mit deinem wirklichen Vorgesetzten treffen oder zu Besprechungen gehen. Wenn ich Urlaub hatte, dann nur von euch. Meistens war ich bei Kollegen in den Vereinigten Staaten zu Konferenzen oder auf Lehrgängen."

Sven nahm ihre Hand in seine.

„Unglaublich, dass du das alles so lange vor uns geheim halten konntest."

„Ich bin dafür ausgebildet, Sven. Es ist gar nicht so schwer..., solange man sich nicht in seinen Chef verknallt..., der auch noch in einer glücklichen Beziehung lebt."

Sven sah sie ungläubig an. „Du meinst..." Er sprach nicht zu Ende.

„Du glaubst es mir nicht, oder?", kam ihre Gegenfrage.

„Ich weiß es nicht. Ich habe nie etwas gemerkt, Gina."

Sie lächelte stärker. „Ich bin eine gute Schauspielerin, sonst hätte man mich nicht für diesen Job ausgewählt." Trotz des Lächelns rollte eine Träne über ihr Gesicht.

„Hey, was ist denn los", fragte Sven mit sorgenvoller Stimme.

„Nichts", flüsterte sie, wobei ihr eine weitere Träne über die Wange lief. „Ich bin nur so glücklich darüber, dass ich meine Gefühle für dich nicht mehr verstecken muss."

Sven beugte sich vor und legte sanft seine Lippen auf Ginas. Sie öffnete leicht ihren Mund und ihre Zungen suchten einander. Es wurde ein langer, heißer Kuss. Danach fragte Sven leise: „Meinst du, ich kann mich ein wenig zu dir legen?"

Gina lachte. „Nicht mit dieser dreckigen Hose. Wo hast du dich nur rumgetrieben?"

Er sah an sich herab und die Erinnerung an seinen Weg durch den Wald kam wieder.

„Ich bin ewig durch den Wald gelaufen, bis ich auf eine Straße gekommen bin. Und das erste Auto, das anhielt, um mich mitzunehmen, gehörte zu ihnen." Mit traurigem Blick sah er Gina an. Dann suchte er nach den richtigen Worten. „Mir brennt da noch eine andere Sache auf der Seele. Ich war sehr betrunken und ich habe nur noch wenig mitbekommen. Außerdem war ich eine ganze Weile weggetreten. Gina..., hat dich der Typ mit dem Bart oder ein anderer unanständig behandelt? Ich meine, wenn du nicht möchtest, dann musst du es natürlich nicht sagen, aber..." Sven klang wütend und nervös zugleich.

„Nein, Sven. Der Typ mit dem komischen Bart hat es zwar versucht, aber ich habe es dem Grauhaarigen zu verdanken, dass ich heil aus der Geschichte rausgekommen bin!"

Sven schien sehr erleichtert zu sein. „Wie sich dieses Ungeheuer gestern über dich hergemacht hat... ich mag gar nicht darüber nachdenken." Sven machte eine kleine Pause. Dann atmete er tief durch und wechselte das Thema. „Erzähl mir doch mal, was mit Franky los ist. Es muss einen guten Grund gegeben haben, dass man dich eingeschleust hat."

Gina nickte. „Ja, den gab es. Aber es ist noch so vieles unklar. Frank gehört zu einer..."

Sven unterbrach sie: „Darfst du überhaupt darüber reden?"

„Ist schon okay, Sven. Für die weiteren Untersuchungen werde ich dich sowieso brauchen. Also kannst du auch Bescheid wissen. Das kann ich vor meinem Chef vertreten."

Sven freute sich, das zu hören. „Du wirst mich brauchen?"

„Natürlich, dich und Thomas. Ich gehe davon aus, dass alles mit dieser Computersache zusammenhängt. Nur weiß ich noch nicht genau, wie. Es gibt sehr viele Ungereimtheiten."

„Na, dann lass mal hören." Sven stellte die Ellenbogen auf den Tisch, schob die Finger seiner Hände ineinander, legte sein Kinn darauf und sah Gina gespannt an.

„Also. Es gibt ein paar Leute, die vor einigen Jahren mit einer ganz bestimmten Aktie zu viel Geld gekommen sind. Sie sind über viele Länder verteilt und scheinen zunächst nicht das Geringste miteinander zu tun zu haben."

„Eine Menge Leute haben mit Aktiengeschäften viel Geld gemacht."

„Ja. Aber diese Aktie scheint nichts anderes zu machen, als ständig zwischen einem enormen Tiefpunkt und einem ebenso enormen Höchstpunkt zu pendeln. Und das mit einer gewissen Regelmäßigkeit. Leute aus Europa und Nordamerika kaufen beim niedrigsten Kurs. Nach ein bis zwei Jahren verkaufen sie just zum höchsten Kurs. Gekauft werden die Aktien dann von Investoren aus Ländern, in denen sich deren Identität nicht zurückverfolgen lässt. Meistens sind dies afrikanische oder südamerikanische Länder, aber auch asiatische sind dabei. Wiederum nach etwa einem Jahr ist der Tiefpunkt erneut erreicht und die Leute aus den dubiosen Ländern verkaufen mit ungeheurem Verlust. Das Ganze scheint eine gigantische Waschmaschine für Schwarzgeld zu sein. Aber bisher konnte man das nicht nachweisen. Die

Bücher der Aktiengesellschaft sind sauber geführt. Die Firma treibt Handel mit verschiedenen afrikanischen Unternehmen und die sind, wie du unschwer erraten kannst, wiederum nicht genau überprüfbar."

„Und wie lassen sich die Kurse jeweils nach oben und nach unten steuern?"

„Auch das ist sehr geschickt eingefädelt. Kontinuierlich werden die Papiere ganz normal an der Börse gehandelt. Dabei gibt es natürlich internationale Auflagen und auch Bankenübereinkommen müssen eingehalten werden. In Deutschland wäre es beispielsweise so, dass man eine Aktie nicht einfach zum Zehnfachen ihres Wertes verkaufen kann. Das ist zwar theoretisch möglich, aber die Banken lassen es nicht zu, weil damit zu viel Unfug getrieben werden kann. Maximal ein gewisser Prozentsatz kann über dem letzten Kursstand gehandelt werden."

Sven nickte. Davon hatte er schon gehört.

„Wenn jemand also eine Aktie bewusst hochtreiben möchte, dann muss er das in kleinen Schritten tun. Bei unserer Aktie ist es so, dass sie fortwährend gehandelt wird und dabei tatsächlich immer innerhalb dieser Toleranz steigt oder sinkt. Wir haben festgestellt, dass es weltweit etwa fünfzig Personen gibt, die sich an diesem Spiel beteiligen. Diese Leute befinden sich, wie sollte es anders sein, in Ländern, auf die wir keinen Zugriff haben. Es läuft zwar alles über amerikanische Aktiendepots, aber die Besitzer dieser Depots haben das Land nie betreten. So etwas ist im Zeitalter von E-Mail und Fax überhaupt kein Problem. Rufe einen amerikanischen Broker an und einen Tag später hast du ein Aktiendepot. Überweise ein paar tausend Dollar und du kannst in Amerika handeln."

Das erstaunte Sven und unweigerlich überlegte er, ob das deutsche Finanzamt Zugriff auf Gewinne eines derartigen Aktiendepots hätte.

„In jedem Fall sind seit Jahren immer die gleichen fünfzig Depots am Handel dieser Papiere beteiligt und für das ständige Auf und Ab verantwortlich. Das Ganze geht so schleichend, dass es lange Zeit niemand bemerkte. Aber selbst jetzt, da wir es im Prinzip nachvollziehen können, sind uns die Hände gebunden. Alle Transaktionen sind legal. Sogar die Gewinnsteuern wurden ordnungsgemäß abgeführt."

Gina machte eine kurze Pause. „Kürzlich hat einer meiner Kollegen eine Spur nach Ägypten verfolgt. Er wollte dort einen Informanten treffen. Du kannst dich erinnern, als Thomas das erste Mal bei Herdt angerufen hat? Thomas hatte erzählt, dass ein Mann von Herdt ums Leben gekommen war. Das war Sebastian Fink. Er starb in Ägypten an einer Vergiftung. Niemand hat etwas gesehen, niemand weiß etwas."

Ihre Augen wurden feucht. „Sebastian war ein sehr guter Mann, ein netter Kerl." Sie wischte sich über die Augen. „In jedem Fall gehört Franky zu den Nutznießern dieser Aktien. Er ist sehr reich dabei geworden. Deshalb haben wir ihn überwacht. Dass er gerade jetzt so vehement reagiert hat, als wir dieses merkwürdige Computerproblem gefunden haben, ist sicher kein Zufall."

„Du meinst, er hat uns wirklich bewusst in die Falle geschickt? Mit dem Wissen, dass uns etwas passieren wird?"

„Sag mir nicht, dass du alles für einen Zufall hältst! Natürlich hat er in Kauf genommen, dass wir die Sache wahrscheinlich nicht überleben würden. Übrigens glaube ich, dass Felix ihn längst hat festnehmen lassen. Selbstverständlich habe ich ihn über alle Dinge auf dem Laufenden gehalten. Einzig die Treffpunktänderung hatte ich nicht mehr durchgeben können. Die kam zu kurzfristig. Ich bin dir ewig dankbar, dass du mich noch auf die Idee mit der E-Mail gebracht hast. Sonst hätten wir diese Sache wohl nicht lebend überstanden."

Eine Weile saßen sie schweigend da. Sven wurde bewusst, dass er offenbar lange Zeit für einen Schwerverbrecher gearbeitet hatte. Die Gänsehaut, die über seinen Rücken kroch, ließ ihn frösteln. Dann kam ihm - weit entfernt von Mord und Totschlag - unvermittelt ein anderes Thema in den Sinn. Er riss seine Augen weit auf und fragte Gina: „Stimmt es, dass du auf SM stehst?"

Ein Schmunzeln trat in ihr Gesicht. „Du bist ja richtig erschrocken. Aber ich kann dich einigermaßen beruhigen. Ich werde dir keine größeren Schmerzen zufügen. Bei den Typen hatte ich mich wegen der Folie verplappert und konnte ja schlecht sagen, dass ich das auf der Polizeischule gelernt habe."

Das leichte Schmunzeln wich jetzt einem etwas hämischen Grinsen. „Trotzdem könnte ich mir vorstellen, dich mal zu fesseln, um mit dir machen zu können, was ich will."

Auch Sven grinste nun. „Würdest du mich denn das Gleiche mit dir machen lassen?"

„Klar, ich vertrau dir doch. Warum nicht?" In ihren Augen lag ein wildes Funkeln, das Sven nicht deuten konnte. „Übrigens hab ich ja noch meine Handschellen. Damit kann ich dich ans Bett binden." Sie lachte bei dem Gedanken. Dann saßen sie sich wieder still gegenüber.

„Was machen wir jetzt?", fragte Sven schließlich.

„Wir ziehen uns an und verlassen das Krankenhaus. Magst du?"

„Logisch. Und wie kommen wir nach Frankfurt? Ich hab keinen Cent bei mir."

„Ich habe Geld und eine Kreditkarte. Als Erstes besorgen wir dir ein paar frische Klamotten. Dann ein Auto - und los geht's. Felix wird zwar sauer sein und Ärger machen, aber er ist es gewohnt, dass ich unwichtigen Vorschriften nicht nachkomme." Mit einem leisen Lachen unterstrich sie die letzte Bemerkung.

Sven ging in sein Zimmer zurück. Dort suchte er in den Schränken und im Nachttisch alles heraus, was ihm gehörte. Es war nicht viel, nur die Dinge, die er während der Befreiungsaktion am Körper getragen hatte.

Schnell duschte er und zog danach seine Kleider wieder an. Mit sämtlichen dreckigen Sachen bekleidet, ging er wieder zu Gina. Auch sie war fertig angezogen, was Sven ein wenig bedauerte. Ihre Kleider sahen besser aus als seine. Dennoch konnte man erahnen, was sie am vergangenen Tag durchgemacht hatten.

„Wir werden für uns beide was kaufen müssen", meinte Gina, während sie gemeinsam den Raum verließen. Nach kurzer Orientierung wandten sie sich in die Richtung, in welche die Ausgangsschilder wiesen. Als sie an einem der Polizisten vorbeiliefen, sah er sie beide streng an, sagte aber nichts. Kurz bevor sie das Ende des Ganges erreichten, kam ihnen die füllige Schwester entgegen.

„Aber was haben Sie denn vor?", rief sie aufgebracht.

Gina fasste sie bei den Schultern und sah sie ernst an. „Wir müssen unbedingt los! Seine Schwiegermama hat Geburtstag und er hat noch nicht mal ein Geschenk besorgt! Es gibt zu Hause Mord und Totschlag, wenn er zu spät und dann noch ohne Geschenk kommt! Das verstehen Sie doch sicher, oder?"

Sven glaubte nicht, was er da hörte. Um ein Haar hätte er angefangen, schallend zu lachen. Er musste sein Gesicht zur Seite drehen, damit niemand sein Grinsen sehen konnte.

Während sie redete, machte Gina drei Schritte um die Schwester herum und drehte die Frau dabei um ihre eigene Achse. Dann lief sie noch zwei Schritte rückwärts weiter.

„Ja, dann..." Die Schwester wusste augenscheinlich nichts zu sagen und schon verschwanden Gina und Sven durch die Tür ins Treppenhaus.

Vor dem Krankenhaus warteten glücklicherweise einige Taxis. Der Fahrer sah sie missmutig an, als sie einstiegen. Da Ginas Kleidung sauberer war als die von Sven, setzte sie sich nach vorne.

„Fahren Sie uns irgendwohin, wo wir Kleidung kaufen können."

Der dicke, ältere Mann mit dem grauen Vollbart sah zu ihr hinüber. „Können Sie sich das Taxi überhaupt leisten?", fragte er mit gedehnten Worten.

Schon ging Ginas Tür wieder auf. „Komm, Sven, da hab ich keine Lust drauf."

Sie verließ den Wagen und lief zu dem nächsten Taxi. Sven folgte ihr, böse Verwünschungen des Fahrers im Ohr.

Nachdem Gina die Beifahrertür des anderen Wagens geöffnet hatte, fragte sie die junge Fahrerin: „Würden Sie uns in diesem Zustand mitnehmen?"

Sven musterte kurz die Frau hinter dem Lenkrad und versuchte zu erraten, wie ihre Antwort sein würde. Sie hatte kurze, schwarze Haare, war sehr schlank, trug fünf Ringe in ihrem rechten Ohr und einen weiteren durch ihre Unterlippe. Kaugummi kauend antwortete sie: „Klar, steigt ein."

Sven setzte sich wieder nach hinten. Nachdem auch Gina ihren Platz eingenommen hatte, bat sie erneut um eine Fahrt zu einem Shoppingcenter, in dem man Klamotten kaufen konnte.

„Was soll's denn sein? Eher günstig und schick oder eher teuer und noch schicker?"

Gina lachte laut los. „So eine tolle Umschreibung für billig oder gut habe ich noch nie gehört!"

Auch Sven lachte. „Es sollte nicht gerade das Allerbilligste sein", rief er von hinten, „aber auch nicht gleich das Nobelste."

Im Rückspiegel sah Sven die Fahrerin grinsen. „Okay. Dann mal los."

Sie ließen das Taxi vor dem Geschäft warten. Bald trugen beide neue, schwarze Jeans. Sven suchte sich dazu ein weißes Hemd, Gina eine ebenso weiße Bluse aus. Da sie gerade dabei waren, kauften sie auch gleich schwarze Schuhe im Partnerlook. Dann ließen sie sich zu einem Geschäft bringen, in dem sie ein Handy mit Prepaid-Karte für Sven erwarben.

Als Letztes fuhren sie zu einer Autovermietung, bei der sie sich einen 3er-BMW mieteten. Auf Staatskosten, wie Gina meinte.

Es war schon 16:00 Uhr, als sie nach Frankfurt aufbrachen. Erstaunlicherweise kamen sie gut aus Stuttgart heraus. Um diese Zeit gab es hier sonst lange Staus, die ein Verlassen der Stadt leicht anderthalb Stunden hinauszögerten. Dafür standen sie dann bei Karlsruhe für zwei Stunden im Stau. In einer Baustelle hatte es einen Auffahrunfall gegeben.

Um halb neun am Abend erreichten sie Svens Wohnung. Eigentlich hatten sie gehofft, am gleichen Tag noch im Büro nachsehen zu können, was es Neues gab, aber dafür war es zu spät. Als Sven die Tür aufschloss, war er erleichtert. Endlich wieder zu Hause, in der eigenen Wohnung – in Sicherheit. Doch kaum hatte er die Tür weit genug geöffnet, revidierte er seine Meinung. Schon auf den ersten Blick konnte er erkennen, dass jemand in seiner Wohnung gewesen sein musste. Zuerst dachte er an Janette. Aber er verwarf den Gedanken gleich wieder. So würde sie die Wohnung nicht zurücklassen, dafür kannte er sie zu gut. Oder? - Seine Gedanken stockten eine Sekunde. Kannte er sie wirklich so gut? Nein, er hatte sie wahrscheinlich nie richtig gekannt. Ebenso wenig wie den Geschäftsführer seiner Firma. Nie hätte er in Franky etwas anderes gesehen, als einen gutmütigen, kompetenten Geschäftsführer.

Schon im Flur lagen Sachen auf dem Boden. Die kleine Schublade der Garderobe war umgedreht und ausgeleert. Ihr Inhalt verteilte sich auf fast einem Quadratmeter. Wieder bekam Sven einen Adrenalinstoß und fühlte sich auf den Vortag zurückversetzt. Eine Hand griff nach seiner Schulter und zog ihn zurück.

„Nicht reingehen!" Ginas Stimme war sehr eindringlich. Während sie ihn zurückhielt, griff sie mit der anderen Hand nach der Türklinke. Schnell verschloss sie die Tür wieder. Dann zog sie eine kleine Pistole aus der Tasche.

„Wo hast du die denn schon wieder her?", staunte Sven.

„Solche Dinge werden einem Polizisten in meiner Position immer als Erstes ersetzt, ebenso wie das Handy. Ich hatte beides im Krankenhaus. Komm, wir gehen ein Stockwerk nach unten. Wer weiß, ob vielleicht noch jemand in der Wohnung ist."

Sven ging vor und Gina folgte ihm, rückwärts laufend. Unten holte sie ihr Handy hervor und wählte eine Nummer.

„Hi Felix, Gina hier. In die Wohnung von Sven Steinhammer ist eingebrochen worden. Wir sind nicht hineingegangen. Die Tür ist..." Sie schien unterbrochen worden zu sein und lauschte eine Weile. Die Stimme, die aus dem kleinen Lautsprecher des Telefons kam, war so laut, dass Sven sie hören, teilweise sogar verstehen konnte.

„Jetzt reg dich nicht auf, Felix. Uns geht es gut, wir sind in Ordnung. Du kennst mich doch. Glaubst du im Ernst, ich würde zwei Tage im Bett rumliegen?"

Kurzes Schweigen.

„Ist ja schon gut. Schick mir bitte zwei Leute und die Spurensicherung her. Und beruhige dich wieder." Ohne eine Antwort abzuwarten, beendete sie das Gespräch.

„Ist er sehr sauer?", fragte Sven.

Gina lachte. „Nein, der tut nur so. Er wäre enttäuscht gewesen, wenn ich zwei Tage untätig im Krankenhaus geblieben wäre."

„In der Wirklichkeit scheint alles etwas anders abzulaufen als in den Filmen. Hättest du jetzt nicht die Wohnung durchsuchen müssen?"

„Quatsch. Ich bin doch kein Selbstmörder. Wenn man nicht sicher weiß, ob da noch eine bewaffnete Person drin ist, geht man nicht alleine hinein. Alles Blödsinn, was da manchmal im Fernsehen gezeigt wird."

Das war einleuchtend.

„Ich glaube nicht, dass wir hier in Ruhe die Nacht verbringen können. Sobald hier alles so weit geregelt ist, fahren wir zu mir", entschied Gina.

Nach gut einer Viertelstunde tauchten insgesamt fünf Beamte auf. Die ersten drei, die die Treppe heraufkamen, trugen Zivilkleidung. Sehr zügig hatten sie Svens Wohnung nach Personen durchsucht. Es stellte sich heraus, dass sich niemand mehr darin befand. Dann fielen die Leute der Spurensicherung über die Räume her. Gina und Sven verabschiedeten sich und machten sich auf den Weg zu ihrer Wohnung. „Ob sie womöglich bei mir auch so gewütet haben?", kam es Gina plötzlich in den Sinn. Und tatsächlich – hier erlebten sie das Gleiche wie zuvor bei Sven.

Gina fluchte laut. Wieder rief sie Felix an. Wieder wurden Einsatzwagen geschickt. Wieder wurde die Wohnung durchsucht. Und wieder belagerte die Spurensicherung anschließend die Räumlichkeiten.

„Das kann Stunden dauern", sagte Gina resigniert. „Komm, wir suchen uns ein Hotel. Ich will nur vorher noch mal bei Felix anrufen. Wenn die bei dir und bei mir waren, dann kann es ebenso gut sein, dass sie bei Thomas und Stefan auftauchen. Felix soll ihnen Leute zur Bewachung schicken."

Das Telefonat war kurz. Nachdem sie aufgelegt hatte, berichtete Gina, dass Felix sich um alles kümmern würde.

„Ich hab den Eindruck, dass dein Einfluss auf deinen Chef ganz schön groß ist", meinte Sven.

„Er vertraut mir, ja. Außerdem treffe ich Entscheidungen, die nachvollziehbar sind. Warum sollte er sich dagegen wehren, wenn er die gleiche Entscheidung getroffen hätte?"

Damit war für sie die Sache offenbar erledigt. Sie holte ihr Handy wieder hervor und ließ sich von der Vermittlung mit verschiedenen Hotels verbinden. Mit Wohlwollen hörte Sven, dass sie nach einem Doppelzimmer fragte.

An diesem Tag waren viele Hotels wegen einer Messe in Frankfurt ausgebucht. Schließlich fanden sie ein Zimmer im ‚Hotel am Dom', einer kleinen Herberge mit etwa vierzig Zimmern, die tatsächlich nur fünfzig Meter vom Dom entfernt war. Sie fuhren hin, fanden zum Glück sofort einen Parkplatz direkt gegenüber vom Hoteleingang und checkten ein. Dann gingen sie zum Dom und von dort aus die Straße in Richtung Innenstadt hinunter. Nach kurzer Zeit gelangten sie zu einem Restaurant mit dem Namen ‚Zum Kuckuck'. Dort aßen sie jeder ein Wiener Schnitzel mit Pommes, rätselten darüber, was sich wohl noch alles im Hinblick auf das Computerproblem ergeben würde und begaben sich dann zum Hotel zurück. Obwohl sie bis zum Mittag geschlafen hatten, waren sie beide müde und wollten bald zu Bett gehen.

Sven ging zunächst duschen. Er war sich nicht im Klaren darüber, wie er das Badezimmer danach verlassen sollte. Schließlich band er sich das Handtuch um die Hüfte und betrat so das Zimmer. Gina schien kein Problem mit seinem Aufzug zu haben. Tatsächlich schien sie noch nicht einmal einen Blick dafür zu haben. Sie schritt einfach an ihm vorbei, hauchte ihm dabei einen Kuss auf die Wange und verschwand dann ihrerseits im Badezimmer.

Sven legte sich ins Bett und kuschelte sich nackt unter die Decke. Als Gina aus dem Bad kam, war er fast eingeschlafen. Er schreckte auf, als sie zu ihm ins Bett stieg. Das Erste, woran er dachte, war, dass er nicht gesehen hatte, ob sie etwas an hatte. Sie schmiegte sich an ihn und er empfand es als sehr angenehm.

„Sven, auch auf die Gefahr hin, dass du es für blöde hältst", sagte sie leise, „ich werde erst mit dir schlafen, wenn wir beide einen HIV-Test gemacht haben."

Sven erinnerte sich daran, dass er es mit Janette damals genauso gehalten hatte. Er hoffte inständig, dass Janette es später auch immer so gemacht hatte, egal, mit wem sie ins Bett gestiegen war. Sonst wäre die anfängliche Vorsicht völlig sinnlos gewesen.

„Ich halte es nicht für blöde. Es ist ganz in meinem Sinne." Er küsste sie auf die Stirn. „Aber streicheln darf ich dich doch, oder?"

Sie hob den Kopf und lächelte ihn an. „Du darfst sogar noch mehr tun, wenn du willst."

Dann küssten sie sich voller Verlangen. Nach zwei sehr zärtlichen Stunden kamen sie endlich zur Ruhe. Eng umschlungen schliefen sie ein.

14. September

Um halb neun wachte Sven auf. Am Abend vorher hatten sie vergessen, einen Weckruf zu bestellen. Gina lag noch dicht bei ihm. Er küsste sie auf die Nase und sie öffnete ihre Augen. Zärtlich lächelte sie ihn an. „Danke für die letzte Nacht, Sven", hauchte sie.

„Ich habe zu danken", gab er ebenso sanft zurück.

Sie kuschelten noch fünf Minuten, bevor sie sich anzogen und das Hotel verließen. Das Frühstück wäre zwar inklusive gewesen, aber sie waren viel zu neugierig auf die Neuigkeiten im Büro, um sich damit aufzuhalten. Was hatten Thomas und Stefan wohl herausgefunden? Würde es wichtige Neuigkeiten von Felix Herdt geben?

Sven überlegte auch, wie er sich im Beisein der Kollegen Gina gegenüber verhalten sollte. War es besser, ihre Beziehung zunächst geheim zu halten? Aber aus welchem Grund? Gina war keine wirkliche Kollegin mehr. Es konnte keinen Einfluss mehr auf das Arbeitsumfeld haben. Aber diese Entscheidung wollte er nicht alleine treffen.

„Gina, was meinst...", begann er.

„Pssst!" unterbrach sie ihn heftig und stellte das Radio lauter.

„...wurde der Mann gegen acht Uhr von einem Spaziergänger gefunden. Als Geschäftsführer eines großen Softwarehauses war Peter Sternberg ein erfolgreicher Unternehmer gewesen. Gerüchte, nach denen es sich um einen Selbstmord handelt, wollte die Polizei bisher weder bestätigen noch dementieren. Berlin. In der Diskussion um..."

Gina drehte das Autoradio wieder leise. „Peter Sternberg. Er war Geschäftsführer bei der NSI", erklärte sie.

„Du meinst, bei dem Hersteller der Backup-Software, die Thomas sich angesehen hat?"

„Genau. Im Übrigen gehörte auch er zu den Leuten, die durch diese dubiosen Aktiengeschäfte reich geworden waren. Mit dem Geld hat er dann die NSI aufgebaut. Ich glaube nicht an einen Zufall. Sein Tod steht mit Sicherheit in direktem Zusammenhang mit der ganzen Sache."

Sven wurde unheimlich zumute. Nun gab es einen weiteren Toten. Die Gewalt war nicht in Stuttgart geblieben.

„Oh Mann, Gina, wo wird das alles noch hinführen?"

Eine Antwort bekam er nicht. Gina war tief in Gedanken versunken und ließ ihn nicht daran teilhaben. Kurz darauf parkten sie den BMW.

Als sie auf das Gebäude zukamen, erwartete sie eine Überraschung. Vor dem großen Bürohaus standen vier uniformierte Beamte. In der näheren Umgebung befanden sich so viele Polizeiwagen, dass Sven die genaue Anzahl auf einen Blick nicht erfassen konnte.

„Was ist denn hier los?", fragte Sven, während sie auf die Polizisten am Eingang zusteuerten.

„Keine Ahnung", erwiderte Gina.

Am Eingang wurden sie nach ihren Ausweisen gefragt. Nachdem Gina ihren Dienstausweis hingehalten hatte, durften sie passieren. Auf dem Weg nach oben trafen sie niemand. Als sie den Fahrstuhl verließen, mussten sie erneut einem Polizisten ihre Ausweise zeigen. Auch hier genügte Ginas Dienstausweis. Auf direktem Weg gingen sie zu Svens Büro, aus dem ihnen sieben Augenpaaren entgegenblickten. Eine große Runde hatte sich dort versammelt und unterbrach das Gespräch, als die beiden eintraten. Neben Gregor, Thomas und Stefan befanden sich vier weitere Personen im Raum, die Sven nicht kannte. Ein großer Mann, der stark an Clint Eastwood erinnerte, stand auf und kam auf sie zu. Unvermittelt nahm er Gina in den Arm.

„Ich bin so froh, dass dir nichts passiert ist", sagte er.

Gina drückte ihn. Sven staunte darüber, wie herzlich die Beziehung zu dem Mann war, den er für einen von Ginas Kollegen hielt.

„Das hast du gestern schon gesagt", lachte Gina. Dann befreite sie sich aus seinen Armen. „Darf ich dir Sven Steinhammer vorstellen? Sven, das ist Felix Herdt." Die beiden Männer reichten sich die Hände. Sven musste dabei nach oben sehen, denn Felix überragte ihn um mehr als einen Kopf. Die hellen, blauen Augen blickten freundlich, aber dennoch fest.

„Freut mich, Herr Steinhammer, oder darf ich Sie Sven nennen?"

„Natürlich, die Freude liegt ganz auf meiner Seite. Sie haben mir immerhin mit Ihren Leuten das Leben gerettet." Sven lachte.

„Ich bin Felix. Und es war nur mit deiner Hilfe möglich, die Verbrecher zu fassen. Immerhin hast du dafür gesorgt, dass Gina uns die E-Mail geschickt hat."

Sven staunte im Stillen. Felix schien sehr gut informiert zu sein. Ob Gina am Vortag per Telefon einen ausführlichen Bericht abgegeben hatte?

„Setzt euch zu uns! Was ihr erlebt habt, ist allen bekannt. Ich habe eure Kollegen hinlänglich informiert. Jetzt sollt ihr erfahren, was sich während eurer Abwesenheit getan hat."

„Ich hab eben im Radio von Sternberg gehört", richtete Gina das Wort an Felix. „Weißt du da was drüber?"

„Nun, es sieht alles nach Selbstmord aus. Er hing in einem Waldstück im Grüneburgpark an einem Baum. Unter ihm lag ein umgekippter Klappstuhl, der eindeutig aus seinem Besitz stammt. Drei weitere dieser Stühle stehen auf der Terrasse seiner Wohnung. Auf den ersten Blick sieht es so aus, dass er sich das Seil selbst um den Hals gebunden und dann mit den Füßen den Stuhl umgestoßen hat."

„Was spricht dagegen?"

„Der Zeitpunkt. Natürlich könnte es ein Zufall sein, aber ich glaube nicht daran. Vielleicht findet die Spurensicherung ja noch was." Felix machte eine Pause, bevor er fortfuhr. „Franklin Bowdy, oder Franky, wie ihr ihn nennt, ist bereits gestern verhaftet worden. Die Staatsanwaltschaft geht davon aus, dass er euch wissentlich in den Hinterhalt gelockt hat. Wir sind noch dabei, einige Dinge zu recherchieren, und haben bereits alle Verbindungen ermittelt, die in den letzten zwei Wochen zu seinem Mobiltelefon bestanden. Eine äußerst interessante Nummer ist uns dabei aufgefallen: Peter Sternberg hat ihn Ende letzter Woche angerufen. Ein weiterer Grund, warum ich bei seinem Tod nicht an einen Zufall glaube. Auch wenn er sich wirklich selbst umgebracht hat, dann liegt der Grund dafür irgendwo in dieser Sache."

Svens Unbehagen wuchs. Irgendwie hatte er das Gefühl, von einem riesigen Komplott umgeben zu sein. Jeder konnte plötzlich dazugehören. Überall gab es Verbindungen, mit denen er nicht gerechnet hatte. Ein Stein war ins Rollen gekommen und hatte eine Lawine ausgelöst. Und dieser Stein schien mit Thomas' Besuch bei der NSI zusammenzuhängen.

Felix Herdt fuhr fort: „Nachdem du, Gina, mich letztens angerufen hast, um mir zu erklären, was hier los ist, habe ich ein paar Spezialisten bei uns zusammengerufen. Sie haben ihrerseits einige Tests gemacht, die ähnlich ausgefallen sind wie eure."

„Deshalb haben Sie von sich aus bei Thomas angerufen und nicht darauf gewartet, dass er sich wieder meldet!" Sven erinnerte sich noch deutlich daran, wie erstaunt sie am Montagmorgen über Felix' Anruf gewesen waren. An das von Felix angebotene ,Du' hatte er sich noch nicht gewöhnt.

„Genau. Mittlerweile gibt es eine Sonderkommission, die sich eigens mit dieser Problematik befasst. Die Leitung dafür würde ich gerne dir übertragen, Gina. Du hast die besten Einblicke und kennst dich auch mit der Aktiengeschichte aus. Wir vermuten, dass beides zusammenhängt."

Gina nickte. „Klar."

„Damit euch deutlich wird, wie ernst dieser Fall eingestuft wird: Die Regierung gibt uns absolut freie Hand. Dieses Stockwerk wurde von uns in Beschlag genommen, alle Leute, die sich hier aufhalten, arbeiten mit uns zusammen. Die meisten Angestellten sind kurzfristig beurlaubt worden. Lediglich ein Mindestmaß an Personal ist im Einsatz, um die Funktionalität für die Kunden aufrechtzuerhalten. Dich, Sven, möchte ich um deine Hilfe bitten und dich als externen Berater in die Soko aufnehmen. Diese Kollegen hier", er wies auf die Männer, die Sven fremd waren, „sind Fachleute mit einem technische Know-how auf Ginas Niveau. Sie werden hier gemeinsam mit euch weitere Computertests durchführen. Die Leitung hat, wie gesagt, Gina. Wie viel sie davon aus der Hand gibt, bleibt ihr überlassen. Wenn du dich entschließt, uns zu helfen, wirst du eine Verpflichtungserklärung unterschreiben müssen. Du hast bis zum Ende des Gesprächs Zeit, es dir zu überlegen."

„Da brauche ich nicht zu überlegen. Natürlich bin ich dabei."

„Gut. Drüben auf dem Schreibtisch liegt ein Formular, das du bitte unterschreibst, bevor ich gehe. Deine Kollegen haben das bereits getan." Felix wechselte das Thema. „Die Geschäftsleitung der DeHSIP hat kommissarisch Frau Gräbner übernommen. Sie war bisher Direktorin der Finanzabteilung. Die Entscheidung über eine endgültige Nachfolge von Frank Bowdy werden in den nächsten Wochen die Hauptaktionäre treffen. Im Übrigen müsst ihr sowohl über den Verbleib von Bowdy als auch über alle Einzelheiten, die hier derzeit passieren, absolutes Stillschweigen bewahren. Das meine ich so, wie ich es sage, und es ist mir sehr ernst damit. Verstöße dagegen haben einen sofortigen Ausschluss aus der Gruppe zur Folge, für Polizeiangehörige gibt es außerdem disziplinarische Maßnahmen. Ich hoffe, dass ich die Notwendigkeit dafür nicht extra erläutern muss."

Sein Blick in die Runde blieb ohne Antwort. Er fuhr fort: „Gut. Vorrangiges Ziel dieser Gruppe ist es herauszufinden, welche Systeme betroffen sind und in welchem Ausmaß sich die

Auswirkungen bewegen. Eine detaillierte Analyse der Folgen ist erforderlich. Ich habe nicht genügend Fachwissen, um beurteilen zu können, was dafür getan werden muss. Deshalb gebe ich nun das Wort an Gina."

Ohne Zögern begann sie. „Zunächst möchte ich einen kurzen Überblick über die letzten beiden Tage bekommen. Thomas?" Mit hochgezogenen Augenbrauen sah sie ihn erwartungsvoll an.

„Tut mir leid. Ich war die letzten beiden Tage nicht da, weil es meiner Frau nicht gut ging."

„Stimmt, du hattest uns unterrichtet. Wie geht es ihr jetzt?"

„Es geht ihr zum Glück gut. Die Kinder sind auch versorgt. Ich kann mich also wieder voll auf die Sache konzentrieren."

Felix meldete sich noch einmal zu Wort: „Es tut mir sehr leid, was Thomas' Frau passiert ist. Aber es könnte durchaus sein Leben gerettet haben. Er war für eine ähnliche Tour vorgesehen wie ihr."

„Was war mit Stefan?", antwortete Gina mit einer Frage. „Der hing doch ebenso tief in den Tests drin wie wir." Sie wandte sich dem Desktop-Spezialisten zu.

„Ich hab einfach Glück gehabt", erklärte Stefan. „Franky hatte mich nach Berlin geschickt. Da war ein Bauteil in einem Server kaputt. Es war die gleiche Masche wie bei euch. Er hat mir eine Adresse genannt, bei der ich das Teil zu einem unschlagbar günstigen Preis bekommen würde. Er wusste aber nicht, dass ich selbst noch ein Ersatzteil dabei hatte. Damit lief das Gerät wieder und ich hatte es nicht nötig, ein neues zu besorgen."

„Wir haben die Adresse überprüft", erklärte Felix. „Es handelte sich um ein verlassenes Bürogebäude."

Gina nickte und wandte sich wieder an Stefan. „Und, hast du weiter an der Sache gearbeitet?"

„Nein. Hier war einfach zu viel Chaos."

„Wie sieht's bei euch aus?", fragte sie die drei Spezialisten von der Polizei.

„Vielleicht sollten wir uns zunächst vorstellen. Die anderen kennen uns schon, aber Sven ja noch nicht. Ich bin Bernhard. Das ist Oskar", er wies auf den Mann zu seiner Linken. Dann drehte er sich zu seinem Kollegen auf der rechten Seite. „Und er heißt Pascal."

Die beiden Vorgestellten nickten Sven zu. „Wir haben das, was ihr herausgefunden habt, in unseren Labors nachgestellt. Dabei hat sich alles bestätigt, was wir von Gina erfahren hatten. Eine Nachkontrolle war wichtig, um die Notwendigkeit dieser Sonderkommission ausreichend begründen zu können. Wir haben fünfunddreißig verschiedene Betriebssysteme getestet. Darunter waren acht, die keinerlei Symptome aufwiesen. Alles Exoten, die kaum kommerziell in Gebrauch sind. Wir haben Computer von vierzig verschiedenen Herstellern getestet. Alle reagieren gleichermaßen. Daraus folgern wir, dass es zumindest im Bereich der PCs eine reine Softwaresache ist. Für die Netzwerkgeräte haben wir leider nicht genügend Fachwissen. Deshalb sind wir hier."

Gina nickte. „Okay. Unsere Aufgabe ist also zunächst, den Umfang der ganzen Sache herauszufinden. Danach kommt die wahrscheinlich viel schwierigere Aufgabe. Die große Preisfrage wird sein: Was können wir dagegen unternehmen? Dafür müssen wir das Prinzip der Ursache verstehen. Deshalb werden wir uns von Anfang an in zwei Gruppen aufteilen. Eine Testgruppe, die herausfinden muss, was alles betroffen ist, sowie eine Forschungsgruppe, die sowohl bei der Software als auch bei den Netzwerkgeräten untersuchen muss, wie die Dinge funktionieren. Wir werden uns alle vier Stunden zusammensetzen, um uns auszutauschen. Bevor wir anfangen, gehen wir aber gemeinsam durch, was noch alles erledigt werden muss." Gina wandte sich an Felix. „Wie sieht es mit Materialien aus, wenn wir etwas brauchen?"

„Ihr habt eine komplette Abteilung zur Verfügung. In den Büros dieses Stockwerks gibt es Sekretärinnen, Einkäufer, Projektmanager und so weiter. Sie kommen von Zeitarbeitsfirmen. Dazu habt Ihr eine Handvoll Leute, die bei Bedarf Recherchen anstellen. Bei ihnen handelt es sich um Spezialisten aus unserer Abteilung. Ihre Möglichkeiten, an Informationen zu kommen, beschränken sich nicht nur auf das Internet. Kurzum: Wenn ihr etwas braucht, dann reicht ein Wort von euch und es wird besorgt."

„Gut." Gina war sichtlich zufrieden. Sven war beeindruckt davon, wie gut alles vorbereitet war, besonders im Hinblick auf die kurze Zeitspanne, die dafür zur Verfügung gestanden hatte. „Dann lasst uns zunächst ein Brainstorming machen und überlegen, was wir alles testen wollen."

Es dauerte mehr als zwei Stunden, bis man sich auf die wichtigsten Dinge geeinigt hatte.

Am Ende gab es zwei Listen. Eine enthielt die Geräte und die Software, die noch zu testen waren. Die andere fasste zusammen, welche Funktionen und Abläufe bei den vorhandenen Geräten geprüft werden sollten.

Als Nächstes wurde überlegt, was für die Tests noch besorgt werden musste. Eine weitere Aufstellung umfasste die Dinge, zu denen die Anwesenden kein oder nur wenig Wissen besaßen. Hierfür galt es, entsprechende Fachleute zu finden. Dies konnte sich schwieriger erweisen, als die benötigten Geräte oder Programme zu besorgen. Beispielsweise ging es um die Kenntnis von Programmen, die von Banken oder der Börse benutzt wurden. Hiermit kannte sich niemand aus dem Team aus. Probleme bei solcher Software konnten aber Folgen für die gesamte Wirtschaft haben.

Bei der Diskussion um diesen Punkt meldete sich Felix wieder zu Wort: „Was meint ihr denn, was genau es bedeuten würde, wenn auch Bankensoftware betroffen wäre?" Seine Stimme klang sorgenvoll.

„Das ist kaum abzuschätzen", erklärte Sven. „Im schlimmsten Fall werden am neunten November keine Geldautomaten mehr funktionieren. Vielleicht sind auch keine Überweisungen mehr möglich. Das gesamte Bankensystem könnte eingefroren werden, bis die Sache behoben ist. Das kann einen Tag, ebenso aber auch mehrere Wochen dauern."

Er spürte die große Betroffenheit, die sich nach seinen Worten im Raum breitgemacht hatte.

„Wer weiß", ergänzte Thomas, „vielleicht werden auch plötzlich alle Aktienkurse nicht mehr zur Verfügung stehen. Die Börse würde eventuell für einige Zeit geschlossen werden."

„Womit wir bei den Folgen sind. Wir haben noch eine wichtige Sache vergessen", unterbrach ihn Sven. „Wir sollten uns auf jeden Fall die Software für Flugsicherung ansehen. Wenn damit etwas nicht in Ordnung ist, wird es am Tag X entweder weltweit Hunderte von Flugzeugkatastrophen geben oder aber alle Flüge werden gecancelt."

Nach einer weiteren Minute betroffenen Schweigens stand Felix auf. „Wir sollten keine Zeit verlieren. Ich glaube, wir haben erkannt, was die wichtigsten Dinge sind. Es wird alles so schnell wie möglich zur Verfügung stehen. Sven, wenn du bitte noch das Formular unterschreibst, bevor ihr an die Arbeit geht? Ansonsten wünsche ich gutes Gelingen." Damit verließ er das Büro.

Als Nächstes stand Oskar auf. „Bevor wir beginnen, möchte ich euch noch unsere Vorarbeit präsentieren. Im großen Konferenzsaal haben wir eine umfangreiche Testumgebung aufgebaut. Lasst uns rübergehen."

Nacheinander verließen alle den Raum. Nur Sven blieb zurück, um die Verschwiegenheitsvereinbarung zu unterschreiben. Dann beeilte er sich, zu den anderen aufzuschließen.

Drei Türen weiter befand sich der umfunktionierte Saal. Svens Staunen nahm kein Ende, als er die aufgebauten Apparaturen sah. Eine Menge Menschen mussten viele Stunden damit beschäftigt gewesen sein. Der riesige Raum, der auch für größere Mitarbeiterversammlungen ausreichte, war rundherum mit Technik vollgestopft.

„Das Ganze ist in vier identische, aber völlig unabhängige Netzwerke unterteilt", begann Oskar zu erklären. „Jedes Gerät ist also viermal vorhanden. In jedem Netz gibt es fünfzig PCs unterschiedlicher Hersteller. Auf zehn davon ist jeweils Frames aufgespielt. Auf acht Rechnern haben wir die Betriebssysteme installiert, die bisher keine Symptome gezeigt haben. Sieben weitere Maschinen laufen mit unterschiedlichen Systemen. Fünfundzwanzig Geräte sind noch komplett leer und stehen zur freien Verfügung. Daneben gibt es noch etliche andere Computer, wie beispielsweise Großrechner oder PCs, auf denen generell kein Frames läuft. Das Backbone stellen zwei Gigaswitch-Router dar. Daneben gibt es noch jeweils zehn andere Router, wobei zwei von CatSpeed sind, die restlichen paarweise von verschiedenen Herstellern. Es sind insgesamt dreiundzwanzig Ethernet-Switche und zwei Hubs vorhanden. An jedem dieser Geräte hängen jeweils zwei der PCs. Die Großrechner haben wir ebenso im Netz verteilt. Eine Kommunikation zwischen den meisten Geräten ist noch nicht möglich, denn wir haben die Netzwerkgeräte bisher nicht konfiguriert. Das machen wir mit euch."

Sven war überwältigt. Was hier aufgebaut worden war, hätte netzwerktechnisch leicht sämtliche Computer einer Firma mit mehreren hundert Mitarbeitern speisen können. „Wie viele Leute haben hier dran gearbeitet?", fragte Gina, wobei man ihrer Stimme anmerkte, wie überrascht auch sie war.

„Wir haben dreißig Kollegen hier gehabt. Die letzten sind heute Morgen um acht Uhr verschwunden. Ich bin sehr stolz auf unsere Leute."

„Das kannst du auch sein, Oskar. Es ist einfach großartig. Damit kann man arbeiten. Ist eines der vier Netze schon auf das entscheidende Datum umgestellt?"

„Nein. Das wollten wir frühestens machen, wenn die Netzwerkkomponenten konfiguriert sind."

„Was ist da drin?", fragte Sven und zeigte auf einige niedrige Schränke, die in der Mitte des Raums nebeneinanderstanden.

Pascal lief auf den ersten der Schränke zu und öffnete die seitlich aufschiebbare Tür. „Hier ist alle nur erdenkliche Standardsoftware drin. Vieles von dem, was wir noch testen wollen, brauchen wir gar nicht erst zu besorgen. Das meiste ist vorhanden. Nur die Spezialsoftware wie für Banken, Flugsicherung und dergleichen ist noch nicht da."

Gina nickte. „Ihr seid unglaublich. Ich wusste schon immer, dass ihr Jungs auf Zack seid. Aber das hier übertrifft alles, was ich jemals erwartet hätte."

„Schau, was wir hier haben", sagte Pascal und ging zu einer Wand. Svens Blick folgte Pascals ausgestrecktem Finger. Über den Tischen mit den Bildschirmen waren riesige Blätter aufgehängt. „Jeder Rechner ist mit einem Namen beschriftet. In diesen Tabellen findet man alle Namen wieder. Hinter jeder Computerbezeichnung ist ausreichend Platz, damit wir hineinschreiben können, welche Programme installiert sind, welche Tests wir gemacht haben und wie das Ergebnis war. So hat jeder aus der Gruppe immer vor Augen, wie der aktuelle Stand ist."

„Ihr habt an alles gedacht, was?", fragte Sven, ohne wirklich eine Antwort zu erwarten.

„Zumindest, soweit es in unseren Möglichkeiten lag." In Pascals Stimme schwang Stolz mit.

Nun ging es zunächst darum, die gebräuchlichsten Softwarepakete auf zahlreichen Rechnern zu installieren. Hierbei war auch Gregor eine große Hilfe. Stunde um Stunde verging, ohne dass ein Ende der Installationsarbeiten in Sicht war. Zwischendurch ließ man Pizza und Getränke kommen. Kaum einer bemerkte, wie es draußen dunkel wurde. Bald war es 22:00 Uhr und noch immer gab es weitere Programme aufzuspielen. Pascal wartete mit einer neuen Überraschung auf.

„Wir haben die letzten vier Räume auf der anderen Seite des Gebäudes mit Feldbetten ausgestattet. Natürlich darf jeder, der möchte, nach Hause fahren. Aber wer will, kann auch hier ein paar Stunden schlafen. Das spart Zeit. Für die, die heimfahren, gilt: nicht ohne Begleitung! Es sind genügend Beamte da."

„Außerdem", fügte Gina hinzu, „wäre ich dankbar dafür, wenn sich jeder, der das Haus verlässt, bei mir abmeldet. Wir werden eine Anwesenheitsliste anfertigen, damit wir jederzeit einen Überblick haben, wer da ist und wer nicht."

Für diese Nacht wollten alle Gruppenmitglieder im Büro bleiben. Einige Anrufe wurden getätigt, um der Familie oder Freunden Bescheid zu sagen.

Gregor kam in einer ruhigen Minute zu Sven und Gina. Bedrückt erklärte er: „Ich mache mir Sorgen um meine Eltern. Vielleicht tauchen die Leute, die bei euch waren, auch dort auf."

Gina beruhigte ihn: „Ich verstehe deine Bedenken, aber deshalb brauchst du dir keine Sorgen zu machen. Deine Eltern werden rund um die Uhr bewacht. Sie wissen es zwar nicht, aber es ist ständig jemand vor eurem Haus. Alles, was in eurer Straße vor sich geht, wird bemerkt und notiert."

Das schien den Jungen tatsächlich zu beruhigen.

„Vielleicht solltest du ein wenig schlafen", schlug Gina vor.

„Ich bin noch nicht müde. Darf ich ein paar eigene Tests machen? Mir raucht der Kopf von den ganzen Installationen. Ich muss einfach mal was anderes tun. Nur für zwei Stunden oder so."

„Was schwebt dir denn so vor?"

„Ich möchte auf allen Computern ein E-Mail-System konfigurieren, sodass wir Mails durch die Netze schicken können. Besonders interessieren mich dabei natürlich die Geräte mit Betriebssystemen, die nicht anfällig erscheinen. Einfach, um zu sehen, ob der Mailverkehr an sich betroffen ist."

Gina nickte. „Tu das. Es kann nicht schaden."

„Danke." Damit drehte sich der Praktikant um und ging zu den Schränken mit der Software. Sven und Gina gingen wieder ihren Beschäftigungen nach.

Als die Netzwerkgeräte für zwei der vier Testnetzwerke fertig konfiguriert waren, entschied Gina, dass eines der beiden Netze in den Zustand nach dem neunten November versetzt werden sollte. Hieran konnte man dann direkt am Phänomen arbeiten und Tests durchführen. Die anderen Netze sollten zunächst sauber bleiben.

Um null Uhr überkam die meisten, die noch arbeiteten, die große Müdigkeit. Man beschloss gerade in kleiner Runde, sich ein wenig hinzulegen, als Gregor aus einer Ecke rief: „Die E-Mails! Sie vertauschen ihre Empfänger!"

Sven drehte sich zu ihm um. Wie er merkte, taten alle anderen es ihm gleich.Die allgemeine Neugier besiegte plötzlich die Müdigkeit. Schnell war er bei Gregor, um den sich bereits die meisten anderen scharten.

„Passt auf", erklärte er, „ich habe hier drei Computer. Die Mailnamen sind einfach. Ich habe sie a@xxx.de, b@yyy.de und c@zzz.de genannt. Die Rechner nenne ich a-, b- und c-Rechner. Nun schicke ich diese Mail", er deutete auf einen der drei Monitore, „vom a-Rechner an den b-Rechner. Der Inhalt der Mail lautet Test 1." Alle sahen es. Mit einem Mausklick schickte Gregor die Mail ab und sie verschwand vom Bildschirm. „Nun können wir warten, solange wir wollen. Die Mail wird nicht ankommen. Aber es wird noch besser." Er wechselte zu einer anderen Tastatur. „Hier habe ich eine Mail vom c-Rechner an den a-Rechner. Der Inhalt lautet, um es einfach zu halten, Test 2." Wie bei der ersten Mail konnten sich alle von dieser Tatsache überzeugen. Ein erneuter Klick mit der Maus und auch diese Mail verschwand. Kaum eine Sekunde später zeigten die Computer a und b eine Meldung an, die über neue Nachrichten im Briefkasten informierte. Gregor öffnete zuerst die Mail auf dem a-Rechner. Der Inhalt, der sich allen offenbarte, lautete: Test 1. Danach öffnete Gregor die neu angekommene Mail auf dem b-Rechner. Diese zeigte erstaunlicherweise den Inhalt: Test 2.

„Die Mails sind vertauscht. Ich habe, bevor ich euch gerufen habe, ausgiebig getestet. Das hier war nur, um euch kurz zu zeigen, dass ich mir das nicht einbilde. Vorher habe ich auf jedem der drei PCs jeweils zehn Mails vorbereitet. Dann habe ich gleichzeitig die Mails von allen Rechnern losgeschickt. Am Ende kamen sie wild durcheinander auf verschiedenen Geräten an, aber immer auf dem falschen."

Betroffene Stille trat ein. Diese neue Tatsache musste offenbar nicht nur Sven erst einmal verdauen.

Nach einer Weile war er der Erste, der wieder sprach. „Hast du erkennen können, ob sich in der Mail etwas verändert hat? Und hast du auch mal längere Texte verschickt?"

„Nein und ja. Ich habe längere Texte verschickt, ich habe auch Anhänge versendet, also angehängte Dokumente wie Bilder, Tabellen oder Textdokumente. Ich habe dabei keine Veränderung feststellen können. In einem Text kam eine 3 als eine 2 an, aber das habe ich auf einen Übertragungsfehler zurückgeführt, da es ja nur ein Zeichen war."

Sven hob die Augenbrauen. „Unwahrscheinlich. Dann würden die Prüfsummen nicht mehr stimmen. Die Mail hätte erneut zugestellt werden müssen."

„Prüfsumme?" Gregor zog die Stirn in Falten.

„Ja, das ist eine einfache Funktion, damit Programme feststellen können, ob empfangene Daten korrekt angekommen sind. Stell es dir so vor, dass die Werte jedes einzelnen Zeichens aufaddiert werden. Die Summe wird am Ende der Mail angefügt. Das Empfängerprogramm summiert ebenfalls alles auf. Wenn dabei ein anderes Ergebnis herauskommt als die empfangene Summenzahl, muss ein Fehler vorliegen. Beim Absender werden die Daten erneut angefragt. In Wirklichkeit ist es natürlich etwas komplizierter, aber so ungefähr läuft es."

„Aber wie kann es dann sein, dass so eine Mail falsch ankommt?"

„Wenn zusammen mit dem Inhalt auch die Prüfsumme geändert wird. Dazu müsste sie neu berechnet werden. Natürlich kann ein sehr großer Zufall dazu führen, dass ein Übertragungsfehler auch zur Veränderung der Prüfsumme führt. Wenn es dabei dann passiert, dass die Summe zufällig auf den neuen, erforderlichen Wert verfälscht wird, könnte es sich um einen Übertragungsfehler handeln. Die Chancen für einen solchen Zufall sind aber geringer als sechs Richtige im Lotto."

„Was bedeutet das jetzt für uns?", wollte Gregor wissen.

„Das werden wir gleich sehen. Schick bitte eine Mail von a nach b. Als Inhalt schreibst du: Der Rechnungsbetrag beläuft sich auf 1.250 Euro."

Niemand sagte etwas, während Gregor den Text eintippte und die Mail versendete. Wie erwartet kam sie nicht an.

„Offenbar wird die Mail von einem Gerät im Netzwerk zwischengespeichert und zurückgehalten, bis eine weitere vorliegt, mit der man die Empfangsadresse austauschen kann", erklärte Gina. „Heutzutage, da Speicherplatz nicht mehr so viel kostet wie noch vor zehn Jahren, haben fast alle Netzgeräte genug Kapazität, um so etwas leisten zu können."

„Soll ich dann jetzt noch eine von einem anderen Compuetr schicken, damit wir die Mail irgendwo empfangen?"

„Ja. Du brauchst auch keinen Text als Inhalt einzugeben."

Kurz nachdem Gregor die zweite Mail losgeschickt hatte, kamen auch beide schon an. Gregor öffnete die auf dem c-Rechner. Es stellte sich heraus, dass es sogar die Mail war, die tatsächlich für c bestimmt war, also die leere Mail. Erstaunt öffnete der junge Praktikant die neue Mail auf dem b-Gerät. Sie enthielt den Rechnungstext. Auch diese Mail war also bei dem Empfänger gelandet, zu dem sie gehörte. Verwirrt starrten alle auf den Bildschirm. Der Text lautete: Der

Rechnungsbetrag beläuft sich auf 4.380 Euro. Sven versuchte zu begreifen, was das bedeutete. Ein flaues Gefühl machte sich in seinem Magen breit.

„Schick bitte noch eine Mail mit einer Zahl durchs Netz", sagte er mit leiser Stimme. Die Spannung bei den anwesenden Personen war beinahe körperlich zu spüren. Gregor tat, wie ihm geheißen. Das Ergebnis war dasselbe. Die Mail kam beim tatsächlich gewünschten Empfänger an, die Zahlen aber waren falsch. Noch betroffener als zuvor standen alle schweigend da.

Gina brachte auf den Punkt, was vermutlich alle dachten: „Also wird es ab dem neunten November keinen normalen E-Mail-Verkehr mehr geben. Vor allem werden Mails betroffen sein, die Zahlen enthalten, zum Beispiel Geldbeträge. Alle diese Zahlen werden nicht mehr stimmen. Per Mail verschickte Geschäftsberichte werden völlig verfälscht sein. Rechnungsbeträge. Angebote. Wir sollten testen, was mit anderen Daten im Netzwerk passiert, wenn sie Zahlen enthalten. Datenbankabfragen zum Beispiel. Buchungen beim Online-Banking. Bestellungen in Internet-Shops."

Sven versuchte, sich das Szenario vorzustellen, wenn all diese Daten verfälscht sein würden. Er konnte es nicht wirklich ermessen.

„Wir sollten uns etwas schlafen legen", sagte er schließlich. „Morgen früh sind wir ausgeruhter und können klarer denken."

Niemand hatte etwas dagegen einzuwenden. Bevor sie gingen, legte Sven seine Hand auf Gregors Schulter. „Du hast sehr gute Arbeit geleistet. Ich würde dich später gerne als Mitarbeiter haben."

Ein Lächeln huschte über Gregors Gesicht.

15. September

Bereits um 6:30 Uhr herrschte reges Treiben auf den Fluren. Sven war verschwitzt und die Kleidung klebte an seinem Körper, als er erwachte. Er wünschte sich, dass er doch nach Hause gefahren wäre. Dann erinnerte er sich daran, dass seine Wohnung nicht aufgeräumt war. Er hätte ins Hotel fahren müssen. Als er sich aufrichtete, sah er, dass alle anderen Feldbetten bereits leer waren. Auch das, in dem Gina geschlafen hatte. Beim Aufstehen überfielen ihn ein Schwindelgefühl und ein Schmerz in seiner linken Schläfe. Auf dem Weg zur Toilette traf er Pascal, der ihm müde entgegenblickte und ein „Guten Morgen" murmelte. Nach einer kurzen Katzenwäsche begab Sven sich in den großen Raum mit den vielen Testgeräten. Niemand sprach. Dafür hörte man fleißiges Tastengeklapper. Etwa in der Mitte an der gegenüberliegenden Wand entdeckte er Gina. Als Sven sich hinter sie stellte und seine Hände auf ihre Schultern legte, drehte sie sich um. Mit einem müden Lächeln begrüßte sie ihn.

„Wie hast du geschlafen?", erkundigte sie sich.

„Entsetzlich. Wir sollten die nächste Nacht im Hotel verbringen." Sven lächelte sie vielsagend an.

„Ja... Ich habe auch kaum ein Auge zugetan. Geh dir einen Kaffee holen. In der Küche stehen belegte Brötchen. Es sind genug da, also halte dich nicht zurück. Und bringst du mir zwei Brötchen mit? Mit Salami und Käse?"

„Klar." Er beugte sich zu ihr hinunter und küsste ihre Stirn. Sie streichelte seine Wange. Dann ging er in Richtung Küche. Ohne Erfolg versuchte er, die Müdigkeit zu verdrängen. In der Küche trank er eine Tasse Kaffee. Eine zweite nahm er mit in das neue Testcenter. Dazu zwei Teller mit Brötchen, einen für sich und einen für Gina. Als er den großen Raum betrat, standen alle Anwesenden um einen Platz herum. Nach genauerem Hinsehen erkannte Sven, dass es wieder Gregor war, der alle um sich herum geschart hatte. Sven gesellte sich dazu und fragte, was es Neues gab.

„Egal, was ich über die betroffenen Netzwerkgeräte schicke: Alle numerischen Werte sind unbrauchbar." Gregor sah ebenso müde aus, wie Sven sich fühlte. „Ich habe verschiedene Datenbankabfragen getestet. Ebenso habe ich Tabellen hin und her geschickt. Außerdem habe ich eine Online-Bestellung simuliert. Immer kommen die Zahlen falsch an."

Sven nickte. „Wir brauchen einen Fachmann direkt vom Hersteller der Geräte. Jemanden, der sich mit der Systemprogrammierung auskennt. Der muss feststellen, warum das passiert und wie kompliziert es ist, das wieder abzustellen."

„Ich rufe Felix an", sagte Gina. „Der soll sich darum kümmern. Wir sollten bis dahin testen, welche Netzwerkgeräte von diesem...", sie suchte offenbar nach den richtigen Worten, „...diesem digitalen Krebsgeschwür nicht betroffen sind. Wie wollen wir es in Zukunft nennen? Wir müssen diesem Etwas einen offiziellen Namen geben. Sonst werden wir uns bei der Kommunikation mit anderen Institutionen schwertun. Sven, lass dir mal was einfallen. Außerdem bitte ich dich, eine Beschreibung zu verfassen, die wir dann über die entsprechenden Kanäle verbreiten können. Da wir auch eine Ausfertigung zu unseren Kollegen in Amerika schicken, bitte auf Englisch."

„Warum gerade ich?" Svens Frage klang fast empört. Er hasste solche Arbeiten.

„Weil ich es so möchte", erwiderte Gina trocken und fügte dann noch ein ebenso trockenes „bitte" hinzu.

Ohne seinen Unmut zu verbergen, willigte Sven ein. „Und bis wann brauchst du es?"

„Du hast zwei Stunden. Dann treffen wir uns zu einer Besprechung mit Felix." Dann wandte sie sich einem anderen Teammitglied zu.

Sven schüttelte den Kopf und ging in sein Büro, wo er in Ruhe schreiben konnte. Er sah auf die Uhr. Es war kurz nach sieben.

Der Einfachheit halber nannte er das Phänomen ‚Digital Blackout By Date', kurz DBOBD. Er wollte gerade anfangen, eine möglichst genaue Beschreibung von DBOBD in seinen Computer zu tippen, als das Festnetztelefon klingelte. Das Display zeigte eine Handynummer an, die er nicht kannte. Neugierig griff er nach dem Hörer.

„Steinhammer", meldete er sich.

„Sven." Mehr kam nicht. Nur ganz leise sein Name, fast geflüstert, von einer weiblichen Person.

„Janette?" Svens Herz begann zu klopfen.

„Ich vermisse dich so."

Er wusste nicht, was er darauf sagen sollte, und so schwieg er.

„Vermisst du mich auch ein wenig?"

Plötzlich war die Beziehung zu Janette wieder ganz nahe und ein unbestimmtes, unangenehmes Gefühl machte sich in Svens Magen breit.

Während er noch überlegte, was er sagen sollte, ging die Tür auf und Gina trat ein. Hinter sich schloss sie die Tür wieder.

Irgendwie kam Sven sich vor, als würde er Gina und Janette in diesem Moment beide gleichzeitig verraten.

„Sven", kam die leise Stimme aus dem Hörer, „bitte sag was."

Er sah Gina an. Sie war vor ihm stehen geblieben und verstand offensichtlich, dass etwas nicht in Ordnung war. Schweigend wartete sie ab.

Als Sven in Ginas Augen blickte, die ihn mit so viel Wärme einfingen, empfand er wieder diese tiefe Zuneigung zu ihr, die er die letzten Tage schon gespürt hatte. Auch wurde ihm wieder bewusst, wie sehr Janette ihn hintergangen hatte und warum er sich daraufhin von ihr trennen wollte, wenn sie ihm nicht zuvorgekommen wäre. Noch bevor er bemerkt hatte, dass sie aus der gemeinsamen Wohnung ausgezogen war, stand seine Entscheidung schon fest. Erst danach war das Gefühl für Gina in sein Bewusstsein getreten. Vielleicht war es immer schon da gewesen, in der Tiefe seiner Seele. Er wusste es nicht. Aber es spielte auch keine Rolle. Er musste sich keiner Schuld bewusst sein.

Die Stimme aus dem Telefon meldete sich wieder, noch flehender als zuvor: „Sven, bitte."

Gina sah Sven ängstlich und zugleich erwartungsvoll an. Er war sich sicher, dass sie längst erraten hatte, wer am anderen Ende war.

Sven sammelte kurz seine Gedanken. Es war Zeit, zu seinen Entscheidungen zu stehen.

„Janette", begann er mit fester Stimme. „Sicher vermisse ich dich. Unsere gemeinsame Zeit kann man nicht einfach so wegwischen, als hätte sie niemals existiert." Seine Stimme war jetzt ganz ruhig. „Aber du hast mich tief genug verletzt, um meine Gefühle für dich erkalten zu lassen."

Ein leises Schluchzen kam vom anderen Ende.

„Und noch etwas, Janette", fuhr Sven fort. „Der Zufall wollte es, dass ich einer anderen Frau nähergekommen bin. Und wenn sie mich haben will, werde ich mit ihr zusammen sein." Sein Herz klopfte heftiger, als er zu Gina blickte, um ihre Reaktion zu sehen. Trotz ihres Lächelns rollte eine Träne über ihre Wange.

„So schnell konntest du mich also vergessen?", kam es leise von Janette. „So schnell kannst du dich auf eine neue Frau einlassen? Und ich dachte, du hättest mich geliebt!"

„Janette, du konntest dich mit einem anderen einlassen, noch während du mit mir zusammen warst." Ohne eine Spur von Aggressivität kam diese Feststellung. Nicht einmal ein Vorwurf lag in ihr.

„Sven, ich war mit den beiden zusammen, lange bevor ich dich kennengelernt hatte!" Janettes Stimme war jetzt lauter. „Erwartest du, dass ich für einen Mann, der sich bei der ersten Gelegenheit einer anderen Frau an den Hals wirft, mein ganzes Leben und alle meine Freunde aufgebe?" Den letzten Satz hatte sie fast geschrien.

Sven war dankbar für diese Reaktion, die sicher nicht durch ihren Verstand, sondern von ihrem Gefühl geleitet wurde. Die Worte machten es ihm leichter.

„Janette", sagte er, noch immer völlig ruhig. „Bitte lass etwas Zeit vergehen, bevor du mich wieder anrufst. Es ist unsinnig, wenn wir uns gegenseitig Vorwürfe machen. Du wirst jemanden finden, der so ist wie du. Jemanden, mit dem du eine offene Beziehung beginnen kannst, in der du nichts verheimlichen musst. Ich leg jetzt auf. Alles Gute, Janette." Mit einer langsamen Bewegung legte er den Hörer auf die Gabel.

Kaum hatte er sich herumgedreht, fiel Gina ihm um den Hals und drückte ihn so fest, dass er kaum mehr atmen konnte.

„Hey, was ist denn?", fragte Sven leise. Aber sie sagte nichts. Still hielt sie ihn einfach nur fest.

Die Tür ging auf und Felix steckte seinen Kopf herein. Einen Augenblick lang machte Sven sich Gedanken, ob die Situation Auswirkungen auf Ginas Position haben könnte oder ihr zumindest Ärger bereiten würde. Deshalb sah er Felix erschrocken an. Der sagte aber nur kurz „Entschuldigung" und verschwand dann wieder, wobei er die Tür beinahe lautlos hinter sich zuzog. Gina schien es überhaupt nicht bemerkt zu haben. Es dauerte einige Minuten, bis sie sich von ihm löste. „Ich hatte solche Angst vor diesem Augenblick", flüsterte sie. „Es ist erst so kurz her, dass es zwischen euch aus ist, und ich war mir nicht sicher, wie du reagieren würdest. Ich bin so glücklich, dass du dich vor ihr zu mir bekennst."

„Das zeigt mir eindeutig, dass ich die richtige Entscheidung getroffen habe", antwortete Sven. Dann versuchte er, sich wieder der übrigen Welt zuzuwenden.

„Felix hat eben reingeschaut. Ich denke, wir sollten zu ihm gehen."

Gina richtete sich auf und nickte. „Ja. Aber bevor wir das tun, wollte ich noch mit dir reden. Deswegen bin ich eigentlich hergekommen." Sie zögerte kurz, bevor sie weitersprach. „Sven, ich weiß, dass dir dieser Schreibkram nicht passt. Aber ich möchte dich im inneren Team haben und da gehören diese Dinge einfach dazu."

„Inneres Team?"

„Es gibt ein inneres Team, welches für alle Beteiligten die Marschrichtung vorgibt. Dieses Team ist für alle Bereiche zuständig. Also nicht nur für solche, wie sie hier im Moment ablaufen, sondern auch für die kriminalistische Ermittlung. Ich möchte, dass du dazugehörst."

„Aber ich hab überhaupt keine Ahnung von eurem Job", wandte Sven ein wenig bestürzt ein. „Ich kann euch hier sicher viel helfen, aber ich weiß doch nicht, wie man Verbrecher fängt!"

„Du hast gute Ideen, Sven. Das hast du in Stuttgart im Lagerhaus bewiesen. Deshalb will ich dich dabei haben. Der andere Grund ist sehr egoistisch: Ich will dich einfach um mich haben. Wir sind da an einer ziemlich großen Sache dran, Sven. Es muss schrecklich sein, wenn in einer Partnerschaft einer stirbt. Nicht für den, der stirbt, aber für den, der zurückbleibt. Wenn, dann soll es uns beide erwischen - oder keinen."

„Gina! Du machst mir Angst! Ist das dein Ernst?"

„Sven, ich will dich einfach bei mir haben." Nun lächelte sie. Sven versuchte in ihren Augen zu lesen, was sie wirklich dachte. Vergeblich.

„Wenn dir so viel daran liegt, dann bin ich dabei."

Sie beugte sich vor und hauchte ihm einen Kuss auf die Lippen. „Ich geh mir jetzt mein Gesicht waschen. Vielleicht kannst du Felix finden. Wir treffen uns dann wieder hier."

„Was soll ich ihm sagen, wenn er mich fragt, was eben los war?"

„Sag ihm, dass ich geweint habe, dass du mich getröstet hast, irgendwas." Damit ging sie aus dem Zimmer.

Sven sah zuerst in dem großen, neu eingerichteten Labor nach. Kaum hatte er den Raum betreten, kam Felix auch schon auf ihn zu. „Können wir in dein Büro gehen?", fragte er unumwunden.

„Ja. Gina ist auch gleich wieder da."

„Okay. Es gibt Neuigkeiten. Wenige, aber besser als nichts."

Gina befand sich bereits in dem Raum und wartete. Felix wollte gerade ansetzen, um etwas zu sagen, als sein Handy klingelte. Das Gespräch dauerte nicht lange und seinen Antworten konnte man den Inhalt nicht entnehmen. Seinem Tonfall aber war anzumerken, dass es sich um etwas Ernstes handeln musste. Als er aufgelegt hatte, sah er zunächst Sven und dann Gina mit finsterer Miene an.

„Franklin Bowdy ist tot. Er ist im Gefängnis vergiftet worden."

Sven bekam große Augen. Ein weiterer Toter. Vielleicht hatte Gina tatsächlich recht. Wenn sie Pech hatten, würden sie diese Sache nicht überleben. Einmal standen sie schon kurz davor, sterben zu müssen. Für Sven war es unglaublich, wie wenig ein Menschenleben offenbar für manche Leute wert war. Noch nicht einmal vor einer staatlichen Strafvollzugsanstalt wurde Halt gemacht. Anscheinend kannten die Täter keinerlei Respekt vor der Staatsgewalt. Es musste sich um sehr einflussreiche Zeitgenossen handeln, wenn sie derartige Dinge umsetzen konnten. Wer weiß, vielleicht waren sie selbst hier, in diesem bewachten Gebäude, nicht sicher.

„Er hat mir gestern Abend sehr viel erzählt. Es ist vorstellbar, dass er deshalb gestorben ist. Für viel wahrscheinlicher halte ich es allerdings, dass alleine die Möglichkeit, dass er etwas erzählen könnte, ausgereicht hat, um sein Todesurteil zu besiegeln." Einen Moment hielt Felix inne und zog die Stirn nachdenklich in Falten. „Er hatte mich darum gebeten, dass er in Einzelhaft kommt. Ich habe es sofort veranlasst. Die Nacht war er alleine."

„Was hat er dir erzählt?" Gina sah ihn forschend an.

„Es ist wohl einige Jahre her, da wurde er zu einem Vorstellungsgespräch eingeladen. Damals hatte er noch als Direktor für CopyStar in Amerika gearbeitet. Es handelte sich um ein dem Anschein nach sehr lukratives Angebot für einen neuen Job. Das Gespräch fand im südlichen Afrika statt. Man bezahlte ihm die Flugtickets und alle Spesen. Entgegen seiner Annahme handelte es sich jedoch nicht direkt um einen neuen Job. Er sollte bei CopyStar bleiben und dort lediglich eine kleine Unkorrektheit begehen, die ihm niemals jemand nachweisen konnte. Dafür sollte er viel Geld bekommen."

„Was war das für eine Unkorrektheit?", fragte Sven.

„Er sollte jemanden einstellen. Einen gewissen Piedro Sanchinos. Sanchinos ist Systemprogrammierer und sollte in dem Bereich arbeiten, in dem die Kernroutinen der Sicherungssoftware von CopyStar programmiert wurden. Eine weitere Bedingung lautete, dass die Arbeiten von Sanchinos nicht kontrolliert werden durften. Das Ganze sollte Franklin über eine Million Dollar einbringen."

„Und das lief über die Aktien?", meinte Gina.

„Genau. Er sollte umgehend für zehntausend Dollar bestimmte Aktien kaufen und einfach warten. Sie waren zu dem Zeitpunkt nicht mal einen Dollar wert. Sobald die Papiere einen Kurs von exakt achtundneunzig Dollar und fünfundvierzig Cent hatten, sollte er verkaufen. Das tat er, gab den Gewinn brav beim amerikanischen Finanzamt an und war plötzlich reich. Nicht, dass er zuvor am Hungertuch genagt hätte, aber nun sah die Welt doch viel schöner aus. Sanchinos leistete stets gute Arbeit und so fiel es nicht schwer, sich an die Abmachung zu halten und den Jungen zu protegieren. Als er CopyStar verließ, hatte er bereits das zweite Mal mit den gleichen Aktien abgeräumt und musste versprechen, verfügbar zu sein, wenn er wieder einmal gebraucht wurde. Es war so weit, als ihr anfingt, mit dem Phänomen herumzuspielen. Bowdy bekam einen Anruf und sollte euch nach Stuttgart schicken. Auch Stefan und Thomas sollten sich an bestimmten Orten um angebliche Netzwerkprobleme kümmern. Bei ihnen ging der Plan nicht auf, aber euch beide hat man bekommen. Ich gehe davon aus, dass deine Tarnung bis dahin noch nicht aufgeflogen war, Gina. Vermutlich hat sich das jetzt geändert, was aber nicht mehr schlimm ist."

„Was sollte Sanchinos denn tatsächlich bei CopyStar tun?", fragte Gina.

„Bowdy wusste es nicht zu sagen. Er hat es nie hinterfragt und sich auch Sanchinos Quellcodes nicht angesehen."

„Was ist, wenn man in alle größeren Softwarefirmen einen solchen Maulwurf eingeschleust hat?", mutmaßte Sven.

„Genau das ist der Punkt, Sven", antwortete Felix. „Das würde erklären, dass eine solch umfassende Beeinflussung aller wichtigen Programme und Geräte möglich ist, ohne dass man einen Virus verbreiten muss. Wir erwägen diese Möglichkeit als sehr wahrscheinlich."

Stille. Das musste sich erst setzen. Es würde bedeuten, dass die betroffenen Programme nicht von außen kamen, sondern schon mit den Geräten und der Software sozusagen ‚frei Haus' geliefert wurden. Tief in Abertausenden von Codezeilen würde der Schadcode versteckt sein. Nahezu unauffindbar und kaum zu identifizieren. Er würde sich darstellen wie jeder andere tatsächlich benötigte Programmteil. Gleich einem Fläschchen tödlichen Gifts inmitten von Tausenden Fläschchen mit lebensnotwendiger Medizin. Niemand wüsste, welches Fläschchen eliminiert werden musste.

Sven schluckte schwer. „Der Geschäftsführer von NSI war auch Nutznießer dieser Aktien, wenn ich das richtig in Erinnerung habe?"

„Ja. Peter Sternberg. Wir vermuten, dass er dafür verantwortlich war, die Backup-Software mit einem entsprechenden Programmteil auszustatten. Wir haben natürlich keine Ahnung, ob er selbst für die Manipulation des Programms verantwortlich war oder wie Franklin Bowdy lediglich einen Programmierer dafür eingeschleust hat. Sternberg hat die NSI mit dem Geld aus den Aktiengewinnen gegründet. Deshalb liegt es nahe, dass er von Anfang an darüber Bescheid wusste, was geschehen sollte."

„Etwas derart Umfangreiches muss geplant und koordiniert werden. Es muss also jemanden geben, bei dem die Fäden zusammenlaufen und der genau weiß, welche Programme und Geräte betroffen sind und was im Einzelnen programmtechnisch eingepflanzt wurde."

„Du hast recht, Sven", stimmte Felix ihm zu. „Das Problem ist aber, dass dieser Jemand mit Sicherheit in einem Land zu finden ist, in dem wir keine Handlungsmöglichkeiten haben."

„Du hast gesagt, dass Franky in Südafrika war?" Es war Gina, die diese Frage stellte.

„Nein, ich sagte im südlichen Afrika. Er hat kein Land genannt. Es könnte ebenso gut Namibia, Simbabwe, Botswana oder Mosambik sein. Wir überprüfen gerade in Zusammenarbeit mit unseren amerikanischen Kollegen, ob andere Aktiengewinner ähnliche Reisen unternommen haben. Außerdem versuchen wir herauszufinden, wo genau Bowdy hingeflogen ist. In der Tat haben wir bereits feststellen können, dass Peter Sternberg vor vielen Jahren in Windhuk gewesen ist."

„Dann wäre also Namibia am wahrscheinlichsten?"

„Nicht unbedingt. Es gibt zum Beispiel keine Direktflüge nach Botswana. Um dorthin zu kommen, würde man ebenfalls über Namibia oder aber Südafrika einreisen. Das Gleiche gilt für verschiedene andere Länder auch. Wir sind dabei, sämtliche Habe von Sternberg und

Bowdy zu durchsuchen, in der Hoffnung, dass einer der beiden vielleicht ein Tagebuch oder etwas Ähnliches hat. Vielleicht finden wir Aufzeichnungen bezüglich dieser Reisen."

Gina blickte ihn skeptisch an. „Und wenn nicht?"

„Wir hätten noch einen Namen in Ägypten. Sebastian Fink hat uns noch eine Nachricht mit einem Namen zukommen lassen, bevor er starb. Allerdings ist nicht sicher, dass es der richtige Name des Mannes war, mit dem er sich treffen wollte. Ansonsten müssen wir hoffen, dass wir irgendwie noch mehr finden. Wir oder unsere Kollegen in Amerika."

„Ich bezweifle, dass wir wirklich das gesamte Ausmaß feststellen können, wenn wir den Drahtzieher nicht kennen", meinte Sven.

„Da gebe ich dir recht", bestätigte Felix. „Aber wir müssen eben bis dahin möglichst viel herausfinden, um die Folgen so gering wie nur irgend möglich zu halten."

„Wir werden mehr Spezialisten brauchen. Viele Systeme müssen umprogrammiert werden. Und dann müssen wir einen geeigneten Weg finden, die überarbeiteten Programme zu verteilen. Annähernd jeder Anwender auf der Welt benötigt ein Update."

Felix sah ihn mit sehr ernstem und düsterem Gesicht an. „Sven, ohne irgendwelche Mutmaßungen über das, was wir noch herausfinden werden, nur mit dem, was du bisher weißt: Für wie groß hältst du unsere Chance, dass wir die Dinge so in den Griff kriegen können, dass kein größerer Schaden entsteht?"

Sven war auf diese Frage nicht vorbereitet und musste sie erst überdenken. Er hatte selbst lange Zeit programmiert und wusste, wie langwierig manche Dinge sein konnten. Besonders schwierig war es, wenn man etwas an einem fremden Programm ändern musste, vor allem, wenn sich keinerlei Dokumentation dazu fand. Es gab viele Faktoren, die eine Rolle spielten, und bei dieser Sache gab es so viele, dass Sven sie nicht einmal überblicken konnte. Nach einiger Zeit des Abwägens entschied er sich für die Antwort, die ihm selbst am wenigsten gefiel: „Für verschwindend gering."

Der hohe Kriminalbeamte verzog keine Miene. Es schien, als hätte er die Antwort gar nicht registriert. Aber dann sah er mit versteinertem Gesicht zu Gina hinüber und fragte: „Bist du auch seiner Meinung?"

Ohne zu zögern, sagte sie: „Ja, das bin ich. Außerdem hat Sven in diesem Bereich wesentlich mehr Erfahrung als ich. Wenn er es so sagt, kannst du davon ausgehen, dass es so ist."

„Wir sollten uns hierbei aber niemals nur auf eine einzelne Meinung verlassen", widersprach Sven. „Im Gegensatz zu dem, was hier läuft, bin ich weniger als unbedeutend. Ihr solltet noch ein paar Fachleute zu Rate ziehen. Dieses Gewicht möchte ich ungern alleine tragen."

Felix nickte. „Das werde ich tun. Aber im Moment bist du derjenige, der mir zur Verfügung steht. Was also würdest du vorschlagen?"

„Informieren. Jeden, den es auch nur im Entferntesten betreffen könnte. Es sollte eine Internetseite eingerichtet werden, die von jedermann eingesehen werden kann. Dort stellen wir eine ständig erweiterbare Liste aller betroffenen Geräte und Programme ein. Dazu eine genaue, leicht verständliche Erklärung, was damit passiert und wie die Folgen im Einzelnen aussehen. So können wir die Verantwortung auf die Anwender übertragen, zumindest in einem gewissen Umfang. Ich würde eine zusätzliche Gruppe bilden, die sich Szenarien überlegt, wie man entgegenwirken oder wenigstens Daten schützen kann. Sicher kann man Daten vor dem Tag X in Formaten speichern, die später leicht von neuen, funktionsfähigen Programmen eingelesen werden können. Wir hier testen weiter, um betroffene Software zu finden. Außerdem sollte mit Nachdruck daran gearbeitet werden, die Drahtzieher zu ermitteln. Wer weiß, vielleicht gibt es ja eine Möglichkeit, dem Spuk auf einfache Art und Weise ein Ende zu setzen."

Wieder trat eine Pause ein. Felix beendete sie schließlich: „Das hört sich vernünftig an. So werden wir vorgehen. Wenn wir..." Er wurde erneut vom Klingeln seines Telefons unterbrochen. Nachdem er sich gemeldet hatte, hörte er eine ganze Zeit lang aufmerksam zu. Sein Ausdruck zeigte großes Erstaunen. Dann sagte er: „Fahrt sofort hin und nehmt ihn vorläufig fest. Ich bin in zwei Stunden da. Lasst ihn mit niemandem sprechen. Wenn ihr ihm etwas zu essen oder zu trinken geben wollt, kauft es selbst!" Dann war das Gespräch beendet. Mit einem fast triumphierenden Blick sah er Gina und Sven an. „Wir haben Piedro Sanchinos!", brachte er stolz hervor.

„Wie das?", kam die schlichte Frage von Gina.

„Einer unserer cleveren Kollegen hat aufgepasst. Offenbar arbeitete Sanchinos seit einigen Monaten für die NSI bei Sternberg. Beim Durchgehen der Mitarbeiterliste ist Marco Stirg der Name aufgefallen und er hat mich sofort angerufen."

„Das heißt also, wir haben einen der Programmierer, die bei CopyStar die manipulierten Programme eingeschleust haben!" Sven war plötzlich begeistert. „Wenn wir von ihm den Aufbau der Programme erfahren könnten, wären wir einen großen Schritt weiter."

„Nicht so schnell, Sven", beschwichtigte Felix. „Ich will dir da nicht so große Hoffnungen machen. Ich weiß nicht, inwieweit du dir Gedanken über die Hintergründe gemacht hast. Wir gehen jedenfalls davon aus, dass es sich um eine terroristische Aktion handelt. Aus solchen Extremisten bekommt man im Allgemeinen nicht das Geringste heraus. Dennoch möchte ich gerne, dass ihr beide bei den Verhören anwesend seid. Vielleicht könnt ihr aus der einen oder anderen Äußerung von ihm etwas heraushören, das ein Nichtfachmann nicht bemerken würde."

Sven nickte. Plötzlich fühlte er sich wie ein Polizist in einem Film. Es würde ein Verhör geben und er würde dabei sein. Die Angst vor den Folgen der ganzen Angelegenheit, insbesondere für seine eigene Person, war einer starken Neugier und dem immensen Wunsch nach Aufklärung gewichen.

„Okay. Wer kümmert sich um den Aufbau der Internetseite und der Verbreitung der Informationen?", fragte er dann.

„Ich werde Pascal beauftragen, die Sache zu leiten. Darum könnt ihr euch nicht auch noch kümmern. Dafür schicke ich noch drei zusätzliche Mitarbeiter. Wer von euren Leuten weiß genug Bescheid, um den entsprechenden Input zu geben?" Felix sah von Gina zu Sven.

„Gregor, unser Praktikant" antwortete Sven. „Er hat alles mitgeschrieben, weiß, wo die Unterlagen sind, und kennt alle Hintergründe, die wir auch kennen. Ich bin überzeugt, dass er der richtige Mann dafür ist und dass er eine große Hilfe sein wird."

Wieder wurden sie von Felix' Telefon unterbrochen. Das Gespräch war kürzer als das vorige. Nur ein einziges Wort kam von Felix, bevor er auflegte: „Danke."

Als Reaktion auf das Gespräch kam ein tiefes, missmutiges Durchatmen. Sven sah ihn fragend an.

„Es gibt Neuigkeiten. Neuigkeiten, die dazu führen, dass die Amerikaner zunächst nicht an der Sache weiterarbeiten wollen. In Texas ist eine Linienmaschine abgestürzt. Offenbar ein Bombenattentat. Das alleine wäre für unsere Sache nicht von Bedeutung. Aber da gibt es noch etwas. Ihr wisst, dass es einen Anschlag auf den ICE Frankfurt-Köln gegeben hat? Wir haben einen Zeugen."

Sven sah mit fragendem Blick zu Gina. Sie schien ebenso erstaunt.

„Ich konnte es zunächst auch nicht fassen", erklärte Felix. „Aber es gibt einen Fahrgast, der nur die eine Station bis zum Flughafen gefahren ist. Der Geschäftsmann saß in der ersten Klasse und konnte die mitfahrenden Personen in seiner Nähe sehr gut beschreiben. Besonders den Mann, der neben ihm gesessen hat."

„Und wir haben ihn in unseren Akten?", platzte Gina heraus, bevor Felix weitersprechen konnte.

„Nein. Wir haben ein Phantombild anfertigen lassen und es elektronisch mit den uns bekannten Personen verglichen. Als das nichts ergab, haben wir das Bild an Interpol und CIA übermittelt."

„Die Amerikaner haben ihn gefunden", vermutete Sven.

„Richtig. Es handelt sich um Abdul Mahmed Hahsakila. Er wird mit der Terrorgruppe um Noun Gidar in Verbindung gebracht."

„Was hat das mit unserer Sache zu tun?", wollte Gina wissen.

„Ich bin noch nicht fertig. Es konnten zwei der ausländischen Konten zurückverfolgt werden, die für die dubiosen Aktiengeschäfte genutzt wurden. Sie wurden beide von Noun Gidars Schwager eingerichtet. Die Amerikaner sehen einen engen Zusammenhang zwischen den neuerlichen Attentaten und der Computersache. Ich übrigens auch."

„Aber das wäre doch erst recht ein Grund, sich mit dem Computerproblem zu beschäftigen", brauste Sven auf. „Warum wollen sie das jetzt fallen lassen?"

„Nun, sie gehen jetzt davon aus, dass die Sache mit den Programmen lediglich ein Ablenkungsmanöver ist. Sie meinen, es steht ein Attentat von nie dagewesener Größe bevor. Daher mobilisieren sie alle Kräfte, die sie haben, um in diese Richtung zu ermitteln." Felix machte eine Pause. „In der Tat sollten wir überlegen, ob das vielleicht sogar eine vernünftige Entscheidung ist. Durch den Vorfall mit dem ICE sind viele meiner Kollegen der gleichen Ansicht."

Sven überlegte. Es war richtig, dass es in letzter Zeit einige Anschläge gegeben hatte, wovon einer wohl nur ein Versuch geblieben war. Wenn man nun das ominöse Computerproblem mit einbezog, konnte man verschiedene Schlussfolgerungen aus beidem ziehen. Die Amerikaner sahen die Sache mit den Manipulationen als Ablenkung – Sven aber war genau anderer Ansicht.

„Ich sehe das genau umgekehrt", sagt er voller Überzeugung. „Ich gehe davon aus, dass die momentan auftretenden Anschläge eher von der Computersache ablenken sollen. Eventuell haben wir bisher nur die Spitze des Eisbergs gefunden. Ich vermute mal, dass wir noch wesentlich gravierendere Dinge finden werden als ein paar PCs, die nicht mehr laufen, und E-Mails, die verfälscht ankommen." Kurz sammelte er seine Gedanken, um die Gründe für seinen Standpunkt zu erläutern. Dann fuhr er fort: „Dabei denke ich insbesondere an diesen Italiener, der den mehr als stümperhaften Versuch eines Anschlags unternommen hat. Was ist, wenn es gar nicht hauptsächlich darum ging, den Anschlag erfolgreich durchzuführen, sondern vielmehr darum, Aufmerksamkeit zu erregen? Die ganze Welt meint, wir stehen vor einer großen Welle von Anschlägen auf Flugzeuge, große Gebäude, öffentliche Einrichtungen und so weiter. Wenn ihr mich fragt, dann soll das die Leute davon abhalten, sich Gedanken über irgendwelche Computerprobleme zu machen."

Felix sah ihn nachdenklich an. Dann richtete er das Wort an Gina: „Und wie siehst du das?"

„Ich weiß es nicht. Natürlich müssen wir für die innere Sicherheit sorgen und dürfen die neuesten Anschläge nicht auf die leichte Schulter nehmen. Aber wenn Sven recht hat, dann müssen wir davon ausgehen, dass wir bisher tatsächlich erst einen kleinen Teil dessen, was passieren wird, gefunden haben. Und das Schlimmste ist, dass wir überhaupt nicht abschätzen können, wie übel es tatsächlich werden wird. Die Chancen dafür, was letztendlich wovon ablenken soll, stehen wohl fifty-fifty. Wir müssen beides gleichwertig behandeln."

„Was hat dich überzeugt, Sven?"

„Ganz einfach: Wenn ich als Terrorist mit Computerviren von etwas anderem ablenken wollte, dann würde ich nicht so vorgehen, dass es niemand merkt. Im Gegenteil, ich würde versuchen, PCs so zu manipulieren, dass jeder die Auswirkungen davon mitbekommt. Einen heftigen Virus entwickeln zum Beispiel, der vielleicht gezielt Verteidigungssysteme befällt. Was wir aber gefunden haben, ist etwas, das stillschweigend auf ein Datum wartet. Denkt daran, dass wir es nur durch einen sehr großen Zufall entdeckt haben. Die Chance war groß, dass es niemand bis zum neunten November bemerkt. Nicht gerade ideal für ein Ablenkungsmanöver. Außerdem ist der Aufwand dafür viel zu groß. Es bedurfte offenbar jahrelanger Vorbereitungszeit. Einen entsprechenden Virus schreibe ich dir in wenigen Tagen, wenn du willst. Das wäre viel einfacher gewesen, wenn man damit nur ablenken wollte."

Gina und Felix sahen sich lange an. Dann nickten sie beide, als hätten sie sich die ganze Zeit unterhalten und wären sich einig geworden.

„Deine Argumente überzeugen mich, Sven." Felix sah jetzt zu dem Netzwerkspezialisten. „Natürlich sollten wir mit der Möglichkeit rechnen, dass alles, was im Moment läuft, nur die Vorboten sind, und dass das Computerchaos im November wirklich von einem noch schlimmeren Anschlag danach ablenken soll. Oder dass die Computerausfälle für irgendeine andere Sache genutzt werden, wenn beispielsweise Alarmanlagen ausfallen."

„Das könnte in der Tat eine Alternative sein, an die ich bisher nicht gedacht habe", gab Sven zu. „Aber wir werden zunächst davon ausgehen, dass du recht hast, und diese Sache in der Priorität auf die höchste Stufe setzen", antwortete Gina.

„Gut, dann wäre das geklärt", meinte Felix. „Ich würde euch jetzt gerne ins Präsidium zum Verhör von Sanchinos mitnehmen. Pascal hat hier solange alles im Griff, denke ich."

„Übrigens sind gerade Spezialisten für die Bankensoftware eingetroffen", informierte Gina. „Sie gehen davon aus, dass es mindestens bis heute Abend dauert, bis die ersten Testsysteme sauber laufen. Vermutlich dauert es sogar bis morgen Abend. Es ist offenbar keine Kleinigkeit, eine komplette Bank zu simulieren."

„Sehr gut", sagte Sven. „Es ist wichtig, dass wir schwerwiegende Folgen in diesem Bereich ausschließen."

„Wenn wir sie denn ausschließen können", erwiderte Gina zweifelnd und stand auf.

Für Sven war es das erste Mal, dass er das Polizeipräsidium von innen sah. Seinem Empfinden nach roch es ähnlich wie früher in der Schule und es erinnerte ihn an seine Kindheit.

Felix' Büro befand sich im zweiten Stock. Es war kleiner, als Sven es sich vorgestellt hatte. Dafür stand, entgegen seiner Erwartung, ein PC neuerer Generation auf dem Schreibtisch. Die alten Holzmöbel jedoch wollten nicht so recht zu dem Hightechgerät passen.

„Möchtet ihr einen Kaffee?", fragte Felix. Nachdem beide verneint hatten, hob er den Hörer von der Gabel und wählte eine Nummer.

„Bringt ihn in den Verhörraum 2", sagte er nach einer kurzen Wartezeit. Dann legte er wieder auf.

„Kommt. Jetzt wird es hoffentlich interessant." Mit diesen Worten war er bereits zur Tür unterwegs. Auf dem Weg nach unten wandte sich Felix an Sven und bat ihn, sich zunächst aus dem Verhör herauszuhalten. Er sollte gut zuhören, aber nichts sagen.

Der Raum für das Gespräch mit Sanchinos kam Sven fremd vor. Er hatte geglaubt, dass alle Beteiligten an einem Tisch sitzen würden. Dem war aber nicht so. Es befand sich überhaupt kein Tisch in dem Zimmer. Lediglich fünf Stühle waren zu sehen. Ebenso eine Stehlampe, die noch ausgeschaltet war. Auf dem Boden, zwischen den im Kreis stehenden Stühlen, lag ein kleines Aufnahmegerät.

Auf einem der Stühle saß Sanchinos. Hätte er einen Sombrero aufgehabt, hätte er genau Svens Vorstellung von einem typischen Mexikaner entsprochen. Die Stoppeln eines Dreitagesbarts standen in dem dunkelhäutigen Gesicht, die schwarzen Haare waren etwa schulterlang und wild. Aus teilnahmslosen, tiefschwarzen Augen sah der Mann sie an, ohne die geringste Gefühlsregung zu zeigen. Eine rot-weiß karierte Wolljacke verdeckte das cremefarbene Hemd zum größten Teil. Die Jeans wiederum verdeckte die ausgetretenen, sandbraunen Cowboystiefel fast bis zu den Füßen.

Hinter Sanchinos stand mit ernster Miene ein Mann in Uniform, der offenbar zur Bewachung abgestellt war.

„Hombre", sagte der Mann auf dem Stuhl mit einer rauchigen Stimme und sah Felix direkt in die Augen, als wisse er, dass Felix der ranghöchste Beamte hier war.

„Hombre", erwiderte Felix, zog einen Stuhl heran und setzte sich Sanchinos direkt gegenüber. Einen Moment lang sahen sich die beiden so unterschiedlichen Männer nur schweigend an. Dann nickte Felix dem Uniformierten zu, der daraufhin den Raum verließ. Gina zog zwei weitere Stühle heran und stellte sie zu beiden Seiten von Felix auf. Während sie auf dem rechten Platz nahm, setzte Sven sich auf den linken.

Felix beugte sich vor und schaltete den Rekorder auf Aufnahme.

„Wenn Sie etwas hören wollen, dann schalten Sie das ab." Der Mexikaner sprach erstaunlich gutes Deutsch. Seine Stimme klang ruhig, aber bestimmt. Der Mann kam Sven alles andere als eingeschüchtert oder ängstlich vor.

Noch in der Bewegung, sich wieder bequem hinzusetzen, verharrte Felix. Er hob den Kopf und sah Sanchinos erneut in die Augen. Sanchinos erwiderte den Blick gelassen. Für zwei Sekunden war die Szene wie eingefroren. Dann beugte der Polizist sich wieder vor und schaltete das Gerät ab. Sven beobachtete alles interessiert. Wann kam man schon in den Genuss, bei einem richtigen Verhör anwesend zu sein?

Auch als Felix sich wieder zurückgelehnt hatte, blieb es zunächst still.

„Dann erzählen Sie uns, was der Rekorder nicht hören darf. Oder soll ich Ihnen zunächst erklären, warum Sie hier sind?"

Ein schwaches Grinsen war auf dem mexikanischen Gesicht zu erkennen. Sven kam es vor wie ein überlegenes Lächeln. „Hombre. Halten Sie mich für so dumm, dass ich das nicht weiß?"

„Ich kenne Sie nicht. Ich kann nicht beurteilen, ob Sie dumm sind." Die Antwort klang ebenso gelassen wie die Worte von Sanchinos.

„Ich bin es nicht, Hombre", gab der Mexikaner ruhig zurück. Es hörte sich nicht danach an, als fühlte er sich wegen Felix' Bemerkung angegriffen.

„Sie sprechen unsere Sprache sehr gut, vor allem wenn man bedenkt, wie kurz Sie erst hier sind." Felix sprach diese Feststellung wie eine Frage aus.

„Meine Großmutter ist Deutsche, ich bin dreisprachig aufgewachsen."

„Gut. Dann sprechen Sie", forderte Felix ihn auf.

„Was ich erzähle, erzähle ich nur einmal. Danach werde ich vieles von dem, was ich Ihnen sage, nicht mehr wissen. Der einzige Grund, warum ich Ihnen jetzt erzähle, was ich weiß, ist, dass ich keine Lust habe, tagelang verhört zu werden. Also erzähle ich Ihnen gerade genug, damit Sie einsehen, dass ich sowieso keine Informationen habe, die für Sie wirklich verwertbar sind. Also tun Sie mir einen Gefallen und lassen mich danach in Ruhe. Ich werde drei Jahre ins Gefängnis gehen und mich danach gemütlich in Mexiko auf meiner Ranch zur Ruhe setzen."

„Wie kommen Sie darauf, dass es nur drei Jahre sein werden?" Die Frage von Felix kam schnell und ohne Zögern.

„Weil ich nichts Schlimmes getan habe, Hombre. Ich habe eine kleine Unregelmäßigkeit begangen und dafür nachweislich eintausend US Dollar bekommen. Das ist alles."

„Ich behaupte, dass es wesentlich mehr als tausend waren."

Sanchinos grinste breit. „Es mag sein, dass ich einigermaßen reich geworden bin. Gut möglich, dass dies zeitlich zufällig mit der von mir begangenen Unreglmäßigkeit zusammenfiel. Auch möglich, dass ein Zusammenhang zwischen den verschiedenen Ereignissen besteht. Aber ich behaupte, dass dem nicht so ist, und niemand auf der Welt wird in der Lage sein, mir das Gegenteil zu beweisen. Ich habe mit Aktien spekuliert. Es waren Aktien einer Firma, zu der ich nicht die geringste Verbindung habe. Später habe ich die Papiere mit hohem Gewinn verkauft und den Gewinn ordnungsgemäß versteuert. Daran ist nichts Illegales. Und, seien Sie ehrlich, auch Sie wissen, wie nahezu unmöglich es ist, mir das Gegenteil zu beweisen. Wenn Sie jetzt versuchen, mit mir zu diskutieren, um mich davon zu überzeugen, dass es anders ist, dann ist das Gespräch sofort beendet."

Nun klang die Stimme des Mannes sehr scharf.

Sven konnte sehen, wie es hinter Felix' Stirn arbeitete, bevor er bedächtig nickte. „Erzählen Sie, was Sie zu erzählen haben."

Sanchinos machte einen so selbstsicheren Eindruck. Sven war sicher, dass dieser Mann von Anfang an gewusst hatte, worauf er sich einließ. Wahrscheinlich hatte er alle Konsequenzen mit all ihren Möglichkeiten schon hundertmal bis zum Ende durchgespielt. Vielleicht hatte es für ihn nie einen Zweifel daran gegeben, dass er irgendwann erwischt und verurteilt werden würde. Aber die Strafe konnte anscheinend nicht allzu hoch ausfallen und danach würde er in Reichtum und Freiheit leben, ohne dass ihn jemals wieder irgendjemand anklagen würde. Für einen Moment beneidete Sven diesen Mann. Er war sehr clever. Und er würde in ein paar Jahren ein entspanntes Leben haben. Für Sanchinos gab es offenbar keinen Zweifel daran, so lässig war er. Seine Hände ruhten locker auf seinen Oberschenkeln. Die Augen blickten offen, fast belustigt seinen Gesprächspartnern entgegen. Vielleicht, dachte Sven, ist er sogar glücklich darüber, dass das Versteckspiel endlich vorbei war.

„Ich bekam eine Einladung. Der Mann nannte sich Bob, aber Sie können ebenso wie ich davon ausgehen, dass es ein falscher Name war. Sie werden mich schon eine Weile beobachten und wissen, dass ich damals ins südliche Afrika geflogen bin. Die offizielle Version wird sein, dass ich mich in der Stadt mit ihm traf, in der mein Flugzeug landete. Dieser Mann bat mich, einen zusätzlichen Programmteil in die Software von CopyStar einzubauen. Er sagte nicht, welche Folgen dies haben würde, und ich habe nicht danach gefragt. Dann sollte ich nach bestimmten Vorgaben dafür sorgen, dass das gesamte Sicherungsprogramm von CopyStar nicht mehr läuft, wenn man diesen Teil entfernt. Ich sagte zu, flog zurück und bewarb mich umgehend bei CopyStar. Das Vorstellungsgespräch war lächerlich. Nicht eine einzige Frage zu meinen Fachkenntnissen wurde gestellt. Ich wurde sofort genommen. Etwa ein halbes Jahr später unternahm ich die gleiche Reise wieder, um den Programmteil auf einem USB-Stick zu erhalten. Dazu bekam ich eine kleine Einweisung. Es war ein anderer Treffpunkt als bei der ersten Begegnung, jedoch in der gleichen Stadt. Ich traf einen Mr. Crack. Mit Sicherheit ist auch dieser Name falsch, aber ich denke, dass er unter dem Namen vor Ort bekannt war. Der Fahrer, der mich vom Flughafen abgeholt und auch wieder dorthin zurückgebracht hatte, musste auf der Rückfahrt tanken. Während ich bei offenen Fenstern im Wagen wartete, gab es ein Gespräch zwischen ihm und dem Tankwart. Ich konnte zwar nichts verstehen, da sie in einer mir fremden Sprache redeten, aber auch dabei fiel der Name Mr. Crack. Würde dieser Mann sich in der Stadt anders nennen, hätte es keinen Sinn gemacht, seinen Namen in dem Gespräch zu erwähnen."

Felix setzte dazu an, etwas zu sagen, ließ es dann aber sein. Sven vermutete, dass der Blick des Mexikaners ihn vom Reden abgehalten hatte.

Sanchinos fuhr fort: „Ich bekam also den USB-Stick und eine sehr genaue Erklärung, was ich alles tun müsste, damit das Programm seinen Zweck erfüllen konnte. Dazu gab es einen Scheck über tausend Dollar. Damit flog ich nach Hause. Ich habe von diesen Männern einige Jahre nichts mehr gehört oder gesehen. Den Scheck habe ich auf das Konto eines Freundes eingezahlt. Er wird es bezeugen können. Da der Scheck auf meinen Namen ausgestellt war, musste ich ihn unterschreiben. Sie können das gerne nachprüfen."

Gespannt warteten die Zuhörer darauf, dass Sanchinos weitererzählen würde, doch es blieb still. Nach fast einer Minute fragte Felix: „Mehr gibt es nicht zu erzählen? Zum Beispiel, wie es geklappt hat, das Programm in die Software von CopyStar einzupflanzen, oder, warum Sie nach Deutschland gekommen sind, um für ein anderes Unternehmen zu arbeiten?"

Ohne eine Gefühlsregung fuhr Sanchinos fort: „Es war alles kein Problem. Ich bin gut auf meinem Gebiet. Schon als ich vierzehn Jahre alt war, wäre das ein Kinderspiel für mich gewesen. Lange Zeit dachte ich, nie wieder etwas von den Männern zu hören. Aber dann kam ein Anruf. Es war Bob. Er sagte, dass die tausend Dollar noch nicht vollständig abgearbeitet wären. Ich sollte bei der NSI in Deutschland als Programmierer anfangen. Dort war ein äquivalentes Programm eingepflanzt worden und meine Aufgabe wäre es nun zu überprüfen, ob es ordnungsgemäß integriert war. Wahrscheinlich hatte man sich zuvor vergewissert, dass auch ich meine Arbeit gut gemacht hatte. Man bot an, mir nach getaner Arbeit weiteres Geld zukommen zu lassen, ohne dass man einen genauen Betrag nannte. Ich akzeptierte dieses Angebot, habe aber bis heute nichts von dem Geld gesehen. Das Ergebnis meiner Überprüfungen war übrigens positiv, aber es gab niemanden, dem ich dies hätte erzählen können. Es meldete sich niemand mehr bei mir. Und damit sind auch schon alle Informationen erschöpft, die ich Ihnen geben kann. Ich kenne keine weiteren Namen, keine Nachnamen, keine Adressen, keine Telefonnummern, keine Kontaktmöglichkeiten."

Erneut wurde der Raum von Schweigen erfüllt. Einige Zeit schien Felix zu überlegen, wie er noch weitere Informationen aus Sanchinos herausholen konnte.

„Dürfen meine beiden fachlichen Kollegen Ihnen einige Fragen bezüglich des Programms stellen?"

„Sie können fragen. Aber ich werde nicht alles beantworten können. Ich kann nichts über den Sinn und Zweck des Programms sagen."

Felix machte eine einladende Handbewegung zu Sven und Gina.

Sven brannte darauf, etwas von diesem Mann zu erfahren, und so begann er ohne Umschweife.

„Sie sind ein intelligenter Mann und, wie Sie selbst sagen, gut auf Ihrem Gebiet. Also gehe ich davon aus, dass Sie sich das Programm angesehen haben. Außerdem müssen Sie, wenn Sie bei der NSI die korrekte Integration überprüft haben, wenigstens etwas über die Absicherung des Programms wissen. Entsprechend kennen Sie sicher auch Möglichkeiten, das Programm wieder zu entfernen, ohne die Hauptsoftware von NSI oder CopyStar zu beschädigen."

Der Mexikaner lächelte. „Ja und nein. Sie haben recht, natürlich habe ich mir das Programm angesehen. Aber ganz egal, wie viel ich Ihnen erzähle, es wird niemals genug sein, um dieses Etwas zu entfernen. Ich halte es übrigens für einen Killervirus. Um Ihnen und mir die ewige Fragerei zu ersparen, gebe ich Ihnen einen groben Abriss von dem, was ich weiß."

Bevor er weitererzählte, holte Sanchinos tief Luft. „Sie können noch nicht mal Teile des Programms löschen oder abändern. Die Planer dieser Sache sind Profis. Sie haben an alles gedacht. Ich bin überzeugt davon, dass sie jede Eventualität, die ihrem Projekt schaden könnte, bedacht und aus dem Weg geräumt haben. Ich selbst habe bei CopyStar und NSI vierzig Programmteile in die Hauptsoftware eingepflanzt oder kontrolliert, die ständig das Vorhandensein des Killervirus prüfen. Dabei werden immer verschiedene Stellen des Killerprogramms abgefragt. Dazu gibt es eine Checksumme zur Überprüfung des gesamten Programms. Mir wurde allerdings gesagt, dass dies nur ein winziger Teil der Absicherung ist. Genauso wie mich gibt es andere, die ebensolche Sicherungen eingebaut haben. Sie kennen meine Sicherungen nicht und ich kenne die ihren nicht. Ich weiß noch nicht einmal, wer diese anderen Leute sind. So spielt es keine Rolle, wer von uns verhört wird. Es wird niemals ein vollständiges Bild ergeben. Der Killervirus sitzt wie ein Krebsgeschwür um das Herz des eigentlichen Programms. Dabei hat es sich tief in das Herz hineingefressen. Wenn Sie versuchen, auch nur Stücke davon herauszuoperieren, dann werden Sie dabei gleichzeitig einen Teil vom Herzen entfernen. Damit stirbt das Hauptprogramm. Der Einzige, der wohl alle Sicherungen kennen muss, ist der Mann, der sich diesen Killervirus ausgedacht und ihn programmiert hat. Meiner Meinung nach könnte dies Mr. Crack gewesen sein. Er erschien sehr kompetent und sein Wissen um dieses Programm war mehr als umfangreich. Aber natürlich könnte es ebenso gut irgendjemand anderes gewesen sein."

Damit waren Svens Hoffnungen auf genauere Informationen zunichte gemacht worden. Die Dimension der Sache überstieg Svens Vorstellungsvermögen. Es mussten ungeheuer viele Personen daran beteiligt gewesen sein. Unzählige Menschen in leitenden Funktionen mussten bestochen worden sein und das mit einer Unsumme von Geld. Sven konnte sich keine Frage mehr vorstellen, die ihn in irgendeiner Form weitergebracht hätte.

Dafür ergriff jetzt Gina das Wort: „Wissen Sie vielleicht, welche Programme oder zumindest wie viele Programme diesen Killervirus eingepflanzt bekommen haben?"

„Nein."

„Ob das Programm irgendetwas zerstört, wissen Sie auch nicht?"

„Ich habe es bereits gesagt: Ich habe keine Ahnung, was das Programm genau bewirkt."

„Können Sie uns den Programmteil digital oder sogar in Schriftform geben?"

Niemand rechnete mit einer positiven Antwort. Umso größer war das Erstaunen, als Sanchinos lässig sagte: „Aber ja doch. Selbstverständlich kann ich Ihnen keinen direkten Zugang dazu gewähren, aber Sie werden sicher meine Wohnung durchsuchen. In der obersten Schublade meines Schreibtisches stoßen Sie auf einen Behälter mit diversen Speichersticks. Alle sind unbeschriftet. Ihre Spezialisten werden aber schnell feststellen, dass der rote Stick die entsprechenden Dateien enthält. Dennoch werden diese nicht von großem Nutzen für Sie sein."

Sven dachte einen Moment über die Worte von Sanchinos nach. Er suchte nach weiteren Fragen, mit denen man dem Mann vielleicht doch noch die eine oder andere wichtige Information entlocken konnte. Aber je länger er darüber nachdachte, desto bestürzter stellte er fest, dass man sich wirklich in alle nur erdenklichen Richtungen abgesichert hatte. Selbst wenn Sanchinos es wollte, könnte er ihnen nicht helfen.

Trotz der Mutlosigkeit stellte Sven noch eine weitere Frage: „In welcher Programmiersprache ist dieser Killervirus entwickelt worden?"

„In Assembler", gab der Mexikaner fast beleidigt zurück. „Alles andere wäre Pfusch."

Sven hätte die Antwort fast voraussagen können. Assembler ist die wohl komplizierteste, aber auch effektivste aller Programmiersprachen. Es würde ihnen die Sache nicht leichter machen, sondern erheblich schwerer.

„Werden viele Systemroutinen oder vorgefertigte Programm-Bibliotheken genutzt?", wollte Sven noch wissen.

„Keine einzige", kam die ernüchternde Antwort.

Viele Programmierer griffen oft auf vorhandene Programmbausteine zurück. Das sparte Zeit und damit Kosten. Auf diese Weise entwickelte Programme ließen sich daher verhältnismäßig leicht durchschauen. Dass man sich dies hierbei nicht zunutze gemacht hatte, erschwerte die Sache enorm. Beim Durchsehen des Programms würde man versuchen müssen, jeden einzelnen Gedankengang des Programmierers nachzuvollziehen.

Sven sah Gina an. Mit einem resignierten Gesichtsausdruck schüttelte sie den Kopf.

Plötzlich sah Sven den Mexikaner noch einmal fragend an. Er zögerte kurz, bevor er fragte: „Wo war die Tankstelle, bei welcher der Name Mr. Crack gefallen ist? In der Stadt des Treffpunktes oder in der Stadt, in der Sie gelandet sind?"

Sanchinos öffnete fast automatisch den Mund, schloss ihn aber sofort wieder. Dann grinste er breit. „Netter Versuch, Hombre. Aber so einfach ist das nicht. Ich habe vorhin gesagt, dass die offizielle Version lautet, dass es sich in beiden Fällen um dieselbe Stadt handelt. Im Übrigen ist mit diesem Versuch das Gespräch beendet."

Sanchinos lehnte sich zurück, verschränkte beide Arme vor der Brust und sah amüsiert in die Runde.

Sven wäre am liebsten im Erdboden versunken. Er hatte gedacht, dass er vielleicht etwas über den Treffpunkt herausfinden konnte. In Wirklichkeit hatte er nur erreicht, dass Sanchinos nun endgültig schwieg. Ängstlich sah Sven erst zu Gina, dann zu Felix. Dabei spürte er, wie seine

Ohren und Wangen ganz heiß wurden. Beide mussten feuerrot sein. Niemand sagte etwas, aber Sven war sich sicher, dass das große Donnerwetter später noch kommen würde.

Fast eine Minute verging, bevor Felix aufstand. „Dann werden wir Sie jetzt alleine lassen", sagte er. „Ich wünsche Ihnen, dass sie in drei Jahren Ihre Familie auf Ihrer eigenen Ranch sehen können und sich dann noch bei bester Gesundheit befinden. Und: Haben Sie vielen Dank." Dabei streckte er dem Mexikaner die Hand entgegen.

Sanchinos stand auf, legte seine Hand in die von Felix und sah ihm fest in die Augen. „Es tut mir leid, dass ich Ihnen nicht mehr sagen kann, aber es gibt wirklich nichts, was Sie weiterbringen könnte." Er machte eine Pause, bevor er fortfuhr, während er die Hand von Felix aber weiter festhielt. „Machen Sie sich keine Sorgen. Es wird mir gut gehen. Ich werde viel lesen und schreiben die nächsten drei Jahre. Sehr viel. Und träumen. Ich werde einen Traum träumen, der sich erfüllen wird, denn ich habe dafür gesorgt, dass er es tut."

Dann drehte Felix sich um und ging zur Tür. Auch Sven gab dem fremden Mann die Hand. Der drückte sie fest, grinste breit und zwinkerte Sven tatsächlich zu. Für Sven war es unergründlich, was für eine Bedeutung dahinter stecken mochte. Schnell drehte er sich um und verließ hinter Felix und Gina den Raum.

Felix begleitete die beiden noch bis zum Auto. Dann wollte er sich darum kümmern, dass Sanchinos eine besondere Bewachung bekam. Er wollte auf keinen Fall, dass noch einmal etwas Ähnliches passierte wie mit Frank Bowdy.

Bis zum letzten Moment wartete Sven auf Vorwürfe, aber es kamen keine. Als sie endlich losfuhren, sagte er leise: „Tut mir leid, dass ich es verbockt habe."

„Bitte? Was meinst du?" Ginas Frage wurde von einem kurzen Blick in seine Richtung begleitet.

„Ich spreche von meiner letzten Frage, die Sanchinos dazu gebracht hat, nichts mehr zu sagen."

„Sven, das Gespräch war sowieso schon zu Ende. Es war ein Versuch. Die Idee war gar nicht mal schlecht. Leider hat es nicht geklappt. Damit ist das Thema aber auch schon erledigt."

Die Worte gingen ihr so leicht über die Lippen, dass Sven nicht an deren Aufrichtigkeit zweifelte.

„Und was ist mit Felix? Meinst du, er sieht das genauso?"

„Felix wird sich nicht mal Gedanken darüber machen. Er war fertig mit Sanchinos, sonst hätte er uns nicht das Wort erteilt. Er weiß genau, aus wem er etwas herausbekommen kann und aus wem nicht. Bei Letzteren vergeudet er gar nicht erst seine Zeit mit unsinnigen Versuchen."

Die nächsten Minuten verstrichen, ohne dass einer etwas sagte. Dann fragte Gina: „Und, was denkst du?"

„Ich denke, dass diese Leute wirklich an alles gedacht haben. Erschreckend ist das! Anscheinend steht ein nahezu perfektes Konzept dahinter."

Gina nickte. „Und was denkst du noch? Lass deine Gedanken einfach mal freien Lauf. Sag, was dir alles einfällt."

„Er war nicht in derselben Stadt, in der er gelandet ist."

„Warum?", kam Ginas knappe Frage.

„Sonst hätte er sich nicht so umständlich ausgedrückt. Er sprach von der offiziellen Version. Wäre es so gewesen, hätte er das so nicht gesagt."

„Ich nehme an, du hast recht. Aber es bringt uns trotzdem nicht weiter. Was fällt dir sonst ein?"

„Dass wir sehr schlechte Karten haben."

Das Gespräch erstarb wieder.

Plötzlich parkte Gina den Wagen. „Komm mit", forderte sie Sven mit einem Lächeln auf.

„Was wollen wir hier?", fragte er beim Aussteigen.

Gina hatte, wie sie sagte, etwas ganz Wichtiges vor. Es hatte jedoch nichts mit Computern oder Verbrechern zu tun. In dem Haus, vor dem sie gehalten hatte, gab es eine Arztpraxis.

Zwanzig Minuten später hatten sie die Blutproben für ihre HIV-Tests abgegeben. Dann setzten sie ihren Weg fort.

Als sie im Büro ankamen, war es bereits 18:00 Uhr. Bernhard gab ihnen einen kurzen Überblick über das, was während ihrer Abwesenheit passiert war. Pascal hatte sich mit einer kleinen Gruppe in ein separates Büro zurückgezogen, um mit der Internetseite für die Öffentlichkeit zu beginnen. Sie würde in vier Tagen so weit sein, dass man sie präsentieren konnte.

Die Spezialisten für die Bankensoftware waren wesentlich langsamer vorangekommen, als erhofft. Es würde mindestens noch einen Tag dauern, bis man die ersten Tests durchführen konnte.

Auf den großen Papierplänen an der Wand des Testlabors sah Sven wesentlich mehr Einträge als am Vormittag.

CatSpeed, die Herstellerfirma der Router und Switche, weigerte sich nun nicht mehr, eigene Spezialisten mit der Sache zu beauftragen. Offenbar war der Druck endlich groß genug geworden. Allerdings wollten sie in ihren eigenen Räumlichkeiten daran arbeiten und Sven rechnete nicht wirklich mit einem baldigen Ergebnis.

Ohne Ergebnis wurde auch bei der DeHSIP bis zum Abend weitergetestet. In der Nacht zu Samstag schliefen Gina und Sven im Hotel, daher waren sie am Morgen etwas ausgeruhter. Aber auch der Samstag brachte keine Erkenntnis, die ihnen eine Lösung nähergebracht hätte. Alle Beteiligten arbeiteten fieberhaft und es wurden immer mehr Dinge entdeckt, die der sogenannte DBOBD, der Digital Blackout By Date, verursachte.

Die Bankensoftwarespezialisten brachten es noch immer nicht fertig, ein lauffähiges System hinzubekommen. Wie sie erklärten, konnte eine solche Installation in einer realen Bank mehrere Wochen dauern. Man hoffte, ein Testsystem bis Sonntagmittag bereitstellen zu können.

Doch es dauerte noch bis zum Morgen des Montags.

18. September

Um 13:00 Uhr saß die kleine Gruppe schließlich beisammen. Die Fachleute für die Bankensoftware wollten die Ergebnisse der ersten Tests präsentieren. Neben Gina, Sven, Thomas und Stefan waren auch Gregor, Bernhard und Pascal anwesend.

Der Hauptverantwortliche für die Bankensoftware, Armin Kröger, und seine rechte Hand, Walther Polker, saßen wie zwei Häufchen Elend nebeneinander. Kröger, ein Mann um die vierzig mit einer Halbglatze und einem Schnauzbart, wackelte nervös mit einem Bein, während Polker zwar ruhig saß, aber hochroten Kopfes aus allen Poren schwitzte. Keiner von beiden schien den Anfang machen zu wollen, bis Gina sie dazu aufforderte.

„Es ist schwierig in Worte zu fassen", begann Kröger.

„Sie sind hier ausschließlich mit Spezialisten zusammen. Erzählen Sie einfach. Ich bin überzeugt, wir werden Ihnen folgen können." Ginas Tonfall machte deutlich, dass es nicht angesagt war, um den heißen Brei herumzureden.

„Ich werde es versuchen, Frau Bodoni, ich werde es versuchen. Das Problem ist nur, dass ich es selbst kaum verstehe. Es ist so..." Er schien nach den richtigen Worten zu suchen.

„Erschreckend", half ihm Polker aus. Der Schweiß rann ihm über sein massiges Gesicht. Seine Körperfülle verstärkte sein Schwitzen offenbar noch. „Es ist wahrhaft erschreckend. Als ob man alle Konten in eine große Trommel wirft und wenn man den Kontostand abfragen möchte, einfach eine beliebige Zahl zieht."

Gina wurde ungeduldig. „Meine Herren, ich bitte Sie, etwas konkreter zu werden."

Kröger wurde bleich, und stellte damit einen krassen Gegensatz zu Polker dar.

„Es sind alle geführten Konten betroffen. Kein Kontostand wird mehr stimmen, wenn der Tag X erreicht ist. Wir wissen noch nicht, ob die Kontostände vertauscht sind oder ob sie einfach irgendwelche Zufallszahlen enthalten. Ein Konto mit wenigen Euro weist nun ein Haben von mehreren Hunderttausend auf. Umgekehrt stehen andere Konten plötzlich im Minus, die vorher ein recht hohes Guthaben aufwiesen. Es ist unvorstellbar. Niemand wird nach besagtem Tag noch die Summe auf seinem Konto haben, die er eigentlich erwartet."

Betroffenes Schweigen machte sich breit - wie so häufig in den letzten Tagen. Jedes kleine Stück, das neu gefunden wurde, war schlimmer als das letzte.

Sven fand seine Sprache als Erster wieder. „Mit welcher Backup-Software arbeiten Banken im Allgemeinen? Gibt es da einen Standard?"

Polker beantwortete diese Frage: „Die Softwarepakete enthalten bereits ein Sicherungsprogramm. Es wird kein externes dafür benutzt."

„Sie haben bestimmt eine Kopie gemacht, bevor Sie auf das Datum umgestellt haben?"

„Selbstverständlich."

„Und haben Sie auch schon versucht, den alten Datenbestand wieder zurückzuspielen?"

„Ja."

Als nach ein paar Sekunden keine weiteren Ausführungen kamen, platzte Gina der Kragen: „Mensch, jetzt lassen Sie sich doch nicht alles aus der Nase ziehen! Geht das Rücksichern der Daten oder nicht? Erzählen Sie, Mann!"

Der Kopf von Polker, der ohnehin schon rot war, nahm in der Farbe noch deutlich an Intensität zu. Sven befürchtete, dass der Schädel des Mannes platzen würde, wenn noch ein Tropfen Blut mehr hineinlief.

„Das Rücksichern schien zunächst zu gehen", sagte er mit leiser Stimme. „Alle Funktionen wurden scheinbar problemlos ausgeführt. Aber der Datenbestand sah danach noch schlimmer aus. Nicht, weil die Abweichungen von den Originalkontoständen größer waren als vorher, sondern weil die falschen Werte plötzlich System hatten. Es verhält sich im Allgemeinen so, dass man eine Summe über alle Kontostände erstellen kann. Die Summe nach dem Rücksichern stimmte auch exakt mit der Summe vor der Datumsumstellung überein. Auf den ersten Blick sieht es also so aus, als sei tatsächlich wieder alles in Ordnung. Das ist es aber nicht. Wir haben einzelne Konten geprüft und es war alles durcheinander. Die Folge im Ernstfall wäre wahrscheinlich, dass am besagten Tag jede Bank sofort merken würde, dass etwas nicht ordnungsgemäß läuft. Daraufhin würde man die gesicherten Daten zurückspielen und die Aufsummierung mit der Summe des Vortages vergleichen. Da das Ergebnis gleich sein wird, müsste man zunächst davon ausgehen, dass alles wieder bereinigt ist. Im schlimmsten Fall würde es Banken geben, die, ohne es zu wissen, mit den falschen Beträgen weiterarbeiten. Aber selbst, wenn es noch bemerkt würde, sehe ich im Moment keine Möglichkeit, wie man dem Problem begegnen könnte. Die Banken müssten geschlossen bleiben, jegliche Auszahlung wäre unmöglich. Überweisungen könnten nicht mehr getätigt werden. Die gesamte Wirtschaft würde von einem Tag auf den anderen stillstehen."

Polker machte eine kurze Pause und blickte in die Runde. „Es gibt allerdings eine kleine Absicherung: Die aktuellen Daten zu allen Konten werden einmal täglich ausgedruckt. Dies geschieht, damit eine Bank bei einem kurzfristigen Computerausfall handlungsfähig bleibt. Alle Geldein- und -ausgänge werden in einem solchen Fall handschriftlich notiert und später manuell in das System eingegeben. Aber was passiert wohl, wenn es keine Systeme mehr gibt, in die man etwas nachträglich eingeben kann? Ich glaube nicht, dass die Bankangestellten von heute noch in der Lage sind, Überweisungen und dergleichen von Hand auszuführen. Belege müssten wie vor fünfzig Jahren von Bank zu Bank geschickt werden. Jede Überweisung müsste dann manuell auf beiden Konten gebucht werden. Natürlich war das früher einmal möglich, ja, sogar gang und gäbe. Aber heute ist niemand mehr darauf eingerichtet, geschweige denn dafür ausgebildet! Das Personal würde für einen solchen Fall auch gar nicht reichen!" Die letzten beiden Sätze schrie Polker fast vor Aufregung, so sehr war er plötzlich in Rage.

Kröger ergriff das Wort. „Alle Geldautomaten müssten gesperrt werden. Die Bankfilialen würden einen Kundenansturm erfahren, den sie nicht handhaben könnten. Gerade durch den Einsatz von Geldautomaten sind die Schalter nicht mehr so stark besetzt wie noch vor zwanzig Jahren. Ich bezweifle ernsthaft, dass die Banken in der Lage sein werden, länger als drei, vielleicht vier Tage ohne Computer zu arbeiten." Er räusperte sich und nahm dann wieder das ursprüngliche Thema auf. „Wir haben zehn verschiedene Datensicherungen gemacht. Vorher haben wir jeweils ein anderes Datum eingestellt, alle lagen aber vor dem neunten Elften. Keine der Kopien bringt nach besagtem Datum ein vernünftiges Ergebnis. Als wir das erkannt haben, setzten wir das Datum auf den Maschinen wieder zurück. Wir hatten gehofft, dass sich damit alles wieder normalisieren würde. Das tut es aber nicht. Egal, was wir anstellen, wir sehen uns außerstande, die alten Daten wieder zurückzugewinnen. Würde es nun die Bestände einer realen Bank betreffen, so könnte diese nur noch mit den ausgedruckten Daten arbeiten."

Sven war klar, was das bedeutete, und sicher war er nicht der Einzige.

Am Tag zuvor hatte der Testbereich, der für die Datenbanken zuständig war, festgestellt, dass bei den drei am häufigsten genutzten Datenbanken ein ähnliches Phänomen auftrat. Zahlen aus verschiedenen Datensätzen wurden vertauscht oder verändert - und das im großen Stil. Über neunzig Prozent aller Unternehmen mit EDV würden am neunten November nicht mehr arbeiten können. Das, was hier entdeckt wurde, war der größte Anschlag auf die Weltwirtschaft, den die Menschheit je erlebt hatte. Der einzige Trost war, dass man wesentlich früher darauf gestoßen war, als die Verursacher es wohl beabsichtigt hatten.

Bei diesem Gedanken setzte Thomas ein: „Im schlimmsten Fall müssen alle Unternehmen vorher ein paar Computer mit einem Betriebssystem ausrüsten, welches nicht infiziert ist. Auf diese Computer können die noch korrekten Daten überspielt werden. Hier müssen sie dann lagern, bis eine Lösung gefunden wurde."

Sven schüttelte den Kopf. „Ich glaube nicht, dass es in diesem Land genügend Leute gibt, die entsprechend ausgebildet sind, Thomas. Die meisten kennen doch nur Frames. Vor allem müssten Unternehmen bereits heute reagieren. Ihre Leute müssen sich einlesen und selbst schulen. Und Pascal muss dafür sorgen, dass all diese Dinge mit genauen Beschreibungen auf die Internetseite kommen." Mit diesen Worten drehte er sich zu Pascal, der zustimmend nickte.

Sven versuchte, noch einmal in Gedanken zusammenzufassen, was das bisher Bekannte bedeutete. Wenn sie die drohende Gefahr nicht bemerkt hätten, würden sich am neunten November sämtliche wirtschaftlichen Verhältnisse ändern. In jeder Buchhaltung würde nur noch Chaos herrschen. Alle Kontostände müssten anhand papierner Unterlagen nachgeprüft werden. Der alte Datenbestand wäre unwiederbringlich verloren, sodass die Banken alle Arbeiten manuell ausführen müssten. Sämtliche Online-Buchungssysteme, wie sie von vielen Firmen eingesetzt wurden, würden nicht mehr korrekt arbeiten. Was würde mit der Wirtschaft in Deutschland passieren? Selbst die Bundesbank würde mit den gleichen Schwierigkeiten zu kämpfen haben.

Ein großer Teil der betroffenen Computer würde gar nicht mehr funktionieren, dadurch kämen viele Firmen ganz zum Erliegen.

Aber auch für den einzelnen Bürger gäbe es Probleme. Zunächst würde es für eine Weile am Geldautomaten kein Geld geben, die Bankschalter würden absolut überlastet sein. Selbst die,

die noch Bargeld besaßen, würden ein Problem beim Einkaufen haben. Die meisten Geschäfte hatten ihre Preise in digitaler Form gespeichert und an der Kasse wurde oft nur noch mit dem Scanner gearbeitet. Für den Kunden unsichtbar gab es dafür im Hintergrund irgendwo einen Computer, auf dem in einer Datenbank zu jedem Artikel der entsprechende Preis hinterlegt war. Diese Preise würden ebenso wenig stimmen wie der Kontostand auf den Bankkonten. Nur noch sehr wenige Geschäfte arbeiteten mit alten Registrierkassen, in die der Preis manuell eingetippt wurde. Diese Geschäfte würden ganz klar im Vorteil sein.

Die Rechnungen für Strom, Telefon, Internet und dergleichen würden vermutlich falsch ausgestellt werden. Die wirklichen Folgen waren für Sven nicht annähernd überschaubar. Es lag aber auf der Hand, dass die Wirtschaft von einen Tag auf den anderen nahezu zum Erliegen kommen würde. Alle, egal ob Privatperson oder Unternehmen, müssten bei Null anfangen und zunächst alles auf Papier festhalten. Die ganze Welt würde um ein halbes Jahrhundert zurückgeworfen werden.

„Meine Güte", flüsterte Sven mehr zu sich als zu den anderen.

Auch Pascal schluckte schwer und wandte sich dann zu Gina und Sven. „Seid ihr denn weitergekommen?"

Damit meinte er die Recherchen an dem Programm, welches man tatsächlich an der beschriebenen Stelle in Sanchinos Schreibtisch gefunden hatte. Seit Samstagmittag beschäftigten sich hauptsächlich Sven, Gina und Thomas damit.

„Nein", sagte Sven. „Wer immer es programmiert hat, er wusste, wie man Dinge verkompliziert. Ich gehe davon aus, dass es sich um einen früheren Hacker und Cracker handelt. Er wusste genau, wie jemand vorgehen würde, der das Programm knacken wollte. Und er hat einfach alles so programmiert, wie man es nicht erwarten würde. Unser größtes Problem liegt darin, dass Teile der Absicherung des DBOBD in die infizierten Programme eingebunden sind. Das bedeutet, wir müssten DBOBD für jede einzelne Software neu knacken. Es würde Jahre dauern, bis wir mit allem fertig wären."

Resigniert und träge schüttelte Sven den Kopf, bevor er weitersprach. „Nein, wir sollten uns darauf vorbereiten, Schadensbegrenzung zu betreiben."

Polker sah ihn an und fragte mit zu hoher, sich fast überschlagender Stimme: „Schadensbegrenzung? Wie stellen Sie sich das vor? Wir haben überhaupt keine Möglichkeit, etwas zu ändern, wenn Sie dieses Etwas nicht außer Gefecht setzen können!"

Sven war zu müde und zu niedergeschlagen, um etwas Hitziges zu erwidern. Seine Stimme blieb ruhig, als er erwiderte: „Wir haben etliche Geräte und Softwarepakete identifiziert, die offenbar von DBOBD verschont werden. Die Hintermänner haben sich auf die wichtigsten Produkte konzentriert, auf diejenigen, mit denen sie den größten Schaden anrichten können. Was Unternehmen oder Institutionen beispielsweise tun können, ist, ein neues, zusätzliches Netzwerk mit sauberen Geräten aufzubauen und wenigstens sämtliche Daten auf nicht betroffene Systeme zu überspielen. Auch wenn man die Funktionen der alten Programme nicht mehr hat, könnte man doch wenigstens alte Werte wie Kontostände und dergleichen manuell nachweisen. Egal, wie lange es dauern wird, bis ein neues, voll funktionsfähiges

System aufgebaut ist, man hätte dann jedenfalls den alten Datenbestand, mit dem man weiterarbeiten kann. So wäre der Ausfall zeitlich begrenzt. Es kann sich dabei zwar um eine recht lange Zeit handeln, aber es gäbe wenigstens eine Perspektive, wie es weitergehen wird."

Thomas gab zu bedenken: „Es wird von diesen sauberen Geräten, die gegen DBOBD unempfindlich sind, nicht ausreichende Stückzahlen geben, um alle großen Unternehmen der Welt damit auszustatten. Es wird riesige Engpässe geben, von den benötigten Fachkräften mal ganz abgesehen. Ich schätze, dass es bis zum Tag X kaum mehr als dreißig Prozent der Unternehmen schaffen werden."

Bevor jemand darauf eingehen konnte, platzte Gregor hervor: „Was ist eigentlich mit der Software von den Unternehmen im Bereich der Telekommunikation? Ich weiß zwar nicht genau, wie das läuft, aber irgendwo müssen ja auch die ganzen Telefonnummern und die dazugehörigen Verbindungen gespeichert sein."

Entgeistert starrten die Anwesenden Gregor an. Man hatte an fast alles gedacht, aber gerade den Bereich, der am naheliegendsten war, hatten sie prompt vergessen.

Dieses Mal war es Thomas, der als Erster die eventuellen Folgen begriff. Mit kreidebleichem Gesicht sagte er: „Um Himmels willen. Wenn DBOBD da in einer ähnlichen Form zuschlägt wie bei den E-Mails, dann wird es keinerlei Kommunikation mehr geben."

Sven spürte, wie ihm ein kalter Schauer über die Haut lief. Wie sollte man die anderen Dinge wieder in Ordnung bringen, wenn man nicht mal mehr telefonieren und sich mit anderen absprechen konnte? Kurz kam ihm in den Sinn, dass man sich mit Funksprechgeräten behelfen müsste. Aber die Industrie würde nicht in der Lage sein, eine ausreichende Anzahl an Geräten zu liefern. Und die zusätzliche Produktion würde ebenfalls nicht reibungslos vonstattengehen, denn dafür brauchte es Computer, die wiederum direkt von DBOBD betroffen wären.

Gina wandte sich mit leiser Stimme an Bernhard. „Würdest du dich bitte darum kümmern, dass das überprüft wird?"

Bernhard nickte, blieb aber stumm sitzen.

Gina sah ihn an. „Jetzt", fügte sie mit herrischer Stimme hinzu. Sven verstand ihre Eile.

Gereizt stand Bernhard auf und murmelte etwas wie: „Auf ein paar Minuten mehr oder weniger kommt es nun auch nicht an."

Er wollte gerade das Zimmer verlassen, als Gina ihn zurückrief. Erschrocken drehte er sich um.

„Wir haben nicht einmal mehr zwei Monate, Bernhard", sagte sie harsch. „Und falls du es nicht bemerkt haben solltest: Es hängt von unserer Arbeit ab, wie es am neunten November mit der Welt weitergeht. Solltest du damit überfordert sein, was ich sehr gut verstehen würde, dann kann ich dich gerne ablösen lassen. Du brauchst es nur zu sagen. Es wird auch keinerlei Konsequenzen für dich haben. Wenn du aber dabei bleiben möchtest, dann brauche ich dich zu 200 Prozent. Und noch etwas: Doch, es kommt auf jede Minute an!"

Bernhards Gesicht war so rot geworden wie das von Polker.

„Entschuldige. Natürlich hast du recht. Wir sind alle etwas gereizt."

Gina sah ihn eine Weile still an. Dann atmete sie tief durch.

„Schon gut, Bernhard. Ich freu mich, wenn du im Team bleibst."

Mit einem schwachen, gequälten Lächeln verließ Bernhard den Raum.

Die nächsten Worte von Gina galten Pascal: „Wir müssen das Thema Information schneller vorantreiben. Wie weit seid ihr mit der Internetseite?"

„Die Seite an sich steht. Aber es gibt jeden Tag so viele neue Erkenntnisse, dass wir mit der Erfassung nicht nachkommen."

„Ich besorge euch noch ein paar zusätzliche Leute. Prinzipiell könnten wir die Seite aber schon der Öffentlichkeit zugänglich machen?"

„Theoretisch schon."

Hier mischte sich Sven ein. „Auch wenn ich selbst den Vorschlag gemacht habe und eigentlich der Meinung bin, dass wir informieren müssen, überlege ich jetzt, ob wir damit nicht vielleicht eine Panik auslösen."

Gina überdachte das kurz, widersprach ihm dann aber: „Das Risiko müssen wir eingehen. Wir können es uns nicht leisten, erst im letzten Moment an die Öffentlichkeit zu gehen. Wir sehen, was wir bis Ende der Woche haben. Dann wird es eine offizielle Mitteilung durch einen Pressesprecher geben. Diese wird auf allen deutschen Programmen gesendet." Nach einer kurzen Pause fügte sie hinzu: „Lasst uns wieder an die Arbeit gehen. Heute Abend um 19:00 Uhr setzen wir uns wieder zusammen."

Nachdem die anderen den Raum verlassen hatten, blieben nur noch Thomas, Sven und Gina zurück. Sie griff nach dem Telefon.

„Ich möchte hören, ob es bei Felix etwas Neues gibt."

Sie kam nicht dazu, die Nummer zu Ende zu wählen. Die Tür ging auf und eine der Sekretärinnen kam herein. Ihr Gesichtsausdruck verriet tiefe Bestürzung.

„Was ist denn hier los? Man fühlt sich ja wie im Gefängnis!"

„Warum? Was gibt es denn?" fragte Gina mit hinaufgezogenen Augenbrauen.

„Das ganze Viertel ist abgeriegelt. Die Autos müssen außen herum über die Kleyerstraße fahren. Selbst die Straßenbahn, die vor dem Haus fährt, ist stillgelegt. Und überall wimmelt es von Polizeiwagen."

Voller Unverständnis sahen sich die drei an.

Gina zuckte mit den Schultern und wählte die Nummer von Felix. „Wir werden es gleich wissen."

Es dauerte nicht lange, bis ihr Anruf entgegengenommen wurde.

„Felix, was ist hier los?", fragte sie ohne Einleitung. Dann hörte sie eine geraume Zeit zu, ohne etwas zu sagen. Hin und wieder brachte sie ein kurzes „Ja" oder „Ich verstehe" hervor, mehr Kommentare kamen von ihr aber nicht. Mit Spannung erwarteten die anderen das Ende des Gespräches, das aber einige Minuten dauerte. Als sie endlich fertig war, berichtete sie: „Es wird immer schlimmer. Irgendjemand hat eine Drohne mit einem Sprengsatz zu dem Gefängnis gesteuert, in dem Sanchinos sitzt. Er schlug direkt in die Außenwand seiner Zelle ein. Zum Glück befand sich Sanchinos gerade in der gegenüberliegenden Ecke und ist nur leicht verletzt worden. Aber offenbar haben wir die Mittel dieser Leute unterschätzt. Felix hat Angst, dass jemand einen Anschlag auf dieses Haus unternehmen könnte. Deshalb hat er es weiträumig abriegeln lassen. Nichts und niemand außer den Leuten, die im Moment hier arbeiten, darf in die Nähe."

Die Gesichtsfarbe der Sekretärin änderte sich von blass zu kalkweiß. Dann stammelte sie leise: „Ich geh nach Hause, Frau Bodoni, ich fühl mich nicht wohl. Morgen früh werde ich wohl zum Arzt gehen." Ohne eine Antwort abzuwarten, verließ sie das Büro.

„Das war aber noch nicht alles", fuhr Gina fort, ohne sich zu der offenbar stark verängstigte Frau zu äußern. „Man hat ein Tagebuch von Peter Sternberg gefunden. Fragt nicht, warum man es jetzt erst entdeckt hat. Felix hat irgendwas von einem Schließfach erzählt, in dem es wohl gut behütet lag. In jedem Fall sind in diesem Buch seine Reisen nach Afrika beschrieben. Die Geschichte, die dort nachzulesen ist, ähnelt der von Sanchinos. Sternberg war zweimal dort und auch er hat beim zweiten Mal diesen Mr. Crack getroffen. Bezüglich des DBOBD wusste er anscheinend auch nicht mehr als Sanchinos, doch wir wissen jetzt, in welcher Stadt dieser Mr. Crack und der ebenfalls erwähnte Bob angetroffen wurden. Der Ort heißt Maun und liegt beim Okavango Delta in Botswana."

Sven sah sie erwartungsvoll an, aber es gab offensichtlich nichts mehr zu berichten. Also fragte er: „Und was passiert nun, nachdem man dies weiß? Wird jemand dorthin fahren, um diese Männer zu suchen?"

Gina legte sich augenscheinlich die Worte zurecht, bevor sie antwortete: „Das ist nicht so einfach. Zunächst muss gesagt sein, dass wir dort überhaupt keine Befugnisse haben. Ein deutscher Polizist hat da ebenso viele Rechte wie ein Landstreicher. Wer immer dort hinfährt, kann auf keinerlei Unterstützung vonseiten der Regierung hoffen. Er handelt auf eigenes Risiko."

Sven spürte, dass dies noch nicht alles war, was sie zu diesem Thema zu sagen hatte. Er behielt recht.

„Es ist auch schwierig abzusehen, ob wir einen zweiten Versuch hätten, wenn beim ersten Besuch in der Stadt etwas schiefgeht. Deshalb ist es wichtig, dass derjenige, der hinfährt, genügend Kenntnisse von der Sache hat und auch die richtigen Fragen zu stellen weiß. Und noch wichtiger: Er muss die Antworten verstehen können."

„Also muss jemand aus deiner Abteilung gehen. Pascal vielleicht. Oder Bernhard."

Gina blickte ihm fest in die Augen. „Ich werde gehen, Sven."

Er konnte nicht sagen, warum, aber Sven hatte mit dieser Antwort gerechnet.

„Alleine?", fragte er dann.

„Nicht, wenn du mit mir kommst." Ihre Antwort kam wie aus der Pistole geschossen.

„Warum nimmst du nicht lieber einige deiner Kollegen mit?"

„Weil ein Haufen Leute zu schnell bemerkt wird. Wir wollen nicht auffallen. Sven, wir arbeiten dort im Untergrund. Eher wie illegale Detektive, nicht wie Polizisten. Natürlich wird die Regierung sich bemühen, wenn wir verhaftet werden sollten. Das ist aber auch schon alles."

Lange sahen sie sich an. Angst keimte in Sven auf. Angst vor dem Unbekannten, vor Männern wie in dem Lagerhaus, in einem Land, in dem sich vermutlich niemand darum scherte, wenn zwei Europäer irgendwo tot herumlagen. Gina schien seine Gedanken zu erraten.

„Ich verstehe es, wenn du Angst hast. Ich verstehe es auch, wenn du nicht mitkommen möchtest, und ich werde dich nicht überreden. Und ich frage dich auch nur ein einziges Mal: Kommst du mit?"

Sven schluckte. Ja, er hatte Angst. Aber er wusste, dass auch die Furcht nichts an seiner Antwort ändern würde. „Ja, ich komme mit."

„Danke, Sven."

„Wann soll es losgehen?"

„So schnell wie möglich, so spät wie nötig."

„Was heißt: so spät wie nötig?"

„Wir können nicht völlig unvorbereitet in ein fremdes Land fliegen, von dem wir nichts wissen. Oder bist du Botswanaspezialist?"

„Keineswegs."

„Eben. Also müssen wir uns wenigstens hinsichtlich des Landes ein wenig schlau machen. Ich weiß noch nicht mal, ob dort Links- oder Rechtsverkehr herrscht. Geschweige denn, welche Regierungsform es dort gibt oder ob eventuell sogar doch irgendwelche Abkommen zwischen der botswanischen und der deutschen Polizei existieren. Vor allem müssen wir wissen, wie wir uns zu benehmen haben, um wie normale Touristen zu erscheinen."

Die nächsten Tage verbrachten sie mit Vorbereitungen. Als Erstes holten sie sich zwei Reiseführer. Einmal angefangen, konnte Sven kaum mehr mit dem Lesen aufhören. Schnell war klar, dass sie den Umweg über Namibia machen mussten, denn es gab keinen Direktflug nach Botswana. Außerdem hielt Gina es für besser, wenn sie von Windhuk aus mit dem Auto über die Grenze nach Botswana fuhren.

Sven konnte nachlesen, dass es in Maun einen größeren Flughafen gab. Der nächste lag im nordöstlich gelegenen Kasane. Sollten die DBOBD-Terroristen einen Besuch der deutschen Polizei erwarten, so würden sie sicher die Flughäfen im eigenen Land überwachen. Daher schien ein Leihwagen eine vernünftigere Alternative zu sein.

Das Land, über das Sven zunächst so gut wie gar nichts wusste, faszinierte ihn. Je mehr er darüber las, umso mehr freute er sich auf die Reise. Zeitweise vergaß er sogar den unangenehmen Anlass. Botswana schien zum Teil noch ein Stück altes Afrika zu sein, in dem es wirklich wilde Landschaften gab, in denen die Tiere ohne Umzäunung lebten. Weite Teile des Landes standen unter Naturschutz und wer durch diese Gebiete reiste, musste sich im Vorfeld mit Proviant eindecken. In der Zentralkalahari beispielsweise gab es nicht ein einziges Hotel. Lediglich einige als Campingplatz ausgewiesene Fleckchen Erde boten einen Hauch von Zivilisation. Aber es war wirklich nur ein Hauch, denn im Gegensatz zu den Campgrounds in anderen Naturschutzgebieten gab es dort nicht einmal Toiletten oder fließendes Wasser. Es hätte Sven sehr interessiert, durch dieses abgelegene Gebiet zu fahren, aber ein Blick auf die

Landkarte zeigte ihm, dass sie an dem ‚Central Kalahari Game Reserve' weiträumig vorbeifahren würden. Dennoch nahm er sich vor, wenigstens auf eine Reise durch eine solche Landschaft vorbereitet zu sein, denn sie wussten ja nicht, was sie alles erwartete. Es konnte immerhin sein, dass sie weder Mr. Crack noch Bob in Maun finden und deshalb in andere Gegenden fahren würden.

Klar war in jedem Fall, dass sie ein Fahrzeug mit Allrad benötigten. Viele Straßen waren laut Reiseführer in einem Zustand, der in Deutschland höchstens als schlechter Feldweg bezeichnet werden konnte.

Am Dienstag offenbarte ihnen Felix, dass es überhaupt nicht in Frage käme, dass sie nur zu zweit reisen würden. Zwei weitere Polizisten, ebenfalls Mann und Frau, würden sie als befreundetes Ehepaar begleiten. Elke Konrad und Bertram Lieblos waren schon an vielen heiklen Einsätzen beteiligt gewesen, erklärte Felix. Ebenso gehörten beide einige Jahre zum SEK und waren somit als Personenschützer hervorragend geeignet. Es würde unter Umständen wichtig sein, dass sie jemanden mitnahmen, der sich notfalls sehr gut körperlich zur Wehr setzen konnte. Sie konnten nämlich keine Schusswaffen mitnehmen. Bertram würde zwar versuchen, sich vor Ort eine zu besorgen, aber man konnte nicht wissen, ob er erfolgreich sein würde.

Um sich gegebenenfalls aufteilen zu können, reservierte Gina zwei Fahrzeuge. Über das Internet hatte sie einen qualitativ gut erscheinenden Anbieter gefunden, der komplett ausgestattete Toyota Hilux Pickup-Trucks mit aufgesetzten und zusammenklappbaren Dachzelten vermietete.

Zu den Dingen, die noch für die Reise besorgt werden mussten, gehörten außerdem extrem starke Halogen-Stablampen, batterieschonende LED-Leuchten, Akkuladegeräte, die im Auto über die Zigarettenanzünderbuchse betrieben werden konnten, zwei Hand-GPS-Geräte, die nicht von einem Handy abhingen, Mückenschutzmittel und vieles mehr. Das technische Highlight war wohl das Satellitentelefon, mit dem man angeblich von jedem Punkt der Welt aus eine Verbindung aufbauen konnte. Sven staunte nicht schlecht, als er es sah, denn er wusste, dass sowohl das Gerät als auch der Unterhalt immense Kosten verursachten.

Während Gina und ihre Kollegen bereits die wichtigsten Impfungen hatten, blieb für Sven nicht genügend Zeit, um noch einen ausreichenden Impfschutz gegen Hepatitis aufzubauen.

Dafür begannen alle vier umgehend mit einer Malariaprophylaxe. Die Einnahme der Tabletten würden sie während der ganzen Reise und auch darüber hinaus fortsetzen müssen. Zum Glück gab es ein Präparat, welches sehr gut verträglich sein sollte.

Zu den Vorbereitungen gehörte es auch, dass man sich die Beschreibungen von Mr. Crack und dem Mann namens Bob in Sternbergs Tagebüchern genau durchlas und auswendig lernte. Es war alles, was sie über die beiden Männer wussten. Sven hätte gerne noch einmal mit Sanchinos gesprochen, um sich von ihm eine detaillierte Beschreibung des Gesuchten geben zu lassen, aber Felix sagte, dass dies unmöglich sei.

Zum Schluss wurden diverse Reservierungen für die Naturschutzgebiete Botswanas getätigt. Laut Reiseführer konnte es durchaus passieren, dass man durch ein Naturreservat nicht hindurchfahren durfte, wenn man nicht vorab eine Genehmigung dafür beantragt hatte, die im Übrigen sehr teuer war. Wenn die vier Reisenden auch genau wussten, welchen Weg sie zunächst nach Maun nehmen wollten, so wussten sie doch nicht, wohin es sie eventuell noch verschlagen konnte. Deshalb besorgten sie sich die benötigten Papiere für sämtliche Reservate Botswanas und dies vorsichtshalber für eine Zeit von drei Wochen.

Am Donnerstagabend ging es dann endlich los.

22. September

Ihr Flug war anstrengend. Am Vorabend war der Lufthansaflug von Frankfurt nach Johannesburg um 22:40 Uhr gestartet. Dort war Umsteigen angesagt. Schließlich war die Maschine pünktlich um 12:00 Uhr Ortszeit in der Hauptstadt Namibias gelandet.

Die Einreise verlief problemlos. Nicht einmal das Gepäck wurde durchsucht.

Ein schnell gefundenes Taxi brachte sie direkt zu der Autovermietung an der Ecke John-Meinert-Straße / Rossini Straße.

Eine Frau knapp über dreißig mit langen, blonden Haaren und einer eleganten Goldrandbrille begrüßte sie in perfektem Deutsch. Obwohl es mehrere Generationen her war, dass Namibia zu den deutschen Kolonien gehörte, war die Sprache noch immer ein fester Bestandteil Windhuks.

Die Formalitäten erledigten sie mit der netten Frau, während die Fahrzeuge von einem Mann mit dunkler, fast schwarzer Hautfarbe übergeben wurden. Im Gegensatz zu der Frau sprach er nur Englisch. Zunächst erklärte er, was zu beachten war, wenn man von dem Zweirad- auf den Vierradantrieb wechseln wollte. Zusätzlich zu dem Allradantrieb verfügten beide Wagen noch über eine Differenzialsperre und eine Getriebeeinstellung zur besonders starken Untersetzung. Letztere verlieh den Autos extra viel Kraft in schwierigem Gelände.

Dann wurden die Dachzelte vorgeführt. Beim Ausklappen entfalteten sie sich nach oben und man konnte sie über eine Leiter erreichen. Ein Blick in eines der Zelte ließ Sven staunen. Als Basis des Bettes diente eine etwa acht Zentimeter dicke Matratze und neben zwei Decken waren auch zwei Kissen vorhanden. Alles in hübschen Bezügen mit afrikanischen Motiven. Der frische Geruch verriet, dass alles erst kürzlich gewaschen worden war.

Auch beim Küchenequipment wurden sie angenehm überrascht. In einer grünen Plastikkiste, die vor Staub und Sand schützte, gab es Teller und Tassen aus robustem Kunststoff, Messer, Gabeln, Löffel sowie eine Grillzange. Zum Kochen waren ein Gaskocher, eine Pfanne und verschieden große Töpfe vorhanden. Im Laderaum, der sich als festinstallierter Aufbau auf der Ladefläche des Pickups präsentierte, befand sich außerdem ein Kühlschrank, der aus der Autobatterie gespeist wurde. Zusätzlich zur normalen Batterie gab es eine weitere, die für alle besonderen Geräte zuständig war. Eine Lampe mit einer vierzig Zentimeter langen Leuchtstoffröhre und ein kleiner Klappspaten rundeten das Fahrzeugzubehör ab.

Obwohl ein Ersatzrad bereits vorhanden war, lud der Farbige noch ein weiteres in das Auto. Er erklärte, dass dies besser sei, wenn man durch Botswana fuhr.

Das Einzige, was Sven als nicht ausreichend ansah, war der zwanzig Liter fassende Wasserkanister und der ebenso große Benzinkanister. Er fragte nach der Möglichkeit, zusätzliche Behälter hinzuzumieten. Fünf Minuten später hatten beide Fahrzeuge jeweils zwei fünfzig Liter Wasserkanister und zwei zwanzig Liter Benzinkanister.

Nachdem noch ein paar höfliche Floskeln ausgetauscht waren, ging es los. Elke und Bertram nahmen in dem ersten Hilux Platz, Gina und Sven besetzten den zweiten. Für Sven war es ungewohnt, das Lenkrad auf der rechten Seite zu haben. Alle anderen waren bereits in Ländern mit Linksverkehr gefahren und kannten dieses Fahrgefühl.

„Wenn du rausfährst, achte darauf, dass du auf die linke Straßenseite musst", machte Gina ein weiteres Mal auf die hiesigen Verkehrsverhältnisse aufmerksam. Obwohl er im ersten Moment dachte, dass ihr Kommentar überflüssig war, merkte er doch, wie fest verwurzelt das Rechtsfahren bei ihm war und wie viel Überwindung es kostete, auf die linke Fahrbahnseite zu fahren. Er rechnete jeden Moment damit, dass plötzlich ein Auto direkt auf ihn zukommen würde. Natürlich passierte das nicht und nach ein paar Minuten hatte er sich an die neue Situation gewöhnt.

Der September war in Deutschland oft noch sehr warm. Hier aber war es heiß! Trotz der offenen Fenster floss Sven der Schweiß nach kurzer Zeit über den Rücken.

Bevor sie sich auf den Weg nach Botswana machten, wollten sie eine Nacht in Windhuk verbringen, um sich ein wenig akklimatisieren zu können. Ein Hotel hatten sie von Deutschland aus nicht reserviert und so hielten sie Ausschau nach entsprechenden Schildern. Schon bald fanden sie eine kleine Lodge, vor der bereits ein Fahrzeug stand, das mit ihrem Wagen baugleich war. Obwohl die Autovermietung keine Werbeaufschrift auf den Autos hatte, vermutete Sven, dass es sich ebenfalls um einen bei Safe!Cars gemieteten Pickup handelte. Sowohl die Nähe zur Mietstation als auch der Wagentyp und das Dachzelt sprachen dafür.

Das Haus lag hinter einer beigefarbenen, etwa zwei Meter hohen Mauer, die oben mit Stacheldraht gesichert war. Der Gehweg davor wurde durch eine drei Meter breite Sandfläche von der Straße getrennt. Diese Fläche, die alle paar Meter durch einen Baum aufgelockert wurde, diente als Parkplatz. Ein schmiedeeisernes, weißes Tor stellte den Eingang zu dem Grundstück dar. Es war verschlossen und so mussten die vier Neuankömmlinge klingeln.

Kurz darauf erschien ein junger, weißer Mann in kurzen Hosen. Er sah die zwei Paare zunächst misstrauisch an, erkannte dann aber offenbar die im Hintergrund stehenden Autos als die Fahrzeuge von Touristen und öffnete mit einem Lächeln das Tor.

Der Mann stellte sich ihnen als John vor. Glücklicherweise hatte er noch zwei Doppelzimmer frei. Schnell erkannte John, dass es sich bei seinen neuen Gästen um Deutsche handelte. Redselig erzählte er, dass vor zwei Stunden ein weiteres Paar aus Deutschland eingetroffen sei. Sie hießen Anita und Manfred. Ob man sie vielleicht kennen würde, wollte John wissen. Nachdem man dies verneinte, bekamen die vier Reisenden die Zimmer mit den Nummern vier und fünf gezeigt. Beide hatten kleine Terrassen, die nebeneinander lagen. Die Möbel waren sehr stilvoll und die Zimmer machten einen sehr gemütlichen Eindruck. Zufrieden bemerkte Sven, dass alles sehr sauber war. Auch das Badezimmer bot mit einer Dusche alles, was man brauchte. Auf den Terrassen standen jeweils ein kleiner Tisch und drei Stühle. Die das Haus umgebende Mauer war weitgehend hinter Sträuchern und Bäumen versteckt.

„Klein, aber fein", äußerte Elke sich darüber.

John fragte, ob alles in Ordnung wäre, entschuldigte sich noch dafür, dass man über keinen Parkplatz innerhalb der Mauern verfügte und überließ die vier dann sich selbst.

Nachdem sie ihre Sachen grob verstaut hatten, trafen sie sich auf der Terrasse von Gina und Sven. Bertram besorgte bei John zwei eisgekühlte Flaschen Bitter Lemon und vier Gläser. Damit setzten sie sich an den kleinen Tisch und breiteten eine Karte von Namibia aus. Dann gingen sie noch einmal die geplante Route durch. Am nächsten Morgen sollte es sehr früh losgehen. Sie hofften, den Grenzübergang bei dem Dorf Mamuno in vier Stunden erreicht zu haben. Es mussten etwas mehr als dreihundert Kilometer sein. Von dort aus sollte es weiter nach Ghanzi gehen, in den ersten größeren Ort, den sie in Botswana erreichen würden. Er befand sich wiederum knapp dreihundert Kilometer von Mamuno entfernt. In Ghanzi würden sie dann die nächste Nacht verbringen.

Ihren eigentlichen Zielort Maun wollten sie frisch und ausgeruht erreichen. Daher würden sie die letzte, abermals rund dreihundert Kilometer messende Etappe am Folgetag hinter sich bringen.

Während sie in einer für sie fremden Welt nach zwei unbekannten Männern suchten, würde Deutschland Kopf stehen, denn für den kommenden Tag war der Rundfunkauftritt des Pressesprechers geplant. Er würde die Öffentlichkeit über die eventuell bevorstehende, digitale Katastrophe informieren und die dabei erwarteten Auswirkungen möglichst detailreich schildern. Die von Pascals Gruppe kreierte Internetseite sollte ebenfalls vorgestellt werden.

Eine Zeit lang diskutierten die vier Afrikareisenden, wie die Bevölkerung die Sache wohl aufnehmen würde, aber keiner konnte es sich wirklich vorstellen.

Dann verließ Elke das Hotel, um eine Bank aufzusuchen, Geld zu holen und einen größeren Betrag in Botswanische Pula umzutauschen. Die blonde Frau von der Autovermietung hatte ihnen den Tipp gegeben, ausreichend Landeswährung mitzunehmen, da es in Botswana häufig nicht möglich wäre, mit Kreditkarte zu bezahlen. Wenn man Rechnungen mit ausländischer Währung begleichen wollte, dann sollte man eher Südafrikanische Rand als Namibia Dollar mitnehmen. Laut der Frau würde die Namibische Währung in Botswana kaum angenommen werden und wenn, dann zu extrem schlechten Wechselkursen.

Während Elke sich um die finanziellen Mittel kümmerte, ging Bertram los, um den Versuch zu wagen, ein oder zwei Schusswaffen auf dem Schwarzmarkt aufzutreiben. Da Elke ihren Wagen genommen hatte, benutzte Bertram den von Sven und Gina. Sven war es gänzlich unmöglich, sich auch nur vorzustellen, wie man innerhalb weniger Stunden in einer fremden Stadt, in einem noch fremderen Land, es schaffen sollte, Kontakte zu Händlern des hiesigen Schwarzmarktes zu knüpfen. Aber Gina versicherte ihm, dass, wenn es überhaupt jemand schaffen konnte, dies Bertram wäre. Er hatte bereits einmal eine Ermittlung in Südafrika geführt und kannte die Mentalität der Einheimischen. Es war zu hoffen, dass sich diese in Namibia nicht allzu gravierend von der in Südafrika unterschied.

Es dauerte zwei Stunden, ehe Elke wiederkam. Sie hatte wohl bei verschiedenen Banken Probleme gehabt, eine ausreichende Summe Botswana Pula zu bekommen. Aber letzten Endes hatte sie den vereinbarten Betrag bei sich und teilte nun das Geld in vier gleich große

Teile. Während sie Gina und Sven den für sie vorgesehenen Anteil übergab, steckte sie Bertrams Geld mit ihrem zusammen in die Tasche.

Nach weiteren drei Stunden kam Bertram resigniert zurück. Sein Vorhaben war nicht von Erfolg gekrönt gewesen. Sie würden sich unbewaffnet auf den Weg machen müssen.

Gina wirkte die ganze Zeit über leicht angespannt und nun sollte Sven auch den Grund dafür erfahren.

„Bertram, hast du einen Vorwand, um John zum Auto zu locken?", fragte sie ihren Kollegen.

Bertram schien nicht erstaunt über diese Frage zu sein. „Ich werde ein paar Flaschen Getränke kaufen und ihn bitten, sie mit mir zum Auto zu tragen. Wir brauchen für morgen sowieso etwas."

„Gut. Habt ihr, als ihr gekommen seid, noch andere Bedienstete gesehen?"

„Nein, er scheint alleine zu sein. Vermutlich kommt das Zimmermädchen nur morgens für ein paar Stunden."

Sven sah sie fragend der Reihe nach an. „Wovon sprecht ihr, wenn ich fragen darf?"

Gina erklärte: „Ich halte es für einen sehr großen Zufall, dass ausgerechnet heute ein paar andere Deutsche hier eintreffen, wahrscheinlich ein Fahrzeug vom gleichen Vermieter haben und auch noch im selben Hotel absteigen wie wir."

„Aber sie waren doch vor uns hier."

„Sicher. Und es kann natürlich auch ein Zufall sein. Wir hingegen überlassen nichts dem Zufall. Also werden wir aus dem Gästebuch die Namen und die Reisepassnummern abschreiben und umgehend überprüfen lassen."

Sven begriff, dass er weit davon entfernt war, wie ein Polizist zu denken. Er hatte sich überhaupt keine Gedanken darüber gemacht, dass es sich bei dem angeblichen Touristenpärchen vielleicht ebenso wenig um Touristen handeln könnte, wie dies bei ihnen der Fall war.

Während Sven im Zimmer wartete, wollten die Polizisten die Informationen besorgen. Als sie wiederkamen, erzählten sie von ihrem Erfolg. Während Bertram unter einem Vorwand John von der Rezeption weggelockt hatte, sahen die Frauen im Gästebuch nach. Elke hatte sich die Namen und Passnummern der anderen beiden Gäste aus Deutschland gemerkt und schrieb sie nun auf einen kleinen Zettel.

„Du hast sie dir so lange merken können? Du hast ja ein gutes Gedächtnis", bemerkte Sven.

Bertram sah ihn an. „Sie hat ein fotografisches Gedächtnis. Sie merkt sich nicht die einzelnen Ziffern oder die Namen, sondern das Bild."

Sven war immer der Meinung gewesen, dass es so etwas wie ein fotografisches Gedächtnis in Wirklichkeit gar nicht gab. Er war sich nicht sicher, ob Bertram sich lustig über ihn machte oder ob seine Worte wirklich den Tatsachen entsprachen.

Gina holte aus ihrem großen Rucksack das Satellitentelefon heraus und schaltete es ein.

„Dann wollen wir mal das gute Stück ausprobieren und Felix anrufen", sagte sie und wählte. Offenbar funktionierte das Gerät einwandfrei. Gina gab einen Überblick darüber, wie weit sie waren und was es Neues gab. Dazu gab sie die Daten durch, die Elke aus dem Gästebuch hatte. Danach verabschiedete sie sich.

Eine halbe Stunde später rief Felix zurück. Anita Plankenhauer und Manfred Störr kamen aus Hamburg und wohnten zusammen. Beide waren fünfundzwanzig Jahre alt. Es gab keine Vorstrafen und nichts deutete auf irgendwelche ungewöhnlichen Dinge hin. Damit gab es keinerlei Verdachtsmomente. Trotzdem forderte Felix sie auf, vorsichtig zu sein.

Sowohl Gina als auch Elke und Bertram schienen jetzt beruhigter zu sein. Diese Ruhe übertrug sich auch auf Sven.

Ihr Abendessen bestand lediglich aus ein paar Früchten. Gegen 22:00 Uhr gingen sie zu Bett.

Trotz der allgemeinen Anspannung und Müdigkeit hatten Gina und Sven diese Nacht kaum erwarten können, denn sie hatten vor dem Abflug die Ergebnisse der Aids-Tests bekommen. So kamen die beiden erst lange nach Mitternacht zur Ruhe.

23. September

Pünktlich um halb acht, nachdem alle bereits geduscht hatten, klopfte ein Zimmermädchen an die Türen und brachte für jedes Zimmer einen kleinen Korb mit Brötchen, frisch gekochten Eiern und zwei lecker aussehenden Hörnchen. Dazu jeweils ein Tablett mit Geschirr, Besteck und einer Kanne Kaffee.

Das Frühstück nahmen die vier auf der Terrasse ein. Die Nacht hatte nur wenig Abkühlung gebracht und so schwitzen sie schon, bevor sie aufbrachen. Die Mahlzeit dehnten sie auf eine halbe Stunde aus, dann ging es los.

Während sie ihr Gepäck in die Autos luden, lernten sie Anita und Manfred kennen. Dabei erfuhren sie, dass die beiden zum dritten Mal diese Reise unternahmen. Genau wie Svens Gruppe wollten sie nach Botswana.

„Einmal Afrika, immer Afrika", zitierte Manfred einen beliebten Spruch von Afrikafans.

Anita empfahl, bereits in einem Supermarkt in Windhuk ausreichend Nahrungsmittel zu kaufen. Unterwegs wusste man nie, wann man wieder einen einigermaßen gut sortierten Supermarkt finden würde. „Kauft in keinem Fall frische Eier", riet sie. „Zwar könnt ihr die problemlos auch im Busch braten, aber die Chancen sind sehr gering, dass sie die Fahrt dorthin überleben werden."

Man einigte sich darauf, bis Ghanzi zusammen zu fahren. Dann würden Anita und Manfred nach Osten in Richtung Zentralkalahari weiterfahren. Sven beneidete die beiden darum. Er würde mit den anderen die nördliche Richtung einschlagen müssen.

Gemeinsam suchten sie einen großen Supermarkt auf, in dem sie allerlei Nahrungsmittel wie Nudeln, Reis, fertige Tomatensoße in Gläsern, Kekse, Säfte und dergleichen kauften. In einer Ecke entdeckte Manfred nach langem Suchen kleine Feuerwerkskörper. Er nahm einige Packungen mit. Vier davon behielt er für sich und Anita, acht Päckchen gab er Bertram.

„In den Schutzgebieten sind jegliche Waffen verboten", erklärte er. „Oft werdet ihr aber in der Wildnis campieren müssen. Da wisst ihr nie, wann plötzlich ein Löwe auftaucht. Wir haben immer diese Knallkörper dabei, in der Hoffnung, gegebenenfalls wilde Tiere damit abschrecken zu können. Natürlich sind diese Teile absolut ungefährlich. Aber der laute Knall reicht vielleicht aus, um eine Raubkatze zu erschrecken."

Sven zog die Augenbrauen hoch und fragte: „Musstet ihr die schon mal benutzen?"

„Nein, bisher nicht. Und ich hoffe auch, dass es niemals dazu kommen wird. Im Übrigen bin ich auch alles andere als überzeugt davon, dass es wirklich funktioniert. Aber es ist immerhin ein beruhigendes Gefühl, überhaupt etwas dabei zu haben."

Bertram nickte und legte die Päckchen in seinen Einkaufswagen.

Als die Gruppe mit den drei Fahrzeugen endlich die Stadt in Richtung Osten verließ, war es bereits halb zehn.

Für den ersten Streckenabschnitt übernahmen Gina und Elke das Steuer. In der Nähe des Flughafens gab es eine Straßenkontrolle, bei der alle Mitreisenden ihre Pässe vorzeigen mussten. Dann kam lange Zeit nichts. Nur hin und wieder sahen sie ein entgegenkommendes Fahrzeug.

Das Land um sie herum war nicht wirklich eine Wüste, aber die Pflanzen waren durch die Trockenzeit so verdorrt, dass alles ziemlich leblos aussah. Von Tieren fehlte hier jede Spur. Die Straße war zum Glück asphaltiert und in erstaunlich gutem Zustand.

Gegen Mittag erreichten sie Gobabis. Sven war nach einem Blick auf die Karte davon ausgegangen, dass es sich dabei um eine Stadt in der Größenordnung Windhuks handelte. Das aber war ein Irrtum. Gobabis war eher ein Dorf. Viele Behausungen hätte man in Europa nicht als Haus bezeichnet. Es gab zahlreiche Rundhütten sowie kleine Häuser, deren Dach lediglich aus Wellblech bestand.

Etwa eine halbe Stunde später passierte es. Der Gegenverkehr war inzwischen noch weniger geworden. In den letzten zwanzig Minuten war ihnen kein einziges Fahrzeug entgegengekommen. Gina und Sven fuhren als Letzte in der Kolonne und noch immer saß Gina am Steuer. Die Wasserflasche, die zwischen ihnen lag, war fast leer. Sven informierte die anderen über das kleine Handfunkgerät, dass sie kurz anhalten würden, um eine neue Flasche von hinten aus dem Kühlschrank zu holen. Da sie mit einer durchschnittlichen Geschwindigkeit von knapp einhundert Stundenkilometer reisten, würde es kein Problem sein, die beiden anderen Wagen wieder einzuholen.

Gina lenkte den Toyota an den linken Fahrbahnrand und gab Sven den Fahrzeugschlüssel. Er benötigte ihn, um die Heckklappe aufzusperren. Anita und Manfred hatten ihnen geraten, die Seiten- und die Heckklappe des Laderaums während der Fahrt stets abgeschlossen zu halten. Nicht, dass man in Botswana Gefahr lief, schnell bestohlen zu werden. In dieser Hinsicht war kaum mit Problemen zu rechnen, zumal man häufig an Plätzen campierte, an denen es sowieso keine anderen Menschen gab. Aber es konnte durchaus vorkommen, dass auf den welligen Sandpisten die Klappen aufvibrierten und man einen Teil der Ladung verlor, ohne es zu bemerken.

Für die Wasserflasche, die Sven dem Kühlschrank entnahm, legte er sofort wieder eine neue nach. So hatten sie immer etwas Kaltes zu trinken. Nachdem er den Laderaum wieder verschlossen hatte, lief er um das Auto herum und blieb neben Ginas geöffnetem Fenster stehen. Sie lächelte ihn an und nahm die Wasserflasche, die er ihr entgegenhielt.

Plötzlich erfolgte eine Detonation. Sie war so heftig, dass selbst der schwere Pickup erzitterte. Viele hundert Meter vor ihnen gab es eine riesige Stichflamme. Nicht zu definierende Teile flogen durch die Luft. Das andere Fahrzeug, es war der Truck von Elke und Bertram, legte eine Vollbremsung hin und stellte sich quer. Während die Flammen kleiner wurden, konnte Sven erkennen, wie das zweite Fahrzeug jetzt zurückkam.

Sprach- und fassungslos starrten Gina und Sven zur Unglücksstelle. Als sich ihre Gehirne nicht mehr weigerten, das Gesehene zu verarbeiten, erfolgte die zweite Explosion. Mitten in der Fahrt verwandelte sich das Auto von Elke und Bertram in einen rollenden Feuerball. Hilflos mussten sie zusehen, wie ihre beiden Partner in die Luft gesprengt wurden.

Sven reagierte als Erster. Mit einer gehetzten Bewegung riss er die Fahrertür auf und zerrte Gina grob von ihrem Sitz.

„Schnell, unser Pickup ist der nächste!", schrie er. Hand in Hand rannten sie panisch die Straße zurück, so schnell sie konnten. Erst nach über hundert Metern blieben sie atemlos stehen und drehten sich um. Der Feuerball, der jetzt nur noch die Größe des Autos besaß, war inzwischen zum Stehen gekommen. Aus beiden Wracks stieg schwarzer Rauch auf. Neben den zwei großen Bränden gab es noch drei oder vier kleinere, die von umherliegenden Teilen herrührten.

Gina und Sven sanken erschöpft auf die Knie.

„Mein Gott", flüsterte Gina. „Elke und Bertram. Ich kenne die beiden seit Jahren."

Sven legte seinen Arm um ihre Schulter und drückte sie an sich. Eine einsame Träne rollte über ihre Wange. Wenn es überhaupt die richtigen Worte gab, die man hätte sagen können, so fand Sven sie nicht. Schweigend versuchte er nur, Gina seine Nähe zu vermitteln. Mit versteinertem Gesicht sah sie über zehn Minuten die Straße hinauf, darauf wartend, dass sich auch ihr Auto in eine flammende Hölle verwandelte. Aber dies geschah nicht.

„Vielleicht haben sie sich bei unserem Zeitzünder um eine Stunde vertan", vermutete Sven.

„Ja. Wir sollten uns frühestens in zwei Stunden nähern, wenn bis dahin nichts passiert ist." Auch während sie sprach, behielt Gina den starren Blick in die Ferne bei.

„Glaubst du daran, dass nichts passieren wird?"

„Nein."

„Was erzählen wir, wenn jemand vorbeikommt?"

„Die Wahrheit. Dass wir drei Pärchen waren, die sich die Natur Botswanas ansehen wollten. Plötzlich sind die Autos explodiert und wir haben nicht die geringste Ahnung, was dahintersteckt."

Jetzt drehte sie sich zum ersten Mal wieder zu Sven.

„Ich hoffe, du kannst überzeugend spielen, Sven. Wir dürfen niemandem trauen. Auch der hiesigen Polizei nicht. Was immer passiert: Wir sind ein Touristenpärchen und sonst nichts. Beruflich sind wir beide Computerspezialisten, was gegebenenfalls leicht zu beweisen ist."

Sven verstand, was sie meinte, erwiderte aber nichts.

Noch bevor er das Geräusch vernahm, drehte Gina sich ruckartig um. Ihrem Blick folgend erkannte Sven, dass sich aus der Richtung, aus der sie gekommen waren, in weiter Ferne ein Fahrzeug näherte. Im ersten Moment war er froh. Ein Fahrzeug bedeutete Rettung. Wie hätten sie sonst aus dieser Einöde wieder wegkommen sollen? Aber Ginas Worte verwandelten seine Freude in Angst.

„Vielleicht kommen sie jetzt, um nachzusehen, ob sie ganze Arbeit geleistet haben."

Entsetzt sah Sven sie an. Dann blickte er in alle Richtungen, um nach einem Versteck Ausschau zu halten. Aber es gab nichts. Das Land war zu karg. Die vereinzelten, verdorrten Büsche waren gerade groß genug, um ein paar Erdhörnchen Schutz zu bieten. Nicht einmal ein Pavian hätte sich dahinter verbergen können, geschweige denn ein Mensch.

„Wir teilen uns auf", beschloss Gina. „Ich bleibe an der Straße. Du rennst hundert Meter ins Feld und legst dich flach auf den Boden. Sie werden von mir so abgelenkt sein, dass sie gar nicht darauf kommen, nach weiteren Personen zu suchen. Wenn etwas passiert, dann sieh zu, dass du irgendwie nach Windhuk kommst. Von dort aus fliegst du umgehend zurück nach Deutschland und rufst Felix an."

„Aber wenn..."

Gina ließ ihn nicht zu Wort kommen. „Hau ab!", brüllte sie ihn an. Ihre Augen strahlten Feindseligkeit aus und Sven konnte nicht einordnen, ob sie ihm oder den herannahenden Personen galt. Ohne ein weiteres Wort drehte er sich um und rannte los. Noch war das Fahrzeug so weit entfernt, dass man ihn vermutlich nicht erkennen konnte. Als Sven meinte, weit genug gelaufen zu sein, warf er sich auf den Boden. Auf dem Bauch parallel zur Straße liegend, legte er den Kopf zur Straße gerichtet auf die Seite. So konnte er wenigstens ein wenig von dem sehen, was sich auf der Straße abspielte.

Dabei spürte er an seinen Wangen, wie heiß der Sand war. Einen halben Meter vor seinem Gesicht hüpfte eine lange, grüne Heuschrecke davon. Hinter sich hörte er leise Geräusche, die er einem Insekt zuordnete. Er wollte den Kopf nicht drehen, um nachzusehen. Bewegungslos harrte er der Dinge, die da kommen mochten.

Es quälte ihn zu wissen, dass Gina nicht einmal eine Waffe hatte. Wenn es tatsächlich dieselben Männer (waren es Männer?) waren, die den Tod der vier Menschen auf dem Gewissen hatten, würde Gina nicht die geringste Chance haben. Endlose Minuten vergingen, ohne dass etwas passierte. Das Auto schien sich im Schneckentempo zu nähern. Gina saß scheinbar teilnahmslos am Straßenrand.

Dann war das Auto nur noch hundert Meter entfernt. Es handelte sich um einen schäbigen, hellblauen Pickup ohne Aufbau. Obwohl es so lange gedauert hatte, bis er endlich herangekommen war, war er doch sehr zügig unterwegs. Geschwindigkeitsbeschränkungen schienen für den Fahrer nicht zu existieren. Sven schätzte, dass er mindestens hundertfünfzig Stundenkilometer auf dem Tacho hatte. Jetzt musste er jeden Moment das Gas wegnehmen.

Zwar hatte Sven mit vielem gerechnet, aber nicht damit, was nun tatsächlich geschah: Der kleine Truck brauste einfach vorbei. Mit unverminderter Geschwindigkeit passierte er sowohl Gina als auch die beiden ausgebrannten Autos, die inzwischen nur noch qualmten. Im Slalom fuhr er um sie herum und raste davon.

Ungläubig wollte Sven sich gerade wieder aufrichten, als ihm das Blut in den Adern gefror. Keine dreißig Zentimeter von seinem Kopf entfernt tauchte ein schuppiges Etwas in seinem Blickfeld auf. Die Schlange bewegte sich zügig. Ihre Farbe glich der des vertrockneten Grases. Auf dem Rücken gab es dazu noch ein schmales, dunkleres Muster. Entgegen seiner Erwartung glänzte die Schlange nicht und sie sah auch keineswegs glitschig aus. Im Gegenteil, sie war matt und machte eher einen verstaubten Eindruck.

Noch bevor Sven sich überlegen konnte, wie er reagieren sollte, befand sich das Tier zehn Zentimeter vor seinem Gesicht. Anscheinend ohne ihn wahrzunehmen, bewegte es sich weiter, kroch an Svens Körper vorbei und verschwand bald hinter seinen Füßen. Mit wild klopfendem Herzen atmete Sven auf. Er wartete noch einige Sekunden, bevor er aufstand. So sehr er sich auch anstrengte, die Schlange konnte er nicht mehr entdecken. Mit schnellen Schritten lief er wieder zu Gina, die ebenfalls aufgestanden war.

„Was war das denn für einer?", fragte Sven.

„Wahrscheinlich hatte er Angst, dass es sich um eine Falle handelt. Ich habe davon gehört, dass es in Südafrika Gruppen gibt, die ähnlich arbeiten. Man stellt ein brennendes Fahrzeug auf die Straße und jeder, der anhält, wird überfallen. Ich glaube nicht, dass er etwas mit den Urhebern des Anschlages zu tun hatte."

Dann sah sie ihn das erste Mal wieder liebevoll an. „Ist bei dir alles okay?"

„Bis auf die Tatsache, dass mich fast eine Schlange gebissen hätte..."

Ihr „Soso" zeigte ihm, dass sie ihm nicht glaubte. Und er sah keine Veranlassung, sie von der Richtigkeit seiner Worte zu überzeugen.

Das Szenario mit einem vorbeifahrenden Auto wiederholte sich noch zweimal, wobei eines aus der entgegengesetzten Richtung kam. Sven sah sich die Stellen nun wesentlich genauer an, bevor er sich in den Sand legte. Eine Schlange kam nicht mehr vorbei. Dafür krabbelte ein Insekt über sein Gesicht und wäre fast in sein Ohr gekrochen. Die Angst davor war größer gewesen als die Furcht, von dem vorbeifahrenden Auto aus gesehen zu werden. Deshalb wischte er das kitzelnde Etwas mit einer raschen Bewegung fort. Die Tatsache, dass auch diese beiden Wagen vorbeifuhren, untermauerte Ginas Vermutung, dass die Fahrer Angst hatten, in einen Hinterhalt zu geraten.

Als ihr Hilux um drei Uhr noch nicht explodiert war, sagte Gina: „Komm, wir sehen nach." Damit stand sie auf und ging voran. Sie liefen nicht schnell. Ihre Puste würden sie später vielleicht noch besser gebrauchen können. Da sie über zwei Stunden in der prallen Sonne gesessen hatten, war ihnen sowieso schon heiß genug. Der Durst war enorm.

„Pass auf. Zuerst sehen wir unter dem Auto nach. Ich hoffe, dass die Bodenfreiheit so weit reicht, dass wir darunter kriechen können, ohne einen Wagenheber zu benötigen. Wenn da nichts ist, kommt der Motorraum dran. Während ich die Motorhaube öffne, stellst du dich weit weg. Es könnte sein, dass sie einen Sicherungsmechanismus eingebaut haben. Als Nächstes klappen wir das Zelt auseinander. Zum Schluss räumen wir den gesamten Laderaum leer. Sollte auch hier nichts zu entdecken sein, werden wir alle Taschen und Rucksäcke komplett ausräumen. Zum Schluss nehmen wir noch das Führerhaus unter die Lupe."

Es dauerte fast zwei Stunden, bis sie alles überprüft und wieder eingeräumt hatten. Ihre Suche war ergebnislos geblieben. Endlich nahmen sie sich die Zeit, etwas zu trinken. Gina hatte es nicht zugelassen, dass sie auch nur eine Sekunde damit verschwendet hätten. Immerhin hätte es um Sekunden gehen können, wenn auch ihr Auto mit einer Bombe bestückt gewesen wäre.

Jeder von ihnen trank einen halben Liter am Stück. Dafür nahmen sie das Wasser aus dem Führerhaus, denn Gina meinte, es würde ihnen nicht gut bekommen, wenn sie so viel eiskaltes Wasser auf einmal tränken.

Jetzt saßen sie nebeneinander im Auto. Dieses Mal hatte Sven auf der Fahrerseite Platz genommen. Schweigend brüteten sie vor sich hin, unentschlossen wie sie weiter vorgehen sollten. Plötzlich drehte Gina sich mit einem Ruck zu Sven herum.

„Meine Güte, jetzt weiß ich, was passiert ist", gab sie entsetzt von sich, offenbar von ihrer eigenen Erkenntnis schockiert. „Dass wir noch am Leben sind, ist ein großer Zufall, sonst nichts!"

Entgeistert und fragend sah Sven sie an.

„Sie haben das Auto verwechselt. Es muss geschehen sein, als Bertram noch unterwegs war. Wahrscheinlich wussten sie nur, dass wir zwei Wagen von Safe!Cars haben. Und als sie zum Hotel kamen, standen genau zwei Fahrzeuge der Autovermietung davor. Sie sind davon ausgegangen, dass es unsere beiden sind. Nur gehörte eines davon Anita und Manfred. Unseren Wagen hatte Bertram mitgenommen."

Augenblicklich verstand Sven. Ihm wurde schlecht.

„Gina, dann sind Anita und Manfred an unserer Stelle gestorben!"

Der Gedanke, dass er indirekt Schuld an dem Tod zweier netter, junger Menschen haben sollte, raubte ihm fast den Verstand.

„Du kannst nichts dafür, Sven." Gina schien seine Gedanken erraten zu haben. Sanft berührte sie seine Hand. „Wir haben nicht die Bombe in das Auto getan. Du darfst dir keine Vorwürfe machen." Ihre Stimme klang ebenso sanft, wie sich ihre Berührung anfühlte.

Sven kam mit einem Mal alles so unwirklich vor, wie in einem bösen Traum, aus dem er jeden Moment zu erwachen hoffte. Doch es war kein Traum.

„Sven, bitte. Wir müssen uns zusammenreißen. Nicht nur, weil wir unseren Auftrag erledigen müssen, sondern auch, weil wir sonst die Nächsten sein werden."

Damit hatte sie recht. Tief durchatmend versuchte Sven, die fürchterlichen Gedanken zu verdrängen. „Was machen wir jetzt? Wenn wir zurück nach Windhuk fahren, um nach Hause zu fliegen, war alles umsonst."

„Stimmt. Deshalb fahren wir auch nicht zurück. Lass den Wagen an und los geht's nach Botswana."

Für einen Moment dachte Sven, dass dies wahrscheinlich ein Selbstmordkommando war. Aber er widersprach ihr nicht. Genau wie Gina war er der Meinung, dass sie die Sache zu Ende bringen mussten. Entschlossen griff er zum Zündschlüssel, startete den Motor und fuhr los.

Als sie die ausgebrannten Autos passierten, bemühte er sich, nicht in das Innere zu sehen. Zu entsetzlich musste der Anblick der verkohlten Leichen sein. Auch Gina sah in eine andere Richtung. Manchmal war das Grauen weniger schlimm, wenn man es nicht sah.

Bis zur Grenze, die sie fünfundvierzig Minuten später erreichten, sagte niemand mehr ein Wort. Kein einziges Fahrzeug kam ihnen in dieser Zeit entgegen. Erst, als sie auf den großen, leeren Parkplatz der Grenzstation rollten, sprach Gina wieder.

„Wenn wir nach zwei ausgebrannten Autos gefragt werden, sagen wir, dass wir daran vorbeigekommen wären, aber nicht gehalten haben. Wir tun so, als würden wir nichts damit zu tun haben. Sollte man uns nicht danach fragen, werden wir es von uns aus auch nicht erwähnen."

„Und wenn die Polizei bereits alles entdeckt hat? Vielleicht haben sie dann auch schon festgestellt, wer die Mieter der Fahrzeuge sind. Dann wissen sie doch, dass es uns noch gibt. Eventuell sind die Grenzbehörden schon informiert."

„Darauf müssen wir es ankommen lassen. Wenn es so ist, bleibt uns sowieso nichts anderes übrig, als zu improvisieren."

„Gut." Sven öffnete die Tür und stieg aus.

Als sie das Gebäude betraten, verschwanden die Gedanken.

Alle Bediensteten, ausschließlich Menschen mit tiefdunkler Hautfarbe, schienen sehr gelangweilt. Die Formalitäten dauerten keine zehn Minuten. Die einzigen Fragen, die man ihnen stellte, waren die üblichen nach dem Grund der Reise und wo genau sie in Botswana hinwollten.

Nach der Grenze fuhren sie zehn Minuten weiter, bevor Gina sich das Satellitentelefon nahm, um Felix anzurufen. Erstaunt sah sie auf das Display des Gerätes.

„Er hat schon versucht, uns zu erreichen." Während sie stundenlang auf die dritte Explosion gewartet hatten, hatte das Telefon im Auto gelegen. Vermutlich hatte Felix es in dieser Zeit probiert.

Gina stellte die Verbindung her. Mit kurzen Worten erklärte sie, was passiert war. Sven stellte mit Unbehagen fest, dass ihre Stimme dabei absolut teilnahmslos klang. Nachdem sie ihre Ausführungen beendet hatte, hörte sie geraume Zeit zu. Dann versprach sie, dass sie auf Sven und sich aufpassen würde und beendete das Gespräch.

„Schlechte und gute Nachrichten. Nachdem nun nachweislich auch Bankensoftware betroffen ist, haben die Amerikaner doch eine Sonderkommission gebildet, die sich mit dem Problem beschäftigt. Sie haben sich bereit erklärt, mit uns zusammenzuarbeiten. Da wir wesentlich weiter sind, akzeptieren sie uns als federführend. Damit stehen uns eine Menge zusätzlicher Spezialisten zur Verfügung."

„Und die schlechte?"

„Dem amerikanischen Geheimdienst liegen Informationen über uns vor: Man wird versuchen, uns zwischen Ghanzi und Maun abzufangen, falls es in Namibia nicht gelingen sollte. Felix ist davon überzeugt, dass die Leute ihren Irrtum bemerken werden. Und dann werden sie uns suchen."

Sven atmete tief durch. „Und wie sollen wir uns Felix' Meinung nach verhalten?" Ihm war klar, dass Felix sich bereits Gedanken darüber gemacht haben musste.

„Er ist mit uns einer Meinung, dass wir die Aktion nicht abbrechen dürfen. Anstatt über Ghanzi zu fahren, sollten wir einen großen Bogen machen. Felix sagt, wir könnten den Trans-Kalahari-Highway nehmen und über Gaborone fahren. Von dort aus nach Francistown und dann weiter nach Maun. Niemand wird wohl damit rechnen, dass wir einen derartigen Umweg machen."

„Hm", machte Sven. Dann fuhr er links ran und kramte eine Landkarte hervor. Nachdem er die genannten Städte alle gefunden hatte, schüttelte er heftig den Kopf. „Kommt nicht in Frage. Das wären statt der geplanten dreihundert Kilometer knapp zweitausend. Da sind wir bestimmt zwei bis drei Tage länger unterwegs, je nach Straßenzustand."

„Was ist die Alternative?"

„Wir können ein Stück südlich von Ghanzi nach Osten fahren und dann den Weg durch die Zentralkalahari nehmen. Wenn wir sie am nordöstlichen Ausgang verlassen, können wir über Rakops direkt nach Maun fahren. Da haben wir statt der dreihundert Kilometer zwar immer noch siebenhundert, aber wenigstens keine zweitausend."

„Wo liegen die Nachteile?"

„Ich sehe keine. In der Kalahari gibt es eben keine Hotels, aber dafür haben wir ja schließlich unser Dachzelt. Wir wären ausreichend ausgestattet für eine solche Fahrt."

„Weißt du, ob die Wege nicht vielleicht derart schlecht sind, dass wir für die siebenhundert Kilometer ebenso lange brauchen wie außen herum?"

„Weißt du, dass sie außen herum besser sein werden?"

„Nein."

„Also fahren wir durch die Zentralkalahari."

„Okay."

„Außerdem würde ich vorschlagen, dass wir nicht wie geplant in Ghanzi übernachten. Das wäre doch der erste Ort, in dem man uns vermuten wird."

„Alternative?", fragte sie knapp.

„Es gibt zwei. Zum einen ist da diese etwas kleinere Straße nach Ghanzi. Sie verläuft in einem nördlichen Bogen, während die Hauptroute südöstlich nach Ghanzi führt. Vielleicht gibt es dort irgendwo eine Möglichkeit. Stattdessen könnten wir aber auch heute schon in Richtung Zentralkalahari aufbrechen und uns auf dem Weg irgendwann in die Büsche stellen, um dort zu campen."

„Die zweite Lösung gefällt mir besser. Da sind wir an einem Ort, an dem man uns am wenigsten vermuten würde."

„Dann machen wir es so." Damit legte Sven die Karte weg und fuhr wieder los.

Langsam veränderte sich die Vegetation. Die Gebüsche wurden größer und es gab mehr Bäume. Am Straßenrand waren immer wieder Rinder, Ziegen und Pferde zu sehen. Keines der Tiere wurde von einem Zaun daran gehindert, auf die Straße zu laufen. Daher kam es immer wieder vor, dass Sven plötzlich bremsen musste.

„Ich glaube, es ist einigermaßen selbstmörderisch, hier im Dunkeln herumzufahren", meinte er nach einigen dieser lebenden Hindernisse.

„Schaffen wir es im Hellen bis zur Straße Richtung Zentralkalahari?", wollte Gina wissen.

„Unmöglich." In der Tat fing es langsam an zu dämmern.

„Wie lange, meinst du, bräuchten wir dorthin?"

„Mindestens noch zwei Stunden."

„Dann lass uns doch die zweite, kleinere Straße Richtung Ghanzi nehmen. Das wird kaum gefährlicher sein, als hier stundenlang durch die Nacht zu fahren."

Sven war einverstanden.

Mit der Ausweichstraße lernten sie das erste Mal die Standardstraßenverhältnisse Botswanas kennen. Wenn man sich außerhalb der neuen Hauptrouten bewegte, gab es keine geteerten Wege mehr. Zuerst dachten sie, einfach falsch gefahren zu sein. Aber das sandige Etwas nannte sich tatsächlich Straße. Das Auto folgte automatisch den eingefahrenen Spuren des Vorgängers. Der dunkle Sand war so tief, dass ein normaler PKW innerhalb kürzester Zeit stecken geblieben wäre.

Aber nicht nur der Zustand des Weges überraschte die beiden. Auch die Kürze der Dämmerung war erstaunlich. Die Dunkelheit brach derart schnell herein, dass sie kaum mehr Zeit dafür hatten, einen passenden Platz für ihr Nachtlager zu suchen. Der Zufall kam ihnen zu Hilfe. Kurz bevor es endgültig finster war, entdeckten sie auf der rechten Seite einen kleinen Feldweg. Nach etwa fünfzig Metern führte er auf eine höchstens zweihundert Quadratmeter messende Lichtung, hinter der sich der Weg fortsetzte. Diese Stelle erklärten sie zu ihrem Campingplatz. Schnell wurde die kleine Leuchtstofflampe angeschlossen, dann klappte Sven in Windeseile das Zelt aus, umschwirrt von Hunderten von Insekten, die sich von dem Licht anlocken ließen. Weder er noch Gina dachten daran, etwas zu essen. Neben allen Papieren brachten sie noch das Handy, das GPS-Gerät, Taschenlampen, eine Flasche Wasser, die Knallkörper und ein Feuerzeug ins Zelt. Außerdem hatten beide eine Bauchtasche mit ihren privaten Dokumenten und dem Geld bei sich.

Dann begaben sie sich ins Zelt und zogen den Reißverschluss des Einganges zu. Im Licht einer Taschenlampe sah Sven zu, wie Gina noch ein Insektenspray aus ihrer Bauchtasche holte und versuchte, den angreifenden Tieren Herr zu werden. Aber der Gestank des Sprays wurde bald ebenso unerträglich wie die Insekten selbst. Also wurde gelüftet, indem Gina den Eingang öffnete.

Sven verließ das Zelt noch einmal, um die Fensterplanen aufzustellen, sodass man nach draußen sehen konnte. Nach einer Viertelstunde schloss er das Zelt abermals von innen. Danach legten sie sich auf die bequeme Matratze und deckten sich mit den Schlafsäcken zu. Eine Weile lauschten sie noch eng aneinander gekuschelt den Geräuschen der Natur, dann überfiel Sven ein tiefer Schlaf.

24. September

Um sieben Uhr schlug Sven die Augen auf. Irgendetwas hatte ihn geweckt. Im nächsten Moment wusste er, was es war. Ein Fahrzeug näherte sich. Mit einem Ruck richtete er den Oberkörper auf. Schnell wurde das Motorengeräusch lauter. Als Gina sich ebenso plötzlich aufrichtete, erschrak Sven sich fast zu Tode. Mit klopfenden Herzen verharrten die beiden, ohne ein Wort zu sagen. Jetzt wurde der Motor des herannahenden Autos leicht gedrosselt. Mit verminderter Geschwindigkeit fuhr es direkt an ihnen vorbei. Es hielt nicht an. Erleichtert ließ Sven sich zurück auf die Matratze fallen. Gina tat es ihm gleich. Nach einem Blick auf die Uhr sagte sie: „Der kam gerade richtig, um uns zu wecken. Zeit fürs Frühstück."

Damit gab sie Sven einen schnellen Kuss, richtete sich wieder auf und öffnete den Zelteingang. Draußen war es schon hell. Vögel zwitscherten in der nächsten Umgebung wild durcheinander.

Schnell schlüpfte Gina in ihre leichten, luftdurchlässigen Wüstenstiefel und kletterte die Leiter hinunter. Wenig später kam Sven hinterher. Ein Blick in die Umgebung zeigte ihm, dass ihr Plätzchen bei Helligkeit viel freundlicher aussah, als es am Vorabend den Anschein gehabt hatte.

Wahrscheinlich waren ihre Gemüter gestern noch durch die schlimmen Ereignisse so beschwert gewesen, dass sie jeden Platz als unheimlich empfunden hätten.

Den Weg konnte man in beide Richtungen nur dreißig, vielleicht vierzig Meter weit einsehen. Dann verlor er sich hinter zwei leichten Biegungen. Der Busch war hier sehr dicht. Neben großem Gestrüpp gab es auch viele Bäume. Es war hier zwar ebenfalls alles mehr braun als grün, dennoch erschien es undurchdringlich. Sven überlegte, wie vor über hundert Jahren die Abenteurer hier mit ihrer Machete durchgelaufen sein mussten.

Er verspürte Hunger. Auch ein Kaffee musste her. Also bauten sie den zusammenklappbaren Alutisch auf, stellten die beiden Klappstühle davor und montierten die metallene Kochstelle auf die Gasflasche. Der lösliche Kaffee, den sie in Windhuk erstanden hatten, war nicht der beste, aber auch nicht der schlechteste. Das Brot hingegen war köstlich. Darauf legten sie sich Schokoladenstücke als Nutellaersatz. Gina holte ein Döschen mit Vitamintabletten hervor, reichte eine Pille Sven und nahm selbst eine.

Sven zog die linke Augenbraue hoch und sah Gina fragend an.

„Wir wissen nicht, wie gesund wir uns hier ernähren können", meinte sie. „Also sollten wir uns wenigstens ein paar Vitamine und Mineralstoffe zuführen."

Nach dem Frühstück befüllten sie ihre leergetrunkenen Flaschen mit neuem Wasser aus den großen Kanistern. Zur besseren Haltbarkeit hatten sie eine entsprechende Menge MicroPur zugefügt.

Sie waren gerade dabei, ihre Utensilien wieder in das Auto zu packen, als sich erneut ein Fahrzeug näherte. Hinter den Büschen tauchte ein staubiger, dunkelgrüner Nissan-Pickup auf. Die Ladefläche wurde von vier Farbigen besetzt. Den Fahrer konnte man noch nicht erkennen. Fünf Meter von Gina und Sven entfernt blieb der Wagen stehen und ein Mann um die zwanzig stieg aus. Er war kein Farbiger, aber der nackte, muskulöse Oberkörper wies eine tiefe Sonnenbräune auf. Unter den mittellangen, schwarzen Haaren blickten zwei aufmerksame, aber freundliche Augen hervor.

„Guten Morgen", rief der Mann auf Englisch, während er auf die Deutschen zuging. Diese erwiderten den Gruß.

„Ich bin Jim." Dabei reichte der Mann ihnen nacheinander die Hand. „Sie sind nur auf der Durchreise?"

„Ja." Es war Sven, der antwortete. „Wir wurden gestern von der Dunkelheit überrascht. Dieser Platz war das Erste, was sich uns bot." In seiner Stimme schwang eine Entschuldigung mit.

„Das ist okay. Dieses Land gehört meinem Vater. Es erstreckt sich von hier aus in jede Richtung etwa dreißig Kilometer. Hinterlassen Sie bitte keinen Müll."

Nachdem Gina und Sven dies versprochen hatten, stieg Jim wieder in seinen Wagen und verschwand. Die Männer auf der Ladefläche hatten sich während der ganzen Zeit nicht um die beiden Deutschen gekümmert. Offenbar in ein Gespräch vertieft, hatten sie Gina und Sven weder zugewinkt, zugelächelt noch sonst irgendwie zum Ausdruck gebracht, dass sie sie bemerkt hatten.

Sven sah dem Wagen nachdenklich hinterher. „Was hättest du gemacht, wenn es die gewesen wären, die nach uns suchen?"

„Nichts. In einem solchen Fall können wir nur reagieren, aber nicht agieren."

„Wir werden in Ghanzi tanken müssen. Davon könnten sie Wind bekommen."

„Dann werden wir nicht in Ghanzi tanken. Wir haben genügend Reservekanister bei uns, um die Strecke ohne Tankstopp zu schaffen."

„Davon bin ich nicht überzeugt. Manfred hat gesagt, dass man in der Zentralkalahari wegen des tiefen Sandes mitunter dreißig Liter und mehr auf hundert Kilometern braucht."

„Und wo ist die nächste Tankstelle? Ich meine, wenn wir nicht in Ghanzi tanken?"

„Es gibt eine in Rakops. Das ist ein Stück weiter als der nordöstliche Ausgang der Zentralkalahari. Aber Anita warnte mich davor, uns darauf zu verlassen. In Rakops gibt es nur verbleites Benzin und damit würden wir unser Auto kaputt und fahruntüchtig machen."

„Wie weit würden wir noch kommen, bevor etwas passiert?"

„Keine Ahnung. Ich bin kein Kfz-Mechaniker. Vielleicht noch einige hundert Kilometer, vielleicht aber auch nicht mal zwanzig."

„Dann müssen wir uns in Rakops eben ein anderes Auto besorgen."

Sven starrte sie entgeistert an. „Gina, Rakops ist keine Stadt wie Windhuk. Sie liegt mitten im Nirgendwo."

„Und die Leute werden Autos besitzen, um irgendwo hinkommen zu können. Wenn wir ihnen unsere Luxuskarre dafür anbieten, dann wird sich jemand finden, verlass dich drauf."

„Wir können doch nicht ein geliehenes Auto eintauschen! Es gehört uns nicht, Gina!"

„Sven, es ist mir scheißegal, wem dieses verdammte Auto gehört!" Ihre Stimme war laut und fest, aber nicht zornig. „Ich will hier lebendig wieder rauskommen. Wie ich das erreiche, ist mir egal. Was ist schon ein Auto? Die Regierung wird für den Schaden aufkommen."

Noch immer sah Sven sie ungläubig an.

„Verdammt, Sven. Erinnere dich daran, was gestern den vier anderen passiert ist. Das hier ist kein Spiel, es ist bitterer Ernst. Wenn uns die Typen erwischen, dann sind wir tot! Du solltest das begreifen und danach handeln. Denk an die Ereignisse im Lagerhaus!"

Die Tage, als sie den Gangstern in Stuttgart ausgeliefert waren, drängten sich in Svens Bewusstsein. Dann waren da plötzlich wieder die zwei Explosionen und die riesigen Feuerbälle auf der Straße nach Botswana. Er musste Gina recht geben, dies war alles andere als ein Spiel. Die Regeln wurden nicht nach normalen Maßstäben gesetzt. Wenn sie überleben wollten, mussten sie ihre eigenen Regeln aufstellen.

„Du hast recht", gab er zu. „Ich hab einfach noch nicht so lange mit solchen Dingen zu tun." Er versuchte, sie anzulächeln. Es gelang ihm mehr schlecht als recht. „Wir werden nicht in Ghanzi tanken. Außerdem sollten wir überhaupt nicht durch den Ort fahren. Jemand wird uns sehen und sich später daran erinnern. Ich bin allerdings nicht sicher, ob es überhaupt einen anderen Weg gibt."

„Wir werden sehen."

Nachdem sie zusammengeräumt und alles wieder im Auto verstaut hatten, fuhren sie los. Es dauerte eine Weile, bis Sven sich wieder an das Fahren in dem tiefen Sand gewöhnt hatte. Nachdem er die ersten fünf Minuten mit einer Geschwindigkeit von nur dreißig Stundenkilometer gefahren war, beschleunigte er jetzt auf etwa siebzig. Hin und wieder brach das Fahrzeug leicht aus, aber es war stets kein Problem, es wieder in den Griff zu bekommen. Obwohl er kein Fan von japanischen Autos war, ließ sich Sven jetzt von dem Hilux begeistern. Er hatte einen sehr kräftigen Motor und das Fahrwerk ließ weder in puncto Sicherheit noch beim Komfort zu wünschen übrig.

Sie waren noch keine zwanzig Minuten gefahren, da kam ihnen ein Fahrzeug entgegen. Zunächst sah man nur eine Staubwolke, die sich langsam näherte. Noch bevor sie es richtig erkennen konnten, wusste Sven, dass es sich um einen Pickup-Truck handelte. Was sollte es hier sonst sein? In der Tat fragte er sich, ob es in Botswana überhaupt andere Fahrzeugtypen gab.

Beim Näherkommen verlangsamte das Auto seine Geschwindigkeit. Auch Sven ging vom Gas. Sie bremsten die Wagen herunter, bis sie endlich nebeneinander, Fenster an Fenster, zum Stehen kamen. Ein vielleicht fünfzigjähriger Mann blickte freundlich zu ihnen herüber. In seinem sonnengebräunten Gesicht zeugten viele Falten von einem anstrengenden Leben.

„Hey, wie geht's euch?" Das Englisch hatte einen Akzent, den Sven nicht einordnen konnte. „Mein Name ist Stanley."

„Danke, uns geht es gut", antwortete Sven für beide. „Und Ihnen? Wir sind Sven und Gina."

„Ich bin okay", rief der Mann, während Sven von Ginas Seite ein leises „Idiot" vernehmen konnte. Schon ärgerte er sich, dass er ihre richtigen Namen genannt hatte. Der Mann merkte es nicht und sprach weiter: „Dies ist mein Land. Es gibt viele Tiere bei uns. Wir haben Gnus, Springböcke und sogar ein paar Oryx."

„Dann muss das Ihr Sohn gewesen sein, den wir vorhin getroffen haben."

„Jim, ja. Ein guter Junge. Wenn ihr noch zehn Kilometer weiterfahrt, dann kommt auf der linken Seite ein Weg, der nach drei Kilometern zu unserem Haus führt. Meine Frau würde sich sicher freuen, euch zu sehen. Wo wollt ihr hin?"

„Wir müssen nach Ghanzi. Oder gibt es einen direkteren Weg in die Zentralkalahari?" Sven war sich bewusst, dass es Gina ärgern würde, wenn er so offen ihre wirkliche Richtung preisgab. Aber dieser Mann schien ihm zu einfach und zu offen zu sein, um irgendwelchen Terroristen anzugehören. Niemand würde ihn fragen. Und wer weiß, vielleicht konnte er ihnen ja sogar helfen.

„Klar, quer durch mein Land. Wenn ihr den Weg zu meinem Haus passiert habt, dann fahrt ihr noch fünf Kilometer weiter. Dort geht nach rechts ein Weg ab, der durch ein Tor verschlossen ist. Ihr müsst genau aufpassen, denn der Weg ist sehr schmal und man übersieht ihn leicht. Fahrt da durch. Aber bitte verschließt das Tor hinter euch wieder, sonst können die Tiere auf die Straße laufen. Der Weg führt direkt zu der neuen, geteerten Straße. Die müsst ihr überqueren. Auf der anderen Seite geht mein Weg weiter. Irgendwann kommt ihr dann auf die alte Straße, die nach Tswaane führt. Ihr müsst sie links rauffahren, in Richtung Ghanzi. Allerdings stehen da keine Schilder, also fahrt einfach nach links. Dann kommen bald, noch weit vor Ghanzi, die Hinweistafeln, die den Weg zur Zentralkalahari weisen."

„Und Sie haben nichts dagegen, wenn wir durch Ihre Farm fahren?"

„Aber das tut ihr doch schon die ganze Zeit!", sagte er lachend. „Nein, nein, das ist schon okay. Fühlt euch wie zu Hause. Und wie gesagt, meine Frau würde sich sicher freuen, wenn ihr mal vorbeischaut."

Ohne eine Antwort abzuwarten, hob Stanley zum Abschied die Hand, gab Gas und ließ langsam die Kupplung kommen. Dabei rief er noch: „Ich muss weiter. Gute Fahrt."

Erstaunt sahen Gina und Sven einander an. Das Leben war hier offenbar ein völlig anderes, als sie es kannten, und auch die Menschen hatten nicht viel gemein mit denen in ihrer Heimat.

„Tut mir leid, Gina. Aber ich glaube nicht, dass er gefährlich ist."

„Schon gut. War auch nicht so gemeint. Aber wir sollten sehr vorsichtig damit sein, jemandem zu trauen."

„Klar. Eigentlich dürfen wir nur unseren Kollegen in Deutschland trauen, aber..." Sie ließ ihn nicht ausreden.

„Wie kommst du darauf, dass wir ihnen trauen dürfen?"

Sven war wie vor den Kopf gestoßen. Einen Moment lang wusste er nichts zu sagen. Dann fragte er: „Wenn nicht denen, wem dann?"

„Wenn zu Hause jeder vertrauenswürdig ist, dann frage ich dich, warum man hier so gut auf unser Kommen vorbereitet war? Ich meine, woher wussten sie, dass wir hierherkommen?"

Entgeistert sah Sven sie an. Bei ihren Worten wurde ihm erst sehr heiß, dann sehr kalt. „Wer ist alles über unser Unternehmen informiert?", wollte er dann wissen.

„Außer Felix und unseren engsten Mitarbeitern niemand. Felix hat mir versichert, dass noch nicht mal sein Vorgesetzter Bescheid wusste."

Das musste Sven zunächst einmal verdauen. Nach einer Weile hatte er sich wieder gefangen.

„Wissen alle, die im Testlabor arbeiten, davon?"

„Nein. Nur Bernhard, Oskar, Pascal, Thomas, Stefan und Gregor. Vielleicht hat es der eine oder andere noch mitbekommen. Ich habe zwar alle um Stillschweigen gebeten, aber leider ist Verschwiegenheit ein seltenes Gut."

„Du glaubst doch nicht im Ernst, dass einer von ihnen..." Die letzten Worte ließ Sven unausgesprochen.

„Es zählt nicht, was ich glaube. Die Fakten sagen, dass es jemanden gibt, der etwas weiß, was er eigentlich nicht wissen kann. Natürlich kann es sein, dass die Hintermänner alle Passagierlisten danach durchgegangen sind, ob genau unsere beiden Namen draufstehen. Aber das ist doch mehr als unwahrscheinlich. Wie sollten sie darauf kommen, dass man gerade uns schickt?"

Ihre Erklärung war einleuchtend. Trotzdem konnte Sven nicht glauben, dass es jemand, mit dem er eng zusammenarbeitete, auf sein Leben abgesehen haben sollte. Doch dann fiel ihm ein, dass auch sein Vorgesetzter das getan hatte.

„Gina, in was für einer Welt leben wir?", fragte er verstört.

„In einer grausamen. Aber sie war schon immer so. Vielleicht sind wir hier sogar den Ursprüngen der Menschheit näher als anderswo. Fressen und gefressen werden. Die Mittel sind egal. Nur das Gewinnen ist es, was zählt."

„Und wie unterscheiden wir uns dann noch von den Tieren?"

„Nur, indem wir grausamer sind als sie. Wir töten andere Lebewesen nur so zum Spaß. Die Tiere nur, wenn sie Hunger haben oder ihre eigenen Gene besser sichern wollen."

Darauf wusste Sven nichts mehr zu sagen. Er ließ den Wagen wieder anrollen und beschleunigte schnell bis auf siebzig Stundenkilometer.

Tatsächlich kam nach gut zehn Kilometern linker Hand ein Weg, an dessen Ecke ein Schild mit dem Namen der Farm stand. Es war aus Holz und der rote Schriftzug war schon stark ausgeblichen. Sven merkte sich den Kilometerstand und nahm sich vor, nach vier Kilometern anzufangen, nach dem kleinen Weg Ausschau zu halten, den sie nehmen sollten. In der Tat hätte er ihn fast übersehen. In der Wegeinfahrt hielt er den Wagen an und stieg aus. Das Tor ließ sich leicht öffnen. Zwar war es mit einer starken Kette fixiert, aber sie war lediglich um Rahmen und ersten Zaunpfosten gelegt. Ein Schloss war nicht vorhanden. Während Sven zurück zum Auto ging, stieg Gina aus, um das Tor hinter dem Wagen wieder zu schließen. Sobald Sven hindurchgefahren war, brachte sie das Tor in seine vorherige Position und legte die Kette wieder zur Sicherung um.

Der Weg bot in der Breite gerade Platz für ein Fahrzeug. Es war wirklich nur ein Feldweg, auf dessen erhöhter Mitte vertrocknete Grasbüschel standen. Die Fahrspuren waren mindestens zwanzig Zentimeter tief, der Sand etwas weniger locker als auf dem großen Hauptweg. Jetzt umgab sie der Busch noch dichter. Manchmal fuhren sie durch derart wuchernde Büsche, dass die Dornen rechts und links an dem Fahrzeuglack kratzten. Hin und wieder lag ein großer Stein im Weg, um den es herumzufahren galt. Sven merkte, dass es auf Dauer nicht unanstrengend war, sich auf solchen Wegen fortzubewegen. Einmal sprang von links, nur zehn Meter vor ihnen, plötzlich ein kleiner Steinbock auf den Weg. Mit einem schnellen Haken schlug er für einige Meter die gleiche Richtung ein, in der sie fuhren, bevor er nach rechts wieder in die Büsche verschwand. Svens erschrockenes Bremsmanöver riss Gina offenbar aus ihren Gedanken.

„Es wird Zeit, Felix anzurufen." Sie nahm das Telefon und stellte die Verbindung her.

Es gab nicht viel Neues. Die Bevölkerung nahm die Nachricht von dem bevorstehenden digitalen Supergau sehr unterschiedlich auf. Die Reaktionen reichten von absoluter Gleichgültigkeit bis hin zu Panik und Massenhysterie. Sämtliche Aktienkurse waren gefallen und auch die Börse in Amerika spielte verrückt. Amerikanische Rundfunkanstalten hatten zwar von ihrer Regierung keine aufgezeichneten Sendungen zur Verfügung gestellt bekommen, aber natürlich berichteten sie über die Dinge, die in Europa vor sich gingen. Die amerikanische Regierung sah sich zum Handeln gezwungen und gab umgehend eine Stellungnahme heraus, in der es hieß, man habe alles unter Kontrolle.

Es gab Anfragen von verschiedenen asiatischen Regierungen, ob eine Zusammenarbeit möglich sei.

Über die Leute, die hinter Gina und Sven her waren, hatte man keine neuen Informationen.

Zum Schluss gab Felix noch zu bedenken, dass man das Satellitentelefon eventuell orten konnte, wenn man davon wusste. Deshalb sollte Gina mit dem Gebrauch sparsam umgehen.

Eine interessante Neuigkeit war eine Nachricht, die vom amerikanischen Geheimdienst kam. Danach bestand die Vermutung, dass es sich bei dem Mann namens Bob in Wirklichkeit um den Topterroristen Noun Gidar handeln konnte. Sowohl die Beschreibung Sanchinos als auch die in den Tagebüchern Sternbergs deckten sich mit Gidars Aussehen. Wenn sich diese Vermutung als richtig herausstellte, dann war doppelte Vorsicht geboten.

Noun Gidar galt als besonders brutal und rücksichtslos. Er war für zahlreiche Bombenanschläge auf der ganzen Welt verantwortlich, die unzählige Menschenleben gekostet hatten. Seit vier Jahren hatte es allerdings kein Lebenszeichen mehr von ihm gegeben. Niemand wusste, wo er war, ob er noch lebte oder ob er bei seinen Anhängern in Ungnade gefallen war. Es schien, als sei er in einer stillen Sekunde des Alleinseins einfach vom Erdboden verschluckt worden.

Gina klärte Felix nicht darüber auf, welche Route sie tatsächlich nehmen würden. Die Gefahr, dass ihr Gespräch abgehört wurde, war zwar nicht groß, aber immerhin vorhanden.

Die Zeit zog sich hin und sie kamen extrem langsam voran. Auf diesem Weg waren sie nur mit einer Durchschnittsgeschwindigkeit von dreißig Stundenkilometern unterwegs. Als sie die Teerstraße erreichten, war es kurz nach zehn Uhr. Wie von Stanley beschrieben, setzte sich der Weg auf der anderen Seite fort. Dort ging es wieder nur im Schneckentempo voran, denn hier wurde die Strecke noch schlechter. Gut eine Stunde später hatte die Tortur des Rüttelns und Schüttelns ein Ende. Die Straße zwischen Tswaane und Ghanzi war erreicht. Als Sven das Auto anhielt, um das Tor zu öffnen, stellte er wieder auf Zweiradantrieb um. „Das ist benzinsparender", meinte er.

Der Weg war wesentlich besser und der Hinterradantrieb reichte aus, um gut voranzukommen. In Richtung Norden kam ihnen kein einziges Fahrzeug entgegen. Sie waren etwa 30 Kilometer vor Ghanzi und glaubten schon, es würde vorher doch keinen Weg mehr in die Zentralkalahari geben, als er plötzlich doch auftauchte. Ganz unspektakulär wie irgendein kleiner Feldweg lag er auf ihrer rechten Seite. Nur ein kleines, unscheinbares Schildchen machte darauf aufmerksam, welches Ziel über ihn erreicht werden konnte. Nachdem Sven den Allradantrieb wieder eingeschaltet hatte, saß er noch einen Moment zögernd hinter dem Lenkrad. Die vor ihnen liegende Piste sah übler aus als alle Wege, die sie bisher befahren hatten. Der Sand schien noch tiefer und noch feiner zu sein. Aber es half alles nichts: Dies war der Weg, den sie nehmen würden. Er genehmigte sich noch einen Schluck Wasser, dann legte er den Gang ein und fuhr los. Hier war es wesentlich schwerer, die Kontrolle über das Fahrzeug zu behalten. Ständig brach der Wagen aus, sowohl vorne als auch hinten. Die Geschwindigkeit wurde von Sven noch niedriger gehalten als auf dem Weg durch Stanleys Grundstück.

„Wenn es bis zur Ausfahrt der Kalahari so weitergeht, werden wir ewig unterwegs sein", stöhnte er.

„Das mag sein", kommentierte Gina. „Aber ich garantiere dir, dass uns hier niemand suchen wird. So kommen wir wenigstens sicher ans Ziel. Besser langsam als gar nicht. Sobald sie merken, dass wir noch in Botswana sind, aber nicht die Ghanzi-Maun-Route fahren, sehen sie auf den Straßen nach, die über Gaborone führen. Ich glaube, es war wirklich eine sehr gute Idee, hier entlang zu fahren."

Die Vegetation um sie herum war wieder sehr karg geworden. Tiere schien es keine zu geben und Sven konnte sich auch nicht vorstellen, wie es in der Zentralkalahari, die er sich noch trockener vorstellte, welche geben sollte.

Keine Stunde war vergangen, da steckten sie das erste Mal fest. Sven wunderte sich, dass es so lange gedauert hatte. Der Sand war entsetzlich tief. Nach einem weiteren, großen Schluck Wasser stiegen sie aus. Die Räder hatten sich tief in den Sand gewühlt. Sven sah sich die Sache an.

Die gesamte Bodenplatte des Toyotas saß auf Grund. Wie ein gigantischer Wagenheber hatte sich der Sand unter das Auto geschoben. Er musste unter dem ganzen Fahrzeug herausgeschaufelt werden. Ein Ächzen kam über seine Lippen, als er das realisierte.

„Was ist los?", fragte Gina.

„Sieh es dir an." Während er den Spaten holte, blickte sie unter das Auto, um die gleiche Entdeckung zu machen wie Sven.

„Ich suche mir was, womit ich dir helfen kann. Alleine braucht man ja bis heute Abend, um das freizuschaufeln."

„Pass du lieber auf die Umgebung auf. Als ich an der Unglücksstelle im Sand lag, ist eine Schlange wenige Zentimeter vor meinen Augen vorbeigekrochen. Das brauche ich nicht noch mal."

Gina erschrak. „Davon hast du mir gar nichts erzählt! War es eine giftige?"

„Natürlich habe ich dir davon erzählt, aber du hast es mir nicht geglaubt", korrigierte er sie. „Ich hab keine Ahnung, ob sie giftig war, ich kenn mich mit den Viechern nicht aus. Der Kopf war hinten breiter als der Körper. Sagt dir das was?"

Sie zuckte mit der Schulter. „Hört sich für mich giftig an, aber sicher weiß ich es auch nicht." Unvermittelt wechselte sie das Thema. „Gut, dann machen wir es folgendermaßen: Zuerst schaufelst du und ich passe auf, dann wechseln wir."

„Gut." Sven hatte sich bereits in den Sand niedergelassen. Es war eine schweißtreibende Arbeit. Gina reichte ihm alle paar Minuten die Wasserflasche und tauschte sie zwischenzeitlich gegen eine frische, gekühlte aus.

Nach dreißig Minuten hatte er den Motorblock und den größten Teil der Kardanwelle freigelegt. Jetzt musste noch der Boden des Benzintanks vom Sand befreit werden. Das beanspruchte noch einmal zwanzig Minuten. Dann meinte er, einen Versuch starten zu können. Abgewechselt hatten sie sich nicht.

Sven legte die Fußmatten aus dem Fahrerraum unter die Vorderräder. Er hoffte, dass die Räder darauf besser greifen würden als in dem lockeren Sand. Gina blieb draußen.

Als er die Kupplung kommen ließ, konnte er erstmals die Kraft der Geländeuntersetzung richtig genießen. Mit einem enormen Ruck schoss der Hilux nach vorne. Sven gab mehr Gas und mühelos zog der Wagen vorwärts. Ein paar Meter weiter, als ihm der Sand nicht mehr ganz so tief erschien, ließ er das Auto zum Stehen kommen. Im Rückspiegel sah er, wie Gina angerannt kam, die beiden Fußmatten in ihren Händen haltend. Als sie eingestiegen war, legte sie ihre Hand auf seine Schulter.

„Hey, ich bin stolz auf dich. Du bist ja ein echter Wildnis-Scout."

Gemeinsam lachten sie - das erste Mal seit dem schlimmen Erlebnis am Vortag. Sven dachte darüber nach. Ein Schutzmechanismus im Gehirn, so kam es ihm vor, ließ die entsetzlichen Dinge ganz weit weg erscheinen.

Er hatte die Gedanken noch nicht zu Ende gedacht, da steckten sie erneut fest.

„Wildnis-Scout, was!?" Grinsend sah er sie an.

„Ich bin dran mit Schaufeln", antwortete sie und sprang auch schon heraus. Aber Sven war schneller am Spaten. Dieses Mal kannte er seine Arbeit und hatte Übung. Er wusste, welche Stellen von welcher Seite am besten freizulegen waren und so brauchte er nur fünfundzwanzig Minuten, bis es weitergehen konnte.

Triefend nass vor Schweiß saß er wieder hinter dem Steuer. Skeptisch schaute er auf den Weg. Vor ihnen lagen sechs oder sieben Meter, die halbwegs gut aussahen. Dann kam ein weiteres Stück mit extrem tiefem Sand. Er hatte keine Lust, noch mehr Zeit zu verlieren. Wenn es so weiterging, würden sie Jahre brauchen, um die Zentralkalahari zu durchqueren.

Er startete den Motor und legte den ersten Gang ein.

„Halt dich fest!", warnte er Gina vor. Dann gab er Gas. Wie nach dem ersten Steckenbleiben schoss der Wagen mit einem Satz nach vorne. Sofort schaltete Sven in den nächsten Gang. Dadurch hüpfte das Auto erneut. Schon schaltete Sven in den dritten und trat das Gaspedal durch. Der Motor heulte laut auf. Jetzt tauchten sie in den nächsten tiefen Sandabschnitt ein.

Der Wagen verlangsamte sich trotz der hohen Drehzahl, aber die Geschwindigkeit reichte aus, um das Gröbste zu überwinden.

Anerkennend sah Gina ihn an, sagte aber nichts. Sven behielt die Geschwindigkeit bei. An Stellen, die ihm unproblematisch erschienen, schaltete er in den vierten Gang. Häufig schlingerte der Hilux bedenklich hin und her, aber Sven verlor nicht mehr die Kontrolle darüber. Jetzt machte ihm das Fahren richtig Spaß, wenn es auch sehr anstrengend war.

Auf diese Weise brachten sie insgesamt hundertdreißig Kilometer hinter sich, für die sie über vier Stunden brauchten, die beiden Schaufelpausen eingerechnet. Kurz nach 16:00 Uhr standen sie dann vor dem Eingang des ‚Central Kalahari Game Reserve', der lediglich durch eine große Tafel gekennzeichnet war. Es gab kein Tor, keinen Zaun, nichts. Nur die große Tafel. Das einzig Außergewöhnliche, was ihnen auffiel, war der Weg, der den ihren kreuzte. Und dass ihr eigener Weg plötzlich etwas besser wurde.

Die nächsten dreißig Kilometer, die sie bis zur Eingangsstation überwinden mussten, schafften sie in einer halben Stunde. Bei der Station mussten sie sich melden und die Reservierung vorlegen. Zwei Männer und eine Frau waren anwesend, alle drei von dunkler Hautfarbe. Hier waren die Weißen die Ausnahmen. Botswana hatte schon lange eine schwarze Regierung und es war eines der wenigen Länder, die sowohl von Schwarzen regiert wurden als auch stabil waren.

Der Empfang war freundlich. Die Stationsmitarbeiter lachten viel und machten Späße. Sven überlegte, dass diese Menschen tatsächlich hier mitten in der Zentralkalahari leben mussten. Eine Anfahrt am Morgen oder eine Heimfahrt am Abend war ausgeschlossen, so abgelegen war es hier. Sie hatten selbst erlebt, wie lange der Weg zur nächsten Stadt dauerte, denn der nächstgelegene Ort war Ghanzi. In die andere Richtung erstreckte sich das Reservat über zweihundert Kilometer weit. Wie Sven gelesen hatte, umfasste es 52.000 Quadratkilometer und war damit größer als Dänemark.

Man riet ihnen, sich nicht zu lange aufzuhalten, um den nächsten Campingplatz noch erreichen zu können, bevor es dunkel wurde. Das ließen Gina und Sven sich nicht zweimal sagen.

Der schmale Weg, der nach Norden führte, war nicht besonders gut, aber dennoch wesentlich besser als das, was sie den halben Tag lang in Kauf nehmen mussten.

Um halb sieben erreichten sie die Pipers Pan. Ihr Campingplatz stellte sich genauso dar, wie es in den Reiseführern beschrieben wurde: Ein kleines Schildchen aus Holz signalisierte die Erlaubnis, campieren zu dürfen. Damit erschöpfte sich der Eingriff in die Natur. Keine Toilette, kein Wasser, weder fließendes noch stehendes, keine offizielle Grillstelle, nichts.

Mit wenigen Handgriffen entfaltete Sven das Zelt auf dem Autodach, während Gina Tisch, Stühle und Kochutensilien aus dem Laderaum holte.

Müde saßen sie am Tisch, als alles für das Essen fertig war. Gina hatte Nudeln und eine einfache Tomatensoße gekocht. Gerade als sie mit dem Essen fertig waren, brach die Dämmerung herein und die beiden legten sich erschöpft in ihr Zelt. Innerhalb von wenigen Minuten war es dunkel.

„Sven."

„Ja?"

„Wenn das hier alles vorbei ist, würdest du dann noch mal mit mir hierherkommen? Ich meine, Urlaub machen und das alles hier genießen?"

„Jederzeit, Gina."

„Es ist so schade. Ich kann mich gar nicht darauf einlassen. Aber es ist so wunderschön."

„Ja, das ist es."

Ein letzter Kuss und die beiden schliefen ein.

25. September

Gut zweihundert Kilometer verschlungene Kalahariwege, bei denen sie
sich auch einmal verfuhren, ließen die Zeit dahinschmelzen. Mancherorts konnten sie zwar
bis zu siebzig Stundenkilometer fahren, meistens aber waren es weniger als vierzig. Obwohl
sie es sich zeitlich eigentlich nicht leisten konnten, blieben sie bei dem einen oder anderen
Tier fasziniert stehen. So kamen sie erst gegen fünf Uhr bei der Station des nordöstlichen
Eingangs an.

Bis Rakops waren es noch mal sechzig Kilometer. Ein Hotel sollte es dort nicht geben, aber
trotzdem fuhren sie weiter. Der Weg war gut befahrbar, wenn er auch einer kleinen
Achterbahn glich. Ständig ging es auf und ab. Zur Regenzeit mussten hier Teile der Straße
unweigerlich unter Wasser stehen. Nach der Hälfte des Weges wurden sie durch eine
Kuhherde, die partout nicht von der Straße gehen wollte, für eine halbe Stunde aufgehalten.
Immer häufiger gab es jetzt Zeichen dafür, dass sie sich wieder in der Zivilisation befanden,
wenn sich der Begriff Zivilisation hier auch anders definierte als in Europa.

Als sie gegen halb sieben in Rakops ankamen, stand die Sonne bereits sehr tief. Es würde
nicht mehr lange bis zur Dämmerung dauern. Der Ort bestand aus zahllosen, eher kleinen
Gebäuden, die zum allergrößten Teil sehr ärmlich wirkten. Auf den Straßen sah man
ausschließlich dunkelhäutige Menschen. Wahrscheinlich waren Gina und Sven zu diesem
Zeitpunkt die einzigen Weißen im Dorf. Entweder wurden sie keines Blickes gewürdigt oder
teils teilnahmslos, teils skeptisch angesehen. Es entstand weder der Eindruck von
Feindseligkeit noch von Freundlichkeit. Allenfalls Misstrauen war hinter den ausdruckslosen
Augen zu erkennen.

Beim ersten Durchqueren der Ortschaft fanden sie die Tankstelle nicht, bei der sie nach einem
anderen Fahrzeug fragen wollten. Am rechten Fahrbahnrand standen einige Baufahrzeuge.
Dazwischen unterhielt sich rauchend eine Gruppe von Arbeitern. Sven zog den Wagen links
an die Seite und rief den Männern ein „Entschuldigung" rüber. Der Größte von ihnen kam auf
sie zu. Seine dunklen Augen schauten wenig freundlich aus dem noch dunkleren Gesicht.
Ohne ein Wort zu sagen, blieb er einen Meter von Sven entfernt stehen und sah ihn abwartend
an.

„Wir suchen die Tankstelle", sagte Sven in einem möglichst freundlichen Ton.

„Da müsst ihr zurückfahren. Es sind nur fünf- oder sechshundert Meter, dann seht ihr sie auf
der linken Seite."

„Vielen Dank. Kann man hier vielleicht auch irgendwo ein Fahrzeug kaufen?"

„Ihr habt ein gutes Auto", gab der Gefragte statt einer Antwort zurück.

„Wir suchen eines, mit dem man auch verbleites Benzin tanken kann. Es ist besser in
Botswana."

„Um ein Auto zu kaufen, muss man nach Maun oder Francistown fahren."

„Meinen Sie, dass eventuell einer der Anwohner sein Auto verkaufen würde?"

„Nein. Jeder, der hier ein Auto hat, behält es auch."

„Und wenn wir ihm dafür unser Auto überlassen?"

„Du hast es bereits gesagt: Es braucht bleifreies Benzin. Damit kann hier keiner was anfangen. Die Tankstelle ist auf der linken Seite. Aber die hat auch nur verbleites Benzin." Damit drehte sich der Mann um und schlenderte wieder zu seinen Kumpels.

Resigniert atmete Sven tief ein und wendete den Hilux. Fast wären sie wieder an der Tankstelle vorbeigefahren, so unscheinbar war sie. Es gab weder Leuchtreklame noch große Schilder. Das Tankstellenhaus unterschied sich nicht von den anderen Hütten im Ort. Nur an den zwei verloren wirkenden Zapfsäulen, die einfach so im staubigen Sand standen, konnte man den Zweck der Anlage erkennen.

Als Sven den Wagen anhielt, standen zwei Frauen etwa fünf Meter von ihnen entfernt und unterhielten sich. Sie hatten sich nur kurz zu den Fremden umgedreht und vertieften sich dann wieder in ihr Gespräch. Offenbar war es ihnen egal, dass Kunden da waren. Irgendwann werden sie sich um uns kümmern, dachte Sven und übte sich in Geduld. Es dauerte geschlagene fünf Minuten, bis eine der Frauen endlich zu ihnen kam.

„Was wollen Sie?", fragte sie barsch. Die andere Frau ging unterdessen in das schäbige, aber immerhin gemauerte Haus.

„Haben sie bleifreies Benzin?"

„Nein. Da müssen Sie nach Maun fahren, Mann."

„Haben sie vielleicht einen Wagen zu verkaufen? Oder kennen Sie jemanden, der einen verkauft?"

„Nein. Die Leute brauchen ihre Autos hier."

„Und wenn wir unseren Pickup dafür hergeben würden und noch etwas dazu bezahlen?"

„Sie können ihren Wagen gar nicht hergeben. Er ist nur geliehen. Und niemand wird hier ein Auto aus Namibia annehmen, Mann. Und da sie mit solchen Vorschlägen kommen, sollten Sie sich schnellstens aus dem Staub machen. Solche Leute können wir hier nicht gebrauchen, Mann." Ein böses Funkeln war in ihren Augen zu erkennen, bevor sie sich umdrehte und im Haus verschwand.

Mit einem Kopfschütteln wandte Sven sich zu Gina.

„Ich glaube, wir haben keine Chance auf ein anderes Fahrzeug. Wir müssen versuchen, mit dem Restbenzin nach Maun zu kommen."

Gina dachte einen Moment darüber nach, bevor sie antwortete.

„Es wird gleich dunkel. Lass uns zu dem Weg fahren, der zurück in die Kalahari führt. Da haben wir niemanden getroffen und ich denke nicht, dass die Bauern nachts zu ihren Tieren fahren werden. Wir werden dort übernachten. Morgen sehen wir dann weiter."

Da Sven keine bessere Idee hatte, stimmte er zu. Zwanzig Minuten später hatten sie ein Plätzchen gefunden. Es war eine kleine, parkplatzähnliche Fläche, die an zwei Seiten von Bäumen umgeben war. Die Dämmerung war schon weit vorangeschritten, als Sven mit dem Ausklappen des Zeltes begann. Gina kümmerte sich solange um das Essen. Der Einfachheit halber gab es nur belegte Brote.

Jetzt standen sie hier mitten in der Fremde und kauten ihr Brot, während sich die Dunkelheit wie ein schwarzes Tuch über die Landschaft legte. Irgendwo hörte man eine Kuhglocke und Sven erinnerte sich später daran, dass er sich über ihr Vorhandensein in dieser Gegend gewundert hatte.

Plötzlich merkte er, wie müde und kaputt er war. Die Erlebnisse der letzten Zeit zerrten an seinen Nerven und an seinen physischen Kräften. Angefangen bei den Vorgängen im Lagerhaus von Stuttgart über den brutalen Anschlag hier in Afrika bis hin zu den langen, anstrengenden Fahrten und Freischaufelaktionen. Wenn es noch ein paar Tage so weitergeht, dachte er, werde ich zusammenbrechen. Mit einem Mal wurde ihm auch bewusst, dass Gina nicht das Geringste daran ändern konnte. Wenn sein Körper am Ende war, würde auch sie ihm nicht helfen können. Sollten sie auf die Leute treffen, die offenbar hinter ihnen her waren, konnte sie die Kugeln aus ihren Pistolen nicht aufhalten. Er betrachtete sie, wie sie mit kauendem Mund gedankenversunken in die Ferne sah. Was wusste er eigentlich von ihr? War sie nicht in Wirklichkeit eine Fremde für ihn? Natürlich arbeiteten sie schon lange zusammen, dabei waren aber selten private Worte gefallen. Außerdem hatte Sven im Nachhinein erfahren, dass sie ohnehin nur ihre Rolle als Mitarbeiterin gespielt hatte.

Ein Gefühl der Einsamkeit überfiel ihn hier in dieser fremden Umgebung - von brutalen Ganoven verfolgt, mit einer Freundin neben sich, die ihm mehr fremd als bekannt war. Was hatte er hier nur verloren? Verwirrt sah er wieder zu Gina und erkannte, dass sie ihn ebenfalls ansah.

„Du fühlst dich einsam, nicht wahr?" Ihre Augen strahlten Wärme aus.

„Nein, wie kommst du darauf? Du bist doch bei mir."

Traurig sah sie zu Boden. „Schade, dass du mich anlügst", flüsterte sie.

Es war ihm unbegreiflich, wie sie seine Gedanken erraten konnte. Betroffen flüsterte er: „Entschuldige. Es ist... ich bin vielleicht einsam, aber es liegt nicht an dir. Ich habe... ach, ich weiß nicht, wie ich es erklären soll. Ich hab dich lieb, Gina, wirklich."

Sie hob den Kopf wieder und Sven konnte in ihren wässrigen Augen die Traurigkeit erkennen, die sie offensichtlich übermannt hatte.

„Ich weiß das doch, Sven. Doch ich möchte nicht nur neben dir her leben. Ich möchte deine Gefühle und deine Stimmungen teilen. Und wenn ich von dir eine Antwort bekomme, dann möchte ich eine ehrliche haben. Sonst will ich lieber überhaupt keine."

Sven konnte keinen klaren Gedanken fassen. Er zog nachdenklich die Augenbrauen zwischen den Augen zusammen. „Kannst du Gedanken lesen? Oder steht es so deutlich in meinem Gesicht, was ich denke?"

„Sven, ob du es glaubst oder nicht: Ich liebe dich. Ich spüre, was du fühlst."

„Aber wenn ich neben dir stehe und mich für einen Moment einsam fühle, dann kann ich dir das doch nicht ins Gesicht sagen, Gina. Ich will dich doch nicht verletzen."

Ein Lächeln huschte über ihr Gesicht. „Du Dummkopf. Du verletzt mich viel mehr, wenn du mich anlügst. Verletzt bin ich von der Tatsache, nicht von den Worten. Und an der Tatsache kannst du sowieso nichts ändern."

„Bist du mir böse?"

„Quatsch. Du könntest genauso verletzt sein. Auch ich fühle mich hier hin und wieder einsam." Ihre Stimme war müde geworden. „Das hat doch nichts mit unseren Gefühlen füreinander zu tun. Wir haben viel durchgemacht, Sven, und es ist noch nicht vorbei. Sollte es zum bitteren Ende kommen, so werden wir die letzten Schmerzen alleine ertragen müssen, jeder für sich. Es wird kein Trost sein, dass der andere direkt neben uns ist. Ich bin mir dessen sehr bewusst und ich glaube, seit eben geht es dir nicht anders."

Mit einem tiefen Atemzug wandte Sven sich zur Leiter. „Lass uns schlafen gehen." Dann drehte er sich noch einmal zu ihr um und nahm sie fest in den Arm. „Hey, ich bin froh, dich zu haben, Gina."

Dem Kuss folgte ein zweiter, dann begaben sie sich in ihr kleines Schlafgemach auf dem Dach des Autos. Trotz der Hitze schmiegten sie sich eng aneinander. Svens Gefühl der großen Einsamkeit war für den Moment verflogen. Er hatte erkannt, dass Gina ihn verstand. Vielleicht sogar besser, als Janette es jemals getan hatte. Mit ineinander verschlungenen Körpern schliefen sie ein. Das Letzte, was Sven wahrnahm, bevor er von einem wirren Traum eingehüllt wurde, war Ginas Geruch, den er so liebte und den er mittlerweile aus tausend anderen Gerüchen heraus erkannt hätte.

Keine zwei Stunden später waren sie wieder wach. Draußen war es finster und eigentlich hätte es auch ruhig sein sollen. Nach den stillen Nächten in der Kalahari kamen ihnen die Motorengeräusche fremd vor. Sie passten hier nicht her. Und doch waren sie da, gar nicht weit entfernt. Schnell näherten sie sich. Ohne zu überlegen, ob Gina überhaupt wach war, sprach er sie an: „Meinst du, es sind Bauern?"

„Kann ich mir nicht vorstellen."

Unsinnigerweise dämpften beide ihre Stimmen. Wer immer in dem herannahenden Fahrzeug saß, es war unmöglich, dass er sie hören konnte.

Mit schnellen Bewegungen zogen sie Hose und T-Shirt über. Alles war so platziert, dass sie genau wussten, wo es zu finden war. Dann legten sie sich vor das Fliegengitter, das die Zeltöffnung des Einganges verschloss und spähten hinaus. Der Wagen stand so, dass sie den Weg im Blick hatten, wobei die eine Seite von der Baumgruppe teilweise verdeckt wurde. Zwei Dinge versetzten sie in Erstaunen. Zum einen handelte es sich nicht um ein einzelnes Fahrzeug, sondern um zwei. Zum anderen kamen diese nicht von Rakops, sondern aus der Richtung der Zentralkalahari, aus der auch sie ursprünglich hergekommen waren.

„Kann es sein, dass man uns doch verfolgt hat?", fragte Sven mit einem flauen Gefühl in der Magengegend.

„Weiß nicht", antwortete Gina knapp.

Die Autos waren inzwischen schon sehr nahe.

„Halte dein Messer bereit, Sven. Wenn es bewaffnete Leute sind, schneide die hintere Zeltwand auf. Immer ein Stück und immer nur, wenn einer von ihnen gerade spricht. Da sie sich sehr sicher fühlen werden, hoffe ich auf ihre Unaufmerksamkeit. Sie werden nur hier vorne am Zelteingang mit uns rechnen."

Die nächtlichen Besucher brachten ihre Autos zum Stehen, bevor Sven sein Messer unter dem Kissen hervorgeholt hatte. Aber er schaffte es, wieder neben Gina zu liegen, bevor einer der Unbekannten ausgestiegen war. Die zwei Wagen standen nun direkt vor dem von Gina und Sven, sodass die drei Fahrzeuge eine Art Kreis von vielleicht zehn Metern Durchmesser bildeten. Ähnlich dem Fahrzeug von Safe!Cars handelte es sich um Pickups mit einem Aufbau auf der Ladefläche. Auch schienen die Wagen von weißer Farbe zu sein, zumindest waren sie sehr hell. Auf den Türen der Fahrerkabinen waren große, viereckige Schilder mit einem nicht erkennbaren Schriftzug angebracht.

„Vielleicht Bedienstete des Parks?", flüsterte Sven so leise, wie es nur ging.

Die erste Tür öffnete sich und eine schlanke, mittelgroße Gestalt erschien. Die Person streckte sich ausgiebig, während auch aus dem zweiten Auto jemand ausstieg. Er war etwas kräftiger und größer.

Gina und Sven trauten ihren Ohren nicht, als sie eine Stimme im breitesten, süddeutschen Dialekt sagen hörten: „Bleiben wir hier heute Nacht. Scheint ein beliebtes Plätzchen zu sein."

„Ja", antwortete die andere Stimme. Bei dieser wurde Sven klar, dass es kein Bayerisch, sondern vielmehr Österreichisch war. „Ich hoffe nur, dass wir die nicht stören."

„Nein, nein, die schlafen schon längst."

Gina fasste Sven an die Schulter und brachte ihren Mund direkt neben sein Ohr, um äußerst leise sprechen zu können. „Das kann eine Falle sein."

Eine Getränkedose wurde geöffnet, dann eine zweite. Da Ginas und Svens Augen gut an die Dunkelheit gewöhnt waren, konnten sie erkennen, wie der Schmalere sein Dachzelt aufbaute, während der andere sich entfernt hatte und in der Dunkelheit verschwunden war.

„Ich gehe nach hinten und sehe, was der andere macht", flüsterte Sven Gina ins Ohr. So leise er konnte, begab er sich auf die gegenüberliegende Seite. Schnell hatte er die Gestalt entdeckt, denn der schmale Lichtkegel einer Taschenlampe tanzte über den Boden. Der Mann ging zu den Bäumen und hantierte dort herum. Was er genau tat, konnte Sven nicht erkennen. Aber die Bewegungen der Lampe gingen mal hierhin und mal dorthin.

Es dauerte keine zehn Minuten, da kam das Licht zurück. Zu dem Licht gesellte sich ein schleifendes Geräusch.

Sven spürte, wie seine Hände nass wurden. Er schwitzte nicht nur wegen der Hitze, sondern auch aus Furcht. Was mochte der fremde Mann geholt haben? Gab es dort ein verstecktes Waffenarsenal?

Ärgerlich verscheuchte Sven diesen Gedanken. So ein Zufall wäre nun wirklich zu groß gewesen.

Das merkwürdige Geräusch wurde ebenso schnell lauter, wie das tanzende Licht näherkam. Bald verlor Sven die Gestalt aus dem Blickfeld und musste sich wieder zur Eingangsseite begeben, um etwas sehen zu können. Dort erkannte er zunächst, dass der andere Mann inzwischen beide Dachzelte aufgestellt hatte. Dann entdeckte er den mit der Taschenlampe. Jetzt war auch deutlich zu erkennen, was er hinter sich herzog. Es waren Äste. Ein paar große, dicke Äste und viele dünnere Zweige.

„Meinst du, das reicht an Feuerholz?", rief er seinem Mitreisenden zu. Der bestätigte das und gemeinsam zerbrachen sie die langen Äste.

Sven konnte kaum glauben, dass er nicht selbst darauf gekommen war. Natürlich hatte der Mann nur nach Holz gesucht. Langsam, so kam es ihm vor, litt er wirklich an Verfolgungswahn.

Einige Minuten später flackerte in der Mitte zwischen den drei Fahrzeugen ein munteres Feuer. In seinem Licht waren die beiden Männer gut zu erkennen. Der schmalere hatte dunkle, etwa schulterlange Haare. Sie sahen im Feuerschein ölig aus. Der andere trug einen Schnauzbart und hatte eine Glatze, die von hellen, kurz geschnittenen Haaren umgeben wurde. Er hatte ein freundliches Gesicht, das Sven sich gut hinter einem Bankschalter vorstellen konnte. Sein Partner hingegen hatte ein verwegenes Abenteureraussehen. Waffen trugen sie keine bei sich, zumindest nicht offensichtlich.

Noch einmal entfernten sie sich, diesmal zusammen. Zurück kamen sie mit einem noch dickeren Ast, der schon eher an einen Stamm erinnerte. Das mindestens anderthalb Meter messende Holz benutzten sie als Sitzgelegenheit. Sie hatten sich kaum darauf niedergelassen, da sagte der Schmalere: „Du, Ingo, gehst du uns was zu trinken holen?"

„Hol du es mal, es ist ja in deinem Auto, Franzl."

Übertrieben stöhnend stand der Mann mit dem Namen Franz auf, hantierte einen Moment in seinem Wagen herum und kam mit zwei Dosen Bier wieder.

„Mensch, Ingo, vielleicht haben die ja sogar einen Kühlschrank. Dann könnten die unser Bier etwas kalt stellen."

„Nur, wenn sie in die gleiche Richtung fahren wie wir."

Die beiden stummen Beobachter sahen sich an und schmunzelten. Ohne ein Wort sagen zu müssen, waren sie sich einig: Das waren keine gefährlichen Terroristen, das waren harmlose Touristen. Erleichtert ließen sie sich auf ihre Matratzen sinken. Noch lange lauschten sie den Gesprächen der beiden Männer, die hauptsächlich von anderen Reisen handelten, insbesondere von abenteuerlichen Fahrten durch das Amazonasbecken in Südamerika. Erst als die Unterhaltung erloschen war, schliefen sie endlich ein.

26. September

Der Morgen zeigte sich in umgekehrter Aufstellung. Während Ingo und Franz noch in ihren Zelten lagen, saßen Gina und Sven vor der Asche des nächtlichen Feuers. Sie gönnten sich an diesem Tag ein ausgedehntes Frühstück mit Nudeln, Käse, Brot und heißem Kaffee.

Ingo wurde als Erster wach.

„Mensch, riecht es hier nach Kaffee oder träum ich das nur?", rief er herunter.

Gina lächelte zu ihm rauf. „Du bist herzlich eingeladen, an dem Traum teilzuhaben, Ingo. Es ist genug Kaffee da, auch für deinen Franz, wenn der endlich mal wach wird."

Auch Ingo lächelte. „Guten Morgen erst mal." Zwei, drei Schritte ging er die Leiter hinunter, dann sprang er mit einem Satz hinab. „Ihr kennt unsere Namen, also habt ihr gestern noch gar nicht geschlafen. Warum habt ihr nichts gesagt?"

„Wie hätten wir denn weiterschlafen können, bei dem Krach, den ihr gemacht habt?", entgegnete Sven frech grinsend, während er Kaffee in eine weitere Tasse goss, die er Ingo reichte. Der nahm sie dankend an.

Fünf Minuten später war auch Franz bei ihnen. Sein nackter Oberkörper war dunkelbraun gebrannt. Eher rot dagegen war der von Ingo.

„Fahrt ihr in die Kalahari hinein oder kommt ihr von dort?", wollte Franz wissen.

„Wir kommen von dort", antwortete Gina. „Wir wollten eigentlich nach Maun. Aber jetzt haben wir ein Problem mit unserem Auto. Es verträgt nur bleifreies Benzin und in Rakops gibt es nur verbleites."

„Nach Maun? Da wollen wir auch hin. Übrigens sehr mutig von euch, die Kalahari mit nur einem Fahrzeug zu durchqueren. Es gibt da ein paar Ecken, wo wochenlang kein Mensch vorbeikommt. Wenn ihr da mit einem Motorschaden oder einem Achsbruch liegen bleibt, sieht es ziemlich schlecht für euch aus."

„Was das Benzin angeht", mischte Ingo sich ein, „wir haben bleifreies ohne Ende dabei. Unser Gepäck reicht nicht mal aus, um einen Wagen voll zu kriegen. Also haben wir alles mit Reservekanistern vollgestopft. Ihr könnt also was von uns haben."

„Das ist ja klasse", sprach Gina Svens Gedanken aus. „Vielen Dank für eure Hilfe."

„Wir haben schon so oft irgendwo Hilfe benötigt und sie immer irgendwie bekommen. Selbst in den abgelegensten Gegenden der entferntesten Länder. Wenn wir nun also helfen können, freuen wir uns. Damit gleicht es sich wieder aus."

„Wir bezahlen das Benzin natürlich", warf Sven ein.

Aber Franz winkte ab. „Quatsch. Ihr seid hier genauso unterwegs wie wir. Von solchen Leuten nehmen wir kein Geld." Er schien fast böse zu sein.

„Wie heißt ihr eigentlich?", wollte Ingo wissen.

„Das ist Sven." Gina deutete auf ihren Freund. „Und ich bin Gina."

„Freut mich", erwiderte Ingo. „Unsere Namen kennt ihr ja offenbar schon. Jetzt sollten wir was essen und dann zusehen, dass wir weiterkommen."

Der sonnengebräunte Mann stand auf und ging träge, als sei er noch immer nicht ganz wach, zum Auto.

„Vielleicht könnt ihr uns aber auch helfen", führte Franz das Gespräch fort. „Habt ihr zufällig einen Kühlschrank im Wagen und könnt bis heute Abend unser Bier kalt stellen?"

„Natürlich, kein Problem", gab Sven zurück.

„Super! Damit ist unser Abend gerettet." Dann drehte er sich in die Richtung, in der Ingo am Auto hantierte.

„Hey, Ingo, wir haben einen Kühlschrank!", rief er.

Bereits wieder auf dem Weg zurück, antwortete der Angesprochene: „Perfekt! Dafür geben wir auch ein Bier aus."

Nachdem er sich gesetzt hatte, packte er aus einem Aluminiumpäckchen zwei Stücke Fleisch aus, die sie offenbar am Vortag gegrillt hatten. Gina gab Sven ein weiteres Stück Brot sowie etwas Käse. Eine Weile saß die Gruppe kauend beisammen. Dann führte Sven das Gespräch weiter.

„Wo fahrt ihr hin, wenn ihr in Maun wart?", erkundigte er sich.

„Natürlich durch das Delta, dann durch den Chobe Park bis nach Kasane. Eigentlich wollen wir noch nach Sambia, aber dafür müssen wir zu Fuß über die Grenze und uns drüben ein neues Fahrzeug besorgen. Mit dem südafrikanischen Leihwagen darf man dort nicht einreisen. Vermutlich finden wir auch in Botswana keines, mit dem wir es dürften." Obwohl Ingo den Mund voll hatte, konnte man seine Worte verstehen.

„Aber erst müssen wir in Maun noch etwas erledigen", ergänzte Franz, der sein Fleisch bereits zu Ende gegessen hatte und sich die Finger an einer Papierserviette abwischte.

„Richtig", gab Ingo zu. „Wir müssen in Maun noch einen Auftrag ausführen." Sein Gesicht hatte einen sehr ernsten Ausdruck angenommen. Sofort wurden die beiden Deutschen hellhörig. War es möglich, dass diese beiden so freundlich und harmlos erscheinenden Männer es doch auf sie abgesehen hatten? Sollte es am Ende so sein, dass sie den Auftrag hatten, nach Maun zu fahren und auf die deutschen Polizisten zu warten, um dort mit ihnen kurzen Prozess zu machen? Aber dann mussten sie die beiden schon längst erkannt haben. Es wäre überhaupt nicht mehr nötig abzuwarten, bis sie in Maun ankamen.

„Einen sehr wichtigen Auftrag", fuhr Franz fort und riss Sven aus seinen dunklen Gedanken. Nach einem nervösen Blick zu Gina sah er wieder die Männer an. Die drehten sich kurz zueinander, tauschten einen vielsagenden Blick aus, dessen Bedeutung allerdings nur sie kannten, und wandten sich dann wieder zu Sven. Mit einer sehr langsamen Bewegung steckte Franz seine Hand in die Tasche seiner kurzen, khakifarbenen Hose. Dabei ließ er Sven für keine Sekunde aus den Augen. Svens Herz begann zu rasen, ein Gefühl, das er in den letzten Tagen viel zu gut kennengelernt hatte. Meine Güte, dachte Sven, wir haben die beiden völlig falsch eingeschätzt. Ein schneller Blick zu Gina sagte ihm, dass sie Ähnliches denken musste. Deutlich konnte Sven erkennen, wie angespannt sie war. Ihre Augen waren starr auf Franz geheftet. Die Nackenmuskulatur war so stark gespannt, dass Sven einzelne Adern hervortreten sah. Mit ihren Armen verhielt es sich genauso.

Sven überlegte, dass sie sich auf Franz stürzen würde, da er ihr am nächsten saß. Also musste er es mit Ingo aufnehmen. Innerhalb des Bruchteils einer Sekunde schätzte er seine Chancen ab. Ingo war größer und wesentlich schwerer als er, vermutlich auch stärker. Eine List war die einzige Möglichkeit, die ihm helfen würde. Mit hocherhobenen Armen und ineinander gelegten Händen würde er einen Schlag von oben simulieren. Wenn er Glück hatte, würde Ingo ebenfalls beide Arme zum Schutz nach oben reißen. Dann würde er zutreten und dabei versuchen, genau den Hals des Mannes zu treffen. Doch wann sollte er seine Aktion starten? Er hatte nichts mit Gina abgesprochen, aber eine gemeinsam ausgeführte Attacke würde die besten Aussichten auf Erfolg haben.

In der Hoffnung, dass Gina es genauso tun würde, beschloss er loszuspringen, sobald Franz seine Waffe so weit aus der Tasche gezogen hatte, dass man sie deutlich erkennen konnte. Immer weiter kam die Hand des braungebrannten Österreichers hervor. Fast kam es Sven vor, als würde sich der Mann in Zeitlupe bewegen. Natürlich war das nur eine Täuschung. Es war nicht einmal eine Sekunde vergangen, seitdem Franz in die Tasche gegriffen hatte. Noch immer klebte sein Blick an Sven, dem es so vorkam, als verhöhnte ihn der Mann still für seine Dummheit, ihm so leichtfertig vertraut zu haben.

Dann war die Hand endgültig zum Vorschein gekommen und zog etwas Unbestimmbares aus der Tasche. Aber es tauchte nichts Schwarzes auf und auch nicht das ebenso mögliche Silber von blankem Metall. Das Etwas war schmutzigweiß und aus Stoff.

Mit einer trägen Bewegung wischte Franz sich mit dem Tuch den Schweiß von der Stirn. Sven wurde schwindelig, als die Spannung von ihm abfiel. Noch nie in seinem Leben hatte er sich innerlich derart auf eine körperliche Auseinandersetzung vorbereitet, noch nie in einem unbewegten Zustand so heftig seine Muskeln angespannt.

Wie durch einen leichten Schleier hörte er Franz' Worte. „Wir müssen Embele Mbodscha eine Dose Bier bringen. Natürlich nicht irgendein Bier, sondern ein richtiges, gutes, österreichisches." Seinen gespielt ernsten Blick behielt er bei. „Wir haben ihn auf einer Fahrt in Südamerika getroffen. Es war das erste Mal für ihn gewesen, dass er sein Land verlassen hatte, und das nur, weil ein Medizinmann ihm sagte, im Amazonasbecken gäbe es eine Pflanze, die ihm seine Frau wiederbringen würde. Sie hatte sich kurz zuvor von ihm getrennt. Embele Mbodscha ist ein Pfundskerl, mit dem man durch dick und dünn gehen kann. Aber er ist eben verrückt. Bevor wir uns von ihm getrennt hatten, mussten wir ihm versprechen, ein richtiges Bier mitzubringen, wenn wir mal zu ihm nach Maun kommen sollten." Damit brach er in Lachen aus.

Ingo übernahm für ihn das Reden. „Und wisst ihr, wenn wir etwas versprechen, dann halten wir es auch. Egal, wie dumm es ist, egal, wie kitschig, und egal, was es uns kostet. Entweder wir halten es oder wir versprechen es gar nicht erst."

Franz brachte sein Lachen unter Kontrolle. „In der Tat weiß ich nicht, ob es überhaupt erlaubt ist, Bier nach Südafrika oder Botswana einzuführen. Aber wir haben es dabei. Eine Flasche. Eine einzige."

Sven war sprachlos. Diese kurze Belastung hatte seiner Psyche Kraft gekostet und die Laune herabgesetzt. Da er das aber nicht direkt zeigen wollte, schwieg er lieber, als etwas Falsches zu sagen.

Bald waren alle Sachen zusammengepackt und in den Autos verstaut. Dann füllte Franz großzügig den Inhalt von zwei Zwanzig-Liter-Kanistern in den Tank des Hilux. Kurz darauf brachen sie auf.

Die Straße nach Maun war durchgängig geteert. Hin und wieder gab es große Schlaglöcher, aber im Großen und Ganzen ließ sie ein angenehmes Fahren zu. Einmal sahen sie ein Zebra am Straßenrand, was sie sehr erstaunte, denn man befand sich nicht innerhalb eines Nationalparks oder Schutzgebietes. Es zeigte ihnen, dass Botswana wirklich noch ein wildes Land war.

Einige Kilometer vor Maun kamen sie an eine Kontrollstelle. Dabei handelte es sich nicht um eine mobile, kurzfristig eingerichtete Station, sondern um eine fest installierte. Hier wurden nicht etwa die Papiere der Reisenden kontrolliert, sondern es wurde überprüft, ob man Fleischgüter mit sich führte. Diese Veterinärkontrollen resultierten aus der großen Angst vor der Maul- und Klauenseuche. Viele tausend Rinder waren ihr in der Vergangenheit schon zum Opfer gefallen. Den unfreiwilligen Halt nahm Franz zum Anlass, sich mit Gina und Sven zu beraten.

„Wir haben eine Empfehlung von Embele bekommen. Er meinte, wenn wir in Maun sind, gäbe es nichts Besseres, als im Audi Camp abzusteigen. Es gibt dort wohl hauptsächlich Campingplätze. Ist es okay für euch, wenn wir dahin fahren?"

„Klar", entgegnete Gina, „wenn ihr schon einen guten Tipp habt, sparen wir uns das lange Herumsuchen."

„Gut. Lasst uns einfach vorfahren. Wir haben eine Karte."

Um halb elf erreichten sie das Camp, ein weitläufiges Areal mit großzügigen Campingplätzen, einer großen Bar und einem Restaurant. Sogar ein kleiner Pool war vorhanden. Die Bar stellte gleichzeitig die Rezeption dar. Bevor die Neuankömmlinge von dem Personal begrüßt werden konnten, krächzte ihnen schon ein weiterer Bewohner des Audi Camps entgegen: Festus. Der Graupapagei gehörte sozusagen zum Inventar des Camps. Sein Käfig, dessen Tür weit offen stand, hing in der Nähe des vorderen Barzugangs.

Nachdem sie den Papagei begrüßt hatten, gesellten sich Gina und Sven zu den beiden Österreichern, die bereits mit einer Angestellten sprachen. Die schwarze Frau war nett und zuvorkommend. Schnell waren beide Fahrzeuge und alle Personen in das Gästebuch eingetragen. Bestimmte Stellplätze wurden nicht zugewiesen, diese konnten frei gewählt werden. Natürlich suchte man sich zwei nebeneinanderliegende Plätze auf dem ziemlich leeren Gelände.

Dann ging es zunächst zu den Duschen, die nicht weit entfernt lagen. Sven konnte es kaum abwarten, endlich wieder einen sauberen Körper zu haben. Den Luxus voll auskostend, stand Sven über eine halbe Stunde unter dem fließenden Wasser. Er genoss die einfachen, aber sehr geräumigen Duschen mit offenem Dach. Später war es ihm ein wenig peinlich, in einem Land, in dem frisches Wasser eines der höchsten Güter war, so verschwenderisch damit umgegangen zu sein.

Anschließend begutachteten alle gemeinsam das Camp und gingen zur Bar. Dort genehmigte Franz sich ein kühles Bier, während die anderen eine Cola oder ein Bitter Lemon tranken. Danach wollten die Österreicher ihren Auftrag ausführen und ihren Freund Embele suchen. Das war äußerst passend für Gina und Sven, denn so konnten sie sich auf den Weg machen, um Mr. Crack zu finden.

„Wo wollen wir anfangen?", fragte Sven, als er neben Gina im Wagen saß.

„Sanchinos hat was von einer Tankstelle gesagt, bei der ein Mitarbeiter Mr. Crack gekannt haben muss. Also lass uns zunächst die Tankstellen abklappern."

„Und wie stellst du dir das vor? Hineingehen und fragen, ob jemand Mr. Crack kennt?"

„Das wäre sicher der falsche Weg. Höre mir beim ersten Mal zu. Du wirst schnell begreifen, wie einfach das ist."

Die wenigen Kilometer zurück zum Stadtzentrum, welches hier den Namen tatsächlich verdiente, brachten sie schnell hinter sich. Bei der erstbesten Tankstelle hielten sie an. Langsam schlendernd betraten sie den Laden und suchten sich eine englischsprachige Zeitung aus. An der Kasse wurden sie freundlich begrüßt, was Gina zur Veranlassung nahm, den Kassierer unverschämt nett anzulächeln.

„Hallo. Wie weit ist es von hier noch bis zum Okavango Delta?", fragte sie mit einer so einschmeichelnden Stimme, wie Sven es ihr niemals zugetraut hätte.

„Das ist nicht weit. Ihr fahrt ein, zwei Stunden, maximal. Es kommt drauf an, wie schnell ihr fahrt."

„Vielen Dank, das ist ja toll. Dann können wir vorher noch bei unserem Bekannten vorbeifahren." Dann veränderte sie ihre Miene, die nun beinahe schmollend aussah. „Vorausgesetzt natürlich, wir finden sein Haus ohne Probleme." Bei den letzten Worten legte sie das Geld für die Zeitung auf den Tresen.

„Wo wohnt ihr Freund denn genau?", fragte der Mann an der Kasse, wobei er sich bemühte, interessiert zu wirken.

„Mr. Crack wohnt... Moment...", sie kramte kurz in ihrer Tasche. „Verflixt, ich hab den Zettel im Auto. Na ja, wir werden ihn schon finden."

„Viel Spaß im Delta", sagte der Kassierer zum Abschied und wandte sich dann dem nächsten Kunden zu.

Zurück am Auto sagte Gina: „So schnell ist das erledigt. Wenn er ihn kennen würde, hätten wir es an seiner Reaktion gemerkt. Wahrscheinlich hätte er es sogar gesagt."

An der nächsten Tankstelle spielten sie dasselbe Spiel und von da an wechselten sie sich mit dem Sprechen ab. Nach den Tankstellen probierten sie es noch in ein paar Geschäften, jedoch ebenso mit wenig Erfolg. Als sie nach einigen Stunden wieder im Camp ankamen, hatten sie nicht die geringste Spur von Mr. Crack gefunden.

„Vielleicht hat Sanchinos uns mit dem Namen auf den Arm genommen", mutmaßte Gina.

„Aber stand nicht im Tagebuch des Toten der gleiche Name?"

Konzentriert dachte Gina nach. Dann schüttelte sie resigniert den Kopf. „Ehrlich gesagt habe ich keine Ahnung. Es stand vieles darin, was sich mit Sanchinos Geschichte deckte. Außerdem war der Ort erwähnt. Aber ob wirklich ein Name drinstand, kann ich nicht mehr genau sagen." Sie saßen an einem Tisch in der Bar und tranken Cola.

„Wir hatten einfach Pech. Sicher waren wir schon bei der Tankstelle, von der Sanchinos erzählt hat. Nur war einfach nicht derjenige da, der Mr. Crack kennt." Gina hatte ihre Worte mit einer Spur von Zuversicht gewürzt, aber Sven erkannte, dass es nur Fassade war.

„Woher willst du wissen, dass dieser Mann überhaupt noch bei der Tankstelle arbeitet? Es ist lange her, dass Sanchinos hier war."

„Klar kann es sein, dass er schon längst nicht mehr dort arbeitet. Aber wenn eine Person diesen Kerl unter dem Namen Mr. Crack kannte, dann gibt es auch noch andere. Wir müssen nur lange genug suchen."

„Dann wollen wir mal hoffen, dass deine Zuversicht nicht enttäuscht wird." Sein Tonfall ließ erkennen, wie wenig er noch davon ausging, Mr. Crack tatsächlich zu finden.

„Sven, Polizeiarbeit läuft immer so. Am Anfang meinst du, dass alles aus Rätseln besteht, die niemand lösen kann. Meistens gibt es nicht den kleinsten Ansatz. Aber dann kommt eins zum anderen. Immer mit kleinen Schritten. Am häufigsten entdeckst du etwas, wenn du schon gar nicht mehr damit rechnest. Wir müssen Geduld haben."

Ihr Gespräch wurde unterbrochen, als Franz plötzlich neben ihnen stand, sie mit einem knappen „Hallo" begrüßte und sich dann zu ihnen setzte. „Ingo ist duschen. Wenn ihr wollt, können wir dann zu Abend essen. Bin gespannt, ob es hier wirklich so lecker ist."

Ein kräftiger, weißer Mann brachte Franz ein Bier, das dieser an der Bar bestellt haben musste, bevor er sich zu den beiden gesellt hatte.

„Hallo Leute", kam es fröhlich von dem Mann, der gut und gerne als Bodyguard durchgegangen wäre. „Wollt ihr heute Abend hier essen? Dann reserviere ich euch gerne einen Tisch."

Gina sah ihn skeptisch an. „Ist es denn notwendig zu reservieren?"

„Nicht immer, aber meistens. Oft kommen Leute aus der Stadt zum Essen hierher. Wie es heute ist, kann ich nicht sagen. Aber mit einer Reservierung seid ihr auf der sicheren Seite." Die Worte kamen ihm mit einer Fröhlichkeit von den Lippen, dass man sich diesen Mann kaum schlecht gelaunt vorstellen konnte. Sven versuchte, ihn einzuschätzen, aber es gelang ihm nicht. Hätte er ihn auf der Straße getroffen, dann wäre er wahrscheinlich in einem großen Bogen um ihn herumgegangen. Irgendwie erinnerte er ihn an eine Bulldogge. Sven war sicher, dass der größte Teil der reichlich vorhandenen Körpermasse nicht aus Fett, sondern aus Muskelgewebe bestand. Der kahlrasierte Kopf gab ihm etwas vom Aussehen eines Catchers. Aber die Augen in dem Gesicht schauten freundlich und schienen zu lachen, auch wenn es der Rest des Gesichts nicht tat. Fasziniert stellte Sven fest, dass der Mann ihn irgendwie in seinen Bann zog.

„Es ist schön zu sehen, wie viel Spaß Sie an ihrer Arbeit haben", sagte Sven lächelnd.

„Oh ja, wir haben sehr viel Spaß. Das hier ist unser Traum. Meine Frau und ich kommen aus Südafrika. Wir haben dort lange Zeit für ein Restaurant gearbeitet. Schon immer war es unser Wunsch, in einer Gegend zu arbeiten, die mehr mit Natur als mit Politik zu tun hat. Dann kam das Angebot vom Audi Camp. Sie suchten einen Manager, der das hier übernehmen konnte. Wir haben sofort zugegriffen." Begeisterung schwang in seiner Stimme, als hätte er das Angebot erst gestern bekommen.

„Wie lange sind sie schon hier?", wollte Sven wissen.

„Etwa drei Jahre. Und wenn niemand etwas dagegen hat, werden wir die nächsten dreißig auch noch hier bleiben."

Der Ruf einer Angestellten ließ ihn sich verabschieden. Offensichtlich wurde er an anderer Stelle gebraucht. Gefolgt von Svens Blicken verschwand er mit leichtfüßigen Schritten durch eine Tür hinter der Bar.

„Du magst ihn, was?", lachte Gina.

„Ich weiß nicht, ob ich ihn mögen oder besser Angst vor ihm haben soll", entgegnete Sven leise.

Nach einem kurzen Schweigen richtete Gina ihr Wort an Franz. „Habt ihr euren Freund gefunden?"

„Ja, natürlich. Auf Embele ist Verlass. Abgesehen von der Reise, die er damals unternommen hat, scheint sich in seinem Leben nicht viel zu ändern. Er arbeitet noch immer bei ,A to Z'. Dort haben wir ihn gefunden, als er nicht zu Hause war. Da könnt ihr übrigens hingehen, wenn ihr den Gastank für euren Kocher auffüllen wollt. Was habt ihr den ganzen Tag gemacht?" Die Frage war an Sven gerichtet, der aber nicht wusste, was er darauf sagen sollte. Gina bemerkte es schnell und gab die Antwort. „Wir haben auch jemanden gesucht. Es ist ein Bekannter von einem Bekannten, dem wir eigentlich nur einen Gruß ausrichten sollen. Das Problem ist nur, dass wir seine Adresse nicht haben. Wir konnten ihn nicht finden."

Franz lachte. „So groß ist Maun gar nicht. Ihr werdet ihn noch erwischen."

„Aber es kostet eine Menge Zeit", warf Sven ein.

„Zeit ist hier etwas, wovon es genug gibt. Wir haben das schon in Südamerika erlebt. Wenn jemand etwas an einem Tag nicht schafft, macht er es eben am nächsten Tag fertig - oder am übernächsten. Die Leute hier haben ein ganz anderes Zeitempfinden. Wir wollten vorhin tanken. Bei der ersten Tankstelle gab es kein Benzin, weil es nicht wie erwartet geliefert wurde. Man sagte uns, dass es vielleicht morgen käme, vielleicht auch erst in einer Woche. Das Beste daran war, dass bei den Leuten dadurch kein Unmut aufkommt. Es ist einfach so und es spielt keine Rolle. Ich wünschte, ich könnte so mit den Dingen umgehen. Wisst ihr, ich glaube, obwohl es hier nicht den großen Luxus gibt, sind die Leute zufrieden. Sie haben keinen Stress und vor allem: Sie machen sich keinen."

Für die Dauer von ein paar Schlucken Cola setzten sich diese Worte.

„Wir wollen morgen früh ins Delta fahren", fuhr Franz fort. „Aber uns gefällt es hier so gut, dass wir noch mal wiederkommen werden, bevor wir zum Chobe weiterreisen. Lasst euch also Zeit mit der Suche nach eurem Freund. Vielleicht können wir dann den Weg zum Chobe gemeinsam nehmen."

Am Abend, als Franz und Ingo nach dem wirklich ausgezeichneten Abendessen bei ihrem Wagen saßen, nutzte Gina das Telefon der Bar, um Felix anzurufen. Sven hörte zu, wie sie ihm die Sachlage schilderte. Dann lauschte sie lange Zeit nur gebannt. Am Ende versprach sie, sich zu melden, sobald es etwas Neues gäbe.

„Es ist tatsächlich so schlimm, wie wir dachten. Nicht nur, dass die wichtigsten Programme für Banken befallen sind, es wird auch die Telekommunikation erwischen."

„Wie sehen die Auswirkungen aus?", fragte Sven besorgt.

„Bei den Banken werden alle Kontostände vertauscht sein. Die Geldautomaten geben falsche Geldsummen heraus. Die Sicherungsprogramme greifen nicht." Gina zählte die Dinge nur knapp auf. Offenbar war ihr klar, dass Sven sich die Folgen, die im Einzelnen daraus resultieren würden, nur zu gut selbst vorstellen konnte. „Die Telefonvermittlungsapparate werden die Verbindung zu falschen Teilnehmern aufbauen. Wenn du also versuchst, mich anzurufen, kann es sein, dass du stattdessen bei deiner Oma rauskommst. Vielleicht auch beim Justizminister."

„Und wenn ich den Notruf wähle, erklingt die Stimme von der Erotikhotline...", vollendete Sven das Bild. „Was gibt es sonst Neues?"

„Sie haben angefangen zu versuchen, das Programm zu manipulieren. Aber Sanchinos hat uns keinen Blödsinn erzählt. Alle Versuche endeten bisher damit, dass sich am Ende gar nichts mehr tat. Die Hauptprogramme werden unbrauchbar, sobald man was verändert."

„Neue Informationen über unsere Freunde in Botswana?"

„Ja. Sie haben das Auto eines Touristen in die Luft gejagt. Er fuhr zufällig die von uns ursprünglich geplante Strecke und hatte ebenfalls einen Wagen von Safe!Cars. Sie mussten ihn für uns gehalten haben."

Die Nachricht traf Sven wie ein Faustschlag. Er wunderte sich, wie beiläufig Gina diese Worte ausgesprochen hatte, gerade so, als ob es sie nicht berühren würde. Vielleicht schützte sie sich auch einfach selbst durch diese Art. Aber Sven konnte seine Betroffenheit nicht verheimlichen. Andere, völlig unschuldige Menschen waren an ihrer Stelle gestorben und das nicht zum ersten Mal. Die Last dieses Wissens erschien ihm zentnerschwer und fast meinte er spüren zu können, wie sein Rücken darunter zusammensackte. Ginas Hand legte sich auf seine rechte Schulter, aber es spendete ihm keinen Trost. Ihm wurde heiß und schwindelig. Auf einmal hatte er das Gefühl, es hier nicht mehr auszuhalten. Er lief hinaus, durchquerte den vorderen Teil des Camps und verließ es durch die Einfahrt. Nach rechts gewandt lief er die wenigen Meter hinunter zu dem kleinen Fluss, der jetzt in der Dunkelheit still vorbeizog. Obwohl er nicht darauf geachtet hatte, wusste er, dass Gina ihm gefolgt war.

„Ich würde dir gerne etwas sagen, das dir hilft. Aber ich kann es nicht, weil es nichts gibt. Ich kann noch nicht einmal mir selbst helfen." Sie sprach sehr leise. In ihrer Stimme lag Schmerz.

„Wie oft warst du denn schon in einer solchen Situation?" Fast aggressiv kam Svens Frage. Dabei drehte er sich nicht zu ihr um, sondern starrte nur mit bitterer Miene auf den Fluss.

Ihre Antwort klang leise und ruhig, vielleicht ein Stück verletzt. „Noch nie, Sven. Für mich ist bisher noch niemand gestorben, nicht mal ein Kollege. Einmal wäre es beinahe andersherum gewesen."

„Aber du hast gewusst, was auf uns zukommt, oder?" Der Vorwurf in dieser Frage war nicht zu überhören. Sie schwieg. „Warum hast du mich mitgenommen, Gina? Warum?"

Auch jetzt antwortete sie nicht. Er wartete bestimmt fünf Minuten, aber kein Wort kam über ihre Lippen.

„Ich hätte nicht gedacht, dass es so schlimm wird", sagte er schließlich. „Weißt du, Gina, ich wusste, dass es unangenehm werden kann. Aber ich hatte keine Ahnung, was es wirklich bedeuten würde."

Ruckartig drehte er sich um. Aber ihr Gesicht, welches er zu sehen erwartet hatte, war nicht da. Hinter ihm waren nur die Wiese und der kleine Weg. Wie lange sie schon weg war, konnte Sven unmöglich sagen. Nicht das geringste Geräusch hatte ihm einen Anhaltspunkt dafür gegeben, dass sie sich entfernt hatte. Plötzlich spürte er, dass er etwas falsch gemacht hatte. Noch immer war er der Meinung, dass es nicht richtig von ihr gewesen war, ihn mitzunehmen. Aber ebenso wenig war es richtig von ihm gewesen mitzukommen. Zu den meisten Dingen gehörten immer zwei. Diese Erkenntnis belastete ihn zusehends. Langsam wandte er sich wieder dem Fluss zu und versuchte, seine Gedanken zu ordnen. Es gelang ihm nicht.

Auf einmal stieg Angst in ihm auf. Er war alleine, niemand würde es sehen, wenn ihm jemand auflauern und ihn umbringen würde. Einen Moment lang sah er seinen toten Körper den Fluss hinabtreiben. Eine Gänsehaut breitete sich auf seinem Körper aus. Wie ein Virus kroch die Furcht seinen Rücken hinauf und setzte sich in seinem Gehirn fest. Mit einem Ruck drehte er sich um und war einem Herzanfall nahe. Vor ihm stand eine große, bärige Gestalt, nur zwei Meter von ihm entfernt. Der Schrei, der ihm entwich, war ihm später peinlich.

„Entschuldigen sie. Ich wollte sie nicht erschrecken." Die sanfte, aber dennoch feste Stimme des Managers hatte trotz der freundlichen Worte etwas Lauerndes.

„Schon gut", murmelte Sven, und suchte vergeblich, seine Angst zu verbergen. Stumm standen sich die ungleichen Männer gegenüber. Es war schon so dunkel, dass Sven das Gesicht des Managers nicht erkennen konnte. Dann erklang wieder die Stimme des Mannes.

„Ihr habt Probleme. Ich weiß nicht, ob ihr die Verursacher seid oder die Leidtragenden. Es geht mich nichts an und ich werde nicht danach fragen. Aber ich werde ein Auge auf euch haben. Einerseits wird es niemanden geben, der hier Ärger macht, andererseits wird hier auch niemand Ärger bekommen. Ich möchte nur, dass ihr das wisst."

Entweder, so dachte Sven, hat der Mann extrem gute Menschenkenntnisse oder einfach ein gutes Gespür. Sven überlegte kurz, was er darauf sagen sollte. Es war ihm peinlich, dass der freundliche Südafrikaner ihn womöglich für einen Verbrecher hielt.

Mit einem Kopfschütteln trat Sven einen Schritt näher. „Wir wollen keinen Ärger machen." Er merkte, wie nervös seine Stimme klang und die Situation wurde ihm immer unangenehmer.

„Wir sind Polizisten aus Deutschland. Wir dürfen hier offiziell nicht ermitteln, aber wir benötigen ein paar Informationen, die wir hier zu finden hoffen. Dabei haben wir jedoch nichts Böses im Sinn."

Noch bevor er fertig gesprochen hatte, bereute er seine Worte. Was war nur in ihn gefahren, dass er so leichtsinnig einem wildfremden Menschen die Wahrheit anvertraute? Zorn stieg in ihm auf. Zorn auf sich selbst. Mit geballten Fäusten bemühte er sich, die Beherrschung zu behalten, um nicht noch dümmere Dinge zu tun.

Der Kräftige nickte, sein Gesichtsausdruck blieb aber weiterhin in der Dunkelheit verborgen. „Dann solltet ihr gut auf euch aufpassen."

Damit drehte er sich um und wurde nach wenigen Metern von der Nacht verschluckt. Wieder stand Sven alleine da. Er fühlte sich noch schlechter als zuvor. Wegen allem, was er dem Mann gesagt hatte; wegen allem, was er Gina gesagt hatte; wegen der Hoffnungslosigkeit, Mr. Crack zu finden; wegen der Menschen, die um ihn herum starben.

Lange Zeit blieb er noch am Ufer des Flusses stehen, dann lief er zurück zu ihrem Platz. Es war so dunkel, dass er zweimal stolperte und fast gefallen wäre.

Gina war nirgends zu entdecken. Seufzend kletterte Sven die Leiter hinauf und krabbelte ins Zelt. Hier fand er Gina, auf ihrer Seite liegend. Das Gesicht lag in der Ellenbeuge und war somit nicht zu sehen. Nichts deutete darauf hin, dass sie noch wach war, ebenso wenig darauf, dass sie schon schlief. Sanft streichelte Sven über ihren Rücken. Eine Reaktion blieb aus. Er legte sich neben sie auf die Seite, ihrem Körper zugewandt. Noch eine Weile streichelte er sie und versuchte dabei erneut, seine Gedanken zu ordnen. Aber es gelang ihm noch immer nicht. Dann fiel er in einen unruhigen Schlaf.

27. September

Draußen hatte die Helligkeit bereits die Nacht verdrängt. Eine Helligkeit, die Svens Kopfschmerzen noch verstärkte. Die Uhr zeigte halb neun und Gina war nicht da. Furcht packte ihn. Die Angst, dass Gina verschwunden sein könnte, verletzt durch seine Worte am Vorabend. Dann rief er sich zur Raison. Wo sollte Gina denn ohne Auto hin? Schuldgefühle überfielen ihn. Was hatte er nur angerichtet? Sein Magen rebellierte und ihm war, als müsste er sich jeden Moment übergeben.

Dann drängte sich noch etwas in sein Bewusstsein. Der Manager des Audi Camps. Ihm hatte er erzählt, dass sie für die deutsche Polizei arbeiteten. Wie hatte er das nur tun können? Seine Übelkeit verstärkte sich noch. Plötzlich schien er nicht mehr richtig atmen zu können. Luft. Er brauchte frische Luft. So schnell er konnte, bewegte er sich zum Zeltausgang. Der Reißverschluss war geöffnet, so musste er nur die Zeltplane zurückschlagen. Grelles Sonnenlicht schlug ihm entgegen und er schloss unwillkürlich die Augen. Einen tiefen Atemzug später fühlte er sich etwas besser. Blinzelnd versuchte er, sich an die Helligkeit zu gewöhnen. Sonnendurchflutet lag der Platz vor ihm. Menschen waren keine zu sehen. Der Schmerz in seinem Bauch erinnerte ihn daran, dass er sich nicht wohlfühlte. Aber die Übelkeit war nicht mehr so schlimm. Der Durst trieb ihn aus dem Zelt. Aus dem Kühlschrank holte er eine Flasche Wasser und trank in hastigen Zügen, bis er sich verschluckte und hustend den letzten Schluck wieder ausspucken musste. Sein Magen begehrte gegen die Kälte des Getränks auf und die Schmerzen in seiner Bauchgegend wurden wieder größer. Für eine kurze Zeit war es so heftig, dass er sich krümmte.

„Hey, ist alles in Ordnung mit dir?" Ginas Stimme, die hinter ihm erklang, machte weder einen verletzten noch einen verärgerten Eindruck. Extrem langsam drehte Sven sich um, bemüht, den Körper aufrecht zu halten.

„Entschuldige wegen gestern, Gina", sagte er und versuchte, ihrem nicht zu deutenden Blick standzuhalten.

„Ist schon okay. Ich hab dich hierher geschleppt und mit hineingezogen. Nun muss ich es eben ausbaden. Du hast ja recht und ich habe es dir anfangs gesagt: Es war purer Egoismus, dass ich dich mitgenommen habe. Vielleicht war es falsch. Falsch für dich. Aber für mich war es richtig. Ich will nicht alleine hier sein und noch weniger will ich alleine sterben. Mach mir ruhig Vorwürfe. Und wenn du mich jetzt hasst, dann verschwinde und fliege nach Hause. Aber so habe ich dich wenigstens noch ein paar Tage um mich gehabt."

Wie vor den Kopf gestoßen starrte Sven sie an. Sie war nicht aufbrausend gewesen, hatte keinen ironischen Unterton in der Stimme gehabt und sprach so sachlich, als ob sie irgendwo einen Vortrag halten würde. Für eine kurze Zeit, die ihm aber ungeheuer lang erschien, überlegte Sven, ob sie wirklich so kalt und gefühllos war, wie sie sich gab. Aber er entschied, dass es nicht so war. Verletzt durch sein Verhalten, hatte sie einen Schutzwall um sich herum aufgebaut, der sie so reden ließ, davon war er überzeugt. Und er war schuld daran. Das Stechen in seinem Bauch wurde wieder stärker. Dennoch trat er auf Gina zu und schloss sie unvermittelt in seine Arme. Sie ließ es geschehen, hing aber unbeweglich und steif in seinem Griff. Er drückte sie ganz fest. Nach einer Weile wurde sie lockerer, schlang ihre Arme ebenfalls um seinen Körper und erwiderte sanft den Druck.

„Es tut mir so leid, Gina. Aber ich habe in meinem ganzen Leben noch nie so schlimme Dinge erlebt wie in den letzten Wochen. Damit werde ich einfach nicht so leicht fertig wie du."

Von ihr kam keine Antwort, dafür verstärkte sich der Druck ihrer Arme.

„Gina, ich weiß nicht, was ich sagen soll..."

Abermals drückte sie ihn fester. „Nichts, Sven. Sag nichts." Fünf Minuten lang standen sie nur da und hielten sich fest. Für Sven war es beschwerlich. Sein Körper verlangte danach, sich hinzulegen. Doch dafür musste später Zeit sein. Noch immer wäre er lieber zu Hause gewesen. Wie am Abend zuvor erschlug ihn das Gefühl, hier fehl am Platz zu sein und dieses Abenteuer nicht unversehrt überstehen zu können.

Aber er hatte sich für diese Frau entschieden und gewusst, worauf er sich einließ. Dazu würde er stehen, egal, was käme. Er könnte wohl lediglich nicht gut damit umgehen, wenn Gina ihn hintergehen würde. Vorsichtig löste er sich aus der Umklammerung und küsste sie. Es war ein Kuss, der ihn spüren ließ, wie leidenschaftlich sie ihn liebte. Wärme strömte durch seinen Körper. Dabei nahm er ihren frischen Geruch wahr. Sie musste bereits geduscht haben.

„Lass mich auch eben duschen gehen."

„Dir geht es nicht gut." Es war keine Frage, sondern eine Feststellung.

„Ich habe Probleme mit meinem Bauch. Keine Ahnung, was das ist."

„Vielleicht bleibst du heute besser hier."

„Kommt nicht in Frage", kam die bestimmte Antwort. Sie widersprach nicht. Nach seiner Dusche gingen sie frühstücken. Eine weiße Frau, die sich als Ehefrau des Managers entpuppte, brachte Sven unaufgefordert eine Tasse Kräutertee. Angeblich war dieser hilfreich gegen seine Bauchbeschwerden.

Nach dem Frühstück machten sie sich dann wieder auf zu zahllosen Orten, an denen sie etwas über Mr. Crack zu erfahren hofften. Aber am frühen Nachmittag saßen sie wieder ohne Ergebnis an der Bar im Audi Camp. Es gab nicht den geringsten Hinweis darauf, dass irgendjemand diesen ominösen Mann kannte. Und Maun war so klein, dass sie bald keine Möglichkeit mehr sahen, es noch irgendwo zu versuchen.

Niedergeschlagen saßen sie vor ihren Gläsern und tranken zur Abwechslung ein Bier. Svens Bauch ging es seit Mittag wieder besser.

„Vielleicht", meinte er, „müssen wir überall noch einmal hinfahren. Gerade an Tankstellen, die bis in die Nacht hinein geöffnet haben, kann ich mir sehr gut vorstellen, dass in verschiedenen Schichten gearbeitet wird. Stell dir vor, der Typ, von dem Sanchinos erzählt hat, arbeitet nur abends. Wenn er dann bei einer Tankstelle beschäftigt ist, bei der wir am Vormittag oder Mittag waren, konnten wir ihn gar nicht antreffen."

„Da ist was dran. Mist. Ich hab mir zwar notiert, wo wir überall schon gewesen sind, nicht aber, um welche Uhrzeit wir dort waren."

Sven nickte. Er hatte ebenfalls nicht früher daran gedacht. „Bei einigen Stellen werden wir uns noch erinnern können. Bei den anderen..."

Ein Mann, der plötzlich zwei Meter vor ihrem Tisch stand und sie unverwandt anstarrte, ließ ihn sich selbst unterbrechen. Gina, die seinen Blick bemerkte, drehte sich ebenfalls zu dem Fremden um. Er war etwa ein Meter achtzig groß und von tiefschwarzer Hautfarbe. Sven erinnerte sich, ihn beim Betreten der Bar an einem anderen Tisch gesehen zu haben. Das ärmellose T-Shirt ließ die kräftigen Muskeln des sehr schlanken Mannes zur Geltung kommen.

„Seid ihr die Deutschen?" Seine Stimme war extrem tief und erinnerte an die eines Kämpfers beim amerikanischen Show-Catchen. In seinen Augen war nichts zu erkennen. Weder Neugier noch Interesse, weder Freude noch Hass. Einfach nichts. Noch nicht einmal Kälte. Davon ausgehend, dass es um ihren Campingplatz oder ihre Rechnung ging, nickte Sven. Vielleicht wollte der Mann ja auch nur fragen, ob sie für den Abend wieder einen Tisch reservieren wollten. Aber nichts von alledem war der Fall. Ohne eine Gefühlsregung holte der Fremde seine Hand aus der großen Hosentasche, in der sie, wie Sven erst jetzt bemerkte, die ganze Zeit gesteckt hatte. Mit der Hand erschien eine Pistole.

Der Manager, durchfuhr es Sven wie ein Blitz. Er hätte ihm niemals anvertrauen dürfen, wer sie wirklich waren. Ein grober Fehler und wahrscheinlich auch der letzte in seinem Leben. Wie gelähmt saß er da, unvermögend auch nur den Blick abzuwenden. Gina erging es offenbar ebenso. Selbst wenn sie hätte reagieren können, wäre es viel zu spät dafür gewesen. Der Mann stand zu weit weg von ihnen. Außerdem hätte sie erst hinter ihrem Tisch hervorkommen müssen. Aus dem Augenwinkel sah Sven, wie hinter der Bar der Manager stand und die Szene beobachtete.

Mit der gleichen Bewegung, wie sich die Hand des Farbigen mit der Waffe hob, kam auch die Hand des Managers nach oben, allerdings mit der doppelten Geschwindigkeit. In der Hand befand sich der schwere Aschenbecher, der eben noch auf dem Tresen gestanden hatte. Die Pistole richtete sich bereits langsam auf Sven, da schnellte die Hand des Managers in einer heftigen, ruckartigen Bewegung vor. Der Aschenbecher flog durch die Luft wie eine fliegende Untertasse. Für den Bruchteil einer Sekunde setzte Svens Herz aus, als die Mündung direkt auf sein Gesicht zielte. Ein stummer Schrei des Entsetzens hallte durch seinen Kopf, aber seinen Stimmbändern entfuhr kein Ton. Im gleichen Moment traf der Aschenbecher den Schwarzen am Hals. Wuchtig schlug er ins Fleisch und ein dumpfer Laut war zu vernehmen. Lautlos kippte der Körper des Mannes nach hinten. Dabei richtete sich die Waffe in die Höhe. Ein Schuss krachte und die Kugel durchschlug das Dach. Dann knallte der Mann hart auf den Boden. Neben ihm schlug der Aschenbecher auf und blieb liegen, nachdem er sich zweimal um die eigene Achse gedreht hatte.

Gina und der Manager reagierten gleichzeitig. Sie stand auf, sprang auf den Mann zu und trat die Pistole zur Seite. Der Manager machte einen Satz über den Tresen. Obwohl sein Körper so massig war, sah es so leicht und spielerisch aus wie bei einem Leichtathleten. Die Eile war unnötig, denn der Attentäter war nicht mehr bei Bewusstsein. Ungläubig starrte Gina den Manager an.

„Ich war früher Werfer in einer Profibaseballmannschaft. Auf eine Entfernung bis zu acht Metern treffe ich mit einem kleinen Gegenstand alles, was ich treffen will."

„Kennen sie den Mann?", fragte Gina, die sich wieder voll unter Kontrolle hatte, während Sven immer noch bewegungslos am Tisch saß.

„Nein, ich habe ihn nie zuvor gesehen. Und ich weiß nicht, ob bald noch mehr Männer kommen werden, die ich vorher noch nie gesehen habe. Ich glaube, es ist sowohl für euch als auch für das Camp das Beste, wenn ihr sofort geht."

Gina zögerte. Nicht lange, nur für einen Moment. Dann nickte sie. „Ja, das werden wir. Gibt es etwas, das wir für Sie tun können? Wir sind Ihnen was schuldig."

„Vergessen Sie's. Es würden keine Gäste mehr kommen, wenn sich herumspräche, dass in unserem Camp Leute erschossen werden. Gehen sie einfach. Wenn sie irgendwann ihre Dinge in den Griff bekommen haben, freuen wir uns jederzeit wieder über ihren Besuch. Aber bis dahin möchte ich sie bitten, sich von uns fernzuhalten."

„Brauchen sie uns noch für die Zeugenaussage bei der Polizei?"

„Es wird keine Polizei geben. Ich halte ihn eine Stunde lang fest, damit ihr einen Vorsprung habt. Dann lasse ich ihn gehen. Ich möchte weder mit der Polizei noch mit seinen Leuten Ärger haben. Schon gar nicht, wenn es um Dinge geht, mit denen ich nichts zu tun habe." Nach einer kleinen Pause fügte er hinzu: „Es sei denn, ihr besteht darauf, dass die Polizei gerufen wird."

Gina schüttelte schnell den Kopf. An Sven gewandt sagte sie auffordernd: „Komm!"

Dann hob sie die Pistole des Fremden auf. Noch einmal wandte sie sich zu dem regungslos dastehenden Manager. „Danke."

Mit einer schnellen Bewegung drehte sie sich wieder um und lief los, gefolgt von Sven, der mechanisch einen Schritt vor den anderen setzte. „Es hört nicht auf, Gina, oder? Nicht, bevor sie uns haben."

„Nein Sven, es hört nicht auf. Deshalb müssen wir sie kriegen. Je früher, desto besser."

Erstaunlicherweise war ihre Stimme fest und überzeugend. Da wurde Sven wieder klar, dass sie eine gut ausgebildete Polizistin war. Und es war immerhin nicht der erste Kampf, den sie gemeinsam ausfochten. In dem Stuttgarter Lagerhaus waren sie ein tolles Team gewesen. Sicher, hier war es schon etwas anderes, aber bisher hatten sie überlebt und sie würden es auch weiterhin schaffen. Im krassen Gegensatz zu seinen Gefühlen am vorherigen Abend und am Morgen, fühlte er sich jetzt von einer neuen Kraft durchströmt. Von Kraft und der Sicherheit, dass sie gemeinsam ihr Ziel erreichen konnten.

„Okay", sagte er. „Sehen wir zu, dass wir hier wegkommen. Eine Stunde ist nicht viel."

Gehetzt verstauten sie ihre Sachen. Im Auto sitzend fragte Gina: „Hast du eine Idee, was wir jetzt tun sollten?"

„Klar", antwortete Sven, wobei er den Wagen anließ. „Egal, welches Hotel oder welches Camp wir uns suchen, sie werden uns in Maun immer finden. Lass uns zum Delta fahren. Da gibt es ein Camp direkt am Eingang. So weit ist es gar nicht. Ich schätze, höchstens zwei Stunden Fahrt, eher weniger. Von dort aus können wir ebenso jeden Morgen nach Maun zurückkehren. Es wird keiner darauf kommen, dass wir unser Hauptquartier in einem Naturschutzpark aufschlagen."

„So machen wir es. Aber wir sollten vorher noch bei ,A to Z' vorbeifahren und unsere Gasflasche füllen lassen. Ich habe keine Ahnung, wie schnell sich das Zeug verbraucht. Wir müssen uns jetzt wieder selbst versorgen. Nicht, dass wir morgen ohne Essen dastehen."

„Okay." Sven ließ die Kupplung kommen und gab Gas.

Sehr aufmerksam beobachteten sie das Leben um sich herum. Immerhin wussten sie nicht, ob der Mann alleine gekommen war. Möglicherweise wurden sie von einem weiteren Übeltäter verfolgt. Aber es war nichts zu entdecken. Auf dem Gelände des Audi Camps stand nicht mal ein Fahrzeug, das sie nicht vorher auch schon gesehen hätten. Anscheinend hatte der Mann sich herfahren lassen oder war gelaufen.

Zweimal mussten sie nach dem Weg fragen, bevor sie den gesuchten Laden gefunden hatten. ,A to Z' hatte alles Mögliche, wie der Name schon versprach. Neben umfangreichem Camping-Equipment und diversen Utensilien bestand das Hauptgeschäft offenbar wirklich darin, Gas zu verkaufen. In einem großen, hallenartigen Raum standen Hunderte von Gasflaschen in verschiedenen Größen. An einer speziell dafür eingerichteten Station konnte man seine eigene auffüllen lassen. Dabei wurde das Ende eines langen Schlauches auf die Flasche geschraubt und mit hohem Druck neues Gas hineingepumpt. Diese Arbeit wurde von einer Frau ausgeführt.

Ein kleiner Mann gesellte sich zu ihnen. Wie alle Bediensteten und alle derzeitigen Kunden handelte es sich um einen Farbigen.

„Ihr seid Sven und Gina?" Sofort läuteten bei Sven alle Alarmglocken. Einen ähnlichen Satz hatten sie vor nicht allzu langer Zeit schon einmal gehört. Kurz darauf hatte ein fremder Mann eine Waffe gezogen und auf sie angelegt. Sven sah, wie Ginas Körper sich anspannte, bereit, diesen unscheinbaren Mann jeden Moment zu attackieren.

„Ich bin Embele. Franz und Ingo haben mir von euch erzählt."

Erleichtert entspannten sich die Körper der Deutschen. Sven begrüßte den Freund der Österreicher: „Hallo Embele. Es freut mich, dich kennenzulernen. Wir haben schon viel von dir gehört."

„Ich auch von euch. Habt ihr euren Freund gefunden?"

Franz und Ingo mussten ihm davon erzählt haben.

„Nein", antwortete Sven. „Es scheint niemanden zu geben, der Mr. Crack kennt."

Die Augen von Embele weiteten sich und ein breites Grinsen erschien auf seinem Gesicht. „Ihr sucht Mr. Crack? Warum kommt ihr nicht gleich zu Embele? Embele kennt doch den verrückten Mr. Crack."

Gina und Sven sahen sich verdutzt an. So einfach konnten die Dinge sein. Oder machte Embele nur einen Spaß?

„Du kennst ihn? Und du weißt, wo er wohnt?"

„Natürlich. Aber er ist seit einem Jahr nicht mehr in Maun. Embele sieht ihn nicht mehr. Leider. Er ist ein feiner Mann."

„Ihr seid Freunde?" Sven konnte das Erstaunen in seiner Stimme nicht unterdrücken, obwohl er sich bemühte.

„Embele ist jedermanns Freund, wenn er in Ordnung ist. Ihr kennt Mr. Crack ja selbst. Jedes Mal, wenn er Embele sieht, schenkt er ihm etwas. Ein feiner Mann. Verrückt, aber ein feiner Mann."

Gina hatte offenbar ihre erste Überraschung verdaut und fragte: „Hast du denn eine Ahnung, wo er jetzt wohnt?"

„Natürlich, er ist nach Kasane gegangen. Seine Mutter wohnt dort. Vor einem Jahr hatte sie einen Unfall. Deshalb musste sich jemand um sie kümmern. Sobald es ihr besser geht, wird er zurückkommen."

„Das hat er uns gar nicht mitgeteilt. Wie geht es denn seiner Mutter jetzt?"

„Embele weiß es nicht. Embele wird es erst erfahren, wenn Mr. Crack zurückkommt."

„Er hat sich also die ganze Zeit nicht blicken lassen?"

„Nein, er muss sich um seine Mutter kümmern."

„Also finden wir ihn bei ihr? Wohnt er jetzt bei ihr?"

„Nein, nein, er würde nie bei seiner Mutter wohnen. Sie verstehen sich nicht sehr gut. Er wohnt in der Chobe Safari Lodge. Wenn ihr zu ihm fahrt, sagt ihm Hallo von Embele."

„Wenn er überhaupt noch dort ist", warf Sven ein und wunderte sich, dass Mr. Crack sich nicht mit seiner Mutter verstehen sollte, in Maun aber alles stehen und liegen ließ, um sie zu pflegen.

„Wo sollte er denn sonst sein, wenn er hier nicht ist?" Embele schien wirklich überrascht über Svens Zweifel.

„Natürlich", lenkte Gina schnell ein. „Wo sollte er sonst sein. Wir werden den Gruß ausrichten. Schön, dass wir doch noch jemanden getroffen haben, der ihn kennt. Aber viele Freunde scheint er hier nicht gehabt zu haben. Du bist der Erste, der uns etwas über ihn sagen konnte."

„Viele Menschen zählen zu seinen Freunden. Aber die meisten kennen doch nur seinen richtigen Namen. Nur sehr wenige gute Freunde dürfen ihn Mr. Crack nennen. Deswegen wusste Embele auch gleich, dass ihr gute Freunde seid."

Das war also die Erklärung. Doch so schön diese Erkenntnis auch war, sie stellte sie vor ein weiteres Problem. Wie konnte man aus Embele herausbekommen, wie der tatsächliche Name des Gesuchten war, ohne direkt danach zu fragen? Sie durften auf keinen Fall riskieren, dass ihre Tarnung fiel. Zunächst mussten sie Zeit schinden, bis ihnen etwas Vernünftiges einfiel.

„Wo habt ihr euch eigentlich kennengelernt? Hier im Laden?" Sven stellte die erstbeste Frage, die ihm in den Sinn kam.

„Ich dachte, ihr kennt ihn so gut", lachte Embele. „Niemals würde er sich einen Freund in einem kleinen Laden aussuchen. Wir trafen uns bei einem Tierschutzprojekt. Drei Monate lang haben wir zusammengearbeitet."

Das war knapp, dachte Sven. Noch so einen Patzer durfte er sich nicht erlauben, denn das dunkle Gesicht Embeles hatte bereits etwas an Freundlichkeit verloren. Doch es kam noch schlimmer. Embele fragte: „Und woher kennt ihr ihn?" Damit brachte er die beiden endgültig in Bedrängnis.

Sven wurde plötzlich heiß und kalt gleichzeitig. Was sollte er nun sagen?

Gina versuchte es mit einem Bluff. „Wir gehören zu einem Naturschutzverein in Deutschland. Vor einigen Jahren haben wir ein Projekt gestartet, um Geld für die Erhaltung und den Schutz der Kalahari zu sammeln. Natürlich mussten wir dafür mit jemandem aus Botswana und Südafrika kooperieren. In diesem Zuge haben wir ihn irgendwann kennengelernt. Er war beeindruckt davon, wie viel Geld die Deutschen für ein Land übrig haben, das so fern von ihrem eigenen ist." Eine bange Sekunde warteten sie, ob ihr Gegenüber es schlucken würde.

Dann hellte sich das Gesicht wieder auf. „Dann verstehe ich, warum ihr seine Freunde seid. Nur gute Menschen engagieren sich für die Natur."

Es verstrich eine Zeit, in der niemand etwas sagte. Sven überlegte, einfach vorzugeben, dass sie niemals den richtigen Namen von Mr. Crack erfahren hatten. Aber dann erschien es ihm doch viel zu unrealistisch.

Bevor das Gespräch ganz abbrach, meinte Gina: „Wenn wir für ihn etwas von dir mitnehmen sollen, dann tun wir das gerne. Er würde sich bestimmt freuen."

„Danke, das ist sehr nett von dir. Aber Embele kann nicht schreiben. Sonst hätte ich ihm schon längst einen Brief geschickt. Wenn ihr ihm ausrichtet, dass ich auf ihn warte, wird er sich sicher freuen."

„Natürlich, das wird er", fiel Sven wieder in das Gespräch ein. „Vielleicht richten wir ihm noch aus, dass er auf sich aufpassen soll."

„Ja, tut das. Er ist immer so übermütig. Ich kenne sonst keinen Mann, der so intelligent und gebildet und fein und trotzdem so ein Draufgänger ist."

Sven lachte. „Als Draufgänger haben wir ihn leider noch nicht erlebt, aber viel darüber gehört." Wieder lachte Sven.

Damit der nette Farbige am Ende nicht doch noch Verdacht schöpfte, verabschiedeten sie sich, ohne Mr. Cracks wahren Namen herausgefunden zu haben.

Im Auto grinsten sie sich an. „Bingo", sagte Gina.

„Na ja", beschwichtigte Sven. „Mir wäre es noch lieber gewesen, auch seinen richtigen Namen zu wissen."

„Man kann nicht alles haben. Immerhin, wenn Embele weiß, wovon er gesprochen hat, dann können wir den Kerl doch gar nicht verfehlen, oder?"

„Er wird nicht der einzige Weiße in dieser Lodge sein."

„Aber der einzige Weiße, der sich seit Monaten dort aufhält. Vielleicht erkennen wir ihn nicht gleich, aber wenn wir erst mal dort sind, ist es nur eine Frage der Zeit."

„Ja, und es ist auch nur eine Frage der Zeit, bis die Typen uns gefunden und umgelegt haben. Wer, meinst du, wird schneller sein? Die oder wir?" Sven musste seinen dunklen Gedanken Luft machen. Er hatte Angst und versuchte gar nicht erst, dies zu verbergen.

„Keine Ahnung, Sven. In jedem Fall denke ich, dass sie nicht damit rechnen, uns in Kasane zu treffen. Eigentlich können wir doch gar nicht wissen, dass wir Mr. Crack dort finden."

„So denken sie aber nur, wenn sie uns unterschätzen. Vom Lagerhaus in Stuttgart wissen sie, dass wir nicht zu unterschätzen sind."

„Versuche, nicht daran zu denken. Wir müssen einfach aufmerksam sein, mehr können wir nicht tun. Und alles, was irgendwie ungewöhnlich erscheint, müssen wir kritisch hinterfragen. Aber mach dich nicht allzu verrückt mit dem, was passieren könnte. Weißt du, wenn du so willst, kannst du auch in Frankfurt über die Straße gehen und von einem Auto überfahren werden. Oder, vielleicht etwas realistischer, auf der Autobahn einen Unfall haben, den du noch nicht einmal verursacht hast, der aber dein Leben kostet. Wir leben täglich mit Dingen, die uns umbringen könnten. Und trotzdem haben wir nicht ununterbrochen Angst oder überlegen ständig, was alles passieren kann."

„Du hast leicht reden. Wenn man Angst hat, dann hat man sie. Ich kann sie nicht einfach abstellen wie ein Radio."

„Ich weiß. Aber du brauchst auch nicht bewusst ständig daran zu denken. Zwing dich, an andere Sachen zu denken. Und konzentriere dich darauf. Versuche, deine Umwelt besonders aufmerksam wahrzunehmen. Das erfordert eine hohe Konzentration. Probiere es wenigstens. Wenn du ein Nervenbündel bist, hilfst du weder dir noch mir."

Mit einem tiefen Durchatmen nickte Sven und startete den Wagen. Er begriff selbst nicht, wie sprungartig sich sein selbstsicherer Optimismus mit panischer Angst abwechselte.

Schnell fuhren sie aus dem Stadtkern heraus und verließen den Ort in östlicher Richtung. Dabei kamen sie notgedrungen wieder in der Nähe des Audi Camps vorbei. Aber obwohl sie intensiv Ausschau hielten, konnten sie nichts Auffälliges entdecken. Weder eine Person, die sich für sie interessierte, noch ein Fahrzeug, das ihnen folgte.

Die Straße zum ‚Moremi Game Reserve', wie das Naturschutzgebiet im Okavango Delta hieß, war sehr breit und hatte eine Oberfläche aus tiefem Sand, welcher hier dunkler war als in der zentralen Kalahari. Die Landschaft hatte sich total verändert. Während die Zentralkalahari eher wüstenartig anmutete, glich der Wald zu beiden Seiten des Weges eher einem Dschungel. Im Okavango Delta gab es ganzjährig ausreichend Wasser, weil der aus dem Norden kommende Okavango sich ständig in das Delta ergoss. Durch eine urzeitliche Erdverschiebung wurde der große Fluss einst an seinem Weiterfließen zum Meer gehindert. Er endete plötzlich mitten in der Kalahari. Hier verteilte sich das Wasser großflächig und bildete so das Delta.

Nach einer Weile wechselten sie im Auto die Plätze. Das Fahren auf dem rutschigen Untergrund war anstrengend und Sven war müde. Gina hatte nichts dagegen und freute sich sichtlich darüber, auch mal wieder fahren zu können.

„Was meinst du, was passiert, wenn wir DBOBD nicht stoppen können?", fragte Sven.

Nach kurzem Überlegen antwortete Gina: „Wenn die Leute weder Geld noch Benzin bekommen können, eine Kommunikation übers Telefon nicht mehr möglich ist und auch die Lebensmittelläden irgendwann nicht mehr ausreichend Waren vorrätig haben, weil ordentliche Bestellungen nicht mehr durchführbar sind..." Sie schüttelte den Kopf, während sie weitersprach. „Es wird Anarchie herrschen. Jeder wird nur noch an sich denken. Es wird geplündert und wahrscheinlich auch gemordet werden. Das absolute Chaos wird ausbrechen, Sven. Die Menschen werden durchdrehen."

Sven flüsterte jetzt. „Ich habe mir zwar Gedanken darüber gemacht, was passieren kann, aber ich hab es niemals so konsequent zu Ende gedacht. Ja, genauso würde es sein. Jeder denkt nur noch an sich, an das eigene Überleben. Wenn Geld nicht mehr zählt, was zählt dann noch? Man kann nur noch tauschen. Oder klauen. Gina, wir werden ins graue Mittelalter zurückgeworfen, wenn wir es nicht schaffen, etwas dagegen zu unternehmen."

Bis zum Eingang des Moremi-Nationalparks sprachen sie nicht mehr. Im Camp, in dem außer ihnen keine weiteren Gäste waren, aßen sie noch etwas und verschwanden dann zeitig im Zelt. Obwohl sie an diesem Tag nicht besonders viel getan hatten, fühlte Sven sich wie erschlagen. Er schlief schnell ein.

Als er nachts wach wurde, wusste er zunächst nicht, was ihn geweckt hatte. Doch dann vernahm er draußen Geräusche. Erst war es nur ein Huschen und Rascheln, so als ob ein Tier durch das Lager lief. Dann folgte eine Art Galoppieren, das von einem etwas größeren Tier stammen musste. Dazu gab es zahlreiche undefinierbare Laute, die er nicht einordnen konnte. Plötzlich brüllte ein Löwe. Es war so laut, dass Sven ihn nicht weiter als 100 Meter entfernt vermutete. Jetzt war sowohl das Rascheln als auch das Galoppieren zu hören, immer wieder. Es kam Sven so vor, als ob irgendwelche Tiere immer rund um ihren Wagen jagten.

Er hob den Kopf und versuchte, aus dem Zelt zu schauen. Aber die Dunkelheit war so vollkommen, dass er keine Chance hatte, etwas zu erkennen.

Zu den Geräuschen gesellten sich Tierlaute, teils quiekend, teils aggressiv grunzend. Um das Zelt herum wurde es immer lauter und ein wahres Inferno schwoll an. Dabei konnte Sven die verschiedenen Töne kaum noch auseinanderhalten. Alles hatte etwas Bedrohliches und Wildes, aber gleichzeitig auch etwas Wunderschönes, Ursprüngliches. Niemals zuvor hatte Sven sich der Natur näher gefühlt als in diesem Moment.

Jäh wurde das Inferno von der Stimme eines Elefanten unterbrochen. Das glasklare Trompeten war ohrenbetäubend und Sven hatte den Eindruck, das Tier würde direkt neben ihnen stehen.

Augenblicklich kehrte Ruhe ein. Als ob sämtliche Tiere von dem großen Dickhäuter zur Raison gebracht worden waren, gab es nur noch Stille. Nichts erinnerte mehr an die wilden Aktivitäten von eben.

Sven legte sich zurück und schlief fast sofort wieder ein.

29. September

Nachdem sie am Vortag durchgefahren waren, hatten sie die letzte Nacht im ‚Savuti Camp' verbracht. Als nun der Chobe Nationalpark hinter ihnen lag, erreichten sie am späten Nachmittag die ‚Chobe Safari Lodge'. Sie lag außerhalb des Parks. Obwohl sie bereits Teil der Stadt Kasane war, hatte man das Gefühl, als sei man noch mitten in der Wildnis. Die offene Seite des Camps lag direkt am Chobe River, an dem viele legendäre Aufnahmen klassischer Afrikafilme gedreht worden waren. Wie im Audi Camp begnügten Gina und Sven sich auch hier mit einem Campingplatz.

Nachdem sie ihr Zelt aufgebaut hatten, setzten sie sich in den Bar- und Restaurantbereich. Wie im Land üblich, war fast alles aus Holz. Zur Flussseite hin gab es keine Wand, lediglich ein Geländer war vorhanden. Von dort aus konnte man direkt hinunter ins Wasser schauen, in dem hin und wieder Fische zu entdecken waren.

Mit einem kleinen Imbiss und einem Drink stärkten sie sich. Dabei sahen sie sich zwar neugierig, aber dennoch unauffällig um. Sie hatten keine Ahnung, wie der Mann aussah, den sie suchten. Ebenso wenig wussten sie, unter welchem Namen er hier bekannt war. Also hofften sie auf ihr gutes Gespür.

Außer ihnen befanden sich sechs Menschen im Restaurant. Am Ende der Tischreihe saß eine etwa dreißigjährige, weiße Frau alleine mit einem Cocktail und las ein Buch. Der Tisch davor wurde von einem weißen Pärchen besetzt, welches eindeutig Französisch sprach. Hinter Gina und Sven waren zwei Dunkelhäutige in ein Gespräch vertieft.

Alleine am Bartresen saß ein sehr schlanker, fast dürr zu nennender, weißer Mann. Die langen, blonden Haare erschienen nicht unsauber, hingen aber zottelig herunter. Wenn er sein Glas anhob, um es zum Mund zu führen, spannten sich seine Muskeln leicht unter der Haut. Dabei konnte man erkennen, dass er entgegen des ersten Anscheins durchtrainiert sein musste. Gekleidet war er mit einem eng anliegenden, weißen T-Shirt mit V-Ausschnitt und einer langen, beigefarbenen Hose mit zahlreichen Taschen. Seine ehemals weißen Sportschuhe waren ausgetreten und dreckig.

Gina rückte etwas näher zu Sven. „Was wird für den Naturschutz hier am meisten gebraucht? Was weißt du über Botswana?", flüsterte sie so leise, dass Sven es gerade noch verstehen konnte. Sofort war ihm klar, worauf sie hinauswollte.

„Ich hab keine Ahnung", erwiderte er ebenso leise. „Das einzige Problem, von dem ich durch die Reiseführer weiß, ist, dass der Grundwasserspiegel der Kalahari langsam sinkt, weil die großen Städte teilweise davon versorgt werden."

Einen Moment lang schien Gina über seine Worte nachzudenken. Dann machte sie mit dem Kopf eine Bewegung in Richtung Bar. „Komm!", forderte sie ihn knapp auf. Gemeinsam schlenderten sie zur Bar und blieben wie zufällig neben dem Dürren stehen. Umgehend war der Barkeeper zur Stelle.

„Zwei Bier", bestellte Gina. Dann wandte sie sich wieder an Sven, den Fremden keines Blickes würdigend.

„Wir brauchen einfach jemanden, der sich hier unten auskennt. Alleine sind wir verraten und verkauft." Sie sprach nicht so laut, dass es auffallend absichtlich klang, aber laut genug, dass ihre Worte von dem Blonden und dem Barkeeper verstanden werden mussten.

„Ja", antwortete Sven, sofort auf das Spiel eingehend. „Aber auf die Frau, die uns vom Frankfurter Zoo genannt wurde, können wir nicht zählen. Sie hat einfach zu viele andere Projekte."

„Hoffen wir, dass wir hier in Kasane ihren Kollegen finden, den sie uns genannt hat."

„Warum sollten wir ihn nicht finden? Darin sehe ich kein Problem. Aber sie hat uns gesagt, dass er auch in viele Dinge eingebunden ist. Ich habe große Zweifel, ob er uns unterstützen kann und will."

„Dann werden wir einen anderen finden. Jetzt sind wir schon mal hier, da werde ich nicht einfach aufgeben."

„Vielleicht sollten wir noch mal den Zoo in Frankfurt kontaktieren. Dort können sie uns vielleicht noch andere Adressen geben."

„Das ist eine gute Idee."

Gina zuckte zusammen. Sie konnte nicht bemerkt haben, dass der Mann inzwischen von seinem Barhocker heruntergestiegen war und sich zu ihnen gesellte. Sven, der so saß, dass er sowohl Gina als auch den Mann sehen konnte, blieb von dem Schreckmoment verschont.

„Sie kennen Leute vom Zoo in Frankfurt?" Das Englisch des Mannes war perfekt.

„Ja?" Ginas Antwort klang eher wie eine Frage.

„Kennen sie Dr. Kordin?"

„Kennen ist übertrieben", sagte Gina ausweichend. „Wir haben ihn einmal kurz getroffen, aber direkt haben wir nichts mit ihm zu tun."

Der Mann musterte erst Gina, dann Sven intensiv. Schließlich sagte er: „Ich bin Jason. Kommen sie mit."

Er wartete nicht ab, ob das Pärchen wirklich dazu bereit war, sondern drehte sich unvermittelt um und schritt aus der Bar heraus. Ohne zu zögern, setzten sich auch Gina und Sven in Bewegung und folgten ihm. Als der Barkeeper sie rufend daran erinnerte, dass sie das Bier noch bezahlen mussten, eilte Sven kurz zurück. Nachdem er die Rechnung beglichen hatte, rannte er den beiden nach, bis er zu Gina aufgeschlossen hatte. Gemeinsam folgten sie dem Mann, der sich Jason nannte.

Seine langen Haare flogen umher, während der Fremde mit schnellen Schritten den Weg nach rechts einschlug. Er lief so zügig, dass die beiden fast rennen mussten, um mit ihm mithalten zu können. Dabei schien er sich nicht im Geringsten anzustrengen.

Nachdem sie sich mindestens hundert Meter vom eigentlichen Camp entfernt hatten, blieb er stehen. Sie befanden sich in Ufernähe. Am Horizont auf der jenseitigen Flussseite bot die untergehende Sonne ein traumhaftes Bild. Jason drehte sich zu ihnen um, kein bisschen außer Atem.

„Also, was wollen Sie?", sagte er ohne Einleitung.

Gina spielte die Unschuldige. „Wie meinen Sie das?"

„Es gibt keinen Dr. Kordin und schon gar nicht im Frankfurter Zoo. Also: Weswegen sind Sie hier?"

Mit der Hand fasste sie Sven an die Brust und drückte ihn etwas nach hinten. Er verstand, dass sie ihn aus dem engeren Umfeld haben wollte. Sollte es zu einem Kampf kommen, würde sie dank ihrer Ausbildung wesentlich bessere Chancen haben als Sven. Wenn er im Weg stand, würde er sie nur behindern. Deshalb beobachtete er das Geschehen aus zwei Metern Entfernung. Bevor sie sprach, stellte sie sich etwas seitlich zu ihrem Gegenüber auf. Sven vermutete, dass sie eine möglichst geringe Angriffsfläche bieten wollte. Außerdem schaute sie sich noch einmal um, wahrscheinlich um zu überprüfen, ob irgendwelche Leute in der Nähe waren. Dann kam sie direkt zur Sache. „Sind Sie Mr. Crack?"

„Und wenn ich es wäre?" Sehr aufmerksam schauten die hellblauen Augen sie an.

„Es geht um ein Programm, das Sie unserer Meinung nach geschrieben haben und das in naher Zukunft eine Menge Unheil in der Welt anrichten wird."

„Nicht hier in Botswana", antwortete der Fremde, ohne im Mindesten erstaunt zu sein. „Wissen Sie, was hier passieren wird? Nichts. Schlicht und ergreifend - nichts. Ein paar Informationen, wie beispielsweise der Dollarkurs, werden etwas später eintreffen als sonst. Aber hier wird alles weiterlaufen. Die Restaurants, die Farmwirtschaft, die Krankenhäuser, selbst die Banken machen hier das meiste noch mit kleinen Rechengeräten und auf Papier."

„Und was anderswo passiert, ist wohl egal", entgegnete Gina.

„Das, was anderswo gemacht wird, macht meistens unsere schöne Natur kaputt."

„Anderswo wird aber auch viel für unsere Natur getan. Zahllose Umweltschutzprogramme werden in Deutschland oder in anderen europäischen Ländern gestartet. Und die Menschen, die so etwas ins Leben rufen, werden am meisten darunter leiden."

„Ach wo. Die Leute, für die ich arbeite, wollen der kapitalistischen Welt nur mal einen kleinen Denkzettel verpassen. Einen Tag lang wird Chaos herrschen, dann ist alles wieder in Ordnung."

Verblüfft schaute Sven den Mann an. Seine Partnerin schien dagegen nicht erstaunt zu sein.

„Das glauben Sie doch wohl nicht im Ernst, oder?"

Einen Moment zögerte der Mann, als ob Ginas Frage Zweifel in ihm wachgerufen hätte. „Natürlich glaube ich das. Alles andere, was mir erzählt wurde, stimmte auch. Jede Verabredung, die sie mit irgendwelchen Leuten ausgemacht haben, fand statt. Die Gelder, die sie für verschiedene Umweltprogramme versprachen, kamen. Und glauben Sie mir, dabei hat es sich nicht um kleine Summen gehandelt."

„Das kann ich mir vorstellen", sprudelte Gina hervor. „Um ihre Ziele zu erreichen, ist denen nichts zu teuer. Nicht mal Menschenleben."

„Aber es wird doch niemand sterben", versuchte Jason zu beschwichtigen, aber Gina unterbrach ihn sofort wieder.

„In Deutschland jedenfalls sind schon Menschen gestorben, weil sie zu viel über dieses Projekt gewusst haben", herrschte sie ihn an.

Jason erbleichte. Seine Sicherheit schien mit einem Mal dahin zu sein. „Das kann ich nicht glauben. So etwas würden die nie tun."

„Was glauben Sie dann, warum wir hier sind? Wir arbeiten für die deutsche Polizei. Meinen Sie, man hat uns zum Urlaubmachen hergeschickt? Irgendjemand versuchte bereits mehrfach, uns umzubringen!" Sie schrie jetzt fast. „Selbst auf unserem Herweg sind in Namibia zwei unschuldige Touristen mit ihrem Auto in die Luft gejagt worden, weil jemand sie mit uns verwechselt hat!"

Das Gesicht des Blonden glich nun einer Kalkwand. Jegliche Farbe war aus ihm gewichen. Sven konnte sehen, dass seine Finger zitterten.

„Aber warum hätten sie dann gewollt, dass ich den Entschärfungscode einbaue?"

„Den was?" Nun war es Gina, die völlig überrascht und erstaunt war. Mit großen Augen und offenem Mund starrte sie ihren Gesprächspartner an.

„Nun, es gibt einen Programmteil, der manuell aufgerufen werden kann. Man muss nur die Adresse, also den Startpunkt innerhalb des Programms, kennen. Mit dem Aufruf dieses Programmteils muss eine Folge von vierundzwanzig Zeichen übergeben werden, die nur ich kenne. Es ist eine Art Schlüssel. Wenn man den richtigen Schlüssel angibt, entschärft sich das Programm von selbst und gibt diese Information an alle Geräte weiter, die über das Netzwerk erreichbar sind. Innerhalb kürzester Zeit ist der Spuk vorbei, noch bevor er begonnen hat. Als Zeichen dafür, dass alles okay ist, gibt das Programm die Meldung ‚Entschärfung erfolgreich abgeschlossen' aus."

Die Sprachlosigkeit von Gina gab Jason wieder mehr Selbstsicherheit.

Dann kam Ginas nächste Frage: „Und das kann vor und nach dem Auslösen geschehen?"

„Nein, es muss natürlich vorher passieren, sonst sind schon zu viele Daten zerstört. Aber der Plan sieht so aus, dass man der Welt vierundzwanzig Stunden vor dem Tag X eine Information darüber zukommen lässt, was passieren wird. Das ist ausreichend Zeit, dass es auch wirklich von Spezialisten nachvollziehbar ist. Im letzten Moment wird dann aber der Entschlüsselungscode veröffentlicht, zusammen mit einer Beschreibung, wie er einzusetzen ist. Tatsächlich wird nichts Schlimmes geschehen."

Ungläubig schüttelte Gina den Kopf. „Das glauben Sie doch wohl nicht wirklich! So naiv können Sie nicht sein!"

„Warum sollte ich es nicht glauben?"

„Weil wegen einer solchen Sache, die nur der Panikmache dient, niemand umgebracht wird!" Gina war außer sich vor Empörung. „Und weil man dafür niemals einen so immensen Aufwand betrieben hätte!"

Die Unsicherheit kehrte bei Jason zurück. „Aber so groß war der Aufwand doch gar nicht. Lediglich meine Arbeitszeit, dann noch ein paar Leute, die das Programm in ein paar Computer und andere Geräte eingepflanzt haben. Ich denke nicht, dass so viele Maschinen betroffen sein werden. Es ist nicht unaufwändig, das Programm einzupflanzen. Deshalb werden es kaum mehr als fünfzig, vielleicht hundert sein."

„Sie haben wirklich keine Ahnung, oder?" Gina blieb bei so viel Naivität fast die Luft weg. „Das Programm ist nicht irgendwo in einzelne Geräte eingespielt worden. Man hat Leute bei den Herstellern von Standardsoftware eingeschleust. Jeder Computer mit den gängigsten Betriebssystemen ist bereits mit Ihrem kleinen Programm ausgeliefert worden! Mit Routern sieht es genauso aus! Jede Bank, jede Firma, jede Flugsicherung und jede Telekommunikation der Welt wird ausfallen! Es wird nur ganz wenige Ausnahmen geben!" Jetzt zitterte auch Gina vor Rage. In Jasons Gesicht war die blasse Farbe zurückgekehrt.

„Aber... aber... es sollte doch nur eine Demonstration sein...", stotterte Jason. „Ich kann nicht glauben, was Sie mir erzählen." Seine Hände zitterten nun sehr stark.

Doch plötzlich wurde sein Körper von einem ruckartigen Zucken geschüttelt, dem ein zweites folgte. Dann verharrte der Körper in völliger Ruhe. Die Augen des Mannes waren aufgerissen. Es lag mehr Erstaunen als Schmerz oder Angst darin. Der Mund hatte sich in dem Versuch, etwas zu sagen, geöffnet. Aber es kam kein Ton mehr über seine Lippen. Noch nicht realisierend, was hier passierte, sah Sven den Langhaarigen verstört an. Gina reagierte sofort. Genau für solche Fälle war sie geschult worden und jahrelange Erfahrung ließen ihr Handeln automatisch ablaufen. Mit einem gewltigen Sprung warf sie sich auf Sven, holte ihn dabei von den Beinen und blieb selbst neben ihm liegen.

Sven fiel auf einen Stein, der sich unsanft in die Mitte seiner rechten Rückenhälfte bohrte. Erst als er aufschlug, begriff er, was geschehen war. Jason musste von einer Kugel getroffen worden sein. Jemand schoss auf sie. Zwar hatte es keinen Knall gegeben, aber eine andere Erklärung gab es nicht. Vermutlich benutzte der Schütze einen Schalldämpfer. Sekunden lang blieben sie einfach reglos liegen.

Auf dem Fluss ertönte irgendwo der Motor eines kleinen Bootes. Gina richtete sich halb auf. Auch Svens Neugier war größer als seine Angst. Bei dem Wasserfahrzeug handelte es sich um ein winziges Schiffchen mit Außenbordmotor. Besetzt war es mit zwei weißen Männern. Einer davon steuerte, der andere nahm gerade seine Arme herunter, um das lange Etwas, das er in seinen Händen hielt, auf den Bootsboden zu legen. Zweifellos handelte es sich um ein Gewehr. Begleitet von dem lauten Aufheulen des Motors, schoss das Boot flussabwärts davon. Schon war Gina wieder auf ihren Beinen. Anscheinend war sie davon überzeugt, dass die einzige Gefahr von dem Boot ausging. Da dieses nun weg war, musste die Luft rein sein. Sven richtete sich ebenfalls wieder auf. Gemeinsam knieten sie neben Jason nieder, unter dessen Körper sich ein großer, roter Fleck gebildet hatte. Die Augen des dürren Mannes waren geöffnet, sahen aber trüb und ausdruckslos aus. „Jason!", rief Gina, während sie sein Handgelenk nahm und den Puls fühlte.

Träge öffnete sich Jasons Mund. „De... a...", drang seine Stimme hohl hervor. Mit einem schnellen Blick sah Gina zu Sven und hielt sich den Zeigefinger vor den Mund. Jason versuchte, Luft zu holen und begann erneut: „De... a... drei...sie... sieben... f... fünf... null." Erschöpft schloss der Verletzte die Augen.

„Was sagen Sie, Jason?", flüsterte Gina eindringlich. Wenige Augenblicke lang dachte Sven schon, dass der Mann nie wieder sprechen würde. Aber mit letzter Kraft öffnete er ein letztes Mal die Augen und stammelte erneut los: „De... a... d... drei... sie... ben... fünf... null. Die A..."

Es waren seine letzten Wort. Mit der Luft, die seinen Lungen entwich, schwand auch das Leben aus seinem Körper. Seine allerletzte Kraft nutze er, um die Augen zu schließen. Gina legte seine Hand auf den Boden, sichtlich bemüht, die Fassung zu bewahren. Sven war kurz davor, laut loszufluchen und mit der Faust auf den Boden zu schlagen. Plötzlich hatte er aber das Gefühl, dass es unpassend sei und den Tod dieses Mannes verhöhnen würde. So beherrschte er sich mühsam. Kopfschüttelnd stand Gina auf.

„Los, gehen wir", forderte sie Sven auf. Dann liefen sie wortlos zu ihrem Fahrzeug und setzten sich hinein.

„Man wird uns damit in Verbindung bringen. Immerhin sind wir die Letzten, die mit ihm gesehen wurden. Wir dürfen in keinem Fall in irgendwelche Untersuchungen hineingezogen werden. Sonst kann es passieren, dass wir tagelang, wenn nicht wochenlang den Ort nicht verlassen dürfen. Die Zeit haben wir nicht."

Fragend sah sie Sven an. Während sie gesprochen hatte, kramte er im Handschuhfach und holte einen Zettel und einen Stift heraus.

„Ich schreibe auf, was Jason gesagt hat", erklärte er.

„Sehr gut. Es könnte sich als fatal erweisen, wenn wir es vergessen würden. Aber nun müssen wir überlegen, wie wir weiter vorgehen."

Nach einigem Hin und Her einigten sie sich darauf, dass es besser sei, am nächsten Tag einen Flug nach Windhuk zu nehmen und das Auto einfach stehen zu lassen. Sie würden sehr früh aufstehen und am Flughafen auf den nächsten verfügbaren Flug warten.

Nachdem dies beschlossene Sache war, kam Gina auf ein anderes Thema zu sprechen.

„Was bedeutet deiner Meinung nach die Zeichenfolge, die Jason uns zu geben versucht hat?", fragte sie.

„Ich denke, es ist der Anfang des Schlüssels, den wir für das Entschärfen brauchen."

„So könnte es sein. Aber auch anders", überlegte Gina.

„Was meinst du mit ‚anders'?", wollte Sven wissen.

„Es könnte auch der Beginn des Programmteils sein, der zum Entschärfen gestartet werden muss."

In seinem Gehirn arbeitete es. Natürlich könnte es sich tatsächlich auch darum gehandelt haben. Wenn es so war, dann hatte Jason den bei Assembler-Programmierern üblichen hexadezimalen Zahlencode verwendet, der außer den Zahlen von null bis neun auch noch die Buchstaben von A bis F benutzte.

„D - A - 3 - 7 - 5 - 0", wiederholte Sven nachdenklich die Zeichenfolge. „Du könntest recht haben. Und je länger ich darüber nachdenke, desto wahrscheinlicher kommt es mir sogar vor. Er hat zweimal genau die gleichen Zeichen aufgezählt. Und nicht nur das. Er hat beide Male nach der Null aufgehört. Zwar könnte es zufällig so gewesen sein, dass ihn immer nach der Null die Kraft verlassen hat, aber das glaube ich kaum."

„Außerdem hat er nach dem zweiten Mal zu einem neuen Satz angesetzt, bevor er nicht mehr konnte. Erinnere dich. Das erste Wort des neuen Satzes war ‚die'. Es gibt weder eine Zahl noch einen Buchstaben, der mit ‚die' anfängt."

„Tut mir leid, da fehlt mir die Erinnerung. Aber wenn du es sagst, wird es so gewesen sein. Sollten wir nicht versuchen, sein Zimmer zu durchsuchen?"

„Das würde ich liebend gerne", antwortete Gina. „Aber wenn wir durch einen dummen Zufall dabei erwischt werden, wird uns niemand glauben, dass wir mit dem Mord nichts zu tun haben. Das möchte ich nicht riskieren. Jetzt haben wir einen brauchbaren Anhaltspunkt. Wir sollten zusehen, dass wir so schnell wie möglich nach Hause kommen und damit arbeiten."

Das Gespräch erstarb. Nach einer Weile gingen sie in die Bar, um noch ein Bier zu trinken. Dann legten sie sich schlafen und hofften, dass Jasons Leiche nicht gefunden wurde, bevor sie am nächsten Morgen abgereist waren.

Der Schlaf in dieser Nacht war von Unruhe und wiederholtem Aufwachen geprägt. Er brachte keine Erholung.

30. September

Mit dem hohen Piepston von Ginas Handywecker wurden sie um halb sieben geweckt. Beide fühlten sich wie gerädert. Auch an Gina waren die Geschehnisse der letzten Tage offensichtlich nicht spurlos vorbeigegangen. Sie hatte zwar schon viel erlebt und den Tod sicher mehr als einmal gesehen, aber hinter ihrer undurchdringlichen Fassade wurden auch bei ihr langsam Emotionen spürbar. Lange Zeit hatte sie es vor Sven verbergen können, aber an diesem Morgen sah er zum ersten Mal, wie sehr die Dinge ebenso an ihr nagten wie an ihm. Ihren Augen nach zu urteilen, hatte sie kaum geschlafen.

Um zehn nach sieben hatten sie ihre Sachen gepackt und saßen bei einem Kaffee in der Bar. Der Barmann schien einen Vierzehn-Stunden-Tag zu haben, denn er bediente sie schon wieder.

Um halb acht fuhren sie zum Flughafen, wo sie ihr Fahrzeug stehen ließen. Den Zündschlüssel legten sie unter den Fahrersitz.

Schnell waren zwei Tickets für den halbleeren Flug besorgt. Dann standen sie am Schalter, um ihre Ausreise offiziell zu machen. Sie füllten die Papiere aus und schoben diese dann zusammen mit ihren Pässen der Beamtin zu. Die schon etwas ältere Frau nahm ihre Unterlagen eher gelangweilt entgegen und verschwand durch eine Tür in ein anderes Büro. Anschließend geschah lange nichts. Sven glaubte schon, man hätte sie vergessen. Aber dann tauchte sie wieder auf. Mit ihr kam ein Uniformierter, den Sven unschwer als Polizisten identifizieren konnte. Die Frau öffnete eine Klappe in dem Schaltertresen, sodass ein Durchgang zwischen Personal- und Kundenseite entstand.

„Dürfte ich Sie bitten, mit mir mitzukommen", sagte sie bestimmt und nicht unfreundlich, aber ohne zu lächeln. Sie haben ihn entdeckt, schoss es Sven durch den Kopf. Und sie haben unsere Fußspuren neben seiner Leiche gefunden. Der Schweiß lief ihm aus allen Poren. So kurz vor dem Verlassen des Landes. Es war einfach unfassbar.

„Natürlich", sagte Gina mit scheinbar grenzenloser Ruhe.

Nachdem sie durch die Tür gegangen waren, die zuvor von der Frau und ihrem Begleiter benutzt wurde, wandten sie sich in einem schmalen Flur nach links. Schon die nächste Tür auf der rechten Seite war für sie bestimmt. Man ließ die Deutschen vorgehen.

„Nehmen Sie Platz. Es wird gleich jemand kommen und sich um Sie kümmern." Der Tonfall der Frau hatte sich nicht verändert. Während sie verschwand, blieb der Mann neben der Tür stehen.

Möbel gab es nur wenige in dem Zimmer. Es erinnerte Sven an den Raum, in dem Sanchinos verhört worden war. Allerdings gab es hier einen Schreibtisch. Dahinter stand ein Stuhl, davor eine Bank, die im Notfall Platz für vier Personen geboten hätte. Auf diese setzten sie sich. Eine Weile passierte gar nichts. Nach fünf Minuten wurde Sven leicht nervös. Sein starkes Schwitzen hatte zwar nachgelassen, da es momentan keine direkte Konfrontation gab, aber er wackelte mit schnellen Bewegungen mit dem linken Bein. Gina zog ihn etwas zu sich heran und flüsterte ihm ins Ohr: „Lass dich nicht nervös machen. Wir benutzen diese Technik auch.

Wenn du vor einem Verhör die Person lange genug warten lässt, hast du es leichter, deine Antworten zu bekommen. Lenk dich ab. Stell dir eine schwierige Aufgabe und versuche, sie im Kopf zu lösen."

Das war leichter gesagt, als getan. Insgeheim bewunderte Sven Gina dafür, wie gut sie sich unter Kontrolle hatte. Er konnte da einfach nicht mithalten. Wie, um Himmels willen, sollte er jetzt eine Denksportaufgabe lösen? In dieser Situation!

Da fielen ihm Jasons Worte ein. Selbst, wenn sie durch die genannte Kombination tatsächlich den Startpunkt des Entschärfungsprogramms herausfänden, woher sollten sie dann den Schlüssel bekommen? Der einzige Mensch, der ihn kannte, war tot. Somit blieb nur eine Möglichkeit. Man musste ein Programm entwickeln, welches alle Zeichenkombinationen durchging und ausprobierte. Doch das war viel zu zeitintensiv. Mit Zahlen und Umlauten und dergleichen gab es weit über sechzig mögliche Zeichen. Bei einer vierundzwanzigstelligen Kombination würde es vierundzwanzig hoch sechzig Möglichkeiten geben, die durchgespielt werden mussten. Daraus resultierte eine Zahl von über siebzig Stellen, eine Zahl, die sich kein Mensch der Welt überhaupt vorstellen konnte. Egal, wie schnell der Computer war, den man diese Operationen ausführen ließ, es würde mehrere Jahre dauern, bis er die richtige Zeichenfolge gefunden hätte. Bis dahin würde DBOBD längst aktiv sein.

Ein grollendes ‚Hallo' brachte ihn aus seinen Überlegungen. Wie auch Gina drehte er sich um. Seine Bewegung war noch etwas ruckartiger als ihre, da sie noch immer nicht aus der Ruhe zu bringen war. In der Tür stand ein schwarzer Mann mit bärenhafter Figur. Hätte Sven ihn beschreiben müssen, dann hätte er ihn auf etwa zwei Meter in der Länge und einen Meter in der Breite geschätzt. Dabei schien er weniger fett, sondern eher kräftig zu sein. Sie erwiderten den Gruß. Leichten Fußes ging der goliathartige Mann um den Schreibtisch herum, setzte sich auf den Stuhl und verschränkte die Arme vor der Brust. Wie der Mann, der sie zu diesem Zimmer begleitet hatte, trug auch er eine Uniform, jedoch ohne Jacke. Sein kurzärmliges Hemd gab den Blick auf zwei mächtige Bizepse frei. Bevor er das Wort ergriff, kam Gina ihm zuvor. „Was können wir für Sie tun?", fragte sie leichthin.

„Sie können für Aufklärung sorgen", entgegnete der Mann, ohne zu zögern. „Ich nehme an, Ihnen ist klar, warum wir Sie befragen möchten." Es war mehr eine Frage als eine Feststellung.

„Nein, keineswegs", erklärte Gina. „Aber sobald Sie es uns gesagt haben, werden wir Ihnen helfen, so gut es uns möglich ist."

Ein kurzes Lächeln huschte über sein Gesicht. „Sie sind nicht zufällig Politikerin?" Die Frage schien ihn selbst zu amüsieren. Zwar blieben seine Mundwinkel regungslos und das Gesicht ernst, aber seine Augen sprachen eine andere Sprache.

„Nein, bin ich nicht, aber vielleicht sollte ich es mir mal überlegen."

„Das sollten Sie unbedingt. Sie verstehen es, unschuldige Konversation zu betreiben."

Wieder war das Schmunzeln andeutungsweise zu sehen. Dann versteinerte sich das Gesicht abrupt. „Aber dafür sind wir nicht hier. Ich habe Befehl, Sie so lange hierzubehalten, bis die Dinge geklärt sind."

Sven überlegte, dass nun das dicke Ende kam. Aber Gina ließ sich immer noch nicht beirren. „Dann lassen Sie uns zusehen, dass wir es umgehend klären. Kommen Sie bitte zur Sache."

„Gut. Wie Sie auf Ihrer Fahrt von Namibia aus sicher bemerkt haben, achtet die Regierung Botswanas auf unser Land. Große Teile stehen unter Naturschutz und es gibt kaum einen Ort, an dem Besucher sich unsicher fühlen müssen. Zumindest nicht wegen der Menschen. Wir möchten, dass das auch so bleibt. Deshalb gehen wir Dingen sofort nach, die vermuten lassen, dass jemand etwas getan hat, das dieser Tatsache entgegenwirkt." Er machte eine bedeutungsvolle Pause, die Svens Herz die Möglichkeit gab, noch etwas schneller zu klopfen.

„Sie sind mit einem namibischen Fahrzeug hierhergekommen. Es steht vor dem Flughafengebäude. Nun wollen Sie einen Flug mit einem One-Way-Ticket zurück nach Namibia nehmen. Was ich von Ihnen wissen möchte, ist, warum Sie es so eilig haben, das Land zu verlassen. So eilig, dass Sie sogar einen geliehenen Wagen einfach stehen lassen."

Der Felsbrocken, der Sven vom Herzen fiel, musste bis nach Windhuk zu hören sein. Man hatte sie nicht wegen Jasons Leiche hierbehalten!

„Das ist schnell gesagt", begann Gina. „Wir werden übermorgen wieder hier sein und unsere Reise fortsetzen", log sie, ohne zu zögern. „Sie können sich gerne davon überzeugen, dass wir den Toyota noch einige Wochen gemietet haben. Es ist nur so, dass Freunde von uns Namibia bereisen. Sie kommen heute Mittag in Windhuk an und wollen zur Etoshapfanne weiter. Den morgigen Tag werden wir mit ihnen verbringen und während sie sich auf den Weg in den Norden machen, kommen wir zurück nach Kasane. Ob dies nun in ein oder zwei Tagen sein wird, wissen wir noch nicht. Das Rückflugticket werden wir uns dann in Windhuk kaufen, weil wir damit einfach flexibler entscheiden können und wir uns den Ärger mit dem Umbuchen sparen."

Ein wohlwollendes Nicken verschaffte Sven weitere Erleichterung. „Das habe ich mir fast gedacht." Sven war überzeugt, dass der Mann sich das keineswegs gedacht hatte.

„Eine kleine Formalität ist es, dass Sie uns die Papiere des Vermieters zeigen. Daraus ist bestimmt ersichtlich, wie lange Ihnen das Fahrzeug noch zur Verfügung steht. Deshalb muss ich darauf bestehen, die Papiere einsehen zu dürfen."

„Selbstverständlich." Aus der Tasche holte Gina die besagten Unterlagen heraus und reichte sie dem Beamten. Der faltete die Blätter auseinander, warf einen kurzen Blick darauf und gab sie zurück.

„Vielen Dank. Ich bitte Sie, diese kleine Unannehmlichkeit zu entschuldigen. Wenn alle Touristen so diszipliniert wären, dann würden solche Vorfälle stets schnell und ohne Probleme für alle Beteiligten ablaufen. Ich wünsche Ihnen einen guten Flug nach Windhuk."

Vier Stunden später saßen sie bereits bei Safe!Cars und erklärten, dass sie wegen eines Trauerfalls kurzfristig nach Hause mussten und bezahlten per Kreditkarte eine zusätzliche Pauschale für die Rückführung des Fahrzeugs.

Bevor sie vom Flughafen aus mit einem Taxi in die Stadt gefahren waren, hatten sie noch die Tickets für den Heimflug gekauft. Die Air Namibia flog nonstop nach Frankfurt. Wegen eines technischen Defekts stand noch die Maschine vom Vortag da und startete außerplanmäßig um 15:00 Uhr. Ausreiseformalitäten gab es außer dem obligatorischen Stempel im Pass keine.

Als sie mitten in der Nacht in Frankfurt ankamen, nahmen sie sich ein Zimmer im Steigenberger Airporthotel direkt am Flughafen. Nachdem sie auf dem gesamten Flug von zwei ständig quengelnden Kleinkindern wachgehalten worden waren, benötigten sie dringend Schlaf.

1. Oktober

Als Sven nach wenigen Stunden Tiefschlaf von Gina geweckt wurde, musste er einen Moment lang überlegen, wo er war. Zunächst vermisste er das vertraute Zeltdach über seinem Kopf. Dann kam langsam die Erinnerung. Ein kurzer Blick auf die Uhr sagte ihm, dass es erst halb acht war, dann setzte er sich langsam auf.

„Ich hätte auch lieber länger geschlafen. Aber ich fürchte, wir können es uns nicht leisten, Zeit zu verlieren." Damit hatte sie zweifellos recht, auch wenn er es nicht wirklich wahrhaben wollte. Während er zum Duschen ins Bad ging, rief Gina Felix an, um ihm mitzuteilen, dass sie wieder in Deutschland waren. Schnell war ausgemacht, dass sie sich in Svens Büro treffen würden. Anderthalb Stunden später waren sie dort. Wie schon einmal wartete eine Überraschung auf sie. Nicht genug damit, dass am Eingang des Bürohauses Polizisten standen, die alles und jeden kontrollierten. Zusätzlich gab es nun im Eingangsbereich einen Metalldetektor und ein Röntgengerät für Taschen, wie man es von Flughäfen kannte. Die Überprüfung wurde von zwei Beamten des Bundesgrenzschutzes durchgeführt. Sven staunte nicht schlecht, als er in der kleinen Eingangshalle vier GSG 9-Mitglieder sah.

„Es muss etwas passiert sein", raunte Gina ihm zu.

Oben im Büro wurden sie bereits von einem großen Komitee erwartet. Neben Thomas, Stefan, Gregor und Felix waren auch Oskar und Pascal anwesend. Bernhard fehlte. Dafür saß ein aalglatt aussehender, fremder Mann dabei, der als Mr. Homes vom CIA vorgestellt wurde. Homes sprach neben fünf anderen Sprachen auch perfektes Deutsch. Er gehörte einer Spezialabteilung für Computer- und Internetkriminalität an.

Man hatte sich auf die Ankömmlinge vorbereitet. Ausreichend Stühle waren im Kreis platziert worden. Neben frischem Kaffee gab es belegte Brötchen und süße Stückchen, die ordentlich auf einem Tablett angeordnet waren.

Alle freuten sich, Gina und Sven wiederzusehen. Trotzdem fiel die Begrüßung nicht überschwänglich aus. Aus müden Augen blickte man den beiden entgegen. Da sie bereits im Hotel ein schnelles Frühstück zu sich genommen hatten, begnügten Gina und Sven sich mit einer Tasse Kaffee. Felix eröffnete das Gespräch. „Schön, euch wieder hier zu haben. Bevor ihr uns eure Neuigkeiten berichtet, möchte ich kurz erzählen, was hier vorgefallen ist." Er wirkte müde. Auch seine Kraft schien sich langsam zu erschöpfen. „Während eurer Abwesenheit sind die Tests weitergelaufen. Pascal meint, dass wir nun vermutlich alle Produkte identifiziert haben, die von DBOBD betroffen sind. Die Zahl an nicht betroffener Software ist im professionellen Bereich verschwindend gering. Außerdem haben wir festgestellt, dass das Programm wie ein Virus versucht, sich nach der Aktivierung in andere, nicht betroffene Systeme einzunisten. Es gibt allerdings nicht viele Fälle, in denen das funktioniert." Er machte eine Pause, in der er sorgenvoll auf den Boden sah. „Die Internetseite, die wir aufgebaut haben, um über DBOBD zu informieren, ist nun in dreiundvierzig Sprachen verfügbar und wird täglich erweitert. Zwei Stockwerke tiefer sitzt ein Heer von Dolmetschern, die mit weiteren Übersetzungen zugange sind. Übrigens haben viele Unternehmen ihre Hilfe angeboten." Es folgten einige Sekunden betretenen Schweigens.

„Gestern Vormittag hat mich Bernhard angerufen und erklärt, er müsse umgehend mit mir sprechen", fuhr Felix dann fort. „Da Bernhard solche Äußerungen nicht ohne die entsprechende Notwendigkeit von sich gibt, habe ich mich gleich auf den Weg gemacht." Erneutes, betretenes Schweigen. Als er schluckte, konnte man den Kloß erahnen, der in seinem Hals zu stecken schien. „Als ich ankam, lebte er nicht mehr."

Sven hörte, wie Gina neben ihm heftig einatmete. Ihm selbst schien eine Nadel ins Herz zu stechen. Er sah zu seiner Partnerin hinüber. Ihre Lippen bebten ein wenig, aber sonst hatte sie sich wie immer unter Kontrolle.

„Was ist passiert?", fragte sie sehr leise.

„Wir haben eine Weile nach ihm gesucht. Letzten Endes haben wir ihn in einer der Herrentoiletten gefunden. Jemand hat ihm die Kehle durchgeschnitten."

Man konnte Gina ansehen, wie schwer ihr das Schlucken fiel. Auch Sven hatte das Gefühl, dass ihm jemand den Hals zuschnürte.

„Wie weit sind die Ermittlungen?", fragte Gina hart.

„Es muss eine Art Taschenmesser gewesen sein. Ein sehr scharfes, sagt der Kriminalmediziner. Keine Zacken oder Zähne, nur eine glatte, rasiermesserscharfe Klinge. Wir haben sofort alles auf den Kopf gestellt, aber mittlerweile war bereits Mittagszeit und viele Leute hatten das Gebäude verlassen, um etwas essen zu gehen. Spuren gibt es keine verwertbaren. Jeder, der zu diesen Räumlichkeiten Zutritt hat, kann es gewesen sein. Das Personal in den Fluren ist umgehend verstärkt worden."

„Das wundert mich!", fuhr Gina erregt auf. „Als wir eben gekommen sind, haben wir nicht einen Mann auf dem Flur getroffen. Unten war zwar die Hölle los, aber hier oben wären wir ebenso als Fremde reingekommen."

Zornesröte lief in Felix' Gesicht. Deutlich nahm Sven wahr, wie schwer es dem Mann fiel, sich zu beherrschen. Dann wandte Felix sich an Pascal. „Kümmere dich sofort darum. Der Mann, der die Leitung hat, soll sofort ersetzt werden. Ich erwarte ihn um 16:00 Uhr in meinem Büro." Der Tonfall ließ keinen Zweifel daran, wie ernst Felix diese Worte gemeint hatte. Pascal wartete keine Sekunde, bevor er aufsprang und aus dem Zimmer stürmte.

Einen Moment später richtete Felix das Wort wieder an Gina und Sven: „Es steht also fest, dass wir einen Maulwurf in der Gruppe haben. Vielleicht jemanden, der nur die Dinge am Rande ausführt, vielleicht aber auch jemanden aus dem Kernteam. Es kann theoretisch auch jeder von uns sein. Wir haben bereits angefangen, alle hier arbeitenden Personen einer erneuten, sehr kleinlichen Überprüfung zu unterziehen. Wir werden ihn kriegen, Gina, wer immer es war."

Eine Weile war es still in dem Raum. Dann sprach Felix weiter. „Jetzt seid ihr mit Erzählen dran. Habt ihr irgendetwas herausgefunden?"

Gina berichtete so knapp wie möglich und so umfassend wie nötig. Die versuchten Anschläge in Afrika machten jedem klar, wie weitreichend die Organisation war, die hinter der ganzen Sache steckte. Und wie kaltblütig.

Als Gina geendet hatte, fragte Felix: „Und was schlagt ihr nun als weiteres Vorgehen vor?"

Gina gab das Wort an Sven. Sie hatten sich noch nicht darüber unterhalten und Sven bekam den Eindruck, dass sie sich auch noch keine Gedanken darum gemacht hatte.

„Zunächst müssen wir feststellen", begann Sven, „ob die von Jason genannte Zeichenfolge tatsächlich der Startpunkt seines Entschärfungsprogramms ist. Wenn sich das bewahrheitet, haben wir zu untersuchen, wie es arbeitet, was es dem Benutzer anzeigt und wie man feststellen kann, ob man den richtigen Schlüssel eingegeben hat."

„Was ist, wenn sich rausstellt, dass es nicht die Programmadresse ist?", unterbrach Stefan ihn.

„Dann müssen wir einen neuen Plan aufstellen. Ich hab ehrlich gesagt noch nicht darüber nachgedacht, weil ich es für unwahrscheinlich halte. Aber natürlich ist deine Frage mehr als berechtigt. Ich denke, wir müssen uns dann mit einigen Programmierern zusammensetzen, um zunächst den gesuchten Programmteil ausfindig zu machen. Am besten holen wir uns dafür ein paar Hacker aus der Szene."

Gregor lachte kurz, bis er offenbar begriff, dass Svens Worte nicht als Scherz gemeint waren. Peinlich berührt errötete er und senkte den Blick. Um ihn nicht zu lange den Blicken der anderen auszusetzen, sprach Sven schnell weiter.

„Sollten wir ein positives Ergebnis haben und wissen, wie mit der Entschlüsselung zu arbeiten ist, kommt der wirklich schwierige Teil. Auf welche Weise sollen wir den richtigen Schlüssel finden? Wenn wir den schnellsten Computer der Welt nehmen würden, um ihn alle Möglichkeiten durchprobieren zu lassen, dann würde das Gerät Jahrzehnte daran arbeiten. Zur Verfügung haben wir dagegen nur etwa sechs Wochen. Egal, für welchen Weg wir uns entscheiden, es wird um jede Minute gehen."

Auf einmal wurde ihm selbst der Inhalt seiner Worte bewusst. In der fremden Welt Botswanas hatte er sich wie in einer Art Rausch befunden. Es war darum gegangen, einen Mr. Crack zu finden, und vor allem, lebend wieder nach Hause zu kommen. Jetzt sah er die Dinge wieder mit den Augen des Informatikers. Ihm wurde klar, dass er alleine mit dem Frühstück im Hotel wertvolle Zeit vergeudet hatte. Wären sie erst hergekommen, hätten andere sich schon an die Arbeit machen können, während sie etwas aßen. Er nahm sich vor, in Zukunft mit gutem Beispiel voranzugehen.

Thomas unterbrach seinen Gedankengang. „Wie wäre es mit verteilten Systemen?"

„Wir reden gleich darüber, Thomas", antwortete Sven. „Dazu brauchen wir nicht alle. Schreibt euch die Zeichenfolge von Jason auf: D - A - 3 - 7 - 5 - 0." Er wartete, bis es sich alle notiert hatten. „Jeder, der entsprechendes Fachwissen mitbringt, nimmt sich einen freien Rechner und arbeitet daran. Wer noch nutzbringende Ideen zum weiteren Vorgehen bei der Ermittlung des Schlüssels hat, bleibt hier oder kommt auf uns zu."

Niemand zeigte sich erstaunt über Svens befehlende Art. Als sei es selbstverständlich, standen alle auf. Einer nach dem anderen verließ den Raum. Nur Felix, Thomas, Gina und Sven blieben sitzen.

„Erzähl von deiner Idee, Thomas", forderte Sven seinen Kollegen auf.

„Wir haben hier über hundert Computer und ich bin sicher, dass wir noch mehr bekommen könnten. Wenn wir die anfallende Rechnerarbeit zum Ausprobieren aller Möglichkeiten auf die einzelnen Geräte aufteilen, brauchen wir weniger Zeit."

„Der Ansatz ist gut, Thomas. Aber es wird ein Tropfen auf dem heißen Stein sein. Selbst mit tausend Rechnern wirst du noch einige Jahre brauchen, bis du den richtigen Schlüssel gefunden hast."

Thomas' Idee wurde von Gina zu einer brauchbaren weiterentwickelt: „Warum bedienen wir uns nicht des Internets? Dort sind Millionen von Computern angeschlossen. Wenn wir eine Web-Anwendung schreiben, bei der sich jeder Computer übers Internet einschleifen kann, könnten wir so viele Systeme nutzen wie nie zuvor."

„Es gibt bereits etwas Ähnliches", warf Thomas ein. „Ich weiß nicht genau, von wem es ist, aber es muss von einer Institution wie der NASA sein. Es geht darum, Wellen, die wir aus dem Weltall empfangen, auszuwerten. Jeder, der möchte, kann sich ein entsprechendes Programm herunterladen. Es läuft dann ständig im Hintergrund und übermittelt die errechneten Daten, sobald man das nächste Mal mit dem Internet verbunden ist. Ich habe es mir nie angesehen, aber ich glaube, Stefan hat es auf einem Rechner laufen. Angeblich funktioniert es wunderbar."

„Ja", bestätigte Gina. „Ich habe davon gehört. Es wäre einen Versuch wert."

Felix sah mit fragendem Blick zu Sven. „Was hältst du davon?"

„Ich würde sagen, es ist die einzige Chance, die wir überhaupt haben. Allerdings müsste das Programm weltweit publiziert werden. Wie sieht es mit den Amerikanern aus? Was macht eigentlich dieser Mr. Homes hier?"

„Sie unterstützen uns. Mit dreißig Leuten sind sie hier eingelaufen. Nach dem Vorfall gestern habe ich die meisten von ihnen ein Stockwerk höher einquartiert. Homes leitet die Truppe. Nur, wer von ihm als absolut unbedenklich eingestuft wurde, darf sich noch auf dieser Etage bewegen."

„Heißt das, wir können auf sie zählen, wenn wir eine entsprechende Anwendung entwickeln?"

„Ich gehe davon aus." Felix drehte sich zu Svens Kollegen. „Thomas, was sagst du zu der Idee?"

„Ich sehe es genauso wie Sven. Sobald wir wissen, wie das Entschärfungsprogramm läuft, sollten wir mit der Programmierung anfangen."

„Ich werde mit Stefan ein neues, kleines Netzwerk mit mindestens zehn Computern aufbauen, welches wir zum Entwickeln nutzen", erklärte Sven. „Dazu nehmen wir Netzwerkequipment, das gegen DBOBD immun ist. Und am besten auch entsprechende Betriebssysteme. Allerdings müssen wir uns da erst reinarbeiten, denn ich glaube nicht, dass sich jemand mit einem solch exotischen System gut auskennt."

„Das wird zu lange dauern", meinte Thomas. „Wir müssen es sowieso geschafft haben, bevor DBOBD greift. Wenn wir den Code bis dahin nicht entschlüsselt haben, ist es zu spät. Also können wir auch betroffene Systeme nehmen und uns die Zeit der Einarbeitung sparen."

Obwohl Sven bei dem Gedanken nicht wohl war, musste er einsehen, dass Thomas recht hatte. Man einigte sich daher auf dieses Vorgehen. Felix versprach, sich darum zu kümmern, dass die benötigten Geräte auf dem schnellsten Wege zur Verfügung standen. Sven würde ihm eine Liste der gewünschten Netzwerkgeräte geben und von Stefan würde er sich die Information holen, welche Computer mit welcher Ausstattung am besten einzusetzen waren.

Bevor die Anwesenden auseinandergingen, um sich ihren Aufgaben zu widmen, gab Felix noch eindringlich folgende Erklärung ab: „Ich habe übrigens eine Auflage für alle Anwesenden erlassen. Niemand darf sich mehr alleine bewegen. Ich möchte nämlich nicht noch einen Toten haben. Egal, wohin ihr geht, ob in euer eigenes Büro, in die Küche oder auf die Toilette, ihr nehmt jemanden mit. Und ihr sagt mindestens einer dritten Person Bescheid, mit wem ihr unterwegs seid, denn es kann durchaus sein, dass ihr euch den Mörder als Partner ausgesucht habt." Nach einer kurzen Pause setzte er hinzu: „Und ich dulde keine Ausnahmen. Wer sich nicht daran hält, ist raus aus dem Team." Die Härte in seiner Stimme machte deutlich, wie ernst diese Aussage gemeint war.

Beim Verlassen des Raumes wollte Sven wissen, wie die Zusammenarbeit mit den Amerikanern im anderen Stockwerk ablief. Felix antwortete ihm: „Sie fungieren zur Absicherung der Richtigkeit unserer Ergebnisse. Wir sind wesentlich tiefer in der Materie drin und viel weiter mit unseren Erkenntnissen. Das von Gregor angefertigte Dokument ist sehr umfangreich und sie haben es gelesen. So haben sie einen guten Überblick. Was passiert ist Folgendes: Wir liefern ihnen unsere Versuchsmethoden ohne Testergebnisse. Sie stellen alles nach. Einmal am Tag kommen zwei von ihnen zu uns und wir vergleichen in einem kleinen Gremium die Ergebnisse. Zu Beginn habe ich das für unnötig gehalten, aber schließlich dem Drängen von Thomas nachgegeben. Im Nachhinein habe ich dieses Vorgehen zu schätzen gelernt, nachdem wir dadurch ein paar falsche Ergebnisse auf unserer Seite aufdecken konnten. Es passiert offenbar sehr schnell und unbewusst, dass zwei Zahlen vertauscht werden und dann alle weiteren Tests auf den falschen Vorgaben beruhen."

Der Rest des Tages wurde mit zwei Dingen zugebracht. Sven begann mit Stefan, das neue, kleine Netzwerk als Entwicklungsumgebung aufzubauen. Gina und Thomas beaufsichtigten die Tests bezüglich des Entschärfungsprogrammteils. Schnell kam dabei heraus, dass die von Jason genannte Ziffernfolge tatsächlich die Startadresse der Programmroutine war. Mit diesem Anhaltspunkt gingen die Arbeiten zügig voran. Bis zum Abend hatte man erkannt, was ein Starten dieses Programms bewirkte. Zum einen wurde die Meldung „falscher Schlüssel" zurückgegeben. Zum anderen veränderte es diverse Teile des Hauptprogramms und sogar Teile des Wirtsprogramms, in welches es eingepflanzt war. In jedem Fall war ein System nach dem Starten des Entschärfungsprogramms mit falschem Schlüssel nicht mehr zu gebrauchen. Die nächste Herausforderung war, dieses Entschärfungsprogramm so weit von den anderen Programmteilen zu isolieren, dass es nur noch darum ging, die Richtigkeit des Schlüssels zu überprüfen. Wenn man das geschafft hatte, konnte man in schneller Folge verschiedene Schlüssel ausprobieren. Dies gestaltete man im Idealfall so, dass ein Automatismus alle möglichen Kombinationen durchspielte.

Es war schon nach neun Uhr am Abend und Sven saß gerade bei einer Tasse Kaffee an einem freien Tisch im Laborraum, als er aufgeschreckt wurde. Zunächst reagierte er gar nicht, als irgendwo im Raum ein Handy unaufhörlich vor sich hin piepste. Dann sah er sich genervt um, um zu sehen, wer von den umstehenden Personen es nicht für nötig hielt, an sein Telefon zu gehen. Der störende Laut war umso aufdringlicher, da es sich um dieselbe Tonfolge wie bei seinem Handy handelte. Auch war das Klingeln irgendwie zu laut, um von einer der mindestens drei Meter entfernt stehenden Personen zu kommen. Diese Erkenntnis bewog Sven schließlich, nach seinem eigenen Handy zu sehen. Erschrocken erkannte er, dass es wirklich seines war, das da so unablässig schrille Töne von sich gab. Betroffen beeilte er sich, den Knopf zum Annehmen des Gespräches zu drücken.

„Steinhammer", meldete er sich.

„Hör zu und sag keinen Ton. Wir wissen, dass du nicht alleine im Raum bist und nicht sprechen kannst. Also höre nur zu - und zwar gut!" Die kommandierende Stimme klang abstoßend. Obgleich es sich eindeutig um eine männliche Stimme handelte, war sie entsetzlich hoch. Später überlegte Sven, dass sie wahrscheinlich verstellt gewesen war. „Wir brauchen deine Hilfe", fuhr die Stimme fort. „Und du wirst uns so helfen, wie wir es wünschen, denn wir haben die kleine Janette. Sie fühlt sich nicht sehr wohl bei uns, dennoch wird sie unser Gast sein, bis die ganze Sache ausgestanden ist." Während die Stimme weitersprach, brach Sven der Schweiß aus. Angst und Beklemmung überkamen ihn. Man hatte wohl daran gedacht, die engsten Verwandten aller Beteiligten unter Schutz zu stellen, aber Janette gehörte nicht dazu. Natürlich nicht. Was hatte sie noch mit ihm zu tun? Warum hatte er nicht daran gedacht? „Du wirst dafür sorgen, dass aus der ganzen Sache nichts wird. Wir wissen, dass du daran mitprogrammierst. Du wirst Fehler einbauen..."

„Das kann ich nicht", flüsterte Sven, während sein leerer Blick unnötigerweise einen arbeitenden Drucker fixierte.

„Oh doch, du kannst und du wirst. Wenn du..." Sven hörte schon gar nicht mehr zu. Eine wahnwitzige Idee hatte sein Gehirn in Beschlag genommen. Es konnte funktionieren. Die Chancen waren sehr gering, sicher, aber er musste es versuchen. Ohne weiter zu zögern, drückte er auf den Knopf, der das Gespräch beendete. Noch bevor es wieder klingeln konnte, hatte er die Nummer eines Freundes in die kleine Tastatur gehämmert. Hinter ihm erklang die Stimme von Gregor. Ohne überhaupt verstanden zu haben, was Gregor wollte, herrschte er ihn an: „Jetzt nicht!"

In der Leitung ertönte viermal das Freizeichen, ehe jemand abnahm. Der Mann am anderen Ende konnte nicht einmal seinen Namen zu Ende sprechen, als Sven ihm auch schon ins Wort fiel. „Chris, bist du es?"

„Ja. Sven?"

„Genau. Ich brauche dich. Dringend!" Seine Stimme war so eindringlich, wie er sie selbst nicht kannte. „Arbeitest du noch am Telefonswitch?"

„Ja."

„Frag nicht, warum. Hör einfach nur zu. Ich werde gleich angerufen. Schreib dir meine Nummer auf!" Nachdem Chris versichert hatte, etwas zum Schreiben parat zu haben, gab Sven ihm seine neue Handynummer durch. Dann erläuterte er, was er von Chris wollte: „Ich weiß, die Möglichkeit ist gering, aber wenn der Anrufer über euch geschaltet ist, dann laufen die CDRs bei dir auf. Ich brauche die Nummer von der Person, die mich anruft!"

Stille. Sven war sich bewusst, dass er von Chris etwas Ungesetzliches verlangte. Etwas, das ihn, wenn es herauskam, seinen Job kosten würde. Chris arbeitete bei einer der großen Telefongesellschaften direkt am Switch, das heißt an dem Gerät, welches die zahllosen Gespräche vermittelte. Für jedes Gespräch wurden dabei sogenannte Call Detail Records, kurz CDRs, generiert. Darin waren die Rufnummern beider Teilnehmer enthalten. Natürlich unterlagen derartige Daten strengster Geheimhaltung.

„Bitte!", sagte Sven noch eindringlicher und legte auf. Darauf folgten zwei ähnliche Gespräche mit Personen aus konkurrierenden Unternehmen. Bei keinem der Gespräche erhielt er eine Antwort. Bevor er ein viertes Gespräch führen konnte, klingelte sein Handy erneut. Die Stimme, die sich meldete, war noch immer hoch und unsympathisch.

„Leg nicht wieder auf. Ich weiß, dass du mir nicht glaubst. Deshalb habe ich sie herholen lassen." Kurze Pause. Im Hintergrund erklang eine andere tiefe und brutale Stimme: „Los, sag was!"

Der Schrei, mit dem Sven seinen Namen aus dem Lautsprecher hörte, fuhr ihm durch Mark und Bein. Obwohl es mehr ein Kreischen war, konnte Sven deutlich Janettes Stimme erkennen. Es war also wahr, aber eigentlich hatte er sowieso nicht daran gezweifelt.

„Hör auf zu flennen", erklang die brutale Stimme wieder. Darauf folgten ein lautes Klatschen und ein kurzer, lauter Schrei Janettes. Sven war nicht in der Lage, etwas zu sagen. Nicht nur seine Hand, auch sein ganzer Körper zitterte. Selbst, wenn eine Fremde am anderen Ende Qualen erlitten hätte, wäre es nicht spurlos an ihm vorbeigegangen. Aber dass es Janette war, machte es schier unerträglich. Zu tief fühlte er noch die Verbundenheit, die noch vor einigen Wochen bestanden hatte.

„Und jetzt hör zu!", riss die hohe Fistelstimme ihn in die Gegenwart zurück. „Jedes Mal, wenn wir glauben, du tust etwas, das uns nicht gefällt, schneiden wir ihr einen Finger ab. Damit du dich davon überzeugen kannst, schicken wir ihn dir zu. Und glaube ja nicht, dass wir bluffen. Hast du verstanden?"

Als Sven antworten wollte, versagte seine Stimme.

„Ob du verstanden hast, will ich wissen!", brüllte es im Hörer, wobei sich die Stimme überschlug.

„Ja." Lauter, als er es vorhatte, antwortete Sven mit rauer Stimme.

„Wenn du noch einmal auflegst, während ich mit dir spreche, dann wird dies das Erste sein, was ich bestrafen werde. Deshalb denke erst nach, bevor du etwas Unüberlegtes tust. Klar?"

„Ja."

„Gut. Mir ist es egal, wie du es anstellst, aber du wirst dafür sorgen, dass euer dämliches Programm in den nächsten drei Wochen nicht laufen wird. Danach kannst du tun, was du willst, und die kleine Janette wird wieder auf freien Fuß gesetzt. Wirst du das tun?"

„Ja."

„Und sprich nicht mit deiner Polizistenschlampe darüber. Das kostet sonst nicht nur einen Finger, sondern die ganze Hand. Und wir werden es erfahren, glaub mir! Denk daran, du weißt nicht, wer zu uns gehört." Kurze Pause. „Vielleicht ist es ja die Polizistenschlampe selbst, die dich verarscht." Ein lautes, quietschendes und hässliches Lachen folgte. „Wenn du dich benimmst, dann melden wir uns nicht wieder. In etwas über drei Wochen wird die kleine, süße Janette dann bei dir aufkreuzen." Dreckiges Lachen. Pause. „Ach ja, vergiss nicht: Wenn es keine Finger mehr gibt, dann sind die Zehen dran. Danach die Ohren. Dann die Hände. Als Nächstes die Augen. Ich schätze, danach wird so wenig übrig sein, dass sie stirbt." Ein Klicken in der Leitung beendete das Gespräch.

Sven war zunächst zu keiner Regung fähig. Ein klares Denken schien unmöglich. Die Kleidung klebte an seinem Körper und sein Gefühl gaukelte ihm vor, dass es heißer sei als in der Kalahari. Hätte er doch nur daran gedacht und Felix gebeten, auch Janette zu beschützen. Aber er hatte nicht daran gedacht. Es war seine Schuld, dass sie jetzt in den Händen dieser Verbrecher war. Einen Moment lang stellte er sich vor, wie eine Axt einen der kleinen Finger abtrennte, von denen er so oft gestreichelt und liebkost worden war. Sein Magen rebellierte, ihm wurde schlecht. Lange würde es nicht mehr dauern, bis er sich übergeben musste. Beim ersten Versuch aufzustehen, wurde ihm so schwindelig, dass er sich schnell wieder hinsetzen musste. Eine Hand erfasste seinen rechten Ellenbogen.

„Hey, was ist denn los?" Ginas besorgte Stimme ließ sein Herz erneut rasen. Was sollte er ihr sagen? Der Satz hämmerte in seinem Gehirn: ‚Vielleicht ist es ja die Polizistenschlampe selbst, die dich verarscht.' War es möglicherweise tatsächlich so? War es am Ende gar kein Zufall gewesen, dass sie ihre Fahrt durch Botswana überlebt hatten? Die Verbrecher hatten auch genau gewusst, wann sie Jason erreichen würden. Wenn Gina diese Information weitergegeben hätte, dann wäre es nicht mehr verwunderlich, dass der Mann just in dem Augenblick erschossen wurde, als sie mit ihm sprachen. „Meine Güte", entfuhr es ihm.

„Was ist, Sven?" War es gespielte Besorgnis oder machte sie sich tatsächlich Gedanken?

„Ich muss zur Toilette. Gregor soll mitkommen." Der junge Mann hatte sich inzwischen wieder vorsichtig zu ihnen gesellt.

„Soll ich nicht mitkommen?", fragte Gina.

„Nein!", fuhr er auf. „Gregor kommt mit." Sie ließ seinen Arm abrupt los und sah ihn entgeistert an. Konnte sich ein Mensch so gut verstellen? Aber sie hatte sich ja auch zuvor lange Zeit verstellt, wie sie selbst zugegeben hatte. In ihren Undercovereinsätzen musste sie komplett andere Identitäten annehmen. Plötzlich schien alles zusammenzupassen.

„Ich geh schon mit ihm", hörte Sven Gregors Stimme. Sie schien weit entfernt zu sein. Bald würde Svens Kreislauf endgültig zusammenbrechen. Er hob den Kopf und stolperte in

Richtung Tür. Plötzlich war Gregor neben ihm und stütze ihn. Später konnte Sven sich nicht mehr daran erinnern, wie er die Toilette erreicht hatte. In jedem Fall erbrach er sich heftig, kaum dass er vor ihr stand. Sein ganzer Körper zitterte so stark, dass man meinen konnte, einen stark fiebrigen Mann vor sich zu haben. In seinen Ohren dröhnte es. Vermutlich war er nicht mehr weit von einem Hörsturz entfernt.

Irgendwann hatte sein Magen nichts mehr abzugeben. Dann verschwand langsam das Licht, wobei der Boden auf merkwürdige Weise immer näher kam. Er spürte den Schmerz nicht mehr, als sein Kopf auf den weiß gefliesten Boden schlug.

2. Oktober

Sven erwachte mit brummendem Schädel. Sein Mund fühlte sich entsetzlich trocken an. Bevor er die Augen öffnete, überlegte er, ob man ihn wohl in ein Krankenhaus gebracht hatte. Aber das Bild, das sich ihm bot, machte ihm deutlich, dass er in dem provisorisch eingerichteten Schlafsaal lag. Nur eine schwache Notbeleuchtung brannte über der Tür. Aber seine Augen waren an die Dunkelheit gewöhnt und er erkannte die neben ihm sitzende Gina sofort. Die anderen im Raum schienen zu schlafen.

„Hey, da bist du ja wieder", flüsterte sie und streichelte ihm über die Wange. Schlagartig kamen die Erinnerungen wieder. Der Anruf. Janettes Entführung. Die Aussage, dass Gina vielleicht zur anderen Seite gehörte. Gina! Wie sollte er mit ihr umgehen?

„Wie geht's dir?", kam erneut die besorgte Stimme. Er würde ihr nicht mehr trauen können. Am Ende würde sie ihn eigenhändig umbringen, wenn er etwas Falsches tat. Im Ernstfall hätte er nicht die geringste Chance gegen sie, dessen war er sich bewusst. Aber wem konnte er dann noch trauen? Felix? Der würde Gina ins Vertrauen ziehen. Sie war seine beste Mitarbeiterin und er würde nichts über sie kommen lassen.

„Hey, sag was!" Das Flüstern klang nun eindringlicher. Die Hand auf seiner Wange hatte aufgehört zu streicheln. Was sollte er zu ihr sagen? Dass sie sich zum Teufel scheren sollte? Aber was, wenn sie doch nicht zu den anderen gehörte? Was, wenn er ihr Unrecht tat?

„Mensch Sven, verdammt! Sag etwas!" Ihre Stimme war lauter geworden und eine unterschwellige Panik lag darin. Er musste antworten, sonst würde sie den ganzen Raum zusammenschreien.

„Ich bin okay", flüsterte er. Er musste Zeit schinden, um in Ruhe nachdenken zu können.

„Ich hab mir solche Sorgen um dich gemacht." Die Hand begann wieder seine Wange zu streicheln. Er sah, wie Tränen über ihr Gesicht liefen, ohne dass ein Laut des Weinens zu hören war. Das war nicht gespielt. Das konnte nicht gespielt sein. Oder doch?

„Wer hat dich da vorhin angerufen?" Die Tränen tropften von ihrem Kinn herab. Eine Antwort! Was sollte er antworten?

„Es war eine Tante von mir", log er. „Ihr Mann ist gestorben. Ich habe als Kind sehr viel mit ihm gemacht." Er hatte gar keine Tante, aber es war das Einzige, was ihm einfiel.

„Das tut mir leid, Sven." Für einen Moment sprach keiner. Dann fragte Gina: „Brauchst du irgendwas? Kann ich etwas für dich tun?"

„Ja, ich habe einen ungeheuren Durst. Wenn du mir ein Wasser bringen könntest...?"

„Natürlich." Sie beugte sich vor, hauchte einen Kuss auf seine Nasenspitze und verschwand aus dem Zimmer. Nun war er mit seinen Gedanken wieder alleine. Was also sollte er jetzt tun? Es gab niemanden, dem er vertrauen konnte.

Doch! Thomas. Thomas konnte er vertrauen. Aber was gewann er dadurch? Thomas wäre nicht in der Lage, Janette aus den Fängen dieser Bastarde zu befreien. Niemand wäre dazu in der Lage. Gina mit ihren Leuten vielleicht. Aber sie kam nicht mehr in Frage. Oder doch? Sven überlegte hin und her. Es schien einfach keine Lösung zu geben. Eigentlich hatte er genau zwei

Möglichkeiten. Entweder vertraute er sich Gina an oder er musste tun, was diese Leute von ihm wollten. Damit würde er einerseits Janettes Gesundheit und wahrscheinlich auch ihr Leben retten, auf der anderen Seite aber mithelfen, die Welt ins Chaos zu stürzen. Und: Würde er ihr Leben wirklich retten? Hatte man tatsächlich vor, sie am Ende gehen zu lassen? Immerhin war sie eine Zeugin, die eventuell in der Lage war, jemanden zu identifizieren. Oder vertraute man darauf, dass die Welt anderes zu tun hätte, als die Drahtzieher zu jagen? Nein, die Leute waren viel zu professionell, um sich falsche Vorstellungen zu machen. Man würde Janette töten, so oder so. Was verlor er also, wenn er sich Gina anvertraute?

Im schlimmsten Falle würde Janettes Qual früher und brutaler beginnen. Konnte er das mit seinem Gewissen vereinbaren? Aber tatenlos herumsitzen und die ganze Welt ihrem Schicksal überlassen? War das für sein Gewissen eine bessere Alternative? Das eine war so schlecht wie das andere und er würde mit einem von beidem leben müssen. Wenn Gina doch noch auf seiner Seite stand, würde er wenigstens eine klitzekleine Möglichkeit schaffen, dass Janette mit dem Leben davonkam. Wenn nicht, sah er überhaupt keine Chance für sie. Mit einem Mal war sein Entschluss gefallen. Immerhin würde er danach definitiv wissen, wie Gina tatsächlich zu ihm stand. Und wenn sie wirklich den Terroristen angehörte, dann würde er sich fügen und tun, was sie von ihm verlangten, denn dann gab es nichts mehr, was er tun konnte.

Erst der Schatten, der plötzlich auf ihn fiel, machte ihm klar, dass Gina wieder da war. Sie hielt ihm ein Glas Wasser hin. In der anderen Hand trug sie eine Flasche. Dankbar nahm er es entgegen und schluckte das Wasser mit gierigen Zügen hinunter. Auch das zweite Glas war binnen Sekunden leer.

Anschließend setzte sie sich wieder neben ihn auf das Feldbett. Ihre Hand griff nach seiner und wieder fragte er sich, ob alles nur gespielt war. Bald würde er es wissen, aber bis zu dem Zeitpunkt würde er durch die Hölle und zurück gehen. Jetzt wäre eigentlich der Zeitpunkt gewesen, um Farbe zu bekennen. Aber er musste sehr vorsichtig sein. In keinem Fall durfte er riskieren, dass irgendwer mitbekam, wie er mit ihr redete. Zu schnell konnte es passieren, dass die falschen Ohren mithörten.

Die Entscheidung über sein weiteres Vorgehen fiel ihm plötzlich leicht. Die letzten Ereignisse hatten das Fass zum Überlaufen gebracht. Er besaß keine Kraft mehr, sich von Gefühlen lenken zu lassen. Den tiefen Schmerz, den die neuesten Ereignisse bei ihm hervorgerufen hatten, hatte er in den hintersten und dunkelsten Winkeln seines Gehirns vergraben, vom Bewusstsein weit entfernt. Zwar nagte er noch irgendwo im Hintergrund, aber Sven schenkte ihm keine Beachtung mehr. Wenn er jetzt darüber nachdenken würde, was er Janette vielleicht mit seinem Handeln antat, würde er auf der Stelle endgültig zusammenbrechen. Jetzt entschied nur noch der klare Menschenverstand. Eine ihm bisher nicht bekannte Kälte erfasste ihn und umschloss sein Herz. Wie ein stählernes Gefängnis legte sie sich darum. Egal, wie diese Sache ausging, es würde lange dauern, bis das Eis in seinem Inneren wieder aufbrechen würde.

Ginas Stimme ließ ihn aus seinen Gedanken aufschrecken. Er hatte sie zwar wahrgenommen, aber nicht wirklich verstanden. „Was sagst du?", fragte er schnell.

„Dein Handy hat einmal gepiepst, etwa eine halbe Stunde, nachdem du umgekippt bist. Es muss eine SMS gewesen sein."

„Hast du nachgeschaut, von wem sie war?"

„Nein, natürlich nicht."

Da manifestierte sich eine Idee in Svens Gehirn. Die Lösung hieß SMS. Damit konnte er mit Gina kommunizieren, ohne dass es jemand mitbekam. Sie mussten noch nicht einmal zusammen sein. Keiner würde mithören können. „Wo ist mein Handy?", wollte er wissen. Gina beugte sich zum Boden, kam wieder hoch und reichte ihm das Gerät. Das Display zeigte eine neu eingegangene Kurzmitteilung an. Gina hatte sie also wirklich nicht gelesen, denn sonst wäre diese Nachricht nicht mehr als neu erschienen. Während er die entsprechenden Tasten drückte, um sich die SMS anzeigen zu lassen, bemerkte er einen leichten Schmerz in seiner rechten Armbeuge. Ein Blick auf die entsprechende Stelle verriet ihm, dass sich dort ein Pflaster befand.

„Was habt ihr eigentlich mit mir gemacht, als ich das Bewusstsein verloren habe?", fragte er.

„Ein Notarzt war da und hat dir eine Infusion gegeben. Du warst einfach nicht mehr bei Kräften. Dein Kreislauf hat verrücktgespielt. Wir hatten erst überlegt, dich in ein Krankenhaus zu bringen, aber ich habe Felix davon überzeugt, dass du dort sowieso ausrücken würdest, sobald du wach wirst."

„Das war sehr gut, Gina. Danke."

Dann las er die Nachricht auf dem kleinen, dunkelgrünen Display. Sie bestand aus drei Worten: ‚ruf an chris'.

Er sah auf die Uhr. Halb vier. Da es draußen dunkel war, konnte es nicht nachmittags, sondern nur sehr früh am Morgen sein. Chris würde um diese Zeit nicht mehr arbeiten. Da Sven ihn gegen neun Uhr abends in seiner Firma erreicht hatte, konnte er keine Nachtschicht haben, denn der Schichtwechsel in Chris' Firma war um 22:00 Uhr. Aber das war nicht schlimm. Ob er nun ein paar Stunden früher oder später erfuhr, dass Chris nichts für ihn tun konnte, spielte keine Rolle. Jetzt musste Sven sich darum kümmern, unauffällig mit Gina zu kommunizieren. Aber es war ungünstig, wenn sie dabei neben ihm saß. Wie konnte er dafür sorgen, dass sie den Raum noch einmal verließ?

„Kannst du mir noch einen großen Gefallen tun? Ich würde gerne meinen Kreislauf wieder etwas in Gang bringen. Kannst du mir einen starken Kaffee machen?"

Der Blick, mit dem sie ihn fixierte, zeigte ihm, dass sie genau wusste, dass es nur ein Vorwand war. Trotzdem sagte sie: „Natürlich. Du wirst dich aber einige Minuten gedulden müssen."

Sie verließ das Zimmer, ohne ihm einen Kuss zu geben. Kaum hatte sie den Schlafsaal verlassen, begann er zu tippen. Seine erste Nachricht war kurz: ‚antworte nicht! gib mir zeit zum schreiben!'. Nach dem Versenden dieses Hinweises nahm sein schneller Herzschlag wieder etwas ab und seine kurzfristig aufgekommene Nervosität legte sich. Nun hatte er Zeit, die Dinge in Worte zu fassen. Er schrieb: ‚sie haben janette. ich soll unser programm boykottieren. sie haben einen spitzel hier.' Nach kurzem Überlegen fügte er hinzu: ‚sie sagen der spitzel bist du.'

Mehr fiel ihm nicht ein, was er hätte schreiben können. Damit war alles gesagt. Nun musste er warten, wie Gina reagieren würde und ob sich die Terroristen meldeten. Eine Zeit lang, die ihm wie Stunden vorkam, aber in Wirklichkeit nicht länger als fünf Minuten dauerte, lag er regungslos da. Dann kam Gina wieder, in den Händen ein Tablett mit einer Kaffeekanne und zwei Tassen. Nachdem er etwas zur Seite gerückt war, stellte sie es neben ihn auf das schmale Bett. Dann kniete sie sich davor und goss in beide Tassen frischen, heißen Kaffee ein. Sven sah sofort, dass die Tassen anders aussahen als sonst. Auf der weißen Porzellanoberfläche standen mit Lippenstift kurze Nachrichten für ihn geschrieben. Die Tassen standen so, dass er alles lesen konnte. ‚Du musst hier raus'. Und: ‚spiele Zusammenbruch!'.

Diese wenigen Worte ließen ihn Hoffnung schöpfen. Warum sollte Gina sich auf dieses Spiel einlassen, wenn sie zur falschen Seite gehörte? Auf der anderen Seite vermutete man vielleicht, dass Sven sich nicht unter Druck setzen lassen würde und dass es deshalb besser wäre, ihn gleich aus dem Weg zu räumen. Das wäre am leichtesten, wenn man ihn hier rausschaffte. Er hatte also immer noch keine Klarheit.

Vorsichtig nahm er eine der Tassen und trank einen Schluck. Der Kaffee war so heiß, dass er sich fast die Lippen verbrannte. Plötzlich stieß Gina mit einer Hand wie versehentlich gegen das Tablett. Ein guter Teil des braunen Getränkes schwappte aus den Tassen.

„Entschuldige", sagte sie schnell. „Wie unvorsichtig von mir. Ich bin einfach total übermüdet. Zum Glück hab ich ein paar Servietten mitgebracht."

Mit diesen Worten begann sie, den Kaffee vom Tablett zu wischen. Auch die bekleckerten Tassen nahm sie sich vor und bald waren keine Spuren der Schrift mehr zu sehen. Wie geschickt sie ist, dachte Sven. Er hoffte inständig, dass sich am Ende herausstellte, dass sie zu den Guten gehörte und nicht zu den Verbrechern. Sie stand auf, die dreckigen Servietten in der Hand. „Ich bringe das eben weg", erklärte sie und verließ eilig das Zimmer. Erschrocken zusammenzuckend registrierte Sven das Piepsen seines Telefons. Er meldete sich mit seinem Nachnamen. Aus dem Gerät kam die entsetzlich hohe Stimme. Wieder wurde Sven heiß. Abermals brach ihm der Schweiß aus. Gina hatte ihn also doch verraten. Eine gewaltige Faust schien sich um sein Herz zu schließen und zuzudrücken. Wie konnte man sich so in einem Menschen irren? „Sven, wie geht es dir?", quakte die Stimme.

„Hundsmiserabel", gab Sven aufgeregt zurück. Gleich würde die Nachricht von Janettes erstem Opfer kommen. Das Herz schlug Sven vor Angst bis zum Hals.

„Das geht vorbei, Sven, glaub mir. Es dauert nicht lange. Aber du bist brav, wie ich gehört habe. Das freut mich und deine kleine Janette freut es sogar ganz besonders." Nach diesen Worten sah plötzlich wieder alles ganz anders aus. Es war kaum zum Aushalten, dieser ständige Wechsel zwischen Vertrauen und Misstrauen.

„Wie geht es Janette?", fragte er, wobei sein Hals schmerzte, weil er völlig trocken war.

„Oh, ich weiß nicht, Sven. Es kommt darauf an, welcher meiner Männer sich gerade mit ihr beschäftigt. Weißt du, manche sind besser, manche sind schlechter im Bett. Meine Männer beklagen sich jedenfalls nicht über ihre Qualitäten." Ein hämisches, hässliches Lachen folgte. Ein schwaches Schluchzen drang aus Svens Kehle, sehr leise zwar, doch er war sich sicher, dass alle im Raum es gehört hatten, wenn sie nicht gerade schliefen. Auch der Mann am anderen Ende der Leitung hatte es wahrgenommen. „Ich wusste, dass sie dir viel wert ist. Deswegen habe ich sie auch ausgewählt. Mach dir keine Sorgen. Bei dem einen oder anderen wird auch sie ihren Spaß haben."

Die Demütigung konnte kaum größer sein. Er durfte nicht mal auflegen und so musste Sven sich anhören, was Janette zu erleiden hatte. „Aber ich will dich nicht weiter bedrängen. Ich habe gehört, wie schlecht es dir geht und mein Anruf macht es sicher nicht besser. Ich brauche dich schließlich noch. Ich wollte nur, dass du nicht vergisst, was du zu tun hast."

„Ich werde es nicht vergessen", flüsterte Sven mit zusammengebissenen Zähnen. Dann wurde das Gespräch beendet.

Sven versuchte, sich zu beruhigen, aber sein Atem ging heftig und unregelmäßig. Der Kreislauf spielte verrückt. Er stand auf und sah sich im Raum um, der sich plötzlich zu drehen begann. „Stefan", rief er den Einzigen, den er auf einem der Betten erkannte. Der Kollege aus der Desktop-Abteilung hatte anscheinend nicht geschlafen, denn mit einem Satz sprang er auf und war bei Sven, um ihn zu stützen. Schon sackte Svens Körper in sich zusammen. Wäre Stefan nicht da gewesen, hätte sein Kopf abermals unangenehme Bekanntschaft mit dem Boden gemacht.

Es war halb elf, als er wieder erwachte. Im ersten Moment hatte er das Gefühl, als würde er sein Aufwachen in der letzten Nacht noch einmal erleben. Aber dann wurden ihm schnell deutliche Unterschiede bewusst. Auch durch die geschlossenen Augen merkte er, dass es taghell sein musste. Beim Einatmen stellte er fest, dass die Luft nicht abgestanden war, sondern frisch und klar. Erinnerungen wirbelten bruchstückhaft durch seinen Kopf, bevor er alles wieder zu einem Ganzen zusammenfügen konnte. Doch schließlich fiel ihm alles wieder ein. Gina musste es geschafft habe, ihn irgendwie da rauszubringen. Aber wo war er jetzt? Es gab wohl nur eine Möglichkeit, das herauszufinden.

Abrupt öffnete er die Augen. Ein klassisches Krankenhauszimmer umgab ihn. Sogar ein zweites Bett auf Rollen stand im Zimmer. Allerdings befand sich kein Patient darin. Dafür lag Gina völlig bekleidet auf der Decke und war offensichtlich eingeschlafen. Links neben Svens Bett stand ein Metallständer, in den eine Flasche mit durchsichtiger Flüssigkeit eingehängt war. Tropfen um Tropfen entließ sie ihren Inhalt in einen dünnen Schlauch, dessen Ende in Svens Arm verschwand. Er bekam also eine weitere Infusion.

Für einen Moment wunderte Sven sich darüber, dass er es überhaupt noch schaffte, immer wieder aufzuwachen. Der Anruf drängte sich in seine Gedanken. Keine Sekunde später wurde ihm bereits wieder schwindelig. Von rasendem Herzschlag begleitet, verdunkelte der Schwindel für einen Moment sein Bewusstsein. Er durfte nicht daran denken. Es half niemandem etwas, wenn er sich fertigmachte. Gina fiel ihm ein. Ihre Reaktionen waren immer von kühler Selbstbeherrschung bestimmt. Genau so musste er handeln. Mit ein paar erzwungen tiefen Atemzügen kam Sven wieder zur Ruhe. Er hatte keine Zeit zu verlieren. Irgendwo da draußen befand sich Janette in den Fängen von kaltblütigen, rücksichtslosen Männern, die vor nichts zurückschreckten.

„Gina", rief er laut.

Sie richtete sich so schnell auf, dass sie fast aus dem Bett gefallen wäre. „Sven, du bist wach! Wie geht es dir?"

„Ich bin okay. Das Zeug, das sie mir in die Blutbahnen pumpen, scheint Wunder zu wirken."

Ihre Schlaftrunkenheit hatte sie in Sekundenschnelle abgeschüttelt. Sie kam an sein Bett und küsste ihn. „Mensch, was machst du bloß für Sachen? Wir haben uns viel zu spät um dich gekümmert, weil ich zunächst dachte, dass du alles nur spielst." Ein schwaches Lächeln huschte über ihr Gesicht. „Ich war richtig stolz auf dich, wie echt es aussah. Stefan sagte, er musste dich auffangen. Du wärest einfach so zusammengebrochen."

„Sie haben wieder angerufen, Gina."

Erschrocken sah sie ihn an. „Haben sie was bemerkt?"

„Das dachte ich erst. Aber nein, sie haben offenbar nichts bemerkt." Dann erzählte er ausführlich von den beiden Anrufen. Erstaunlicherweise hatte er sich dabei gut unter Kontrolle und sprach die schrecklichen Dinge aus, als würden sie ihn nicht betreffen. Gerade hatte er seine Ausführungen beendet, als irgendwo im Zimmer das Piepsen eines Handys einsetzte.

„Es ist deins", stellte Gina fest, wobei sie aufstand, um es zu holen.

„Ich geh nicht ran. Ich will nicht noch mal mit diesen Leuten sprechen. Zumindest nicht jetzt. Sollen sie doch glauben, dass ich noch ohnmächtig bin."

„Ich glaube kaum, dass sie es sind. Das Display zeigt die Nummer des Anrufers an. So dumm sind sie nicht." Damit reichte sie ihm das kleine Gerät. Die angezeigte Nummer sagte ihm nichts. Mit zitternder Hand nahm er das Gespräch an.

„Hey Sven, hier ist Chris", rief ihm eine fröhliche Stimme entgegen. „Ich versuche seit Stunden, dich zu erreichen."

„Hallo Chris. Es tut mir leid, ich hatte Kreislaufprobleme und bin im Krankenhaus."

„Oh, das klingt aber nicht gut. Wo bist du? Ich komme dich besuchen."

„Nein, nein, ich komme heute wieder raus."

„Na, dann ist es ja gut. Weswegen ich anrufe: Du wolltest diese Nummer haben. Sie ist tatsächlich über unseren Switch geroutet worden. Hast du was zu schreiben?"

Sven riss die Augen auf. Das, was er kaum für möglich gehalten hatte, war eingetreten. An Gina gerichtet flüsterte er: „Schnell, ich brauche was zum Schreiben." Ins Telefon sagte er: „Moment, Chris."

Gina musste nicht lange suchen. Auf dem Nachttischchen des Nachbarbettes lagen mehrere Kugelschreiber und ein DIN-A4 Block. Chris gab die Nummer durch und Sven schrieb sie auf.

„Ich kann dir natürlich auch die Adresse geben", sagte Chris stolz. „Da das Gespräch über uns geschaltet wurde, konnte es sich nur um einen unserer Kunden handeln. Es ist ein Anschluss aus Frankfurt. Hier ein paar Hintergrundinformationen: Als Kunde ist eine Wirka GmbH eingetragen. Es liegt uns eine Insolvenzbescheinigung vom Gericht vor. Aber sie haben einen Pauschalpreis, so etwas wie eine Flatrate fürs Telefon. Und die Gebühren sind bis zum Jahresende im Voraus bezahlt worden. Deshalb existiert der Anschluss noch. Wir können ja nichts abschalten, was schon bezahlt ist. Ich habe die CDRs der letzten Wochen durchgesehen. Seit dem zehnten März stand der Anschluss still. Die Insolvenz ist am ersten März festgestellt worden. Ich habe mich dann in Dreißig-Tages-Schritten vorangearbeitet, bis ich wieder was gefunden habe. Seit zwei Wochen wird das Telefon wieder benutzt."

Sven konnte es kaum glauben. „Chris, du bist unglaublich. Ich bin dir eine Menge schuldig. Ich weiß sehr gut, was dich das gekostet hat und noch kosten könnte. Aber es war wirklich entsetzlich wichtig. Ich bin in deiner Schuld."

„Es wird der Tag kommen, an dem du dich revanchieren kannst. So, jetzt muss ich wieder was arbeiten. Melde dich mal und sag Bescheid, ob es dir wieder besser geht. Und ruf an, wenn du mal wieder was brauchst."

„Danke, Chris."

„Für dich jederzeit. So long …" Damit beendete Chris das Gespräch. Erwartungsvoll sah Gina Sven an.

„Ich habe die Adresse, von wo aus sie angerufen haben", sagte er.

Sie bekam große Augen. „Wie hast du das denn angestellt?"

Er erklärte es ihr mit wenigen Worten, woraufhin sie anerkennend nickte. „Du wärst ein guter Bulle geworden." Er erwiderte ihr Schmunzeln nicht. Die neue Information änderte nichts daran, dass Janette noch immer in den Händen der Männer war. Vielleicht war es ein Fehler gewesen, mit Gina darüber zu sprechen; Janette könnte sterben. Und er musste dann sein Leben lang damit klarkommen, die Schuld daran zu tragen. Schnell wischte er diese Gedanken fort. Er hatte sich aus gutem Grund für sein Handeln entschieden. Die Chance war ohnehin gering, dass man Janette lebendig freilassen würde, ganz egal, wie er sich verhielt. Mit Ginas Hilfe gab es wenigstens eine kleine Möglichkeit, dass Janette befreit werden konnte. Und sollte Gina doch zu ihnen gehören, so würde auch Sven es nicht überleben. In diesem Fall würde er auch nicht lange an seiner Schuld zu tragen haben.

Gina griff zu ihrem Handy. „Ich rufe Felix an. Wenn wir jetzt mit den Vorbereitungen anfangen, können wir sie vielleicht heute Nacht schon rausholen."

Sven zog die Augenbrauen hoch. „Heute Nacht? Ist es nachts nicht zu gefährlich?"

Sie antwortete, während sie wählte. „Im Gegenteil. Unsere Spezialeinheiten verfügen über Nachtsichtgeräte. Sie sind in die Helme integriert. So haben wir einen enormen Vorteil. Die deutsche Polizei ist gar nicht so rückständig, wie viele Leute denken."

Offenbar wurde ihr Anruf am anderen Ende angenommen, denn sie brach das Gespräch mit Sven ab und richtete ihre Worte jetzt an eine Person, von der Sven annahm, dass es Felix war. „Wir wissen, wo sie ist. Bereite alles vor. Die Adresse lautet..." Sie nahm Sven das Papier aus der Hand und gab die Adresse durch. Kurz darauf legte sie auf.

„Wie geht ihr jetzt vor?", wollte Sven wissen.

„Zunächst stellen wir fest, was für ein Gebäude es ist. Das geschieht aus möglichst großer Entfernung durch zivil gekleidete Personen. Wichtig ist zu wissen, wie viele Türen es gibt und wie viele und wie große Fenster; sind Zugänge vom Dach oder vom Keller vorhanden und so weiter. Dann versuchen wir, die Anzahl der Personen herauszufinden, die sich im Gebäude aufhalten. Wichtig ist auch, ob sich weitere Häuser in der näheren Umgebung befinden, in denen man Scharfschützen postieren kann. Außerdem interessiert uns, welche Zufahrtswege für einen Zugriff oder eine Flucht benutzt werden können. Und dann noch ein paar Kleinigkeiten. Beispielsweise werden alle Kennzeichen von Fahrzeugen aufgeschrieben, die in der näheren Umgebung parken. Vielleicht kann man bei der Überprüfung der Autos schon etwas entdecken."

Sven unterbrach sie. „Ich will dabei sein, Gina. Ich meine, natürlich werde ich nicht mit einer Pistole bewaffnet in das Haus stürmen. Aber ich möchte da sein, wenn es passiert."

Sie sah ihn einen Moment lang ernst an, bevor sie antwortete. „Natürlich, Sven. Du wirst da sein. Und ich auch."

Es war 23:00 Uhr. Der Zugriff war für halb zwölf geplant. Sven befand sich seit zwei Stunden vor Ort und hatte sich ein eigenes Bild von der Situation gemacht. Je später es wurde, umso geringer schätzte man die Möglichkeit ein, Janette lebend aus dem Gebäude herausholen zu können. Es gab einfach zu wenige Informationen und von außen hatte man bisher keine einzige Person in der alten Fabrik sichten können. Daher lag die Vermutung nahe, dass sich alles im Keller abspielte. Egal, wie schnell man eindringen konnte, Janette würde tot sein, bevor die Spezialeinheit den Keller überhaupt erreichen konnte. Da man bisher keine Baupläne besorgen konnte, wusste niemand, wo sich der Zugang zum Keller befand. Alle Anwesenden waren sehr angespannt. Selbst der sonst so ruhige Felix fuhr aus der Haut, als ein Mitarbeiter ihm sagte, dass keine Grundrisspläne aufzutreiben waren.

Inzwischen hatte sich die Anzahl der Personen, die zur Eingreiftruppe gehörten, auf fünfzig erhöht. Sven konnte sich nicht im Geringsten vorstellen, was all diese Leute zum besagten Zeitpunkt tun sollten. Er saß in dem von außen uralt aussehenden Ford Transit Bus, dessen Fenster so verdunkelt waren, dass ein Hineinsehen unmöglich war. Die Sicht nach draußen hingegen war fast ungetrübt. Gina hatte ihm ein Nachtsichtgerät besorgt, aber er sah trotzdem nur etwas, wenn Gina ihn auf eine Bewegung aufmerksam machte. Zu geschickt waren die Mitarbeiter der Polizei. Ein weiteres Mal sah Sven hinüber zu den großen, dreckigen und teilweise zerbrochenen Fenstern des Backsteingebäudes. Nicht die geringste Bewegung war dahinter zu erkennen. Die Fabrik lag da, als hätte sie seit Jahren niemand betreten. Dass die Insolvenz des Unternehmens gerade mal ein halbes Jahr zurücklag, konnte Sven kaum glauben. Obwohl sich jemand am Abend darüber unterhalten hatte, wusste Sven nicht genau, was hinter diesen Mauern produziert worden war. Es interessierte ihn auch nicht.

Besonders groß war das Haus nicht. Auf den ersten Blick meinte man, dass es zwei Stockwerke besaß; in Wirklichkeit beherbergte das Gebäude nur eine einzige Halle. Lediglich in der westlichen Ecke zeugten Fenster davon, dass ein paar Büros integriert waren. An der nordöstlichen Ecke fügte sich ein hoher Schornstein an, dessen äußere Leiter vorwiegend aus Rost zu bestehen schien. Vor der Längsseite, die in Svens Blickfeld lag, hatte man einen großen Parkplatz für die Mitarbeiter angelegt. Er war dreckig und verkommen und ein paar Risse zogen sich durch den Asphalt. Daran schloss sich eine große Baustelle an, die nachts von Anwohnern zum Parken missbraucht wurde.

In dieser Nacht sah es auch danach aus, nur dass die herumstehenden Fahrzeuge allesamt dem Einsatzkommando angehörten. Alle Privatpersonen waren von einem vermeintlichen Baustellenarbeiter verscheucht worden.

Auf der gegenüberliegenden Seite der Fabrik führte die Straße vorbei. Sie wurde von Wohnhäusern gesäumt, die allesamt heruntergekommen und teilweise sogar baufällig aussahen. Trotzdem waren einige davon bewohnt, wie die Lichter hinter den Fenstern zeigten. Die Bauten mussten sehr alt sein, denn genau wie die Fabrik waren die Häuser untereinander mit überirdischen Stromkabeln verbunden. Manche davon erschienen Sven lächerlich dünn.

Es knackte leise aus dem Lautsprecher des Funkgeräts und eine Stimme sagte, dass man nun bereit sei, die Schläuche anzubringen. Gina hatte Sven erklärt, dass man versuchen würde, ein Betäubungsgas einzusetzen. Es war ein spezielles Gas, das zwar eher langsam wirkte, sich aber durch Farb- und Geruchlosigkeit auszeichnete. Wenn es gelang, das Gas unbemerkt hineinzupumpen, konnte sich daraus eine Möglichkeit ergeben, die Sache unblutig zu Ende zu bringen. Da es ein neues, eigentlich unübliches Verfahren war, hoffte sie, dass alles wie geplant funktionieren würde.

Felix' Stimme gab über Funk den Startschuss für die Aktion. Sven hatte damit gerechnet, dass jetzt wilde Aktivitäten folgen würden, aber es blieb ruhig. Ein Ellenbogen, der sich als Ginas herausstellte, stieß ihn an. Als er aufsah, deutete sie zu einem bestimmten Punkt. Er richtete sein Sichtgerät auf die Stelle, konnte aber zunächst nichts erkennen. Erst nach geraumer Zeit sah er, dass sich ein Schlauch wie von Geisterhand langsam, aber sicher über den Boden schob. Fasziniert beobachtete Sven, wie er an die Mauer gelangte und sich dort nach oben drehte. „Wie macht ihr das?", fragte er erstaunt.

„Du kennst etwas Ähnliches sicher aus der Medizin. Bei einer Darmspiegelung beispielsweise wandert ein Schlauch den ganzen Darm ab. Am Ende des Schlauches ist eine kleine Kamera und der Arzt kann ständig sehen, ob eine Biegung kommt. Ist das der Fall, kann er den Schlauch in die entsprechende Richtung drehen. Dabei folgt der nachgeschobene Schlauch immer dem einmal ausgesuchten Weg. Frag mich nicht, wie das technisch geht, aber unsere Geräte arbeiten genauso. Das erspart es uns, einen Mann direkt ans Gebäude schicken zu müssen. Selbst, wenn dort irgendwo jemand aus dem Fenster schaut, ist die Gefahr der Entdeckung sehr gering. Wir haben das System nur testweise. Der Hersteller hat es uns zum Ausprobieren für eine Weile kostenlos überlassen. Eigentlich haben wir so etwas nicht in der Ausrüstung."

Sven hatte mit seiner Sehhilfe, die das Restlicht so stark verstärkte, dass es für ihn fast taghell war, Mühe gehabt, den Schlauch zu entdecken.

„Wir führen an sechs Punkten die Schläuche ein. Glücklicherweise gibt es ausreichend Fenster, die große Löcher aufweisen. Bei einem modernen, intakten Gebäude würden diese Geräte uns nicht allzu viel helfen."

Es vergingen zehn Minuten der Stille. Dann wurde gemeldet, dass alle Schläuche bereit waren. Felix gab das Kommando, das Gas in das Gebäude zu pumpen. Für den eigentlichen Zugriff würden die Polizisten Gasmasken tragen.

Abermals dauerte es einige Minuten, die Sven wie eine Ewigkeit vorkamen. Dann kam Felix' Stimme durch den Lautsprecher: „Los!"

Jetzt endlich startete die Aktion, die Sven schon vorher erwartet hatte. Von allen Seiten kamen plötzlich schwarz gekleidete Gestalten, deren vermummte Gesichter an Außerirdische erinnerten. Einige mussten viele Meter zurücklegen, andere schälten sich aus dunklen Ecken, in denen sie zuvor verweilt hatten. Fast gleichzeitig zerbrachen viele Scheiben, Türen wurden mit roher Gewalt aufgebrochen. Wie die Ameisen fiel die Einheit über das Haus her. So langsam die Vorbereitungen vonstattengegangen waren, so schnell vollzog sich dieser Einsatz. Kaum eine Minute nach Beginn sagte eine Stimme: „Hier ist niemand. Es gibt auch keinen Keller. Alle Büroräume sind offen. Es existiert keine Stelle, an der wir noch nachsehen könnten."

Mit leerem Blick starrte Sven vor sich hin. Wie konnte das sein? Hatte Chris ihm eine falsche Adresse gegeben? Nein, das konnte er ausschließen. Die Verbrecher mussten anscheinend sehr früh von dem geplanten Zugriff erfahren haben. Immerhin hatten sie schnell genug und unerkannt von hier verschwinden können.

Aber von wem konnten sie gewarnt worden sein? Es gab nicht viele, die davon wussten. Ginas Hand versuchte ihn durch eine Berührung an der Schulter zu beruhigen. Sven schüttelte sie aggressiv ab. Nein, es gab nicht viele Personen. Außer Sven und Felix fiel ihm nur noch Gina ein. Aber warum dann das ganze Theater? Um Felix noch weiter an der Nase herumführen zu können? Oder damit Sven wirklich noch das Vorhaben sabotierte?

„Hey, ich kann nichts dafür", sagte Gina sanft.

„Nein?" Seine Stimme klang genauso aggressiv, wie seine Bewegungen aussahen.

Gina wich etwas zurück. „Meine Güte, Sven. Du glaubst doch nicht..." Sie vollendete ihren Satz nicht.

„Ich weiß nicht, was ich noch glauben soll und was nicht. Aber wer kann sie denn gewarnt haben, Gina? Wer?"

„Vielleicht hat sich dein Freund geirrt. Vielleicht gehört diese Adresse nicht zu dem Telefonanschluss. Vielleicht war es nur die Rechnungsadresse und der Anschluss gehört zu einem Bürogebäude, das ganz woanders liegt. Wir haben Informationen zu dem Unternehmen eingezogen. Sie hatten neben der Fabrik noch zwei Bürogebäude. Eins in Kalbach und eins im Industriegebiet in der August-Schanz-Straße. Wir arbeiten sehr vorausschauend. Es stehen für den Fall, der jetzt eingetreten ist, zwei weitere Einheiten bereit, um dort eine ähnliche Aktion durchzuführen, wie du sie hier gesehen hast."

Das klang wieder mehr nach einer Gina, die ganz auf seiner Seite stand. Aber Chris hatte sich nicht geirrt, davon war Sven überzeugt. Die wichtigste Adresse für einen Switch-Mitarbeiter war die Serviceadresse, also der Standort des Telefonanschlusses, und nicht die Rechnungsadresse. Die interessierte nur die Buchhaltung. Aber was sollte er nun tun? Er konnte lediglich abwarten, was weiter geschehen würde.

„Ich will da rein", sagte Sven bestimmt. „Ich will sehen, was da drinnen ist."

Gina zögerte. Dann griff sie in den hinteren Teil des Fahrzeugs und holte zwei Gasmasken hervor. Wortlos reichte sie eine davon Sven. Über Funk teilte sie ihren Kollegen kurz mit, dass sie mit Sven das Gebäude betreten würde. Dann stieg sie aus und lief los, ohne auf ihn zu warten. Er hatte sie offenbar tief verletzt, aber er konnte keine Reue empfinden. Ob er sie zu Recht oder zu Unrecht beschuldigt hatte, würde sich noch herausstellen.

Sven hatte sie erst eingeholt, als sie bereits an der Tür war. Wie Gina auch zog er sich die Maske vor das Gesicht. Gemeinsam gingen sie hinein. Das Nachtsichtgerät benötigten sie nicht mehr, denn es brannten unzählige Lampen. Die Halle war taghell erleuchtet. Der Innenraum sah noch verwahrloster aus als das äußere Gemäuer. Von den Wänden bröckelte der schäbige Putz ab und an mehreren Stellen erhoben sich Schutthaufen. Einige Maschinen befanden sich noch an ihren alten Plätzen. Deren ehemaligen Zweck konnte Sven allerdings nicht erraten.

Nur an einer Seite gab es Türen, die zu Büros führten. Mit plötzlicher, stoischer Ruhe durchschritt Sven jedes einzelne Zimmer, dicht gefolgt von Gina. Ein paar Regale, die immer noch alte Akten enthielten, standen an den Wänden. Auf den Rücken der Aktenordner war zu lesen, dass es sich bei deren Inhalt um Verträge oder Bestellungen handelte. Die hellen Holzschreibtische erinnerten Sven stark an die Möbel, die er im Polizeipräsidium beim Verhör von Sanchinos gesehen hatte. Nur waren diese offenbar noch viel älter. Ansonsten waren die Büroräume leer. Nicht einmal Stühle waren vorhanden. Dafür bedeckte sowohl Boden als auch Möbel eine dicke Staubschicht, die jetzt durch die eingedrungenen Polizisten aufgewühlt und durcheinander gewirbelt war. Zu entdecken gab es sonst nichts.

Und doch kam es Sven so vor, als störe ihn etwas. Er konnte nicht sagen, was es war, aber irgendetwas passte nicht. Sehr aufmerksam sah er sich um, betrachtete jeden vorhandenen Gegenstand intensiv und schaute in jede Ecke. Trotzdem kam er nicht darauf, was ihn irritierte. Aber es gab da etwas, davon war er fest überzeugt.

Nach den Büroräumen schritt er auch die gesamte Halle ab und man ließ ihn gewähren. Niemand stellte dumme Fragen, keiner versuche ihn hinauszuschicken. Man ließ ihn einfach in Ruhe. Selbst Gina war nicht mehr hinter ihm. Einerseits konnte er sich unmöglich vorstellen, dass sie ihn verraten hatte, andererseits gab es kaum Alternativen. Wahrscheinlich, so überlegte er, wollte er es einfach nicht glauben. Später in der Nacht würden die Männer wieder anrufen und ihn für sein Handeln bestrafen. Nicht nur ihn, sondern auch Janette. Vor allem Janette.

Nachdem er auch in der Halle nichts Besonderes feststellen konnte, durchschritt er abermals die Büros. Als er endlich das Gebäude verließ, stand er ebenso ratlos da wie zuvor. Das Gefühl, etwas übersehen zu haben, nagte in seinem Unterbewusstsein.

Erst am Wagen zog er die Gasmaske wieder ab. Ein Mann in Zivil nahm sie entgegen. Dabei schüttelte er den Kopf und sagte: „Ich möchte bloß wissen, welcher Idiot diesen Einsatz heraufbeschworen hat. Alles in allem hat der sicher hunderttausend Euro gekostet."

Sven fuhr zusammen. Daran hatte er noch gar nicht gedacht. Man würde ihm Vorwürfe machen, dass er aufgrund der Aussage eines Freundes für dieses Riesenspektakel gesorgt hatte. Egal, was er in Zukunft für Ideen, Vermutungen oder Erkenntnisse haben würde, niemand würde mehr einen Deut darauf geben. Vielleicht war das auch Sinn und Zweck der ganzen Sache gewesen? Steckte am Ende Chris mit diesen Leuten unter einer Decke? Sven versuchte, den Gedanken zu verscheuchen. Offenbar litt er wirklich an Verfolgungswahn.

Bevor er sich klar darüber werden konnte, was er antworten sollte, kam von hinten Ginas Stimme: „Dieser Idiot war ich, Konrad. Und ich würde es in der gleichen Situation wieder tun."

„Und ich würde es jederzeit wieder unterstützen", fügte Felix' Stimme hinzu. „Wenn ein Mitarbeiter nach seiner Intuition arbeitet und dabei von drei Versuchen einen Treffer landet, dann ist dieser eine Treffer meistens mehr wert, als zehn Routineeinsätze kosten würden. Ich weiß, dass du ein sehr guter Theoretiker bist, Konrad, und oft benötige ich solch einen Mann. Aber du solltest an deiner praktischen Seite arbeiten."

Der Mann zuckte sichtlich zusammen. „Entschuldigung. Ich dachte nur..." Offenbar fehlten ihm die Worte. Als weder von Gina noch von Felix ein weiteres Wort kam, entfernte er sich, so schnell er konnte.

„Danke", sagte Sven erleichtert, nachdem er sich zu den beiden umgedreht hatte.

„Kein Problem", erwiderte Felix mit fester Stimme. „Ich bin ja froh, dass du mitarbeitest. Wir hätten eine solche Verbindung zu jemandem bei der Telefongesellschaft nicht und müssten erst über die Staatsanwaltschaft eine Genehmigung erlangen. Dann würde zunächst viel zu viel Zeit vergehen."

Felix machte eine Pause. Sein Gesicht wurde sehr ernst, als er weiter sprach. „Gina hat mir erzählt, dass du Zweifel an ihrer Loyalität hast. Ich verstehe deine Bedenken und ich bin Gina dankbar dafür, dass sie mich darüber informiert hat. Aber glaube mir, ich werde ein Auge auf sie haben. Zurzeit ist niemand über einen Verdacht erhaben, selbst Gina nicht."

„Sie werden Janette etwas antun, weil ich euch hierher geführt habe."

„Ich glaube nicht, dass sie es erfahren werden. Von den Leuten, mit denen du in eurer Firma zusammenarbeitest, weiß keiner etwas. Auch die dort arbeitenden Polizisten nicht. Und da sie hier ja offenbar nicht sind, haben sie auch nichts gesehen."

Damit war das Gespräch zu Ende.

Viele der getarnten Einsatzfahrzeuge waren bereits verschwunden. Auch die kleine Gruppe begab sich in den Bus und fuhr los.

Etwa zehn Minuten nach Fahrtantritt klingelte Svens Handy. Gina versuchte, ihr Ohr so nahe wie möglich an das Gerät heranzubringen. Auch Felix bemühte sich mitzuhören. Sven betätigte den entsprechenden Knopf, um den kleinen Lautsprecher so laut wie möglich zu stellen. Dann nahm er das Gespräch entgegen.

„Du hast nicht zugehört, Sven", ertönte die hohe, widerwärtige Stimme. „Das, was jetzt kommt, hast du dir selber zuzuschreiben. Und deine kleine Freundin kann sich auch bei dir bedanken." Mit einem tiefen Atemzug versuchte Sven, sein rasendes Herz und seinen Kreislauf unter Kontrolle zu bringen. „Leg nicht auf, Sven, damit würdest du es noch schlimmer für sie machen. Ich will, dass du es mit anhörst." Als Nächstes hörte man verschiedene Geräusche, die nicht eindeutig zuzuordnen waren. Sven konnte heraushören, wie eine Tür geöffnet und wieder geschlossen wurde. Außerdem wurde eindeutig ein Stuhl über den Boden gezogen. Dann erklang ein markerschütterndes „Nein!" aus Janettes Mund.

„Doch, doch, mein Kind, es muss sein. Dein Freund war nicht brav und du wirst es ausbaden."
„Nein", brüllte Janette kreischend. „Lasst mich in Ruhe!" Kurz darauf hörte man einen Schlag, dann ein leises Wimmern. Eine sehr kurze Zeit lang war es ruhig. Im krassen Gegensatz zu dieser Stille klang der folgende, dumpfe Schlag extrem laut. Der anschließende, gellende Schrei Janettes ließ Sven das Blut in den Adern gefrieren. Selbst in den schlimmsten Gruselfilmen hatte er bisher nichts Ähnliches gehört. Unsagbar tief ging der Stich, den er in seinem Herzen spürte. Ihm wurde klar, dass diese Männer keine leeren Versprechungen machten. Hätte er in diesem Moment gestanden, wäre er ein weiteres Mal zusammengebrochen. So aber wurde ihm zwar schwarz vor Augen und für eine Sekunde verwehrten seine Ohren jegliche Funktion, doch er konnte nicht fallen. Mit heftigem Atmen entrann er knapp einer Ohnmacht.

„So, jetzt werde ich sie mir höchstpersönlich vornehmen. Keine Fehler mehr, Sven, hörst du?" Von Janettes Wimmern untermalt verfehlten diese Worte ihre Wirkung nicht.

„Nein", flüsterte Sven. „Keine Fehler mehr." Damit war das Gespräch beendet. Sven fühlte sich leer und ausgebrannt. Er konnte nicht einmal weinen. Wie durch eine glühende Fackel, die in sein Herz gestoßen worden war, schienen all seine Gefühle ausgelöscht worden zu sein. In sich gekehrt versuchte er, auf sein Inneres zu hören. Doch da war nichts, worauf er hätte hören können. Keine Trauer, keine Schuldgefühle, kein Selbstmitleid und erstaunlicherweise auch kein Mitleid für Janette. Ein einziges, dominierendes Gefühl wuchs in ihm heran. Hass. Unsagbarer, endloser Hass auf diese furchtbaren Menschen, die in ihm ein Entsetzen ausgelöst hatten, welches mit der Glut der Hölle nach seiner Seele griff.

Niemand sprach ein Wort, bis die Fahrt zu Ende war. Da Sven keine Ahnung gehabt hatte, wo sie überhaupt hinfuhren, war er umso überraschter, als sie vor einem Krankenhaus hielten.

„Du benötigst ärztliche Hilfe. Wir werden ein bis zwei Tage hierbleiben. Ob du mich bei dir haben willst oder nicht, kannst du selbst entscheiden." Ginas Augen glänzten in der Dunkelheit und Sven war sich sicher, dass sie tränengefüllt waren. Es berührte ihn nicht.

„Nein, Gina", antwortete er. „Ich möchte alleine sein."

„Gut", sagte sie und drehte sich hastig um. Während Felix ihn zu seinem Zimmer brachte, wartete Gina im Auto.

Vor Svens Tür standen zwei Uniformierte mit kugelsicheren Westen.

„Wenn du Gina doch brauchst, findest du sie im Nachbarzimmer. Sie wird in ein paar Minuten raufkommen", erklärte Felix, bevor er sich verabschiedete. Fünf Minuten, nachdem Felix gegangen war, hörte Sven ihre Schritte auf dem Flur, gefolgt von dem Zuschlagen ihrer Tür.

Ein Arzt kam herein, maß seinen Puls und hörte sein Herz ab. Dann bot er Sven ein starkes Schlafmittel an, welches er ablehnte. Er fühlte sich ohnehin so erschlagen, dass er binnen kurzer Zeit auch ohne Medikament einschlief.

Sven stand in der Ecke eines Büroraumes in der alten Fabrik. Es war dunkel. Am Schreibtisch saß eine finstere Gestalt. Einen weiteren Schatten konnte Sven in dem verschwommenen Schwarzgrau nur schwach ausmachen, aber er war eindeutig da. Regungslos ruhte die Gestalt auf dem Stuhl. Mehr zu erahnen, als zu erkennen war die Qualmwolke, die nach jedem Zug aus einer dicken Zigarre ausgestoßen wurde.

„Ich werde dich wieder anrufen, Sven", sprach die hohe Stimme, die gar nicht zu diesem monströsen Körper passte. „Immer und immer wieder. Ein ums andere Mal werde ich dich erleben lassen, was du der kleinen Janette angetan hast. Immer, wenn dein Telefon klingelt, wirst du genau wissen, was dich erwartet. Und trotzdem wirst du rangehen, denn du weißt, dass es sonst noch schlimmer für sie wird. Dann werde ich sie herbringen lassen und sie quälen. Noch hat sie neun Finger, Sven. Ausreichend für neun Anrufe. Halte dich bereit. Gleich ist es so weit."

Der Arm des Unerkennbaren streckte sich und ein Hörer wurde von der Gabel eines Telefons gehoben.

„Siehst du, ich brauche nur noch zu wählen. Halte dich bereit, Sven, denn gleich klingelt es bei dir." Sven wollte sich auf die Gestalt stürzen, aber aus irgendeinem Grund war er bewegungsunfähig. Er konnte nur zuschauen, was passierte, aber nicht eingreifen. Als der Mann zu wählen begann, schrie Sven. Es war das Einzige, wozu er in der Lage war.

Als er seine Augen aufschlug, schüttelte Gina ihn noch immer. „Wach auf, Sven", rief sie immer wieder, bis sie begriff, dass sie es endlich geschafft hatte, ihn zu wecken. Nach einigen Sekunden der Orientierungslosigkeit kam die Erinnerung wieder. Die Fabrik, der ergebnislose Sturm hinein, der Anruf und dieser Albtraum. Und da endlich fiel es ihm auf. Siedend heiß schoss es durch sein Gehirn. Der Traum hatte ihn letztlich darauf gebracht. Jetzt wusste er, was ihn in der Fabrik so irritiert hatte. Es war nichts, was da gewesen war, sondern etwas, was da *nicht* gewesen war.

„Verdammt, Gina, wir waren im falschen Haus."

„Ja, Sven, ich weiß."

„Nein, hör mir zu! Du weißt gar nichts. Wir waren schon richtig, aber nur fast. Wenn Chris mir sagt, dass in diesem Gebäude der Telefonanschluss ist, dann kann ich mich darauf verlassen."

„Dann haben sie doch Wind von unserem Einsatz bekommen und sind rechtzeitig verschwunden." Ihre Stimme klang resigniert.

„Nein, eben nicht. Sie sind nicht verschwunden."

Sie sah ihn verwirrt an. „Ich kann dir nicht folgen, Sven."

„Wenn sie überhastet abgehauen wären, was hätten sie dann mitgenommen?"

„Ihre Waffen, ihre Geisel, ihre Fahrzeuge. Alle persönlichen Sachen. Aber solche werden sie überhaupt nicht dabeigehabt haben, wenn es Profis sind."

„Und sonst nichts? Irgendwas aus den Büros?"

„Ich wüsste nicht, was."

„Eben. Sie hätten es stehen lassen. Aber es war nicht da."

„Was war nicht da?"

„Das Telefon. Es gab keins in dem Haus. Nicht ein einziges."

In Sekundenbruchteilen erschien Gina hellwach. „Erzähl weiter", forderte sie ihn auf.

„Wir wissen aber, dass von einem Festnetzanschluss aus diesem Gebäude telefoniert wurde. Sie sind auf Nummer sicher gegangen. Zwar haben sie sich einfach einen ungenutzten, noch vorhandenen Anschluss genommen, aber sie haben ihn weiterverlegt. Versuche dich zu erinnern, wie es dort aussah. Es gab viele Überlandstromleitungen. Eine davon verbindet die Fabrik mit einem Haus. Ich hatte mich noch darüber gewundert, dass es ein so dünnes Kabel war, das so viel Strom transportieren sollte, um damit eine große Maschinerie anzutreiben. Aber es war gar kein Stromkabel. Es handelte sich dabei um die Telefonleitung. Sie sitzen im Haus nebenan, haben alles mit angesehen und sich ins Fäustchen gelacht. Deswegen konnten sie auch auf die Aktion reagieren. Hätten sie vorher davon erfahren, warum haben sie dann nicht schon früher angerufen?"

Gina starrte ihn fassungslos an. Sven zweifelte schon daran, dass sie seine Worte begriffen hatte, als sie hastig aufstand und seine Decke dabei vom Bett riss.

„Dann komm", sagte sie gehetzt. „Wir haben keine Zeit zu verlieren. Wenn es so ist, werden sie versuchen, dort wegzukommen, sobald sie keinen Polizisten mehr sehen. Ich hab keine Ahnung, wie lange sich die Spurensicherung dort noch aufhält. Vielleicht sind sie sogar schon weg."

Schnell schlüpfte Sven in seine Kleider und im Eiltempo stürzten sie aus dem Krankenhaus. Gina hatte einen Dienstwagen zur Verfügung. Während sie losfuhr, rief sie Felix an. Sie erzählte ihm von Svens Verdacht. Zu Svens Beruhigung bemerkte Felix, dass die Spurensicherung noch vor Ort war. Damit war die Wahrscheinlichkeit sehr groß, dass noch kein Fluchtversuch stattgefunden hatte. Wahrscheinlich würden die Ganoven sich absolut sicher sein, nicht entdeckt zu werden.

Felix versprach, umgehend das SEK hinzuschicken.

Nachdem das Gespräch beendet war, setzte Gina durch ihr Fenster ein Blaulicht auf das Dach, welches mit einem starken Magneten ausgestattet war. Als sie dazu die Sirene einschaltete, fragte Sven, ob das nicht zu auffällig war.

„Nein", gab sie zurück. „Es fahren über Tag so viele Einsatzwagen herum. Warum sollten wir ausgerechnet wegen ihnen unterwegs sein? Außerdem schalte ich die Sirene früh genug wieder aus." Geschickt steuerte Gina das Auto mit unbeschreiblicher Geschwindigkeit durch Frankfurt. Obwohl starker Verkehr herrschte, fand sie immer wieder eine Lücke, durch die sie sich hindurchdrängeln konnte. Nach zehn Minuten schaltete sie den Alarmton aus. Auch das Blaulicht nahm sie wieder ins Fahrzeug. Drei Minuten später erreichten sie das Gelände.

Sie parkten so hinter der Fabrik, dass sie nicht von dem Nachbarhaus aus gesehen werden konnten. Dann gingen sie durch eine der hinteren Türen in das alte Fabrikgebäude. Die Beamten waren bereits informiert worden und hatten das Fenster mit der besten Sicht auf das Haus herausgesucht. Beim Vorbeifahren hatten Gina und Sven festgestellt, dass man von außen nicht in die Fabrik hineinschauen konnte.

Es war viel zu dunkel darin, denn nach Felix' Anruf hatten die Männer von der Spurensicherung alle Lichter ausgeschaltet. Um dies möglichst harmlos erscheinen zu lassen, hatten sie angefangen, Teile ihrer Ausrüstung nach draußen zu tragen. So musste ein Beobachter den Eindruck gewinnen, dass man mit der Arbeit fertig war und nun das Gebäude verlassen wollte.

Kaum hatten die beiden sich zu dem Beobachtungsfenster begeben, fing der Mann, der bereits dagestanden hatte, an zu erzählen. Ohne dabei das Fernglas von den Augen zu nehmen, sagte er: „Wir haben bisher zwei Männer und eine Frau gesehen. Die Frau hat offenbar eine Verletzung an der rechten Hand, denn sie trägt einen Verband. Sie ist die einzige Unbewaffnete. Die Männer tragen automatische Pistolen. Mindestens einer von ihnen hält sie immer gezogen, wobei sie sich allerdings abwechseln. Ich habe den Eindruck, dass sie sich sehr sicher sind. Trotzdem legen sie eine gewisse Aufmerksamkeit an den Tag. Spätestens alle fünf Minuten schauen sie hier rüber. Momentan scheint sich etwas zu tun. Ihr Blick in unsere Richtung ist seit zwei Minuten überfällig und seit drei Minuten ist niemand mehr in dem Raum, den wir von hier aus einsehen können. Im hinteren Teil der Wohnung ist zunächst ein Licht angegangen, nach kurzer Zeit aber wieder erloschen. Ich glaube..."

Der Mann wurde von Sven unterbrochen: „Sehen sie doch mal zur Haustür! Sie ist gerade aufgegangen."

Mit einer kleinen Bewegung drehte sich der Angesprochene etwas zur Seite. Sven konnte im Schein der Straßenlaterne auch ohne Nachtsichtgerät etwas erkennen. Zwei Männer hantierten mit einem großen Karton, unter dem sich eine Europalette zur Stabilisierung befand. Der Karton mochte einmal als Verpackung für eine Waschmaschine gedient haben. Umständlich und unter heftiger Anstrengung, als würde sich etwas Schweres darin befinden, bugsierten sie die Kiste durch die Tür. Die Palette passte nur knapp hindurch.

„Das sind sie", stellte der Mann mit dem Fernglas ruhig fest. „Waffen sehe ich keine, aber da sie nun Jacken anhaben, werden sie sie darunter verborgen haben."

Ohne Hast gingen die Männer ein paar Meter die Straße hinauf. Bei einem hellblauen Lieferwagen blieben sie stehen und stellten ihre schwere Fracht auf dem Gehsteig ab. Der eine, ein blonder, hagerer Mann, holte die Schlüssel aus seiner verwaschenen Jeans und schloss die hintere Tür des Fahrzeugs auf. Der Wagen stand so, dass man eine gute Sicht in das Innere hatte. Einzig eine kleine Bank befand sich darin, die an der Wand zur Fahrerkabine stand. Jemand, der darauf saß, würde also direkt zur Tür sehen. Das Bild erinnerte Sven an den Lieferwagen, in dem er und Gina abtransportiert worden waren.

Zusammen mit dem zweiten Mann, der fast einen Kopf größer war als der ohnehin schon große Blonde, verfrachtete der Hagere die Kiste mitsamt der Palette in den Wagen. Dann stieg der Größere ein. Auch er trug eine alte Jeans, dazu eine schwarze Lederjacke. Sven und die Polizisten konnten beobachten, wie er sich auf die Bank setzte. Noch bevor der Blonde die Türen schloss, zog der Mann im Laderaum eine lange Pistole aus seiner Jacke. Nachdem die Flügeltüren verschlossen waren, schlenderte der Hagere ruhig nach vorne und stieg ein.

„Was hat Felix gesagt, wann die Einsatztruppe hier sein würde?", fragte Gina.

„Es wird noch mindestens eine halbe Stunde dauern", erwiderte der Beamte. „Es kam alles so kurzfristig."

„Mist", murmelte Gina. „Los, Sven, komm mit."

Noch bevor sie zu Ende gesprochen hatte, hastete sie zum Ausgang. Dabei war sie so schnell, dass Sven Mühe hatte, mit ihr mitzuhalten. Draußen stürzte sie zu ihrem Fahrzeug, welches sie unverschlossen gelassen hatte. Der Motor sprang an, noch ehe Sven die Beifahrertür öffnen konnte. Er schwang sich ins Auto und schon gab Gina Gas. Dann erst schloss er die Beifahrertür. Die ersten Meter schoss der BMW wie ein Rennwagen voran. Danach fuhr Gina verhaltener, vermutlich um nicht unnötig Aufmerksamkeit zu erregen. Sie lenkte den Wagen auf die Straße und fuhr in die Richtung, in der noch immer der blaue Lieferwagen parkte.

„Gut, sie sind noch da", sagte sie mehr zu sich selbst als zu Sven. Dann drückte sie auf den Knopf, um sowohl Fahrer- als auch Beifahrerfenster herunterzulassen. Der Motor des Scheibenhebers war so leise, dass nicht einmal Sven ihn hörte. Die ganze Aktion war so schnell gegangen, dass er überhaupt keine Zeit gefunden hatte, nervös oder aufgeregt zu werden. Gina handelte zügig und zielsicher, sodass ihm keinerlei Zweifel an der Richtigkeit ihres Tuns kamen. Mittlerweile hatte sie den Motor gedrosselt. Fast im Schritttempo fuhren sie immer näher an den Wagen der Entführer heran.

„Sie haben die Kiste doch ganz hinten stehen lassen, oder?", wollte sie von Sven bestätigt wissen.

„Ja", sagte er knapp.

Wieder mehr zu sich selbst sagte Gina: „Gut. Sehr gut." Dabei griff sie unter das Lenkrad. Sie brachte eine Pistole zum Vorschein, die Sven sehr groß erschien. Aber er hatte zu wenig Ahnung von Waffen, um dies beurteilen zu können. Das war der Zeitpunkt, an dem seine Angst einsetzte. Er wusste nicht, was Gina vorhatte, aber er war sich sicher, dass es innerhalb kürzester Zeit zu einer Schießerei kommen würde. Das Adrenalin, welches seinen Körper in Windeseile durchflutete, brachte seinen Kreislauf auf Touren.

„Zurück", sagte Gina und griff nach einem Hebel an Svens Sitz. Dabei schlug die Waffe, die sich in ihrer rechten Hand befand, irgendwo gegen Metall. Das klackende Geräusch erschreckte Sven noch mehr. Als sie den Hebel fand, gab plötzlich seine Rückenlehne nach. Durch Svens Gewicht wurde sie in eine halb liegende Position gedrückt.

Nun befanden sie sich direkt neben dem hellblauen Transporter. Gina streckte ihre bewaffnete Hand über Sven hinweg zum Beifahrerfenster hinaus. Einen Moment, in dem ihr Wagen langsam weiterrollte, verharrte sie. Dann mussten sie etwa an der Stelle vorbei sein, an dem sich die Kiste im Lieferwagen befand. Gina ließ das Auto noch einen Meter weiterrollen, bevor sie das Feuer eröffnete. Sven entfuhr ein leises „Oh, mein Gott!", als die automatische Waffe die Kugeln in schneller Folge ausspuckte. Mühelos durchschlugen die Geschosse das Blech des stehenden Autos. Dabei rollte Ginas BMW unaufhaltsam weiter. Der hagere Blonde, der hinter dem Lenker saß, hatte keine Chance. Es war keine Sekunde vergangen, als die ersten Kugeln auch schon in das Führerhaus eindrangen. Erst, als sie fast an dem Lieferfahrzeug vorbei waren, nahm Gina den Finger vom Abzug. Abrupt brachte sie den BMW zum Stehen, öffnete ihre Tür und sprang heraus. Obwohl sie laut „Bleib hier" gerufen hatte, stieg auch Sven aus dem Wagen. Sein erster Blick fiel direkt durch das Seitenfenster im Wagen neben sich. Das Autoglas war in tausend kleine Stückchen zersprungen. Mit einem völlig erstaunten Ausdruck auf dem Gesicht saß der Hagere leblos da. Der Kopf war zur Seite gekippt, als wollte er hinunter in Svens Augen sehen.

Sven erschrak beinahe zu Tode, als hinter ihm ein weiterer Schuss aufgellte und in der Stirn des anscheinend bereits toten Mannes ein hässliches, kleines Loch erschien. Hinter dem Kopf färbten sich der Sitz und die Wand rot. Erstaunt wandte Sven sich herum, aber Gina war bereits weitergegangen und auf dem Weg zur hinteren Tür. Ohne zu überlegen, folgte er ihr. Sie bedeutete ihm, auf der Seite zu bleiben. Geduckt schlich sie weiter. Sven verstand. Sollte der Mann im Innern noch leben, so würde er bei dem ersten Geräusch einfach durch die Tür schießen. Vorsichtig tastete sie nach oben und erreichte den Türgriff. Geschickt drückte sie auf den Knopf und die Tür öffnete sich einen Spalt. Noch in der gleichen Bewegung zog Gina am Griff und sprang dabei mit einer gewaltigen Flugrolle nach vorne. Der Schuss, den Sven erwartet hatte, blieb aus. Gina rollte sich ab und kam flink wieder auf die Beine. Schon war sie wieder bei der nun offen stehenden Tür. Schnell versicherte sie sich, dass keine Gefahr mehr bestand. Dann entspannte sich ihr Körper augenblicklich. Die Waffe sank nach unten und sie stellte sich direkt vor die Öffnung. Sven kam zu ihr und sah in den Laderaum hinein.

Die Kiste stand noch an der Stelle, an der er sie in Erinnerung hatte. Auf der Bank am anderen Ende lag in seltsam verdrehter Haltung der große Mann. Plötzlich bemerkte Sven, dass um sie herum weitere Polizisten aufgetaucht waren. Auch der Eingang des Hauses war mit einem Mal von Beamten bewacht. Natürlich, dachte Sven. Es konnte durchaus sein, dass sich noch Mittäter im Haus befanden.

Gina kletterte in den Lieferwagen und forderte Sven auf mitzukommen. Gemeinsam untersuchten sie die Kiste.

Es stellte sich heraus, dass der Boden aus einer handelsüblichen Europalette bestand und der Karton lediglich aufgelegt war. Zusammen hoben sie ihn an.

Auf der Palette lag, die Beine an die Brust gezogen, der halbnackte Körper von Janette. Man hatte ihr lediglich Slip und T-Shirt angelassen. Der Mund war geknebelt, ihre Augen waren geschlossen. Aber das Heben und Senken des Brustkorbs zeigte ihnen an, dass sie am Leben war. Obwohl Sven beim Anblick des Verbandes an ihrer rechten Hand einen Stich im Herzen spürte, atmete er laut auf. Er kniete sich vor sie und entfernte sachte den Knebel. Janette zeigte keinerlei Reaktionen.

„Vermutlich haben sie ihr ein Betäubungsmittel gegeben", mutmaßte Gina. „Das erleichtert den unauffälligen Transport und ist bei solchen Unternehmungen üblich", erklärte sie in einem für Svens Geschmack fast zu sachlichen Ton. Nach draußen rief sie: „Holt einen Notarztwagen!"

Fachmännisch nahm Gina Janettes Handgelenk und fühlte den Puls. Dann sah sie zu Sven. „Sie ist in Ordnung. Physisch jedenfalls, wenn man von der Wunde an der Hand absieht. Aber das wird verheilen. Was die Psyche angeht, wird es anders aussehen. Sie hat Dinge durchgemacht, die ich meinem ärgsten Feind nicht wünsche. Ich denke, sie wird Hilfe benötigen." Damit stand sie auf und sprang aus dem Wagen.

„Hey", rief Sven ihr hinterher.

Gina drehte sich um. Sven meinte, eine Spur von Trauer in ihrem Gesicht zu sehen. „Ja?", fragte sie.

„Danke", sagte Sven. „Ich weiß nicht, wie ich meine Verdächtigungen wiedergutmachen kann." Seine Stimme wurde dabei immer leiser. Am Ende verschlug es ihm fast die Sprache.

Ein Lächeln zeichnete sich plötzlich auf Ginas Gesicht ab. Mit einer wegwerfenden Handbewegung winkte sie ab. „Ach was. Du bist ein Profi. Wenn du dir keine Gedanken gemacht hättest, wäre ich enttäuscht von dir gewesen. Außerdem: Du hast mir letzten Endes ja doch vertraut, sonst wären wir nicht so weit gekommen. Und du brauchst mir auch nicht zu danken, Sven. Gemeinsam haben wir sie hier rausgeholt. Ohne dich hätten wir sie nie gefunden." Dann senkte sie den Blick und sah plötzlich fast wieder ernst aus. „Ich hoffe nur, dass du jetzt deine eigenen Gefühle richtig deuten kannst und nicht Mitleid mit wiederkehrender Liebe verwechselst."

Mit diesen Worten war nun ihre Stimme leiser geworden. Deutlich merkte Sven, was für ein gewaltiger Kloß in ihrem Hals steckte. Bis zu diesem Moment hatte er sich gar keine Gedanken darum gemacht, dass bei der Befreiung von Janette seine alte Liebe wieder aufflammen konnte.

Doch er konnte Gina gut verstehen. Durch Svens Verschulden war Janette Leid angetan worden. War er nun nicht dazu verpflichtet, sich um sie zu kümmern? Er drehte den Kopf von Gina weg und blickte zur bewusstlosen Janette hinunter. Was er sah, war eine hübsche, junge Frau, die er einmal geliebt hatte. Mit den Fingerspitzen strich er über ihre Wangen, bis hinauf zum Ohr. Dann ließ er seine Hand zu Janettes Hals gleiten. Was er dabei empfand, erschreckte ihn ein wenig, denn er empfand - nichts. Einfach nichts. Ja, er war es ihr schuldig gewesen, sie da rauszuholen. Aber das war es dann auch schon. Dass es böse und furchtbare Menschen gab, dafür konnte er nichts. Janette hatte durch sein Verschulden eine schwere Verletzung erlitten. Der fehlende Finger würde sie ihr Leben lang an diese schrecklichen Tage erinnern. Aber wenn Sven anders gehandelt hätte, wäre Janette am Ende mit allergrößter Wahrscheinlichkeit getötet worden. Nein, Sven brauchte und würde sich nichts vorwerfen lassen. Was er getan hatte, war absolut richtig gewesen. Alleine die Tatsache, dass sich Janette in Sicherheit befand, belegte es.

Und auch Gina brauchte sich keine Sorgen zu machen. Das Thema Janette war für ihn erledigt. Sicher würde er bis zu ihrem Erwachen bei ihr bleiben. Wenn sie danach noch weitere Hilfe benötigte, so würde er diese bestimmt nicht verwehren. Aber mehr als eine freundschaftliche Beziehung würde es zwischen ihnen nie wieder geben.

Sven atmete tief durch und wollte sich wieder Gina zuwenden. Doch sie war verschwunden. Peinlich berührt erkannte Sven, dass mindestens zehn umherstehende Polizisten ihre letzten Worte mitbekommen haben mussten.

„Wo ist sie?", rief er hinaus.

Die Beamten sahen sich schweigend an, bis einer von ihnen unnützerweise sagte: „Sie ist weggegangen."

Sven nickte. „Sagt ihr, dass ich sie liebe." Noch bevor er den Satz beendet hatte, kam er sich unwahrscheinlich dämlich vor. Wie ein Schauspieler in einem billigen Film. Doch es war die Wahrheit. Und Sven wollte, dass Gina es wusste.

5. Oktober

Schon um sieben Uhr morgens herrschte rege Geschäftigkeit im Testlabor. Sven war ausgeruht und frisch, als er eintraf. Davor hatte er zwölf Stunden am Stück geschlafen. Die waren dringend nötig gewesen, in Anbetracht der Tatsache, dass er in der vorausgegangenen Nacht nicht den geringsten Schlaf bekommen hatte. Die ganze Zeit hatte er neben Janettes Krankenbett verbracht und auf ihr Erwachen gewartet. Bis um sechs Uhr morgens musste er sich gedulden. Erschrocken hatte sie die Augen geöffnet, denn sie hatte befürchtet, noch immer in den Klauen der Entführer zu sein. Als sie Svens Gesicht erblickt hatte, war ihre Anspannung jedoch einer großen Erleichterung gewichen. Mit wenigen Worten hatte Sven ihr erzählt, wie man sie aus dem Transporter befreit hatte. Dann war Janette in Tränen ausgebrochen und hatte sich erst nach einer Stunde wieder beruhigen können. Daraufhin hatten sie viel miteinander geredet. Natürlich hatte Sven ihr erklären müssen, an welcher Sache er arbeitete und wie sie letztendlich da hineingeraten war. Auch hatte er ihr ausführlich dargelegt, warum er sich zu dem Handeln genötigt gesehen hatte, das ihr unter anderem einen fehlenden Finger eingebracht hatte.

Während der ganzen Zeit hatte sie kein Wort gesprochen und nur stumm in Svens Gesicht geblickt. Dabei hatte Sven nicht ergründen können, ob sie seine Worte verstand und ob sie ihm überhaupt zuhörte. Als er endlich fertig war, war es fünf Minuten ganz still im Raum.

Dann hatte sie lediglich gesagt: „Du liebst mich nicht mehr, nicht wahr?"

Sie hatte dies in einem völlig ruhigen Ton gesagt. Sven hatte geantwortet, dass sie recht hätte, aber dass er da sein würde, wenn sie etwas bräuchte. Kurz darauf war Janette wieder eingeschlafen und erst am Nachmittag wieder aufgewacht. Das Erste, wonach sie ihn gefragt hatte, war, ob die Polizistin, die an ihrer Befreiung Teil gehabt hatte, seine neue Freundin wäre. Er hatte dies bejaht. Wieder hatte es eine lange Zeit des Schweigens gegeben, während der Janette erstmals etwas Essen zu sich genommen hatte. Sven hatte sich darüber gefreut, mit welchem Appetit sie aß.

Irgendwann hatte sie sich in ihrem Bett aufgesetzt, Sven zu sich herangezogen, umarmt und ganz fest gedrückt. Sie hatte nicht versucht, ihn zu küssen. Es war nur ein lang anhaltendes, sehr festes Drücken.

Dann hatte sie sein Gesicht zwischen ihre Hände genommen, ihm direkt in die Augen geschaut und gesagt: „Ich danke dir dafür, dass du mich nicht einfach meinem Schicksal überlassen hast. Du hast mich da rausgeholt und das werde ich dir nie vergessen." Sie machte eine kleine Denkpause. „Ich hatte sehr viel Zeit zum Nachdenken und dabei habe ich den Tod vor Augen gehabt. Ich glaube, ich habe noch nie in meinem Leben so ernsthaft nachgedacht wie in diesen Tagen der Gefangenschaft.

Ob du es glaubst oder nicht, ich liebe dich, Sven. Ich werde dich immer lieben." Eine weitere, kaum merkliche Pause folgte. „Und ich möchte, dass du glücklich wirst mit deiner neuen Freundin. Sobald ich dazu in der Lage bin, werde ich mich auch bei ihr bedanken. Ihr müsst ein super Team sein." Auf ihrem ernsten Gesicht war ein leichtes, trauriges Lächeln erschienen. „Ich werde mein Leben ohne Partner verbringen. Für eine feste Bindung bin ich einfach nicht geschaffen. Früher dachte ich, es funktioniert. Aber das tut es nicht. Über kurz oder lang wird man jemandem wehtun und das möchte ich nicht mehr.

Sven, wann immer du mich brauchst, ich werde für dich da sein, egal, was ist - genauso wie du für mich da warst. Wenn du jemanden zum Reden brauchst, einmal eine Schlafgelegenheit benötigst, ein leckeres Essen wünschst oder einfach nur mal guten Sex. Was immer ich für dich tun kann, werde ich tun." Bei den folgenden Worten wurde ihre Stimme hart. „Und nun möchte ich, dass du gehst und den Leuten das Handwerk legst. Sorge dafür, dass sie mit ihrer Schweinerei nicht durchkommen. Zusammen mit deiner Gina." Daraufhin hatte sie ihm einen flüchtigen Kuss auf die Lippen gehaucht und ihn gehen lassen.

Mit dem schlichten „Danke" hatte er den Raum verlassen. Von draußen hatte er noch kurz ihr herzzerreißendes Weinen gehört.

Danach hatten die vor der Tür postierten Wachen ihn in ein anderes Zimmer geführt, wo er umgehend eingeschlafen und erst am nächsten Morgen um fünf Uhr wieder aufgewacht war. Dann hatte er das Krankenhaus verlassen, ohne noch einmal nach Janette zu sehen.

Nun betrat er das Testlabor. Sein Blick suchte nach Gina. In einer Ecke fand er sie bei der Arbeit, vertieft über einer Tastatur sitzend. Bevor er sie erreicht hatte, wurde er von zahllosen Leuten begrüßt und viele schüttelten ihm die Hand. Durch den dabei ansteigenden Lärmpegel wurde Gina offenbar aufmerksam, denn nun drehte sie sich um. In ihren Augen stand eine große Frage. Sven blieb fünf Meter von ihr entfernt stehen, breitete die Arme aus, setzte ein glückliches Lächeln auf und flüsterte: „Komm her."

Natürlich konnte sie es nicht verstehen, aber sowohl die Geste als auch sein Gesichtsausdruck mussten ihre stille Frage beantwortet haben: Er war nicht zu Janette zurückgekehrt. Wie zuvor war er ihr Partner, ohne Wenn und Aber. Mit einem Mal fiel alle Anspannung von ihr ab, das Gesicht wurde weich und sie stand auf. Mit langsamen Schritten kam sie auf Sven zu. Auf dem letzten Meter warf sie sich ihm mit einer solchen Wucht entgegen, dass er beinahe umfiel. Er schloss sie in seine Arme und sie küssten sich. Um sie herum wurde applaudiert und plötzlich war Sven die Szene peinlich. Trotzdem drückte er Gina nicht weg, sondern hielt sie weiter fest. Als sie sich nach einer Weile voneinander lösten, stand niemand mehr um sie herum. Alle hatten wieder ihre Plätze eingenommen und arbeiteten.

„Komm", sagte Gina. „Wir müssen dir erzählen, was hier solange gelaufen ist." An der Hand zog sie ihn zur Tür. Thomas und Stefan schlossen sich ihnen an. In Svens Büro nahmen sie, wie schon so oft zuvor, im Halbkreis Platz.

Eine Reihe Programmierer hatte es fertig gebracht, den Programmteil so zu isolieren und umzuschreiben, dass er nun nur noch prüfte, ob der richtige Schlüssel übergeben wurde. War dies nicht der Fall, wurde einfach ein „NOT OK" ausgegeben und man konnte umgehend den nächsten Schlüssel ausprobieren. Wenn irgendwann tatsächlich der Schlüssel zum Entschärfen gefunden würde, dann käme die Meldung „RIGHT KEY FOUND". Dahinter würde der funktionierende Schlüssel angezeigt und der Bildschirm eingefroren werden. Der

Anwender des Gerätes würde bis zum Ausschalten des Computers nicht mehr daran arbeiten können. Aber das war noch nicht alles. Gleichzeitig sollte automatisch eine E-Mail generiert und an verschiedene Adressen geschickt werden. Dazu würde das Programm versuchen, die Internetseiten zu kontaktieren, die man extra für diesen Zweck eingerichtet hatte, um den gefundenen Schlüssel dorthin zu übermitteln. Sollte zu dieser Zeit keine Internetverbindung bestehen, würde eine Anzeige auf dem Bildschirm erschienen: „Bitte die Verbindung zum Internet herstellen oder umgehend folgende Telefonnummer anrufen." Beim Wählen der dahinter angezeigten, kostenfreien Nummer würde eine Verbindung zur Polizei hergestellt werden. Dabei sollte die Meldung in fünfzehn verschiedenen Sprachen erscheinen, damit möglichst viele Menschen damit etwas anfangen konnten. Thomas erklärte, dass er das Programm getestet und alle Funktionen simuliert hatte. Es war also garantiert, dass alles so klappte, wie gewünscht.

Am Nachmittag, nachdem letzte Tests auf den Internetservern gelaufen sein würden, sollte das Programm für jedermann zum Herunterladen verfügbar sein. Da man hoffte, dass viele Millionen Menschen sich an der Sache beteiligten, waren nicht nur ein paar Server vorhanden. Nein, ein großes Unternehmen, das als Internetprovider in Deutschland den Markt beherrschte, hatte kurzfristig eine Serverfarm von sage und schreibe fünfhundert Geräten zur Verfügung gestellt. Dazu kamen noch weitere von kleineren Firmen sowie die Rechner, die hier im Testlabor aufgebaut waren. Von hier aus würde am Nachmittag auch das Programm an alle anderen Server verteilt werden.

Die Deutsche Telekom stellte zusätzliche Leitungskapazitäten, damit es auch beim Zugriff keinen Engpass gab. Alles war hervorragend organisiert und eigentlich gab es für Sven nichts mehr zu tun. Alles Weitere würde davon abhängen, wie viele Menschen sich an der Aktion beteiligen und ihren privaten Computer dafür zur Verfügung stellen würden.

„Wir rechnen mit einer enormen Anzahl", erklärte Gina. „Sowohl die Amerikaner als auch die EU haben eine Belohnung für denjenigen ausgesetzt, dessen Computer uns den richtigen Schlüssel liefert. Dieser wird anhand der Absenderadresse in der E-Mail leicht nachzuvollziehen sein. Es sind, und jetzt halte dich fest, zehn Millionen Euro im Pott!"

Sven staunte nicht schlecht über diese Summe.

„Heute Abend in den 20-Uhr-Nachrichten wird die Bevölkerung darüber informiert und um Mithilfe gebeten", erläuterte Gina weiter. „Das gleiche geschieht in einundsiebzig weiteren Ländern. Stündlich wird es in den Nachrichten wiederholt."

„Wie ist die Aufteilung?", fragte Sven. „Ich meine, wenn alle Computer der Welt mit der gleichen Zeichenfolge beginnen, um die richtige Kombination herauszufinden, dann bringt uns die Sache nicht viel."

„Natürlich nicht. Der Erste, der sich das Programm herunterlädt, fängt genau in der Mitte der Möglichkeiten an. Der Zweite in der Mitte der ersten Hälfte, der Dritte in der Mitte der zweiten Hälfte. Die Nächsten starten dann jeweils bei der Mitte der Viertel, die Folgenden bei der Mitte der Achtel und so weiter. Wir können von den Servern jederzeit ablesen, wie viele

Computer sich beteiligen und wie lange es rein rechnerisch braucht, bis eines der Geräte den Schlüssel gefunden haben muss."

„Das heißt, ihr wisst, wie lange es mit einem einzigen PC dauern würde?"

„Ungefähr zumindest. Wir haben dabei einen Durchschnittscomputer angenommen."

„Ich bin beeindruckt, wie schnell hier alles umgesetzt wurde", gab Sven zu. „Wie sieht der genaue Zeitplan aus?"

„Ab 16:00 Uhr verteilen wir die Software von unserem Labor auf die Server. Ein paar Kollegen aus meiner Abteilung werden dann von fünf verschiedenen Orten aus versuchen, das Programm zu laden und zu starten. Dabei sollten wir anwesend sein. Ab dem Zeitpunkt der Fernsehausstrahlung werden wir alle Hände voll zu tun haben, alles zu überwachen. Wir sollten also versuchen, über Tag noch etwas Schlaf zu kriegen."

„Ich glaube kaum, dass ich schlafen kann. Ich bin völlig ausgeruht." Obwohl er sich tatsächlich absolut fit fühlte, konnte er ein langes Gähnen nicht unterdrücken, was Gina mit einem verschmitzten Lächeln quittierte. Sven streckte sich ausgiebig und blickte dabei im Zimmer umher. Dabei fiel ihm ein kleines Päckchen auf, welches auf seinem Schreibtisch stand. „Was ist das denn?", fragte er und deutete mit einer Kopfbewegung in die entsprechende Richtung.

Gina drehte sich kurz um. „Das ist gestern für dich gekommen. Es ist von Arongsoft. Unsere Leute konnten nichts Verdächtiges daran feststellen."

Sven zog die Augenbrauen hoch. „Arongsoft? Nie gehört."

„Ich dachte, du hättest da was bestellt."

Sven zuckte mit den Schultern, stand auf und ging zu dem Päckchen hinüber. Er nahm es in die Hand und begutachtete es. Vom Gewicht her hätten es Speichermodule sein können, denn es wog kaum etwas. Erneut zuckte er mit den Schultern, stellte den braunen Karton wieder auf den Tisch und begann, ihn zu öffnen. Das Erste, was zum Vorschein kam, war ein weißes Verpackungspolster, damit die Ware auf dem Transport nicht beschädigt wurde. Vorsichtig, um nichts kaputtzumachen, nahm Sven es heraus. Mit dem Polster entwich ein merkwürdiger Geruch, den Sven auf eine Chemikalie im Polstermaterial zurückführte.

Was er dann erblickte, war für ihn zunächst nicht definierbar. Auf ein weißes Fließ gebettet lag ein kleiner, vielleicht fünf Zentimeter langer und kaum einen Zentimeter breiter, etwas gekrümmter Gegenstand. Die Farbe war ein dunkles, dreckiges Braun, das an manchen Stellen schon fast ins Schwarze überging. An einem Ende dieses schmalen, verbogenen und verschrumpelten Etwas hatte sich das darunter befindliche Fließ dunkelbraun verfärbt. Es dauerte lange - mindestens eine halbe Minute - bis Sven realisierte, welch grausige Lieferung er erhalten hatte. Als er es endlich begriff, ließ er die kleine Kiste los, als würde sie plötzlich aus heißen, lodernden Flammen bestehen. Sein Magen rebellierte und er konnte nicht verhindern, dass er sich übergab. Im letzten Moment schaffte er es noch, sich dazu zum Mülleimer umzudrehen. Gina, die sofort bei ihm war und selbst in das Päckchen hineinsah, brauchte vermutlich weniger lange, um zu erkennen, dass es sich um Janettes abgetrennten Finger handelte. Bevor ihnen das Handwerk gelegt worden war, hatten die Männer noch ihre

Drohung wahrmachen und das langsam verfaulende und verwesende Stück auf den Weg bringen können.

Um zwölf Uhr mittags hielt Sven nichts mehr auf dem Feldbett. Gina hatte ihn hierher gebracht und es hatte eine Weile gedauert, bis sein Magen sich nicht mehr krampfartig zusammengezogen hatte. Drei Stunden war Gina bei ihm sitzen geblieben und irgendwann hatte er so getan, als wäre er eingeschlafen, um es ihr leichter zu machen, sich zu entfernen. Offenbar war er über jeden Zweifel erhaben, sonst hätte man ihn hier nicht alleine liegen lassen.

Nachdem er darüber nachgedacht hatte, empfand er die Sache gar nicht mehr als so schlimm. Immerhin hatte er vorher gewusst, was passiert war. Außerdem bestand keine Gefahr der Wiederholung. Sie hatten Janette dort rausgeholt und sie war in Sicherheit. Es war nichts weiter als eine böse Erinnerung an etwas bereits Geschehenes. Kurzfristig hatte es ihn schockiert, weil er so ein entsetzliches Weichei war. Nachdem er sich das klar gemacht hatte, ging es ihm viel besser. Er hatte keine Ahnung, was mit dem Finger geschehen würde und er wollte es auch nicht wissen. Gina würde sich darum kümmern, ohne ihn noch einmal damit zu belasten, davon war er fest überzeugt.

Mit einem Schwung stand er auf, setzte sich noch einmal kurz hin, da sein Kreislauf nicht so schnell auf die neue Körperposition reagierte, stand erneut auf, dieses Mal langsamer als zuvor, und verließ das Zimmer. Dieser Teil des Ganges war leer und nur aus Stefans Büro, dessen Tür genau gegenüber lag, kam geschäftiges Tastaturklappern. Sven nahm dies als Einladung, um nachzusehen, wie Stefan mit den Tests vorankam, die er noch durchführen wollte. Bei seinem Eintreten fuhr Stefan, der am anderen Ende des Zimmers vor Monitor und Tastatur saß, mit einem heftigen Ruck herum. In seinem noch etwas verwirrten Zustand hatte Sven vergessen, vor dem Eintreten anzuklopfen. „Sorry", sagte er. „Ich wollte dich nicht erschrecken."

„Nein, nein, kein Problem. Was gibt es?"

Mit langsamen Schritten trat Sven näher. Stefan klickte noch eben ein auf dem Bildschirm stehendes Fenster weg und wandte sich dann endgültig Sven zu.

„Eigentlich wollte ich nur nachsehen, wie die Tests laufen."

„Es sieht sehr gut aus. Ich denke, wir können die Aktion heute Abend problemlos starten. Gerade bin ich dabei, die abschließenden Versuche durchzuführen." Stefan musste sich bei Svens Eintreten sehr erschrocken haben, denn sein Gesicht und ganz besonders seine Ohren waren feuerrot. Für einen kurzen Moment überlegte Sven, ob Stefan vielleicht eine unanständige Internetseite besucht hatte. Sogleich verwarf er den Gedanken aber wieder, denn als er ins Zimmer gekommen war, hatte der Monitor nur ein Fenster mit schwarzen Hintergrund und weißer Schrift gezeigt. Für Sven konnte es sich kaum um etwas anderes gehandelt haben als um einen Konsolbildschirm, über den Stefan einen Server managte.

Kaum hatte er diese Überlegung angestellt, konnte er aus den Augenwinkeln erkennen, wie sich hinter Stefan das Fenster automatisch wieder auf dem Bildschirm aufbaute. Nun neugierig geworden, versuchte Sven zu ergründen, was das Fenster anzeigte. Irgendwelche Worte von Stefan drangen an seine Ohren, aber er verstand sie nicht. Gebannt starrte er auf die Buchstaben, die ihn in grellem Weiß ansprangen.

Es war ein Batchprogramm, welches dort ablief. Ein Programm, das sich automatisch mit verschiedenen Computern verband, um dort bestimmte Funktionen auszuführen. Dabei wurde jeder Schritt am Bildschirm angezeigt. Wieder sagte Stefan etwas, doch auch dieses Mal hörte Sven es nicht. Gefangen von den einfachen Vorgängen des Gerätes war er wie erstarrt. Der sich stets wiederholende Befehl für ein Formatieren und damit das Zerstören aller Daten brannte sich regelrecht in Svens Augen. Es gab keinen Zweifel daran, auf welchen Computern diese Kommandos ausgeführt wurden. Sven erkannte die kontaktierten Netzwerkadressen. Alle Rechner, auf denen das neue Programm der Öffentlichkeit zur Verfügung gestellt werden sollte, waren einbezogen. Einer nach dem anderen.

Dann, mit einem Schlag, wurden Sven die Zusammenhänge klar. Stefans angstgerötetes Gesicht. Dieses Löschprogramm. Außerdem, und das wurde Sven jetzt erst bewusst, befand sich Stefan entgegen der Regeln ganz alleine im Raum. Normalerweise hätte er irgendjemanden mitnehmen müssen. Aber das hatte er nicht getan. Lieber hatte er alleine sein wollen, damit niemand sein dunkles Werk bemerken konnte.

Als Stefan sich aus seinem Stuhl erhob, brach der Bann, der zwischen Sven und dem Bildschirm bestanden hatte. Plötzlich sahen sich die beiden Männer direkt in die Augen. Einerseits die verstörten und verständnislosen Augen von Sven. Auf der anderen Seite die jetzt kalten und grausamen Augen von Stefan, die Sven niemals zuvor so bei ihm gesehen hatte. Erschrocken wich Sven einen Schritt zurück. „Warum, Stefan?", flüsterte er.

„Du hättest nicht reinkommen sollen, Sven", war die kalte Antwort. „Jetzt lässt du mir keine andere Wahl mehr." Langsam kam Stefan auf Sven zu. Der versuchte, immer weiter zurückzuweichen.

„Warum, Stefan?", wiederholte Sven leise seine Frage, ohne wirklich eine Antwort zu erwarten.

„Jeder ist käuflich, Sven. Es ist nur eine Frage des Preises. Mir hat man zehn Millionen angeboten."

Dann explodierte etwas in Svens Gesicht. Er hatte die Faust nicht einmal kommen sehen. Die Wucht des Schlages schleuderte ihn erst einen Meter zurück und dann zu Boden. Etwas Warmes, Klebriges lief ihm in den Mund. Den Geschmack identifizierte er als Blut. Sein Blut. In Strömen floss es aus seiner gebrochenen Nase. Von einer Sekunde auf die andere war es dunkel, das Bewusstsein verlor er jedoch nicht. Hart schlug er auf den Boden und ein stechender Schmerz fuhr in sein Rückgrat. Als nur eine Millisekunde darauf sein Kopf das gleiche Schicksal erlitt, platzte seine Haut auf, sodass sich eine zweite Wunde auftat. Sven atmete tief ein, schmeckte das Blut auf seinen Lippen und spürte, wie es von der Nasenhöhle direkt in seinen Rachenraum rann. Dann war der Schmerz plötzlich weg. Er war so groß gewesen, dass er alles betäubt hatte und nur eine kalte Gefühllosigkeit zurückließ. Der

Adrenalinausstoß putschte Sven auf, ließ ihn alles Wahrnehmbare doppelt klar erleben und schärfte seine Gedanken.

Als Erstes überlegte er nicht, wie er sich am besten zur Wehr setzen konnte, sondern wie er es schaffen konnten, das noch immer laufende Programm von Stefan zu unterbrechen. Es war dabei, die gesamte Arbeit der letzten Tage zu vernichten. Wenn es etwas gab, wovon sie nicht genug hatten, dann war das Zeit. Doch wie sollte er an die Tastatur gelangen, wenn er an Stefan nicht vorbeikam? Egal, wie er es anstellte, er musste den Kollegen außer Gefecht setzen.

Sein Gehirn arbeitete rasend schnell, mit einer Präzision, wie er sie sich selbst in einer derartigen Situation nicht zugetraut hätte. Noch immer konnte er nichts sehen, aber ihm war klar, dass Stefan nicht zögern würde, sich auf ihn zu stürzen. Daher nahm er all seine Kraft zusammen und rollte sich mit einem Ruck zur Seite. Etwas streifte seine Wange und von dort, wo er eben noch gelegen hatte, hörte man den dumpfen Laut eines aufschlagenden Gegenstandes. Sven holte tief Luft und setzte sich auf, wobei das Licht, das langsam wieder über seine Netzhäute zum Gehirn gelangte, sofort wieder verschwand. Schwindel überfiel ihn. Doch er wusste, dass Stefan ihm keine Zeit zum Ausruhen lassen würde.

Kampfsport war nicht sein Metier, aber er hatte in vielen Filmen gesehen, wie sich ein Bedrängter mit einer tollkühnen Flugrolle in Sicherheit brachte. Ihm war es nie vergönnt gewesen, etwas Derartiges zu trainieren. Außerdem wäre er körperlich nicht dazu in der Lage gewesen. Aber vielleicht musste er das auch gar nicht. Eventuell würde ihm eine stark abgeschwächte Form schon helfen oder zumindest ein paar wertvolle Sekunden bescheren. Wenn er Glück hatte, würde bald jemand nach ihm suchen oder sogar den Kampfeslärm aus dem Zimmer hören. Mit aller Macht drückte er sich auf die Beine in eine hockende Haltung. Dann vollführte er einen einfachen Purzelbaum, wie er es in seiner Kindheit oft getan hatte. Er kam wieder in eine sitzende Position und atmete zweimal tief durch. Dann kam das Licht wieder, wobei es auf seinem linken Auge einen stark rötlichen Schimmer hatte. Direkt vor ihm befand sich Stefans Bürostuhl. Da er den Kollegen aus den Augenwinkeln nicht sehen konnte, vermutete er ihn folgerichtig hinter sich. Schnell beugte Sven sich vor und griff nach dem mittigen Standrohr des blauen Drehsessels. In diesem Moment schien ein gigantischer Felsen auf seinem Rücken zu zersplittern. Stefans Fuß traf zwar nicht die Wirbelsäule, trat aber so hart zu, dass Sven die Luft weg blieb. Noch weiter krümmen konnte er sich nicht. Er saß bereits maximal vornübergebeugt. Panisch rang er nach Luft. Etwas in seinem Kopf sagte ihm, dass er verloren hatte; oder dass er verlieren würde, wenn er nicht augenblicklich etwas unternahm.

Für ihn selbst fast unglaublich schaffte er es, sich nach hinten fallen zu lassen, den Stuhl fest zwischen beiden Händen haltend. Noch während des Fallens spürte er, wie der Stuhl auf einen Widerstand traf. Fast zeitgleich war Stefans Schmerzensschrei zu hören. Sven bekam immer noch keine Luft und auch das Licht in seinem Kopf war wieder erloschen. Er vermutete, dass sich die Stuhllehne brutal in Stefans Unterleib gebohrt hatte, denn Stefans Kreischen wurde lauter und höher und erinnerte Sven beinahe an den Schrei, den er von Janette durchs Telefon mit anhören musste.

Diese Erinnerung stellte weitere Zusammenhänge her. Logischerweise trug Stefan Mitschuld an den Dingen, die man Janette zugefügt hatte. Stefan hatte alle Informationen weitergeleitet und die Verbrecher stets über den neusten Stand informiert. Ebenso wusste man durch Stefan von der Reise nach Botswana. Damit war er auch an dem unnötigen Tod weiterer Menschen beteiligt. Er hatte sie alle die ganze Zeit über für dumm verkauft.

Das Licht kam mit der Atemluft. Die ersten Züge schmerzten so sehr, dass Sven nur ganz flach zu atmen wagte. Er atmete drei-, viermal schnell und kurz ein, dann kam er auf die Beine. Beim Aufstehen sah er seine Hände, die blutverschmiert waren. Noch immer floss die rote Flüssigkeit in schmalen Bächen aus Nase und Hinterkopf. Das linke Auge schloss sich beim Blinzeln nicht mehr vollends, da es bereits mit Blut verklebt war.

Gegen den Schwindel und eine erneute Blindheit kämpfend, wandte Sven sich um. Stefan kniete auf dem Boden, die Hände hielten seinen schmerzenden Unterleib. Der Stuhl war zur Seite gefallen und lag nicht zwischen ihnen. An Stefans Stirn konnte Sven eine leichte Platzwunde erkennen. Langsam, einen kleinen Schritt nach dem anderen machend, kam Sven näher. Aus hasserfüllten, kalten Augen sah Stefan ihm entgegen.

Dann trat Sven zu. Mit aller Macht schnellte sein Fuß in Richtung Gesicht seines Kollegen. Offenbar hatte Stefan damit gerechnet. Rasend schnell brachte er seine Hände nach oben, packte Svens Fuß und zog heftig daran. Wahrscheinlich hätte es sowohl eine stärkere als auch eine völlig andere Bewegung werden sollen, aber der brennende Unterleib hatte wohl an Stefans Kräften gezehrt. So brachte er Sven nur dazu, nach vorne zu stolpern. Dann fiel Sven über Stefans Körper hinweg, wobei das linke Knie Stefans Kopf erwischte. Beide fühlten den gleichen Schmerz und blieben für einen Moment regungslos liegen. Fast gemeinsam kamen sie in Zeitlupentempo wieder hoch.

Orientierungslos machte Sven den Fehler, in die falsche Richtung aufzustehen. Er hatte Stefan jetzt im Rücken und sah zur Tür. Die wurde plötzlich von außen aufgestoßen und flog krachend gegen die Wand. Gina stand breitbeinig vor ihm, in den Händen eine Pistole, die momentan direkt auf ihn zielte. In ihren Augen konnte er nichts lesen außer extremste Anspannung und Konzentration.

Im Bruchteil einer Sekunde schien sie begriffen zu haben, was sich hier abspielte. Unendlich erschöpft sah Sven sie dankbar an.

Dann nahm Ginas Gesicht plötzlich einen merkwürdigen Ausdruck an, den Sven nicht zu deuten wusste. Ihre Züge versteinerten sich zu einer kalten, aggressiven Grimasse. Sven hatte nicht mehr als eine paar Millisekunden Zeit um irgendetwas zu begreifen, bevor ihr Fuß mit einem blitzschnellen Tritt gegen seine Schulter donnerte. Der Kick war mit einer solchen Heftigkeit ausgeführt, dass Sven vom Boden abhob und zwei Meter bis zu einem Regal an der Wand flog, welches durch die Wucht seines Körpers zerbarst. Das alles dauerte nicht einmal eine Sekunde, doch Sven kam es wie eine Ewigkeit vor. Mit den zwei fast gleichzeitig losdonnernden Schüssen verlor er dankbar das Bewusstsein.

15. Oktober

Gina war zu spät gekommen. Stefans Programm hatte nicht nur die neu erarbeiteten Programme gelöscht, sondern ebenso viele Informationen vernichtet. Die Sicherheitskopien einiger Dinge waren verschwunden und die Vermutung lag nahe, dass Stefan dafür verantwortlich gewesen war.

Natürlich war es nicht Ginas Absicht gewesen, Sven zu verletzen. Nach dem Betreten von Stefans Büro hatte sie die Szene blitzschnell erfasst. Sven hatte verletzt, stark blutend und am Ende seiner Kräfte zu ihr gewandt gestanden. Hinter ihm hatte Stefan versucht, sich aufrecht zu halten und war gerade im Begriff, eine Waffe auf Sven zu richten. So, wie die Dinge ausgesehen hatten, hatte Gina keine Sekunde daran gezweifelt, dass Stefan, ohne zu zögern, auf Sven schießen würde. Deshalb hatte es nur die Möglichkeit gegeben, Sven mit einem brutalen Tritt aus der Schusslinie zu katapultieren.

Stefans Schuss war ins Leere gegangen und die fast gleichzeitig abgefeuerte Kugel aus Ginas Pistole hatte Stefan am Kopf getroffen. Es war kein tödlicher Schuss gewesen, hatte aber ausgereicht, dass Stefan das Bewusstsein verlor.

Sven war am folgenden Tag aus dem Krankenhaus entlassen worden.

Viele Dinge, die bereits erarbeitet waren, mussten von vorne angefangen werden. Mittlerweile war man wieder am gleichen Punkt wie zuvor, doch man hatte viel wertvolle Zeit verloren. Kein Monat trennte sie mehr vom neunten November. Hätte Gregor nicht zwischendurch noch separate Kopien auf einen USB-Stick gemacht, wären sie noch viel weiter zurückgefallen. So aber hatten sie kaum mehr als eine Woche gebraucht, um wieder auf dem alten Stand zu sein.

Am Vortag war das System offiziell der Öffentlichkeit zugänglich gemacht worden. Weltweit hatten über viertausend Rundfunkanstalten dazu aufgerufen, den eigenen Computer für diese Sache einzusetzen.

Nun saßen sie in einer kleinen Gruppe vor den Bildschirmen und überwachten die Resonanz auf die Aktion. Ein großer Teil der Fachleute arbeitete aber fieberhaft weiter. Es reichte nicht aus, ein solches System aufzubauen und in Betrieb zu nehmen. Jetzt musste dafür gesorgt werden, dass es auch in Betrieb blieb. Niemand machte sich Illusionen darüber, wie angreifbar ein öffentlich erreichbares System war. Nicht nur die verantwortlichen Terroristen würden versuchen, über das Internet einzudringen. Auch alle Möchtegern-Hacker der Welt würden eine Herausforderung darin sehen, das System zu knacken.

Als erste und wichtigste Maßnahme hatten viele Länder kurzerhand ein Gesetz erlassen, welches allen Internetprovidern vorschrieb, keine unerwünschten Daten, die an die entsprechenden Server gerichtet waren, weiterzuleiten. So wurden die meisten Dinge bereits im Keim erstickt, noch bevor sie überhaupt die deutschen Netzwerke erreichten. Alle derart blockierten Vorgänge mussten umgehend der Polizei gemeldet werden, die sofortige Maßnahmen ergreifen würde. Damit viele potentielle Angreifer von vornherein abgeschreckt wurden, hatte man diese Information ebenfalls an die Öffentlichkeit gegeben.

Die Beteiligung war enorm und übertraf Svens Erwartungen bei Weitem. Obwohl die Aktion noch keine vierundzwanzig Stunden lief, hatten sich bereits über fünf Millionen Menschen das Testprogramm heruntergeladen. Eine Hochrechnung des Programms ergab allerdings, dass es trotzdem bis zu zweihundertvier Tagen dauern könnte, bis der richtige Schlüssel gefunden wurde. Die Wahrscheinlichkeit, dass es bis zum neunten November gelang, wurde derzeit mit sieben Prozent angegeben.

Obwohl dies keinen Anlass zu übertriebener Freude gab, hoffte man darauf, dass die Anzahl der teilnehmenden Personen in den kommenden Tagen in gleichem Maße weiter anstieg und die Chancen sich dadurch vervielfachten.

Innerhalb einer Woche wurden weltweit mehr als dreitausend Personen festgenommen, die auf die eine oder andere Art versucht hatten, das Projekt zu sabotieren. Mit jedem Tag wurden die Versuche digitaler Angriffe aber geringer. Ebenso wurden die Sicherheitsprogramme, die kontinuierlich weiterentwickelt wurden, ständig besser.

Für Gina und Sven fing die Zeit des hilflosen Wartens an. Es gab nichts mehr für sie zu tun, außer zu beobachten, wie die theoretischen Chancen langsam stiegen. Es war fast schlimmer als der vorangegangene Stress. Man fühlte sich einfach machtlos. Letzten Endes hing es nun tatsächlich vom Zufall ab, ob der Schlüssel rechtzeitig gefunden werden konnte oder nicht. Ohne Einfluss darauf nehmen zu können, musste man mit ansehen, dass die Chancen mit wesentlich geringerer Geschwindigkeit zunahmen, als gehofft.

Am Ende der Woche errechneten die Computer eine Wahrscheinlichkeit von immerhin zweiunddreißig Prozent. Aus lauter Verzweiflung versuchte Sven sogar, das ohnehin schon schnelle Berechnungsprogramm noch weiter zu verbessern, aber es gelang ihm nicht. Die zuständigen Programmierer hatten erstklassige Arbeit geleistet.

Während das Warten auf die Erfolgsmeldung von irgendeinem Computer zu einem wahren seelischen Stress wurde, tat die allgemeine Ruhe körperlich gut. Außerdem fiel die konstante Anspannung weg, die wegen des Verräters in den eigenen Reihen an den Nerven gezehrt hatte.

Stefan war bereits aus dem Krankenhaus entlassen worden und saß in Haft. In täglichen Verhören, die oft mehrere Stunden andauerten, versuchte man so viele Informationen wie möglich von ihm zu bekommen. Leider gab es kaum etwas, das er hätte aussagen können. Sein Motiv lag einzig in materiellem Reichtum. In seiner Wohnung fand man in einem Koffer, der offen auf seinem Bett stand, eine Summe von fünf Millionen Euro in bar. Ob er damit im Falle der Katastrophe wirklich noch etwas hätte anfangen können, war sehr zweifelhaft. Der Mann, der ihm den Koffer übergeben hatte, konnte sogar im Nachhinein identifiziert werden. Allerdings befand er sich längst nicht mehr in Deutschland.

Während der parallel laufenden Untersuchungen wurden weitere zahllose Personen gefunden, die ähnlich wie Frank Bowdy über die Aktientransaktionen Geld bekommen hatten, um für ein unbemerktes Einpflanzen des Killerprogramms zu sorgen.

Die Suche nach dem eigentlichen Urheber blieb ergebnislos. Irgendwann verloren sich alle Spuren irgendwo in Afrika oder in Asien. Wie so häufig, wenn es um Terrorismus ging, konnte man zwar diverse ausführende Personen belangen, die wirklich treibenden Kräfte blieben aber unerkannt und gesichtslos im Hintergrund verborgen. Allerdings sprachen die mittlerweile zahlreichen Beschreibungen des Mannes, der sich Bob nannte, stark dafür, dass es sich tatsächlich um den international gesuchten Terroristen Gidar handelte. Einen Beweis dafür gab es jedoch nicht.

30. Oktober

Corina war müde. Die letzte Nacht hatte sie kaum geschlafen. Bis vier Uhr morgens hatten ihre Eltern laut gestritten. Viel Porzellan war dabei zu Bruch gegangen und auch die kleine Anrichte im Wohnzimmer hatte es erwischt. Vater hatte Mama laut angeschrien und dabei Wörter benutzt, die zu hören Corina peinlich waren. Danach hatte Corina weinend und ängstlich im Bett gelegen. Wieder hatte sie darüber nachgedacht, zum Jugendamt zu gehen, um sich in einem Heim unterbringen zu lassen. Doch dann würde sie vermutlich auf eine andere Schule gehen müssen und alle ihre Freunde verlieren. Viele hatte sie schon einbüßen müssen, weil sie sie mit nach Hause genommen hatte. Wenn Freunde ihre Eltern kennenlernten, führte das häufig dazu, dass sie sich von Corina distanzierten. Aber das waren dann sowieso keine richtigen Freunde, wie sie meinte. Irgendwann hatte sie sogar angefangen, andere Kinder bewusst in Kontakt mit ihren Eltern zu bringen. So konnte sie die Loyalität prüfen, die eine Freundin oder ein Freund ihr entgegenbrachte. Nur wenige hielten diesem Test stand. Eigentlich konnte Corina es ihnen auch nicht verübeln. Besonders ihr Vater benahm sich regelmäßig daneben und machte teilweise sogar sehr anzügliche Bemerkungen. Einmal, das war vor einem Jahr gewesen, war Vater sogar so weit gegangen, einen Jungen zu fragen, ob er Corina vögeln wollte. Dabei waren sie beide erst elf gewesen! Hochroten Kopfes war Corina in ihr Zimmer gerannt und hatte ihren Freund Florian alleine im Flur stehen lassen. Die darauf folgende Stunde hatte sie sich weinend ihres Vaters geschämt. Tags drauf hatte Florian zu ihr gesagt, dass sie das nächste Mal besser direkt in ihr Zimmer gehen sollten, um solchen Szenen aus dem Weg zu gehen.

Florian war zu ihrem besten Freund geworden. Obwohl er völlig anders als Corina aufwuchs und aus einem guten und reichen Elternhaus kam, brachte er ihr viel Verständnis entgegen. Er war der Einzige, mit dem sie sich offen über ihre Eltern unterhalten konnte. Und obgleich er noch so jung war, wusste er auf alles eine Antwort. Egal, wie sehr sie etwas mitnahm, immer fand er die richtigen Worte, um es erträglicher für sie zu machen.

Corina hasste ihre Eltern. Ihren Vater für seine billige, obszöne Art, für seine Launen und seinen Alkoholismus, für seine Gewalt und Brutalität, die er sowohl ihr als auch ihrer Mutter gegenüber an den Tag legte. Ihre Mutter dafür, dass sie sich alles gefallen ließ und auch alles duldete, was Vater mit Corina machte. Für Corina gab es keine Erklärung, warum eine Frau sich derart versklaven ließ. Besonders nicht, wenn es sich um eine ansonsten recht kluge Frau handelte.

Sobald sie alt genug war, würde Corina ausziehen. Wenn sie Glück hatte, würde sie mit sechzehn eine Freundin finden, die eine Wohngemeinschaft mit ihr gründete. Mit kleinen Nebenjobs als Putzfrau oder Bedienung würde sie sich dann später ihr Studium finanzieren.

Mit einem leisen Klicken stoppte die Musikkassette. Der steinalte Kassettenrekorder war das Einzige, was sie zum Musikhören hatte. Ein tolles Handy oder ein MP3-Spieler, wie ihn alle ihre Freunde besaßen, war ihren Eltern zu teuer. Für das gleiche Geld bekam man immerhin ein paar Flaschen Whisky.

Vielleicht ja auch etwas Rauschgift. Corina hatte ihre Mutter einmal beobachtet, wie sie sich eine Spritze gegeben hatte. Seitdem war sie sich sicher, dass ihre Mutter alles nur aushalten konnte, weil sie sich mit irgendwelchen Drogen in eine vermeintlich bessere Welt katapultierte. Das Mädchen glaubte, dass ihre Mutter ernsthaft suchtkrank war. Aber das würde ihre Mutter niemals zugeben. Wie sie ihrer Tochter einmal erzählte, hatte es in ihrer Familie fast als Sünde gegolten, eine ernsthafte Krankheit zu haben. Krank zu sein, wurde als Schwäche gedeutet und ihre Familie war nicht schwach - also wurden schwerwiegende Krankheiten verheimlicht.

Umso schlimmer, dass Corina jetzt die Windpocken bekommen hatte. Bis zu ihrer Genesung durfte sie keinen Kontakt zu irgendwelchen Freunden haben.

Der Ausschlag ging schon wieder stark zurück. Bald würde sie Florian wieder besuchen können. Sie schlug die Decke zurück, stand auf und ging zu dem altmodischen Rekorder, um die Kassette herumzudrehen. Das Gerät stand auf ihrem Schreibtisch, direkt neben dem Monitor. Es war ein alter, kleiner fünfzehn Zoll Röhrenbildschirm, der dazugehörige PC ein ebenso altes, langsames Gerät. Trotzdem war Corina stolz auf den Besitz. Tatsächlich war es für sie selbst unfassbar, dass sie den Computer wirklich in ihrem Zimmer stehen hatte. Seitens ihrer Eltern wäre niemals daran zu denken gewesen, etwas Derartiges anzuschaffen. Florians Vater hatte ein gutgehendes Computergeschäft und das Gerät von einem Kunden zurückbekommen, als dieser sich ein neues kaufen wollte. Da der Kunde dafür kein Geld verlangt hatte, verschenkte Florians Vater den PC an Corina. Der einzige Grund, warum ihre Eltern den Besitz des Computers nicht verboten hatten, lag darin, dass sie einfach keine Ahnung davon hatten. Sie konnten sich nicht im Mindesten vorstellen, wofür ein PC gut war und welche Möglichkeiten sich dahinter verbargen. In der Tat gingen sie davon aus, dass Corina sowieso nichts damit anfangen konnte und die Maschine nur undekorativ in ihrem Zimmer herumstand.

Doch genau das Gegenteil war der Fall. Von Florian hatte sie irgendwann ein Modem bekommen. Er war es auch gewesen, der ihr geholfen hatte, ein zusätzliches Telefonkabel in ihr Zimmer zu legen. Sie hatten einen Tag ausgenutzt, an dem Vater sich bereits am Kiosk betrunken und Mutter einen Arztbesuch gemacht hatte. In aller Ruhe verbargen sie das Kabel unter dem billigen, blauen Teppichboden, der gleichmäßig die gesamte Wohnung ausstattete.

Florians Vater war ein Fachmann und hatte bei sich ein System eingerichtet, in das Corina sich mit der vorsintflutlichen Methode über das Modem einwählen konnte. Von dort aus gab es eine Verbindung ins Internet. Die Geschwindigkeit war zwar extrem langsam, aber es war immer noch mehr, als sie jemals für möglich gehalten hatte. Sie hatte nur aufpassen müssen, dass sie das Modem nicht benutzte, wenn ihre Eltern gerade telefonieren wollten.

Trotz höchster Vorsicht war es vor drei Tagen zur Katastrophe gekommen. Mutter war einkaufen gewesen und ihren Vater hatte Corina am Kiosk vermutet. Aber in Wirklichkeit war er am Vorabend nicht nach Hause gekommen und hatte erst am frühen Morgen ein Gelage mit seinen Saufkumpanen beendet. Deshalb hatte er bis in den Nachmittag hinein geschlafen. Als er, von Corina unbemerkt, aufgestanden war, hatte er versucht, einen Bekannten anzurufen.

Die Töne, die er aus der Hörmuschel vernommen hatte, waren ihm aus Filmen bekannt. Immerhin reichte sein technisches Verständnis so weit, dass er die Telefonkabel durchgeschnitten hatte. Damit war sowohl Corinas Internetverbindung als auch die Telefonleitung unterbrochen. Am selben Abend war dann ein Bekannter des Vaters gekommen und hatte die Telefonleitung repariert, nicht aber das Kabel zu ihrem Modem.

Seitdem war Corinas Computer von der Außenwelt abgeschnitten. Trotz ihrer Krankheit hatte Vater nicht darauf verzichtet, sie körperlich zu züchtigen. Die blauen Flecken waren noch immer zu sehen.

Vor ihrem Schreibtisch stehend, schaltete Corina kurz ihren Bildschirm an. Nicht, dass sie wirklich erwartete, ein Ergebnis zu sehen. Aber eine klitzekleine, leise Hoffnung bestand doch. Sie hatte zu den Ersten gehört, die sich dieses merkwürdige Programm zur Rettung der Welt heruntergeladen hatten. Viele Tage, bevor Vater die Leitung gekappt hatte. Über die langsame Modemverbindung hatte der Download über eine Stunde gedauert.

Der alte Monitor benötigte einige Sekunden, bis er endlich ein Bild anzeigte. In dieser Zeit drehte Corina die Musikkassette herum und startete die Wiedergabe. Als die verrauschten Töne eines uralten Liedes erklangen, begann der Bildschirm langsam damit, die Anzeige immer heller werden zu lassen. Das Mädchen hatte Angst, ihre Mutter könne hereinkommen und wegen der Musik schimpfen, deshalb drehte es die Lautstärke noch weiter herunter. Dabei warf es einen flüchtigen Blick auf den Schirm. Corina wollte sich schon wieder abwenden und dabei geistesabwesend nach dem Ausschalter des Monitors greifen, als sie in der Bewegung erstarrte.

Es war nicht mehr der übliche Fensteraufbau von Frames, den sie sah. Alle üblichen Icons waren verschwunden. Lediglich ein paar Worte in weißer Schrift auf schwarzem Hintergrund waren geblieben. Die Finger des Kindes begannen zu zittern, als es die wenigen Sätze las:

RIGHT KEY FOUND: HG!fR5Z°~g8pKU89$$sS&{bB

Bitte stellen Sie eine Verbindung zum Internet her oder rufen Sie kostenfrei umgehend folgende Telefonnummer an: 0800 0000 100 1
Sollte beides nicht möglich sein, suchen Sie bitte umgehend die nächste Polizeistation auf.

Darunter kamen viele weitere Zeilen mit Text, deren Inhalt Corina aber nicht verstehen konnte, da es sich um fremde Sprachen handelte.

Ungläubig weiteten sich die Augen des Mädchens. Unter mehreren Millionen Computern war es ihrer gewesen, der die gesuchte Kombination ermittelt hatte. Mindestens drei Minuten stand sie nur regungslos da und war überwältigt – überwältigt von dieser Erkenntnis und von Stolz, der in ihrer Brust schwoll. Wie jeder andere auch, der sich das Programm heruntergeladen hatte, war sie nicht im Mindesten von einem Erfolg ausgegangen. Ihr Herz schlug wie wild vor Aufregung.

Ich muss etwas tun, dachte sie immer wieder, bevor sie sich endlich aus der Erstarrung löste.

Das Internet. Sie musste die Internetverbindung herstellen. Aber wie? Die Programme, die sie normalerweise dafür benutzte, wurden nicht angezeigt. Sie drückte ein paar Tasten, von denen sie glaubte, damit die Bildschirmanzeige verändern zu können. Leider waren diese Versuche nicht von Erfolg gekrönt. Sie konnte tun, was sie wollte, aber es veränderte sich nicht das Geringste. Das Modem. Sie brauchte eine Verbindung zum Internet. Aber man hatte ihr ja das Kabel zur Telefonleitung zertrennt. Seufzend setzte sie sich auf den gelben Stuhl, der vor ihrem Schreibtisch stand. Auf die Ellenbogen gestützt, legte sie ihren Kopf auf ihre ineinander verschränkten Hände. Sie musste überlegen, was zu tun war. Es gab keine Chance, dass sie ihren Vater dazu überreden konnte, ihr den Telefonanschluss wiederzugeben. Vielleicht konnte sie es bei ihrer Mutter versuchen, solange Vater nicht zu Hause war. Doch was sollte sie machen, wenn es ihr nicht gelang?

Plötzlich schoss ihr durch den Kopf, dass ein Stromausfall, gewollt oder ungewollt, die ganze Arbeit ihres Computers zunichtemachen würde. Es wäre nicht das erste Mal, dass ihr Vater einfach die Sicherung für ihr Zimmer herausdrehte. Entschlossen griff die kleine Hand nach einem Bleistift. Von einem bunten Notizblock riss Corina fünf Zettel ab. Auf jedem notierte sie sowohl den Schlüssel, wobei sie peinlich genau auf die Groß- und Kleinschreibung achtete, als auch die angegebene Telefonnummer. Vier der Zettel versteckte sie an verschiedenen Plätzen in ihrem Zimmer, den fünften steckte sie in die Tasche ihrer Leggins, welche sie, zusammen mit einem einfachen T-Shirt, als Schlafanzug benutzte.

Anschließend schaltete sie den Monitor aus. Barfüßig sprang sie zur Tür und öffnete sie leise. Bei ihr zu Hause war es Gesetz, die Türen leise zu öffnen und zu schließen. Der Einzige, der sie polternd zuknallen durfte, war Vater.

Corina fand ihre Mutter in der Küche. Auf althergebrachte Weise spülte sie Geschirr. Eine Spülmaschine, so sagte Vater, sei viel zu teuer und unwichtig.

„Mama", sagte das Mädchen vorsichtig, wobei es sich eine Strähne der langen, blonden Haare aus dem Gesicht strich.

Mit ärgerlichem Gesicht fuhr die Mutter herum. „Du sollst doch in deinem Bett bleiben!"

„Entschuldige, Mama. Aber es ist etwas Wichtiges passiert."

„Was kann es denn Wichtigeres geben als deine Gesundheit?"

Im Flur wurde die Wohnungstür aufgesperrt, was Corina zu einem kaum merklichen Zusammenzucken veranlasste. Mutter hätte sie vielleicht noch überreden können, aber bei Vater sah sie schwarz. Im Gegenteil. Sie würde sich eine Menge Ärger einhandeln. Trotzdem musste sie es versuchen.

„Hast du von diesem Programm gehört, das sich möglichst viele Leute herunterladen sollen? Es geht wohl um einen weltweiten Computervirus, der ausgeschaltet werden muss."

„Ich habe keine Ahnung von diesen Dingen, Kind. Wenn du wieder gesund bist, kannst du wieder mit deinem Gerät spielen." Die Mutter, bekleidet mit einem liederlichen, alten Hauskleid, das bereits Corinas Oma getragen hatte, wandte sich wieder dem Abwasch zu.

„Mama, es geht nicht darum zu spielen. Dieser Virus ist eine ernste Sache."

„Ach, Kind, eine ernste Sache ist es, dass du krank bist. Du solltest wieder in dein Bett gehen, bevor Vater dich hineinsteckt."

„Mama, es ist wirklich wichtig!", beharrte Corina eindringlich. Hinter ihr hörte sie ein Geräusch. Erst ein metallisches Klicken, dann das Scheuern von Leder auf Stoff. Sofort wusste Corina, was es war. Schon hundert Mal hatte sie es gehört. Mit einer langsamen Bewegung senkte sie den Kopf und wartete auf den Schmerz. Vor langer Zeit hatte sie noch versucht wegzulaufen und sich zu verstecken, wenn Vater seinen Gürtel aus den Schlaufen seiner Hose zog. Damit hatte sie aber nur erreicht, dass Vater sie zusätzlich noch brutal aus ihrem Versteckt gezerrt hatte. Irgendwann hatte sie es resigniert aufgegeben zu flüchten. Sie war vorbereitet und spannte die Muskeln ihres Rückens. Das machte es etwas erträglicher. Nicht viel, aber wenigstens etwas. Schon durchfuhr der brennende Schmerz ihren Rücken. Vor einem halben Jahr hatte Corina es zum ersten Mal geschafft, bei einem Schlag ihres Vaters keinen Laut von sich zu geben. Heute gelang es ihr sogar, nicht einmal zusammenzuzucken. Obwohl der Schmerz höllisch war und sie wusste, dass Vater wieder zuschlagen würde, regte sie sich nicht. Da kam der zweite Schlag, fester als der erste. In diesem Moment brach ihre gesamte, in all den Jahren aufgestaute Wut aus ihr heraus.

Sie hatte ihrem Vater bisher nur einmal Widerworte gegeben. Das war vor etwa drei Jahre gewesen. Außer Corina selbst hatte auch ihre Mutter dafür bezahlen müssen, weil sie, wie Vater gesagt hatte, nicht in der Lage gewesen war, die Tochter richtig zu erziehen. Lange hatte das Mädchen daher noch Rücksicht auf die Mutter genommen. Aber im Gegenzug hatte die Mutter ihr nicht ein einziges Mal versucht zu helfen, wenn Vater sie schlug. Corina hasste Mutter dafür und auch dafür, dass sie sich selbst alles von ihrem Mann gefallen ließ.

Plötzlich fragte Corina sich, warum sie überhaupt so lange Rücksicht auf sie genommen hatte. Es bestand kein Grund dafür. Und sie würde es auch nicht mehr tun. Mit einer schnellen und schwungvollen Bewegung drehte sie sich um. Ihr hasserfüllter Blick traf die kalten, blutunterlaufenen Augen ihres Vaters, in denen sich seine Abscheu auf das Leben widerspiegelte. Der in einer neuerlichen, ausholenden Bewegung zurückgebeugte, fettleibige Körper erstarrte für einen Moment. Corina sprach, bevor Vaters kranker Verstand die Bedeutung der Szene begriff.

„Ich werde dich bei der Polizei anzeigen, Vater."

In dem unrasierten, schweinsähnlichen Gesicht weiteten sich die Augen umso mehr, je weiter Corina sprach. „Los, schlag doch zu. Schlag mir ins Gesicht, Vater. Die Wunden dort kann man nicht unter der Kleidung verbergen. Jeder wird es sehen. Die Nachbarn, deine Freunde und die Polizei. Jeder wird sehen, was für ein Monster ich als Vater habe." Den letzten Satz schrie sie.

Hinter ihr hörte sie Mutter ein leises, verzweifeltes „Corina" rufen, aber es war, als stünde Mutter hundert Meter weit entfernt.

Einige Sekunden geschah gar nichts. Corina hatte nicht vor, bei dieser Konfrontation klein beizugeben. Es war das erste Mal, dass sie sich zu etwas Derartigem durchgerungen hatte, und ihr war bewusst, dass sie, wenn sie dieses Mal verlor, nie wieder die Kraft dazu aufbringen würde. Die Grenze des Erträglichen war für sie endgültig überschritten. Auf einmal war es ihr auch egal, ob sie in eine andere Schule wechseln musste. Ihre besten Freunde konnte sie auch nach der Schule noch treffen. Und ihre Wut kühlte nicht ab, sondern wurde immer stärker. Ihr Vater reagierte immer noch nicht. Von wilder Rage getrieben wollte Corina das Fass zum Überlaufen bringen. Provozierend ging sie einen halben Schritt auf ihren Vater zu. „Na, traust du dich nicht? Kannst du mich nur feige von hinten schlagen? Du bist wohl zu schwach, um mir dabei in die Augen zu sehen, was? Du schwacher, erbärmlicher, alter, nichtsnutziger, saufender Penner!"

Erneut kam von hinten ein ächzendes „Corina" aus dem Mund ihrer Mutter.

Im gleichen Moment schnellte die Hand mit dem Ledergürtel herab und zog eine breite, blutige Wunde durch das Gesicht des Mädchens. Durch den entsetzlichen Schmerz trat die Schockwirkung umgehend ein und bewahrte Corina davor, auch nur das Geringste zu spüren. Lediglich ein Blick nach unten zeigte ihr, wie schwer sie verwundet war, denn das Blut tropfte auf ihre linke Hand herab. Sofort sah sie ihrem Vater wieder in die Augen, in denen der blanke Wahnsinn stand.

„Das war doch noch nicht alles, was du kannst, oder? Über diesen Babyschlag kann ich doch nur lachen!" Das trügerische Gefühl, keine Schmerzen zu spüren, ließ sie weiter erstarken. Mit unbändigem Mut stellte sie sich, die Arme weit ausgebreitet, offen vor ihren Vater. „Los, vielleicht schaffst du es ja, mich umzubringen. Dann kommst du wenigstens ins Gefängnis und Mama ist dich endlich los!" Vaters Gesicht verhärtete sich, wurde zu einer Grimasse, die alles in den Schatten stellte, was Corina jemals gesehen hatte. Plötzlich kam die Angst wieder. Langsam wurde ihr klar, wie stark sie blutete, und dass ihr Vater eventuell tatsächlich in der Lage war, sie totzuschlagen. Aber es gab kein Zurück mehr.

„Franz", erklang die Stimme der Mutter in einem ungewohnt festen Tonfall. „Lass sie in Ruhe! Es reicht!"

Sie hatte nicht laut gesprochen, aber die Worte wurden von einer Bestimmtheit unterstrichen, die ihre Wirkung nicht verfehlte. Der schlagende Arm sank, die Hand öffnete sich. Mit einem leisen Geräusch fiel der Gürtel zu Boden. So etwas wie erkennende Vernunft trat in Vaters alkoholgetrübten Blick. Natürlich hatte Corina recht. Niemand durfte sie so sehen. Hastig ergriff der Vater ihren kleinen Kinderkörper und trug sie in ihr Zimmer. Fast sanft legte er Corina auf ihr Bett, verließ dann fluchtartig das Zimmer und verriegelte die Tür. Corina war eingeschlossen.

Kurz darauf wurde die Tür wieder aufgeschlossen und ihre Mutter kam herein, in der einen Hand eine Schüssel mit Wasser, in der anderen Tücher und Verbandsmaterial.

„Das hättest du nicht tun sollen, Corina", war das Einzige, was sie sagte, während sie sorgfältig die Wunde im Gesicht versorgte. Da ein Verband auch Augen, Nase und Mund verdeckt hätte, nahm sie lediglich ein langes, breites Pflaster von der Rolle. Kaum hatte die Mutter das Zimmer wieder verlassen, wurde die Tür erneut sorgsam verriegelt.

Die blutbesudelte Bettwäsche hatte die Mutter nicht gewechselt. Nur Corinas linke Hand hatte sie von dem langsam eintrocknenden Blut befreit. Das Mädchen stand auf, holte sich frische

Kleider aus ihrem Schrank und zog sich um. Am liebsten hätte sie geduscht, um sich wirklich frisch zu fühlen.

Es dauerte noch eine ganze Weile, bis die Schmerzen kamen. Dafür waren sie dann umso stärker. Immer wieder begann Corina zu weinen. In den Pausen versuchte sie irgendetwas von dem, was in der restlichen Wohnung geschah, aufzuschnappen. Aber es war still. Erschreckend still. Kein klapperndes Geschirr, keine zuschlagenden Türen, keine Wortfetzen. Einfach nichts.

Langsam kam die Erinnerung daran zurück, was der eigentliche Auslöser für die Situation gewesen war. Ihr Computer und der gefundene Schlüssel. Noch immer stellte sich das Problem, wie sie Kontakt mit der Polizei aufnehmen sollte. Es gab keinen Zweifel daran, dass ihre Eltern in keinem Fall zulassen würden, dass sie die Wohnung verließ. Ebenso wenig würde man sie telefonieren lassen. Vielleicht hatte sie sich mit ihrem Verhalten die letzten Möglichkeiten dafür verbaut. Mutter hatte recht. Sie hätte es nicht tun sollen. Nicht jetzt. Später vielleicht, aber nicht jetzt.

Die Türklingel erklang. Ruckartig setzte Corina sich im Bett auf. Ihre frische Wunde quittierte das mit einem heftigen Stechen, aber sie versuchte, den Schmerz zu unterdrücken. Gespannt lauschte sie. Jemand öffnete die Wohnungstür. Eine schwache Stimme sagte etwas, aber sie konnte es nicht verstehen. Es war einfach zu leise.

Dann hörte sie Vaters Stimme: „Nein, und sie will dich auch nicht mehr sehen. Verschwinde und lass dich nie wieder hier blicken!"

Ohne zu überlegen, rief Corina so laut sie nur konnte: „Florian, hilf mir!"

Doch ihre Worte wurden von dem lauten Knall der zuschlagenden Tür übertönt. Noch bevor sie zu Ende gerufen hatte, wusste sie, dass Florian, wenn er es überhaupt gewesen war, sie nicht gehört haben konnte. Verzweiflung breitete sich in ihr aus. Jetzt hatte der Zufall ihr eine letzte Chance gegeben und sie hatte sie verspielt. Noch bevor der Vater irgendetwas gesagt hatte, hätte sie mit aller Kraft um Hilfe rufen müssen. Doch sie hatte gezögert. Zu lange gezögert.

Kurz dachte sie nach. Die einzige Verbindung zur Außenwelt bestand in ihrem Fenster. Aber sie wohnten in einer Dachgeschosswohnung und ihr Zimmer hatte abgeschrägte Wände. So zeigte das Fenster schräg nach oben in den Himmel und niemand auf der Straße hätte ein hilfesuchendes Winken sehen können.

Da kam ihr ein Gedanke. Sie musste schnell sein, wenn sie Florian noch erreichen wollte. Mit einem Satz sprang sie aus dem Bett und eilte zum Schreibtisch. Gehetzt kritzelte sie folgende Worte auf einen Zettel: Florian, Hilfe! Habe den Schlüssel! Rufe 080000001001 an!

Dann nahm sie zum Beschweren einen Radiergummi, wickelte ihn in den Zettel ein, öffnete das Fenster und warf das kleine Päckchen hinaus. Ihr Fenster befand sich auf der Straßenseite und die Botschaft musste fast direkt vor der Haustür landen. Wenn Florian noch nicht weg war, würde er beinahe darüber stolpern. Mit klopfendem Herzen schloss sie das Fenster wieder und hatte sich gerade zu ihrem Bett gedreht, als ihre Zimmertür aufging und Vater hereinkam. Im ersten Moment war Corina entsetzt, fing sich aber sofort wieder. Sollte er mit ihr machen, was er wollte. Wenn Florian den Zettel fand, würde bald die Polizei da sein. Bis dahin würde sie alles ertragen, immer die Gewissheit im Hinterkopf, dass es das letzte Mal sein würde, dass Vater ihr Gewalt antat.

Aber er schlug sie nicht. Er war grob, aber er schlug nicht zu. Schnell warf er sie auf das Bett, drehte sie auf den Bauch, wobei ihr schmerzendes Gesicht in das Kissen gedrückt wurde und noch mehr zu schmerzen begann. Als Nächstes drehte er ihr die Arme auf den Rücken und fesselte sie dort. Dann rollte er ihren Körper herum und klebte ein breites, braunes Klebeband über ihren Mund. Dabei kam er ihr so nahe, dass sie den Alkohol in seinem Atem riechen konnte. Angeekelt wandte sie sich ab, sobald sie konnte. Ohne ein Wort verschwand ihr Vater aus dem Zimmer und verriegelte die Tür. Jetzt konnte sie nichts mehr tun, außer abzuwarten.

Die Zeit verging entsetzlich langsam. Zur Bewegungsunfähigkeit verdammt, kam ihr jede Minute vor wie eine Stunde, jede Stunde wie ein Tag. Immer wieder sah sie auf ihren Wecker und immer wieder fragte sie sich, wo Florian mit der ersehnten Hilfe blieb. Als sich nach einigen Stunden - die Nacht war bereits hereingebrochen - immer noch nichts tat, fing das Mädchen an zu realisieren, dass Florian den Zettel wohl nicht gefunden hatte. Doch damit war noch nicht alles verloren. Vielleicht fand ihn ja jemand anderes. Wenn irgendwer die Telefonnummer anrief und von dem Zettel berichtete, würde man alles daransetzen, denjenigen zu finden, der ihn geschrieben hatte. Bei diesem Gedanken machte sie sich zunächst Vorwürfe, weil sie den Schlüssel nicht mit auf den Brief geschrieben hatte. Aber auf der anderen Seite war es so viel besser, denn so war die Polizei gezwungen, sie zu finden, wenn man den Schlüssel haben wollte.

Nachts um halb vier klingelte es endlich. Mehrere Male musste es wiederholt werden, bevor Vater endlich aufgestanden war und die Tür öffnete. Das Gespräch, das Corina mithörte, war sehr kurz. Ein Mann, der offensichtlich Polizist war, fragte, ob es in diesem Haushalt einen Computer gab. Als der Vater das verneinte, entschuldigte sich der Mann für die Störung.

Corinas Versuche zu schreien blieben fruchtlos. Außer einem leisen „mmmhhh" brachte sie nichts zustande. Mutlosigkeit überfiel sie. Obwohl ihre anonyme Nachricht das bewirkte hatte, was sie wollte, war das gewünschte Ergebnis ausgeblieben. Sie hätte mindestens ihren Namen mit draufschreiben müssen, um sich sicher zu sein, Hilfe zu bekommen. Blinde Wut überfiel sie. Wut auf ihren Vater, auf ihre Mutter und auch auf sich selbst. Warum hatte sie nicht weit genug gedacht? Versagt hatte sie, jämmerlich versagt.

Tränen rollten über ihr Gesicht, als sie das Weinen nicht mehr unterdrücken konnte. Die Zeit verging immer langsamer, bis sie in einen traumlosen Schlaf fiel.

Die nächsten zwei Tage wurde ihr das Klebeband über dem Mund nur kurz zum Essen und Trinken entfernt. Dabei war jedes Mal ihr Vater anwesend und sie hatte absolutes Sprechverbot. Aber es gab keine weiteren Schläge, weder mit noch ohne Gürtel.

Einmal gelang es Corina sogar, das Klebeband von ihrem Mund zu entfernen, indem sie, vor ihren Kleiderschrank gekniet, den Kopf so bewegte hatte, dass sich der im Schloss steckende Schlüssel zwischen Haut und Klebeband schob. Dann saß sie wartend auf ihrem Bett, in der

Hoffnung, dass irgendwer klingeln würde. Bei dem erstbesten Besucher wollte sie um Hilfe schreien, so laut sie konnte.

Doch sie wartete vergeblich. Die Zeit schlich dahin und nichts passierte. Es war zum Verzweifeln. Manchmal war Corina kurz davor, wieder zu weinen. Nach der nächsten Mahlzeit wurde ihr das Klebeband erneut angelegt. Obwohl ihr Vater extrem zornig darüber war, dass sie es geschafft hatte, das Klebeband zu entfernen, wurde Corina nicht geschlagen. Etwas hatte sich verändert. Nicht etwa an Vaters brutaler und gemeiner Einstellung. Dennoch hielt er sich zurück, als hätte ihn eine unbestimmte Angst befallen.

Das neue Klebeband wickelte er viermal komplett um den Kopf des Mädchens. Dann stabilisierte er den Halt dadurch, dass er zusätzlich ein Band von von unten nach oben um Corinnas Gesicht klebte, sodass es unter ihrem Kinn durchlief. Bei jedem Wechsel riss er zukünftig das Wundpflaster mit ab, was heftig schmerzte. Mutter musste immer ein neues anbringen. Nach dem Essen wurde Corinas Kopf jedes Mal wieder mit Klebeband eingehüllt.

Es war grausam. Jeder weitere Versuch, mit irgendwelchen Gegenständen den Knebel zu entfernen, scheiterte kläglich. Immer wieder überlegte sie, was sie unternehmen konnte. Eine Zeit lang spielte sie mit dem Gedanken, mit ihrem Kopf das Fenster zu zerschlagen. Bei genauerem Überlegen kam sie aber von der Idee ab. Einerseits würde sie sich dabei noch mehr verletzen, andererseits würde sie dadurch nichts gewinnen. Vermutlich würden alle Scherben in ihr Zimmer fallen, sodass auf der Straße niemand Notiz davon nehmen würde. Wenn es nicht eine schräge Dachluke, sondern ein ganz normales Fenster gewesen wäre, wäre es etwas anderes gewesen. Aber so machte es einfach keinen Sinn.

Irgendwann gab sie resigniert auf. Corinas Gedanken drehten sich unentwegt um die Polizei. Sie würden niemals den Computer finden, der den Schlüssel ermittelt hatte. Vielleicht würden sie auch gar nicht weiter danach suchen. Möglicherweise nahm man an, dass der Zettel nur ein schlechter Scherz gewesen war.

Als Gina und Sven um Rat gefragt wurden, waren sie einstimmig der Meinung, dass jedem noch so kleinen Hinweis nachgegangen werden musste. Es reichte nicht aus, bei den Anwohnern zu klingeln und nach dem Vorhandensein eines Computers zu fragen. Alleine die Art und Weise, wie die Nachricht zu ihnen gelangt war, zeigte deutlich, dass es etwas gab, das einer Übermittlung des Schlüssels im Wege stand, aus welchem Grund auch immer. Daher wurden zunächst alle Internetprovider aufgefordert, in ihren automatisch angelegten Protokollen nachzusehen, ob sich Kunden mit einer der Adressen, die sich im Umfeld des Fundortes befanden, das Programm heruntergeladen hatten. Leider waren nicht alle Internetprovider in der Lage, dies nachträglich festzustellen. Also recherchierte die Polizei in der Umgebung, ob jemand etwas mit dem Namen Florian anfangen konnte. Am zweiten Tag nach dem Fund kam von einem Kind der Hinweis, dass ein im gleichen Haus wohnendes Mädchen einen Freund namens Florian hatte. Man schickte sofort zwei Beamte zu der angegebenen Familie.

Dieses Mal war Corina besser vorbereitet. Immerhin hatte sie genügend Zeit zum Überlegen gehabt. Beim ersten Klingeln am späten Nachmittag sprang sie auf und stellte sich mit dem Rücken an die Zimmertür. Zum Glück hatte Vater es unterlassen ihre Beine zu fesseln. Deutlich vernahm sie eine Männerstimme, die ganz direkt nach ihr fragte. Vater behauptete, Corina sei für ein paar Tage bei ihrer Oma. Der letzte Teil seiner Antwort ging in dem Donnern unter, das Corinas heftig gegen die Tür tretende Ferse verursachte. Immer und immer wieder ließ sie den härtesten Punkt ihres Fußes gegen das Holz fahren, so stark, dass selbst der Boden unter ihr erzitterte. Auf eine entsprechende Frage des Polizeibeamten wusste der Vater keine Antwort mehr. Sein kaputtes Gehirn war wohl nicht flexibel genug, um sich auf die neue Situationen einzustellen.

Als Corina das Herumdrehen des Schlüssels vernahm, hielt sie ein mit ihren Tritten, dankbar dafür, ihrem schmerzenden Fuß eine Erholung gönnen zu können.

Als sie in das Gesicht des höchst erstaunten Polizisten sah, fiel plötzlich die Anspannung der letzten Tage von ihr ab. Ungeachtet des Klebestreifens über ihrem Mund begann sie haltlos an zu weinen. Dabei warf sie sich in die Arme des fremden Mannes, der als Erstes zügig den lästigen Knebel entfernte, damit sie Luft bekam. Obwohl es schmerzte, als sich der Streifen von ihrer Haut löste, war es befreiend. Dann lag sie zehn Minuten hemmungslos weinend an der Brust des Polizisten.

Während Corinas Computer nach Frankfurt geschafft wurde, kam sie in ein Krankenhaus.

In Svens Büro wurde festgestellt, dass der Schlüssel, den Corinas Rechner gefunden hatte, funktionierte. DBOBD konnte tatsächlich entschärft werden. Ab dem fünften November stand ein Programm im Internet zur Verfügung, welches sich jedermann herunterladen konnte. Der Start der Applikation bewirkte, dass DBOBD ausgeschaltet wurde und der Schlüssel an jeden anderen über das Netzwerk erreichbaren Computer weitergegeben wurde. Innerhalb von zwei Tagen waren weltweit fünfundneunzig Prozent der infizierten Rechner gesäubert. Wie man feststellte, funktionierte der Schlüssel gleichermaßen für Netzwerk-Router wie für PCs. Alles in allem gab es also Grund zur Hoffnung.

8. November

Am achten November saßen viele Menschen gespannt im Labor in der Mainzer Landstraße. Es war ein kalter Mittwoch und am Vortag war, erstaunlich früh, der erste Schnee gefallen. Die große Uhr zeigte, dass noch fünf Minuten bis Mitternacht blieben. Allerdings war es nicht die deutsche Zeit, die angezeigt wurde, sondern die von Neuseeland. Dort würde der neunte November zuerst erreicht werden. Sollte man sich geirrt haben, so würde sich von dort aus das Chaos ausbreiten. Über das Internet sowie über internationale Firmenleitungen würde die Welle von DBOBD um die Erde rollen, noch bevor das Datum die nächsten Länder erreicht hatte.

Je weiter die Zeit voranschritt, umso stiller wurde es. Auf mehr als fünfzig Monitoren liefen Testprogramme, welche kontinuierlich das einwandfreie Funktionieren aller Systeme überprüften und das Ergebnis anzeigten. Hierbei gab es Netzwerkverbindungen zu Stationen in den verschiedensten Ländern der Welt. Mit einem Beamer wurde das Bild an eine Wand projiziert.

Davor saß die Gruppe Menschen, die am meisten an der Suche nach einer Lösung beteiligt gewesen war. Neben Gina, Sven und Felix waren Thomas und Gregor dabei. Außerdem enge Kollegen von Gina.

Als Gast saß in ihrer Mitte eine ganz besondere Person. Es handelte sich um ein kleines Mädchen von zwölf Jahren: Corina. Sie hatte sich gut erholt und würde nicht wieder zu ihren Eltern zurückkehren müssen. Beide waren angezeigt worden. Die Anschuldigungen gegen den Vater gingen über die reine Körperverletzung hinaus. Da das Kind mit dem verklebten Mund hätte ersticken können, plädierte der Staatsanwalt auf versuchten Totschlag. Die Mutter musste sich wegen Beihilfe und unterlassener Hilfeleistung verantworten. Corina würde nicht einmal ins Heim gehen müssen. Sie wurde durch den Fund des Schlüssels mit so viel Geld belohnt, dass eine Betreuung rund um die Uhr problemlos gesichert werden konnte. Sobald sie achtzehn war, würde sie über so hohe finanzielle Mittel verfügen, dass sie ihr Leben lang nicht arbeiten brauchte.

Die letzte Minute vor dem Datumswechsel war angebrochen. Es herrschte Totenstille in dem großen Raum. Das Einzige, was zu hören war, war der Sekundenzeiger der großen, runden Uhr, die direkt neben dem vom Beamer an die Wand gestrahlten Bild hing. Mit jedem Klicken, mit jeder Sekunde stieg die Spannung, die nun fast körperlich zu spüren war. Alle Tests sagten, dass alles in Ordnung sein würde, aber die letzte Gewissheit konnte man erst haben, wenn das entscheidende Datum erreicht war. Noch fünfzehn Sekunden bis zur Tagesgrenze. Man hätte wahrlich eine Stecknadel zu Boden fallen hören können. In den letzten fünf Sekunden hielten die Anwesenden den Atem an. Und mit ihnen viele Millionen Menschen überall auf der Welt, denn am Ende des Raumes standen Kameras, welche die Bilder live um die ganze Erde schickten.

Der große Zeiger sprang um. Kurz darauf war die erste Sekunde des neunten Novembers abgelaufen. Was nun passierte, war...- Nichts! Man wartete noch das Vergehen der ersten

Minute ab. Dann klingelte ein Telefon. Felix betätigte den Knopf und über einen Lautsprecher konnten alle Anwesenden mithören. In der Leitung waren mehrere Personen zu hören, die an verschiedenen Orten durch eine Konferenzverbindung vereint waren. Einer nach dem anderen meldete den aktuellen Status.

„Banken in Neuseeland okay. Geldautomaten funktionieren, Überweisungen laufen korrekt."

„Flugsicherung einwandfrei."

„Telekommunikation ohne Probleme."

„E-Mail weltweit mit normaler Funktion."

„Datenbanksysteme unauffällig."

Erneut kehrte Ruhe ein. Es dauerte einige Sekunden, bis die Anwesenden begriffen, dass sie gewonnen hatten. Dann begann jemand zu klatschen. Zunächst alleine, aber schnell setzten die nächsten Hände ein. Bald war der Raum von dem Geräusch zusammenschlagender Hände erfüllt und ohne dass die Anwesenden es bemerkt hätten, setzten überall auf der Welt die zuschauenden Menschen mit ein. Bald erklang von der Erde der größte Applaus, der jemals gegeben wurde. Kein Ereignis zuvor hatte je so viele Länder gemeinsam feiern lassen. Egal ob in Russland, Australien, Schweden, Amerika oder sonst wo, überall fielen sich die Menschen um den Hals und feierten den Fortbestand dessen, was sie Zivilisation nannten.

Die größte Erleichterung verspürten zwei engumschlungene Menschen, die es mehr als alle anderen verdient hatten: Gina und Sven. DBOBD hatte sie zusammengebracht, danach fast auseinander gerissen und am Ende wieder fest miteinander verbunden.

Eine Woche später würden sie ihren wohlverdienten Urlaub antreten und es gab keinen Zweifel daran, wo sie hinfahren würden. Die wunderbaren Erinnerungen an die Schönheit der Natur und die unvergleichliche Wildnis siegten über die schlechten Erinnerungen, die von Menschenhand herbeigeführt worden waren.

Danach würden sie sich am Aufbau einer internationalen Kommission beteiligen, die eine ständige Kontrolle über jegliche Softwarehäuser ausüben würde, damit es nie wieder zu so etwas wie DBOBD kommen konnte. Die Idee dazu war aus den Vereinigten Staaten gekommen. Man einigte sich darauf, dass die zukünftigen Mitglieder diverse Kriterien zu erfüllen hatten. Sie mussten vollkommen unbescholten sein, durften keine Schulden haben und mussten im Gegenteil eine finanzielle Unabhängigkeit besitzen, welche sie für Bestechungsversuche unempfänglich machte. Daneben war es erforderlich, umfangreiche Kenntnisse in der Informationstechnik zu haben und über fundierte Programmierkenntnisse zu verfügen. Die Mitglieder der so genannten Internationalen Kommission für Datensicherheit, kurz IKD, würden sich auch gegenseitig kontrollieren.

Der Mann, der sich Bob nannte, konnte in Botswana weiterhin nicht aufgefunden werden. Allem Anschein nach handelte es sich aber tatsächlich um den schon seit langer Zeit gesuchten Terroristen Noun Gidar.

Sowohl bei den Männern in der Stuttgarter Lagerhalle als auch bei Janettes Entführern konnte man Verbindungen zu internationalen, terroristischen Organisationen nachweisen.

Obwohl die Vereinigten Staaten von Amerika auf eine Auslieferung Sanchinos bestanden, überstellten die deutschen Behörden ihn nach Mexiko, wo er eine dreijährige Haftstrafe verbüßte.

Weltweit wurden alle Konten gesperrt, die irgendwie mit den dubiosen Aktiengeschäften in Verbindung gebracht werden konnten.

Der Hintergrund des versuchten Anschlags durch den italienischen Familienvater blieb ungeklärt...

ENDE

Wenn Ihnen dieses Buch gefallen hat, würde ich mich über eine entsprechende Bewertung im Internet freuen. Bitte empfehlen sie diesen Roman auch im Freundes- und Bekanntenkreis weiter. Wie jeder Autor bin ich auf die Unterstützung meiner Leser/innen angewiesen.

Übrigens: In "Schattenraum" gibt es ein Wiedersehen mit Gina und Sven!

Ich bedanke mich, dass Sie meinen Roman gelesen haben.

Sönke Brandschwert

Von Sönke Brandschwert sind im Sigrid Böhme Verlag bisher erschienen:

Netzinfarkt (Ein Gina und Sven Krimi)
Schattenraum (Ein Gina und Sven Krimi)

Spiel, bis du stirbst (Samantha Veselkova Reihe)
Töte, um zu leben (Samantha Veselkova Reihe)

Hals in der Schlinge

Schritt für Schritt zum eigenen Krimi/Thriller